人物書誌大系 42

野口冨士男

平井一麥編

日外アソシエーツ

●制作担当●原沢 竜太

昭和60(1985)年9月　プラハ、カフカの家の前にて

「キアラの会」 昭和34(1959)年 舟橋聖一邸の舞台にて
前列左から有馬頼義、源氏鶏太、芝木好子、舟橋聖一、井上靖、有吉佐和子、後列左から野口、吉行淳之介、八木義徳、船山馨、北条誠、日下令光

「あらくれ会」 昭和9(1934)年5月 熱海 岡本旅館にて
前列左から豊田三郎、舟橋聖一、中村武羅夫、北見志保子、小寺菊子、尾崎士郎、田辺茂一、徳田秋聲、阿部知二、後列左から川崎長太郎、野口、高原四郎、楢崎勤、徳田一穂、岡田三郎

自筆年譜　　　「風景」創刊号　　廻覧雑誌「KAGERO」

『人物書誌大系42　野口冨士男』刊行に寄せて

　平井一麥氏のこのたびの本は、野口冨士男の全文業の「初出目録」「著作目録」「年譜」「参考文献」の四本柱で編まれている。抜群に興味深いのは、野口本人の「自筆」の「年譜」を、残された「日記」その他で猛烈に補強された「年譜」の章である。

　野口冨士男の純粋な読者はいても、研究者として名のり出る人は、現在のところでは見あたらない。越谷市立図書館内の「野口冨士男文庫」の運営に私などはその発足当初よりタッチしているが、野口冨士男の研究者とは恥かしくていえない。しかし、昭和文壇、昭和文学には、強い関心を持っている。野口冨士男の眼鏡＝記録を通すと、昭和文壇、昭和文学のある種の側面が、実に鮮明に浮びあがってくる故である。昭和文壇、昭和文学の全体とその側面に注意を払うと、野口発言は俄然光彩を放ってくるのだ。

　野口の記録魔、メモ魔的要素は、その周辺の人はもとよりのこと、外縁の人にまで及んでいる。先輩、友人、後輩、また日本文芸家協会、日本近代文学館、日本近代文学会などにおいて、彼が接し、触れた人びとが、なんと多数、しかも幾回も記録されていることか。異常な執着があってのことか。会合と祝いごとと葬儀がいかに好きであったか。それは作家にとって必要なナマの人間観察の土台となっていたのだ。彼は文壇のなかの人だが、文壇の主流に棹さして、という作家ではない。関心と興味は終始持ちつつも、若干身をずらし、佇立し、眺めていた文学者であった。感触が本人の記録につながり、一麥氏の編集、再構成で、記された人びとすべてが鮮烈によみがえってくるのだ。

早稲田大学名誉教授
野口冨士男文庫運営委員会会長
紅野　敏郎

刊行に寄せて

　平井一麥氏の手によってこのたびほぼ完璧といってよい野口冨士男研究のための書誌ができ上がった。越谷市立図書館にある野口冨士男文庫の所蔵するかけがえのないアーカイヴと両輪となる役割を果たすものである。野口文庫の資料でもわかるが、野口さんは十五歳から原稿用紙を綴じた回覧雑誌で自己表現を見出し、小説で生きる自己を磨きはじめた早熟な出発をする。其後の野口さんは、昭和文壇のインサイダーとして執筆、研究、編集と実に広範に、文学の実質を生き抜いてこられた作家である。秋声、荷風の独自の研究評論と、下情に通じる見事な私小説群は、野口さんの両輪であると考えられていたが、このたび平井氏は、この野口冨士男書誌の第Ⅲ部の年譜をつくるにあたって、野口さんの自筆年譜をもとに、野口さんの刻明な日記から、文学に関わることを補ってみた。そうすることによって、おどろくべき作家像が現出する。たとえば、すでに毎日芸術賞（「徳田秋聲傳」）や読売文学賞（「わが荷風」）を受賞して、円熟の域におられる六十五歳（昭和五十一年）、「文藝」に発表した中篇小説「夜の鳥」は、野口さんにとっては、〈これによりようやく作家としての自覚をもつ。〉といわしめたほどの重要な作品であることがわかる。この述懐は衝撃的である。私はこの実作者としてのひそかな言葉に感動する。一生貫かれた野口さんの姿勢は、生き方は、人は言葉によって人間であろうとする文学の真実を証明する。まさに文学者として、文学による、文学のための生き方だ。こうした新しい野口像があらためて浮かび上るところが、この書誌の水準の高さといえる。

作家・野口冨士男文庫運営委員
坂上　弘

はじめに、そして謝辞

　父野口冨士男（本姓・平井冨士男）の「自筆年譜」が見つかったのは、平成19年6月1日、「野口冨士男文庫」運営委員会の日だった。運営委員の勝又浩先生から「平井さん、これを『書誌』としてまとめるのは「あなた」しかいませんよ」といわれた私は、『書誌』という「言葉」だけは知っていたが、それがどれだけ大変かをまったく知らないままに、「やらさせていただきます」とお答えし、その直後から、勝又先生との打ち合わせがはじまり、「自筆年譜」をパソコンに打ち込む作業をはじめた。

　「野口文庫」の開設の経緯をすこし記しておくと、母直子の実弟早川仁三を仲介役として、平成2年7月4日・父79歳の誕生日に、埼玉県越谷市と「歿後に蔵書・生原稿・書簡・創作ノート・文学賞彰状などを寄贈し「野口冨士男記念文庫」として保存し、昭和の一作家の軌跡とその時代の歴史的証言者となり得るようにつとめるものとする」旨の「誓約書」を交わしたことにはじまる。

　「誓約書」のなかで、父は現早稲田大学名誉教授・紅野敏郎、立正大学教授・故保昌正夫、現三島由紀夫文学館長・松本徹さんを監修者に指名させていただいていた。お三方の助言を受けつつ、越谷市立図書館員の方々のご尽力で、歿後一年足らずの平成6年10月に八木義德、青山光二さんのご出席をえて「野口文庫」は開設された。

　平成9年3月には438ページにおよぶ『野口冨士男文庫所蔵資料目録（図書・雑誌）』が刊行され、同年7月に「野口文庫」運営委員会（現在は、紅野敏郎会長、石原武副会長、委員は松本徹、江種満子、坂上弘、勝又浩のみなさんと私）が設置され、平成11年3月から小冊子「野口冨士男文庫」が発刊され、本年3月に12巻が刊行された。

　父が「自筆年譜」を作成しはじめたきっかけは、戦前の文壇を背景にした一連の短篇をまとめた『暗い夜の私』の執筆中、年譜の作成が必要

なことを痛感したところから、昭和50年9月に『かくてありけり』執筆に先立って「自筆年譜」を作成したが、それは死歿した平成5年まで継続した。

「自筆年譜」は、昭和53年、第三エッセイ集『文学とその周辺』に初めて収録されたが、その「あとがき」に次のように記している。「同人雑誌や親睦団体などのメンバーは煩をいとわず掲げるいっぽう、社会状況や物故者名は高名な作家でもあえて除外して、無名作家でも私となんらかのかかわりのあった人はつとめて載録するようにした。有名人の場合は他の文献をみればすぐわかるが、志なかばで斃れた人の歿年月はもとめがたいので、特に留意した。(略)ただ有名人と無名人の線をどこで引くかという問題があるので、私がご交際いただいた著名人は例外とした。私の「年譜」だからにほかならない」と。本書もまた、父の存念をできうるかぎり踏襲したつもりである。

さらに引用が続くが、「雑誌の場合などは、前月に発売されているが、発行月を採用せざるをえないのに対し、生活上の事項は当月を以って記述されるための齟齬をまぬがれない」と記した問題を本書も内包している。

本書の「年譜」は「自筆年譜」を基礎にし、「日記」によって補足、補正した。昭和8年から平成5年までの「日記」から映画・美術展・野球観戦などを採用したところ6千項目になってしまったため、主として文壇関係の3千項目にしぼった。また「日記」には「執筆記録」や千名を超える方々にお目にかかった感懐も記されているが、「年譜・人名索引」については、父とかかわりの深かった文学者・実作者を中心にしたため、私の一存で約半数にさせていただいた。

メモ魔の父でも「自筆年譜」に書き落としや記憶違いがあり、前述の『資料目録』と「日記」を手がかりに補正した。

「参考文献」は、「野口文庫」に残された父の「切抜き」を基本にした。父は切抜きに「掲載誌紙、発行日、著者名」をメモ書きしているが勘違いもあり、極力確認作業を行ったが、どうしても判明しないもの、また見落としや誤認も多々あることと思う。お気づきの点をご指摘いただけ

れば幸いである。

　本書刊行にあたって、非常にお忙しい紅野敏郎先生、坂上弘さんから玉稿を頂戴できたのは、父の存在があってのことだが、私にとって望外のしあわせだった。

　本書のお話が出てから、刊行までおおよそ3年の時が経過している、これが長かったのか短かったのかはわからないが、文藝評論家の武藤康史さん、「三田文学」編集長の加藤宗哉さん、和歌山大学非常勤講師の恩田雅和さん、北海道立文学館学芸員の安部かおりさん、朝日新聞記者OBの林荘祐君から、さまざまなご教示を頂戴した。また「野口文庫」担当の横山みどり・石河範子さんからは言い尽くせない絶大なご支援をいただいた。さらに、素人の私に終始「書誌」についてご指導くださった勝又浩先生、本書担当編集者の原沢竜太さんのご支援なしには、決して本書の刊行はなかった。さまざまな形で至らぬ私を支えてくださったみなさまに深謝申しあげるとともに、本書が、父の読者や、他の文筆家の研究者の方々のお役にたてば、ありがたいことだと思っている。

　最後に、本書がシリーズ42巻だということは、父のラッキーナンバー「7」で割り切れるのも、なにかのご縁なのかもしれない。父の不遇時代を献身的に支え続けた母直子には、遥かにおよばないが、父に微小な手向けができたのも、多くの方々の支えがあったことを、繰り返し厚く御礼申しあげる、ありがとうございました。

　　　　　　　　　　　　　　　　　　平成22年3月の終わりに
　　　　　　　　　　　　　　　　　　平井　一麥

目　次

『人物書誌大系42　野口冨士男』刊行に寄せて（紅野　敏郎）

刊行に寄せて（坂上　弘）

はじめに、そして謝辞

凡　例 ……………………………………………… (8)

Ⅰ．初出目録 …………………………………………… 1
Ⅱ．著作目録 …………………………………………… 61
Ⅲ．年　譜 ……………………………………………… 103
Ⅳ．参考文献 …………………………………………… 217
Ⅴ．索　引 ……………………………………………… 253

凡　例

1. **概　要**

　　本書は、野口冨士男の全著作及び、その作品についての研究文献・批評・記事・文庫解説などの参考文献を網羅する個人書誌である。構成は下記の通り。

　　　　Ⅰ．初出目録
　　　　Ⅱ．著作目録
　　　　Ⅲ．年　譜
　　　　Ⅳ．参考文献
　　　　Ⅴ．索　引

2. **収録期間**

　　原則として平成22年3月末日までに発表された著書・作品及び参考文献を対象とした。

3. **共通事項**

　　書籍は『　』、雑誌・新聞は「　」で表記した。

4. **記述形式と配列、特記事項**

　Ⅰ．初出目録

　　1）野口冨士男の作品（小説・エッセイ・書評・解説など）と、出席した対談・鼎談・座談会およびそれらの司会、談話筆記、アンケート、序文、推薦文などを発表年代順に配列した。記載の順序は次の通り。

　　　　「雑誌・新聞」の場合
　　　　文献番号　発行年月日　タイトル　《ジャンル》　〔原稿枚数〕「掲載誌・紙名」（夕刊の場合は明記）　巻号　掲載ページ　⇒著作番号

「自著」の場合
　　文献番号　発行年月日　『書名』巻数　発行所　⇔著作番号

2) 著作番号は「Ⅱ．著作目録」の番号を示している。
3) 野口本人作成の「自筆年譜」から漏れており、編者が調査して補った事項については＊印を付けた。
4) 野口の原稿の枚数記録が残っているものは〔　〕印で併記した。
5) 大正14年の「KAGERO」から昭和2年の「梢」までは、原稿用紙を綴じた回覧雑誌である。
6) 雑誌・書籍などへ再録された作品は別掲している。

Ⅱ．著作目録

「1．単行本」、「2．共著・編著」に分類し、それぞれ年代順に配列した。記載の順序は次の通り。

1. 単行本
　　著作番号　書名　〔短篇小説集・エッセイ集などの種別〕　発行年月日　発行所　整版所　配給元　叢書名　巻号　ページ数　函の有無　サイズ　価格　装幀　製本　カバーの有無　帯（野口に関する記述があるものは、帯文も記録した）　所収　⇒文献番号
2. 共著・編著
　　書名　《共著・編著など》　発行所　編者　収録作品名　発行年月日

Ⅲ．年　譜

1) 野口本人が書き残した「自筆年譜」の記述はゴシック体で表記した。それ以外を典拠とする記述は明朝体で表記した。
2) 編者による補足事項は【　】で表示した。【　】内の《周辺》は『文学とその周辺』、《かくて》は『かくてありけり』、《虚空》は『虚空に舞う花びら』、《ノート》は『徳田秋声ノート』、《紅野》は紅野敏郎「「大正文学研究会」前後」（「国文学研究」第68集）の略称。また「日記」により一部補足したものがある。
3) 最晩年および歿後の状況は編者が補った。

4) 漢数字は、基本的にアラビア数字に統一した。
5) 人名は原則としてフルネーム表記とした。また敬称は最小限にとどめた。
6) 野口の自称はすべて「私」に統一した。

IV. 参考文献

1) 野口冨士男の人と作品に言及した文献を発表年代順に配列した。記載の順序は次の通り。

　　文献番号　執筆者名　表題（単行本の場合は、該当する章または節の表題）《ジャンル》「掲載誌・紙名」あるいは『書名』（新聞で夕刊の場合は明記）　巻号　発行所（書籍の場合のみ）　発行年月日　掲載ページ

2) 掲載ページは、野口に言及した記事の開始ページではなく、野口に触れた文章の掲載ページを基本とした。
3) 小冊子「野口冨士男文庫」の内容細目は「執筆者索引」に収録していない。
4) 講演会で、野口に言及したケースなどもわかる限り収録した。

V. 索引

本書の索引は「作品名索引（初出目録）」、「人名索引（年譜）」、「付録：各種会合、文学賞など（年譜）」、「執筆者索引（参考文献）」からなっている。

1)「作品名索引（初出目録）」
　・「I．初出目録」に記載された作品名・論題名・記事タイトルなどを五十音順に配列し、本文の文献番号を示した。
　・作品名は初出原題での表記を基本とした。のちに改題された作品については一部だけ表記した。
　・解説、書評、編集後記など、タイトルだけで内容が分かりにくいものはできるかぎり補記した。

2)「人名索引（年譜）」
　・「Ⅲ．年譜」に登場する文壇関係者を五十音順に配列し、その記載年月日を示した。
　・主に作家・評論家を中心に収録した。ただし、野口と関係が深い人物については適宜採用した。
　・日本近代文学館関係の会合の出席者は紙幅の関係で省略した。

3)「付録：各種会合、文学賞など（年譜）」
　・「Ⅲ．年譜」に現れた文壇関連の各種会合や文学賞贈賞式などを、五十音順に配列し、その記載年月日を示した。
　・「ノーベル賞」など稀有なケースおよび文壇と関係の薄い会合や賞は省略した。

4)「執筆者索引（参考文献）」
　・「Ⅳ．参考文献」に記載された執筆者名を五十音別に配列し、本文の文献番号で示した。
　・匿名や無署名、新聞記者、編集者、団体名などは省略したが「野口冨士男文庫」「大波小波」は収録した。

5．主要参考図書
・菅野昭正著『変容する文学のなかで〈完〉文芸時評2002-2004』　集英社　2007年6月
・池内輝雄編『文藝時評大系　昭和篇1』　全19巻　ゆまに書房　2007年10月
・奥野健男著『奥野健男　文芸時評（上・下）』　河出書房新社　1993年11月
・川村二郎著『文芸時評』　河出書房新社　1988年11月
・篠田一士著『創造の現場から―文芸時評1979～1986』小沢書店　1988年7月
・桶谷秀昭著『回想と予感―文芸時評1979～1981年』小沢書店　1982年10月
・秋山駿著『生の磁場―文芸時評1977～1981』　小沢書店　1982年7月

・小田切進編『大波小波―匿名批評にみる昭和文学史　第4巻　1960～64』東京新聞出版局　1979年9月
・平野謙著『文芸時評（上・下）』河出書房新社　1978年3月・4月
・佐伯彰一著『日本の小説を索めて―文芸時評'69-'72』冬樹社　1973年6月

I. 初 出 目 録

I. 初出目録

大正14（1925）年　14歳
　　　　4月頃「KAGERO」1号【回覧誌。雑誌未確認】*
A0001　　小鳥の死*
A0002　　山彦の霊*
A0003　　最近の映画界*
　　　　6月ないし7月「KAGERO」2号【回覧誌。表紙はオモチャの家】*
A0004　　序言 野口*　p1〜2
A0005　　最近の映画*　p17〜24
A0006　　キネマ（無署名）*　p2
A0007　　編集室*　p51〜52
A0008　　カット*　p58
A0009　　浅草〈散文詩〉*　p63〜64
A0010　　無題*〈小説〉　p77〜86
　　　　9月「KAGERO」3号【回覧誌】*
A0011　　前書*　（表紙裏）
A0012　　星影*〈散文詩〉　p1〜4
A0013　　赤坂一ッ木町*　p22
A0014　　編輯の前に*　p23〜24
A0015　　水の恐れ*〈小説〉　p29〜38
A0016　　口笛（少年小説）*〈小説〉　p45〜62
A0017　　来号には*　p68
A0018　　編輯の後で皆様に*　p69〜70
A0019　　ラジオ*〈戯曲〉　p79〜94

大正15・昭和元（1926）年　15歳
　　　　4月「FUTSUKA」「不束」併記1号【回覧誌。ノンブルは振られていない】*
A0020　　強羅まで（修学旅行記）*
A0021　　春を待ちつつ（うた）*
A0022　　赤い灯*
A0023　　おとむらい*
A0024　　無題詩*
A0025　　病気*
A0026　　冬の夜*
A0027　　秘密のいのり*
A0028　　画家と小鳥*
A0029　　短文・夜道*
A0030　　少年小説・ハーモニカを吹けば*〈小説〉
A0031　．映画評*

3

大正15・昭和元（1926）年　　I. 初出目録

A0032	おわび*
A0033	電車を待つ間*
A0034	映画・短文*
A0035	映画評（2）*
A0036	発行の意*

5月「赤い詩」【回覧誌。目次には「不束」第二号と表記。ノンブルは振られていない。使われているペンネームは、矢口不死、矢口、無署名】*

A0037	赤い詩*
A0038	無題録*
A0039	夜の散歩*
A0040	意識*《小説》〔分量は12ページ〕
A0041	過去の思ひ出*
A0042	後で*《散文詩》
A0043	月のない夜*《小説》
A0044	大きな力 小さな力*
A0045	寄宿舎
A0046	私の見た欧州映画とその評*〔分量は10ページ〕

9月「KOZUE」【回覧誌。ノンブルは17ページ以降振られていない。使われているペンネームは、ノグチフヂヲ、乃ぐちふぢを、野口冨士男、野口慶一郎】*

A0047	上高地から松本へ*《紀行文》　p1〜16
A0048	涙*
A0049	夕べ*《散文詩》
A0050	海*
A0051	山の歌*《散文詩》
A0052	扉*
A0053	口笛と羊*
A0054	気笛鳴る*
A0055	ことば*
A0056	国語と国文*《研究文》〔分量は16ページ〕
A0057	短文・花を愛する心*《小説》
A0058	すがた*《小説》
A0059	コブラ（映画評）*
A0060	近頃の広告術*《研究文》
A0061	友より*
A0062	月見草*
A0063	山と谷の境ひに立ちて（幻想）*
A0064	東京新想*
A0065	特別附録 本年度上半期に於ける帝都封切映画名、今秋封切映画名*〔分量は12ページ〕
A0066	ひそかに*
A0067	編輯後記*

10月「KOZUE」「梢」併記 10月号【回覧誌。ノンブルは振られていない】*

A0068	表紙・口絵*
A0069	おことわり*
A0070	川瀬*

I. 初出目録　昭和2（1927）年

A0071　一人*
A0072　枯尾花*
A0073　新作の話*
A0074　先号の批評と今号の雑感*
A0075　短文集 煙る夕べの海上*
A0076　或る夜*
A0077　晩秋*
A0078　同人課題。火鉢*《小説》〔分量は16ページ〕
　　　11月「KOZUE」「梢」併記 11月号【回覧誌。ノンブルは振られていない】*
A0079　詩集 秋の香*〔分量は12ページ〕
A0080　同人課題・シグナル*《小説》〔分量は14ページ〕
A0081　地底よりの聲*《詩》
A0082　大地上に生けるもの*《詩》
A0083　儚い夢*
　　　12月「梢」12月号【回覧誌。ノンブルは振られていない。ペンネームは、淳三、野口、N.F.】*
A0084　表紙・口絵*
A0085　幸福は此処にもある*《巻頭言》
A0086　楽しい時*《詩》
A0087　霙〈みぞれ〉*
A0088　白い石*
A0089　編輯部より*
A0090　十二月号同人課題・年末のスケッチ*
A0091　冬の海〈小作文〉*
A0092　近時小評*
A0093　あくび*
A0094　一粒の泪〈特別読物〉*
A0095　秋の詩集 冬の香り*
A0096　十二月のこと*
A0097　雑誌から*〔分量は14ページ〕

昭和2（1927）年　16歳
　　　1月「梢」新年号【回覧誌。ノンブルは振られていない。ペンネームは、本栖淳三、淳三】*
A0098　表紙・口絵*
A0099　光の上を歩め〈巻頭言〉*
A0100　井上敬吉さんの話*
A0101　詩の旅 東海道*〔分量は12ページ〕
A0102　六角形の破裂*《詩》
A0103　青い實*《詩》
A0104　五本の煙管*《小説》〔分量は52ページ〕
A0105　花壷・随筆*
A0106　近時小評*
A0107　求めし寂しさ*《短文》

5

昭和3（1928）年　　　I. 初出目録

A0108	港を歌ふ*《短文》	
A0109	新年号 世界のにほひ他10篇*《随筆詩集》〔分量は17ページ〕	
A0110	自分のわびしい作品について*〔分量は10ページ〕	
A0111	柚子湯*	
A0112	日記抄*	

2月「梢」2月号【回覧誌。ノンブルは振られていない。ペンネームは、淳三】*

A0113	文芸諸道 雑筆*〔分量は14ページ〕	
A0114	山に対して*	
A0115	駒澤にて*〔分量は10ページ〕	
A0116	此日頃*	
A0117	編輯後記	

4月「KOZUE」4月号【回覧誌。ノンブルは振られていない。ペンネームは、本栖淳三、淳三】*

A0118	姉さん*《小説》〔分量は16ページ〕	
A0119	レモン*《小説》〔分量は10ページ〕	
A0120	一夜*	
A0121	駒澤にて*	
A0122	田舎の春*《小説》〔分量は10ページ〕	
A0123	感情 一束*	
A0124	雑感*	
A0125	鬼太郎兄へ*	
A0126	征矢*《歴史小説》〔分量は18ページ〕	
A0127	創作・いえ〈長篇創作〉*〔分量は15ページ〕	
A0128	秘密*《小説》〔分量は14ページ〕	
A0129	俊太郎と湧吉*《小説》〔分量は16ページ〕	
A0130	後記 おわび*	

6月「梢」6月号【回覧誌。ノンブルは振られていない。ペンネームは、本栖淳三】*

A0131	旅*〔分量は12ページ〕	
A0132	道を行く*《小説》〔分量は10ページ〕	
A0133	或る景色*	
A0134	創作すること*	
A0135	駒澤にて*	
A0136	編輯後記*	

昭和3（1928）年　17歳

6月「KOZUYE」【回覧誌。ペンネームは、萱野淳三、野口冨士男】*

A0137	ことば「梢」編集部*　p1	
A0138	岩の上*　p1～4	
A0139	駒澤にて*　p15～26	
A0140	創作・病院へゆく恋人*《小説》　p43～59	
A0141	編輯後記*　p60～63	

7月「THE KODZU'E」【回覧誌】*
（ママ ママ）

A0142	創作・午后の野原で〈創作〉*　p31～38	
A0143	自殺した彼の話*《小説》　p47～75	

I. 初出目録　　　　　　　昭和7（1932）年

A0144		編輯後記* p109～115
		9月「THE KODZU̍'E̍」3号【回覧誌。ノンブルは振られていない。ペンネームは、ジュンゾー・カヤノ、萱野淳三、淳三、野口冨士男】*
A0145		表紙・挿画*
A0146		放浪の唄〈哀愁〉*
A0147		闇夜*《小説》〔分量は36ページ〕
A0148		身辺の事など（随筆）* 〔分量は14ページ〕
A0149		三吉と海*
A0150		はや秋に・尾瀬行*《小説》〔分量は41ページ〕
A0151		編輯後記*

昭和5（1930）年　19歳

A0152	2月	春一日を描く（茅野淳三郎）《小説》　　「尖塔」　p31～38
A0153	4月	海峡を渡る（茅野淳三郎）《小説》　　「尖塔」　p24～30
A0154	6月	馬車でゆく村（茅野淳三郎）《小説》　　「尖塔」　p26～35
A0155	7月	君の友達は窓の中にゐる（茅野淳三郎）北川哲郎追悼　　「尖塔」　p33
A0156	10月	まづしい点景（茅野淳三郎）《小説》　　「尖塔」　p2～14
A0157	12月	悩んでいる階級（茅野淳三郎）《小説》　　「尖塔」　p22～31
A0158	12月	10月同人雑誌評（茅野淳三郎）　　「尖塔」　p49～51
A0159	12月	編輯後記（茅野淳三郎）　　「尖塔」　p52
A0160	12月4日	窓枠の恋愛（野口冨士男）【自筆では月日不明】《小説》　　「三田新聞」　p4

昭和6（1931）年　20歳

A0161	1月	不幸な気持【以下、ペンネームは「野口冨士男」で統一】《小説》　　「尖塔」　p30～44
A0162	10月	冴子の夏《小説》　　「現実・文学」　p4～19
A0163	10月	編輯後記　　「現実・文学」　p64
A0164	11月	三重子《小説》　　「現実・文学」　p15～21
A0165	11月	編輯後記　　「現実・文学」　p83
A0166	12月	この頃　　「現実・文学」　p78～80
A0167	12月	編輯後記　　「現実・文学」　p95
A0168	?	春のトピック（F・N）　　「文化学院新聞」　未確認

昭和7（1932）年　21歳

A0169	1月	彼女の結論《小説》　　「現実・文学」　p45～63
A0170	1月	編輯後記　　「現実・文学」　p71
A0171	2月	文学瞥視(1)〈文芸時評〉　　「現実・文学」　p84～88
A0172	5月	新しきマリア《小説》　　「現実・文学」　p4～14
A0173	5月	編輯後記　　「現実・文学」　p78
A0174	6月	妹の都会*《小説》　　「現実・文学」　p22～38
A0175	7月	文学蔑視(2)　　「現実・文学」　p34～39
A0176	7月	編輯後記　　「現実・文学」　p98

昭和8（1933）年　　　I．初出目録

A0177　10月　夏日《小説》　　　「現実・文学」　p21～34
A0178　10月　阿賀利善三・板倉洋吉・重松宣也・松村武士論　　「現実・文学」　p96～98
A0179　10月?　わが一年　　「文化学院新聞」　未確認
A0180　　?　歌舞伎劇評　　「ダイヤグラム?」　未確認

昭和8（1933）年　22歳

A0181　2月　断想　　「文化学院新聞」　未確認
A0182　2月　藤井君の死　　「文化学院新聞」　未確認
A0183　3月　留守を訪ふ《小説》　　「年刊文化学院」第一輯　p154～165
A0184　4月　都会挽歌《小説》　　「文学青年」　p13～26
A0185　5月　舞台に観たもの〈新劇時評〉　　「文学青年」　p40～44
A0186　6月　一時期《小説》　　「文学青年」　p4～39
A0187　6月　編輯後記　　「文学青年」　p75
A0188　6月　劇団「プレイ・ボーイス」へ　　「プレイ・ボーイス」　p6
A0189　6月　真実　舞台　俳優（栗本鉄一郎）　　「模型劇場」　未確認
A0190　6月　お詫び（無署名）　　「模型劇場」　未確認
A0191　7月　エイ子、その他《小説》　　「文学青年」　p23～33
A0192　7月　新劇の表情　　「文学青年」　p56～61
A0193　9月　演劇時評　　「文学青年」　p7～10
A0194　9月　白痴の青年　　「文学青年」　p18～19
A0195　10月　すききらひ（峰岸八郎）　　「文学青年」　p45～46
A0196　10月　文芸時評（織本充）　　「文学青年」　p47～52
A0197　11月　築地のハムレット（N）　　「行動」　p40～41　⇒28，47
A0198　11月　十月・同人雑誌評（湯沢秋夫）　　「行動」　p105～107
A0199　11月　ハムレット上演（織本充）　　「文学青年」　p49～53
A0200　11月　人間のにほひ　プレイ・ボーイス・模型劇場合同公演リーフレット　　未確認
A0201　12月　築地座と小劇場（N）　　「行動」　p102

昭和9（1934）年　23歳

A0202　1月　演劇月旦（N）　　「行動」　p281～282
A0203　2月　新劇雑感　　「レツェンゾ」　p30～32　⇒47
A0204　2月　日本新劇祭第一回（N）新劇評　　「行動」　p99
A0205　3月　梅（のち「鶴」）《小説》　　第二次「現実・文学」　p15～28
A0206　3月　今年の劇壇はどうなるか　　「貝殻」　p17
A0207　3月　新劇評判（N）　　「行動」　p90～91
A0208　3月　無題　書簡　　「文化学院同窓会報」　p60～61
A0209　4月　新劇評判（無署名）*　　「行動」　p234
A0210　4月5日　大根【自筆は昭和7年で月日は不明だった】《小説》　　「三田新聞」　p6
A0211　5月　街にて《小説》　　第二次「現実・文学」　p33～49
A0212　5月　松尾英三郎追悼　　第二次「現実・文学」　p69～72
A0213　5月　編集後記　　第二次「現実・文学」　p79
A0214　5月　新劇評判（N）　　「行動」　p194
A0215　6月　花かげ《小説》　　第二次「現実・文学」　p25～33
A0216　6月　新劇評判（N）OPQ?*　　「行動」　p103

8

A0217	7月	夏と不良少年《コント》	「レツェンゾ」	p53	
A0218	8月	只今文芸復興中(伊勢五郎)	「行動」	p168～171	
A0219	8月	佐藤春夫氏について 作家論	第二次「現実・文学」	p14～24	
A0220	8月	隅田川(「山・川・湖」のうち)	「あらくれ」	p27～29	⇒28
A0221	9月	九段四丁目	「翰林」	p14～18	⇒28
A0222	10月	海の踊《小説》	「あらくれ」	p54～62	
A0223	10月1日	創作座を見る【自筆では月日不明だった】	「帝国大学新聞」	p7	
A0224	11月	劇団「芸術舞台」(前篇)《小説》	第二次「現実・文学」	p4～18	
A0225	11月	にほひ咲き《小説》	「三田文学」	p46～62	
A0226	11月	新劇評判(OPQ)	「行動」	p205～207	
A0227	12月	新劇評判(N)*	「行動」	p218～220	

【9年3月～10年9月、「あらくれ」の編集後記を担当】

昭和10(1935)年　24歳

A0228	1月	雪《コント》	「レツェンゾ」	p23	
A0229	1月	悪銭《小説》	「あらくれ」	p75～80	
A0230	1月	劇団「芸術舞台」(後篇)《小説》	第二次「現実・文学」	p57～81	
A0231	1月	新劇往来(浩章治)	「行動」	p299～301	
A0232	1月	田中千禾夫「橘体操女塾裏」	「築地座・パンフレット」	p7～9	
A0233	2月	編輯後記	「あらくれ」	p64	
A0234	2月	新劇往来(本名)	「行動」	p142	⇒47
A0235	3月	曲り角《小説》	第二次「現実・文学」	p44～55	
A0236	3月	夜の歌《小説》	「文芸汎論」	p75～81	
A0237	3月	喜吉の昇天《小説》	「行動」	p295～304	
A0238	3月	新劇往来(浩章治)	「行動」	p161	
A0239	3月	編輯後記	「あらくれ」	p58	
A0240	3月31日	金曜会の「カルメン」を観る*	「三田新聞」	p6	
A0241	4月	新劇評判(浩章治)	「行動」	p213	⇒47
A0242	4月	坪内逍遙哀悼*	「レツェンゾ」	p11～17	
A0243	4月	編輯後記	「あらくれ」	p62	
A0244	5月	SUMIKO(「三重子」改作)《小説》	「ROMAJI SEKAI」	p38～45	
A0245	5月	新劇往来*	「行動」	p115	
A0246	5月	編輯後記	「あらくれ」	p66	
A0247	6月	僕とハイキング	「みちづれ」	p35～38	
A0248	6月	新劇の現状(岡田笙子)	「レツェンゾ」	p38～41	⇒47
A0249	6月	新劇往来(浩章治)	「行動」	p164	
A0250	6月	リーグ戦酣(猪野八郎)	「行動」	p241～244	
A0251	6月	編輯後記	「あらくれ」	p59	
A0252	7月	都会心情《小説》	第二次「現実・文学」	p57～59	
A0253	7月	編輯後記	第二次「現実・文学」	p60	
A0254	7月	笛と踊《小説》	「三田文学」	p38～56	
A0255	7月	模型劇場を観る【自筆は掲載月不明】	「三田新聞」	頁不明	
A0256	7月	Motorboarting 手帖*	「行動」	p164～180	
A0257	9月	鎌倉の夏	「翰林」	p68～70	

昭和11（1936）年　　　　I. 初出目録

A0258　9月　「無」から「有」へ　「文藝通信」　p27〜29
A0259　10月　千葉先生を憶ふ　「文化学院新聞」　p4
A0260　11月　「燃ゆる意志」について　「模型劇場」　未確認
A0261　12月　若い彼の心《小説》　「三田文学」　p58〜79

昭和11（1936）年　25歳

A0262　2月　舟橋聖一氏に　「あらくれ」　p5〜7
A0263　5月　殷賑の蔭《小説》　「作家精神」　p47〜78
A0264　5月　此処から生れる　「作家精神」　p109
A0265　6月　聴け聴け雲雀《小説》　「作家精神」　p5〜29
A0266　7月　返信　「作家精神」　p20〜23
A0267　7月　開眼閉眼　「文化学院同窓会報」　p38〜40
A0268　11月　飛びゆく（のち「女性翩翻」）《小説》　「行動文学」　p2〜53　⇒2
A0269　11月　少女の稿*　「行動文学」　p138〜139
A0270　12月　清姫の蛇　「行動文学」　p91〜95
A0271　12月　しかし　「行動文学」　p103

昭和12（1937）年　26歳

A0272　1月　さぐり合ひ《小説》　「新潮」　p151〜159
A0273　2月　遠近秘話　「行動文学」　p34〜35
A0274　2月　小説家を語る　「行動文学」　p42〜56
A0275　5月　風の系譜（飛びゆく後編、のち「女性翩翻」）《小説》　「作家精神」　p75〜127　⇒2
A0276　5月　庶民の底辺　「自由律」　未確認
A0277　6月　幻影《小説》　「三田文学」　p166〜188
A0278　7月　暖簾《小説》　「作家精神」　p10〜27
A0279　7月　石川千代松博士　「作家精神」　p42〜44
A0280　9月　金銭と友情　「あらくれ」　p31〜33
A0281　10月　植物百態　「あらくれ」　p49〜51
A0282　10月　あらくれ会【自筆は同人語】　「あらくれ」　p78
A0283　10月　事実の選択《小説》　「作家精神」　p4〜41
A0284　11月　読書と涙—「土」を観て　新劇評　「作家精神」　p76〜77
A0285　11月　翌朝《小説》　「文芸汎論」　p52〜64
A0286　11月　雲煙日録《小説》　「あらくれ」　p47〜59
A0287　11月　あらくれ会【自筆は同人語】　「あらくれ」　p46
A0288　12月　禿髪記　「あらくれ」　p40〜42　⇒28
A0289　12月　あらくれ会【自筆は同人語】　「あらくれ」　p78

昭和13（1938）年　27歳

A0290　1月　消音機　「あらくれ」　p28〜30
A0291　2月　蓄音機　「あらくれ」　p36〜38
A0292　3月　夜《小説》　「あらくれ」　p46〜55
A0293　4月　人の子懺悔　「作家精神」　p72〜73

I. 初出目録　　昭和15（1940）年

A0294　4月　お濠端　「あらくれ」p19〜22
A0295　5月　純綿　「あらくれ」p33〜36
A0296　6月　老妓供養《小説》　「あらくれ」p55〜69　⇒22
A0297　7月　稲穂館、麥穂館《小説》　「作家精神」p4〜22　⇒3
A0298　7月　癖の話　「あらくれ」p43〜46
A0299　7月　あらくれ会【自筆は同人語】　「あらくれ」p38
A0300　8月　「縛られた女」の著者（＝徳田一穂作家論）　「文筆」p50〜53
A0301　8月　夜鏡《小説》　「あらくれ」p70〜76
A0302　9月　七月二十六日　「あらくれ」p51〜54
A0303　10月　涼宵　「あらくれ」p38〜40
A0304　11月　批評のまはり　「あらくれ」p37〜39
A0305　11月　あらくれ会*　「あらくれ」p44

昭和14（1939）年　28歳

A0306　3月　街には風が吹いてゐる《小説》　「作家精神」p4〜13　⇒3
A0307　3月　庄野誠一『肥った紳士』《書評》　「作家精神」p82〜83
A0308　4月　宿直室《小説》　「作家精神」p24〜32
A0309　4月　芸術をする青年　「作家精神」p83〜84
A0310　6月　学院新聞の出来たころ【自筆は昭和39年6月】　「月刊文化学院」1号　p17〜18
A0311　7月　新芽ひかげ《小説》　「作家精神」p4〜16　⇒22
A0312　9月16日　読書新凉（同日から4回連載）【自筆は昭和15年9月16日】　「哈爾賓日日新聞」　未確認
A0313　10月　夢のかよひぢ（「僕の吉原ノート」1）　「意匠」p12〜16　⇒28
A0314　10月　はしがき（「東京慕情」第1篇、のち「黄昏運河」）《小説》　「作家精神」p87〜104　⇒4

昭和15（1940）年　29歳

A0315　2月　まほろしの町（「僕の吉原ノート」2）　「意匠」p18〜23　⇒28
A0316　2月　「書翰」の証　「竹田三正遺稿集」p113〜140
A0317　2月　後記のあとに　「竹田三正遺稿集」p157〜161
A0318　3月　東京慕情(2)《小説》　「作家精神」p33〜49　⇒4
A0319　3月　鈴木丈也日記『終りに近き日』附記　「作家精神」p93〜94
A0320　4月　風の系譜(1)その1〜その5《小説》　「文学者」p2〜64　⇒1, 5
A0321　5月　東京慕情(3)《小説》　「作家精神」p33〜42　⇒4
A0322　5月　風の系譜(2)その6〜その9《小説》　「文学者」p92〜153　⇒1, 5
A0323　6月　風の系譜(3・完)その10〜12《小説》　「文学者」p2〜52　⇒1, 5
A0324　7月　浮河竹《小説》　「作品倶楽部」p71〜86
A0325　7月　湯治行　「三田文学」p148〜150
A0326　7月　自著　『風の系譜』青木書店刊　⇔1
A0327　8月　東京慕情(4)《小説》　「作家精神」p35〜45　⇒4
A0328　8月　ほろびる町（「僕の吉原ノート」3）　「意匠」p4〜8　⇒28
A0329　9月　居まはり談柄《小説》　「詩原」p8〜19　⇒4
A0330　9月　「心構へ」の鑑　「新潮」p117〜118

11

昭和16（1941）年　　　　I. 初出目録

A0331　10月　東京慕情（5）《小説》　　「作家精神」　p46〜60　⇒4
A0332　10月　小金井素子さんのこと　　「心の花」　p22
A0333　10月　巷に学ぶ　　「碧樹」　p9〜11
A0334　11月　通り雨《小説》　　「三田文学」　p116〜131　⇒4
A0335　11月　岡本太郎に語る　　「文学者」　p175〜179
A0336　12月　河からの風《小説》　　「新潮」　p162〜176　⇒3
A0337　12月　都会文学について　　「現代文学」　p58〜63　⇒28
A0338　12月　高木卓『歌と門の盾』《書評》　　「文学者」　p194〜196

昭和16（1941）年　30歳

A0339　1月　歳月《小説》　　「文学者」　p41〜58
A0340　1月　東京慕情（6・完）【自筆は15年12月】《小説》　　「作家精神」　p56〜77　⇒4
A0341　1月28日　伝統の尊重　　「読売新聞」・夕　p3　⇒28
A0342　3月　覚書　　「現代文学」　p82
A0343　3月　胸そそる日（「僕の吉原ノート」4）　　「意匠」　p54〜60　⇒28
A0344　3月　覚書　　「作家精神」　p144〜146
A0345　3月5日　文学精神について【自筆は3回】　　「九州日日新聞」（同盟通信）　p5
A0346　4月　桃の花の記憶《小説》　　「青年芸術派」明石書房　p73〜91　⇒3
A0347　5月　めがね養子（のち「人形家族」）《小説》　　「現代文学」　p10〜35　⇒3
A0348　5月　編集後記　　「現代文学」　p107
A0349　5月　老妓に寄せて（「老妓供養」の改作）《小説》　　「日本の風俗」　p94〜108
A0350　5月　自著　『女性翩翻』（青年芸術派叢書）通文閣刊　⇔2
A0351　6月　覚書　　「作家精神」　p101〜102
A0352　6月　作家論覚書　　「現代文学」　p90〜91
A0353　6月　編集後記　　「現代文学」　p140
A0354　7月　編集後記　　「現代文学」　p112
A0355　8月　眷属（1・未完）《小説》　　「現代文学」　p7〜17　⇒3
A0356　8月　編集後記　　「現代文学」　p134
A0357　9月　『トリマルキオーの饗宴』《書評》　　「現代文学」　p106〜108
A0358　9月　編集後記　　「現代文学」　p144
A0359　10月　ひとつの覚書　　「作家精神」　p125〜128
A0360　10月　自分のためのノート　　「新創作」　p111〜117
A0361　10月　眷属（2・承前）《小説》　　「現代文学」　p21〜32　⇒3
A0362　10月　編集後記　　「現代文学」　p133
A0363　11月　日常事（日常時と誤植）　　「南画鑑賞」　p25〜27
A0364　11月29日　美術史の断面（上）【自筆は3回】　　「旭川新聞」（同盟通信）　頁不明
A0365　12月2日　美術史の断面（下）　　「旭川新聞」（同盟通信）　p3
A0366　12月　眷属（3・完）《小説》　　「現代文学」　p76〜106　⇒3
A0367　12月　徳田一穂『受難の芸術』《書評》　　「新創作」　p99〜100
A0368　12月　鶴（「梅」の改作）青年芸術派短篇集『八つの作品』　　通文閣　p219〜244

昭和17（1942）年　31歳

A0369　1月　本質と宿命（新しき文学の道）　　「新潮」　p29〜30

I. 初出目録　　昭和18（1943）年

A0370　2月　仮の住居　　「三田文学」　p112〜114
A0371　3月　高木卓『北方の星座』《書評》　「新文学」　p110〜112
A0372　4月　転生《小説》　　「新創作」　p97〜117
A0373　4月　徳田一穂『北の旅』《書評》　「現代文学」　p51〜52
A0374　4月　自著　『眷属』大観堂刊　⇔3
A0375　5月　かどで《小説》　　「新文学」　p68〜82
A0376　5月　戦後《小説》　　「現代文学」　p74〜94
A0377　5月　鈴木五郎「勝田新左衛門の日記」作品評　「現代文学」　p68〜69
A0378　6月　家系《小説》　　「中央公論」　p8〜22
A0379　6月　電話の人《小説》　　「保健教育」　p117〜122
A0380　6月　習練・途上（2）《小説》　　「新文学」　p70〜90
A0381　6月　老境 青年芸術派短篇集『私たちの作品』《小説》　豊国社　p221〜251
A0382　7月　近隣《小説》　　「新潮」　p144〜159
A0383　7月　丹羽文雄は何を考へてゐるか（一問一答）　「現代文学」　p2〜6
A0384　7月　好きな土地・場所*　「現代文学」　p31〜32
A0385　7月　舞台の茶筒《小説》　　「文庫」　p49〜55
A0386　7月　龍之介の書簡　大正文学研究会編『芥川龍之介研究』河出書房刊　p197〜219　⇒28
A0387　8月　隣家のラジオ　　「新文化」　p66〜69
A0388　8月　十返一を語る　　「現代文学」　p49〜51
A0389　9月　好きな小説 嫌ひな小説　「現代文学」　p77〜78
A0390　10月　僕の場合【愛読した明治大正の作家と作品】　「新潮」　p56〜57
A0391　10月　往復書簡（南川潤と）君とは話せぬ《書簡》　「現代文学」　p52〜54
A0392　12月　印象と計画　　「現代文学」　p35〜36
A0393　12月　動物園行《小説》　　「月刊文章」　p43〜48
A0394　12月　今年度の優秀作品は？*《アンケート》　「新創作」　p38

昭和18（1943）年　32歳

A0395　1月　石の墓*　「現代文学」　p24〜28　⇒22, 39, 46
A0396　1月　「技術だけでも」について（山高芳子）　「新文学」　p70〜71
A0397　1月　新進作家の立場　「新創作」　p42〜43
A0398　1月　宇野浩二論　佐藤春夫・宇野浩二著『近代日本文学研究大正作家論』（下）小学館刊　p323〜358
A0399　2月　途上（承前）《小説》　「新文学」　p56〜82
A0400　2月　用紙と作家（山高芳子）　「新文学」　p8
A0401　2月　谷川徹三『志賀直哉の作品』《書評》　「文庫」　p30
A0402　2月　瀬音《小説》　　「生活文化」　未確認
A0403　3月　影響を受けた作家と作品　「現代文学」　p16〜17
A0404　3月　一つの現象から（山高芳子）　「新文学」　p44
A0405　3月　途上（2）《小説》　「新文学」　p73〜84
A0406　3月　自著　『黄昏運河』（新鋭文学選集）今日の問題社刊　⇔4
A0407　4月　書物について　「現代文学」　p55〜57
A0408　4月　途上（終篇）《小説》　「新文学」　p88〜103
A0409　5月？　毛髪顛末記　満州良男　未確認

13

昭和19（1944）年　　　　I. 初出目録

A0410	5月	浦賀〈辻小説〉《小説》	「青少年の友」 p165
A0411	5月	牧屋善三氏への手紙（往復書簡）《書簡》	「早稲田文学」 p32～34
A0412	6月	火の煙《小説》	「現代文学」 p32～39　⇒27, 39
A0413	7月	控室にて《小説》	「若草」 p36～39
A0414	7月	好きな土地・場所	「現代文学」 p31～32
A0415	9月	炎暑裸考【自筆は10月号と2回だが1回の誤記】	「新創作」 p7～11
A0416	10月	自覚について	「現代文学」 p1
A0417	10月	一つの角度から	「現代文学」 p31～32
A0418	11・12月合併号	居室と衣服（井上立士追悼）	「新創作」 p8～11　⇒28

昭和19（1944）年　33歳

A0419	3月	伝統の理念発揚*《アンケート》	「文学報国」〔ノンブル振られていない。分量は1ページ〕
A0420	4月	風格と体臭〈文芸時評〉*	「新創作」 p20～21
A0421	6月	中期の作品　大正文学研究会編『志賀直哉研究』河出書房刊 p208～238　⇒28
A0422	8月	いきほひ	「日本文学者」 p18～19
A0423	8月	手入れ怠る勿れ*	「文学報国」〔ノンブルは振られていない。分量は2ページ〕
A0424	10月	渚の宿《小説》	「海の村」 p37～44
A0425	10月	理解について	「日本文学者」 p27～33
A0426	?	旅の道	「新創作」 未確認

昭和21（1946）年　35歳

A0427	3月25日	小説の読み方と書き方《講演》	越谷国民小学校
A0428	4月	橋袂《小説》	「新日本文学」 p46～56
A0429	5月	うしろ姿《小説》	「文明」 p78～91　⇒38
A0430	6月	薄ひざし《小説》	「新文芸」 p106～122　⇒38
A0431	8月	竹林《小説》	「文学季刊」 p125～141
A0432	9月	あやめ浴衣《小説》	「新世代」 p25～32
A0433	9月	些細なこと	「三田文学」 p23
A0434	10月	田舎町にて	「村と農政」 p25～28
A0435	12月	犯罪のことなど【自筆は10月】	「文明」 p30～32

昭和22（1947）年　36歳

A0436	1月	『ロミオとジュリエット』〈名作解説〉《解説》	「革新」 p38～41
A0437	2月	『たけくらべ』〈名作解説〉《解説》	「革新」 p20～23
A0438	2月	作家と批評家〈文芸時評〉	「東国」 p30～34
A0439	5月	わがために	「新小説」 p47～49
A0440	6月	おセイ《小説》	「三田文学」 p46～64　⇒6
A0441	6月	『椿姫』〈名作解説〉《解説》	「革新」 p36～37
A0442	7月	露きえず《小説》	「不同調」 p3～19　⇒20, 39
A0443	7月	自著	『決定版 風の系譜』東西文庫（金沢）刊　⇔5

I. 初出目録　　　　昭和24（1949）年

A0444	8月	片意地文学論（1）	「新生日本文学」 p2〜7
A0445	8月	つゆぞら《小説》	「さきがけ」 p2〜9
A0446	9月	片意地文学論（2）	「新生日本文学」 p9〜15
A0447	9月	祭の日まで《小説》	「革新」 p56〜64
A0448	9月	つゆぞら 2*《小説》	「さきがけ」 p8〜13
A0449	10月	片意地文学論（3・完）	「新生日本文学」 p9〜13
A0450	12月	『初恋』《名作解説》《解説》	「革新」 p48〜51
A0451	12月	白鷺《小説》	「文学会議」 p164〜198 ⇒6, 39
A0452	12月	人生如何に生くべきか	「三田文学」 p20〜21

昭和23（1948）年　37歳

A0453	1月	小説の在り方（舟橋聖一・豊田三郎・高橋義孝ほか）*《座談会》	「文芸時代」 p50〜63
A0454	2月	ゆがんだ青春《小説》	「若草」 p2〜10
A0455	3月	告白《小説》	「新小説」 p27〜40
A0456	4月	わが青春《小説》	「社会思潮」 p54〜64 ⇒6
A0457	4月	ゆきずりの人《小説》	「月刊文芸」 p28〜32
A0458	4月6日	自負と内省	「第一新聞」 p2
A0459	7月	落差《小説》	「若草」 p23〜36
A0460	7月	晴れぬ日々《小説》	「暖流」 p52〜63
A0461	7月	愛について（ESSAY ON MAN）	「三田文学」 p25〜26
A0462	7月	近代と現代	「不同調」 p40〜41
A0463	7月	観念について語る（舟橋聖一・福田恆存・伊藤整ほか）*《座談会》	「文芸時代」 p15〜30
A0464	8月	苦悩の末（太宰治追悼）	「文芸時代」 p14〜15 ⇒28
A0465	9月7日	世捨人と俗人（舟橋聖一との往復書簡）《書簡》	「第一新聞」 p2
A0466	9月25日	伝説《コント》	「日本農業新聞」 p2
A0467	10月	影法師《小説》	「文芸時代」 p26〜36 ⇒6, 39
A0468	10月	連作小説の問題	「文学集団」 p24
A0469	10月	こぞの雪《小説》	『推薦書下し傑作集』桃蹊書房刊 p55〜70 ⇒6
A0470	11月	ハガキ回答《アンケート》	「新生日本文学」 p38
A0471	11月	最近の文壇を語る（椎名麟三・梅崎春生・八木義徳ほか）*《座談会》	「文芸時代」 p53〜64

昭和24（1949）年　38歳

A0472	1月	花いばら《小説》	「文芸時代」 p2〜15
A0473	1月	童顔《小説》	「新小説」 p11〜21
A0474	1月	池ノ端七軒町《小説》	「日本小説」 p4〜18 ⇒6, 39
A0475	1月13日	甚五（上）《コント》	「日本農業新聞」 p2
A0476	1月19日	甚五（下）《コント》	「日本農業新聞」 p2
A0477	2月	一九四九年の文学（花田清輝・福田恆存・八木義徳ほか）*《座談会》	「文芸時代」 p46〜59
A0478	3月	小説の内面（八木義徳・梅崎春生・青山光二ほか）*《座談会》	「文芸時代」 p43〜59

15

昭和25（1950）年　　　I. 初出目録

A0479　4月　懸絶《小説》　　「若草」　p58〜68
A0480　4月25日　注文の「型」　　「報知新聞」　p2
A0481　5月　チョジュツ業　　「文芸時代」　p27〜28　⇒14
A0482　5月　自著　『白鷺』講談社刊　⇔6
A0483　6月　女賊《小説》　　「文芸首都」　p41〜50
A0484　6月　ツンドク礼賛　　「早稲田文学」　p32〜35　⇒28
A0485　7月　林芙美子『晩菊』《書評》　　「文芸時代」　p33
A0486　9月　文化学院系の諸誌　　「文学集団」　p18〜19
A0487　11月　翌朝《小説》　　「婦人朝日」　p29〜36
A0488　11月18日　菊の花―徳田秋聲先生のこと　　「報知新聞」　p2　⇒14

昭和25（1950）年　39歳
A0489　2月　橋の雨《小説》　　「群像」　p132〜143　⇒20
A0490　3〜5月？　緑の微風（12回連載）*　　「山の手商工新聞」　未確認
A0491　5月　傷痕《小説》　　「新小説」　p89〜99
A0492　5月　秋声遺跡保存会の設立まで*　　「秋声遺跡保存会」　p8〜11　⇒14
A0493　7月　聖徳太子　　「電信電話」　p36〜37
A0494　8月？　本邦電信電話年表*　　「電信電話」　未確認
A0495　12月11日　転業か、非ず　　「山形新聞」・夕（共同通信）　p2

昭和26（1951）年　40歳
A0496　1月　平野（のち「川のある平野」と改題）《小説》　　「中央評論」　p135〜148　⇒27, 39
A0497　5月22日　貧乏文士　掲載紙不明【自筆は大阪朝日新聞・夕刊】
A0498　7月　船山馨〈戦後作家論集〉　　「近代文学」　p52〜54　⇒28
A0499　7月　一つの提案　　「組合月報」　p5〜7
A0500　8月　永井荷風「腕くらべ」〈秘密版ダイジェスト〉　　「モダン日本」　p15〜18
A0501　8月　まえがき*　　蛭田昭著『蛭田昭遺稿集』蛭田捨太郎発行　p1〜2
A0502　9月　流れる肉的幻想〈秘密版ダイジェスト〉　　「モダン日本」　p108〜111
A0503　10月　リョクイン随筆　　「文学生活」　p73〜75

昭和27（1952）年　41歳
A0504　4月　飛ぶ歌*　　「社会タイムス」　未確認
A0505　5月　下谷龍泉寺「たけくらべ」（東京ラブストーリー）　　「スタイル」　p124〜126
A0506　5月28日　秋聲遺宅〈茶の間欄〉　　「毎日新聞」　p1　⇒14
A0507　9月　押花《小説》　　「三田文学」　p25〜31　⇒20, 39
A0508　9月　二十六番〈掌小説〉*《小説》　　朝日放送（ラジオ）
A0509　11月23日　おとこ湯　　「家庭朝日」　p8
A0510　12月16日　麻雀屋の師走　　「岐阜タイムス」ほか（共同通信）　p2

昭和28（1953）年　42歳
A0511　8月23日　私のみずうみ　　「家庭朝日」　p8　⇒26
A0512　9月　いもあらひ坂《小説》　　「新文明」　p12〜26

I. 初出目録　　昭和33（1958）年

A0513　10月　女中ばなし〈掌小説〉《小説》　　朝日放送（ラジオ）
A0514　12月　煙雨《小説》　　「机」　p27〜32

昭和29（1954）年　43歳
A0515　2月　耳のなかの風の声《小説》　　「文學界」　p28〜47　⇒22, 35, 39, 46
A0516　8月　いのちある日に《小説》　　「群像」　p102〜126　⇒7
A0517　10月　夜の鏡《小説》　　「新潮」　p165〜169　⇒20, 39
A0518　12月　"風流抄"の作家舟橋聖一　　「別冊文藝春秋」43号　p13〜21

昭和30（1955）年　44歳
A0519　4月26日　二人の幼な友達〈わが青春記〉【自筆は〈わが青春〉】　　「東京新聞」・夕　p8
A0520　9月25日　ショーロホフ提言に答える　　「日本とソヴェト」　p1
A0521　11月　南川君の三つの望み（南川潤追悼）　　「三田文学」　p37〜38
A0522　11月　「文芸年鑑」の整備　　「文芸家協会ニュース」　p3
A0523　11月28日　虚名　　「新政治新聞」　p1
A0524　12月　ベルの音《小説》　　「電信電話」　p48〜49

昭和31（1956）年　45歳
A0525　4月　秋聲年譜の修正　　「三田文学」　p3〜4　⇒14
A0526　4月　童貞〈掌小説〉《小説》　　朝日放送（ラジオ）
A0527　5月4日　宇野浩二氏を訪ねて（師弟問答・上）　　「東京新聞」・夕　p8　⇒28
A0528　5月5日　宇野浩二氏を訪ねて（師弟問答・下）　　「東京新聞」・夕　p8　⇒28
A0529　6月　生きるということ　　「電信電話」　p12〜13
A0530　8月　会員証二題　　「文芸家協会ニュース」　p2
A0531　12月　自著　　『いのちある日に』河出書房刊　⇔7

昭和32（1957）年　46歳
A0532　3月　ナマ原稿の焼失　　「文芸家協会ニュース」　p2
A0533　3月17日　昭和は遠く《コント》　　「日本経済新聞」　p4
A0534　6月　解説《解説》　　舟橋聖一著『木石』角川書店刊　p202〜207
A0535　12月　死んだ川《小説》　　「群像」　p68〜87　⇒20, 39

昭和33（1958）年　47歳
A0536　1月　静かなあゆみ*　　「文芸家協会ニュース」　p2
A0537　3月31日　最古の太郎画〈私の自慢〉　　「東京新聞」　p1
A0538　4月　「重役の椅子」讃辞*　掲載紙不明【自筆は産経時事】
A0539　6月　自著　　『ただよい』（「黄昏運河」の改作）小壺天書房刊　⇔8
A0540　10月　実体喪失　　「文学者」　p6〜7
A0541　11月　書下ろし単行本　　野口冨士男著『海軍日記』現代社刊　⇔9
A0542　12月　書下ろし単行本　　野口冨士男著『二つの虹』現代社刊　⇔10

昭和34（1959）年　　　　I.　初出目録

昭和34（1959）年　48歳

A0543　3月13日　岡本太郎と対談（収録）*《TV出演・対談》　　　フジテレビ
A0544　7月　　きよらかな人『岩上順一追想集』　　「変革期の文学」附録　p30～32
A0545　10月　　陸の船酔　　「船員保険」　p12～13
A0546　11月　　当時*　　「文芸家協会ニュース」100号記念　p2
A0547　11月　　修正徳田秋聲年譜試案（1）　　「国文学」　p120～126
A0548　11月21日　文学者の宿命――豊田三郎さんの死　　「読売新聞」・夕【自筆は朝刊】　p4
A0549　12月　　修正徳田秋聲年譜試案（2）　　「国文学」　p101～109

昭和35（1960）年　49歳

A0550　1月　　修正徳田秋聲年譜試案（3）　　「国文学」　p97～100
A0551　1月　　徳田秋聲『あらくれ』　　吉田精一編『近代名作モデル事典』至文堂刊　p8～9
A0552　1月　　井上靖『或る偽作家の生涯』　　吉田精一編『近代名作モデル事典』至文堂刊　p16～18
A0553　1月　　葛西善三『子をつれて』　　吉田精一編『近代名作モデル事典』至文堂刊　p125～127
A0554　1月　　葛西善三『哀しき父』　　吉田精一編『近代名作モデル事典』至文堂刊　p88～89
A0555　1月　　舟橋聖一『花の素顔』　　吉田精一編『近代名作モデル事典』至文堂刊　p251～253
A0556　2月3日　西南戦争・鹿児島《脚本》　　「日本風土記」NET（現・テレビ朝日）
A0557　2月14日　夜になってからの雪《コント》　　「北海道新聞」　p15
A0558　3月23日　倉敷《脚本》　　「日本風土記」NET（現・テレビ朝日）
A0559　6月　　荷風をめぐる女たち　　「解釈と鑑賞」　p69～78
A0560　6月　　「行為」と「要約」と　　「三田文学」　p3～5
A0561　6月18日　空海《脚本》　　「日本人の歴史」NET（現・テレビ朝日）
A0562　6月25日　野球におもう*　　「日本経済新聞」　p16
A0563　10月　　三島由紀夫・福田恆存対談「文学と演劇についてのまじめな放談」を司会*《対談司会》　　「風景」　p16～23
A0564　11月　　源氏鶏太・村上元三対談「武士とサラリーマン」を司会*《対談司会》　　「風景」　p16～23
A0565　11月　　理事諸氏にも*　　「文芸家協会ニュース」　p2
A0566　12月　　木山捷平・安岡章太郎対談「さまざまなる不安」を司会*《対談司会》　　「風景」　p16～23
A0567　12月1日　晩年の秋聲作品*　　「富商新聞」　未確認
A0568　12月9日　「顔役さん」舟橋聖一（匿名）　　「東京新聞」・夕　p8

昭和36（1961）年　50歳

A0569　1月　　有馬頼義・北杜夫対談「病巣をめぐって」を司会*《対談司会》　　「風景」　p20～27
A0570　2月　　川崎長太郎・吉行淳之介対談「灯火は消えても」を司会*《対談司会》　　「風景」　p20～27
A0571　2月　　編集後記（以後、37年4月まで毎号）　　「風景」　p53

I. 初出目録　　　　昭和36（1961）年

A0572　2月4日　西郷隆盛【自筆は35年】《脚本》　　「日本人の歴史」NET（現・テレビ朝日）
A0573　2月18日　伊藤博文【自筆は35年】《脚本》　　「日本人の歴史」NET（現・テレビ朝日）
A0574　3月　渚《小説》　「電信電話」p52〜55
A0575　3月　高橋義孝・十返肇対談「三つの現代文学」を司会*《対談司会》　「風景」p20〜27
A0576　3月　編集後記　「風景」p55
A0577　3月11日　石川啄木*《脚本》　　「日本人の歴史」NET（現・テレビ朝日）
A0578　4月　井上靖・中村光夫対談「旅のみのり」を司会*《対談司会》　「風景」p22〜29
A0579　4月　編集後記　「風景」p59
A0580　5月　芸者（明治・大正・昭和三代の風俗）　「新婦人」p173〜177　⇒26, 47
A0581　5月　椎名麟三・小島信夫対談「純文学のゆくえ」を司会*《対談司会》　「風景」p22〜29
A0582　5月　編集後記　「風景」p55
A0583　5月21日　海軍応召文人会　「日本経済新聞」p12　⇒26
A0584　6月　富田常雄・井上友一郎対談「新聞小説の特質」を司会*《対談司会》　「風景」p30〜37
A0585　6月　編集後記　「風景」p57
A0586　7月　今日出海・武田泰淳対談「映画を中心に」を司会*《対談司会》　「風景」p32〜39
A0587　7月　編集後記　「風景」p56
A0588　8月　亀井勝一郎・山本健吉対談「国語と言語表現」を司会*《対談司会》　「風景」p32〜40
A0589　8月　編集後記　「風景」p59
A0590　8月28日　所信はつらぬけ（雑誌編集一年間の体験）　「日本海新聞」（共同通信）p3
A0591　9月　かの子女史と太郎君　角川書店編集部編『世界の人間像』第三巻 月報 角川書店刊　p4〜8
A0592　9月　臼井吉見・北原武夫対談「女性と文学」を司会*《対談司会》　「風景」p34〜42
A0593　9月　編集後記　「風景」p61
A0594　10月　秋聲追跡—「未解決のま」のお冬　「文学者」p6〜17
A0595　10月　谷崎潤一郎・円地文子対談「伊豆山閑話」を舟橋聖一と司会*《対談司会》　「風景」p12〜21
A0596　10月　編集後記　「風景」p60
A0597　11月　同年同期*　「文芸家協会ニュース」p2
A0598　11月　上林暁・佐多稲子対談「文学者の生活」を司会*《対談司会》　「風景」p32〜40
A0599　11月　編集後記　「風景」p60
A0600　12月　同時代人として（庄司総一追悼）　「三田文学」p5〜6
A0601　12月　柴田錬三郎・水上勉対談「いそがしい作家」を司会*《対談司会》　「風景」p30〜38
A0602　12月　編集後記　「風景」p60

昭和37（1962）年　51歳

A0603　1月　白い小さな紙片《小説》　　「風景」　p52〜59　⇒20, 39
A0604　1月　広津和郎・高見順対談「新春文藝夜話」を司会＊《対談司会》　　「風景」　p32〜41
A0605　1月　編集後記　「風景」　p59
A0606　1月20日　文壇の底辺はこうだ　「図書新聞」　p1　⇒14
A0607　2月　中村真一郎・篠田一士対談「作家の不満 批評家の不満」を司会＊《対談司会》「風景」　p32〜40
A0608　2月　編集後記　「風景」　p59
A0609　2月22日　文学者たちの山田順子観　「秋田魁新報」・夕　p4　⇒14
A0610　3月　「風景」の21ヶ月＊　「三友」　p3
A0611　3月　頼尊清隆・笹原金次郎対談「新聞の文学・雑誌の文学」を司会＊《対談司会》「風景」　p32〜39
A0612　3月　編集後記　「風景」　p60
A0613　3月12日　犬とバカと僕　「東京新聞」・夕　p8　⇒26
A0614　4月　壺井栄・芝木好子対談「文学する女性」を司会＊《対談司会》　　「風景」　p32〜39
A0615　4月　編集後記　「風景」　p60
A0616　5月　河盛好蔵・永井龍男対談「文学賞の周辺」を司会＊《対談司会》　「風景」　p32〜38
A0617　6月　晩年の三つの作品　徳田秋声著『秋聲全集』第七巻 月報3 雪華社刊　p64〜68　⇒14
A0618　8月　今ならまだ＊　「文芸家協会ニュース」　p3
A0619　9月　秋聲追跡―『黴』をめぐって①　「風景」　p22〜23
A0620　9月　徳田秋聲伝①（後年の単行本とは別のもの）　「円卓」　p4〜15
A0621　10月　徳田秋聲伝②　「円卓」　p32〜43
A0622　10月　秋聲追跡―『黴』をめぐって②　「風景」　p32〜33
A0623　10月12日　テレビ週評【自筆は10月21日】　「TVガイド」　p33
A0624　11月　徳田秋聲伝③　「円卓」　p4〜16
A0625　11月　秋聲追跡―『黴』をめぐって③　「風景」　p32〜33
A0626　11月23日　テレビ週評　「TVガイド」　p33
A0627　12月　徳田秋聲伝④　「円卓」　p34〜42
A0628　12月　秋聲追跡―『黴』をめぐって④　「風景」　p32〜33

昭和38（1963）年　52歳

A0629　1月　二葉の写真から―「あらくれ会」の思い出　『日本文学全集』第11巻月報 新潮社刊　p3〜4　⇒14
A0630　1月　徳田秋聲伝⑤　「円卓」　p8〜22
A0631　1月　秋聲追跡―『黴』をめぐって⑤　「風景」　p28〜29
A0632　1月25日　テレビ週評　「TVガイド」　p63
A0633　2月　秋聲追跡―『黴』をめぐって⑥　「風景」　p28〜29
A0634　2月2日　著作家の手紙《アンケート》　「図書新聞」　p6
A0635　3月　秋聲追跡―『黴』をめぐって⑦　「風景」　p28〜30
A0636　3月8日　テレビ週評　「TVガイド」　p71

I. 初出目録　　昭和40（1965）年

A0637　4月　秘本一巻　　「文学散歩」永井荷風記念号　p28～29　⇒28
A0638　4月　秋聲追跡―『黴』をめぐって⑧　　「風景」　p28～30
A0639　4月4日　評論家十返千鶴子の奇妙な愛情《談話》　　「週刊サンケイ」　p12～18
A0640　4月19日　テレビ週評　　「TVガイド」　p46
A0641　5月　秋聲追跡―『黴』をめぐって⑨　　「風景」　p28～29
A0642　6月　秋聲追跡―『黴』をめぐって⑩　　「風景」　p28～30
A0643　7月　秋聲追跡―『黴』をめぐって⑪　　「風景」　p28～30
A0644　7月17日　豊田三郎『好きな絵』《書評》　　「東京新聞」・夕　p8
A0645　7月21日　私の好きな食べもの《アンケート》　　「夕刊東京タイムズ」【自筆は東京タイムズ夕刊】　p1
A0646　8月　秋聲追跡―『黴』をめぐって⑫　　「風景」　p28～30
A0647　9月　私のなかの宇野浩二氏　　川崎長太郎・上林暁・渋川驍編『宇野浩二回想』中央公論社刊　p81～89　⇒24
A0648　10月14日　情婦とカクシ子　　「東京新聞」・夕　p8　⇒26
A0649　11月　彼と《小説》　　「風景」　p52～60　⇒13，39
A0650　11月4日　十返肇『実感的文学論』*　　「中国新聞」　p5
A0651　12月　童顔の毒舌家（十返肇追悼）　　「文学者」　p9～11　⇒24

昭和39（1964）年　53歳

A0652　1月　秋聲とおんな　　「文藝」　p21～22　⇒14
A0653　3月25日　一つの笑顔【自筆は38年で月日不明】　　「三友」　p8
A0654　5月　電話と書簡　　「風景」　p45～47
A0655　10月　秋聲を追って（和田芳恵と）《対談》　　「風景」　p30～38　⇒14

昭和40（1965）年　54歳

A0656　1月　秋聲追跡―『仮装人物』の副女主人①　　「風景」　p24～26
A0657　1月　自著　『徳田秋聲傳』筑摩書房刊　⇔11
A0658　1月27日　芝木好子『夜の鶴』《書評》　　「東京新聞」・夕　p8
A0659　2月　秋聲追跡―『仮装人物』の副女主人②　　「風景」　p24～26
A0660　2月　税対策委員の一人として*　　「文芸家協会ニュース」　p2
A0661　2月10日　「著者と一時間」（聞き手：百目鬼氏）《インタビュー》　　「朝日新聞」　p8
A0662　2月14日　『徳田秋声傳』（聞き手：野村尚吾）《インタビュー》　　「サンデー毎日」　p88～89
A0663　2月27日　『徳田秋聲傳』の文献資料　　「図書新聞」　p12　⇒14
A0664　3月　秋聲追跡―『仮装人物』の副女主人③　　「風景」　p24～26
A0665　3月中　わが著書を語る（『徳田秋聲傳』）　　「出版ニュース」　p24　⇒14
A0666　3月11日　舟橋聖一『寝顔』《書評》　　「読売新聞」・夕　p7
A0667　4月　片隅からの合掌*　　越智啓子編『花の雨―越智信平追悼録』　p61～63
A0668　4月　秋聲追跡―『仮装人物』の副女主人④　　「風景」　p24～25
A0669　4月3日　こわいろ　　「東京新聞」・夕　p8　⇒14
A0670　4月13日　秋聲の周辺《インタビュー》*　　「北国新聞」　p8　⇒14
A0671　5月　『徳田秋聲傳』の背後　　「新潮」　p210～211　⇒14
A0672　5月　「二十四五」と「中年増」　　『現代日本文学大系』第11巻月報 筑摩書房刊　p4～5　⇒14

昭和41（1966）年　　　I. 初出目録

A0673	5月	秋聲追跡—『仮装人物』の副女主人⑤　　「風景」　p18〜20
A0674	6月	流星抄《小説》　　「文藝」　p116〜152　⇒20, 39
A0675	6月	徳田秋聲先生と私　　「早稲田公論」　p43〜45　⇒14
A0676	6月	秋聲追跡—『仮装人物』の副女主人⑥　　「風景」　p24〜26
A0677	7月	芸術院会員徳田秋声の抵抗　　「人物往来」　p72〜79　⇒14
A0678	7月	秋聲追跡—『仮装人物』の副女主人⑦　　「風景」　p16〜17
A0679	7月1日	円地文子『小町変相』《書評》　　「読売新聞」・夕　p9
A0680	8月	秋聲追跡—『仮装人物』の副女主人⑧　　「風景」　p20〜22
A0681	9月	秋聲先生と銀座　　「銀座百点」　p22〜24　⇒14
A0682	9月	秋聲追跡—『仮装人物』の副女主人⑨　　「風景」　p20〜21
A0683	10月	徳田秋聲の近親者①　　「文学者」　p17〜30
A0684	10月	君との長い……（高見順追悼）　　「本の手帖」　p94〜96　⇒24
A0685	10月	秋聲追跡—『仮装人物』の副女主人⑩　　「風景」　p20〜22
A0686	10月	野田宗太郎・小田切進対談「近代文学の礎」を司会　　「風景」　p30〜38
A0687	10月27日	秋聲について（吉田精一・平野謙・佐伯彰一と）＊《TV出演・座談会》　　「作品と作家」NHKTV
A0688	11月	先生のおみやげ　　「山紫水明」　p28〜31　⇒14
A0689	11月	「渋川驍」の項を執筆　　三好行雄・竹盛天雄・吉田凞生・浅井清編『日本現代文学大事典』明治書院刊　p517
A0690	11月	「大正文学研究会」の項を執筆　　三好行雄・竹盛天雄・吉田凞生・浅井清編『日本現代文学大事典』明治書院刊　p627
A0691	11月	「徳田秋聲」の項を執筆　　三好行雄・竹盛天雄・吉田凞生・浅井清編『日本現代文学大事典』明治書院刊　p750〜754　⇒14
A0692	11月	秋聲追跡—『仮装人物』の副女主人⑪　　「風景」　p20〜22
A0693	11月	徳田秋聲の近親者②　　「文学者」　p35〜50
A0694	11月17日	単なる個人のつぶやきに〈懸賞小説選評〉　　「三田新聞」　p7
A0695	12月	徳田秋聲の近親者③　　「文学者」　p34〜40
A0696	12月	秋聲追跡—『仮装人物』の副女主人⑫　　「風景」　p20〜22

昭和41（1966）年　　55歳

A0697	1月	秋聲追跡—『仮装人物』の副女主人⑬　　「風景」　p20〜22
A0698	1月	徳田秋聲の近親者④　　「文学者」　p24〜32
A0699	1月5日	時の人（聞き手：沢開進）《インタビュー》　　「毎日新聞」　p2
A0700	1月8日	『徳田秋聲傳』その後＊　　「毎日新聞」・夕　p3　⇒14
A0701	1月10日	二七会と三銀会〈茶の間欄〉　　「毎日新聞」　p1
A0702	1月15日	晴れの毎日芸術賞《談話》　　「毎日新聞」　p14
A0703	1月17日	受賞者同士の奇しき再会《巌本真理との談話》　　「毎日新聞」　p5
A0704	1月24日	阿川弘之『山本五十六』《書評》　　「日本経済新聞」　p16
A0705	2月7日	伝記文学の方法（上）（8日まで2回）　　「東京新聞」・夕　p8　⇒14
A0706	2月8日	伝記文学の方法（下）　　「東京新聞」・夕　p8　⇒14
A0707	3月	源蔵ヶ原のころ　　尾崎士郎著『尾崎士郎全集』第7巻 月報5号 講談社刊　p2〜3　⇒28
A0708	3月	五所平之助・吉村公三郎対談「監督の発言」を司会　　「風景」　p32〜39
A0709	5月	「キアラ」と「風景」（八木義徳・北條誠と）＊《鼎談》　　「風景」　p34〜41

I. 初出目録　　　昭和43（1968）年

A0710　5月28日　「人物もの」の盛行　「北海道新聞」　p9
A0711　7月　石蹴り《小説》　「風景」　p54～61　⇒22, 39, 46
A0712　7月27日　沢野久雄『酒場の果汁』《書評》　「東京新聞」・夕　p8
A0713　10月　秋聲『縮図』　「解釈と鑑賞」臨時増刊　p198～199　⇒14
A0714　12月　偶然について　「三田文学」　p17～19
A0715　12月　解説・作家と作品《解説》　舟橋聖一著『日本文学全集 第60集 舟橋聖一集』集英社刊　p409～439

昭和42（1967）年　56歳

A0716　1月　『縮図』の背景　「芸術座プログラム」　p9～10　⇒14
A0717　2月10日　作家と作品・舟橋聖一（山本健吉司会で巖谷大四と）＊《対談》　NHK・FM
A0718　2月13日　三宅艶子関係《談話》　「週刊女性自身」　p37
A0719　2月16日　『縮図』の銀子の家　「東京新聞」・夕　p8　⇒14
A0720　2月23日　舟橋聖一『真贋の記』《書評》　「読売新聞」・夕　p7
A0721　3月　書き下ろし単行本　野口冨士男著『日本ペンクラブ三十年史』講談社刊　p51～273　⇔12
A0722　5月　その日私は《小説》　「風景」　p56～63　⇒13, 39
A0723　5月28日　『日本ペンクラブ三十年史』（聞き手：石田氏）〈この本この人〉《インタビュー》　「東京新聞」　p7
A0724　7月10日　新盆　「浄土宗新聞」　p2　⇒26
A0725　8月2日　丸岡明『ひともと公孫樹』《書評》　「東京新聞」・夕　p8
A0726　9月13日　船山馨『石狩平野』《書評》　「東京新聞」・夕　p8
A0727　10月　お願い＊　「文芸家協会ニュース」　p2
A0728　10月12日　芝木好子『築地川』《書評》　「東京新聞」・夕　p8
A0729　11月13日　瀬戸内晴美『鬼の栖』《書評》　「週刊読書人」　p5
A0730　11月22日　裏切られた私の行為〈懸賞小説選評〉＊　「三田新聞」50周年記念号　p15
A0731　12月　ある詩人　「無限」　p207～208　⇒14

昭和43（1968）年　57歳

A0732　2月　ほとりの私《小説》　「風景」　p50～64　⇒13, 35, 39
A0733　2月　山本太郎・谷川俊太郎対談「詩を考えてみる」を司会　「風景」　p36～44
A0734　2月5日　芝木好子『染彩』《書評》　「週刊読書人」　p5
A0735　3月　昭和十年代　「学鐙」　p8～11　⇒28
A0736　3月　解説《解説》　舟橋聖一著『歴史文学全集 第7巻 舟橋聖一集』人物往来社刊　p461～472
A0737　3月　創刊号のころ＊　「文芸家協会ニュース」　p2
A0738　3月14日　田辺茂一関係＊　「週刊現代」　p126
A0739　4月　里見弴氏とその文学（井上靖・有馬頼義と）＊《鼎談》　「風景」　p36～47
A0740　4月　税対策委員会報告＊　「文芸家協会ニュース」　p1
A0741　4月11日　作家の手　「東京新聞」・夕　p12　⇒24, 47
A0742　4月17日　著作権法の改正　「東京タイムス」（共同通信）　p14
A0743　4月27日　感触的昭和文学史＊《講演》　日本近代文学会・於昭和女子大
A0744　5月　北との結点①　船山馨とのこと　「北方文芸」　p42～45　⇒24

A0745	6月	北との結点② 八木義徳とのこと	「北方文芸」 p44〜47 ⇒24, 47
A0746	6月	馬の骨（維新の頃の私の祖先）	「大衆文学研究」 p204〜241
A0747	6月	舟橋聖一点描　舟橋聖一著『舟橋聖一選集』月報 新潮社【1〜13の奇数巻（全7回）】　月報1〜9はp2〜3、月報11〜13はp3〜4 ⇒28	
A0748	6月24日	佐藤善一『宇野浩二』《書評》　「週刊読書人」 p3	
A0749	7月	北との結点③ 和田芳恵とのこと 「北方文芸」 p59〜62	
A0750	8月	北との結点④・完 北海道文学者とのこと 「北方文芸」 p30〜33 ⇒24	
A0751	8月	風葉と秋聲　『日本現代文学全集』月報 講談社刊 p5〜6 ⇒14	
A0752	8月11日	『徳田秋聲伝』〈私の一冊〉　「毎日新聞」 p18 ⇒14	
A0753	9月	岩野泡鳴『耽溺』《解説》　日本近代文学館編『名著復刻全集』日本近代文学館刊　p71〜74 ⇒28	
A0754	9月30日	和田芳恵《色合わせ》《書評》　「週刊読書人」 p4	
A0755	10月	暗い夜の私《小説》　「風景」 p50〜65 ⇒13, 39	
A0756	10月	生まれたる自然派徳田秋聲　「国語科通信」・角川書店 p7〜12 ⇒14	
A0757	10月9日	先輩訪問《インタビュー》　「文化学院新聞」 p3	
A0758	11月17日	徳田秋聲『縮図』《名作文庫》　「毎日新聞」日曜版 p19 ⇒14	
A0759	12月	あとがき　文藝春秋出版局編『作家の対話―雑誌「風景」より』文藝春秋社刊　p447〜449	

昭和44（1969）年　58歳

A0760	1月	百号を顧みて（有馬頼義・吉行淳之介・船山馨らと）*《座談会》　「風景」 p34〜42	
A0761	2月	生島遼一『日本の小説』〈名著発掘〉　「文藝」 p175	
A0762	3月	『黴』と『暗夜行路』　「学鐙」 p34〜37 ⇒14	
A0763	3月	宇野さんとその周囲　宇野浩二著『宇野浩二全集』第11巻 月報8号 中央公論社刊　p9〜12 ⇒28	
A0764	3月5日	一字の違い（原題「たった一字」）　「東京新聞」・夕 p8 ⇒14	
A0765	3月11日	十返選集について（聞き手：高野氏）《インタビュー》　「毎日新聞」・夕 p3	
A0766	3月17日	十返選集について《インタビュー》　「北海道新聞」 p6	
A0767	3月31日	姓名のこと　「今週の日本」 p14 ⇒26	
A0768	4月	里見弴『善心悪心』《解説》　日本近代文学館編『名著復刻全集』日本近代文学館刊　p33〜36 ⇒28	
A0769	4月	解説《解説》　十返肇著『十返肇著作集』（上）講談社刊 p487〜490 ⇒28	
A0770	4月25日	昭和の文学*《講演》　於文化学院	
A0771	5月	解説《解説》　十返肇著『十返肇著作集』（下）講談社刊 p517〜520 ⇒28	
A0772	5月	「現実・文学」と「年刊文化学院」　「季刊文化学院」 p22〜24	
A0773	5月	寺崎浩宛書簡《書簡》　吉田精一編『実例手紙の事典』集英社 p223〜224	
A0774	6月	深い海の底で《小説》　「風景」 p50〜65 ⇒13, 39	
A0775	6月	善蔵・和郎・浩二・名著復刻全集　「近代文学館出版ニュース」 p4 ⇒24	
A0776	6月15日	十返肇を偲ぶ（十返千鶴子と）《対談》　「新刊ニュース」 p4〜11	
A0777	6月29日	上林暁『草餅』《書評》　「今週の日本」 p15	
A0778	7月	真暗な朝《小説》　「文藝」 p112〜137 ⇒13, 39	
A0779	7月	宇野浩二の日記　「日本近代文学館」 p2	

I. 初出目録　　　昭和45（1970）年

A0780	7月　和田芳恵さんの文学*　　「中央評論」　p32〜34	
A0781	7月　越ヶ谷　「マンスリー東武」　p5　⇒26	
A0782	7月29日　舟橋聖一『蜜蜂』《書評》　　「読売新聞」・夕　p5	
A0783	8月　解説《解説》　　里見弴・久保田万太郎著『日本文学全集 第26巻―里見弴・久保田万太郎集』集英社　p388〜418　⇒28	
A0784	8月　遠藤周作・大久保房男対談「文芸雑誌とは何か」を司会　　「風景」　p34〜42	
A0785	8月12日　芝木好子『明日を知らず』【自筆は8月21日】《書評》　　「読売新聞」・夕　p5	
A0786	9月　昭和十年代の文学（平野謙と）《対談》　　「風景」　p34〜43	
A0787	9月　浮きつつ遠く《小説》　　「文學界」　p82〜108　⇒13	
A0788	10月18日　新・文学人国記―神奈川①【毎土曜】　　「読売新聞」・夕　p7	
A0789	10月25日　新・文学人国記―神奈川②　　「読売新聞」・夕　p7	
A0790	11月1日　新・文学人国記―神奈川③　　「読売新聞」・夕　p7	
A0791	11月8日　新・文学人国記―群馬　　「読売新聞」・夕　p7	
A0792	11月15日　新・文学人国記―埼玉・栃木　　「読売新聞」・夕　p7	
A0793	11月22日　新・文学人国記―千葉・茨城　　「読売新聞」・夕　p9	
A0794	11月29日　新・文学人国記―東京①　　「読売新聞」・夕　p7	
A0795	12月　ある代作者の周辺　　「ちくま」　p14〜16　⇒14	
A0796	12月　自著　『暗い夜の私』講談社刊　⇔13	
A0797	12月　川崎真長太郎・八木義徳対談「人生の歳末」を司会　　「風景」　p32〜40	
A0798	12月1日　曽野綾子『無名碑』《書評》　　「サンケイ新聞」・夕　p5	
A0799	12月6日　新・文学人国記―東京②　　「読売新聞」・夕　p7	
A0800	12月8日　宇野千代『風の音』《書評》　　「週刊読書人」　p5	
A0801	12月9日　文士の税対策20年　　「サンケイ新聞」・夕　p3	
A0802	12月13日　新・文学人国記―東京③　　「読売新聞」　p7	
A0803	12月14日　尾崎一雄『冬眠居閑談』《書評》　　「今週の日本」　p5	
A0804	12月20日　新・文学人国記―東京④・完　　「読売新聞」・夕　p7	

昭和45（1970）年　59歳

A0805	1月　著書を語る・暗い夜の私*　　共同通信　未確認	
A0806	1月19日　「暗い夜の私」の時代的背景【自筆は44年12月】《講演》　　於日大芸術科	
A0807	1月21日　『昭和文壇史』野口冨士男氏　　「東京タイムス」　p12	
A0808	1月26日　『感触的昭和文壇史』を出した野口さん（聞き手：原沢氏）《インタビュー》　　「信濃毎日新聞」他・（共同通信）　p12	
A0809	1月28日　「秋聲伝」その後（のち「現実密着の深度」と改題）《研究ノート》*　　「朝日新聞」・夕　p7　⇒14	
A0810	2月　解説《解説》　　舟橋聖一著『現代日本の文学―舟橋聖一集』学習研究社刊　p433〜464	
A0811	2月3日　沢野久雄『失踪』《書評》　　「読売新聞」・夕　p7	
A0812	2月9日　船山馨『ペテルブルグ夜話』《書評》　　「週刊読書人」　p5	
A0813	2月16日　文壇戦前戦後*　　「毎日新聞」・夕　p5　⇒14	
A0814	3月　文学碑*　　「大法輪」　p48〜49　⇒28	
A0815	3月　『仮装人物』と『縮図』　　「学鐙」　p43〜46　⇒14	
A0816	3月　病床十日　　「風景」　p27〜29	

昭和46（1971）年　　　I. 初出目録

A0817　3月　先生*　　「道路」　p52～53
A0818　3月1日　野口冨士男氏の意見（聞き手：進藤純孝）《インタビュー》　「新刊ニュース」　p22～25
A0819　3月2日　伊藤整『発掘』《書評》　「サンケイ新聞」・夕　p3
A0820　3月31日　瀬戸内晴美『遠い声』（無署名）《書評》　「毎日新聞」　p17
A0821　4月17日　ノンプロ筆者の作家回想《書評》　「サンケイ新聞」　p5
A0822　4月30日　有馬頼義『原点』（無署名）《書評》　「毎日新聞」　p7
A0823　5月7日　佐多稲子『重き流れに』（無署名）《書評》　「毎日新聞」　p17
A0824　5月8日　この世のひとり〈茶の間欄〉　「毎日新聞」・夕　p2
A0825　6月8日　秋聲と占い*　　「東京新聞」・夕　p10　⇒14
A0826　6月10日　十周年をむかえる「風景」　「毎日新聞」・夕　p5
A0827　6月15日　中村光夫『虚実』《書評》　「サンケイ新聞」・夕　p3
A0828　6月30日　平野謙『昭和文学覚書』（無署名）《書評》　「毎日新聞」　p13
A0829　7月　雲のちぎれ《小説》　「風景」　p58～65　⇒20, 39
A0830　7月　特異な名編集長（和木清三郎追悼）　「三田文学」　p52～54
A0831　7月31日　漱石手紙発見《談話》　「朝日新聞」・夕　p5
A0832　8月　提言二つ三つ　「文學界」　p10～11
A0833　8月　赤坂附近*　　「文芸広場」　p8～9
A0834　8月　犯禁*　　「早稲田文学」　p98～99
A0835　8月5日　大岡昇平『愛について』（無署名）《書評》　「毎日新聞」　p10
A0836　8月27日　梅本育子『時雨のあと』《書評》　「朝日新聞」　p27
A0837　9月　風景と私*　　「風景」　p34
A0838　9月　小島政次郎『花ざかりの森』もう一つの〈文学〉*　　「早稲田文学」　p158～159
A0839　9月17日　戦争と作家気質　「朝日新聞」・夕　p7　⇒28
A0840　10月18日　槌田満文『東京文学地図』《書評》　「今週の日本」　p10
A0841　10月30日　徳田秋声の文学*《講演》　文芸サロン・於私学会館
A0842　11月24日　楢崎勤『作家の舞台裏』《書評》　「読売新聞」　p17
A0843　12月　一九七〇年の収穫《アンケート》　「文藝」　p222
A0844　12月　冬支度*　　「道路」　p56～57
A0845　12月13日　秋聲と宗教*　　「中日新聞」・日曜版　p22　⇒14
A0846　12月20日　長沼弘毅『鬼人宇野浩二』《書評》　「今週の日本」　p10

昭和46（1971）年　　60歳

A0847　1月　赤面症—伊藤整氏のこと「隣りの椅子①」　「風景」　p18～19　⇒24, 47
A0848　1月　解説*《解説》　舟橋聖一著『新潮日本文学29巻—舟橋聖一集』新潮社刊　p554～565
A0849　2月　浮き名損—岡本かの子氏のこと「隣りの椅子②」　「風景」　p18～19　⇒24, 47
A0850　2月1日　「われら還暦」（八木義徳・田村泰次郎と）*《鼎談》　「新刊ニュース」　p4～13
A0851　3月　風花——尾崎士郎氏のこと「隣りの椅子③」　「風景」　p18～19　⇒24
A0852　4月　レスト・ハウス—菊岡久利氏のこと「隣りの椅子④」　「風景」　p16～17　⇒24

I. 初出目録　　　　昭和46（1971）年

A0853　4月1日　秋聲誕生日のナゾ　「読売新聞」p17　⇒14
A0854　5月　雨宿り―川端康成のこと「隣りの椅子⑤」　「風景」p16～17　⇒24，47
A0855　5月　二十歳前後＊　『愛と叛逆―文化学院の五十年』文化学院出版部刊　p207～215　⇒28
A0856　5月3日　北原武夫『霧雨』《書評》　「サンケイ新聞」p7
A0857　5月7日　二反長半『青桐の床屋と燕』《書評》　「週刊読売」p93
A0858　5月20日　手術のあと　「毎日新聞」・夕　p5　⇒26
A0859　6月　作家年譜の諸問題　「学鐙」p36～39　⇒14
A0860　6月　どうしたわけか　『奥野信太郎回想集』慶應義塾三田文学ライブラリー刊　p237～240　⇒24
A0861　6月　武芸者―小林秀雄氏のこと「隣りの椅子⑥」　「風景」p16～17　⇒24，47
A0862　6月3日　伏字だらけの西鶴〈わたしと古典〉　「サンケイ新聞」・夕　p5　⇒26
A0863　6月19日　生命の樹　「東京新聞」・夕　p4
A0864　7月　千社札―鈴木清次郎のこと「隣りの椅子⑦」　「風景」p18～19　⇒24
A0865　7月　文学・政治・思想（佐多稲子・舟橋聖一と）《鼎談》　「風景」p32～40　⇒16
A0866　8月　愛について―椎名麟三のこと　『現代日本文学大系』月報53号　筑摩書房刊　p2～3　⇒24
A0867　8月　カナリヤ―倉橋弥一氏のこと「隣りの椅子⑧」　「風景」p16～17　⇒24
A0868　8月　文芸復興期の周辺（福田清人・平野謙と）《鼎談》　「風景」p32～40　⇒16
A0869　8月　閑　「三田評論」p101
A0870　8月2日　三浦三崎の火葬場（「風景論」12）　「読売新聞」・夕　p6　⇒26
A0871　8月20日　小田嶽夫『桃花扇・朱舜水』《書評》　「週刊読売」p76
A0872　8月21日　病気に気づいたとき〈家庭欄〉　「東京新聞」p6　⇒26
A0873　9月　紙の色―杉山英樹君のこと「隣りの椅子⑨」　「風景」p16～17　⇒24
A0874　9月　抵抗と混迷（中島健蔵・渋川驍・巌谷大四と）《座談会》　「風景」p32～40　⇒16
A0875　9月3日　舟橋聖一『花実の絵』《書評》　「読売新聞」p17
A0876　10月　『濹東綺譚』覚え書　「ちくま」p4～8　⇒28
A0877　10月　傷だらけ―井上立士君のこと「隣りの椅子⑩」　「風景」p16～17　⇒24，47
A0878　10月　大正時代のこと＊　「道路」p60～61
A0879　10月25日　船山馨『見知らぬ橋』《書評》　「サンケイ新聞」p4
A0880　11月　結び目―徳永直氏のこと「隣りの椅子⑪」　「風景」p18～19　⇒24
A0881　12月　枝折れ―豊田三郎氏のこと「隣りの椅子⑫」　「風景」p18～19　⇒24，47
A0882　12月　小説の中の故郷（八木義徳・船山馨と）《鼎談》　「風景」p34～43
A0883　12月　「覚え書補遺」　「荷風研究」p2　⇒28
A0884　12月　笑い　「季刊中央公論」p291
A0885　12月　1971年の成果〈アンケート〉　「文藝」p241
A0886　12月6日　水上勉『宇野浩二伝』《書評》　「信濃毎日新聞」（共同通信）p4
A0887　12月15日　『宇野浩二伝』を語る（水上勉と）【自筆が47年1月1日】《対談》　「新刊ニュース」p4～13
A0888　12月19日　水上勉『宇野浩二伝』《書評》　「サンデー毎日」p110

昭和47（1972）年　61歳

A0889　1月　ごめん ごめん―十返肇君のこと「隣りの椅子⑬」　「風景」p18～19　⇒24, 47
A0890　1月　水上勉『宇野浩二伝』《書評》　「自由」p176～177
A0891　1月　二つの姿勢―水上勉氏のこと　水上勉著『日本文学―水上勉集』月報41号 新潮社刊　p5～6　⇒26, 47
A0892　1月10日　私の「二・二六」　「浄土宗新聞」p2　⇒26
A0893　2月　馬の雑誌―石浜金作氏のこと「隣りの椅子⑭」　「風景」p18～19　⇒24
A0894　2月　心の寒暖（読書随想）　「蛍雪時代」p221
A0895　2月5日　八木義徳出版記念会（筆記：八重樫實）《スピーチ他》　「北の話」47号　p41～42
A0896　2月18日　広津桃子『春の音』《書評》　「読売新聞」p17
A0897　3月　ストロー―外村繁氏のこと「隣りの椅子⑮」　「風景」p18～19　⇒24
A0898　3月　八木義徳の出版記念会　「北方文芸」p1～2　⇒26
A0899　3月4日　円地文子『女人風土記』《書評》　「週刊読売」p76～77
A0900　4月　解説《解説》　船山馨著『北国物語』角川書店刊　p282～287
A0901　4月　かんにんどっせ　「ぎをん」p29～30　⇒26, 47
A0902　4月　人差指―木々高太郎氏のこと「隣りの椅子⑯」　「風景」p18～19　⇒24
A0903　4月　徳田秋聲とわたし　紅野敏郎ほか編『近代文学史3―昭和の文学』有斐閣選書　p122～124
A0904　4月　札幌の新しい店、函館の古い店（船山馨・八木義徳・原田康子ほかと）《座談会》　「北の話」p13～27
A0905　5月　土砂降り―梅崎春生君のこと「隣りの椅子⑰」　「風景」p18～19　⇒24
A0906　5月　さかぐっつあん*　坂口安吾著『日本文学選集―坂口安吾』月報14 集英社刊　p1～2　⇒24
A0907　6月　蒸発―再び川端康成氏のこと「隣りの椅子⑱」　「風景」p18～19　⇒24, 47
A0908　6月　道南四日　「北の話」p19～22
A0909　6月　田山花袋『時は過ぎゆく』《解説》　日本近代文学館編『名著復刻全集』日本近代文学館刊　p87～91　⇒28
A0910　6月　蕾の季節――「現代文学」のこと　『現代日本文学大系』79巻 月報69 筑摩書房刊　p3～5　⇒24
A0911　6月　自著　『徳田秋聲ノート―現実密着の深度』中央大学出版部刊　⇔14
A0912　6月2日　ロートレック『靴下を脱ぐ女』〈好きな作品〉　「サンケイ新聞」p9　⇒26
A0913　7月　評論の世代―昭和文学史一面　「日本近代文学館」p2　⇒28
A0914　7月10日　嫉妬心について―「コローとバルビゾンの作家たち」展をみて*　「サンケイ新聞」・夕　p8　⇒28
A0915　7月16日　野村尚吾『伝記・谷崎潤一郎』《書評》　「サンデー毎日」p87
A0916　8月　徳田秋聲『新世帯』　「解釈と鑑賞」p144～145　⇒28
A0917　8月4日　中里恒子『此の世』《書評》　「読売新聞」p17
A0918　8月7日　舟橋聖一『妖魚の果て』《書評》　「サンケイ新聞」p4
A0919　9月　習志野《小説》　「風景」p56～63　⇒20, 39
A0920　9月　「腕くらべ」覚え書　「学鐙」p44～47　⇒28
A0921　9月5日　黒い雀　「東京新聞」・夕　p4　⇒26

I. 初出目録　　昭和48（1973）年

A0922　10月11日　丹羽文夫問題《談話》　「東京新聞」　p10
A0923　10月11日　丹羽文夫問題《談話》　「サンケイ新聞」　p10
A0924　10月21日　川崎長太郎『忍び草』《書評》　「週刊読売」　p71
A0925　11月　船が出るとき《小説》　「小説サンデー毎日」　p212〜223　⇒20, 39
A0926　11月20日　一色次郎『枯葉の光る場所』《書評》　「サンケイ新聞」　p4
A0927　12月　日記　「風景」　p20〜21
A0928　12月　1972年の成果《アンケート》*　「文藝」　p237
A0929　12月12日　小林美代子『繭となった女』《書評》　「週刊読売」　p72〜73

昭和48（1973）年　62歳

A0930　1月　解説*《解説》　舟橋聖一著『日本文学選集第60巻―舟橋聖一集』集英社刊　p415〜446
A0931　1月　昭和十年代文学の見かた①（紅野敏郎と）《対談》　「風景」　p28〜37　⇒16
A0932　2月　昭和十年代文学の見かた②（紅野敏郎と）《対談》　「風景」　p32〜42　⇒16
A0933　3月　明治四十二年十二月「わが荷風」①　「青春と読書」　p13〜19　⇒15, 31, 43, 44
A0934　3月　一色次郎『左手の日記』を読む　「青娥書房月報」　p1〜3
A0935　3月5日　舟橋聖一『文芸的グリンプスⅡ』《書評》　「サンケイ新聞」　p7
A0936　3月10日　都内あるき　「朝日新聞」・夕　p7　⇒26
A0937　3月17日　道路というもの【自筆は49年】　「今週の日本」　p10　⇒26
A0938　4月2日　小説のはなし（1）成人文学を読むためには　「毎日小学生新聞」　p4
A0939　4月9日　小説のはなし（2）物語から発展した小説　「毎日小学生新聞」　p4
A0940　4月16日　小説のはなし（3）作者の意見を書く近代小説　「毎日小学生新聞」　p4
A0941　4月23日　小説のはなし（4）人物の心のなかも深く表現できる　「毎日小学生新聞」　p4
A0942　4月30日　小説のはなし（5）小説の読み方　「毎日小学生新聞」　p4
A0943　5月　地理感覚　「小説サンデー毎日」　p232〜233　⇒26
A0944　5月　順境のなかの逆境「わが荷風」②　「青春と読書」　p26〜32　⇒15, 31, 43, 44
A0945　5月　和田芳恵・尾崎秀樹対談「大衆文学の動向」を司会　「風景」　P30〜39
A0946　5月　編集後記　「風景」　p63
A0947　5月7日　小説のはなし（6）永井荷風の『狐』　「毎日小学生新聞」　p4
A0948　5月10日　近況〈きのうきょう〉（聞き手：槌田満文）《インタビュー》　「東京新聞」　p4
A0949　5月14日　小説のはなし（7）伊藤左千夫の「野菊の墓」　「毎日小学生新聞」　p4
A0950　5月21日　小説のはなし（8）川端康成の「伊豆の踊子」　「毎日小学生新聞」　p4
A0951　5月28日　小説のはなし（9）樋口一葉の「大つごもり」　「毎日小学生新聞」　p4
A0952　5月28日　出もどり編集長　「サンケイ新聞」・夕　p10
A0953　5月30日　若者は何してる《談話》　「サンケイ新聞」　p3
A0954　6月　野田宇太郎・大竹新助対談「文学散歩の旅」を司会　「風景」　P30〜39
A0955　6月　編集後記*　「風景」　p63
A0956　6月4日　小説のはなし（10）志賀直哉の「城の崎にて」　「毎日小学生新聞」　p4

29

昭和48（1973）年　　I. 初出目録

A0957	6月11日　小説のはなし（11）井伏鱒二の「鯉」	「毎日小学生新聞」　p4
A0958	6月18日　小説のはなし（12）井伏鱒二の「山椒魚」	「毎日小学生新聞」　p4
A0959	6月25日　小説のはなし（13）太宰治の「走れメロス」	「毎日小学生新聞」　p4
A0960	7月　井上靖『六人の作家』《書評》	「文藝」　p205～207
A0961	7月　九段坂・青春前期「わが荷風」③	「青春と読書」　p25～31　⇒15, 31, 42, 45
A0962	7月　丸谷才一・山口瞳対談「日本語・国語」を司会	「風景」　P30～39
A0963	7月2日　小説のはなし（14）芥川龍之介の「トロッコ」	「毎日小学生新聞」　p4
A0964	7月9日　小説のはなし（15）芥川龍之介の「蜜柑」	「毎日小学生新聞」　p4
A0965	7月16日　小説のはなし（16）芥川龍之介の「鼻」	「毎日小学生新聞」　p4
A0966	7月30日　小説のはなし（17）一色次郎の「青幻記」上	「毎日小学生新聞」　p4
A0967	8月　歩くことの理由	「文芸広場」　p4～5　⇒26
A0968	8月　『葦火野』をめぐって（船山馨・八木義徳と）《鼎談》	「新刊ニュース」　p4～11
A0969	8月　平野謙・中島和夫対談「文芸雑誌今昔」	「風景」　P30～39
A0970	8月　編集後記　「風景」　p63	
A0971	8月6日　小説のはなし（18）一色次郎の「青幻記」下	「毎日小学生新聞」　p4
A0972	8月13日　小説のはなし（19）島崎藤村の「嵐」	「毎日小学生新聞」　p4
A0973	8月19日　船山馨『北国物語』（名著・労作の周辺42）	「北海道新聞」　p11
A0974	8月20日　小説のはなし（20）森鷗外の「山椒大夫」（上）	「毎日小学生新聞」　p4
A0975	8月27日　小説のはなし（21）森鷗外の「山椒大夫」（下）	「毎日小学生新聞」　p4
A0976	9月　深川と深川の間「わが荷風」④	「青春と読書」　p21～27　⇒15, 31, 43, 44
A0977	9月　なまぐさい仙人―室生犀星	『日本文学全集』月報　集英社刊　p1～2
A0978	9月　私見小島政二郎氏【自筆は8月】	『現代日本文学大系』45巻　月報96　筑摩書房刊　p5　⇒24
A0979	9月　小島信夫・浜本武雄対談「小説家と戯曲」を司会	「風景」　P30～39
A0980	9月　編集後記　「風景」　p63	
A0981	9月3日　小説のはなし（22）森鷗外の「高瀬舟」	「毎日小学生新聞」　p4
A0982	9月10日　小説のはなし（23）菊池寛の「入れ札」	「毎日小学生新聞」　p4
A0983	9月17日　小説のはなし（24）菊池寛の「ある敵討の話」	「毎日小学生新聞」　p4
A0984	10月　風間完・野見山暁治対談「さし絵余談」を司会	「風景」　P30～40
A0985	10月　編集後記　「風景」　p63	
A0986	10月1日　小説のはなし（25）島木健作の「赤蛙」	「毎日小学生新聞」　p4
A0987	10月8日　小説のはなし（26）尾崎一雄の「虫のいろいろ」	「毎日小学生新聞」　p4
A0988	10月15日　小説のはなし（27）林芙美子の「風琴と魚の町」	「毎日小学生新聞」　p4
A0989	10月22日　小説のはなし（28）佐多稲子の「キャラメル工場から」	「毎日小学生新聞」　p4
A0990	10月23日　山崎豊子問題《談話》	「朝日新聞」　p22
A0991	10月23日　山崎豊子問題《談話》	「毎日新聞」　p22
A0992	10月24日　北原武夫関係《談話》	「週刊文春」　p31
A0993	10月29日　小説のはなし（29）高浜虚子の「斑鳩物語」	「毎日小学生新聞」　p4
A0994	11月　解説《解説》　舟橋聖一著『昭和国民文学全集20巻―舟橋聖一集』筑摩書房刊　p545～552	

I.　初出目録　　　　　　　　　昭和49（1974）年

A0995　11月　麻布十番までの道「わが荷風」⑤　　「青春と読書」　p19〜25　⇒15, 31, 43, 44
A0996　11月　新庄嘉章・白井浩司対談「大学の文学部」を司会　　「風景」　P30〜39
A0997　11月　編集後記　「風景」　p63
A0998　11月5日　小説のはなし(30)佐藤春夫の「西班牙犬の家」　「毎日小学生新聞」　p4
A0999　11月10日　山崎豊子問題《談話》　「週刊読売」　p22
A1000　11月12日　小説のはなし(31)佐藤春夫の「オカアサン」　「毎日小学生新聞」　p4
A1001　11月12日　山崎豊子問題《談話》　「週刊文春」　p45
A1002　11月19日　小説のはなし(32)里見弴の「夜桜」　「毎日小学生新聞」　p4
A1003　11月26日　小説のはなし(33)鈴木三重吉の「千鳥」　「毎日小学生新聞」　p4
A1004　12月　円環の作家（北原武夫追悼）　「三田文学」　p37〜38
A1005　12月　「津軽じょんがら節」前後　「アートシアター」106号　p16〜17
A1006　12月　1973年の成果《アンケート》　「文藝」　p232
A1007　12月　中島健蔵・頼尊清隆対談「文筆家の死」を司会　　「風景」　P30〜39
A1008　12月　編集後記　「風景」　p63
A1009　12月3日　小説のはなし(34)原民喜の「夏の花」(上)　「毎日小学生新聞」　p4
A1010　12月6日　ひとつの「12月8日」　「毎日新聞」・夕　p5　⇒26
A1011　12月10日　小説のはなし(35)原民喜の「夏の花」(下)　「毎日小学生新聞」　p4
A1012　12月17日　小説のはなし(36)大岡昇平の「俘虜記」(上)　「毎日小学生新聞」　p4
A1013　12月24日　小説のはなし(37)大岡昇平の「俘虜記」(下)　「毎日小学生新聞」　p4
A1014　12月31日　小説のはなし(38)永井龍男の「黒い御殿」　「毎日小学生新聞」　p4

昭和49（1974）年　63歳

A1015　1月　堤上からの眺望「わが荷風」⑥　　「青春と読書」　p41〜47　⇒15, 31, 43, 44
A1016　1月　中島河太郎・武蔵野次郎対談「推理小説あれこれ」を司会　　「風景」　P30〜39
A1017　1月7日　小説のはなし(39)国木田独歩の「日の出」　「毎日小学生新聞」　p4
A1018　1月14日　小説のはなし(40)国木田独歩の「春の鳥」　「毎日小学生新聞」　p4
A1019　1月17日　自己禁止〈茶の間欄〉　「毎日新聞」・夕　p2　⇒26
A1020　1月21日　小説のはなし(41)葉山嘉樹の「セメント樽の中の手紙」　「毎日小学生新聞」　p4
A1021　1月28日　小説のはなし(42)木山捷平の「耳学問」　「毎日小学生新聞」　p4
A1022　2月　女性描写　「文藝」　p12〜13　⇒28
A1023　2月　コラージュ風な回想　伊藤整著『伊藤整全集』月報8号 新潮社刊　p5〜8　⇒28
A1024　2月　紀田順一郎・長岡光郎対談「出版会への展望」を司会　　「風景」　P32〜41
A1025　2月4日　小説のはなし(43)吉行淳之介の「子供の領分」　「毎日小学生新聞」　p4
A1026　2月11日　小説のはなし(44)田宮虎彦の「絵本」　「毎日小学生新聞」　p4
A1027　2月18日　小説のはなし(45)北杜夫の「岩尾根にて」　「毎日小学生新聞」　p4
A1028　2月25日　小説のはなし(46)井上靖の「ある偽作家の生涯」(上)　「毎日小学生新聞」　p4
A1029　3月　画にならぬ場所「わが荷風」⑦　　「青春と読書」　p26〜34　⇒15, 31, 43, 44

昭和49（1974）年　　　　I.　初出目録

A1030	3月	解説・水上勉と彼の文学《解説》　　水上勉著『湖の琴』講談社刊　p435〜445　⇒28	
A1031	3月	解説《解説》　　広津和郎著『広津和郎全集』第12巻 月報 中央公論社刊　p7〜12　⇒28	
A1032	3月	駒田信二・中田耕治対談「中間小説の現状」を司会　　「風景」　P32〜40	
A1033	3月4日	小説のはなし(47)井上靖の「ある偽作家の生涯」(中)　　「毎日小学生新聞」　p4	
A1034	3月11日	小説のはなし(48)井上靖の「ある偽作家の生涯」(下)　　「毎日小学生新聞」　p4	
A1035	3月18日	小説のはなし(49)井上靖の「孤猿」　　「毎日小学生新聞」　p4	
A1036	3月25日	小説のはなし(50)おわかれの言葉　　「毎日小学生新聞」　p4	
A1037	4月	神楽坂考　　「群像」　p210〜211　⇒26	
A1038	4月	メニュウ外　　「大法輪」　p37　⇒26	
A1039	4月	田辺茂一・矢代静一対談「東京の隅っこ」を司会　　「風景」　P30〜39	
A1040	5月	それが終るとき「わが荷風」⑧　　「青春と読書」　p30〜36　⇒15, 31, 43, 44	
A1041	5月	田久保英夫・後藤明生対談「ソビエトを旅して」を司会　　「風景」	
A1042	6月	阿川弘之『暗い波涛』《書評》　　「文藝」　p167〜169	
A1043	6月	新興芸術派のころ①（楢崎勤・小田切秀雄と）《鼎談》　　「風景」　p30〜39　⇒16	
A1044	7月	新興芸術派のころ②（楢崎勤・小田切秀雄と）《鼎談》　　「風景」　p30〜41　⇒16	
A1045	7月17日	秋声『縮図』について 近代文学館夏期講座*　　於読売ホール	
A1046	7月29日	舟橋聖一『紅毛医人風説』《書評》　　「サンケイ新聞」　p7	
A1047	8月	回想の道南　　「北の話」　p46〜49	
A1048	8月	北陸の風土と水上勉『はなれ瞽女おりん』　　「手織座プログラム」　p30〜32　⇒24	
A1049	8月	坂口三千代・十返千鶴子・田辺茂一座談会「故人のこと」を司会　　「風景」　P30〜39	
A1050	9月	繁華殊に著しく「わが荷風」⑨　　「青春と読書」　p32〜38　⇒15, 31, 43, 44	
A1051	9月	昭和初期の同人雑誌　　「日本近代文学館」　p9　⇒28	
A1052	9月	別冊解説　　『復刻版「行動」』臨川書店刊　p1〜17	
A1053	9月	「近代文学」のころ①（荒正人・杉森久英と）《鼎談》　　「風景」　p30〜39　⇒16	
A1054	10月	「近代文学」のころ②（荒正人・杉森久英と）《鼎談》　　「風景」　p30〜39　⇒16	
A1055	10月	人の命のあるかぎり「わが荷風」⑩　　「青春と読書」　p27〜33　⇒15, 31, 43, 44	
A1056	10月	投げ込み寺　　「季刊藝術」　p41〜42　⇒26	
A1057	10月	坂上弘『枇杷の季節』《書評》　　「文藝」　p189〜191	
A1058	10月	永井荷風の女性描写　　瀬沼茂樹著『現代作家・作品論──瀬沼茂樹古稀記念論文集』河出書房新社刊　p128〜133, p347	
A1059	10月	解説《解説》　　水上勉著『雁の寺』文春文庫刊　p321〜334	
A1060	10月	東京と植物【自筆は9月号】　　「自然と盆栽」　p60〜61	

I. 初出目録　　　昭和50（1975）年

A1061　10月31日　四人の妻　「毎日新聞」・夕　p5　⇒28
A1062　11月　「文芸時代」のころ①（青山光二・船山馨と）《鼎談》　「風景」　p30～40　⇒16
A1063　11月　楽しむということ　「生きる知恵」　p35～37　⇒26
A1064　11月　解説《解説》　広津和郎著『広津和郎全集』第13巻 月報 中央公論社刊　p7～12　⇒28
A1065　11月　経済の面　「文芸家協会ニュース」　p4
A1066　11月　解説《解説》　水上勉著『越後つついし親不知』新潮社刊　p263～268
A1067　12月　また見る真間の桜「わが荷風」⑪　「青春と読書」　p39～45　⇒15, 31, 43, 44
A1068　12月　「文芸時代」のころ②（青山光二・船山馨と）《鼎談》　「風景」　p30～39　⇒16
A1069　12月　渋川驍『宇野浩二論』《書評》　「海」　p218～219
A1070　12月　1974年の成果《アンケート》＊　「文藝」　p204～211

昭和50（1975）年　64歳

A1071　1月6日　東京のお正月今昔　「サンケイ新聞」・夕　p6　⇒26
A1072　2月　神楽坂考補遺　「風景」　p22～23　⇒26
A1073　2月　われは生れて町に住む「わが荷風」（⑫・完）　「青春と読書」　p24～31　⇒15, 31, 43, 44
A1074　2月　すこし離れて　北原武夫著『北原武夫全集』月報4 講談社刊　p6～8　⇒24, 47
A1075　2月5日　『わが荷風』の野口さん（聞き手：佐々木氏）　「読売新聞」・夕　p5
A1076　2月16日　一寸先は闇〈好きな言葉〉　「サンケイ新聞」　p8
A1077　3月15日　『わが荷風』擱筆《談話》　「図書新聞」　p8
A1078　4月　われらが荷風を語る（田久保英夫と）《対談》　「青春と読書」　p54～66
A1079　4月30日　永井荷風の娼婦小説＊《講演》　於三輪浄閑寺
A1080　5月　昭和二十年代の文学①（荒正人・小田切進と）《鼎談》　「風景」　p30～39　⇒16
A1081　5月　自著　『わが荷風』集英社刊　⇔15
A1082　6月　昭和二十年代の文学②（荒正人・小田切進と）《鼎談》　「風景」　p30～39　⇒16
A1083　6月　ある師弟　安部知二著『安部知二全集』月報11号 河出書房新社刊　p1～4　⇒24
A1084　6月　解説《解説》　船山馨著『船山馨小説全集』第1巻 河出書房新社刊　p303～312　⇒28
A1085　6月　徳田秋聲・岩野泡鳴・近松秋江　「別冊太陽・近代文学百人」　p69～71　⇒24
A1086　6月　永井荷風　「別冊太陽・近代文学百人」　p73～74　⇒24
A1087　6月3日　「わが荷風」＊《インタビュー》　「京都新聞」（時事通信）　p13
A1088　6月9日　永井荷風の小説＊《講演》　於文化学院
A1089　6月12日　"投げ込み寺"再興縁起＊　「朝日新聞」　p20
A1090　6月18日　外濠の散歩　「読売新聞」・夕　p5　⇒26
A1091　6月下　わが著書を語る（わが荷風）《インタビュー》　「出版ニュース」　p40

33

昭和51（1976）年　　　I. 初出目録

A1092	7月	中学時代から心を惹かれて（わが荷風）　「新刊展望」　p8〜9　⇒28
A1093	7月	昭和三十年代の文学①（小田切秀雄・磯田光一と）《鼎談》　「風景」　p30〜39　⇒16
A1094	7月20日	浮世絵・夏・隅田川＊《TV出演》　「朝の美術散歩」NET（現・テレビ朝日）
A1095	7月21日	木村荘八『東京風俗帖』＊　「サンケイ新聞」　p6
A1096	7月25日	ボクの秋声の決定版を出します〈このごろ欄〉《インタビュー》　「毎日新聞」・夕　p5
A1097	8月	「問はずがたり」覚え書　「学鐙」　p38〜41　⇒28
A1098	8月	入試問題と教科書　「文芸家協会ニュース」　p4
A1099	8月	昭和三十年代の文学②（小田切秀雄・磯田光一と）《鼎談》　「風景」　p30〜39　⇒16
A1100	9月	昭和三十年代の文学③（小田切秀雄・磯田光一と）《鼎談》　「風景」　p30〜39　⇒16
A1101	9月10日	教科書と著作権《談話》　「東京新聞」　p8
A1102	10月	荷風メモ　「ちくま」　p8〜13　⇒28
A1103	10月30日	舟橋聖一の文学（文化功労者記念）　「サンケイ新聞」　p11
A1104	11月	ふるい東京　「室内」　p88〜89　⇒26
A1105	11月	解説《解説》　水上勉著『城・佐渡の埋れ火』文春文庫刊　p223〜235
A1106	11月1日	永井荷風の文学《講演》　於市川市立図書館
A1107	11月8日	その橋の上まで——千住の散歩　「毎日新聞」・夕　p5
A1108	12月	1975年の成果《アンケート》＊　「文藝」　p246〜252

昭和51（1976）年　65歳

A1109	1月14日	舟橋美学・華麗な生涯（追悼）　「読売新聞」・夕　p5　⇒24
A1110	1月14日	「風景」終刊へ《談話》　「京都新聞」ほか
A1111	2月5日	『わが荷風』の野口さん《インタビュー》　「読売新聞」・夕　p5
A1112	2月17日	坂口安吾の印象（坂口安吾「堕落論」のあと）　NHK第二放送【自筆は教育ラジオ】
A1113	2月23日	紀伊国坂附近　「国税局・局報」　p59　⇒32
A1114	3月	耽美と闘魂の人（舟橋聖一追悼）　「群像」　p212〜216　⇒26, 47
A1115	3月	追悼・舟橋聖一（円地文子・吉行淳之介と）《鼎談》　「新潮」　p80〜99
A1116	3月	臼井吉見『田螺のつぶやき』《書評》　「海」　p240〜242
A1117	3月	編著　『座談会昭和文壇史』講談社刊　⇔16
A1118	3月	あとがき　野口冨士男編『座談会昭和文壇史』文藝春秋社刊　p303〜304
A1119	3月9日	文士気質について　「読売新聞」・夕　p5　⇒26
A1120	3月18日	再び「秋声論」を〈このごろ〉《インタビュー》　「東都新聞」　p11
A1121	3月22日	虚空に舞う花びら「風景」の終刊に憶う　「今週の日本」　p15　⇒32
A1122	4月	キアラの会と「風景」（船山・八木義徳・沢野らと）《座談会》　「風景」　p40〜48
A1123	4月	ジャリ仲間　「中央公論」　p302〜303
A1124	4月	鬼子母神まで　「青春と読書」　p8〜9　⇒26
A1125	4月22日	愚鈍なまでの一途さ——近松秋江生誕百年に憶う　「サンケイ新聞」・夕　p7　⇒28

I. 初出目録　　　　昭和52（1977）年

A1126	5月	ある区切り	「文學界」 p18〜19
A1127	5月	北海道と私	「北方文芸」 p11〜12
A1128	5月	舟橋聖一・もう一つの「花の生涯」《口述》	「ウーマン」 p232〜244
A1129	6月	腱鞘炎（自病伝）	「小説サンデー毎日」 p81
A1130	6月25日	昭和文学の特徴《講演》	文京区教育委員会・於区立第二中学校
A1131	6月26日	文学教室の夏	「読売新聞」・夕 p5 ⇒26
A1132	7月	私の昭和十年代	「日本近代文学館」32号 p9 ⇒26
A1133	7月16日	和郎・浩二・善蔵——「奇蹟」派の作家たち《講演》 日本近代文学館文学教室・於読売ホール
A1134	10月	私のなかの東京① 外濠線にそって《小説》	「文學界」 p184〜195 ⇒18, 37, 42, 45
A1135	10月	開戦と終戦の日	「三田文学」終刊号 p10〜11
A1136	11月	夜の鳥【自筆は10月号】《小説》	「文藝」 p24〜45 ⇒21, 39, 46
A1137	11月29日	？【未見】《談話》	「週刊文春」
A1138	12月	水上勉の在所　水上勉著『水上勉全集』月報5号 中央公論社刊 p1〜5
A1139	12月	「三田文学」のひと区切り（遠藤周作・平岡篤頼・白井浩司と）《座談会》 「三田評論」 p4〜14
A1140	12月	作家の生と死（和田芳恵と、司会・平岡篤頼）《対談》 「早稲田文学」 p4〜17
A1141	12月19日	舟橋兄弟問題《談話》	「週刊文春」 p29

昭和52（1977）年　66歳

A1142	1月	かくてありけり① 赤坂、静岡、神楽坂《小説》	「群像」 p98〜126 ⇒17, 41
A1143	1月13日	年表を読む楽しさ	「毎日新聞」 p5
A1144	2月	私のなかの東京② 銀座二十四丁《小説》	「文學界」 p194〜207 ⇒18, 37, 42, 45
A1145	2月15日	江戸ブームの落し子	「サンケイ新聞」・夕 p5 ⇒26
A1146	3月	明日にむける目	「日本近代文学館」創立15年、開館10年記念号 p5
A1147	4月	かくてありけり② ないふりて《小説》	「群像」 p96〜125 ⇒17, 41
A1148	4月	大正文学研究会のころ	「展望」 p12〜13 ⇒28
A1149	4月	刊行を慶ぶ　復刻『林芙美子全集』カタログ 文泉堂刊 p4
A1150	5月	私のなかの東京③ 小石川・本郷・上野《小説》	「文學界」 p178〜191 ⇒18, 37, 42, 45
A1151	5月	解説・水上勉「人と文学」《解説》　水上勉著『現代日本文学大系』84巻 筑摩書房刊 p483〜492
A1152	5月	「行動」のころ—附「あらくれ」　『株式会社紀伊國屋書店創業五十年記念誌』紀伊國屋書店刊 p89〜90
A1153	6月12日	梅雨のころ	「読売新聞」 p13 ⇒26
A1154	7月	かくてありけり③ 白日抄《小説》	「群像」 p72〜103 ⇒17, 41
A1155	7月24日	東京・深川六間堀・五間堀（一枚の地図）	「サンケイ新聞」日曜版 p11 ⇒26
A1156	8月	私のなかの東京④ 浅草・吉原・玉の井《小説》	「文學界」 p164〜178 ⇒18, 37, 42, 45

昭和53（1978）年　　　　　I. 初出目録

A1157　8月　富士見坂ふたつ（私の原風景）　「すばる」30号　p79
A1158　8月　そのひとつの道　「俳句」p42〜44
A1159　10月　入口附近　「季刊創造」5号　p108〜111　⇒26
A1160　10月　かくてありけり④・完 雪と潮《小説》　「群像」p62〜93　⇒17, 41
A1161　10月7日　和田芳恵さんを悼む　「読売新聞」・夕　p7　⇒26
A1162　10月7日　和田芳恵さんを悼む*　「信濃毎日新聞」p11
A1163　10月11日　和田芳恵 弔辞　於築地本願寺　⇒26
A1164　10月20日　死というインキで"情痴"を書いた和田芳恵《談話》　「週刊新潮」p119
A1165　10月21日　徳田秋聲と川端康成《講演》　石川近代文学館・於金沢市金沢劇場
A1166　10月29日　和田氏逝去《談話》　「共同通信」未確認
A1167　11月　私のなかの東京⑤ 芝浦・麻布・渋谷《小説》　「文學界」p210〜225　⇒18, 37, 42, 45
A1168　11月　和田芳恵氏を憶う　「日本近代文学館」40号　p2　⇒26
A1169　11月　25項目を執筆　日本近代文学館編『日本近代文学大事典』講談社刊
A1170　11月6日　秋声の生誕地に碑を《談話》　「北国新聞」p8
A1171　11月12日　永井荷風―娼婦小説の軌跡（講座・大正期の文学）《講演》　日本民主主義同盟
A1172　12月　和田芳恵さんと彼の文学　「群像」p198〜202　⇒28
A1173　12月　和田芳恵の文学　「文藝」p354〜355　⇒24
A1174　12月　交友（和田芳恵追悼）　「文學界」p219〜221　⇒26, 47
A1175　12月　和田芳恵さんと私　「すばる」32号　p126〜127
A1176　12月12日　火災の季節　「サンケイ新聞」p5
A1177　12月19日　志雄の夕陽　「東京新聞」・夕　p3　⇒26

昭和53（1978）年　67歳

A1178　1月　私のなかの東京⑥・完 神楽坂から早稲田まで《小説》　「文學界」p222〜237　⇒18, 37, 42, 45
A1179　2月　自著『かくてありけり』講談社刊　⇔17
A1180　2月7日　初の自伝小説『かくてありけり』〈このごろ〉《インタビュー》　「京都新聞」（時事通信）p12
A1181　2月22日　穴ごもり〔4枚〕　「東京新聞」p3　⇒28
A1182　3月　なぜ秋聲か〔19枚〕　「文体」p98〜105　⇒28
A1183　3月20日　『かくてありけり』（聞き手：脇地炯）〈わたしの新刊〉《インタビュー》　「毎日新聞」p5
A1184　4月　残りの雪《小説》　「文藝」p156〜198　⇒21
A1185　5月　大正期の文学（紅野敏郎と）《対談》　「言語と文学」p2〜13
A1186　6月　自著『私のなかの東京』文藝春秋社刊　⇔18
A1187　7月3日　『私のなかの東京』の野口冨士男さん（聞き手：田中浩二）《インタビュー》　「読売新聞」p9
A1188　7月4日　（中上健次と）《対談》　「週刊プレイボーイ」p60〜61
A1189　9月　二五〇号に寄せて　「北斗」p10〜11
A1190　10月　特集・ちょっといい話〔1枚〕　「文藝春秋」p345
A1191　10月　下町今昔〔7枚〕　「図録・下町の文学展」東京都近代文学博物館　p2〜4　⇒26

I. 初出目録　　　　　　　　昭和54（1979）年

A1192　10月　瞼の裏の祇園〔4枚〕　　「ぎをん」　p9～10　⇒26
A1193　10月7日　下町とその文学《講演》　　於東京都近代文学博物館
A1194　11月　芳恵と秋聲〔7枚〕　　「文藝」　p10～11　⇒28
A1195　11月　『私のなかの東京』（新著余瀝）　　「三田評論」　p82
A1196　11月18日　『死んだ川』文学散歩（聞き手：長生志朗）《インタビュー》　　「朝日新聞」・埼玉県南版　p1
A1197　12月　『黴』とその周辺①——徳田秋聲の文学　　「文學界」　p200～231　⇒19
A1198　12月　下町としての上野　　「うえの」　p6～8　⇒26

昭和54（1979）年　68歳

A1199　1月　秋聲関係資料の充実（和田芳恵旧蔵資料寄贈）　　「日本近代文学館」47号　p7
A1200　1月　文壇に出るまで（原題「田宮虎彦のこと」）〔4枚〕　　『現代日本文学大系』月報90　筑摩書房刊　p1～2　⇒24
A1201　1月　『黴』とその周辺②　　「文學界」　p216～245　⇒19
A1202　1月12日　卒業のつもりで《このごろ欄》（聞き手：桐原良光）*《インタビュー》　　「毎日新聞」・夕　p5
A1203　2月　ある出発〔7枚〕　　「群像」　p232～233　⇒26
A1204　2月　『黴』とその周辺③　　「文學界」　p168～196　⇒19
A1205　2月1日　受賞者をたずねて《インタビュー》　　「読売新聞」・夕　p9
A1206　2月5日　秋声研究30年の野口氏（聞き手：森秀男）《インタビュー》　　「東京新聞」・夕　p3
A1207　2月22日　「大波小波」匿名批評にみる昭和文学史・発刊について《談話》　　「週刊文春」　p20
A1208　3月　オートバイが来るまで〔4枚〕　　「潮」　p57～58　⇒26
A1209　3月　『黴』とその周辺④　　「文學界」　p188～210　⇒19
A1210　4月　七という数字　　「中央公論」　p42～43　⇒26
A1211　4月　『黴』とその周辺⑤　　「文學界」　p174～195　⇒19
A1212　4月　東京人の文学（磯田光一と）《対談》　　「江戸っ子」22号　p40～51
A1213　5月　著作権委員会報告*　　「文芸家協会ニュース」　p1
A1214　5月21日　伝記文学の方法*《講演》　　於文化学院
A1215　5月31日　平野謙氏の思い出〔4枚〕　　「東京新聞」・夕　p3　⇒24
A1216　6月　古山高麗雄『点鬼簿』《書評》〔7枚〕　　「群像」　p286～287
A1217　6月　女あそび〔7枚〕　　「新潮」　p162～163　⇒26，47
A1218　6月　賞とわたし〔4枚〕　　「新刊ニュース」　p18～19
A1219　6月　『仮装人物』の副女主人公①　　「文學界」　p224～241　⇒19
A1220　7月　『仮装人物』の副女主人公②　　「文學界」　p192～219　⇒19
A1221　7月　解説〔10枚〕《解説》　　和田芳恵著『接木の台』集英社刊　p268～273
A1222　8月　『仮装人物』の副女主人公③　　「文學界」　p166～189　⇒19
A1223　8月　自著　　『徳田秋聲の文学』筑摩書房刊　⇔19
A1224　8月7日　花袋・秋聲・白鳥《講演》　　日本近代文学館文学教室・於読売ホール
A1225　9月　なぎの葉考《小説》〔53枚〕　　「文學界」　p46～63　⇒22，34，35，39，46
A1226　9月15日　作家のみなさん・生活に不安があってこそすごみが《談話》　　「東京新聞」　p9
A1227　10月　散るを別れと《小説》〔121枚〕　　「文藝」　p48～89　⇒21，35，39

昭和55（1980）年　　　　　　I. 初出目録

A1228　10月　自著　『流星抄』作品社刊　⇔20
A1229　10月24日　荷風生誕百年におもう　「鹿児島新報」（時事通信）　p8
A1230　11月　「耳のなかの風の声」の一節所収　小田切秀雄ほか著『現代文章宝鑑』柏書房刊　p1166～1167
A1231　11月　磯田光一『永井荷風』《書評》〔7枚〕　「群像」　p292～293

昭和55（1980）年　69歳

A1232　1月　風のない日々①《小説》　「文學界」　p232～240　⇒23, 35, 39
A1233　1月　三島霜川私見　『三島霜川選集』下巻 霜川選集刊行会刊　p260～267　⇒32
A1234　1月11日　伝記と小説のあいだ〔6枚〕　「朝日新聞」・夕　p5　⇒21, 26
A1235　1月29日　痩身に義憤いっぱい〈顔〉《コラム》　「東京新聞」・夕　p1
A1236　2月　風のない日々②《小説》　「文學界」　p222～233　⇒23, 35, 39
A1237　2月4日　私小説の底力〈文学の現況〉《談話》　「朝日新聞」・夕　p5
A1238　2月5日　さまざまな「私」〈文学の現況〉《談話》　「朝日新聞」・夕　p5
A1239　2月18日　解説オカユ考《解説》〔4枚〕　「サンケイ新聞」・夕　p5　⇒26
A1240　3月　風のない日々③《小説》　「文學界」　p262～273　⇒23, 35, 39
A1241　3月　新花柳小説への要望〔7枚〕　「新潮」　p202～203　⇒26
A1242　3月　「かくて、水上勉」慕情と風土〔12枚〕　「面白半分」臨時増刊　p158～161
A1243　3月　花柳小説とは何か〈丸谷才一と〉《対談》　丸谷才一選『花柳小説名作選』集英社刊　p408～429
A1244　3月　川崎さんと私〔4枚〕　川崎長太郎著『川崎長太郎自選全集』第一巻 月報 河出書房新社刊　p1～3　⇒24
A1245　4月　風のない日々④《小説》　「文學界」　p242～251　⇒23, 35, 39
A1246　4月　自著　『散るを別れと』河出書房新社刊　⇔21
A1247　4月12日　新たな私小説への試み（聞き手：景山勲）《インタビュー》　「サンケイ新聞」・夕　p5
A1248　5月　風のない日々⑤《小説》　「文學界」　p208～217　⇒23, 35, 39
A1249　5月13日　わが町――西早稲田〔4枚〕　「東京新聞」・夕　p7　⇒26
A1250　5月24日　「秋聲」を読む《講演》　日本近代文学会春季大会・於大隈小講堂
A1251　5月28日　川崎長太郎の回にゲスト出演（4月30日録画）《TV出演》　「人に歴史あり」東京12チャンネル（現・テレビ東京）
A1252　6月　風のない日々⑥《小説》　「文學界」　p274～283　⇒23, 35, 39
A1253　6月　受賞の辞〔200字〕　「新潮」　p141
A1254　6月　文学賞の意味〔3枚〕　「波」　p44～45　⇒28
A1255　6月21日　川端賞を受賞した野口さん（聞き手：扇田昭彦）《インタビュー》　「朝日新聞」　p3
A1256　7月　風のない日々⑦《小説》　「文學界」　p208～215　⇒23, 35, 39
A1257　7月　出発点―大崎「いま道のべに①」《小説》　「群像」　p42～62　⇒25
A1258　7月　秋聲ほんの一面〔7枚〕　「文藝」　p10～11　⇒28
A1259　8月　風のない日々⑧《小説》　「文學界」　p260～269　⇒23, 35, 39
A1260　8月　推理小説に関する355人の意見《アンケート》　「中央公論」夏季臨時増刊　p377
A1261　8月　新入会員のご推薦に関するお願い　「文芸家協会ニュース」349号　p1

I. 初出目録　　　　　昭和56（1981）年

A1262　8月4日　わが半生の詩と真実（聞き手：小笠原賢二）《インタビュー》　「週刊読書人」　p1
A1263　8月5日　川端先生との五十年〔5枚〕　「毎日新聞」・夕　p4　⇒28
A1264　8月8日　広津和郎・宇野浩二・葛西善蔵《講演》　近代文学館講座・於読売ホール
A1265　9月　吹き溜り—神田「いま道のべに②」《小説》　「群像」　p146〜164　⇒25
A1266　9月　風のない日々⑨・完《小説》　「文學界」　p236〜246　⇒23, 35, 39
A1267　9月10日　自伝抄＝秋風三十年①（20回）〔70枚〕　「読売新聞」・夕　p7　⇒24, 47
A1268　9月11日　自伝抄＝秋風三十年②　「読売新聞」・夕　p11　⇒24, 47
A1269　9月12日　自伝抄＝秋風三十年③　「読売新聞」・夕　p11　⇒24, 47
A1270　9月13日　自伝抄＝秋風三十年④　「読売新聞」・夕　p5　⇒24, 47
A1271　9月16日　自伝抄＝秋風三十年⑤　「読売新聞」・夕　p11　⇒24, 47
A1272　9月17日　自伝抄＝秋風三十年⑥　「読売新聞」・夕　p5　⇒24, 47
A1273　9月18日　自伝抄＝秋風三十年⑦　「読売新聞」・夕　p7　⇒24, 47
A1274　9月19日　自伝抄＝秋風三十年⑧　「読売新聞」・夕　p9　⇒24, 47
A1275　9月20日　自著　『なぎの葉考』文藝春秋社刊　⇔22
A1276　9月20日　自伝抄＝秋風三十年⑨　「読売新聞」・夕　p9　⇒24, 47
A1277　9月22日　自伝抄＝秋風三十年⑩　「読売新聞」・夕　p5　⇒24, 47
A1278　9月24日　自伝抄＝秋風三十年⑪　「読売新聞」・夕　p7　⇒24, 47
A1279　9月25日　自伝抄＝秋風三十年⑫　「読売新聞」・夕　p7　⇒24, 47
A1280　9月26日　自伝抄＝秋風三十年⑬　「読売新聞」・夕　p11　⇒24, 47
A1281　9月27日　自伝抄＝秋風三十年⑭　「読売新聞」・夕　p5　⇒24, 47
A1282　9月29日　自伝抄＝秋風三十年⑮　「読売新聞」・夕　p6　⇒24, 47
A1283　9月30日　自伝抄＝秋風三十年⑯　「読売新聞」・夕　p5　⇒24, 47
A1284　10月　嫌速、嫌音〔4枚〕　「文藝春秋」　p90〜91　⇒26
A1285　10月1日　自伝抄＝秋風三十年⑰　「読売新聞」・夕　p7　⇒24, 47
A1286　10月2日　自伝抄＝秋風三十年⑱　「読売新聞」・夕　p7　⇒24, 47
A1287　10月3日　自伝抄＝秋風三十年⑲　「読売新聞」・夕　p7　⇒24, 47
A1288　10月4日　自伝抄＝秋風三十年⑳　「読売新聞」・夕　p5　⇒24, 47
A1289　10月28日　永井荷風の花柳小説《講演》　於慶大三田演説館
A1290　12月　消えた灯—新宿「いま道のべに③」《小説》〔52枚〕　「群像」　p300〜318　⇒25
A1291　12月　永井荷風の花柳小説《講演速記》　「三田評論」　p22〜32　⇒32
A1292　12月14日　私のしゃしん帖*　「サンデー毎日」　p173〜175
A1293　12月27日　隔月に連作と短篇《インタビュー》　「信濃毎日新聞」　p9

昭和56（1981）年　70歳

A1294　2月　冬の逃げ水—鶯谷「いま道のべに④」《小説》〔51枚〕　「群像」　p56〜75　⇒25, 39, 46
A1295　2月　愛があれば〔4枚〕　「温泉」　p4　⇒26
A1296　3月　熱海糸川柳橋《小説》〔51枚〕　「海」　p10〜26　⇒27, 39, 46
A1297　3月　『私のなかの東京』の一節抄録　「写された港区（1）」港区立図書館発行　p137
A1298　3月　肉づきの歌　『現代短歌全集』月報10 筑摩書房刊　p1〜2　⇒28
A1299　3月9日　私小説の活路〔5.5枚〕　「朝日新聞」・夕　p5　⇒26

昭和57（1982）年　　　I. 初出目録

A1300	4月　狐—大塚「いま道のべに⑤」《小説》〔43枚〕　「群像」　p233〜248　⇒25, 39	
A1301	4月　長寿会員あいさつ*　「文芸家協会ニュース」　p3	
A1302	4月　自著　『風のない日々』文藝春秋社刊　⇔23	
A1303	4月27日　『東京モダン：1930〜1940 師岡宏次写真集』《書評》　「週刊読書人」　p6	
A1304	5月　手暗がり《小説》〔32枚〕　「新潮」　p89〜100　⇒27, 39	
A1305	5月　論の立て方〔6枚〕　「作品」　p6〜8　⇒28	
A1306	5月　断崖のはての空〔7枚〕　「文藝」　p12〜13　⇒26	
A1307	5月　推薦文*　紅野敏郎・広津桃子編『定本広津柳浪作品集』冬夏書房刊　未確認	
A1308	5月17日　夏の毛布【自筆は26日】〔4枚〕　「東京新聞」・夕　p3　⇒26	
A1309	5月31日　三都めぐり〔8枚〕　「日本経済新聞」　p24　⇒26	
A1310	6月　明日なきころ—新橋「いま道のべに⑥」《小説》〔62枚〕　「群像」　p96〜118　⇒25	
A1311	6月　自著　『作家の椅子』作品社刊　⇔24	
A1312	7月4日　ナザレの岸辺〔4.5枚〕　「信濃毎日新聞」（共同通信）　p11　⇒28	
A1313	8月　生命の樹—高田馬場「いま道のべに⑦」完《小説》〔42枚〕　「群像」　p166〜181　⇒25	
A1314	8月　野口冨士男氏にきく（聞き手：栗坪良樹）*《インタビュー》　「すばる」　p194〜201	
A1315	8月6日　船山馨逝去《談話》　「東京新聞」　p15	
A1316	8月17日　めぐりあい—徳田秋聲先生〔4枚〕　「毎日新聞」・夕　p3　⇒28	
A1317	8月31日　「文学への招待・永井荷風」（竹盛天雄と）—以下9月第1週〜4週まで、月曜日ごとに5回放映《TV出演・対談》　「文学への招待・永井荷風」NHK教育TV	
A1318	9月　円本からの出立〈「外国文学と私」①〉〔3枚〕　「群像」　p292　⇒26, 47	
A1319	9月　序文〔3枚〕　岡崎清記著『今昔 東京の坂』日本交通公社刊　p1〜3　⇒26	
A1320	10月　のこる秋草〈「外国文学と私」②〉〔3枚〕　「群像」　p197　⇒26, 47	
A1321	10月　船山馨追憶〔7枚〕　「文藝」　p198〜199　⇒26	
A1322	10月　わずか二度〔5枚〕　『定本 横光利一全集』第4巻月報 河出書房新社刊　p265〜267　⇒32	
A1323	11月　荷風の眼と心　永井荷風著『荷風随筆』全5巻 内容見本 岩波書店刊　p1〜2	
A1324	11月　自著　『いま道のべに』講談社刊　⇔25	
A1325	12月　永井荷風訳著『珊瑚集』〔12枚〕　名著複刻全集編集委員会編「名著複刻詩歌文学館（石楠花セット）解説」日本近代文学館刊　p77〜81　⇒28	
A1326	12月　日本近代文学の礎石　紅野敏郎・広津桃子編『定本広津柳浪作品集』全2巻 内容見本 冬夏書房刊　頁付なし	
A1327	12月1日　島村利正氏・弔辞〔2.5枚〕　於狛江泉竜寺	
A1328	12月25日　算術と綴り方が苦手*　「慶應義塾幼稚舎同窓会報」　p3	

昭和57（1982）年　71歳

A1329	1月　相生橋煙雨《小説》〔87枚〕　「文學界」　p26〜55　⇒27
A1330	1月　街のいろ（一頁時評）〔3.5枚〕　「文藝」　p95
A1331	1月1日　芸者の玉代（値段の風俗史）〔5.5枚〕　「週刊朝日」　p88〜89　⇒32, 47

I. 初出目録　　　　　昭和58（1983）年

A1332	1月7日	横目で見る正月〔5枚〕	「毎日新聞」・夕 p5
A1333	1月19日	〈忙中感話〉冷静に世を見つめて《インタビュー》	「赤旗」 p11
A1334	2月	真っ二つ（一頁時評）〔3.5枚〕	「文藝」 p121
A1335	2月	島村利正氏逝く〔6枚〕	「新潮」 p220〜221 ⇒32
A1336	2月	東京気まぐれ散歩（加藤郁乎と）《対談》	「小原流挿花」 p71〜77
A1337	2月	豊田さん二つ三つ〔4枚〕	「埼東文化」 p17〜18 ⇒32
A1338	2月	自著　『断崖のはての空』河出書房新社刊 ⇔26	
A1339	3月	ちょっと待てよ（一頁時評）〔3.5枚〕	「文藝」 p179
A1340	3月	私の近況〔2.5枚〕	「新刊ニュース」 p38〜39
A1341	3月	小石川・本郷・上野（「私のなかの東京」抄） 山本容朗編『東京余情』有楽出版社刊　p267〜289	
A1342	3月	『私のなかの東京』の一節抄録*　「写された港区（2）」港区立図書館発行　p44	
A1343	3月	『私のなかの東京』の一節抄録*　「地図で見る新宿区の移り変わり」新宿区　p453	
A1344	3月16日	現象の裏側には〔5.5枚〕	「東京新聞」・夕 p3 ⇒32
A1345	4月	東京生まれの詩人（一頁時評）〔3.5枚〕	「文藝」 p157
A1346	4月	迷い子のしるべ〔6枚〕	「海燕」 p13〜15 ⇒32
A1347	4月	路地への視点（佐多稲子と）《対談》	「海」 p156〜179
A1348	5月	日本映画の次代（一頁時評）〔3.5枚〕	「文藝」 p114
A1349	5月	小説家の素地〔6.5枚〕	「文學界」 p12〜13
A1350	5月	三十人の読者〔6.5枚〕	「群像」 p538〜539 ⇒32, 47
A1351	5月	投書〔1枚〕	「日本近代文学館」67号 p16
A1352	5月	私も署名します*　『反核発言1』岩波書店刊 p30	
A1353	5月25日	相生橋煙雨の野口氏（聞き手：藤田昌司）《インタビュー》 「信濃毎日新聞」（時事通信） p4	
A1354	6月	最後に一と言（一頁時評）〔3.5枚〕	「文藝」 p265
A1355	6月	うちの三代目（カラーグラビア頁キャプション）〔1枚〕 「中央公論」 p345〜347	
A1356	6月	自著　『相生橋煙雨』文藝春秋社刊 ⇔27	
A1357	6月11日	文芸家協会経理委員長選任めぐり《談話》	「東京新聞」・夕 p3
A1358	6月20日	「相生橋煙雨」新著の顔（聞き手：古川恒夫）《インタビュー》*　「京都新聞」（共同通信） p8	
A1359	7月	作家というもの〔5枚〕	「かくしん」 p46〜47 ⇒32
A1360	8月	都市における時間〔4.5枚〕	「中央公論」 p54〜55 ⇒32
A1361	8月5日	自著　『文学とその周辺』【年譜つきエッセイ集】筑摩書房刊 ⇔28	
A1362	8月15日	自著　『海軍日記』（新版）文藝春秋社刊 ⇔29	
A1363	9月4日	『文学とその周辺』（聞き手：塩野栄）*　「東京新聞」・夕 p3	
A1364	10月	微妙〔4枚〕	「オール読物」 p458
A1365	10月	水上勉の文学と演劇〔4枚〕	「文化座プログラム」 p6〜7

昭和58（1983）年　72歳

A1366	1月	感触的昭和文壇史① 芥川龍之介の死〔30枚〕	「文學界」 p218〜228 ⇒33
A1367	1月	諜歌《小説》〔225枚〕	「文藝」 p46〜117 ⇒30, 39

41

昭和58（1983）年　　　I．初出目録

A1368	1月	わが一九三〇年代〔2枚〕	高原富保編『一億人の昭和史』毎日新聞社刊　p180～181
A1369	1月4日	新年宴会で〔4枚〕	「東京新聞」・夕　p3
A1370	1月5日	正月と私〔5枚〕	「京都新聞」（共同通信）　p13
A1371	2月	感触的昭和文壇史② 新感覚派から新興芸術派へ（上）〔23枚〕	「文學界」p222～230　⇒33
A1372	2月	華やかなりしSKD（わが1930年代）	高原富保編『別冊一億人の昭和史』毎日新聞社刊　p180～181
A1373	3月	感触的昭和文壇史③ 新感覚派から新興芸術派へ（中）〔42枚〕	「文學界」p194～208　⇒33
A1374	3月	『私のなかの東京』の一節抄録	「写された港区（3）」港区立図書館発行　p189～190
A1375	3月	自著　『誄歌』河出書房新社刊　⇔30	
A1376	4月	意地くらべ（おしまいのページで）〔2.5枚〕	「オール読物」　p472
A1377	5月	感触的昭和文壇史④ 新感覚派から新興芸術派へ（下）〔29枚〕	「文學界」p402～412　⇒33
A1378	5月	追憶宮内寒弥〔6枚〕	「海燕」　p6～8　⇒32
A1379	5月	文学のひろば（のち「類縁性ということ」に改題）〔6.5枚〕	「文学」p32～33　⇒32
A1380	6月	感触的昭和文壇史⑤ プロレタリア文学とその周辺〔40枚〕	「文學界」p248～261　⇒33
A1381	6月	敗戦直後のメモ〔6.5枚〕	「群像」　p390～391
A1382	7月	感触的昭和文壇史⑥ いわゆる「文芸復興期」(1)	「文學界」　p162～172　⇒33
A1383	7月	作家訪問（安原顯）＊《インタビュー》	「新刊ニュース」　p18～21
A1384	8月	山本健吉の文学〔5.5枚〕	「本」　p8～9　⇒32
A1385	8月	感触的昭和文壇史⑦ いわゆる「文芸復興期」(2)〔36枚〕	「文學界」　p172～184　⇒33
A1386	8月	北海道の四日間〔6枚〕	「北の話」　p10～13
A1387	8月15日	レビューくさぐさ〔6.5枚〕	「朝日新聞」・夕　p3　⇒32
A1388	8月27日	徳田秋聲とその周囲《講演》	石川近代文学館夏季講座・於石川県立福祉会館
A1389	9月	感触的昭和文壇史⑧ いわゆる「文芸復興期」(3)〔38枚〕	「文學界」　p212～225　⇒33
A1390	9月	ぶっちぎり《小説》〔20枚〕	「群像」　p138～146　⇒38, 39
A1391	10月	美女寸観〔2.5枚〕	「オール読物」　p474
A1392	10月	喫茶店今昔〔9枚〕	「食食食」　p20～23　⇒32
A1393	11月	感触的昭和文壇史⑨ 昭和十年代の様相(1)〔30枚〕	「文學界」　p212～222　⇒33
A1394	12月	私の略歴（表紙題字も）	「北の話」　p1,74
A1395	12月	感触的昭和文壇史⑩ 昭和十年代の様相(2)〔33枚〕	「文學界」　p208～219　⇒33
A1396	12月	私の卒業証書（神奈川とわたし）〔2枚〕	神奈川近代文学館報　p3　⇒32
A1397	12月10日	昭和文学史の感触＊《講演》	昭和文学研究会・於大東文化会館

昭和59(1984)年　73歳

A1398	1月	感触的昭和文壇史⑪ 昭和十年代の様相(3)〔31枚〕	「文學界」	p254〜264 ⇒33
A1399	1月	序〔1枚〕　　衣斐弘之著『評伝斉藤緑雨』火凉会刊　頁付けなし		
A1400	2月	感触的昭和文壇史⑫ 昭和十年代の様相(4)〔27枚〕	「文學界」	p264〜273 ⇒33
A1401	2月	しかし宿り木は〔6.5枚〕	「群像」	p252〜253
A1402	2月4日	いつの間にか春〔3.5枚〕	「東京新聞」・夕	p3
A1403	2月9日	狭義の文学はいま〔5.5枚〕	「読売新聞」・夕	p5 ⇒32
A1404	2月27日	徳田秋聲先生(「師友」1)〔2枚〕	「サンケイ新聞」・夕	p5 ⇒32
A1405	3月	秋聲成東行〔6.5枚〕	「海燕」	p10〜13 ⇒32
A1406	3月	感触的昭和文壇史⑬ 昭和十年代の様相(5)〔46枚〕	「文學界」	p246〜262 ⇒33
A1407	3月	『私のなかの東京』の一節抄録　「写された港区(4)」港区立図書館発行　p145〜146		
A1408	3月	独断的同族意識〔7枚〕	「日暦」創刊50周年記念号	p84〜86
A1409	3月5日	岡田三郎氏(「師友」2)〔2枚〕	「サンケイ新聞」・夕	p5 ⇒32
A1410	3月8日	木村梢著『竹の家の人々』《書評》〔3.5枚〕	「週刊文春」	p148
A1411	3月9日	私の好きなテレビ番組《談話》	「週刊テレビライフ」	p50
A1412	3月12日	十返肇君(「師友」3)〔2枚〕	「サンケイ新聞」・夕	p5 ⇒32
A1413	3月19日	和田芳恵さん(「師友」4)〔2枚〕	「サンケイ新聞」・夕	p5 ⇒32
A1414	3月26日	八木義德君(「師友」5)〔2枚〕	「サンケイ新聞」・夕	p5 ⇒32
A1415	5月	返り花《小説》〔39枚〕	「新潮」	p127〜140 ⇒36, 39
A1416	5月	大正時代〔2.5枚〕	「オール読物」	p440
A1417	6月	ご挨拶(理事長就任にあたって)〔1枚〕	「文芸家協会ニュース」	p3
A1418	6月2日	あの人この人《インタビュー》	「東京新聞」	p9
A1419	6月8日	「浮気」の効用〔5枚〕	「朝日新聞」	p7
A1420	6月9日	文芸家協会理事長になった(聞き手：矢沢光太郎)〈顔〉《インタビュー》　「読売新聞」　p3		
A1421	6月16日	七十代就任は初めて(聞き手：塩野栄)《インタビュー》	「東京新聞」・夕	p3
A1422	6月16日	文士の生活考えて(聞き手：四方繁子)《インタビュー》	「サンケイ新聞」	p5
A1423	6月26日	手抜きできない明治の文士《インタビュー》	「信濃毎日新聞」(共同通信)	p5
A1424	7月19日	文芸家協会理事長就任(聞き手：牛久保健夫)《インタビュー》	「赤旗」	p8
A1425	8月	解説・永井荷風「腕くらべ」《解説》〔11枚〕　永井荷風著『日本の文学』32巻　ほるぷ出版刊　p323〜334 ⇒32		
A1426	8月11日	私の8月15日《談話筆記》〔4枚〕	「河北新報」・夕(時事通信)	p7
A1427	8月30日	有吉佐和子逝去《談話》	「東京新聞」・夕	p11
A1428	9月	川と濠	「群像」	p244〜245 ⇒32
A1429	9月	解説・昭和10年代の文学《解説》〔20枚〕　山本健吉著『山本健吉全集』第10巻　講談社刊　p409〜416		

A1430	9月	【自筆は昭和60年、月は不明】　『志賀直哉研究』復刻版 日本図書センター刊　p208〜228,429	
A1431	9月22日	原宿（700story—1）　「読売新聞」・夕　p11　⇒32	
A1432	9月24日	東京新聞創刊百年記念「時代をえぐる鋭い目」（巌谷大四・平井隆太郎と）《鼎談》　「東京新聞」　p26〜27	
A1433	9月29日	桜橋（700story—2）　「読売新聞」・夕　p11　⇒32	
A1434	10月	交通信号と対談（口述筆記）〔5枚〕　「総合教育技術」　p22〜23	
A1435	10月	音響と色彩〔3.5枚〕　「室内」　p136	
A1436	10月6日	子供合埋塚（700story—3）　「読売新聞」・夕　p11　⇒32	
A1437	10月13日	弥生美術館（700story—4）　「読売新聞」・夕　p5　⇒32	
A1438	11月	自著　『わが荷風』中公文庫刊　⇔31	
A1439	11月4日	船山馨記念室オープン《談話》　「北海タイムス」　p14	
A1440	11月4日	船山馨記念室が開設《談話》　「読売新聞」　p21	
A1441	12月	漢字嗜好〔2.5枚〕　「オール読物」　p424	
A1442	12月	感触的昭和文壇史⑭ 昭和二十年代の様相（1）〔35枚〕　「文學界」　p196〜207　⇒33	
A1443	12月	四〇〇号に寄せて〔4.5枚〕　「文芸家協会ニュース」　p6	
A1444	12月6日	船山馨文庫のこと〔4枚〕　「北海道新聞」・夕　p7　⇒32	

昭和60（1985）年　74歳

A1445	1月	感触的昭和文壇史⑮ 昭和二十年代の様相（2）〔35枚〕　「文學界」　p286〜297　⇒33	
A1446	1月	三田三丁目《小説》〔31枚〕　「群像」　p178〜189　⇒36, 39	
A1447	1月	一年後の、いま〔7枚〕　「文藝」　p10〜11　⇒32	
A1448	1月	'84印象に残った本《アンケート》　「新刊ニュース」　p32	
A1449	1月8日	鏡花研究を読む（文学館活動の原点）【自筆は日付不明】〔5枚〕　「北国新聞」　p8　⇒32	
A1450	1月31日	石川達三逝去《談話》　「東京新聞」・夕　p11	
A1451	2月	感触的昭和文壇史⑯ 昭和二十年代の様相（3）〔35枚〕　「文學界」　p266〜277　⇒33	
A1452	2月	喪岩山のキツネ〔7枚〕　「北の話」　p54〜57　⇒32	
A1453	2月17日	両国の第九 はがき　すみだ第九を歌う会プログラム　p10	
A1454	3月	感触的昭和文壇史⑰ 昭和二十年代の様相（4）〔40枚〕　「文學界」　p266〜279　⇒33	
A1455	3月	神楽坂の興行物〔4枚〕　国立劇場演芸場プログラム　p2〜3　⇒32	
A1456	3月30日	野上弥生子逝去《談話》　「東京新聞」・夕　p6	
A1457	4月	感触的昭和文壇史⑱ 昭和二十年代の様相（5）〔41枚〕　「文學界」　p220〜233　⇒33	
A1458	4月	年譜の問題〔7枚〕　「新潮」　p234〜235　⇒32	
A1459	4月	上野とたべもの〔7.5枚〕　「食の雑誌」　p18〜21　⇒32	
A1460	4月	一般報告*　「文芸家協会ニュース」　p1	
A1461	4月5日	別種のつまらなさ〔4枚〕　「東京新聞」・夕　p3　⇒32	
A1462	4月16日	ソ連作家歓迎会《挨拶》　「東京新聞」・夕　p3	

I. 初出目録　　　　　昭和60（1985）年

A1463	4月20日	三田文学9年ぶりの復刊〈土曜の手帖〉《スピーチ》　「朝日新聞」・夕 p5
A1464	4月23日	三田文学祝賀会〈消息欄〉《スピーチ》　「東京新聞」 p3
A1465	5月	短篇小説のすすめ〔4枚〕　「三田文学」 p15～16　⇒32
A1466	5月	回想の宮内寒弥〔4枚〕　宮内寒弥著『宮内寒弥小説集成』付録 作品社刊 p2～3
A1467	5月	外出ばかりの一ヵ月【自筆は6月】《アンケート》　「室内」 p41
A1468	5月21日	日本文芸家協会の責務〔5.5枚〕　「読売新聞」 p11
A1469	7月	違った角度から〔6.5枚〕　「文學界」 p10～11　⇒32
A1470	7月	昔遊んだ場所（聞き手：荒川洋治）〈書下ろし大コラム・個人的意見〉《インタビュー》　「小説新潮」・臨時増刊 p92～102
A1471	7月	いま、純文学を考える（菅野昭正と）《対談》　「文藝」 p110～133
A1472	7月	落穂ひろい　正宗白鳥著『正宗白鳥全集』第12巻月報 福武書店刊 p1～3
A1473	7月	家庭で幸せを感じるとき《アンケート》　「婦人公論」 p271
A1474	7月	解説《解説》　日本近代文学館編『名著初版本復刻珠玉選』日本近代文学館刊 p1～10
A1475	8月	二十年の空白〈戦後と私〉〔6枚〕　「群像」 p171～172　⇒40
A1476	8月	宇野さんの前期作品〈宇野浩二特集〉〔7枚〕　「早稲田文学」 p8～9　⇒40
A1477	8月	処女作の思い出〔6枚〕　「近代文芸」 p6～7　⇒40, 47
A1478	8月5日	「しごとの周辺」街あるき　「朝日新聞」・夕 p5　⇒40
A1479	8月6日	「しごとの周辺」東京地図　「朝日新聞」・夕 p5　⇒40
A1480	8月7日	「しごとの周辺」一瞬の花　「朝日新聞」・夕 p5
A1481	8月8日	「しごとの周辺」パック旅行　「朝日新聞」・夕 p3
A1482	8月9日	「しごとの周辺」必要経費　「朝日新聞」・夕 p5　⇒40
A1483	8月10日	「しごとの周辺」仕事時間　「朝日新聞」・夕 p3　⇒40
A1484	8月12日	「しごとの周辺」野球放送　「朝日新聞」・夕 p5
A1485	8月13日	「しごとの周辺」ナイター　「朝日新聞」・夕 p5
A1486	8月14日	「しごとの周辺」歩行道徳　「朝日新聞」・夕 p5
A1487	8月15日	「しごとの周辺」八月十五日　「朝日新聞」・夕 p7
A1488	8月16日	「しごとの周辺」ベレーザ　「朝日新聞」・夕 p3
A1489	8月17日	「しごとの周辺」暑中多忙　「朝日新聞」・夕 p3
A1490	8月23日	佐藤春夫詩集〈私の一冊〉〔1300字〕　「東京新聞」 p9　⇒40
A1491	9月	少女《小説》〔64枚〕　「新潮」 p6～27　⇒36, 39, 46
A1492	9月	『たけくらべ』論考を読んで〔22枚〕　「群像」 p182～188　⇒40, 47
A1493	9月	葉門の句（連載1）〔3枚〕　「狩」 p6～7
A1494	9月	東京いまむかし（小林信彦と）《対談》　「銀座百点」 p10～16
A1495	10月	竹田三正句集（連載2）〔3枚〕　「狩」 p2～3
A1496	10月24日	ヨーロッパ旅行余滴〔4枚〕　「京都新聞」（共同通信） p14
A1497	11月	感触的昭和文壇史⑲ 昭和三十年代以降(1)　「文學界」 p220～232　⇒33
A1498	11月	江東歳時記（連載3）〔3枚〕　「狩」 p6～7
A1499	11月	自著　『虚空に舞う花びら』花曜社刊　⇔32
A1500	11月6日	新人国記「三田の同級生たち」（岡本太郎・藤山一郎・石川七郎と）《インタビュー》　「朝日新聞」・夕
A1501	11月7日	川崎長太郎逝去《談話》　「東京新聞」 p15
A1502	11月12日	川崎長太郎氏「弔辞」〔2.5枚〕　於小田原無量寺

昭和61（1986）年　　　I. 初出目録

A1503　12月　涙腺ふたたび〔6.5枚〕　　「群像」　p342〜343　⇒40
A1504　12月　感触的昭和文壇史⑳ 昭和三十年代以降（2）〔38枚〕　　「文學界」　p326〜338　⇒33
A1505　12月　長い長い夏（連載最終回）〔3枚〕　　「狩」　p6〜7
A1506　12月　街と建物（前田愛と）《対談》　　一木努、陣内秀信、堀勇良著『建築の忘れがたみ』　INAX出版　p61〜65
A1507　12月4日　都会の夜〔4枚〕　　「毎日新聞」・夕　p5
A1508　12月27日　年末におもう〔4枚〕　　「東京新聞」・夕　p3

昭和61（1986）年　75歳

A1509　1月　感触的昭和文壇史㉑ 昭和三十年代以降（3）〔36枚〕　　「文學界」　p330〜342　⇒33
A1510　1月　記念年にあたって〔4枚〕　　「文芸家協会ニュース」　p330〜342
A1511　1月　戦後十年間の文学動向いまあざやかに〔2枚〕　　日本文芸家協会編『文芸年鑑』復刻版 内容見本 日本図書センター刊　p2
A1512　2月　川崎長太郎氏と氏の文学〔16枚〕　　「新潮」　p232〜237　⇒40
A1513　2月　感触的昭和文壇史㉒ 昭和三十年代以降（4）〔35枚〕　　「文學界」　p328〜339　⇒33
A1514　2月10日　『昭和文壇史』出版します〈このごろ〉《インタビュー》　　「毎日新聞」・夕　p4
A1515　3月　虚空に舞う花びら（新著余瀝）〔3枚〕　　「三田評論」　p88
A1516　3月26日　創立六十周年をむかえた日本文芸家協会〔7枚〕　　「日本経済新聞」　p32
A1517　4月　推薦文〔300字〕　　永井壮吉著『荷風小説』内容見本 岩波書店刊　未確認
A1518　4月30日　永井荷風雑感《講演》　　於浄閑寺
A1519　5月　地図しらべ〔7枚〕　　「海燕」　p6〜9　⇒40
A1520　6月　余儀ない荷風〔6.5枚〕　　「文學界」　p10〜11　⇒40
A1521　6月　「現代文学」と私 推薦文〔自筆は4月〕〔2.5枚〕　　『槐・現代文学』全10巻 復刻版 内容見本 臨川書店刊　p21〜29
A1522　6月7日　佐藤泰志「もうひとつの朝」〈土曜の手帖〉《談話》　　「朝日新聞」・夕（「文学界」6月号転載）　p5
A1523　7月　バレエタップ（物の言葉1）〔3枚〕　　「群像」　p143
A1524　7月　荷風と隅田川　画集東京百景〔7枚〕　　一枚の絵　p32〜36　⇒40
A1525　7月4日　安住孝史氏讃 安住孝個展案内状〔1枚〕　　於ギャラリー玉屋　頁付けなし
A1526　7月　自著　『感触的昭和文壇史』文藝春秋社刊　⇔33
A1527　7月20日　さまざまな回想——パブロワからバリシニコフまで〔7枚〕　　バリシニコフ・ジャパンツアー・プログラム　頁付けなし　⇒40
A1528　7月27日　隅田川絵巻——ある版画家の生と死【藤牧義夫】《TV出演》　　「TV日曜美術館」NHK教育TV
A1529　8月　衣裳人形（物の言葉2）〔3枚〕　　「群像」　p308　⇒40
A1530　8月　「現代文学」のころ〔16枚〕　　「現代文学」10巻 復刻版 臨川書店　p21〜29
A1531　8月31日　小学館『昭和文学全集』《インタビュー》　　「サンデー毎日」　p156〜158
A1532　9月　作家の年齢〔7枚〕　　「新潮」　p178〜179
A1533　9月　カラー写真（物の言葉3）〔3枚〕　　「群像」　p127　⇒40
A1534　9月　黙禱（稲垣達郎追悼）　　「日本近代文学館」　p4

I． 初出目録　　　昭和62（1987）年

A1535　9月　昭和文学の系譜（磯田光一と）《対談》　「新刊ニュース」　p8～20
A1536　9月　マジックカッターばんざい（往復はがき）　「室内」　p92～93
A1537　9月　解説《解説》〔14枚〕　野口冨士男編『荷風随筆集』（上）岩波書店刊　p291～300
A1538　10月　薬物の夜《小説》〔41枚〕　「群像」　p30～45　⇒36，39
A1539　10月　捨てる、残す〔3.5枚〕　「年金と住宅」　p16
A1540　10月　東京繁華街考〔7.5枚〕　「銀座百点」　p26～28　⇒40
A1541　10月　対極の友〔2枚〕　『心には北方の憂愁（トスカ）』八木義徳文学研究会　p151
A1542　11月　死ぬまでに一度〔4.5枚〕　「中央公論」　p37～39
A1543　11月　解説《解説》〔12枚〕　野口冨士男編『荷風随筆集』（下）岩波書店刊　p295～302
A1544　11月　昭和──戦争と文学（安岡章太郎と）《対談》　「三田評論」　p4～15
A1545　11月19日　定説への懐疑〔5枚〕　「東京新聞」・夕　p7　⇒40
A1546　12月20日　野口氏文学を語る（聞き手：牛久保健夫）《インタビュー》　「赤旗」　p10

昭和62（1987）年　76歳

A1547　1月24日　「外国語表記」に対しコメント　「ニュースセンター9時」NHK
A1548　2月　断念の代償〔6.5枚〕　「文學界」　p12～13　⇒40
A1549　3月　四代の文学　江戸ブームから100年を見返す〔31枚〕　「新潮」　p174～184
A1550　3月　父からの手紙（思い出の手紙）〔3枚〕　「ポスト」　p18　⇒40
A1551　3月5日　歩いて死ぬことはない〈ひとひとひと〉《インタビュー》　「毎日新聞」・夕　p2
A1552　3月12日　文芸書はなぜ売れないか──出版の流通を考える＊《TV出演》　「ETV8」NHK教育TV
A1553　4月　タクシー運転手（おしまいのページで）〔2.5枚〕　「オール読物」　p474　⇒40
A1554　4月　磯田光一氏追憶〔6枚〕　「群像」　p202～204　⇒40
A1555　4月　わたしの好きな川端作品《アンケート》　「神奈川近代文学館」　未確認
A1556　4月　解説《解説》　野口冨士男編『荷風随筆集』（下）改訂版　岩波書店刊　p295～302
A1557　4月　セパ両リーグ順位予想　セリーグ＊《アンケート》　ホームラン　p25
A1558　4月　セパ両リーグ順位予想　パリーグ＊《アンケート》　ホームラン　p33
A1559　4月28日　生命はしょせん寿命（一病息災）〔600字〕　「東京新聞」・夕　p8
A1560　5月　岩波文庫・私の三冊《アンケート》　「図書」臨時増刊　p66
A1561　5月　心苦しさふたたび〔600字〕　「日本近代文学館」97号　p4
A1562　6月　残花のなかを《小説》〔52枚〕　「文學界」　p76～93　⇒36，39
A1563　6月12日　路地（山水鳥話）〔4枚〕　「朝日新聞」・夕　p7　⇒40
A1564　8月　文壇史と文学史（吉田凞生・曽根博義・鈴木貞美と）《座談会》　「国文学」　p6～33
A1565　8月　解説《解説》〔11枚〕　高見順著『昭和文学盛衰史』文藝春秋社刊　p592～597
A1566　9月　解説・舟橋聖一の「夏子もの」《解説》〔9枚〕　「小説新潮」　p177～179　⇒40
A1567　9月　うしなわれたエロティシズム〔20枚〕　「新潮45」　p158～164
A1568　9月5日　記憶の出口【自筆は「追憶からの出口」】〔5枚〕　「読売新聞」・夕　p9

47

昭和63（1988）年　　　I.　初出目録

A1569	10月	妖狐年表《小説》〔61枚〕　「群像」　p136〜159　⇒38，39	
A1570	10月	解説・舟橋聖一・人と作品〔26枚〕《解説》　井上靖ほか編『昭和文学全集 第12巻—坂口安吾・舟橋聖一・高見順・円地文子』小学館刊　p1032〜1038	
A1571	10月	推薦文〔1.5枚〕　復刻版「科学と文学」不二出版刊　頁付けなし	
A1572	10月	坂口安吾と「現代文学」『安吾のいる風景』〔5枚〕　新潟県松之山文学碑記念　p10〜13　⇒40	
A1573	11月	東西モダン談義（石浜恒夫と）《対談》　「太陽」　p81〜88	
A1574	11月	終末感と切迫感〔8枚〕　「新潮45」　p28〜31　⇒40	
A1575	11月	「花柳界」の項を執筆　小木新造ほか編『江戸東京学事典』三省堂刊　p818〜819	
A1576	11月	「レビュー」の項を執筆　小木新造ほか編『江戸東京学事典』三省堂刊　p824〜825	
A1577	12月	絵画と予備知識〔4枚〕　「一枚の絵」　p36〜37　⇒40	
A1578	12月11日	私の金沢〔4枚〕　「東京新聞」・夕　p4	

昭和63（1988）年　77歳

A1579	1月	他人の春《小説》　「文學界」　p62〜76　⇒36，39	
A1580	1月	数項目を執筆　磯田光一ほか編『増補改訂 新潮日本文学辞典』新潮社	
A1581	2月	秋の桜〔7枚〕　「文藝」春季号　p218〜219	
A1582	2月	自著　『続田奈部豆本・なぎの葉考』その一（限定200部）続田奈部豆本版元　⇔34	
A1583	2月	自著　『続田奈部豆本・なぎの葉考』その2（限定200部）続田奈部豆本版元　⇔34	
A1584	2月	記号とパフォマンス〔1枚〕　「青年劇場ニュース」　p1	
A1585	2月9日	村山猛男医師と出演【自筆は日付不明】《TV出演》　「お達者くらぶ」NHK	
A1586	2月9日	菊池寛生誕百年番組にちょっと出演（自宅で）《TV出演》　「ETV8」NHK教育TV	
A1587	3月	食用蛙とザリガニ〔5.5枚〕　「群像」　p220〜221　⇒40	
A1588	4月	1000号を迎える新潮（河盛好蔵・大久保房男と）《鼎談》　「波」　p2〜7	
A1589	4月9日	田宮虎彦自裁《談話》　「日本経済新聞」　p7	
A1590	冬	わが抵抗の気脈（聞き手：高橋昌男）《インタビュー》　「三田評論」　p52〜57	
A1591	4月12日	追悼・田宮虎彦【自筆は11日】〔3.5枚〕　「信濃毎日新聞」（共同通信）　p11	
A1592	4月12日	野口冨士男氏訪問（聞き手：恩田雅和）《インタビュー》　「ニュース和歌山」　p7	
A1593	4月25日	私の小説作法《講演》　文化学院創立記念日講演・於文化学院	
A1594	5月	紙の箱《小説》〔30枚〕　「新潮」一千号記念号　p97〜107　⇒36，39	
A1595	5月	迷いに迷って〈私の好きな短篇〉〔3枚〕　「群像」500号記念号　p474　⇒40	
A1596	5月	常備が義務の時代〔1.5枚〕　早稲田大学図書館編『明治期刊行物集成カタログ』雄松堂書店刊　頁付けなし	
A1597	5月7日	山本健吉逝去《談話》　「朝日新聞」　p31	
A1598	5月7日	山本健吉逝去《談話》　「毎日新聞」　p23	

48

I. 初出目録　　　　　　昭和63（1988）年

A1599	5月10日	日本近代文学史の転轍手（山本健吉追悼）〔4枚〕　　「東京新聞」・夕　p3
A1600	5月21日	私の小説作法《講演》　　於東京堂書店
A1601	6月	弔辞（山本健吉）〔2枚〕　　「文芸家協会ニュース」　p3〜4
A1602	6月	資料の保存〔7枚〕　　「海燕」　p6〜9　⇒40
A1603	6月	薬物の夜*　　東販新刊ニュース編『作家の肖像―写真集』影書房刊　p176〜177
A1604	6月11日	野口さん理事改選で人生の至言〈ぺーぱーないふ欄〉菊島大氏　　「東京新聞」・夕　p3
A1605	6月28日	堀辰雄『風立ちぬ』〈名作プレイバック〉〔2枚〕　　「サンケイ新聞」・夕　p6
A1606	7月	山本健吉氏のことども〔20枚〕　　「群像」　p200〜206　⇒40
A1607	7月	理事長「辞任のご挨拶」〔1枚〕　　「文芸家協会ニュース」　p2
A1608	7月	黒い富士山《電話インタビュー》　　「ジパング」　p21〜22
A1609	7月19日	井上靖『ある偽作家の生涯』〈名作プレイバック〉〔2枚〕　　「サンケイ新聞」・夕　p6
A1610	8月	ハマナスと軽石（八木義徳受賞随行記）〔7枚〕　　「北の話」　p7〜10
A1611	8月9日	原民樹『夏の花』〈名作プレイバック〉〔2枚〕　　「サンケイ新聞」・夕　p6
A1612	8月23日	田中英光『オリンポスの果実』〈名作プレイバック〉〔2枚〕　　「サンケイ新聞」・夕　p6
A1613	9月6日	三島由紀夫『橋づくし』〈名作プレイバック〉〔2枚〕　　「サンケイ新聞」・夕　p6
A1614	9月20日	舟橋聖一『川音』〈名作プレイバック〉〔2枚〕　　「サンケイ新聞」・夕　p8
A1615	10月	どうすればいいのか〔29枚〕　　「群像」　p206〜216
A1616	10月	理事長辞任のあとさき〔6.5枚〕　　「文學界」　p10〜11　⇒40
A1617	10月	イナンクル〔7枚〕　　「北の話」　p11〜14
A1618	10月	わたしの好きな作品《アンケート》　　女流作家13人展・於東武百貨店　p89
A1619	10月	紅葉の大山で文学のひととき（シンポジウム）　　本の国体実行委員会「本の国体記録集」　p40
A1620	10月4日	芥川龍之介『蜜柑』〈名作プレイバック〉〔2枚〕　　「サンケイ新聞」・夕　p6
A1621	10月18日	カモンイス『ウズ・ルジアダス』〈名作プレイバック〉〔2枚〕　　「サンケイ新聞」・夕　p6
A1622	11月	友の糸（田宮虎彦追悼）〔10枚〕　　「日暦」　p94〜98　⇒40
A1623	11月	5篇収載　　井上靖ほか編『昭和文学全集 第14巻―上林暁・和田芳恵・野口富士男・川崎長太郎・八木義徳・木山捷平・檀一雄・外村繁』小学館刊　p263〜405　⇔35
A1624	11月	自筆年譜　　井上靖ほか編『昭和文学全集 第14巻―上林暁・和田芳恵・野口富士男・川崎長太郎・八木義徳・木山捷平・檀一雄・外村繁』小学館刊　p1075〜1078
A1625	11月	和田芳恵人と作品〔14枚〕　　井上靖ほか編『昭和文学全集 第14巻―上林暁・和田芳恵・野口富士男・川崎長太郎・八木義徳・木山捷平・檀一雄・外村繁』小学館刊　p1037〜1040
A1626	11月6日	「隅田川と私」隅田川市民サミット《講演》
A1627	11月8日	中勘助『銀の匙』〈名作プレイバック〉〔2枚〕　　「サンケイ新聞」・夕　p6
A1628	11月22日	森鷗外『高瀬舟』〈名作プレイバック〉〔2枚〕　　「サンケイ新聞」・夕　p6
A1629	11月26日	世紀末小感〔9枚〕　　「東京新聞」・夕　p3　⇒40

昭和64・平成元（1989）年　　I. 初出目録

- A1630　11月30日　私の人形趣味〔3.5枚〕　　「信濃毎日新聞」（時事通信）　p13　⇒40
- A1631　12月1日　あなたの好きな監督は?《アンケート》　　「プロ野球」　未確認
- A1632　12月6日　五味康佑『喪神』〈名作プレイバック〉〔2枚〕　　「サンケイ新聞」・夕　p6
- A1633　12月20日　武田麟太郎『大凶の籤』〈名作プレイバック〉〔2枚〕　　「サンケイ新聞」・夕　p6

昭和64・平成元（1989）年　78歳

- A1634　1月　坂の遍歴《小説》〔43枚〕　　「文學界」　p42〜56　⇒36, 39
- A1635　1月　'88印象に残った本《アンケート》　　「新刊ニュース」　p22
- A1636　1月　名優のおもかげ（藤間藤子と）《対談》　　国立劇場　p44〜48
- A1637　1月　記憶に残る言葉〔5枚〕　　「三田評論」　p44〜45　⇒40
- A1638　1月6日　若い日の私（青春のあり方）〔4枚〕　　「毎日新聞」　p4　⇒40
- A1639　1月6日　余白を語る（談話筆記・赤松俊輔）*《インタビュー》　　「朝日新聞」　p5
- A1640　1月9日　昭和を語る（佐伯彰一と）《対談》　　「東京新聞」・夕　p6〜7
- A1641　1月9日　亡き天皇の思い出〔4.5枚〕　　「神奈川新聞」（共同通信）　p12
- A1642　1月10日　上田敏『山のあなた』〈名作プレイバック〉〔2枚〕　　「サンケイ新聞」・夕　p6
- A1643　1月24日　松本清張『ある『小倉日記』伝』〈名作プレイバック〉〔2枚〕　　「サンケイ新聞」・夕　p6
- A1644　1月29日　描かれた東京・織田一麿《TV出演》　　「日曜美術館」NHK教育TV
- A1645　2月　秋声会　　「昭和二万日の全記録」4巻 講談社刊　p35
- A1646　2月　あなたの好きな投手は?《アンケート》　　「プロ野球」　未確認
- A1647　2月7日　川端康成『雪国』〈名作プレイバック〉〔2枚〕　　「サンケイ新聞」・夕　p6
- A1648　2月21日　佐多稲子『水』〈名作プレイバック〉〔2枚〕　　「サンケイ新聞」・夕　p6
- A1649　3月7日　永井荷風『葡萄棚』〈名作プレイバック〉〔2枚〕　　「サンケイ新聞」・夕　p6
- A1650　3月28日　八木義徳『風祭』〈名作プレイバック〉〔2枚〕　　「サンケイ新聞」・夕　p6
- A1651　4月　東京遠景近景（遠景近景1）〔3枚〕　　「群像」　p222
- A1652　4月　北海道と私〔7枚〕　　「北の話」　p44〜48
- A1653　4月　隅田川と私《講演速記》　　「すみだ川総集版I　No.4」　p30〜34
- A1654　4月　文化面は私のパラボラアンテナ〈東京が好き〉〔1枚〕　　「東京新聞」　未確認
- A1655　4月11日　川崎長太郎『鳳仙花』〈名作プレイバック〉〔2枚〕　　「サンケイ新聞」・夕　p6
- A1656　4月25日　芝木好子『散華』〈名作プレイバック〉〔2枚〕　　「サンケイ新聞」・夕　p6
- A1657　5月　自著　『少女』文藝春秋社刊　⇔36
- A1658　5月　蝶結び〈遠景近景2〉　　「群像」　p103
- A1659　5月9日　田久保英夫『髪の環』〈名作プレイバック〉　　「サンケイ新聞」・夕　p6
- A1660　5月23日　高見順『文士というサムライ』〈名作プレイバック〉　　「サンケイ新聞」・夕　p6
- A1661　6月　また一つ（遠景近景3）〔3枚〕　　「群像」　p306　⇒40
- A1662　6月　チロルハット（石川七郎追悼）　　『無影燈のもとに』石川美代子発行　p221〜226
- A1663　6月13日　「いまなぜ秋聲か」①（古井由吉・松本徹と）《鼎談》　　「東京新聞」　p3
- A1664　6月14日　「いまなぜ秋聲か」②《鼎談》　　「東京新聞」　p9
- A1665　6月19日　「いまなぜ秋聲か」③《鼎談》　　「東京新聞」　p7

I. 初出目録　　平成3 (1991) 年

A1666　6月20日　「いまなぜ秋聲か」④《鼎談》　　「東京新聞」　p3
A1667　6月21日　「いまなぜ秋聲か」⑤《鼎談》　　「東京新聞」　p9
A1668　7月　モボ・モガと金融恐慌〔5枚〕　「太陽」No.335 (特集・昭和の記憶)　p17　⇒40
A1669　7月23日　時のきれはし〔9枚〕　「日本経済新聞」　p36　⇒40
A1670　8月　横顔《小説》〔38枚〕　「文學界」　p24〜36　⇒38, 39
A1671　8月　煙管の羅宇【自筆は7月】　昭和文学会編『昭和文学研究19集』笠間書院刊　p74〜75
A1672　11月　自著　『私のなかの東京』中公文庫刊　⇔37

平成2 (1990) 年　79歳

A1673　3月　生死いずれか〔6.5枚〕　「文學界」　p10〜11　⇒40
A1674　3月　私の好きな昭和文学五選「昭和の文学展」図録《アンケート》　朝日新聞社　p127
A1675　3月3日　直前の光景〔4枚〕　「読売新聞」・夕　p9　⇒40
A1676　3月8日　張り紙いつまで〔3.5枚〕　「東京新聞」・夕　p9
A1677　6月　同年者の立場から (八木義徳関係)〔6枚〕　「海燕」　p15〜17　⇒40
A1678　6月　緑雨のために〔8枚〕　斎藤緑雨著『斎藤緑雨全集1』月報 筑摩書房刊　p2〜4　⇒40
A1679　6月　差異と同一〔2枚〕　磯田光一著『磯田光一著作集』内容見本 小沢書店刊　未確認
A1680　9月　しあわせ《小説》〔43枚〕　「群像」　p18〜33　⇒38, 39
A1681　9月27日　目下『しあわせ』校正の日々〈人かお仕事欄〉《インタビュー》　「東京新聞」・夕　p9
A1682　10月　無名時代みたび〔6枚〕　「別冊文藝春秋」　p16〜17　⇒40
A1683　11月　カタパルト付近〔6枚〕　「三田の文人展」実行委員会編『三田の文人』丸善書店刊　p12〜13
A1684　11月　永山則夫問題アンケート《アンケート》　「すばる」　p189
A1685　11月　自著　『しあわせ』講談社刊　⇔38

平成3 (1991) 年　80歳

A1686　1月　入口さがし*　「新刊ニュース」　p7
A1687　1月30日　井上靖逝去《談話》　「東京新聞」　p22
A1688　3月　記憶のなかの東京 (聞き手：川本三郎)《インタビュー》　「東京人」　p70〜75
A1689　3月　東京という範囲〔7枚〕　「中央公論」文藝特集　p180〜182　⇒40
A1690　4月　回想の井上靖氏〔6枚〕　「文學界」　p192〜194　⇒40, 47
A1691　4月16日　傘寿の直前〔4枚〕　「東京新聞」・夕　p9　⇒40
A1692　5月9日　文学者は浮動している〔4.5枚〕　「朝日新聞」・夕　p7　⇒40, 47
A1693　6月　『しあわせ』(新著余瀝)〔3枚〕　「三田評論」　p86
A1694　7月　自著　『野口冨士男自選小説全集』(上下) 河出書房新社刊　⇔39
A1695　7月　(収録作の選出に当たる)　川端康成著『群像日本の作家13—川端康成』小学館刊
A1696　7月31日　東京を見る角度〔6枚〕　「読売新聞」・夕　p13　⇒40

平成4（1992）年　　　　　　　Ⅰ．初出目録

A1697　8月17日　傘寿を初の自選全集で飾った野口冨士男さん【自筆は15日】（聞き手：菊島大）〈土曜訪問〉《インタビュー》　　「東京新聞」　p3
A1698　8月27日　弔辞（芝木好子のため）〔2枚〕　　於千日谷会堂　⇒40
A1699　9月　作家の現場　野口氏（聞き手：鈴木健次）《インタビュー》　　「新刊ニュース」　p22～25
A1700　9月1日　『野口冨士男自選小説全集』（聞き手：小山氏）《インタビュー》　　「信濃毎日新聞」（共同通信）　p12
A1701　10月　作家のindex*　　「すばる」　p368
A1702　10月8日　野口冨士男さん（聞き手：小玉祥子）《インタビュー》　　「毎日新聞」・夕　p6
A1703　11月　川崎長太郎頌　　川崎長太郎著『川崎長太郎選集（上）』付録　河出書房新社刊　p6
A1704　11月　自著　　『時のきれはし』講談社刊　⇔40

平成4（1992）年　81歳

A1705　1月　わたしのベスト3 '91 文学の収穫《アンケート》　　「文學界」　p298
A1706　2月　不思議なご縁〔7枚〕　　「文學界」・文藝春秋70周年記念特別号　p17～20
A1707　5月　ニュースでQuiz・文学（武藤康史文責）〈問題の本〉《談話》　　「クレア」春の臨時増刊　p66
A1708　5月　荷風あとさき（川本三郎氏と）《対談》　　「図書」　p2～11
A1709　5月　慶祝三十周年〔100字〕　　「日本近代文学館」　p9～10
A1710　5月　『雪国』の存在〔100字〕　　「没後20年川端康成展図録」　p107
A1711　7月　自著　　『しあわせ/かくてありけり』講談社文芸文庫　⇔41
A1712　9月　作家の生活（松原新一と）《対談》　　「群像」　p137～162
A1713　10月　文壇を見、歩んで六十年（聞き手：新船海三郎）《インタビュー》　　「民主文学」　p128～140
A1714　10月　最後の小説を書いてしまってもはや二年《口述》　　「新潮45」　p112～115
A1715　10月　「胸痛む」（中上健次追悼）【自筆は11月】《口述》　　「文藝」　p185～187

平成5（1993）年　82歳

A1716　1月　いつか見た台東区【自筆は平成4年12月】《談話》　　「東京人」　p98～99
A1717　1月19日　言葉にすがる〈ポン前ポン後〉　　「読売新聞」　p13
A1718　4月　きのう今日あした　　「文芸家協会ニュース」500号記念　p1
A1719　6月　臨終記《口述》　　「新潮45」　p140～148　⇒47
A1720　11月　残日余語《口述》　　「新潮45」　p36～38　⇒47
A1721　11月18日　秋声没後50年（上）《談話》　　「読売新聞」・金沢　p29

平成8（1996）年

A1722　12月　自著　　『私のなかの東京』（大活字本シリーズ）埼玉福祉会刊　⇔43

平成12（2000）年

A1723　12月　序文　　野川友喜編『徳田秋声文献年表ノート1896～1963』松本和喜　p1～2

平成13（2001）年
A1724　12月　島村利生宛書簡3通《書簡》　　島村利正著『島村利正全集』4巻 月報 未知谷刊　p7〜9

平成14（2002）年
A1725　12月　自著　『わが荷風』（再刊）講談社文芸文庫　⇔42

平成15（2003）年
A1726　11月　自著　『わが荷風』（上下）（大活字本シリーズ）埼玉福祉会刊　⇔44

平成18（2006）年
A1727　4月　佐多稲子宛書簡6通《書簡》　　日本近代文学館編『文学者の手紙（7）佐多稲子——中野重治・野上弥生子ほか来簡が語る生の足跡（日本近代文学館資料叢書第II期）』博文館新社刊　p196〜202

A1728　10月　ことばの森の住人たち「町田ゆかりの文学者」町田市民文学館図録に桜田常久宛書簡1通《書簡》　　「町田市ことばらんど」　p40,58

平成19（2007）年
A1729　6月　自著　『私のなかの東京』（再刊）岩波書店刊　⇔45

平成20（2008）年
A1730　3月　八木義徳宛書簡9通 翻刻 保坂雅子《書簡》　　山梨県立文学館「資料と研究」第13輯　p107〜116

平成21（2009）年
A1731　5月　自著　『なぎの葉考・少女』（再刊）講談社文芸文庫　⇔46
A1732　6月30日　村松定孝宛書簡2通 翻刻 中野和子《書簡》　　「山梨県立文学館報」　p4〜5
A1733　12月　自著　武藤康史編『野口冨士男エッセイ集 作家の手』ウェッジ刊　⇔47

再録作品目録

昭和10(1935)年　24歳
　　3月　　悪銭　　　『年刊文化学院』第3輯　八紘社杉山書店　p23〜29

昭和16(1941)年　30歳
　　12月　　鶴　　　『青年藝術派短篇集・八つの作品』通文閣刊　p219〜244

昭和18(1943)年　32歳
　　7月　　浦賀　　　太宰治ほか著『辻小説集』八紘社杉山書店　p165

昭和29(1954)年　43歳
　　10月　　耳のなかの風の声　　　文芸家協会編『創作代表選集14』講談社刊　p231〜255

昭和31(1956)年　45歳
　　1月　　"風流抄"の作家舟橋聖一　　　十返肇編『作家の肖像』近代生活社刊　p184〜196

昭和33(1958)年　47歳
　　4月　　死んだ川　　　文芸家協会編『創作代表選集(21)』講談社刊　p249〜271

昭和41(1966)年　55歳
　　3月9日　二七会と三銀会*　　　「幼稚舎同窓会報」　p3

昭和44(1969)年　58歳
　　3月　　「二十四五」と「中年増」*　　　『現代日本文学体系70・月報合体』筑摩書房　p84〜85
　　8月　　一つの笑顔*　　　十返千鶴子編『十返肇―その一九六三年八月』十返千鶴子発行
　　　　　p214〜215
　　12月　　海軍日記(抄)　　　『現代日本記録全集(23)敗戦の記録』筑摩書房刊　p182〜222

昭和45(1970)年　59歳
　　5月　　深い海の底で　　　文芸家協会編『文学選集35集』講談社刊　p225〜240
　　10月17日　この世のひとり*　　　「幼稚舎同窓会報」　p3

昭和46(1971)年　60歳
- 5月　学院新聞の出来たころ*　　『愛と叛逆―文化学院の五十年』文化学院出版部刊　p210〜212
- 5月　「現実・文学」と「年刊文化学院」*　　『愛と叛逆―文化学院の五十年』文化学院出版部刊　p212〜215
- 6月　昭和十年代の文学　芸術と実生活編『平野謙対話集』未来社刊　p353〜369
- 6月　徳田秋聲『縮図』　毎日新聞社編『入門 名作の世界』毎日新聞社刊　p43〜45

昭和48(1973)年　62歳
- 2月　船が出るとき　文芸家協会編『現代の小説』三一書房刊　p232〜243
- 2月　宇野さんとその周囲　宇野浩二著『宇野浩二全集』第11巻 月報8号 中央公論社刊　p1〜4

昭和50(1975)年　64歳
- 2月　解説*《解説》　里見弴・久保田万太郎著『日本文学全集 第26巻―里見弴・久保田万太郎集』集英社　p400〜431

昭和53(1978)年　67歳
- 2月　解説　舟橋聖一著『昭和国民文学全集20巻―舟橋聖一集』筑摩書房刊　p545〜552
- 3月　深川六間堀・五間堀*　サンケイ新聞社編『一枚の地図』PHP研究所刊　p200〜204

昭和54(1979)年　68歳
- 11月　「耳のなかの風の声」の一節所収　小田切秀雄ほか著『現代文章宝鑑』柏書房刊　p1166〜1167

昭和55(1980)年　69歳
- 1月　死んだ川　文芸家協会編『現代短篇名作選5』講談社刊　p426〜459
- 3月　なぎの葉考　ペンクラブ編・丸谷才一選『日本名作シリーズ(7)花柳小説名選』集英社刊　p260〜290
- 6月　なぎの葉考　「新潮」　p145〜162

昭和56(1981)年　70歳
- 8月　『濹東綺譚』をめぐって(『わが荷風』『それが終るとき』改題)　『文芸読本 永井荷風』河出書房新社刊　p78〜85

昭和57(1982)年　71歳
- 4月　嫌速、嫌音　文藝春秋編集部編『巻頭随筆III』文藝春秋社刊　p86〜88
- 4月　狐　日本文芸家協会編『文学1982』講談社刊　p156〜171
- 5月　作品解題 花袋『時は過ぎゆく』/泡鳴『耽溺』/犀『善心悪心』　日本近代文学館編『日本近代文学名著事典』日本近代文学館刊　p328〜331

6月　投げ込み寺抄　　「十劫山成覚寺誌」初集　p15〜16
　11月　芸者の玉代『続続・値段の風俗史』　週刊朝日編『値段の明治大正昭和風俗史(上)』
　　　　朝日新聞出版刊　p72〜76

昭和58(1983)年　72歳
　2月　里見弴氏とその文学(井上靖・有馬頼義と)　里見弴著『唇さむし―文学と芸について　里見弴対談集』かまくら春秋社刊　p129〜164
　10月　なぎの葉考　　「文學界」創刊五十周年記念号　p504〜520

昭和59(1984)年　73歳
　3月　冬眠居閑談　尾崎松枝編『尾崎一雄―人とその文学』永田書房刊　p367〜369
　9月　解説・昭和10年代の文学　山本健吉著『山本健吉全集』第10巻　講談社刊　p353〜369

昭和60(1985)年　74歳
　4月　返り花　文芸家協会編『文学1985』講談社刊　p131〜144

昭和61(1986)年　75歳
　5月　梅雨のころ　中村汀女編『日本の名随筆集43―雨』作品社刊　p91〜93
　5月　歩行道徳　寺村秀夫編『日本語文法セルフマスターシリーズ(2)』くろしお出版刊　p102〜103
　9月　微妙　文藝春秋編『おしまいのページで』文藝春秋社刊　p342〜343
　9月　意地くらべ　文藝春秋編『おしまいのページで』文藝春秋社刊　p354〜355
　9月　美女寸感　文藝春秋編『おしまいのページで』文藝春秋社刊　p366〜367
　9月　大正時代　文藝春秋編『おしまいのページで』文藝春秋社刊　p380〜381
　12月　レビューくさぐさ　種村季弘編『東京百話(天の巻)』筑摩書房刊　p71〜75
　12月　上野と食べもの　種村季弘編『東京百話(天の巻)』筑摩書房刊　p181〜186
　12月　神楽坂考　『日本随筆紀行7東京(下)明日へはしる都市の貌』作品社刊　p180〜184

昭和62(1987)年　76歳
　3月　芸者の玉代　週刊朝日編『値段の明治大正昭和風俗史(上)』朝日新聞出版刊　p558〜562
　5月　心苦しさふたたび　「夏目漱石展図録」日本近代文学館　p112

昭和63(1988)年　77歳
　2月　昭和―戦争と文学　安岡章太郎著『安岡章太郎対談集2』読売新聞社刊　p155〜174
　5月　終末感と切迫感　「新潮45」編集部編『死ぬための生き方』新潮社刊　p90〜94
　11月　土砂降り(梅崎春生追悼)　梅崎春生著『梅崎春生全集 別巻』沖積舎刊　p234〜236
　12月　わずか二度　保昌正夫編『横光利一全集月報集成』河出書房新社刊　p265〜267

再録作品目録

昭和64・平成元(1989)年　78歳
- 2月　「海軍日記」(抄)　　『昭和二万日の全記録』講談社刊　p7巻P78
- 6月　解説　　『広津和郎全集』第13巻 月報 中央公論社刊　p580〜586
- 6月　秋聲先生と銀座　　『銀座が好き―銀座百点エッセイ』求龍堂刊　p131〜136
- 7月　童顔の毒舌家・十返肇　　安岡章太郎編『「日本の名随筆」81―友』作品社刊　p128〜132

平成2(1990)年　79歳
- 1月　秋聲先生と銀座　　『銀座が好き―銀座百点エッセイ』資生堂刊　p131〜136
- 3月　横顔　　駒田信二編『老年文学傑作選』筑摩書房刊　p237〜258
- 4月　横顔　　文芸家協会編『文学1990』講談社刊　p217〜230
- 6月　同年者の立場から　　八木義徳著『八木義徳全集』第4巻 月報 福武書店刊　p1〜3
- 6月　蝶むすび　　文芸家協会編『樹のこころ エッセイ'90』楡出版刊　p289〜291
- 8月　神楽坂から早稲田まで　　大河内昭爾編『食の文学館―味覚風物誌』エーシーシー刊　p84〜99

平成3(1991)年　80歳
- 1月　苦悩の末　　太宰治著『群像日本の作家(17)―太宰治』小学館刊　p264〜265
- 4月　しあわせ　　日本文芸家協会編『文学1991』講談社刊　p235〜250
- 4月　終末感と切迫感　　「新潮45」編集部編『死ぬための生き方』新潮社刊　p110〜115
- 5月　生死いずれか　　文芸家協会編『ファクス深夜便』楡出版刊　p116〜120
- 8月　道南四日　　『北の話』p54〜57
- 11月　弔辞　　川崎長太郎碑を建てる会編『私小説家川崎長太郎』　p28〜30
- 12月　黴と暗夜行路　　大岡信編『群像日本の作家(9)志賀直哉』小学館刊　p218〜222

平成5(1993)年　82歳
- 5月　神楽坂考・神楽坂考補遺　　谷川健一編『地名』作品社刊　p26〜32
- 10月　地図しらべ・街あるき　　川本三郎編『日本の名随筆 別巻32―散歩』作品社刊　p135〜140

平成6(1994)年
- 5月　残日余語　　日本文芸家協会編『エッセイ'94・花梨酒』楡出版刊　p291〜296
- 10月　文壇を見、歩んで六十年　　新船海三郎著『わが文学の原風景―作家は語る』小学館刊　p55〜82

平成7(1995)年
- 3月　無名時代みたび　　文藝春秋編『無名時代の私』文藝春秋社刊　p277〜280
- 3月　少女　　鶴見俊輔・安野光雅・森毅・井上ひさし・池内紀編『新・ちくま文学の森(7)愛と憎しみ』筑摩書房刊　p333〜375
- 5月　死んだ川　　磯貝勝太郎編『ふるさと文学館(12)埼玉』ぎょうせい刊　p447〜467
- 6月　海軍日記　　永六輔監修『八月十五日の日記』講談社刊　p65〜69

再録作品目録

- 7月　小石川、本郷、上野　　大河内昭爾編『東京II』(ふるさと文学館15巻)ぎょうせい刊　p187〜204
- 8月　『わが荷風』「『濹東綺譚』覚書」「図書(対談)」一部引用　川本三郎著『荷風と東京「断腸亭日乗」私註』都市出版刊
- 10月　北海道と私　　「北の話」物故者特集　p7〜11
- 11月　若い彼の心　　「三田文学」復刊十周年特集　p36〜51
- 11月　私と隅田川　　隅田川市民交流実行委員会編『都市の川―隅田川を語る』岩田書院刊　p197〜211

平成8(1996)年
- 4月　梅雨のころ　井上靖ほか著『生きるってすばらしい10・四季おりおり―新編・日本の名随筆』作品社　p70〜75
- 5月　断崖のはての空　埼玉県高等学校国語科教育研究会編『さいたま文学案内』さきたま出版会発行　p173〜176
- 7月　女あそび　『新潮名作選・百年の文学』(新潮社100年記念)新潮社刊　p708〜709
- 10月　路地　沢村貞子編『日本の名随筆別巻(68)下町』作品社刊　p154〜156
- 10月　イナンクル　「北の話」・物故文芸家懐古　p22〜25

平成9(1997)年
- 12月　タクシー運転手　文藝春秋編『達磨の縄跳び』文藝春秋社刊　p50〜51

平成10(1998)年
- 11月　写真　大倉舜二著『作家のインデックス』(写真集)集英社　p184〜186

平成11(1999)年
- 1月　エロスの詩―『なぎの葉考』(なぎの葉考数節抄録)　八木義徳著『文章教室』作品社刊　p265〜268
- 3月　モボ・モガと金融恐慌　小泉和子著『昭和なつかし図鑑』平凡社刊　p30〜31
- 3月　ほとりの私　鎌倉文学館編「鎌倉文学散歩IV―長谷・稲村ガ崎」鎌倉市教育委員会発行　p151,153〜154
- 4月　なぎの葉考　『川端康成文学賞全作品I』新潮社刊　p131〜162
- 4月　受賞の辞　『川端康成文学賞全作品I』新潮社刊　p421
- 10月　和田芳恵の文学　『和田芳恵展 作家・研究者・編集者として』(図録)古河文学館刊　p64〜66
- 10月　弔辞　『和田芳恵展 作家・研究者・編集者として』(図録)古河文学館刊　p85
- 10月　「地図しらべ」/「童顔の毒舌家」　作品社編集部編『随筆名言集』作品社刊　p130,237
- 11月　かの子女史と太郎君　岡本敏子編『太郎神話―岡本太郎という神話をめぐって』二玄社刊　p15〜19

平成12(2000)年
- 5月　押花　『三田文学名作選』(三田文学創刊九十周年)三田文学会刊　p343〜350

11月　荷風あとさき（川本三郎と対談）　　　岩波書店編集部編『座談の愉しみ―「図書」座談会集（下）』岩波書店刊　p201〜213
12月　イナンクル　　津田遥子編『北の話選集』北海道新聞社刊　p225〜226
12月　序文　　野川友喜編『徳田秋声文献年表ノート1896〜1963』松本和喜　p1〜2

平成13（2001）年
5月　永井荷風の女性描写　　斉藤慎爾責任編集『明治文学の世界―鏡像としての新世紀』柏書房刊　p127〜131
7月　『たけくらべ』論考を読んで――前田愛氏への疑問　　高橋俊夫編『樋口一葉「たけくらべ」作品論集』クレス出版刊　p302〜311

平成14（2002）年
2月　『わが荷風』の一部抄録　　川本三郎著『荷風好日』岩波書店刊
6月　堤上からの眺望　　高橋俊夫編『永井荷風『つゆのあとさき』作品論集』クレス出版刊　p155〜169

平成15（2003）年
4月　なぎの葉考　　講談社文芸文庫編『戦後短篇小説再発見13―男と女―結婚エロス』講談社刊　p149〜185

平成16（2004）年
4月　なぎの葉考　　二上洋一監修『文学賞受賞・名作集集（4）川端康成文学賞篇』リブリオ出版社刊　p5〜68

平成17（2005）年
10月　「上野とたべもの」の一節抄録　　坂崎重盛著『一葉からはじめる東京町歩き』実業之日本社刊　p70〜71
12月　街と建物・明治以降　　前田愛著『前田愛対話集II「都市と文学」』みすず書房刊　p63〜83

平成18（2006）年
1月　相生橋煙雨　　ランダムハウス講談社編『十夜』ランダムハウス講談社刊　p233〜315
4月　藤牧義夫「隅田川絵巻」についての談話　　図録『NHK日曜美術館30年展―名品と映像でたどる、とっておきの美術案内』NHK出版刊　p243

平成20（2008）年
11月　対極の友　　『心には北方の憂愁（トスカ）―八木義徳書誌』町田市民文学館　p12,15

II. 著作目録

II. 著作目録

1. 単行本

1 『風の系譜』〔長編小説〕
発行：1940(昭和15)年7月20日　発行所：青木書店(東京市淀橋区諏訪町一〇八番地)　発行者：青木良保　印刷：1940(昭和15)年7月15日　印刷者：綾部喜久二(東京市神田区小川町一ノ一一)　本文：314頁　広告(都会文学叢書)1頁　函　20×14cm　定価：2円　丸背厚紙装　装幀：渡辺勉　上製

帯背：野口冨士男著
帯表：野口冨士男著 卑しめられ、見下されて女性のなかでもっとも女性たることを妨げられつつも、眞に人間的たらうとする一女性を中心に据ゑ、身を以て生存の苦に戰ひかつてゐる一群の生活者を點綴して、切々たる懇へのうちに、人から人へ、時代から時代への轉變と風俗を描きあげ、それを究めることによって發見出来る新たなるモラルをめがける、これは新人の力作雄編だ！／定價二・〇〇
帯裏：岡田三郎/野口冨士男君はまだあまねく文壇に知れわたつてはゐない若々しい新人だが、「風の系譜」といふ小説で見せたこの新人作家の文學精神を感覺的にたとへていふなら、春さきに芽をふく欅の木の新鮮でさかんな芽立ちのやうな、溌剌としたみづみづしさが感ぜられるばかりでなく、欅の木のがつちりした逞しい姿をも、あはせて感じさせらるといつたやうな、じつに堂々として立派なものだと思ふ。／文學をやるのに、野口君はまたきはめて誠實でもあるし、良心的でもある。花柳界の内部生活を忌憚なく書きぬいて、そこに一つのモラルを追及しようとしたところに敬虔な誠實さが溢れてゐる。最初「風の系譜」を書いて、今年雑誌に發表されるまでの二年間に、この四百枚にちかい厖大な小説を、野口君は丹念に三度も書きあらためてゐるが、これなども作家的良心の現れと見ることが出来る。／天才などといふものを安閑と信用するよりも、文學藝術の傑作は誠實にして謙虚な努力の集積でしかないことを知らされた時のはうが、どれほど人間的な親しみが感ぜられるか知れない。野口君がこんにちの社會に踏みだす文學的首途の第一歩を祝福するにも、その意味を私は強調したいと思ふ。

所収：風の系譜
　　初出：「文学者」　⇒A0320, A0322, A0323

2 『女性翻翻』〔中篇小説〕
発行：1941(昭和16)年5月15日　発行所：通文閣(東京市神田区駿河台二ノ四)　発行者：武井義通　印刷：1941(昭和16)年5月10日　印刷所：日英社(東京市神田区西神田

II. 著作目録

一ノ七）　青年藝術派叢書第1巻　本文262頁　作品のあとに2頁　広告（通文閣の文藝図書案内）3頁　19×13cm　定価：1円20銭　角背紙装　並製　カバー付　装画：守安俊　巻頭に著者写真一葉：渡辺勉

帯背：新作/長篇/野口冨士男著
帯表：通文閣文芸図書広告
帯裏：女性翩翻/（書下し長篇）野口冨士男著/青年藝術派叢書/青春とは、人の世の花の蕾であらうけれども、蕾はかたく心はあまりにも清らかに美しいのだ。けなげにも美しければ、世のよごれこそ彼女等には深い悩みでもあらう、苦しみであらうかもしれぬ。ここにある少女等の姿を見よ、現世の厭はしさを掻きくぐっても生き、闘ひ、亡びんとして、なほ凛々しくも咲きつづける。めくるめく都會の騒音と風俗のはげしさに耐えて、こんにち生きる女性を描く、これは青春の書であり、眞實の書だ。/いつの世にも高き抒情こそは人々の胸を打つ――ここにそれがある！

所収：女性翩翻
　　初出：　⇒A0268,　A0275

3　『眷属』〔中・短篇小説集〕
発行：1942（昭和17）年4月25日　　発行所：大観堂（東京市神田区錦町一ノ七）　　発行者：北原義太郎　　印刷：1942（昭和17）年4月15日　　印刷所：合名会社 新陽堂印刷所 米岡來福（東京市神田区三崎町二ノ一）　　製版所：合資会社 同興舍（東京市神田区神保町一ノ三三）　　配給元：日本出版配給株式会社（東京市神田区淡路町二ノ九）　　19×14cm　　丸背厚紙装　　装幀：野口冨士男　　上製　　定価：1円80銭　　目次1頁　　本文312頁　　広告（大観堂好評既刊書・新刊）1頁

所収
　眷属　⇒A0355,　A0361,　A0366
　河からの風　⇒A0336
　人形家族　⇒A0347
　桃の花の記憶　⇒A0346
　稲穂館、麥穗館　⇒A0297
　街には風が吹いてゐる　⇒A0306

4　『黄昏運河』〔中篇小説〕
発行：1943（昭和18）年3月5日　　発行所：株式会社今日の問題社（東京市芝区田村町四丁目十八番地）　　発行者人：伊東彰　　印刷者：1943（昭和18）年3月1日　　印刷者：三光社（東京市神田区猿楽町二丁目九番地）　　配給元：日本出版配給株式会社（東京市神田区淡路町二丁目九番地）　　新鋭文学選集5　19×13cm　　角背紙装　　装幀：鈴木信太郎　　並製　　定価：1円60銭　　目次1頁　　本文330頁　　広告（今日の問題社刊行物、新鋭文学選集、ノーベル賞文学叢書全十八巻完結）3頁

所収
　黄昏運河　⇒A0314,　A0318,　A0321,　A0327,　A0331,　A0340
　通り雨　⇒A0334

II. 著作目録

居まはり談柄 ⇒A0329

5 『決定版 風の系譜』〔長篇小説〕
発行：1947(昭和22)年7月10日　発行所：東西文庫(金沢市藤尾町一番地)　発行者：岸原清之進　印刷：1947(昭和22)年7月5日　印刷所：竹田印刷所(金沢市松ヶ枝町五番地)　配給元：日本出版配給株式会社(東京都神田区淡路町二丁目九)　本文317頁　18×13cm　角背紙装　並製　定価：58円

所収：風の系譜
　初出：「文学者」 ⇒A0320, A0322, A0323

6 『白鷺』〔短篇小説集〕
発行：1949(昭和24)年5月15日　発行所：株式会社大日本雄弁会講談社(東京都文京区音羽町三ノ一九)　発行者：尾張眞之介　印刷：1949(昭和24)年5月10日　印刷所：祖谷印刷株式会社(東京都新宿区下落合一ノ一八)　印刷者：石崎宋一　目次1頁　本文239頁　あとがき2頁　広告(新鋭文学選書・創作代表選集2)2頁　18×13cm　角背薄紙装　装幀：岡鹿之助　並製　定価：160円

所収
　影法師 ⇒A0467
　こぞの雪 ⇒A0469
　わが青春 ⇒A0456
　おセイ ⇒A0440
　池ノ端七軒町 ⇒A0474
　白鷺 ⇒A0451

7 『いのちある日に』〔中篇小説〕
発行：1956(昭和31)年12月10日　発行所：株式会社河出書房(東京都千代田区神田小川町三丁目八番地)　発行者：河出孝雄　印刷：1956(昭和31)年12月5日　印刷者：矢部富三(東京都千代田区神田小川町二丁目四番地)　本文218頁　広告(河出書房新刊、新人書き下ろし長篇)3頁　19×14cm　丸背厚紙装　装幀：堀文子　定価：240円　上製　カバー付

所収：いのちある日に(「群像」に書いた短篇を中篇にリライト) ⇒A0516

8 『ただよい』〔中篇小説〕
発行：1958(昭和33)年6月30日　発行所：有限会社小壺天書房　発行人：山田静郎　印刷：1958(昭和33)年6月25日　印刷所：日本製版株式会社　目次2頁　本文246頁　19×14cm　角背厚紙装　装幀：高木清　上製　カバー付　定価：270円　扉(扉前厚紙二葉 厚紙)

帯背：長篇小説

帯表：井上靖氏評＝戦争の暗い谷間へはいろうとする直前の、特殊な日本の一時期を、このようにみごとに捉えた作品はあるまい。演劇を自分の生命とする一群の若い人たちが作者のいわゆる"たそがれ"の時代をいかに生きたか。その生活と思索、そして抽象的な理想像を追い求めるその恋愛、―私は到るところに私自身や私の友達のいるのを発見する。これは野口氏の資性と情熱が静かに沈んでいる傑作である。
帯裏：船山馨氏＝戦前、戦後を通じて、野口君ほど一途に自分の道を歩いてきた作家は稀れである。小説の世界でも、一時の流行やうつろい易い風潮が、目まぐるしく去来する。しかし彼はわき眼もふらず自分のペースだけを守って、地味だが底光のする仕事を着実に積み上げてゆく。そうして流行が去り、風潮が色褪せてみると、いつも野口君は、ゆるがぬ姿勢でそこに立っているのだ。

　ただよい
　　その人の名
　　君もわからないのか
　　豹のこころ
　　冷たい汗
　　ゆれる水紋
　　その町の名
　　先史時代の壺
　　たそがれ運河
　　所収：『黄昏運河』をリライト

9 『海軍日記 最下級兵の記録』　〔日記（書下ろし）〕
発行：1958(昭和33)年11月5日　　発行所：株式会社現代社（東京都新宿区南山伏町一番地）
発行者：枝見静人　　印刷：1958(昭和33)年10月31日　　印刷：藤本綜合印刷　　製本：株式会社鈴木製本　　横須賀海兵団主要建物略図1頁　　目次2頁　　まえがき5頁　　あとがき3頁　　広告（現代社著書）2頁　　19×14cm　　角背厚紙装　　装幀：朝倉摂　　上製　　カバー付　　定価：320円

帯背：最下級兵の記録
帯表：暗夜の秘録、迫真のドキュメンタリイ！／井上靖氏評＝一人の知識人が戦時下を如何に生きたか、――読者は克明に綴られた野口氏の「海軍日記」をひもといて、至るところに自分の居るのを感じるはずである。
帯裏：舟橋聖一氏推薦＝野口冨士男君にとっても、これは貴重な記録であり、氏の小説同様その克明な緻密さに敬服した。或はノン・フィクションは、野口氏の個性にぴったりあてはまるかもしれない。その上柔軟な文体と鮮明な描写力に恵まれているので、鬼に金棒である。また、別の観点から言えば一兵卒から見た日本敗戦の姿をまざまざと浮びあがらせている。／戦後、ながく沈黙をまもっていた野口君は、この本で、再び文壇へのし返すであろう。
十返肇氏推薦＝軍隊のなかにいて、一兵隊がこんな詳細なメモをつくるということは、外国ならいざ知らず日本の場合稀有の事だ。平素から丹念な野口冨士男ではあるがそれにしてもこの日記には驚嘆のほかはない。いかなるイデオロギイにも、もたれかからず純粋な眼で見た大日本帝国海軍の正体が、あざやかに読者の前に浮かびあがるであろう。

書下ろし
　海軍日記
　　昭和十九年　九月十四日 ―― 十二月二十九日
　　応召、入団
　　一一〇分隊
　　一〇〇分隊（機関科教場）
　　　昭和二十年　一月一日 ―― 八月二十四日（六月と誤植）
　　一等兵進級
　　横須賀海軍病院
　　湯河原分院
　　田浦山砲台
　　団内病室
　　保健分隊
　　敗戦、復員

10　『二つの虹』〔長篇小説（書下し）〕
発行：1958（昭和33）年12月20日　　発行所：株式会社現代社（東京都新宿区南山伏町一番地）　発行者：枝見静人　印刷：1958（昭和33）年12月15日　印刷者：藤本綜合印刷　印刷人：藤本鞏　目次1頁　本文235頁　広告（現代社新刊書）2頁　19×14cm　角背厚紙装　上製　カバー付　装幀：堀文子　定価：280円

帯背：異色の書下し長篇小説
帯表：問題の書下し長篇小説/愛と青春とその賭ける夢の渦紋！/特攻隊出身の若きパイロットの志願者をめぐって、懸け渡される策謀の虹！……三十年の文学の重みをかさねたベテラン・野口冨士男が積年の構想のもと、書下した異色長編小説。
帯裏：戦後、民間航空の道はけわしかった。わけてもパイロット志願者は、金と策略と欲望の渦中に落され、あまつさえ、東南アジアの戦雲に捲き込まれようとする。敗戦によって、この分野にパイロットの夢をいだいた若き特攻隊員が辿る七色の青春と、天翔ける夢の交錯に描く悲痛な魂の表白！

目次：二つの虹　第一章～第六章

11　『徳田秋聲傳』〔伝記（書下し）〕
発行：1965（昭和40）年1月20日　　発行所：株式会社筑摩書房（東京都千代田区神田小川町二ノ八）　発行者：古田晁　函　口絵写真4頁（徳田秋聲肖像ほか12点）　凡例1頁　目次1頁　本文545頁　参考文献1頁　年譜43頁　徳田家系図1頁　金沢市徳田秋聲関係地図1頁　あとがき2頁　索引17頁　23×16cm　丸背厚紙装　上製　定価：1,800円

帯背：毎日芸術賞受賞
帯表：徳田秋聲傳　野口冨士男　毎日芸術賞受賞/秋聲は日本近代文学の大宗であるが、今日まで未だそのくわしい伝記を持たなかった。本書は、若き日秋聲に親炙せる作家たる著者が執筆を志してより十五年、師への敬愛と理解のすべてを傾け、文豪に縁ある人びとに及ぶ限り接して、起伏に富んだその生涯を綿密な考証のもとに、隈なくたどった空前の力作である。/（巻末に詳細な年譜を付す）

II. 著作目録

帯裏：筑摩書房書籍案内

所収
  第一章 川と土塀の町（明治四年―明治二十五年）
  第二章 青春放浪（明治二十五年―明治二十七年）
  第三章 軟らかい石（明治二十八年―明治三十四年）
  第四章 暗きめざめ（明治三十五年―明治四十年）
  第五章 銀の鎖（明治四十一年―大正五年）
  第六章 波また波（大正五年―昭和八年）
  第七章 菊かおる（昭和八年―昭和十八年）
  *注 各章末に参考文献記載

12 『日本ペンクラブ三十年史』〔書下ろし〕

発行：1967（昭和42）年3月31日　発行所：社団法人日本ペンクラブ（東京都千代田区有楽町2-3朝日新聞東京本社8階）　発行者：田村泰次郎　印刷：1967（昭和42）年3月20日　印刷所：大日本印刷　製本：中央公論事業出版（東京都千代田区丸の内ビル5階）　写真8頁（歴代会長肖像など19点）　目次2頁　本文51～273頁　22×15cm　定価：なし　角背紙装　並製
  序　　　　　川端康成
  まえがき　　芹沢光治良
  第一部　　国際ペンの成立と発展　　瀬沼茂樹
  第二部　　日本ペンクラブ三十年史
  あとがき　　立野信之

13 『暗い夜の私』〔短篇小説集〕

発行：1969（昭和44）年12月12日　発行所：株式会社講談社（東京都文京区音羽二ノ一二ノ二一）　発行者：野間省一　印刷所：豊国印刷株式会社　製本所：株式会社国宝社　目次2頁　本文273頁　あとがき2頁　函　20×14cm　定価：650円　丸背布装　上製

帯背：文壇史的私小説
帯表：野口冨士男・暗い夜の私 講談社￥650/昭和初期から暗い戦争の時代を経て戦後に至る三十年間に亙る作家の哀歓と、知名文壇人との交友と、その風貌姿態を鮮やかに描出して一つの時代を見事に照射した文壇的私小説!!
裏・平野謙氏評＝ここに収められた七篇の作品は、戦争中の昭和十年代を中心として、戦前、戦後におよぶ一種の連作ともいうべき実名小説集である。かつて荒正人は戦争の時期を「暗い谷間」と呼んだことがあるが、この作品集はもはや一般には忘れさられようとしている「暗い谷間」の雰囲気を丹念に再発掘して、後世につたえる記録文学であるとともに、あの暗い時代に生き死んだ文学者たちの克明な伝記文学ででもある。私はこれらの作品が発表されるたびに愛読したものである。

所収
  浮きつつ遠く　⇒A0787
  その日私は　⇒A0722
  ほとりの私　⇒A0732

II. 著作目録

　暗い夜の私　⇒A0755
　深い海の底で　⇒A0774
　真暗な朝　⇒A0778
　彼と　⇒A0649

14　『徳田秋聲ノート—現実密着の深度』〔エッセイ集〕
発行：1972（昭和47）年6月24日　　発行所：中央大学出版部（東京都千代田区神田駿河台三ノ九）　発行者：佐野幸作　　印刷者：三容堂印刷株式会社　　製本者：鈴木製本所　　目次4頁　本文259頁　歿後年譜8頁　広告（中央大学出版図書案内）1頁　函　20×14cm
定価：1,500円　　角背厚紙装　　上製　　カバー付　　略歴半頁

所収
I
　伝記文学の方法　⇒A0705，A0706
　徳田秋聲小伝　⇒A0691
　自然主義者としての徳田秋聲　⇒A0756
　徳田秋聲の文学　⇒A0670
　たった一字（一字の違い改題）　⇒A0764
　晩年の三つの作品　⇒A0617
　現実密着の深度　⇒A0809
　秋聲年譜の修正　⇒A0525
　作家年譜の諸問題　⇒A0859
II
　徳田秋聲の誕生日　⇒A0853
　秋聲の女性関係　⇒A0652
　秋聲と占い　⇒A0825
　秋聲と宗教　⇒A0845
　文壇戦前戦後　⇒A0813
　文壇の底辺　⇒A0606
　チョジュツ業　⇒A0481
　菊の花—徳田先生のご最期　⇒A0488
　二葉の写真から「あらくれ会」の思い出　⇒A0629
　風葉と秋聲　⇒A0751
　徳田秋聲先生と私　⇒A0675
　秋聲先生と銀座　⇒A0681
　秋聲遺蹟保存会の設立まで　⇒A0492
　秋聲遺宅　⇒A0506
III
　『徳田秋聲傳』の文献資料　⇒A0663
　『徳田秋聲傳』その後　⇒A0700
　ある詩人　⇒A0731
　ある代作者の周辺　⇒A0795
　『徳田秋聲傳』の背後　⇒A0671
　わが著書を語る　⇒A0665

II. 著作目録

　　私の一冊　⇒A0752
　　先生のおみやげ　⇒A0688
　　こわいろ　⇒A0669
　IV
　　『黴』と『暗夜行路』　⇒A0762
　　『二十四五』と『中年増』　⇒A0672
　　徳田秋聲の抵抗　⇒A0677
　　『仮装人物』と『縮図』　⇒A0815
　　文学者たちの山田順子観　⇒A0609
　　名作文庫『縮図』　⇒A0758
　　『縮図』の時代背景　⇒A0716
　　『縮図』の風俗的背景　⇒A0713
　　『縮図』の銀子の家　⇒A0719
　V
　　対談・秋聲を追って(和田芳恵と)　⇒A0655
　VI
　　歿後年譜 書下ろし

15 『わが荷風』〔紀行〕
発行:1975(昭和50)年5月30日　発行所:株式会社集英社(東京都千代田区一ツ橋二ノ五一〇十)　発行者:陶山巖　印刷所:株式会社常磐印刷所　目次3頁　本文238頁　年譜(竹盛天雄氏の許諾をえて作成)15頁　あとがき2頁　函　20×14cm　定価:980円　角背布装　装丁者:芹沢銈介　上製　カバー付

帯背:荷風の人と文学
帯表:文学に目覚めた少年の日、著者を強く引きつけたあの荷風は、爾来、心のふるさとのように胸の奥底に住みついた――玉の井、吉原、浅草…かつての面影も薄れた荷風ゆかりの地に足を運び、その人と文学を、若き日への追憶と深い洞察をもって語る。
帯裏:著者のことば/荷風は研究し尽くされている作家の一人なんですね。実生活の面ではそう新しい発見は出てこないんじゃないかという予感みたいなものがあったんです。それで、荷風をいろいろ研究している人があって行動は追っても、作品のバックを歩いている人はあまりいないんじゃないか、だからそういう場所を歩いてみて、何かそこでぶつかるんじゃないかという気持ちと、それから非常に町のたたずまいや風俗も変わっているので、古い作品の背景の現状がどうなっているか、そこへ立ってみたら昔読んだ作品と、いまそれを読んだときの感じが違うんじゃないかとか、今日ただいまの認識が自分のなかに生れてくるんじゃないかとか、そんなことがあって歩きはじめたわけです。/『青春と読書』35号より
二版以後
帯背:読売文学賞受賞!
帯表:読売文学賞受賞/荷風作品への深い造詣と愛着を抱く著者が、作品ゆかりの地を探訪。往時への追憶と新たな感慨をこめて、その人と文学を語った話題の作家評伝!
帯裏:読売新聞・評(抜粋)/じっくりと愛読しながら、相手の弱身も見のがさないし、むしろくり返しの熟読玩味による、しぶといまでもの対象への食いこみ方、しゃぶり方に氏の本領がある。(50年6月30日)

毎日新聞・評(抜粋)/踏査し、データをつみ重ねて論じる著者の方法論は、作品の地誌的研究といった趣もあり、独得で創見に富んでいる。(50年6月30日)
大岡信氏・評(抜粋)/荷風の小説の読みかたについて、はたと小膝をうつ思いにさせられる個所が多い。批評家とも学者ともちがう作家の読みのおもしろさを存分に発揮している本である。(60年6月24日朝日新聞・文芸時評より)

所収 初出はすべて「青春と読書」
  1. 明治四十二年十二月　⇒A0933
  2. 順境のなかの逆境　⇒A0944
  3. 九段坂・青春前期　⇒A0961
  4. 深川と深川の間　⇒A0976
  5. 麻布十番までの道　⇒A0995
  6. 堤上からの眺望　⇒A1015
  7. 画にならぬ場所　⇒A1029
  8. それが終るとき　⇒A1040
  9. 繁華殊に著しく　⇒A1050
  10. 人の命のあるかぎり　⇒A1055
  11. また見る真間の桜　⇒A1067
  12. われは生れて町に住む　⇒A1073

16　『座談会 昭和文壇史』

発行：1976(昭和51)年3月24日　発行所：株式会社講談社(東京都文京区音羽二ノ一二ノ二一)　発行者：野間省一　印刷所：信毎書籍印刷株式会社　製本所：黒柳製本株式会社　編者：野口冨士男　目次3頁　本文302頁　あとがき2頁　広告(講談社の文芸図書)1頁　20×14cm　定価：1,300円　丸背厚紙装　カバー付　装丁者：岩本正雄　上製

帯背：現場の証人が語る文壇史
帯表：各年代の現場の証人が語る文壇の内外/昭和初年から四十年代にいたる昭和文学の全貌を〈内側から〉見た通史。文学史にないエピソードの数々を収めた興趣深い書。
帯裏：〈内容〉/プロレタリア文学と/芸術派/文学・政治・思想/新興芸術派のころ/文芸復興期の周辺/昭和十年代文学の/見かた/抵抗と混迷/敗戦直後の作家/「近代文学」のころ/「文芸時代」のころ/昭和二十年代の文学/昭和三十年代の文学//女流作家の思い出/大衆文学の動向/文芸雑誌今昔

所収 初出はすべて「風景」
  I
    プロレタリア文学と芸術派 舟橋聖一・佐多稲子・吉行淳之介　　昭和46年6月
    文学・政治・思想 舟橋聖一・佐多稲子・野口冨士男　⇒A0865
    新興芸術派のころ 楢崎勤・小田切秀雄・野口冨士男　⇒A1043, A1044
    文芸復興期の周辺 福田清人・平野謙・野口冨士男　⇒A0868
    昭和十年代文学の見かた 紅野敏郎・野口冨士男　⇒A0931, A0932
    抵抗と混迷 中島健蔵・渋川驍・巌谷大四・野口冨士男　⇒A0874
    敗戦直後の作家 河盛好蔵・巌谷大四　　昭和50年4月

II. 著作目録

```
「近代文学」のころ 荒正人・杉森久英・野口冨士男  ⇒A1053, A1054
「文芸時代」のころ 船山馨・青山光二・野口冨士男  ⇒A1062, A1068
昭和二十年代の文学 荒正人・小田切進・野口冨士男  ⇒A1080, A1082
昭和三十年代の文学 小田切秀雄・磯田光一・野口冨士男  ⇒A1093, A1099, A1100
```

II
　女流作家の思い出 和田芳恵・芝木好子 昭和47年2月
　大衆文学の動向 和田芳恵・尾崎秀樹 昭和48年5月
　文芸雑誌今昔 平野謙・中島和夫 昭和48年8月

17 『かくてありけり』〔長編小説〕

発行：1978(昭和53)年2月20日　　発行所：株式会社講談社(東京都文京区音羽二ノ一二ノ二一)　　発行者：野間省一　　印刷所：信毎書籍印刷株式会社　　製本所：黒柳製本株式会社　目次1頁　本文230頁　あとがき1頁　函　20×14cm　定価：1,200円　丸背厚紙装　装丁者：栃折久美子　上製　カバー付

帯背：野口冨士男
帯表：父と母は、陽の差すことの少ない生活ぶりだった。そして私も、常ならぬ環境の中で幸せうすく生きていた… 離婚した両親との触れ合いを点綴しながら、幼少時から父の死までを克明に描いた自伝的長編小説。
帯裏：著者久々の/長編小説/『かくてありけり』/第一章/赤坂、静岡、神楽坂/第二章/ないふりて/第三章/白日抄/第四章/雪と潮/「群像」連載

所収 初出はすべて「群像」
　第一章 赤坂、静岡、神楽坂　⇒A1142
　第二章 ないふりて　⇒A1147
　第三章 白日抄　⇒A1154
　第四章 雪と潮　⇒A1160

18 『私のなかの東京』〔文学散策〕

発行：1978(昭和53)年6月25日　　発行所：株式会社文藝春秋(東京都千代田区紀尾井町三)　発行者：樫原雅春　　印刷所：精興社　製本所：加藤製本　目次1頁　本文211頁　各章にイラスト・マップあり　あとがき2頁　初出一覧1頁　略歴あり　広告(文藝春秋社の文藝図書)1頁　20×14cm　定価：1,200円　角背布装　装丁者：風間完　上製　カバー付

帯背：栄枯を訪ね/盛衰を探る
帯表：東京に生れ育った著者が、近代文学に描かれた東京の姿と、自らの来し方の中に見たその栄枯盛衰を、可能な限り詳細に探り、自らの足で一歩一歩確かめつつ記録した"東京百景"
帯裏：本書は可能な限り詳細に東京の現状をさぐって、それに明治以後の文学作品と、私の記憶のなかにある過去の東京の姿を重ね合せてみようとしたものである。が、文学作品に深入りすることは極力避けて、現在の市街のありかたと回想に重心をおいたから、一般読者にも親しんでいただけるのではないだろうか。/そうした執筆目的をはたすためには、タクシに乗ってすうっとその土地を通り過ぎるというようなことはゆるされ

い。その日の出発点まではなんらかの交通機関を利用しても、そこから先は一歩一歩自身の足で歩くことを必要とする。しかも一路表通りを進むだけではなく、左右の横道へ折れてみたり、いったん通った道を引き返して再確認したために、一回分の歩行に三日ないし四日をついやした。また、記憶のあやまりをふせぐべく、つとめて多くの地図や参考書にも当るように心がけた。/——あとがきより——

所収 初出はすべて「文學界」
　外濠線にそって　⇒A1134
　銀座二十四丁　⇒A1144
　小石川、本郷、上野　⇒A1150
　浅草、吉原、玉の井　⇒A1156
　芝浦、麻布、渋谷　⇒A1167
　神楽坂から早稲田まで　⇒A1178

19　『徳田秋聲の文学』　〔作家・作品論集〕
発行：1979(昭和54)年8月20日　発行所：筑摩書房(東京都千代田区神田小川町二ノ八)
発行者：関根栄郷　　印刷：株式会社精興社　　製本：株式会社鈴木製本所　　目次1頁　　本文460頁　　年譜52頁　　あとがき1頁　　巻頭に徳田秋声肖像写真一葉(撮影：土門拳)　　函　23×17cm　　定価：4,500円　　丸背厚紙装　　上製　　カバー付

帯背：秋聲追跡三十年/渾身の力作評論
帯表：秋聲研究三十年、綿密な実証を貫いたライフワーク成る！/日本的私小説の極北といわれる徳田秋聲の文学——その現実密着の深さを、「黴」「何処まで」「仮装人物」に主軸を置いた全作品の精読と夥しい傍証の積み重ねによって跡づけ、〈生れたる自然派〉秋聲に固有なリアリティの在りかを明らかにする渾身の力作評論。(巻末に詳細な年譜を付す)
帯裏：野口さんの秋聲/吉行淳之介/徳田秋聲という名を聞くと、「黴」「仮装人物」などの作品をおもい出すと同時に、「野口冨士男」という名が頭に浮かぶ。また、「風景」という雑誌の名も出てくる。私が「風景」三代目の編集長を昭和四十年から二年間つとめたとき(野口さんは初代)、野口冨士男「秋聲追跡」が連載になっているし、四十一年二月号の編集後記には、『徳田秋聲伝』が毎日藝術賞になった祝いの会のことを、私が報告している。/今回の労作の一部には、十四年前のその「風景」掲載分が元になっているものもあるわけで、その粘り強さ、徹底的に調べ抜くやり方には驚嘆する。しかも、野口冨士男氏は小説家であり、また秋聲に親炙したというこの上もない強味もある。おのずからこの著作は研究評論がしばしば陥りがちな無味乾燥から遠く、ふくらみのある面白いものになっている。

所収
　第一篇『黴』とその周辺 初出：「文學界」　⇒A1197、A1201、A1204、A1209、A1211
　第二篇『何処まで』の成立　書下し
　第三篇『仮装人物』の副女主人公「文學界」　⇒A1219、A1220、A1222
　第四篇 徳田秋声の近親者　書下し
　　年譜　書下ろし

II. 著作目録

20 『流星抄』 〔短篇小説集〕
発行：1979（昭和54）年10月30日　発行所：株式会社作品社（東京都千代田区飯田橋二ノ七ノ四）　発行者：寺田博　印刷：1979（昭和54）年10月25日　本文印刷所：祥文堂印刷　カバー扉：栗田印刷　製本所：小泉製本所　目次2頁　本文284頁　あとがき3頁　初出一覧1頁　略歴あり　広告（作品社の文芸図書）1頁　20×14cm　定価：1,200円　丸背厚紙装　装丁者・写真：高梨豊　装丁：菊池信義　上製　カバー付

帯背：最新秀作集
帯表：戦時色濃い昭和十年代、/妻子を残して女給と駆落ちし、/貧窮のどん底でなお/作家魂を貫こうとした文士の/鬼気迫る行状を描く表題作のほか、/戦後の都会や花柳界の/人情・風俗を熱い心でとらえた創作集！
帯裏：別項の「発表誌一覧」に明らかなように、戦後作といっても、その発表期間は敗戦直後の昭和二十二年七月から四十七年も終りに近い十一月に至る四半世紀にわたっている。/（略）『橋の雨』など何十年ぶりかに読み返してみると、背景になっている東京の街衢の様相もいちじるしく変貌している。三十間堀はむろんのこと、数寄屋橋の下にあった外濠も埋め立てられたし、物価はもとより男女の間柄なども、現在の読者にはもどかしいほど甘ったるく映じるに相違ない。が、それだからこそ、かえって私は『露きえず』なども収録したいと考えたのだった。/（略）あの時代には私の書いた様相が確実にあった。それを、歴史的事実として伝えておきたいという心が私にはあった。/――「あとがき」より

所収
　流星抄　⇒A0674
　雲のちぎれ　⇒A0829
　白い小さな紙片　⇒A0603
　船が出るとき　⇒A0925
　習志野　⇒A0919
　死んだ川　⇒A0535
　夜の鏡　⇒A0517
　押花　⇒A0507
　橋の雨　⇒A0489
　露きえず　⇒A0442

21 『散るを別れと』 〔中篇小説集〕
発行：1980（昭和55）年4月30日　発行所：株式会社河出書房新社（東京都渋谷区千駄ヶ谷二ノ三二ノ二）　発行者：清水勝　印刷：1980（昭和55）年4月18日　印刷：暁印刷株式会社　製本：大口製本株式会社　目次1頁　本文206頁　伝記と小説のあいだ（あとがきに代えて）4頁　発表誌一覧1頁　広告（河出書房の文藝図書）3頁　函　丸背布装　上製　カバー付　20×14cm　定価：1,800円　装丁者：石阪春生

帯背：川端賞受賞作家の/最新中篇集
帯表：川端賞受賞作家の最新作/夜の烏＊残りの雪＊散るを別れと/斉藤緑雨の生涯を探索する小説家と、若い女性編集者のひそやかな出会いと別れのなかに、人間緑雨とその晩年の哀しさ、主人公の老いの悲しみと諦観を重ねあわせて描き、伝記と小説のあらたな

II. 著作目録

融合を試みる話題の作品集！
帯裏：上田三四二氏評/「散るを別れと」を私は文学者の晩年という思いのこもった作品として読んだ。そしてそこに、諦観とか悲哀といえば言いすぎになるが、生の或るなつかしい感触を味った。/この中篇は主人公の「私」が明治の文学者斉藤緑雨を小説に書こうとして緑雨の地縁を訪ねる話で、その地理的探索の経過をいわば手の内を見せるように開陳しながら緑雨という人間を描いている。……（中略）……/「散るを別れと」は男が女に会い、女が男に会う出会いのふしぎを、あるいは表題に即していえばその別れのあわれを、晩年を中心とする緑雨の考証をとおして描きながら、そこに主人公の「年たけて……いのちなりけり」の思いを託したものといえよう。（「すばる」54年11月号 文芸時評より）

所収 初出はすべて「文藝」
　夜の烏　⇒A1136
　残りの雪　⇒A1184
　散るをわかれと　⇒A1227
　　伝記と小説のあいだ（あとがきに代えて）　⇒A1234

22 『なぎの葉考』〔短篇小説集〕

発行：1980（昭和55）年9月20日　発行所：株式会社文藝春秋（東京都千代田区紀尾井町三ノ二三）　発行者：杉村友一　印刷所：理想社印刷　付物印刷：凸版印刷　製本所：矢嶋製本　目次1頁　本文224頁　あとがき1頁　略歴あり　広告（文藝春秋社の文芸図書）3頁　函　20×14cm　定価：1,700円　角背布装　装釘：高木義夫　上製　カバー付

帯背：川端康成文学賞受賞
帯表：川端康成文学賞受賞/四十年も前にふとしたきっかけで触れ合った女たちとの一会の交情を呼び起そうと曾遊の地紀州、大阪を訪れた男の回想を描いた川端賞受賞作「なぎの葉考」以下六篇。
帯裏：川端康成文学賞選評/最近の野口氏の張りつめた進境は眼覚ましいものがあり、「老の花」といふ言葉がどの作品にもあてはまりますが、なかでも「なぎの葉考」はひとつの標識になるものと思はれます。不運を一身に背負つたやうな氏の青年期の遊蕩が、老年期の充実に照らされ、不思議な魅力と生気をおびてゐます。/作家が生涯にいくどか彼の「生」の丸ごとを把握する稀な機会がここに実現されてゐます。/中村光夫

所収
　なぎの葉考　⇒A1225
　新芽ひかげ　⇒A0311
　石の墓　⇒A0395
　老妓供養　⇒A0296
　石蹴り　⇒A0711
　耳のなかの風の声　⇒A0515

23 『風のない日々』〔長編小説〕

75

II. 著作目録

発行：1981（昭和56）年4月10日　　発行所：株式会社文藝春秋（東京都千代田区紀尾井町三ノ二三）　　発行者：杉村友一　　印刷所：精興社　　製本所：矢嶋製本　　目次1頁　　本文193頁　　略歴あり　　広告（文藝春秋社の文芸図書）5頁　　函　　20×14cm　　定価：1,400円　　角背布装　　装釘：安住孝史　　上製　　カバー付

帯背：長編力作
帯表：人みな生きるのに急であった/昭和十年代初頭の不況時、だるいという他ない生しか生きられぬ平凡な一銀行員が、ふとしたきっかけからいだいた新婚の妻に対する不満と鬱屈を描いて、時代の諸相を剔抉する意欲作！
帯裏：桶谷秀昭氏評/野口冨士男「風のない日々」は、昭和初年の一小市民の生活風俗を描いたリアリズム小説である。その緻密な考証とリアルな描写の故に、これはまた昭和戦前社会の見事な裏面史になっている。/私はこれを風俗小説と呼ぶが、かつて中村光夫が人間や社会の生きた姿を描き損なって風俗に堕した小説をそう呼んだのとはちがう意味においてである。野口氏は意識的に風俗を描き、そこに生きる人間の個性ではなくタイプを描いたのである。見合いのいきさつを描くところなどにうかがわれるように、一家の主人である父親の有無を言わせぬ意志、妻の夫の意志への自発的屈従、嫁にいく娘の或る種の諦念と現実主義、いわば封建的遺制が崩れながら無定型にその余命を保っている時代の空気の中で、人が無意識にその生き方のスタイルをきめていく姿が、ここに活写されている。/── 東京新聞文芸時評より ──

所収　初出はすべて「文學界」
　　一　鈴村という姓　⇒A1232
　　二　撞球とダンス　⇒A1236
　　三　見えぬ相手　⇒A1240
　　四　力関係　⇒A1245
　　五　新しい家具　⇒A1248
　　六　給料袋　⇒A1252
　　七　二銭のために　⇒A1256
　　八　年中行事　⇒A1259
　　九　人形の午後　⇒A1266

24　『作家の椅子』〔エッセイ集〕
発行：1981（昭和56）年6月15日　　発行所：株式会社作品社（東京都千代田区飯田橋二ノ七ノ四）　　発行者：寺田博　　印刷：1981（昭和56）年6月10日　　本文印刷：祥文堂印刷　　カバー・扉印刷：栗田印刷　　製本所：小泉製本　　目次5頁　　本文263頁　　あとがき2頁　　略歴　　広告（作品社の文芸図書）1頁　　20×14cm　　定価：1,500円　　丸背厚紙装　　装丁：菊池信義　　上製　　カバー付

帯背：親しい作家たちの素顔と自己の文学的修行を完熟した眼でとらえ、厳しい文学精神のありかたを挿話で描いた随筆集
帯表：徳田秋聲研究の第一人者である著者が、秋聲研究の経緯と自己の半生を語り、親しい昭和の文人30余名の素顔を挿話で描き出して、昭和文学史の側面をえぐる、著者初の珠玉のエッセイ集！

II. 著作目録

下段=本書に登場する文人達/伊藤整/岡本かの子/尾崎士郎/川端康成/小林秀雄/倉橋弥一/杉山英樹/井上立士/徳永直/豊田三郎/十返肇/石浜金作/外村繁/木々高太郎/梅崎春生/宇野浩二/高見順/船山馨/八木義徳/広津和郎/椎名麟三/坂口安吾/小島政二郎/水上勉/北原武夫/安部知二/舟橋聖一/和田芳恵/田宮虎彦/平野謙/川崎長太郎

帯裏:字義通りのエッセイ集としては、これが最初の一冊である。これまで私には一冊のエッセイ集もなかったが、徳田先生ですら最初の随筆集『灰皿』が出版されたのは数え年で言えば六十八歳の折だから、私などになにが言えるものでもない。たまたま今年の七月四日は私の満七十歳の誕生日に相当するので、この一書をもって古稀の自祝としたい。「読売新聞」に連載した「自伝抄」と「風景」に連載した「隣りの椅子」のほか、主として作家の印象記風な短文だけを選択して、内容の一貫性ないし統一をはかるようにした。/(「あとがき」より)

所収

 作家の手 序に代えて　⇒A0741
 *
 自伝抄「秋風三十年」　⇒A1267〜A1288まで20回
 *
 赤面症 伊藤整　⇒A0847
 浮き名損 岡本かの子　⇒A0849
 風花 尾崎士郎　⇒A0851
 レスト・ハウス 菊岡久利　⇒A0852
 雨宿り 川端康成　⇒A0854
 武藝者 小林秀雄　⇒A0861
 千社札 鈴木清次郎　⇒A0864
 カナリヤ 倉橋弥一　⇒A0867
 紙の色 杉山英樹　⇒A0873
 傷だらけ 井上立士　⇒A0877
 結び目 徳永 直　⇒A0880
 枝折れ 豊田三郎　⇒A0881
 ごめん、ごめん 十返肇　⇒A0889
 馬の雑誌 石浜金作　⇒A0893
 ストロー 外村繁　⇒A0897
 人差指 木々高太郎　⇒A0902
 土砂降り 梅崎春生　⇒A0905
 蒸発 再び川端康成　⇒A0907
 *
 私のなかの宇野浩二氏　⇒A0647
 童顔の毒舌家 十返肇　⇒A0651
 君との長い……　高見順　⇒A0684
 船山馨　⇒A0744
 八木義徳　⇒A0745
 北海道の文学者たち　⇒A0750
 善三・和郎・浩二　⇒A0775
 どうしたわけか 奥野信太郎　⇒A0860
 「愛」について 椎名麟三　⇒A0866

II. 著作目録

　　さかぐっつあん 坂口安吾　⇒A0906
　　蕾の季節「近代文学」の人びと　⇒A0910
　　私見・小島政二郎氏　⇒A0978
　　北陸の風土と水上勉　⇒A1048
　　すこし離れて 北原武夫　⇒A1074
　　ある師弟 阿部知二　⇒A1083
　　舟橋聖一追悼　⇒A1109
　　和田芳恵の文学　⇒A1173
　　文壇に出るまで 田宮虎彦　⇒A1200
　　平野謙氏の思い出　⇒A1215
　　川崎さんと私　⇒A1244
　　＊
　　徳田秋声　⇒A1085
　　岩野泡鳴　⇒A1085
　　近松秋江　⇒A1085
　　永井荷風　⇒A1086

25　『いま道のべに』　〔連作小説集〕

発行：1981（昭和56）年11月20日　発行所：株式会社講談社（東京都文京区音羽二ノ一二ノ二一）　発行者：三木卓　印刷所：豊国印刷株式会社　製本所：株式会社黒岩大光堂　目次3頁　本文265頁　掲載誌一覧1頁　函　20×14cm　定価：1,600円　丸背布装　上製　カバー付

帯背：最新連作小説
帯表：野口冨士男 いま道のべに／東京で生れ育ち、文学を志し、街の灯に魅せられる。若き日から70歳を迎えるまでの日々を、東京山手環状線の各駅にたずねながら、青春の軌跡と生命の手応えを確める。
帯裏：目次／出発点――大崎／吹き溜り――神田／消えた灯――新宿／冬の逃げ水――鶯谷／狐――大塚／明日なきころ――新橋／生命の樹――高田馬場／同じ著者による名作／読売文学賞受賞／かくてありけり

所収 初出はすべて「群像」
　　出発点――大崎　⇒A1257
　　吹き溜り――神田　⇒A1265
　　消えた灯――新宿　⇒A1290
　　冬の逃げ水――鶯谷　⇒A1294
　　狐――大塚　⇒A1300
　　明日なきころ――新橋　⇒A1310
　　生命の樹――高田馬場　⇒A1313

26　『断崖のはての空』　〔エッセイ集〕

発行：1982（昭和57）年2月25日　発行所：株式会社河出書房新社（東京都渋谷区千駄ヶ谷二ノ三二ノ二）　発行者：清水 勝　印刷：1982（昭和57）年2月15日　印刷：三松堂印刷株式会社　製本：岸田製本工業株式会社　目次7頁　本文282頁　あとがき2頁　略歴

II. 著作目録

広告（河出書房の文藝図書）1頁　函　20×14cm　定価：1,800円　丸背布装　装丁：中島かほる　上製　カバー付

帯背：七十年の歩みを伝える/名エッセイ集
帯表：文学を志した青年時代から、古稀をむかえた今日まで、書きつづられたエッセイのなかからそのエッセンスを精選―/七十年の歩みを伝える名エッセイ集
帯裏：本書は私の二冊目のエッセイ集である。/一冊目のエッセイ集は、新聞社の企画の線にしたがって書いた文学的自伝の一節と、自分がなんらかの接触をもった作家の印象記風な短文だけを選択して内容の統一をはかった。そのため、全体の印象としてはやすっきりしたものがあったかと思うがある一面しか伝えられなかったことも事実である。本書には、むろん前著とは比較した上でのことにしか過ぎないが、もうすこし多岐にわたっているというか、私なりの多面性がなにがしか出ているだろう。/――あとがきより――/小説と伝記の間になった中篇集/散るをわかれと

所収
　断崖のはての空　　序に代えて　⇒A1306
　1 文学さまざま
　　わたしと古典　伏字だらけの西鶴　⇒A0862
　　文士気質について　⇒A1119
　　私の昭和十年代　⇒A1132
　　伝記と小説のあいだ　⇒A1234
　　解説オカユ考　⇒A1239
　　新花柳小説への要望　⇒A1241
　　私小説の活路　⇒A1299
　　外国文学と私
　　　1 円本からの出立　⇒A1318
　　　2 のこる秋草　⇒A1320
　2 作家たち
　　二つの姿勢 水上勉　⇒A0891
　　八木義徳の出版記念会　⇒A0898
　　耽美と闘魂の人 舟橋聖一　⇒A1114
　　和田芳恵さんを悼む　⇒A1161
　　和田芳恵 友人代表弔辞　⇒A1163
　　和田芳恵さんを憶う　⇒A1168
　　和田芳恵との交流　⇒A1174
　　船山馨追憶　⇒A1321
　3 折にふれ事にふれ
　　私のみずうみ　⇒A0511
　　三代の芸者　⇒A0580
　　海軍応召文人会　⇒A0583
　　犬とバカと僕　⇒A0613
　　情婦とカクシ子　⇒A0648
　　新盆　⇒A0724
　　姓名のこと　⇒A0767
　　越ヶ谷　⇒A0781

II. 著作目録

  手術のあと　⇒A0858
  風景論　三浦三崎の火葬場　⇒A0870
  病気に気づいたとき　⇒A0872
  私の「二・二六」　⇒A0892
  かんにんどっせ　⇒A0901
  ロートレック「靴下を脱ぐ女」　⇒A0912
  黒い雀　⇒A0921
  ひとつの「12月8日」　⇒A1010
  自己禁止　⇒A1019
  メニュウ外　⇒A1038
  楽しむということ　⇒A1063
  文学教室の夏　⇒A1131
  入口附近　⇒A1159
  志雄の夕陽　⇒A1177
  瞼の裏の祇園　⇒A1192
  ある出発　⇒A1203
  オートバイが来るまで　⇒A1208
  七という数字　⇒A1210
  女あそび　⇒A1217
  嫌速、嫌音　⇒A1284
  愛があれば　⇒A1295
  夏の毛布　⇒A1308
  三都めぐり　マドリード・リスボン・パリ 日本経済新聞　⇒A1309
 4 東京のこと
  都内あるき　⇒A0936
  道路というもの　⇒A0937
  地理感覚　⇒A0943
  歩くことの理由　⇒A0967
  神楽坂考　⇒A1037
  神楽坂考補遺　⇒A1072
  投げこみ寺　⇒A1056
  東京のお正月今昔　⇒A1071
  外濠の散歩　⇒A1090
  ふるい東京　⇒A1104
  鬼子母神まで　⇒A1124
  江戸ブームの落し子　⇒A1145
  梅雨のころ　⇒A1153
  一枚の地図 深川六間堀　⇒A1155
  下町今昔　⇒A1191
  下町としての上野　⇒A1198
  わが町 西早稲田　⇒A1249
  東京の坂　⇒A1319

27　『相生橋煙雨』　〔短篇小説集〕

II. 著作目録

発行：1982(昭和57)年6月5日　　発行所：株式会社文藝春秋社(東京都千代田区紀尾井町三ノ二三)　　発行者：杉村友一　　印刷：精興社　　製本所：大口製本　　目次1頁　　本文204頁　　あとがき2頁　　略歴　　広告(野口冨士男の本)1頁　　函　　20×14cm　　定価：1,700円　　丸背布装　　上製　　カバー付　　装画：酒井不二雄　　AD：坂田正則

帯背：新芸術院賞作家の傑作集
帯表：新芸術院賞作家の"老いのはなやぎ"を示す傑作集/「隅田川絵巻」を残し、二十四歳で消息をたった版画家藤牧義夫の死を、昭和十年前後の世相と、自己の来し方に重ねあわせて探った渾身の作
帯裏：藤牧義夫は、いまこの自分がこうして傘をさして立っているこの地点で、あの『絵巻』の最後——立っていることすら辛かったに相違ない病み弱まった身体で空腹にたえながら、信じかねるほどの執念をもやしつづけて取り組んだ隅田川をえがき終った瞬間に、動物としての人間としてはともかく、芸術家としては死んでしまった。美術家としては完全燃焼して、燃えつきてしまった。だから、小野のところへ行ったのは、まぎれもない藤巻義夫でありながら、もはや藤牧義夫ではなかったのだ、と私は思った。(略)/病気で、軍隊で、そして文学者としても、さまざまな意味で幾度か死にかけてこんにちまで生きながらえた私はすでに七十歳であったが、藤牧義夫はそのとき二十四歳の年若い青年でしかなかった。/霧雨は、まだ降りやまない。川上に視線をあずけて立ちつくしていると、さしている蝙蝠傘の骨の一本の先端から粒になった雫が一つ落ちた。/透明な水滴のように思ったのは、私の錯覚であったろうか。/——本文より

所収
　相生橋煙雨　⇒A1329
　手暗がり　⇒A1304
　火の煙　⇒A0412
　川のある平野　⇒A0496
　熱海糸川柳橋　⇒A1296

28　『文学とその周辺』〔エッセイ集〕
発行：1982(昭和57)年8月5日　　発行所：筑摩書房(東京都神田小川町二ノ八)　　発行者：布川角左衛門　　印刷：明和印刷　　製本：鈴木製本　　目次6頁　　本文438頁　　自己年譜36頁　　あとがき3頁　　函　　20×14cm　　定価：3,200円　　丸背布装　　上製　　カバー付

帯背：昭和文学史の生々しい証言
帯表：近年ますます円熟の域に達し、心境の深まりと技巧の冴えを示しつつある著者が、昭和初年代から現代に至るまでの間に書き溜めた批評・紀行・感想・書評・劇評・解説等を集大成した文集である。昭和の文学史とともにその人生を歩んで来た作者の臨場感に溢れた筆致によって、さまざまな作家の素顔とその作品の世界が見事に浮き彫りにされる。
帯裏：既刊/野口冨士男/徳田秋声の文学/秋声文学の現実密着の深さを、「黴」「何処まで」「仮装人物」に主軸をおいた全作品の精読と、名著『徳田秋聲傳』の成果をふまえた夥しい傍証の積み重ねによって跡づける。三十年におよぶ実証的研究の集大成。　四五〇〇円/十川信介/島崎藤村/初期作品の「うたたね」から代表作「夜明け前」、絶筆となった「東方の門」まで、主要作品の構造を分析しつつ、その底に流れる、藤村が追いつづけ

た壮大な夢を鋭くえぐる。作品論の形式をとりながら、文豪の生のかたち・思考パターンに新たな光をあてた野心作。一八〇〇円

所収
　ナザレの岸辺 序に代えて　⇒A1312
　1 永井荷風
　　秘本一巻　⇒A0637
　　『濹東綺譚』覚え書　⇒A0876
　　『覚え書』補遺　⇒A0883
　　『腕くらべ』覚え書　⇒A0920
　　永井荷風の女性描写　⇒A1022
　　『わが荷風』について　⇒A1092
　　『問はずがたり』覚え書　⇒A1097
　　荷風メモ　⇒A1102
　　永井荷風訳著『珊瑚集』解題　⇒A1325
　2 徳田秋声
　　徳田秋声『新世帯』　⇒A0916
　　四人の妻　⇒A1061
　　なぜ秋声か　⇒A1182
　　秋声ほんの一面　⇒A1258
　　めぐりあい 秋声　⇒A1316
　3 さまざまな作家
　　居室と衣服 井上立士　⇒A0418
　　苦悩の末 太宰治　⇒A0464
　　船山馨　⇒A0498
　　宇野浩二氏を訪ねて　⇒A0527，A0528
　　宇野さんとその周辺　⇒A0763
　　源蔵ヶ原のころ 尾崎士郎　⇒A0707
　　舟橋聖一氏点描　⇒A0747
　　コラージュ風な回想 伊藤整　⇒A1023
　　水上勉と彼の文学　⇒A1030
　　愚鈍なまでの一途さ 近松秋江　⇒A1125
　　和田芳恵さんと彼の文学　⇒A1172
　　芳恵と秋声　⇒A1194
　　川端先生との五十年　⇒A1263
　4 さまざまな作品
　　芥川龍之介の書簡　⇒A0386
　　志賀直哉・中期の作品　⇒A0421
　　岩野泡鳴『耽溺』　⇒A0753
　　里見弴『善心悪心』　⇒A0768
　　「里見弴 久保田万太郎集」解説　⇒A0783
　　「十返肇著作集」解説　⇒A0769，A0771
　　田山花袋『時は過ぎゆく』　⇒A0909
　　「広津和郎全集」第十二巻解説　⇒A1031
　　「広津和郎全集」第十三巻解説　⇒A1064

II. 著作目録

「船山馨小説全集」第一巻解説　⇒A1084
5 折にふれて
　築地のハムレット　⇒A0197
　隅田川　⇒A0220
　九段四丁目　⇒A0221
　禿髪記　⇒A0288
　僕の吉原ノート
　　1 夢のかよひぢ　⇒A0313
　　2 まぼろしの町　⇒A0315
　　3 ほろびる町　⇒A0328
　　4 胸そそる日　⇒A0343
　都会文学について　⇒A0337
　伝統の尊重　⇒A0341
　ツンドク礼賛　⇒A0484
　昭和十年代　⇒A0735
　文学碑　⇒A0814
　戦争と作家気質　⇒A0839
　二十歳前後　⇒A0855
　評論の世代 昭和文学史一面　⇒A0913
　バルビゾン派の画家たち　⇒A0914
　昭和初期の同人雑誌　⇒A1051
　大正文学研究会のころ　⇒A1148
　穴ごもり　⇒A1181
　文学賞の意味　⇒A1254
　肉づきの歌　⇒A1298
　論の立て方　⇒A1305

29　『海軍日記 最下級兵の記録』（新版）　〔日記 再刊〕
発行：1982（昭和57）年8月15日　　発行所：株式会社文藝春秋（東京都千代田区紀尾井町三ノ二三）　　発行者：西永達夫　　印刷所：精興社　　製本所：中島製本　　目次3頁　　新版の序2頁　　まえがき3頁　　横須賀海兵団建物略図1頁　　本文267頁　　あとがき2頁　　略歴　　広告（野口冨士男の本）1頁　　20×14cm　　定価：1,200円　　カバー付　　丸背布装　　装丁：中島かほる　　上製

帯背：描写の向こうの戦争/野口冨士男
帯表：驚異の記憶力で正確精緻に再現された普通の人達の戦争/軍隊内で密かに記された四冊の古い日記帳から敗戦までの帝国海軍の日常がよみがえる/昭和19年9月14日～昭和20年8月24日
帯裏：……使用した手帳は四冊であったが、望み得るもっとも小型なものをえらんだのも、秘匿を目的としたからである。かぎられたスペースの中に、能うるかぎり最小の文字を以て書きつけられてある私の日記帳が連想させるものは、おそらく中学生のカンニング・ペーパー以外の何ものでもあるまい。私は寸暇をぬすんでは後架の中で鉛筆を走らせ、防空壕の中で、それらを書きしるしたのであった。/「まえがき」より

II. 著作目録

所収
　9『海軍日記 最下級兵の記録』に同じ

30　『誄るいか歌』　〔中篇小説〕
発行：1983（昭和58）年3月31日　　発行所：株式会社河出書房新社（東京都渋谷区千駄ヶ谷二ノ三二ノ二）　　発行者：清水勝　　印刷：1983（昭和58）年3月25日　　印刷：多田印刷株式会社　　製本：小高製本工業株式会社　　本文205頁　　広告（河出書房の文芸図書）1頁　　函　　20×14cm　　定価：1,800円　　丸背布装　　上製　　カバー付　　装画：近岡善次郎

帯背：忘れられた作家 小栗風葉頌
帯表：明治の文人・小栗風葉は、どのようにして《忘れられた作家》となったか。遺宅、旧跡を尋ねながら、その文学的命運へのあえかな共振をひそませる評伝風小説の名篇。
帯裏：篠田一士氏評 毎日新聞/この野口氏の作品は、すでに何人かの明治作家について書かれた系列のもので、当の作家の遺族、遺跡をたずねながら、そのおりおりの経験を、「私小説」風というよりは記録そのままの形で、ことこまかに書き記し、同時に、作家の伝記、とくに文学史や文学評伝からは隠れてしまった未知の事実をあきらかにし、さらに、その文学そのものにも再検討を加えるといった二重三重の内容をもっている。菅野昭正氏評 東京新聞/事実についての探索を進めながら、そのなかに対象についての、共感や批判のいりまじった複雑な感慨を溶かしこむ方法は、今回もよく生かされている。そして結びに近づくにつれて、その感慨がひとり風葉の場合を越えて、ひろく文学そのものに向けられたような重みをましてゆくのが、印象的である。

所収　⇒A1367

31　『わが荷風』　〔紀行 再刊〕
発行：1984（昭和59）年11月10日　　発行所：中央公論社（東京都中央区京橋二―八―七）　　発行者：嶋中鵬二　　整版印刷：三晃印刷　　カバー：トープロ　　用紙：本州製紙　　製本：小泉製本　　中公文庫（M255）　　目次2頁　　本文242頁　　荷風年譜・参考文献30頁　　文庫版あとがき4頁　　広告（中公文庫既刊より）7頁　　15×11cm　　定価：420円　　角背紙装並製　　カバー付　　カバー：風間完　　表紙・扉：白井晟一　　カバー1裏に著者紹介　　カバー裏：玉の井、吉原、浅草、小石川、麻布など―。少年時代から耽読してやまなかった永井荷風ゆかりの地を丹念に踏査し、荷風の人と文学を自らの青春の追憶と重ねて語る。著者の長年の夢を果した出色の荷風論。

帯背：最新刊 中公文庫
帯表：今月の新刊/荷風の人と文学を自らの青春への追憶と共に語る出色の荷風論
帯裏：今月の新刊

所収
　15『わが荷風』に同じ

32　『虚空に舞う花びら』　〔エッセイ集〕

II. 著作目録

発行：1985（昭和60）年11月5日　　発行所：株式会社花曜社（東京都新宿区矢来町二番地）
発行者：林　春樹　　印刷：1985（昭和60）年11月1日　　印刷：信毎書籍印刷　　製本：東京美術紙工　　目次5頁　　本文204頁　　自己年譜35頁（紅野敏郎氏が若干手を加えた）　　あとがき2頁　　広告（花曜社・出版物案内）1頁　　函　　20×14cm　　定価：2,400円　　角背布装　　上製　　カバー付　　装画：浅野弥衛　　写真：田中昌彦

帯背：郷愁の彼方に純文学の原点を追う…
帯表：昭和の文学・文壇・社会・風俗等を、実感と考証を通して興味深く点描し、郷愁の彼方に純文学の原点を追う……小説と「徳田秋聲伝」「わが荷風」等の作家論で多くの賞を受けた著者が、戦前・戦後を回想する近作エッセイ集。/巻末に詳細な自筆年譜を付す
帯裏：野口冨士男（のぐちふじお）/明治四十四年、東京生まれ。/慶応大学文学部中退/昭和四十年『徳田秋聲傳』で毎日芸術賞受賞。五十年『わが荷風』により読売文学賞（随筆・紀行部門）受賞。五十三年自伝的長篇小説『かくてありけり』で読売文学賞（小説部門）受賞。五十五年短篇「なぎの葉考」で川端康成文学賞受賞。五十七年「作家としての業績に対して」日本芸術院賞受賞。現在、日本文芸家協会理事長。

所収
I
　狭義の文学はいま　⇒A1403
　一年後の、いま　⇒A1447
　別種のつまらなさ　⇒A1461
　違った角度から　⇒A1469
　三十人の読者　⇒A1350
　類似性ということ（文学の広場改題）　⇒A1379
　短篇小説のすすめ　⇒A1465
　年譜の問題　⇒A1458
　文学館活動の原点　⇒A1449
II
　永井荷風の花柳小説　⇒A1291
　永井荷風『腕くらべ』　⇒A1425
　三島霜川私見　⇒A1233
　山本健吉の文学　⇒A1384
　島村利正逝く　⇒A1335
　追憶宮内寒弥　⇒A1378
　豊田三郎さん二つ三つ　⇒A1337
　秋声成東行　⇒A1405
　横光利一・わずか二度　⇒A1322
　船山馨文庫のこと　⇒A1444
　虚空に舞う花びら　⇒A1121
III
　レビューくさぐさ　⇒A1387
　都市における時間　⇒A1360
　現象の裏側には　⇒A1344
　神楽坂の興行物　⇒A1455

II. 著作目録

　　作家というもの　⇒A1359
　　川と濠　⇒A1428
　　喫茶店今昔　⇒A1392
　　上野とたべもの　⇒A1459
　　迷い子のしるべ　⇒A1346
　　芸者の玉代　⇒A1331
　　藻岩山のキツネ　⇒A1452
Ⅳ
　師友
　　徳田秋声先生　⇒A1404
　　岡田三郎氏　⇒A1409
　　十返肇君　⇒A1412
　　和田芳恵さん　⇒A1413
　　八木義徳君　⇒A1414
　東京点描
　　原宿　⇒A1431
　　桜橘　⇒A1433
　　子供合埋塚　⇒A1436
　　弥生美術館　⇒A1437
　　紀伊国坂附近　⇒A1113
　　神奈川と私　⇒A1396

33　『感触的昭和文壇史』　〔文壇史〕
発行：1986(昭和61)年7月15日　　発行所：株式会社文藝春秋(東京都千代田区紀尾井町三ノ二三)　　発行者：西永達夫　　印刷：精興社　　製本：大口製本　　目次3頁　　本文402頁　　主要参考文献9頁　　あとがき3頁　　著者紹介　　広告(野口冨士男の本)1頁　　20×14cm　　定価：1,800円　　丸背厚紙装　　装丁：竹内和重　　上製　　カバー付

帯背：野口冨士男
帯表：小説を愛し/純文学を守り/半世紀余/文壇に変らぬ姿勢を/貫いた作家が記す/激動昭和の文学/見たこと/耳にしたことのすべて/特定の史観や主義主張に/とらわれることなく/筆致もまた柔軟な/"読ませる"文学史
帯裏：その後も数多くの昭和文学史が送り出されてはいるものの、基本的図書といったおもむきを呈しているものはといえば、出版後すでに四分の一世紀以上の歳月が経過したこんにちといえどもなお、高見順氏の『昭和文学文學盛衰史』と平野謙氏の『昭和文学史』を挙げねばならないだろう。その意味では、すでに古典として定着しているといっても過言ではあるまい。/生前の両氏とは、折にふれさまざまな交渉をもったばかりか、戦時中「大正文学研究会」の会員としても親しんだ私には特にその感がふかいのだが、本文中でも幾度か述べておいたように、文壇には主流と然らざる流れがある。私はより多く後者の側を見ながら、自身もまたそちらの側を歩いてきた。したがって、高見、平野の両氏が接触していない、そちらの側も書き留めておくべきだろうし、そちらばかりというわけにもいかぬとなれば、かなりの体力を要するので、なにがしかでもそれののこっているあいだに書き留めておくべきだろうという気持が、私にこうしたものを書かせたモメントであった。また、昭和文壇史とうたう以上、記録としてのこされているものに

II. 著作目録

対しては可能なかぎり眼を通して、史的記述をおろそかにせぬようにつとめるにしろ、自身が見たこと、耳にしたものをも邪魔にならぬ範囲で採用しようとしたことが、表題に感触的という文字を冠させたゆえんである。/(「あとがき」より)
再版以降の帯
帯背：菊池寛賞受賞/野口冨士男
帯表：菊池寛賞受賞作品
帯裏：上記に同じ

所収 初出はすべて「文學界」
 第一章 芥川龍之介の死 ⇒A1366
 第二章 新感覚派から新興芸術派へ ⇒A1371, A1373, A1377
 第三章 プロレタリア文学とその周辺 ⇒A1380
 第四章 いわゆる「文芸復興」 ⇒A1382, A1385, A1389
 第五章 昭和十年代の様相 ⇒A1393, A1395, A1398, A1400, A1406
 第六章 昭和二十年代の文学 ⇒A1442, A1445, A1451, A1454, A1457
 第七章 昭和三十年代以降 ⇒A1497, A1504, A1509, A1513

34 『なぎの葉考』〔短篇小説〕
発行：1988(昭和63)年2月11日　発行者：吉田弥左衛門 200部限定　発売所(販売所)多屋孫書店(和歌山県田辺市南浜町119)　吾八書房(東京都千代田区神田神保町1-6)　続田奈部豆本第五集　その一44頁　その二43〜88頁　「なぎの葉考」について 恩田雅和一葉　名作の中の紀州人—中上健次— 恩田雅和一葉　続田奈部豆本(第五集)ご案内一葉　7.5×10cm　定価：5000円　表紙・見返し 越前和紙(椿染紙)　本文保田紙(椿染紙) 清水町高齢者生涯活動センター抄造(和歌山県有田郡清水町)　挿絵 四点 カット 三点 雑賀紀光　民芸紙箱入り(二分冊) 帯封あり 二百部限定—朱筆番号入り

所収 初出 ⇒A1225

35 『昭和文学全集』14巻〔小説(上林暁/和田芳恵/野口冨士男/川崎長太郎/八木義徳/木山捷平/檀一雄/外村繁集)〕
発行：1988(昭和63)年11月1日　発行所：小学館(東京都千代田区一ツ橋二丁目三番一号)　発行者：相賀徹夫　印刷：大日本印刷株式会社　製本：大日本印刷株式会社/若林製本工場　用紙：三菱製紙株式会社　目次5頁　本文143頁　肖像写真一葉　解説(高橋英夫)5頁　自己年譜4頁　底本について1頁　函　23×17cm　定価：4,000円　丸背布装　装丁：菊地信義　上製　カバー付　編集委員：井上靖/山本健吉/中村光夫/吉行淳之介/高橋英夫/磯田光一　編集参与：小田切進/巌谷大四　口絵写真 林忠彦

帯背：上林暁、和田芳恵、野口冨士男、川崎長太郎
 下段＝八木義徳、木山捷平、檀一雄、外村繁
帯表：人生の/機微/日常の/内的葛藤/生きた/肉声が/溢れる/私小説群/各巻4000枚以上を収録/作家、評論家、研究者による/充実した解説、年譜/第23回配本/第14巻/昭和文学初めての集大成/全35巻別巻1
帯裏：全35巻内訳

所収
　　耳のなかの風の声　⇒A0515
　　ほとりの私　⇒A0732
　　なぎの葉考　⇒A1225
　　散るを別れと　⇒A1227
　　風のない日々　⇒A1232～A1266まで9回

36　『少女』〔短篇集〕
発行：1989（平成元）年5月20日　発行所：株式会社文藝春秋（東京都千代田区紀尾井町三ノ二三）　発行者：豊田健次　本文印刷所：理想社印刷　付物印刷所：凸版印刷　製本所：中島製本　目次1頁　本文213頁　初出誌一覧1頁　著者略歴　広告（菊池寛賞受賞作品・感触的昭和文壇史）1頁　20×14cm　定価：1,500円　丸背厚紙装　上製　カバー付　装画：牧進

帯背：ノスタルジックな香り/珠玉の小説集
帯表：純潔へのあこがれ/それに素直に応え合う/人の心のよろしさ//いたいけな少女とその清らかさを見守りつづける青年/逃避行の中で、二人は初めて 生きる喜びを知った//作家の想像力が/美事な文芸作品に/昇華させた/"財閥令嬢誘拐事件"
帯裏：故篠田一士氏 激賞！/……作者自身の想像力を存分に駆使して、まぎれもない小説世界をつくりあげた名作である。……/野口氏の短篇小説を讃めあげるのは、いまさらめく余計事かもしれないが、この「少女」は、氏の作品のなかでも、とりわけすぐれたもので、ここといって指さすことができるような、匠気の跡形もまったくなく、平々坦々のようでありながら、一語とゆるがせにできる言葉はなく、はじめから終わりまで、とりかえようのない、ギリギリの小説言語できまっている。文句なしに絶品といっていい作品だ。/（毎日新聞「文芸時評」より）

所収
　　少女　⇒A1491
　　薬物の夜　⇒A1538
　　紙の箱　⇒A1594
　　他人の春　⇒A1579
　　返り花　⇒A1415
　　残花のなかを　⇒A1562
　　三田三丁目　⇒A1446
　　坂の遍歴　⇒A1634

37　『私のなかの東京　わが文学散策』
発行：1989（平成元）年11月10日　発行所：株式会社中央公論社（東京都中央区京橋2-8-7）　発行者：嶋中鵬二　整版印刷：三晃印刷　カバー：トープロ　用紙：本州製紙　製本：小泉製本　中公文庫（M255-2）　目次1頁　本文226頁　初出一覧1頁　解説（川本三郎）8頁　広告（中公文庫 既刊より）7頁　定価：380円　角背　カバー付　並製　15×11cm　カバー表紙裏に著者紹介　各章にイラスト・マップあり

II. 著作目録

カバー裏：近代の都市のなかで、東京ほど大きな変貌をとげた街はないではないか。さらに、東京は文学作品に最も多く描かれた都会でもある。——幼少期から馴れ親しんだ東京の街を歩き、詳細に探索して、目に映る東京に、明治以降の文学作品や記憶のなかの過去の東京を重ねて、追想する。実感的東京論。

所収
  18『私のなかの東京』に同じ

38 『しあわせ』〔短篇小説集〕
発行：1990（平成2）年11月22日　発行所：株式会社講談社（東京都文京区音羽二ノ一二ノ二一）　発行者：野間佐和子　印刷所：株式会社精興社　製本所：株式会社黒岩大光堂　目次1頁　本文219頁　あとがき2頁　函　20×14cm　定価：2,000円　丸背布装　上製　カバー付　装画：富本憲吉

帯背：静謐な老境を綴る/最新作品集
帯表：忍びよる/死の影をみつめ、/移ろいゆく/東京の町並みを/美しく写し出す。/野口文学の心を/伝える名作集。//老夫婦ふたり。それぞれの病いと闘いつつ、八十年の来し方を偲び、今日の小さなしあわせを想う。
帯裏：「今日もまだ/生きてやがる」/毎朝ベッドの上で片瀬が眼をさましたとき、自己自身に対して最初にいだくのはそういう思いである。いつわりない本心を告げれば、むしろ落胆にすら通じる悲哀にひたされているのだが、上を見ても下を見てもきりがないように、彼等夫婦など世間いっぱんの眼からすれば、恐らくこれでもまだしあわせに見えるほうなのだろう。/——「しあわせ」より

所収
  うしろ姿　⇒A0429
  薄ひざし　⇒A0430
  ぶっちぎり　⇒A1390
  妖狐年表　⇒A1569
  横顔　⇒A1670
  しあわせ　⇒A1680

39 『野口冨士男自選小説全集』（上下巻）
発行：1991（平成3）年7月31日　発行所：株式会社河出書房新社（東京都渋谷区千駄ヶ谷二ノ三二ノ二）　発行者：清水　勝　印刷：1991（平成3）年7月30日　印刷所：暁印刷株式会社　製本所：加藤製本株式会社　自序2頁　上巻目次3頁　本文461頁　巻頭に著者の写真一葉（撮影：1941年3月、渡辺勉）　下巻　目次3頁　本文433頁　自作年譜8頁　解説（保昌正夫）20頁　巻頭に著者の写真一葉（撮影：1991年3月、相澤實）　付録16頁　八木義徳、水上勉、吉行淳之介、田久保英夫、江藤淳、古井由吉　函　20×14cm　定価：9,800円　丸背厚紙装　装丁：清水信義　上製　カバー付

帯背：比類なき/作家精神の/軌跡
帯表：純文学の/精髄を伝える/比類なき/作家精神の/軌跡
帯裏：所収作一覧

89

付録/土俵際の強さ——八木義徳/あの頃——水上勉/思い出すままに——吉行淳之介/野口さんの裸眼——田久保英夫/野口理事長と私——江藤淳/「親」の世代——古井由吉

所収
上巻
  自序
  なぎの葉考　⇒A1225
  石の墓　⇒A0395
  火の煙　⇒A0412
  白鷺　⇒A0451
  露きえず　⇒A0442
  影法師　⇒A0467
  池ノ端七軒町　⇒A0474
  川のある平野　⇒A0496
  押花　⇒A0507
  耳のなかの風の声　⇒A0515
  夜の鏡　⇒A0517
  死んだ川　⇒A0535
  白い小さな紙片　⇒A0603
  彼と　⇒A0649
  流星抄　⇒A0674
  石蹴り　⇒A0711
  その日私は　⇒A0722
  ほとりの私　⇒A0732
  暗い夜の私　⇒A0755
  深い海の底で　⇒A0774
  真暗な朝　⇒A0778
  雲のちぎれ　⇒A0829
  習志野　⇒A0919
  船が出るとき　⇒A0925
  夜の烏　⇒A1136
  散るを別れと　⇒A1227
下巻
  風のない日々　⇒A1232〜A1266まで9回
  冬の逃げ水—鶯谷　⇒A1294
  熱海糸川柳橋　⇒A1296
  手暗がり　⇒A1304
  狐—大塚　⇒A1300
  誄歌　⇒A1367
  ぶっちぎり　⇒A1390
  返り花　⇒A1415
  三田三丁目　⇒A1446
  少女　⇒A1491
  薬物の夜　⇒A1538
  残花のなかを　⇒A1562

II. 著作目録

　　妖狐年表　⇒A1569
　　他人の春　⇒A1579
　　紙の箱　⇒A1594
　　坂の遍歴　⇒A1634
　　横顔　⇒A1670
　　しあわせ　⇒A1680

40　『時のきれはし』〔エッセイ集〕
　発行：1991(平成3)年11月22日　発行所：株式会社講談社(東京都文京区音羽二ノ一二ノ二一)　発行者：野間佐和子　印刷所：株式会社精興社　製本所：株式会社大進堂　目次7頁　本文249頁　あとがき2頁　略歴1頁　広告(しあわせ)1頁　函　20×14cm
　定価：2,200円　丸背布装　装画：大沢昌助　装幀：大泉拓　上製　カバー付

　帯背：不屈の作家魂で綴る名エッセイ集
　帯表：文学一筋に/反俗精神を貫いて/傘寿を迎えいま、/死と対峙する時//みつめ続けてきた/東京の町並み/亡き作家たちへの/哀惜の想い‥‥‥/野口文学の精髄を/伝えるエッセイ集
　帯裏：傘寿に達した現在、未収録エッセイが本書とほぼ同等数量手許にあるということは、文筆という営為が知と体力による成果だとあらためて気づかされる。残された私の余命はいくばくか、自身の行く手に限界を読むことのおろかさを、私はすでに体験して懲りている。その日その日を一日単位で大切に扱っていこうと、今はそれ以外の何も考えていない。/――「あとがき」より

所収
I 時のきれはし
　　時のきれはし　⇒A1669
　　直前の光景　⇒A1675
　　生死いずれか　⇒A1673
　　傘寿の直前　⇒A1691
　　終末感と切迫感　⇒A1574
　　文学者は浮動している　⇒A1692
　　仕事時間　⇒A1483
　　理事長辞任のあとさき　⇒A1616
　　処女作の思い出　⇒A1477
II さまざまな回想
　　父からの手紙　⇒A1550
　　若い日の私　⇒A1638
　　涙腺ふたたび　⇒A1503
　　カラー写真　⇒A1533
　　断念の代償　⇒A1548
　　私の人形趣味　⇒A1630
　　衣裳人形　⇒A1529
　　絵画と予備知識　⇒A1577
　　世紀末小感　⇒A1629

さまざまな回想 パブロワからバリシニコフまで ⇒A1527
  無名時代みたび ⇒A1682
  迷いに迷って ⇒A1595
  定説への懐疑 ⇒A1545
  必要経費 ⇒A1482
  資料の保存 ⇒A1602
  タクシー運転手 ⇒A1553
  食用蛙とザリガニ ⇒A1587
III 東京という範囲
  東京という範囲 ⇒A1689
  東京繁華街考 ⇒A1540
  路地 ⇒A1563
  また一つ ⇒A1661
  地図しらべ ⇒A1519
  街あるき ⇒A1478
  東京地図 ⇒A1479
  東京を見る角度 ⇒A1696
  モボ・モガと金融恐慌 ⇒A1668
  荷風と隅田川 ⇒A1524
  記憶に残る言葉 ⇒A1637
  『たけくらべ』論考を読んで―前田愛氏への疑問 ⇒A1492
IV 文学者たち
  磯田光一氏追憶 ⇒A1554
  回想の井上靖氏 ⇒A1690
  宇野さんの前期作品 ⇒A1476
  川崎長太郎氏と氏の文学 ⇒A1512
  緑雨のために ⇒A1678
  坂口安吾と「現代文学」 ⇒A1572
  佐藤春夫詩集 ⇒A1490
  友の糸 ⇒A1622
  二十年の空白 ⇒A1475
  余儀ない荷風 ⇒A1520
  山本健吉氏のことども ⇒A1606
  舟橋聖一の「夏子もの」 ⇒A1566
  同年者の立場から ⇒A1677
  芝木好子氏弔辞 ⇒A1698

41 『しあわせ かくてありけり』〔小説集〕
発行：1992(平成4)年7月10日　発行所：株式会社講談社(東京都文京区音羽2・2・21)　発行者：野間佐和子　印刷：豊国印刷株式会社　整版：豊国印刷株式会社　製本：株式会社国宝社　講談社文芸文庫(のC1)　目次1頁　本文260頁　著者から読者へ3頁　解説(「野口冨士男、父、母、妻」川西政明)15頁　作家案内(保昌正夫)12頁　著書目録(保昌正夫)2頁　広告(講談社文芸文庫)1頁　15×11cm　定価：980円　角背紙装　デザイン：菊地信義　カバー付

II. 著作目録

帯背：読売賞「かくてありけり」と短編の名品「しあわせ」
帯表：人生の光芒 魂を衝く かがやき
帯裏：講談社文芸文庫・既刊広告

所収
　　しあわせ　⇒A1680
　　かくてありけり　⇒A1142～A1160まで4回

42　『私のなかの東京─わが文学散策─』
　　発行：1996(平成8)年12月20日(限定500部)　発行所：社会福祉法人埼玉福祉会(埼玉県新座市堀ノ内3-7-31)　発行者：並木則康　印刷・製本所：社会福祉法人埼玉福祉会 新座福祉工場　底本：文藝春秋刊「私のなかの東京」　大活字本シリーズ　装幀：早田二郎　目次1頁　本文389頁　各章にイラストマップあり　あとがき2頁　初出一覧1頁　略歴1頁　21.5×15.5cm　定価：3,708円　丸背ビニール装　上製

所収
　　18『私のなかの東京』に同じ

43　『わが荷風』〔紀行〕
　　発行：2002(平成14)年12月10日　発行所：株式会社講談社(東京都文京区音羽2・2・21)　発行者：野間佐和子　印刷：豊国印刷株式会社　整版：豊国印刷株式会社　製本：株式会社国宝社　講談社文芸文庫(のC2)　目次2頁　本文256頁　荷風年譜・参考文献32頁　【参考資料】文庫版あとがき(昭和59年11月刊「中公文庫」より)4頁　解説(街を歩く二人 坪内祐三)15頁【文中に肖像写真 一葉・著書写真 四葉2頁】　年譜─野口冨士男(編集部編)14頁　著書目録(保昌正夫)3頁　広告(講談社文芸文庫)1頁　15×11cm　定価：1,300円　角背紙装　デザイン：菊地信義　カバー付　底本：「中公文庫」

帯：なし

所収
　　15『わが荷風』に同じ

44　『わが荷風』上下巻　〔紀行〕
　　発行：2004(平成16)年11月20日(限定500部) 底本 集英社刊『わが荷風』　発行所：社会福祉法人埼玉福祉会(埼玉県新座市堀ノ内3-7-31)　発行者：並木則康　印刷・製本所：社会福祉法人埼玉福祉会 新座福祉工場　大活字本シリーズ(限定500部)　底本：集英社版『わが荷風』　上巻　目次2頁　本文228頁　下巻　目次2頁　本文252頁　参考文献20頁　あとがき4頁　大活字本シリーズ発刊の趣意1頁　21×15cm　角背ビニール装　上製　定価：上巻2,800円　下巻2,900円　装幀：関根利雄

所収
　　15『わが荷風』に同じ

II. 著作目録

45 『私のなかの東京 —わが文学散策—』
発行：2007(平成19)年6月15日　　発行所：株式会社岩波書店(東京都千代田区一ツ橋2-5-5)　　発行者：山口昭男　　印刷：精興社　　製本：中永製本　　岩波現代文庫(B120)　　目次1頁　　本文210頁　　各章にイラストマップあり　　初出一覧1頁　　解説(川本三郎)8頁　　広告(岩波現代文庫の発足に際して1頁　　岩波現代文庫[文芸]11頁　　15×11cm　　定価：900円　　角背　　並製　　カバー付　　カバー表：川本三郎の解説の抄録　　カバー裏：野口冨士男略歴　　底本：文藝春秋社刊『私のなかの東京』

帯背：岩波現代文庫
帯表：追想と作品が紡ぎだす実感的東京論の名作/解説 川本三郎
帯裏：6月の新刊

所収
　　18『私のなかの東京 —わが文学散策—』に同じ

46 『なぎの葉考・少女 野口冨士男短篇集』〔短篇集〕
発行：2009(平成21)年5月10日　　発行所：株式会社講談社(東京都文京区音羽2・2・21)　　発行者：鈴木哲　　印刷：豊国印刷株式会社　　整本：豊国印刷株式会社　　本文データ製作：講談社プリプレス管理部　デザイン 菊地信義　　講談社文芸文庫(のC3)　　目次2頁　　本文293頁　　著者に代わって読者へ「三十人の読者」へ(平井一麥)4頁　　解説(「私小説家の救い」勝又浩)14頁【文中に肖像写真 一葉・著書写真 四葉2頁】　　年譜——野口冨士男(編集部編)16頁【平井一麥校閲・増補】　　著書目録(平井一麥)4頁　　広告(講談社文芸文庫)3頁　　15×11cm　　定価：1,500円　　角背紙装　　カバー付　　底本：河出書房新社刊『野口冨士男自選小説全集』

帯背：川端康成文学賞受賞作を収録
帯表：暗い/翳りをもつ/女たちを/描き続けた/私小説家の/精華
帯裏：勝又浩/一時は妻に頼って学生相手の麻雀屋まで営んだ窮乏時代(中略)野口冨士男は不思議に文学、小説書きを止めようとは考えなかったらしい。(中略)日記には、自身の才能についての「絶望」をたびたび記しているが、不思議に、だからといって文学についての信頼、小説や小説を書くことについての信仰は微塵も揺るがなかったようだ。そういうところに、私などは粛然と頭が下がる思いだが、野口冨士男がそうでありえた根底には、やはり彼が根っからの私小説作家であったからだ、と言うしかないであろう。「解説」より

所収
　　石の墓　⇒A0395
　　耳のなかの風の声　⇒A0515
　　石蹴り　⇒A0711
　　夜の烏　⇒A1136
　　なぎの葉考　⇒A1225
　　冬の逃げ水　⇒A1294
　　熱海糸川柳橋　⇒A1296
　　少女　⇒A1491

横顔　⇒A1670

47　『野口冨士男随筆集 作家の手』〔エッセイ集〕
発行：2009（平成21）年12月24日　　発行所：株式会社ウェッジ（東京都千代田区神田小川町1-3-1）　　発行者：布施知章　　印刷・製本所：図書印刷株式会社　　編者：武藤康史　　目次3頁　　本文260頁　　野口冨士男略年譜7頁（武藤康史編）　　解説（「演劇青年・野口冨士男」武藤康史）13頁　　広告（ウェッジ文庫目録）1頁　　15×11cm　　定価：743円　　角背　　並製　　カバー付　　装丁：棒地和

帯背：野口冨士男
帯表：明治末に生れ、/大正、昭和、平成を/生き抜いた/最後の文士。/伊藤整、岡本かの子/川端康成ら、/作家のスケッチを中心に、/初期の劇評から/晩年の随筆に至るまで、/単行本未収録を含め、/精選した/オリジナル随筆集
帯裏：ウェッジ文庫新刊・既刊案内

所収
　　作家の手　⇒A0741
　　自伝抄「秋風三十年」　⇒A1267〜A1288まで20回
　　赤面症 伊藤整氏のこと　⇒A0847
　　浮き名損 岡本かの子氏のこと　⇒A0849
　　雨宿り 川端康成氏のこと　⇒A0854
　　武芸者 小林秀雄氏のこと　⇒A0861
　　傷だらけ 井上立士氏のこと　⇒A0877
　　枝折れ 豊田三郎氏のこと　⇒A0881
　　ごめん、ごめん 十返肇のこと　⇒A0889
　　蒸発 再び川端康成氏のこと　⇒A0907
　　すこし離れて 北原武夫氏のこと　⇒A1074
　　八木義徳　⇒A0745
　　二つの姿勢 水上勉　⇒A0891
　　耽美と闘魂の人 舟橋聖一　⇒A1114
　　和田芳恵との交友　⇒A1174
　　回想の井上靖氏　⇒A1690
　　処女作の思い出　⇒A1477
　　外国文学と私　⇒A1318, A1320
　　築地のハムレット　⇒A0197
　　新劇雑感　⇒A0203
　　新劇往来　⇒A0234
　　新劇評判　⇒A0241
　　新劇の現状　⇒A0248
　　『たけくらべ』論考を読んで　⇒A1492
　　女あそび　⇒A1217
　　三代の芸者　⇒A0580
　　芸者の玉代　⇒A1331
　　かんにんどっせ　⇒A0901

II. 著作目録

三十人の読者　⇒A1350
文学者は浮動している　⇒A1692
臨終記　⇒A1719
残日余語　⇒A1720

II. 著作目録

2. 共著・編著

『青年藝術派新作集・私たちの作品』《共著》　昭16.4　明石書房刊　収録作品：桃の花の記憶
『青年藝術派短篇集・八つの作品』《共著》　昭16.12　通文閣刊　収録作品：鶴（「梅」の改作）
『青年藝術派新作集・私たちの作品』《共著》　昭17.6　豊国社刊　収録作品：老境
『芥川龍之介研究』《共著》　昭17.7　河出書房刊　大正文学研究会編　収録作品：龍之介の書簡
『近代日本文学研究大正作家論』（下）《共著》　昭18.1　小学館刊　佐藤春夫、宇野浩二編　収録作品：宇野浩二論
『辻小説集』《共著》　昭18.7　八紘社杉山書店　太宰治ほか著　収録作品：浦賀
『志賀直哉研究』《共著》　昭19.6　河出書房刊　大正文学研究会編　収録作品：中期の作品
『推薦書下し傑作集』《共著》　昭23.10　桃蹊書房刊　収録作品：こぞの雪
『創作代表選集14』《共著》　昭29.10　講談社刊　文芸家協会編　収録作品：耳のなかの風の声
『作家の肖像』《共著》　昭31.1　近代生活社刊　十返肇編　収録作品："風流抄"の作家　舟橋聖一
『創作代表選集（21）』《共著》　昭33.4　講談社刊　文芸家協会編　収録作品：死んだ川
『変革期の文学　岩上順一追想集』《共著》　昭34.7　三一書房刊　岩上順一著　収録作品：きよらかな人
『宇野浩二回想』《共著》　昭38.9　中央公論社刊　収録作品：私のなかの宇野浩二氏　川崎長太郎ほか著
『花の雨一越智信平追悼録』《共著》　昭40.4　越智啓子編　収録作品：片隅からの合掌
『日本ペンクラブ三十年史』《共著》　昭42.3　日本ペンクラブ刊　日本ペンクラブ編　収録作品：（瀬沼茂樹『国際ペンの成立と発展』を併載）
『十返肇著作集』（上）《編集》　昭44.4　講談社刊　十返肇著　収録作品：解説
『十返肇著作集』（下）《編集》　昭44.5　講談社刊　十返肇著　収録作品：解説
『十返肇その1963年8月』《共著》　昭44.8　十返千鶴子編　収録作品：一つの笑顔
『現代日本記録全集（23）敗戦の記録』《共著》　昭44.12　筑摩書房刊　収録作品：海軍日記（抄）
『文学選集 35集』《共著》　昭45.5　講談社刊　文芸家協会編　収録作品：深い海の底で
『愛と叛逆一文化学院の五十年』《共著》　昭46.5　文化学院出版部刊　収録作品：「現実・文学」と「年刊文化学院」/「二十歳前後」/「学院新聞の出来たころ」
『奥野信太郎回想集』《共著》　昭46.6　慶應義塾三田文学ライブラリー刊　収録作品：どうしたわけか
『平野謙対話集』《共著》　昭46.6　未来社刊　芸術と実生活編　収録作品：昭和十年代の文学
『入門 名作の世界』《共著》　昭46.6　毎日新聞社刊　毎日新聞社編　収録作品：徳田秋聲『縮図』

II. 著作目録

『近代文学史3―昭和の文学』《共著》　　昭47.4　有斐閣選書　紅野敏郎ほか編　　収録作品：徳田秋聲とわたし

『現代の小説』《共著》　昭48.2　三一書房刊　文芸家協会編　　収録作品：船が出るとき

『現代作家・作品論―瀬沼茂樹古稀記念論文集』《共著》　　昭49.10　河出書房新社刊　瀬沼茂樹著　　収録作品：永井荷風の女性描写

『座談会昭和文壇史』《編集》　昭51.3　講談社　野口冨士男編

『株式会社紀伊國屋書店創業五十年記念誌』《共著》　　昭52.5　紀伊國屋書店刊　　収録作品：「行動」のころ―附「あらくれ」

『一枚の地図』《共著》　昭53.3　PHP研究所刊　サンケイ新聞社編　　収録作品：深川六間堀・五間堀

『和田芳恵全集』《編集協力》　昭53.10　河出書房新社　和田芳恵著

『特集・ちょっといい話』《共著》　昭53.10　文藝春秋社刊

『現代短篇名作選5』《共著》　昭55.1　講談社刊　文芸家協会編　　収録作品：死んだ川

『日本名作シリーズ(7)花柳小説名作選』《共著》　　昭55.3　集英社刊　ペンクラブ編・丸谷才一選　　収録作品：なぎの葉考/花柳小説とは何か（丸谷才一と対談）

『文芸読本　永井荷風』《共著》　昭56.8　河出書房新社刊　　収録作品：『濹東綺譚』をめぐって（「わが荷風」『それが終るとき』改題）

『東京余情』《共著》　昭57.3　有楽出版社刊　山本容朗編　　収録作品：小石川・本郷・上野（「私のなかの東京」抄）

『巻頭随筆Ⅲ』《共著》　昭57.4　文藝春秋社刊　文藝春秋編集部編　　収録作品：嫌速、嫌音

『文学1982』《共著》　昭57.4　講談社刊　日本文芸家協会編　　収録作品：狐

『反核発言1』《共著》　昭57.5　岩波書店刊　　収録作品：私も署名します

『続続・値段の風俗史』《共著》　昭57.11　朝日新聞刊　週刊朝日編　　収録作品：芸者の玉代

『唇さむし―文学と芸について　里見弴対談集』《共著》　　昭58.2　かまくら春秋社刊　里見弴著　　収録作品：里見弴氏とその文学（井上靖・有馬頼義と）

『尾崎一雄―人とその文学』《共著》　昭59.3　永田書房刊　尾崎松枝編　　収録作品：冬眠居閑談

永井荷風著「日本の文学」32巻　ほるぷ出版刊《共著》　　昭59.8　収録作品：解説・永井荷風『腕くらべ』

『山本健吉全集』《共著》　昭59.9　第10巻　講談社刊　山本健吉著　　収録作品：解説・昭和10年代の文学

『志賀直哉研究』　昭59.9　復刻版　日本図書センター刊　　収録作品：中期の作品

『文学1985』《共著》　昭60.4　講談社刊　文芸家協会編　　収録作品：返り花

『建築の忘れがたみ』《共著》　昭60.12　INAX出版刊　一木努・陣内秀信・堀勇良著　　収録作品：街と建物（前田愛と対談）

『日本の名随筆集43―雨』《共著》　昭61.5　作品社刊　中村汀女編　　収録作品：梅雨のころ

『日本語文法セルフマスターシリーズ(2)』《共著》　　昭61.5　くろしお出版刊　寺村秀夫編　　収録作品：歩行道徳

『荷風随筆集(上)』《編集》　昭61.9　岩波書店刊　永井荷風著　　収録作品：編纂ならびに解説

『おしまいのページで』《共著》　昭61.9　文藝春秋社刊　文藝春秋編　　収録作品：微妙/意地くらべ/美女寸感/大正時代

II. 著作目録

『荷風随筆集(下)』《編集》　　昭61.11　岩波書店刊　永井荷風著　収録作品：編纂ならびに解説

『東京百話(天の巻)』《共著》　　昭61.12　筑摩書房刊　種村季弘編　収録作品：レビューくさぐさ/上野と食べもの

『日本随筆紀行7東京(下)明日へはしる都市の貌』《共著》　昭61.12　作品社刊　収録作品：神楽坂考

『値段の明治大正昭和風俗史(上)』《共著》　昭62.3　朝日新聞出版刊　週刊朝日編　収録作品：芸者の玉代

『安岡章太郎対談集2』《共著》　昭63.2　読売新聞社刊　安岡章太郎著　収録作品：昭和一戦争と文学

『死ぬための生き方』《共著》　昭63.5　新潮社刊　「新潮45」編集部編　収録作品：終末感と切迫感

『梅崎春生全集 別巻』　昭63.11　沖積舎刊　梅崎春生著　収録作品：土砂降り（梅崎春生追悼）

『昭和文学全集 第14巻―上林暁・和田芳恵・野口富士男・川崎長太郎・八木義徳・木山捷平・檀一雄・外村繁』《共著》　昭63.11　小学館刊　井上靖ほか編　収録作品：長短5篇（解説＝高橋英夫、年譜＝自筆）

『横光利一全集月報集成』　昭63.12　河出書房新社刊　保昌正夫編　収録作品：わずか二度

『すみだ川総集版I No.4』《講演速記》　平1.4　収録作品：隅田川と私

『広津和郎全集』《解説》　平1.6　第12巻 中央公論社刊　広津和郎著

『無övúQのもとに』　平1.6　石川美代子発行　収録作品：チロルハット（石川七郎追悼）

『銀座が好き―銀座百点エッセイ』　平1.6　求龍堂刊　収録作品：秋聲先生と銀座

『「日本の名随筆」81―友』《共著》　平1.7　作品社刊　安岡章太郎編　収録作品：童顔の毒舌家・十返肇

『老年文学傑作選』《共著》　平2.3　筑摩書房刊　駒田信二編　収録作品：横顔

『文学1990』《共著》　平2.4　講談社刊　文芸家協会編　収録作品：横顔

『樹のこころ エッセイ'90』《共著》　平2.6　楡出版刊　文芸家協会編　収録作品：蝶むすび

『食の文学館』《共著》　平2.8　エーシーシー刊　大河内昭爾編　収録作品：神楽坂から早稲田まで

『群像日本の作家(17)―太宰治』《共著》　平3.1　小学館　太宰治著　収録作品：苦悩の末

『文学1991』《共著》　平3.4　講談社刊　日本文芸家協会編　収録作品：しあわせ

『死ぬための生き方』《共著》　平3.4　新潮社刊　「新潮45」編集部編　収録作品：終末感と切迫感

『ファクス深夜便』《共著》　平3.5　楡出版刊　文芸家協会編　収録作品：生死いずれか

『群像日本の作家13―川端康成』《編集協力》　平3.7　小学館刊　川端康成著　収録作品：（収録作の選出に当たる）

『北の話』《共著》　平3.8　収録作品：道南四日

『私小説家川崎長太郎』　平3.11　川崎長太郎碑を建てる会編　収録作品：弔辞

『群像日本の作家(9)志賀直哉』　平3.12　小学館刊　大岡信編　収録作品：黴と暗夜行路

『地名』《共著》　平5.5　作品社刊　谷川健一編　収録作品：神楽坂考・神楽坂考補遺

II. 著作目録

『日本の名随筆・別巻32 散歩』《共著》　平5.10　作品社刊　川本三郎編　収録作品:地図しらべ・街あるき
日本文芸家協会編「エッセイ'94・花梨酒」楡出版刊《共著》　平6.5　収録作品:残日余語
『無名時代の私』《共著》　平7.3　文藝春秋社刊　文藝春秋編　収録作品:無名時代みたび
『新・ちくま文学の森(7)愛と憎しみ』《共著》　平7.3　筑摩書房刊　鶴見俊輔・安野光雅・森毅・井上ひさし・池内紀編　収録作品:少女
『ふるさと文学館(12)埼玉』《共著》　平7.5　ぎょうせい刊　磯貝勝太郎編　収録作品:死んだ川
『八月十五日の日記』《共著》　平7.6　講談社刊　永六輔監修　収録作品:海軍日記
『東京II』(ふるさと文学館 15巻)《共著》　平7.7　ぎょうせい刊　大河内昭爾編　収録作品:小石川、本郷、上野
『北の話・物故者特集』《共著》　平7.10　収録作品:北海道と私
『都市の川—隅田川を語る』《共著》　平7.11　岩田書院刊　隅田川市民交流実行委員会編　収録作品:私と隅田川
『生きるってすばらしい10・四季おりおり—新編・日本の名随筆』《共著》　平8.4　作品社　井上靖ほか著　収録作品:梅雨のころ
『さいたま文学案内』《共著》　平8.5　さきたま出版会発行　埼玉県高等学校国語科教育研究会編　収録作品:断崖のはての空
『新潮名作選・百年の文学』(新潮社100年記念)《共著》　平8.7　新潮社刊　収録作品:女あそび
『日本の名随筆別巻(68)下町』《共著》　平8.10　作品社刊　沢村貞子編　収録作品:路地
北の話・物故文芸家懐古《共著》　平8.10　収録作品:「イナンクル」
『達磨の縄跳び』《共著》　平9.12　文藝春秋社刊　文藝春秋編　収録作品:タクシー運転手
『昭和なつかし図鑑』《共著》　平11.3　平凡社刊　小泉和子著　収録作品:モボ・モガと金融恐慌
『川端康成文学賞全作品I・II』《共著》　平11.6　新潮社刊　収録作品:「なぎの葉考」/受賞の辞・選考経過・選評=井上靖・中村光夫・永井龍男・山本健吉・吉行淳之介
『随筆名言集』《共著》　平11.10　作品社刊　作品社編集部編　収録作品:「地図しらべ」/「童顔の毒舌家」
『太郎神話—岡本太郎という神話をめぐって』《共著》　平11.11　二玄社刊　岡本敏子編　収録作品:かのこ女史と太郎君
『三田文学名作選』(三田文学創刊九十周年)《共著》　平12.5　三田文学会刊　収録作品:押花
『座談の愉しみ—「図書」座談会集(下)』《共著》　平12.11　岩波書店刊　岩波書店編集部編　収録作品:荷風あとさき(川本三郎と対談)
『北の話選集』《共著》　平12.12　北海道新聞社刊　津田遥子編　収録作品:イナンクル
『明治文学の世界—鏡像としての新世紀』《共著》　平13.5　柏書房刊　斉藤慎爾責任編集　収録作品:永井荷風の女性描写
『樋口一葉「たけくらべ」作品論集』《共著》　平13.7　クレス出版刊　高橋俊夫編　収録作品:『たけくらべ』論考を読んで——前田愛氏への疑問
『永井荷風『つゆのあとさき』作品論集』《共著》　平14.6　クレス出版刊　高橋俊夫編　収録作品:堤上からの眺望

II. 著作目録

『戦後短篇小説再発見13―男と女―結婚エロス』《共著》　平15.4　講談社刊　講談社文芸文庫編　収録作品：なぎの葉考

『文学賞受賞・名作集集(4)川端康成文学賞篇』《共著》　平16.4　リブリオ出版社刊　二上洋一監修　収録作品：なぎの葉考

『前田愛対話集II「都市と文学」』《共著》　平17.12　みすず書房刊　前田愛著　収録作品：街と建物・明治以降

『十夜』《共著》　平18.1　ランダムハウス講談社刊　ランダムハウス講談社編　収録作品：相生橋煙雨

Ⅲ. 年　　譜

III. 年　　譜

明治44（1911）年
　7月4日　東京市麹町区富士見町一丁目二十二番地（現在＝千代田区九段南二丁目）に、父・野口藤作（とうさく）（明治19年5月10日、静岡生＝のち、真正（しんせい）と改名、学生時代、高田早苗の書生として東京専門学校中退）と母・小トミ（明治26年5月24日、京都生・旧姓＝平井）の長男として生誕。父は日清生命保険社員（未確認）で、姉・冨美子（明治42年2月27日生）がいた。
　　　中村光夫、田村泰次郎、田宮虎彦、椎名麟三、八木義徳生誕。

明治45（1912）年　　1歳
　ジフテリアのため入院。重傷のためいったん見放されたが、女医・吉岡弥生の努力で一命をとりとめる。以後、幼少期を通じて小児喘息の気味があった。
　　　宮内寒弥、島村利正、杉森久英生誕。

大正2（1913）年　　2歳
　8月25日　両親が協議離婚した。【裁判記録により確認《周辺》】父が勤務先の公金費消事件に連座して解雇されたために、母の実家の養祖父の怒りに触れたからであった。母が平井姓に戻ったため、姉とともに赤坂【区（現在＝港区）《周辺》】に居住していた父方の養祖父母の手もとで育てられることとなった。
　　　青山光二、井上立士?、南川潤生誕。

大正3（1914）年　　3歳
　　　芝木好子、十返肇、船山馨生誕。

大正5（1916）年　　5歳
　父が事業にとりつくため渡支（北京）したので、養祖父母・姉とともに父の郷里である静岡市鷹匠町に移住。但し、その家は父の生家とは無関係の借家であった。

大正6（1917）年　　6歳
　いったん帰日した父に伴なわれて弁天島【（浜名湖畔）《周辺》】の旅館にゆき、ものごころづかぬうちに離れた生母と対面。父はシナに戻って、牛込区肴町五十三番地（現在＝新宿区神楽坂五丁目）の母の家に引き取られて、まもなく上京した姉は母の養女として平井姓となる。

大正7(1918)年　　7歳

4月　慶應義塾幼稚舎に入学して、1年間寄宿舎生活をする。同級同組に岡本太郎、重松宣也(のち大塚姓)、川手一郎(のち日本軽金属会長)、他の組に増永丈夫(のち歌手・藤山一郎)がいた。後年、文学の世界にみちびかれたのは、重松との交友によるところが大であった(彼の姉・淑子は、のち岩上順一夫人となる)。小児喘息の気味があったため、幼稚舎時代を通じて毎夏避暑にいった(7年、那須温泉。8年、外房和田浦。9年、富浦。10年、船形。11年、保田。12年、外房旭町＝現・旭市)。さらに10年春には葉山の臨海学校、11年夏には日光湯元の林間学校、12年夏には5泊6日の東北・北海道旅行に参加。「知慧」という全学的な文集(表紙＝河野通勢)が学校から発行されていたが、6年間を通じて1度も掲載されたことがない。数学と作文は苦手な課目であった。

1級上に名取洋之助、2級上に内村直也、1級下に桜内義雄がいた。

大正9(1920)年　　9歳

幼稚舎の制服が変った。

大正12(1923)年　　12歳

9月1日　関東大震災。【神楽坂の家は《周辺》】罹災をまぬがれる。父は丸ビル8階で雑貨店を営んでいた商業学校時代の級友(福中又次)の下で支配人となっていたが、丸ビルに隣接して建築中の内外ビルが倒壊した跡にバラック建ての食堂をはじめて小さな成功をおさめる。

大正13(1924)年　　13歳

3月　幼稚舎卒業、父の本籍地が横浜市福富町にあったため、卒業免状には〈神奈川県　平民　野口冨士男〉とあった。

4月　慶應義塾普通部に進学。父が能村こまと同棲(のち入籍)したため、母の許を離れて赤坂区一ッ木の借家に同居。

夏　三浦三崎に避暑。

2年生ごろから幼稚舎以来の学友・重松宣也、普通部で同級となった柳場博二らと【肉筆の原稿用紙を綴じ合わせて《周辺》】毎号のように誌名を変更した廻覧雑誌を発行、主として映画関係の雑文を書く。岡本太郎が画文を寄せ、「読売新聞」編集局長・柴田勝衛の長子・柴田勝春も寄稿した。

3年生ごろから1年弱、重松宣也、川手一郎らと隅田川へ6人漕ぎの固定席のボートを漕ぎにかよった。

このころまで、事業に挫折した父とともに上馬・中里など駒沢附近の借家を夜逃げ同然に転々とする

普通部1年のとき「同志」という雑誌を発刊、当初は原稿用紙を綴じたもの、第2号は謄写版刷りを発行。

同人　岡本太郎、菊本秀夫、坂本、重松宣也、野口冨士男、森島孝一郎、柳場博二、米倉清三郎、渡辺謹一【1926年「赤い詩・過去の思ひで」で確認】

陽炎第1号を原稿用紙を綴って発行。この1号に「小鳥の死」「山彦の霊」「最近の映画界」を発表。【「KOZUE」1926年9月号で確認】

1924　以下、「陽炎」、「不束」、「赤い詩」、「梢」はいずれも原稿用紙を綴じた廻覧雑誌

大正14(1925)年　14歳
「KAGERO」同人 岡本太郎、柴田勝春、野口冨士男、柳場博二、米倉清三郎

大正15・昭和元(1926)年　15歳
「不束」同人 青木正男、柴田勝春、野口冨士男、柳場博二、渡辺展康
「梢」同人 青木正男、野口冨士男、柳場博二

昭和3(1928)年　17歳
4月　同級生は4年修了で大学【各学部の《周辺》】予科へ進学したが、成績不良のため進学がみとめられず、原級留めだけはまぬがれたものの、1組だけあった5学年に進級。このクラスに府立六中(現在＝新宿高校)から編入学してきた石川七郎(現在＝国立がんセンター総長)がいて、夏、彼や他の3名とともに日光から尾瀬に入って赤城山に至る6泊7日のキャンピングを共にする。この年の末ごろから牛込区白銀町の営業下宿・勝美館に止宿。以後、両親のいずれとも同一家屋に居住したことがない。
この間「埃」が発行されていたことが「梢」1928年6月号の編集後記で確認できたが、現物は未確認。

昭和4(1929)年　18歳
4月　慶應義塾大学文学部予科に進学、ドイツ語クラスに入る。【史学科を志望した。《周辺》】同級に普通部4年から進学してきた森武之助(のち慶大国文教授)、重松宣也と同級で原級留となった高岩肇(のちシナリオ・ライター)がいて、高岩と鈴ヶ森のアパート「ポプラの家」【前住者に宇野千代、高田保がいた。《周辺》】に同室した。普通部時代の同級生で1年上級となっていた二宮孝顕(のち慶大教授、仏文学者)を通じ、先輩の庄野誠一、丸岡明、太田咲太郎、【金行勲《周辺》】らを、高岩を通じて普通部時代の同級生で1年上級となっていた山下三郎、田中孝雄を識り、水上瀧太郎邸でおこなわれた水曜会、「三田文学」主催の紅茶会などに出席して「三田文学」編集長和木清三郎、倉島竹二郎、平松幹夫、今井達夫【水木京太《周辺》】らを識る。
この年ごろから築地小劇場などにゆきはじめ、新劇ファンの傾向が強まる。

昭和5(1930)年　19歳
2月　普通部出身者が「三田詩城」同人と合流するかたちで同人雑誌「尖塔」を創刊。同人に重松宣也、柳場博二、森武之助、松尾英三郎、俳人・岡本癖三酔の長男・岡本星尾(本名＝義太郎＝後年、彼が高見順の幼な友達であったことを知る)がいた。松木専太郎と称した重松から「郎」の字をつけろとすすめられて茅野淳三郎の筆名をもちいる。
3月　原級留となる。そのクラスに塩川政一、末松太郎、田中孝雄がいた。
5月末(?)　廃学を考えていたとき、川手一郎にすすめられて、その年発足した文化学院文学部に出来心で入学。同級に竹田三正(のち三生)、杉山利一(のち杉山英樹)、渡辺源次、新島昇、菅野義雄(のち北沢彪)、美術部同期に伊沢紀(のち飯沢匡)、専攻科に大島敬司(筆名＝旗窓一郎)、田島重尭らがいた。大島らの「文芸意匠」同人となったが、1作も発表せずに脱退。
6月(?)　神田猿楽町(神田日活館裏)の表具店2階に間借。まもなく市外戸塚町一丁目【早大裏門通り《周辺》】(現在＝新宿区西早稲田一丁目)の営業下宿・栄進館に転じる。
この年ごろより、親戚が共有するに至った鎌倉極楽寺の別荘へ毎夏避暑に赴く。

107

昭和6(1931)年　　　　　　　　III. 年　　譜

年末から筆名を廃して本名の野口冨士男を称する。

文化学院教授陣　校長＝西村伊作。文学部長＝菊池寛(翌年より千葉亀雄)。創作指導＝川端康成、中河与一。編輯＝土岐善麿、小野賢一郎、菅忠雄。演劇＝三宅周太郎、北村喜八、八住利雄。映画＝飯島正。英語＝戸川秋骨、三宅幾三郎、石浜金作、十一谷義三郎(後任＝阿部知二)。仏語＝木村太郎、前川堅市、秋田玄務。法律＝末広厳太郎。自然科学＝岡邦雄。国語＝与謝野晶子、藤田徳太郎。漢文＝奥野信太郎。社会＝並河亮。美術部長＝石井柏亭。有島生馬、山下新太郎、中川紀元、赤城泰舒。

昭和6(1931)年　　20歳

1月　「尖塔」廃刊。
6月　赤坂区役所で徴兵検査を受け、丙種合格、徴兵免除となる。
10月　旧「尖塔」同人の重松宣也、柳場博二、森武之助、松尾英三郎のほか文化学院同級の竹田三正、渡辺源次、新島昇、専攻科の谷冽子(本名＝加賀谷れつ＝小牧近江の姪)【小泉恒(本名＝泉毅一、のちNET重役)《周辺》】らと第一次「現実・文学」を創刊。
この年、竹田三正、1級下の橋本久雄と「文化学院新聞」を創刊。
また、阿部知二に親近、大塚と改姓した重松宣也と阿部家を何度か訪問した。
父が静岡に転住。
この年(?)、母が鎌倉極楽寺に別荘を入手。以後季節を問わず赴くようになる。

昭和7(1932)年　　21歳

この年文化学院に入学した【慶大予科同級生の《周辺》】山口年臣、青木滋(のち青地晨)、成田穣(のち「読売新聞」記者)、富本陽(筆名＝陽子、富本憲吉・一枝夫妻の長女)、寺田雪子(寺田寅彦の二女)、小川敏子(三鷹天文台長令嬢)らが、「現実・文学」同人に参加。
劇団「青年劇場」文芸部員となる。同劇団には新築地系の米山彊、高木富子(のち水木洋子)、藤井田鶴子、伊藤寿一(装置)がいて、薄田研二の指導を受けた。
10月　第一次「現実・文学」終刊。
このころ、歌舞伎劇の劇評を経済雑誌「ダイヤグラム」?に発表して、最初の原稿料を得る。
7月　秋声会発足、機関誌「あらくれ」を創刊。

昭和8(1933)年　　22歳

1月5日　山口年臣来訪、新雑誌【「文学青年」】について語り合い創刊号の表紙を作る。柳場博二、渡辺源次に手紙を書く。
2月21日　「文学青年」同人会、原稿〆切日に集った作品(山口年臣、中久保信成、新島昇、野口)のみだが、渡辺源次、谷冽子の作品、児山の評論、三宅周太郎の原稿が予定されている。寺田寅彦の原稿は入手済。
3月4日　新橋駅楼上東洋軒で、学生側主催の送別会。散会後、青木滋(青地晨)、山口年臣、成田穣と、テラス・コロンバンで編輯会議をする。新島昇、石井(ペロ)、池田、松村、渡辺源次、竹田三正等集る。
3月　文化学院卒業。浪人生活に入る。
4月　第一次「現実・文学」を改称した「文学青年」創刊。
それに前後して慶應義塾劇研究会系の劇団「模型劇場」と文化学院系の劇団「プレイボプレイボーイス」に参加。
5月　はじめて新劇評を書く。

III. 年　　譜　　　　　　昭和10(1935)年

9月　阿部知二の推輓で株式会社紀伊國屋出版部(社長＝田辺茂一)に入社、雑誌「行動」の編集に従う。これにより編集顧問格の舟橋聖一、雅川滉(成瀬正勝)、編集長の豊田三郎を識る。
編集者として泉鏡花、尾崎士郎、川端康成、里見弴、島崎藤村、武田麟太郎、近松秋江、中山義秀、深田久弥などを訪問、宇野浩二宅には19回訪問した。原稿はもらえなかったが、夫人から『子を貸し屋・蔵の中』に「著者」と記した署名本を受贈。
11月　「文学青年」廃刊。
11月以後　「行動」には毎号のように、さまざまな筆名で新劇評を書く。

昭和9(1934)年　　23歳

3月　第二次「現実・文学」創刊(実質的には「文学青年」を改称したもの)。
同月から10年9月まで、秋声会編集になる「あらくれ」の発行所が紀伊國屋出版部に移り編集実務を担当、「編輯後記」を執筆。これにより徳田秋声父子に親近。また、このころから岡田三郎の知遇を受ける。
5月12日　「あらくれ会」の旅行を東京駅に豊田三郎と見送り、勧められるまま熱海に同行。徳田秋声、徳田一穂、岡田三郎、尾崎士郎、阿部知二、舟橋聖一、楢崎勤、小寺菊子、山川朱実、田辺茂一。辻堂で中村武羅夫、後から東日の高原四郎、川崎長太郎の2名参加。翌朝小城美知が来て、箱根を経て帰宅。
夏　麴町区九段四丁目十一番地のせんべい屋倉原音次郎方の2階に借間。このころ市ヶ谷駅近傍(吉行エイスケ氏宅の真裏)にあった中華そば屋の2階に十返一(のち肇)がいて、毎夜のように新宿、市ヶ谷附近で往来する。また、新宿では井上友一郎、田村泰次郎、井上立士、安藤一郎【筆名：高木卓】、法大生の伊喜見孝吉(のち毎日新聞社入社)、永山三郎、永島一朗(のち東宝映画プロデューサー)、小松清らと裏通り路地裏を徘徊した。春山行夫、伊藤整、福田清人などもほぼ同類であった。特に、伊喜見孝吉、渡辺勉(のち写真評論家)とは親交をもった。
10月　八木義徳、多田裕計、辻亮一ら同人雑誌「黙示」創刊。

昭和10(1935)年　　24歳

夏　麴町区麴町一丁目八番地四に姉と一戸を構え、ここに本籍をおいて現在に至る。
7月　第二次「現実・文学」廃刊。
9月　紀伊國屋出版部が経済的行詰りのため閉鎖(社長・田辺茂一が後年執筆したものによれば、赤字は当時の金額で17万円とのこと【俄には信じがたい《周辺》】)、「行動」の廃刊によって失業。【同時に「あらくれ」も紀伊國屋から離れる。《周辺》】
10月　岡田三郎の斡旋により、都新聞社の臨時採用試験に応じ、11名の応募者中ただ1人合格して入社、校正部員となったが、夜勤・宿直の連続のため観劇の機会をうしない、新劇との接触を断たれて、演劇への興味を喪失。
この年、岡田三郎、尾崎士郎の推薦で「あらくれ会」最年少会員となる。月例会は馬場先門の明治生命ビル地階にあったレストラン・マーブルでおこなわれた。
　　都新聞社長は福田英助。文化部長は上泉秀信。文芸欄は飛田角一郎、中村地平、上山敬三。家庭欄は北原武夫。ほかに都々逸の須田栄。演劇の伊原青々園。演芸に日色恵。校正部には俳人・宮田戊子がいた。
　　あらくれ会員は阿部知二、井伏鱒二(途中退会)、岡田三郎、尾崎士郎、上司小剣、小金井素子、小城美知、小寺菊子、榊山潤、田辺茂一、徳田一穂、徳田秋声、豊田三郎、

109

昭和11(1936)年　　　　　Ⅲ.　年　　譜

中村武羅夫、楢崎勤、舟橋聖一、三上秀吉、室生犀星、山川朱実(北見志保子)がおり、ゲストとして正宗白鳥、武林無想庵、田村俊子、近松秋江らが出席した。
　10月　青山光二、織田作之助、白崎礼三、杉山平一ら同人雑誌「海風」創刊。

昭和11(1936)年　25歳

2月　二・二六事件発生。
5月　旧「現実・文学」と木暮亮、豊田三郎、高木卓らを中心とする旧「意識」(主として東大独文系)とが合併するかたちで「作家精神」を創刊。このころから「尖塔」ないし「現実・文学」以来の盟友は次第に文学の世界を去り、孤軍独行の状態が招来された。トーマス・マンの『トニオ・クレーゲル』をくりかえし繙読する。
5月22日　上山敬三に誘われ、レインボーグリル「文学界」同人会。林房雄が非常に元気。阿部知二から、成田穣がほかの雑誌に入ったときく。
6月　舟橋聖一、小松清、豊田三郎が「行動文学」を創刊(11月以後同人雑誌となり「作家精神」「新思潮」同人が寄稿するに至る。12年2月終刊)。
6月7日　第1回の創作研究会【「現実・文学」】を自宅で行う。田中孝雄、成田穣、河村、重松宣也、青木滋(青地晨)。森武之助、新島昇、山口年臣欠席。
7月4日　肺門淋巴腺腫脹のため高熱を発し、40日ほど欠勤して都新聞社を解雇される。
9月10日　徳田一穂を訪問、岡田三郎からの電話で出掛けたばかりとのこと。銀座紀伊國屋に寄る、病後はじめて。
9月19日　豊田三郎出版記念会。藤森成吉と永田逸郎の間に坐る。徳田先生はスピーチはされなかった。スピーチは、藤森が最初。まん前に芹沢光治良、両脇は川端康成と勝本清一郎だった。菅藤(木暮亮)から「行動文学」と「作家精神」の合同案をきく。
9月20日　合同案につき重松宣也、森武之助、田中孝雄参集し大体賛成。重松不参。以前の同人は此のほか河村だけで文化学院は全滅。森が帰った後、田中と新宿で伊喜見孝吉に会い、武蔵野茶寮、大山、マドの3軒で駄弁る。
9月23日　田中孝雄と菅藤(木暮亮)家の会に出る。結城、高橋義孝、松岡照夫、西谷、和田俊三先着。青木滋(青地晨)遅参。問題まとまらず。
9月27日　菅藤(木暮亮)家訪問(不在)。徳田一穂の短篇集が出るため「年賀状」掲載の「行動」が欲しいとの手紙で持参。秋声先生に『勲章』と『思ひ出るまま』2著の御署名をお願いに参上。和紙に「生きのびて又夏草の目にしみる」の揮毫を受ける。全集が出るというので、書斎に古い雑誌の切抜や単行本が沢山重ねられている。40年も書いて、あんなに書かねば食えないのかと思ったら憂鬱になったと一穂は云う。秋声先生はラヂゲの『ドルゼェール伯の舞踏会』とジイドの『パリウド』を読んでられるらしい。小野美知子が来る。30分ほどおくれて山川朱実も来る。婦人連が帰ったあと、先生、一穂と一緒に銀座へお伴。
9月29日　菅藤(木暮亮)来訪。合同ということに決まる。
9月30日　大山の同人会。豊田三郎、菅藤(木暮亮)、結城、松岡照夫、正木、太田、高山、河村、西東書林の渡辺・竹村出席。大塚宣也遅参。田中孝雄、青木滋(青地晨)欠席。大塚と武蔵野茶廊に寄る。
秋、紀州白浜＝新宮に旅行。
10月8日　母の勧めで紀州に赴く、帰京は12日以降。
12月14日　河出孝雄社長の要請により、創刊を予定されていた「知性」編集要員として日本橋通三丁目当時の河出書房に入社したが、発行実現に至らぬため坐るべき椅子がなく、暫定的に営業部に置かれて宣伝の仕事にたずさわった。(13年5月創刊)編集部には

小西茂也がいた。【24日の誤記】
　「作家精神」同人 麻生種衛、石河大直、井上弘介、岡本謙次郎、倉本兵衛、木暮亮、桜田常久、佐藤晃一、高木卓、高橋義孝、坪田譲治、豊田三郎、福田恆存、真下五一、松岡照夫ほか。
　春　沢野久雄、田宮虎彦、末松太郎、塩川政一が都新聞入社。

昭和12(1937)年　26歳

1月2日　徳田秋声先生宅訪問。徳田一穂と母堂の墓参とのことで2人の弟と妹達と一緒する。本郷の白十字で休んでから先生宅に帰ると、岡田三郎、楢崎勤が和服で先着。先生と2人に簡単に新年の祝詞をのべ、日本酒を頂いているところへ寺崎浩夫妻が来る。和泉橋へ踊りに行くというので、岡田と2人タクシーで新橋までゆく。岡田は風邪気味だと云って帰ってしまったので1人で尾張町までゆく。

1月18日　河出孝雄社長より「飛びゆく」【のち、女性翩翻】が芥川賞候補になったと聞く。

1月30日　資生堂でお茶をのんでいると、中村武羅夫、岡田三郎、楢崎勤、板垣鷹穂等が見えたのでちょっと挨拶。

2月2日　豊田三郎の電話で菅藤(木暮亮)家に参集。太田、正木が先着、豊田、井上弘介、松岡照夫参集。「行動文学」は解散。新雑誌をやることになる。

2月20日　「現実・文学」復活は森武之助も乗り気になる。古い仲間は他の文学青年とは違う。一種の「友情」の mania なので少しでも友人的 atmosphere に欠けている場所では駄目になってしまう。

2月　河出書房退社。【25日】

3月7日　「現実・文学」同人会、銀座モナミ。新島昇、成田穣、青木滋(青地晨)、田中孝雄、重松宣也、森武之助参集。遅参の河村に伝言して今朝へゆく。青木の飛躍的論議や成田のヴァレリ論がきかれ談論風発。馬鹿話でも昔の仲間が相手だと腹の立たないのも不思議で、相手の気持がわかっているので、会話の駆引などしなくても済むのが何より気楽。

3月19日　大森の岡田三郎宅訪問。

3月28日　前夜、熱海に行った母からの伝言で、30日まで熱海・湯河原へ赴き白ペン、赤ペンなど廻る。

5月　鎌倉の別荘に独居中、岡田三郎が愛人江尻のぶ子を同伴して驚かされる。【7月14日の誤記】

5月20日　マーブルで「あらくれ会」、舟橋聖一と室生犀星が先着。山川朱実、上司小剣、小寺菊子、小金井素子、徳田秋声、徳田一穂、豊田三郎、田辺茂一、三上秀吉参集。「新潮」の座談会とぶつかった上に岡田三郎、尾崎士郎が風邪で出席者はすくない。散会後、資生堂へ行く。上泉秀信、高田保、寺崎浩などがいた。座談会が終った中村武羅夫、楢崎勤、阿部知二等と窪川鶴次郎、中條百合子等が一緒になる。後、溜池のフロリダへ行く。

6月7日　菅藤(木暮亮)家訪問後、「あらくれ会」。田辺茂一、小寺菊子、北見(山川朱実)の肝煎りで「あらくれ」は復活することになる。田辺の出す50円はいいとして、後の金を女性達が出すということで、室生犀星と中村武羅夫がかなりはげしく揉める。女性達に出させるのはいけないから、自分等も均等に出そうという室生。出したいという人がいて、足りるんだからいいじゃないかと云う中村。どちらも理屈はあるが1時間近くもネチネチからみ合っているのが、私のような若僧にはわからない。8時すぎに散会になったが雨が降っているのでみんなバラバラに帰ってしまう。銀座へ出るという岡田三郎、

111

昭和13（1938）年　　　　　III.　年　譜

尾崎士郎、榊山潤と一緒に東京茶房へ行く。3人の話をきいていると、私等の仲間が話し合っているのと大した変りがない、こういう人達が何時まで若いのに驚かされる。岡田だけ残して、外へ出たら10時ちょっとすぎなのに、雨のせいか街はすっかり暗くなっていた。尾崎が食事をしたいというのでモナミに腰を落つける。
6月19日　松岡照夫来訪。20年代クラブの会場八重洲園を知らないから一緒に行ってくれと云う。出席者は30人ほどだからまずまず成功と言えよう。想像通り正木、南川潤、田宮虎彦などが主催。日本浪漫派が巾をきかせている。十返肇には気の毒だったが「二十代と三十代の作家の相違はマルクス主義の洗礼を受けているかいないかにある」という言葉が気に入らなかったので軽く反撥。散会後、和田俊三、松岡とカプリスへ行く。矢崎弾、南川、田中孝雄ら三田の連中に会ったのでヤンキーに行き、先に出たら高見順や新田潤に会い二三分立話し。
6月27日　東京へ帰る親戚を送ろうとすると、雨が降りはじめたので傘を持って駅まで送り、長谷の通りで若い人と来る島木健作に会う。
7月7日　日中戦争勃発。
7月15日　桜井の小僧が海月にいらっしゃる親類の方【岡田三郎】から、すぐ来るように電話だと伝言してくれる。新国劇で尾崎士郎の人生劇場をやっているから観ようと誘われ東京へ出る。
7月16日　「あらくれ会」の帰途、楢崎勤から豊田三郎が入院ときき見舞う。高木卓が水戸から出て来て、新宿樽平で会をするという葉書が豊田のところへ来ていたので行く。高木、木暮亮、井上弘介、鈴木豊輝、関口参会。終ったのは10時半ごろだったが、鈴木、関口を誘って山の小屋へ行くと、伊藤整が友達とビールをのんでいた。
7月26日　東京茶房をのぞいてみたら、岡田三郎が信華にいると云うので、三四十分岡田と話をする。
7月　結婚して鎌倉市笹目に居住していた森武之助にさそわれ、御成小学校を会場として催された鎌倉ペンクラブ主催の夏季大学（6日間）を聴講、「行動」編集者として識っていた大森義太郎を訪問、島木健作と由比ヶ浜でしばしば談じる機会があった。【8月1日の誤記】
8月6日　夏季大学茶話会、里見弴、大佛次郎、大森義太郎、林鑛【木々高太郎】、野村光一、岡辺、佐藤、深田久弥、川上ら。
8月20日　「あらくれ会」、岡田三郎と東京茶房。
秋　円形禿髪症となって手術通院。
12月24日　東京民事地方裁判所において、野口家の相続人から母・平井小トミとの養子縁組訴訟に勝訴判決。

昭和13（1938）年　27歳

1月26日　母小トミの養子として平井姓に入籍。以後、野口は筆姓となる。
10月19日　岡田三郎より電報で芝愛宕町の愛山荘へゆき、かねてからすすめられるままに原稿を預けてあった長篇小説「風の系譜」を賞讃され、祝意をこめて吉原にともなわれる。翌20日、朝帰りの途次、浅草米久で朝食、そこへ招かれた岡田の実弟・牧屋善三（本名＝岡田五郎）と初対面。帰宅して母方の祖母トミの死を知る。
12月13日　岡田三郎を訪問して書き直した原稿を渡す。
12月22日　「現実・文学」忘年会、上野山下。森武之助、新島昇、住吉、山口年臣、成田穣、鈴木、青木滋（青地晨）と揃ったのは8時すぎ。10時ごろ大塚宣也から電話がありフランス茶房で待つ。成田、山口と新宿でおでん屋へはいる、成田が先に帰り12時半に追

い払われた。東京には女郎屋か待合のほかには、12時半すぎに友達と話をする家もないのだろうか。
12月26日　菅藤（木暮亮）宅で合評会。佐藤晃一、高木卓、新島昇、井上弘介、松岡照夫出席。
12月30日　川手一郎来訪。今日あたり閑なのは、お前のところぐらいだろうと思ってな、ということだ、図星でないこともない。銀座へ出る、岡田三郎に会う、つづいて田辺茂一、伊藤整、福田清人に会う。
　　12月5日　橋本久雄歿。

昭和14（1939）年　28歳

1月2日　30日に銀座で岡田三郎に会って、徳田家で落合う約束だったが、楢崎勤、窪川鶴次郎、三上秀吉だけ来ていて、徳田一穂も午ごろ出たきり戻っていない、寺崎浩や徳田秋声先生とお話する。三上だけ中座し書斎へ移り食事を戴くうちに一穂も帰って来て話は賑やかになったが、岡田はとうとう最後まで見えず、10時ごろお暇して楢崎、窪川、一穂と本郷通りアトリエで憩む。
1月6日　銀座へ出て、紀伊國屋から電話をかけてジャーマンベーカリーで徳田一穂に会い、岡田三郎を訪問。岡部千葉男にはじめて会う。
1月10日　竹田三正の訃報が来る。告別式には間に合わないので半蔵門郵便局から弔電を打つ。
1月13日　徳田一穂来訪。銀座千疋屋で珈琲をのみ若松で雑煮を食べて別れる。
前年あたりから胃アトニイが悪化し、麺類ばかり食していた。
2月5日　今年はじめて朝食に飯を食べた。
1月30日　菅藤（木暮亮）宅で編集会議、新島昇、佐藤晃一出席。3人で新宿武蔵野茶廊へ行く。
2月8日　徳田【一穂】家に寄って徳田一穂と小野美知宅へ。小寺菊子、小金井素子、山川朱実、板垣直子、日下などが見える。のち岡田三郎、田辺茂一夫妻、吉屋信子などが参集。岡田、田辺夫妻、一穂と新宿中村屋、紀伊國屋に寄る。岡辺に会い岡田、一穂と銀座へ出る。資生堂はいっぱいで千疋屋でやすんで岡田にわかれる。北原武夫に会い一穂とモナミへ。食事をしてお茶をのんで文学論。別のボックスに堀辰雄がいて話しに来る。徳田雅彦に会い、ジャーマンベーカリー、大陽でまた文学談。
2月24日　岡田三郎家へお邪魔をする約束だったので、三福で食事をして歩いていると、伊勢丹の前で草野天平に会いオリムピックで1時間ほど話してから愛山荘へ行ったが、一足ちがいに出かけられ残念だった、若い人がいて言伝てがあり原稿は置いて帰る。
2月18日　小野美知追悼会、山水楼。中村武羅夫、岡田三郎、楢崎勤、徳田一穂、田辺茂一、豊田三郎、板垣直子、生田花江、山川朱実、小寺菊子のほか、小野の女子大同級生などと小野の兄（敏夫）と従兄に招待された。
2月28日　電話をして愛山荘【岡田三郎のアパート】へ行く。「風の系譜」は榊山潤に話してあるから、直接持っていくようにとのこと。お蔵にならずに済んだという喜びに、もういちど直さなくてはならないだろうという重苦しい負担が感じられた。新宿エルテルに山口年臣と中久保信成が来る。田辺茂一に会い三四十分話してから、山口と菅藤（木暮亮）宅へ。新島昇、鈴木重雄、佐藤晃一だけ出席。
3月10日　大塚窪町の榊山潤を訪問し原稿を預け徳田家訪問。徳田一穂は風邪ひきだったが起きて来た。徳田秋声先生も在宅で縁側で菊池寛賞の時計を見せて頂いて文学や映画の話をする。『仮装人物』や「金庫小話」に出て来る小夜子が来る。花札を3年ほどやった

113

が、ベタ負けに負ける。
3月19日　徳田秋声の菊池寛賞受賞祝の「あらくれ会」、京橋アラスカ。上司小剣、楢崎勤、小寺菊子、徳田一穂、山川朱実、小金井素子、岡田三郎、田辺茂一出席。あらたまった会ではないからスピーチもなくあっさりしている。阿部知二が遅参。先生は気軽に笑ってる。食事が済んで休憩室に行くが8時前に散会。上司だけ帰って資生堂へ行ったが一杯なので千疋屋で憩む。
3月27日　麹町の家と鎌倉の別荘を売却して、淀橋区戸塚町一丁目四六〇番地に転、姉と同居。
3月29日　田辺茂一の出版記念会、京橋中央軒（明治屋ビル）。榊山潤、窪川鶴次郎の司会で、中村武羅夫、高見順、丹羽文雄、林房雄、保高徳蔵、林芙美子、田村泰次郎、中河与一、高田保、板垣直子、伊藤整がスピーチ。田辺、窪川、榊山、丹羽、岡田三郎、楢崎勤、徳田一穂、豊田三郎、林等と銀座パレスへ行く。
3月31日　九段坂を降りていくと今井完樹に会い俎橋を渡ってちどりで憩む。今井は同級生のうち数すくない芸術青年のひとり。岡本太郎、川田克巳等と同様に絵画に専心している。美術と文学に就いて語り合う。
4月8日　早稲田グランド坂上で古本屋を素見していて窪川鶴次郎に会う、ドムで休んでから紀伊國屋へ田辺茂一を訪ねたが多忙で出られず、ユーハイムで窪川と珈琲。
4月9日　窪川鶴次郎に依頼された阿部知二の『海の愛撫』を届ける。就寝中のため佐多稲子と話す。
4月10日　「作家精神」同人会、モナミ。菅藤（木暮亮）、佐藤晃一、松岡照夫出席。4人で森永へ行って10時散会。
4月14日　庄野誠一、丸岡明、南川潤の出版記念会、京橋明治屋中央軒。和木清三郎の司会で、山本実彦、小島政二郎、佐佐木茂策、永井龍男、保高徳蔵、間宮茂輔、矢崎弾、二宮孝顕、北原武夫、中山義秀らスピーチ。宮内寒弥とジャーマンベーカリーで休み蕎麦を食べる。
4月17日　岡田三郎を訪問。
5月1日　1人で浅草に行く、徳田一穂に会い一緒に本郷まで歩いてタムラで1時間ほど話す。
5月7日　豊田三郎と同盟通信の早川来訪、時局に沿うものを書くべきか否の議論をする。
5月8日　徳田秋声が入院と聞いたのでお見舞いに行くつもりで電話、すでに退院と聞いたが、徳田一穂に誘われ徳田家を訪問し国策映画の懸賞梗概を選定。
5月9日　伊喜見孝吉の原稿と、「新芽ひかげ」の原稿を新島昇に届ける。
5月14日　徳田一穂から懸賞が届いているから手伝ってくれというので食事をしてから訪問。話しているうち徳田秋声先生が銀座へ行かれるというので、厚生閣の人と4人でお伴。服部、千疋屋に寄り、先生、一穂と本郷へ戻る。いったん徳田宅まで行ったが「何処かでお茶をのもう」と誘われ、富士ハウスの前にある「紀々」でやすむ。徳田家で夕飯の御馳走になってから、懸賞を見はじめたところへ、猪ノ口が来たので、3人でやる。11時ごろ、落第横丁で志る粉を食べて三丁目まで送られ帰館。
5月15日　大進堂で、丹羽文雄に会ったのでロロットでやすむ。
5月17日　新島昇を訪問、聚楽、ボン・ソアール。六区で北原武夫、小野佐世男に会い帝国館で〈続愛染かつら〉をみて、福寿荘の会に出る。30人ほどの出席者だが、知っているのは高見順、岡田五郎（牧屋善三）、井上立士、倉橋弥一だけ。
5月22日　岡田三郎から『新進作家叢書』を持って来てくれという依頼があったので、徳田一穂と岡田を訪問。
5月23日　新島昇と香取・鹿島神宮を経て潮来（泊）、翌日霞ヶ浦から土浦を経由で帰宅。
5月25日　岡田三郎から依頼された『物質の弾道』と『舞台裏』の2冊を買い届ける。

5月26日　山口年臣来訪、銀座キリンで「哈爾賓日日新聞」に就職をした渡辺源次と落ち合う。
5月31日　銀座で中川忠彦に出会い、耕一路でやすんでから紀伊國屋へ行く。
6月11日　徳田一穂からの連絡で徳田家訪問、岡田三郎と3人で『風の系譜』出版について協議。銀座資生堂に寄り、岡田と別れゾンネでやすみ徳田家に戻る。
6月14日　山口年臣が迎えに来て話しているうちに、5時すぎたので麹町の里見弴宅訪問。青木書店の小僧としての初お目見栄。高輪の緑風荘へまわる。深田久弥、舟橋聖一先着。現代日本傑作叢書の打合せだが、出版屋の小僧は雑誌記者にくらべると、社会的な地位みたいなものはずっと低いらしい。10時ごろ散会、深田だけ帰ったので4人で銀座ルパンへいく。里見は常連と見え話術のうまさを発揮して時どき洒落などをとばす。里見には銀座でわかれ、新宿までタクシー、新宿から舟橋と帰宅。
6月17日　山口年臣と岡本一平宅訪問、岡本かの子女史の「東海道五十三次」の一節を『峠』に入れさせてもらうため。
6月20日　『峠』の承諾を得るため雑司ヶ谷の若山喜志子を訪問。旅行（支那、満州）で不在。麹町の里見弴を訪ねて、小説選集のプランを置いて帰社。
6月22日　『峠』に挿入の写真を借りるため、目黒競馬場先の塚本閤治訪問。写真を借りるため、三田の日本電気へ鳥山悌成を訪問。
6月24日　日本傑作叢書につき舟橋聖一からクレーム電話があり新宿駅で会う。
6月26日　小説の双書は経済的に成立ちそうもないので、碧樹文化叢書というような名前で文学を削って、他の部門も入れ半恒久的な文庫にしてはという相談が出来、深田久弥と新橋駅で待ち合わせモナミで相談、深田も大賛成。
6月27日　『峠』に掲載する版権の件で岩波書店へ行く。著者の承諾はもらっているのに「書面をもって御返事申上げます」とおかたいことを云われて叱驚。夕刻、山口年臣と真砂町の渡辺一夫訪問。
6月28日　故若山牧水宅を再訪し紀行文搭載の許可を得る。戸塚四丁目の高橋義孝を訪問し独逸の物で双書に適当のものはないかをきく。石川錬次と相談をしてお知らせをすると云って、いいヒントを貰うことが出来た。
6月29日　山口年臣と荻窪の阿部知二、河盛好蔵を訪問。
6月30日　山口年臣と舟橋（聖一）家訪問。小説の選集を双書にかえると話したが、舟橋は今になってそんなことを云うとはけしからんと怒る。
7月1日　舟橋聖一の件について鎌倉歌ノ橋の深田久弥を訪問、プランを途中で変えることはあることだし、舟橋と里見弴には話すと云われほっとする。小町に間借りをしている堀辰雄を訪問。
7月4日　中野の西村孝次宅訪問。東中野に近い本田喜代治を訪問。富本憲吉に「陶器」のことを書いてもらうため、成田穣に電話をして、山口年臣と新宿森永へ行く。
7月5日　清水幾太郎（牛込）、三木清（高円寺）、坂崎担（西大久保）の3軒を訪ねたが、みんな不在。
7月6日　文化学院に奥野信太郎、石田周三を訪ねて、奥野から「現代支那文学」、石田から生物学の書き下ろしを貰うことになる。
7月7日　帝大工学部造兵科へ青木保を訪問「文学なんて他愛のないものだな」といわれる、工学系の人の文学観だ。銀座資生堂で深田久弥に落合う。『峠』の追加原稿を受取って出ると、今井完樹に会い、深田に挨拶をしているところへ、奥野信太郎が来たので今井も誘ったがわかれ、奥野から亀井常蔵を紹介され千疋屋でストレイチーの「ナイチンゲール評伝」をお願いする。大塚宣也夫妻に会い奥野達とわかれて少し話す。

昭和15(1940)年　　　　　　　　III.　年　　譜

7月8日　『峠』のツカ見本を持って下谷のうさぎ屋を訪問。本郷へ徳田一穂を訪ねたが不在。「作家精神」合評会、新宿モナミ。木暮亮、佐藤晃一、石河大直、新島昇、鈴木、井上弘介出席、10時半散会。佐藤と高田馬場パリジ園で1時間ほど喋る。

7月14日　山口年臣に助力を乞われて、書房主・青木良保応召のため嘱託として青木書店に勤務。

11月15日　昨夜、日比谷公会堂へ女の人の踊りを見に行った。知人達と立話をしていたら、西洋の坊さんが着るようなマントとも洋服ともつかない、頭巾のついた一種のオーバアを着ている不思議な女性を見かけた。確かに見たような顔だけれども思い出せない。じいっとその人の眼を見ていたら、やっとわかった。李香蘭だった。

　　　　　この年船山馨「北海タイムス」記者として上京。
　　　　　1月「文学者」創刊。
　　　　　1月8日、竹田三正歿。2月7日、小城(小野)美知歿。2月18日、岡本かの子歿。

昭和15(1940)年　29歳

1月2日　徳田(秋声)家訪問。高見順、渡辺渡の2人だけ。岡田三郎、楢崎勤は帰った後だった。徳田秋声先生はことし70になられた。高見、渡辺、徳田一穂と浅草ボン・ソアールへまわる。

1月7日　徳田一穂と岡田三郎家訪問のため銀座ジャーマンベーカリーで待ち合わせ、井上立士に会う。小林善雄、一穂、芦原英了、長田恒夫、波木井の弟などバラバラに来てバラバラに挨拶。

1月11日　山口年臣と銀座で落合う。ジャーマンベーカリーで、井上友一郎、新田潤に会う。山口と4人で千疋屋。お多幸で食事後、新宿テラスで田村泰次郎に会う。

1月12日　文化学院に西村孝次を訪ね、オールディトンの話を決める。

1月13日　徳田一穂に誘われ、浅草ボン・ソアールで会う。

3月3日　豊田三郎夫妻の媒酌により、埼玉県越ヶ谷の歯科医師で日本画家であった亡早川三郎【(号＝仙舟)《虚空》】の三女(母方の籍を継いで高橋姓)直子と結婚。麹町区飯田町の大松閣で催した披露宴に徳田秋声、徳田一穂父子、岡田三郎、阿部知二の出席を得た。【秋声は作家の妻の心得をスピーチしてくれ、岡田は無名作家にすぎなかった私に花をそえてくれた。《かくて》】

7月10日　最初の単行本『風の系譜』刊行で、新橋東洋軒で野口冨士男激励会開催、牧屋善三の司会で赤城泰舒、三宅幾三郎、前川堅市、徳田一穂、沢渡博がスピーチ、出席者は大塚宣也、川手一郎、矢古島一郎、森武之助、山口年臣、成田秀紀(成田穣)、新島昇、垣内泰郎、牧久弥、伊藤正三、今村瓏、米山彊、勝俣胖、中久保信成、加藤裕正、佐藤晃一、永田逸郎、石河大直、小室政康、鈴木豊輝、井上新平など。岡田三郎、一穂、「現実・文学」の仲間など十四五人でサロン春、シラムレン、ジルヴェスターに寄る。

9月　千葉県青堀の鉱泉宿へ仕事に行き、数日後に白浜の岩目館へ移る。

秋　仙台・山形に旅行。

晩秋　青山光二、井上立士、田宮虎彦、十返一(肇)、船山馨、牧屋善三、南川潤の同世代者と「青年芸術派」を結成。その命名には戦時色を深めつつあった時流に対する抵抗の意味があった。

12月23日　長男一麥生誕。

12月28日　麹町区永田町の文芸会館に高見順、渋川驍、平野謙、倉橋弥一とともに参集して「大正文学研究会」発足。

冬　平野謙、大井広介に誘われて「現代文学」同人となる。

III. 年譜　　　　昭和17（1942）年

「現代文学」同人（16年3月発表）赤木俊（荒正人）、井上友一郎、大井広介、菊岡久利、北原武夫、坂口安吾、佐々木基一、杉山英樹、高木卓、檀一雄、豊田三郎、野口冨士男、平野謙、南川潤、宮内寒弥、山室静（のち長見義三、半田義之、菱山修三、三雲祥之助が参加）。岩上順一、本多秋五、小田切秀雄、岩園清太郎らが近い関係にあった。
「大正文学研究会」会員　青柳優、荒木巍、石光葆、稲垣達郎、川副国基、倉橋弥一、酒井松男、佐々三雄、渋川驍、高見順、野口冨士男、平野謙、矢崎弾、山本和夫、吉田精一ほか。
　7月13日、小金井素子歿。

昭和16（1941）年　30歳

3月29日　大正文学研究会に宇野浩二を招く。【3月26日の誤記《紅野》】
3月29日　大正文学研究会に久保田万太郎を招く、於蚕糸会館。【《紅野》】
4月21日　大正文学研究会に武者小路実篤を招く、於神田白井喫茶店。【《紅野》】
4月　「青年芸術派」を明石書房より創刊したが、新雑誌の発刊はゆるされず、第1号を以て終り、第2号以下は改題して単行本形式によるほかないことを知る。
5月　「現代文学」の編集責任者となる（10月号まで）。
7月　姉との不和が原因で、大井広介の紹介により渋谷区幡ヶ谷本町三ノ五七一に妻子と居住。
秋　大井広介、平野謙、大観堂書店主・北原義太郎の来訪を受け、千葉治（筆名・岡田甫）の後任として、神田錦町に新設された大観堂出版部を短期間あずかる。
晩秋　鳥取に石河大直を訪問。
初冬　倉橋弥一にすすめられ、宇野浩二の「日曜会」会員となる。
12月8日　大東亜戦争（太平洋戦争）勃発。これが最後になると思ってアメリカ映画〈スミス都へ行く〉を【妻子とともに《その日》】新宿昭和館へ観に行く。
「日曜会」会員　宇野浩二、石川淳、石光葆、江口渙、小田嶽夫、上林暁、川崎長太郎、木山捷平、倉橋弥一、古木鉄太郎、今官一、渋川驍、高鳥正、高見順、田辺茂一、谷崎精二、田畑修一郎、徳永直、中野重治、中山義秀、新田潤、永瀬義郎、鍋井克之、野口冨士男、間宮茂輔、矢崎弾、保高徳蔵ほか。（戦後、水上勉と和田芳恵が入会）。

昭和17（1942）年　31歳

2月　全国の同人雑誌が8誌に統合され、「作家精神」は他の2誌と併合して「新文学」創刊、水上勉を識る。
2月　青年芸術派で来宮に旅行（田宮虎彦、牧屋善三は不参）、同夜、伊豆山の徳田秋声、吉屋信子に招かれて全員で赴く。【《チョジュツギョウ＝ノート》】
春　妻子と麹町区三番町八番地二に転居。このころから町内会の防空演習や在郷軍人会の軍事教練に狩り出されはじめる。
5月26日　日本文学報国会が発足して会員となる。
6月　「家系」譴責を受ける。釈明をして難をまぬかれる。
6月22日　次男二生（つぎお）（29日歿）。
秋　今日の問題社で「新鋭文学選集」が企画され、日比谷松本楼でおこなわれた著者の顔合せ会で和田芳恵を識る。和田は選集の企画者であった。

117

昭和18（1943）年　32歳
秋　徴用のがれのために実業教科書株式会社に入社、修辞課に所属。【時局による文学生活への危機感とも関係があった。《周辺》】

年末　淀橋区戸塚町の旧居にもどる。【同時に姉は母の許に移転した《周辺》】

この年、前年来の「かどで」「戦後」「途上」をふくむ書きおろし長篇「巷の空」800枚を擱筆して日本出版会に企画届を提出したが、不急の作品とみなされて出版不許可となる。富本憲吉の装幀も未使用のまま、未発表作として現在に至る。【富本氏の装画は昭和21年にいただいた。この装画は、平成2年11月講談社から刊行された『しあわせ』に使用された。「巷の空」は未発表】

　　　7月23日、田畑修一郎歿。9月17日、井上立士歿。11月18日、徳田秋声歿。

昭和19（1944）年　33歳
1月　「現代文学」廃刊。

3月　佐藤晃一、新島昇が海軍に応召。つづいて大塚宣也（6月）、伊喜見孝吉（6月）、宮内寒弥（8月）、十返一（9月）が海軍に応召（新島と伊喜見は戦死）。

4月　8誌となっていた同人雑誌が全国1誌に統合されて「日本文学者」創刊、同人となる。

6月　実業教科書株式会社では徴用をまぬがれがたい状況となってきたので、軍需会社の大協石油に転社、企画課に所属。このころから消化器の状態がますます悪化したため、はじめに駿河台の重田病院に、つづいて本郷元町の堀内胃腸病院に通院、胃潰瘍と診断される。

6月16日　直子と岡田三郎家弔問。18日、岡田家葬儀、帰途徳田一穂来宅。

7月3日　渋川驍、吉田精一来訪。

7月11日　甲鳥書林へ庄野誠一を訪問「三田文学」をもらう。

7月25日　大協石油へ南川潤、徳田一穂、今村瓏来社。8月2日、山口年臣、一穂来社。

7月31日　文学報国会へ岡田三郎を訪問。

8月3日　越谷へ書籍類疎開

9月　実業教科書に復社。

9月14日　第二国民兵として横須賀海兵団に応召。入団一週間で下痢がはじまり、以後軍医の受診を繰返し、休業を命ぜられ、応召中苦しみつづける。

10月25日　父、母、直子、一麥と初めて面会。

11月15日　母、直子、一麥面会に来るも会えず。

この年、直子の弟・仁三は同盟通信社員としてシンガポールへ派遣、次弟の弘文は陸軍に応召してヒリピンに出征、2人の妹・光妤と幸子は拙宅に引き取っていた。

　　3月　陸軍に応召して満州にいた八木義徳は、「日本文学者」創刊号に掲載した「劉興福」で第19回芥川賞を受賞。

　　7月30日、青柳優歿。

昭和20（1945）年　34歳
3月　文筆の仕事から完全にはなれる。

1月1日　一等兵に進級。

1月7日　母、一子、直子、一麥と面会。21日、母、姉、直子、一麥と面会。

2月4日　母、一子と面会。直子は一麥の風邪がうつり不参。

2月5日　横須賀海軍病院（本院）に収容される。病名は不順化性全身衰弱症（栄養失調症）。

III. 年　　譜　　　　昭和21（1946）年

2月24日　本院が満員のため、湯河原の分院（といっても、病舎はいずれも旅館）に配属、私に割り当てられた病舎は翠明館であった。
2月26日　その数日前から姉をきらって、直子の住んでいた戸塚の留守宅へきていた母小トミが狭心症のため急死。27日夕、看護帰省を許されて帰京。帰省中、病勢悪化して5日間の賜暇期間が終っても帰院できず、憲兵隊の許可を得て5日間の延長ののち、3月9日、湯河原へ戻る。母の家はその夜の空襲で焼失した。母と同年同月同日、マニラにて義弟早川弘文戦死（友軍に射殺された疑いあり）。
3月10日　徳丸為平夫妻（元千代田火災外交員、当時、湯河原の別荘に居住）と面会。徳丸に伴われた直子と面会。留守宅の強制疎開を聞く。
4月5日　戸塚町の自宅が強制疎開でうち壊された。
4月26日　外出許可がでて、鎌倉の森武之助を訪問し直子に電話。直子、一麥と面会。
6月27日　直子、一麥と面会。
7月4日　一麥、光好、幸子、北軽井沢・栗平に疎開。
7月9日　21日、直子と面会。
8月15日　ポツダム宣言受諾、敗戦。
8月24日　復員（以後、8年余にわたって栄養失調症の後遺症にくるしむ【実際には昭和43年1月ころまで、異常発酵症状があった】直子は、東京に借家していた。
8月30日（翌31日まで）　荷物預かりの礼と越ヶ谷移住の可能性確認のため越ヶ谷に赴く。
9月6日　徳田一穂来訪。
9月　直子の2人の妹とともに疎開させておいた一麥を北軽井沢（栗平）へむかえに行って体調わるく、1ヵ月滞在。【10日出発、27日帰京。直子が借りていた東京の借家の家主が疎開先から帰京したため宿無しとなり、結果として戦後疎開をする。《周辺》】
10月　埼玉県越ヶ谷の直子の実家早川家に寄寓。戦後になってから疎開生活をする結果になった。【9月28日の誤記】
10月3日　豊田三郎来訪。
12月30日　上京して新日本文学会の創立総会に出席、徳永直、岩上順一、平野謙、島村利正らの旧知に再会。
　　3月　青山光二、海軍に応召。
　　6月6日、倉橋弥一轢死。8月17日、島木健作歿。

昭和21（1946）年　35歳

1月13日、15日　散歩に出て、看板以外の貼札、張紙、引札などをノート。
1月21日　一昨日東京に出て徳田（一穂）家を訪ね、1泊して昨夜帰宅。徳田秋声先生の全集のことをはじめて聞く。
1月31日　直子の妹・光好が八木徹夫と結婚、2月13日、義弟早川仁三、シンガポールから帰国。
2月26日　母の一周忌のため上京。
2月27日　新刊雑誌百種類と云われているため、新聞広告に出ているものをノート。
3月23日　青年文化振興会編集長安居久蔵来話。戦時中に書いた靴工の長篇小説【「巷の空」】と短篇集出版契約。
3月25日　国民学校で越谷青年文化聯盟のため「小説の読み方と書き方」講演。
3月28日　建設文化聯盟に牧屋善三を訪問、原奎一郎、寺崎浩に会う。駿河台停留場附近で主婦之友支社の出版部長岡本勇に会う。丸ビルの青年文化振興会に安居を訪問し短篇集の原稿を渡す。

119

昭和21（1946）年　　　　　　III.　年　　譜

3月31日　「新文学」再建の集りに出席。代田橋明大予科内自習寮に寓居中の木暮亮宅に到着。高木卓、豊田三郎、桜田常久、福田恆存、佐藤晃一、井上弘介、安居、松岡照夫、西大助、広瀬進出席、印刷並びに用紙の窮屈な時代のため、当分回覧雑誌発行と決め散会。明大前で購入した「東京新聞」夕刊で武田麟太郎の急性脳炎での急逝を知り駭然とする。

5月16日　豊島園に行き泊るという一麥を姉に託し徳田（一穂）家訪問、車中で窪川鶴次郎に会う。

5月20日　建設文化聯盟に牧屋善三を訪問、偶然青山光二に会う。青山、長田恒雄と小川町の喫茶店で弁当をすませ店を代えてアンミツを食べる。新橋駅前蔵前工業会館で故武田麟太郎全集相談の会に出席。川端康成、中山義秀、高見順、新田潤、井上友一郎、渋川驍、田宮虎彦、牧屋善三、田村泰次郎。徳田一穂、水上勉、虹書房の女性2人と銀座オリムピックでコーヒーを飲み神田駅附近でアンミツを食べ虹書房に寄って8時近くまですごす。

6月5日　青年文化振興会に安居を訪問、不在のため堀内主筆と談話。建設文化聯盟の牧屋善三と丸ビルの日蘇通信社を訪問、居合わせた小島ひさ子と久闊の挨拶、牧屋とニコライ堂まで歩き徳田一穂を訪問、水上勉も来合わせており談合数刻、夕餐の馳走にあづかり辞去、水上と切通し坂を下り上野駅でわかれる。

6月10日　青山光二来訪、久伊豆神社あたりまで散歩。海軍の話、文学の話、映画の話、生活の話等尽きず。11日、元荒川水門あたりまで散歩。昼食後、越谷駅まで送る。

6月23日　直子、戸塚一町会の大野木に会い、東京転入及び家の建ちそうなことなどを聞き計画を語り合う。問題は資金のみでその他の條件はほとんど有望。

6月29日　豊田三郎来話、午食を供す。

7月13日　文化学院で開催の武田麟太郎の会傍聴。虹書房に寄り水上勉と談中昼食をすます。駿河台で徳田一穂、田宮虎彦、牧屋善三、和田芳恵に会う。講演者は川端康成欠席で新田潤、林芙美子、中島健蔵、豊島与志雄、高見順（の順）、会後徳田、渋川驍、喜久屋書房主、水上、虹書房の宮内、田口女史と神田で飲物をあさり3軒ほど歩く。

7月15日　文明社の招待で正午参集のため余裕をもって出たが、11時40分ごろまで切符入手のために行列を余義なくされ、午後1時乗車、中野の文明社到着は3時。事務員の案内で社長桜井宅に同道。伊藤整、荒木巍、渋川驍、徳田一穂は既に食事を終ろうとしていた。伊藤のみ先に席をはづす。東中野で諸氏とわかれ徳田と上野に至る。

7月17日　直子上京、渋谷の父を訪問、五千円の返済を懇請したが断られ落胆して帰る。

7月25日　戸塚の大野木家を訪い、直子を残し一麥と駿河台下革新社の田山一郎を訪問。能加美出版に十返肇を訪問、不在。小学館に荒木巍を訪問、不在、受付に「来し方」の原稿を託す。虹書房の水上勉も不在。須田町附近で一麥に氷を飲ませ新宿へ。牛込あたりの焼跡をはじめてみたが復興の様子なし。過日、芝赤羽橋附近に見た焼跡はまだ整理もつかず惨胆たるありさまだったが、このあたりは整理が終っているだけに何かいっそうに明るくその明るさに虚しさをおぼえる。伊勢丹前で直子に会い大野木に依頼した建築許可証、新円交換その他すべて進行せず直子はなはだ浮かぬ様子。

7月　日本文藝家協会発足。

8月15日　農事振興会に横山光好を訪ねるも不在、原稿を預け、能加美出版に十返肇を訪ね附近でココアを飲みながら持参のパンを食す。談後実業之日本社に倉崎を訪ね「文学季刊」の稿料を受取るうち岡部千葉男が来る。3人で西銀座を歩くうち青山光二に会い喫茶店に入る。田村泰次郎に会い、もう1軒寄ってわかれ青山と2人でハムを買いモナミで休む。

III. 年　　譜　　　　昭和21(1946)年

8月26日　文明社に田宮虎彦をたづね「うきくさ」印税の残額を新円で受取り、田宮と中野駅前のマーケットで氷をのんでわかれ、渋谷にまわったが父はまだ金の都合をつけてくれない。
8月28日　早川仁三の斡旋で東京裁判を傍聴。革新社に田山を訪問、不在。徳田家も不在。弁当を食いながら待つうち徳田一穂帰宅。『縮図』を頂戴して全集の件で川端康成と会う一穂と三丁目トップで冷たいコーヒーを飲み、佐藤晃一を訪問。
9月9日　父から依頼された5升の米を届ける。小学館に荒木巍を訪問、「臨時休業」の札が出ていてどうにもならない。能加美出版に十返肇、東劇地下に小林政夫、三十間堀に小林淑徳を訪ねたがいずれも不在。農事振興会の横山光好にようやく会える。毎日に大塚宣也をたずねたがこれも不在、横山と2人で銀座を歩く。
9月12日　西荻窪の御影文庫に安居を訪問。長篇の装幀者について協議し、富本憲吉に御依頼申上げることと決定。小学館荒木巍不在。革新社に田山をたづね小川町近辺でブドーを食べてわかれる。
9月16日　富本家訪問、富本憲吉・一枝夫妻も成田穣も不在だったが、富本陽子がおり装幀依頼の件をすます。狛江村に青山光二を訪問。
9月17日　七曜書房に山口年臣をたずねる。富本家で山口が、成田穣、渕沢と出版屋をはじめと聞いたから。終戦後はじめて顔を合わせたがすこしも変っていない。北鎌倉駅着【井上立士三回忌】。十返肇の速達には2時集合とあったが3時近くなっても誰ひとり現われないので、森武之助を訪ねてみようと思い鎌倉行の切符を買って電車を待っているところへ高見順が現われ、東京から来る連中は1時に能加美出版で落合って来るという。高見と待つうちに田村俊子、倉崎、十返が来たので高見家にゆく。矢口（新田潤）、橘谷、船山馨ようやく集る。井上友一郎、牧屋善三、田宮虎彦と青山光二も来ないし、南川潤は桐生なのではじめから来られず、結局、青年芸術派では十返、船山だけ。船山は終戦後はじめてなので、例の問題を気にしている。みんな戻ると云ったが、船山は自分の家に来て泊ってくれと云うし、それはいやなので高見家の御厄介になり3時ごろまで話し込む。
9月18日　早く帰るつもりだったのに雨のため朝も昼も御馳走になって、高見順から『今ひとたびの』を恵贈、荷風全集の第一巻を私のものと交換してもらう約束で譲り受け高見夫妻に傘をさしかけられながら帰る。
9月26日　28日からの祭に町じゅうが浮き立っている。狩り出されて花田の竹藪に80本の竹を取りにゆき、町内に笹を樹て終ったのは6時半。田舎のお附合いはますますかなわないものになる。
10月10日　「冬支度」の原稿を持ち、日本文藝家協会へゆく車中で訪ねようしていた松岡照夫に会い一緒にゆく。協会は講談社のなかにある。此処で午飯をすませ小学館にゆく。久保田万太郎に会う、荒木巍は近々に入院・手術とのこと。7月末に届けた「来し方」の原稿を返済してもらう。七曜出版には山口年臣と渕沢がいた。富本憲吉氏の装幀だけは出来ていた。成田穣も来たので青木滋（青地晨）に電話をかけると、すぐに来るというので待っていたが大分遅れて来る。終戦後はじめて会った青木は痩せて色が黒くなっていた。二箇月も社を休んでいたという。新橋駅烏森口にある店でまた休み日暮里まで青木と一緒に帰る。
10月14日　富本憲吉の装幀を持って御影文庫に届け、文明社に寄ったが田宮虎彦もいないので、七曜出版に電話して電通ビルの世界画報社に渡辺勉を訪問。モミアゲが白くなって顔の小さくなっているのには愕く。山口年臣と約束の「たくみ」に行くと成田穣、渕沢のほかに森武之助も先着。「松笠」に場所をかえ新橋駅で他の連中とはわかれ、省線が混んでいるので成田ともういちど銀座に出て二丁目の1軒だけ開いていたジャーマンベー

121

昭和21（1946）年　　　　　III.　年　譜

カリーに休む。このごろの銀座は6時というと何処の店もしめてしまって真暗だ。成田は旧「現実・文学」の連中を中心にして回覧雑誌をやろうという。森、山口、大塚宣也、青木滋（青地晨）、成田・富本陽子夫婦、田中孝雄、私で8人、渕沢、佐藤晃一、石河大直などを誘い合わせるとすれば一応のメンバーは揃う。

10月18日　　豊田三郎来話、25日に浦和を引拂い東京転宅の由。

10月21日　　世界評論社訪問、青木滋（青地晨）がいないので堺誠一郎に原稿を渡し、珈琲を飲んでもう一度社にゆく途中で青木に会う。鎌倉文庫に高見を訪ねたが不在、北條誠に会い大地書房から『風の系譜』出版の勧告を受ける。電通ビル地下に渡辺勉を訪ね近所の喫茶店にゆくと、新田潤や田村俊子もいたが挨拶しただけで渡辺と話す。土橋で加藤裕正に会う、終戦後はじめて。田村町のしん屋にコーヒーを飲みにゆく。本物を飲ませるというので辺鄙なところにある店にもかかわらず、ジャーナリストのあいだでは有名になっている。社に戻るという加藤と田村町の交叉点のところを歩いていると「野口さァん」と呼ぶ女の声がきこえた。ジープがとまってフロシーが手を挙げて呼んでいた。現在はAPで働いているのだと云う、急ぐというのですぐにわかれ、毎日新聞へ大塚宣也をたずねる。大塚も小説を書きたいというようなことをもらしていたが、書きたいと云うだけなら誰でも云えることだ。書いているんだがというのでなくては話にならないと思う。

10月25日　　御影文庫に安居をたづねる、金だけは何としても作らねばならないので、革新社に原稿を置いて、徳田一穂を訪問したが不在のため2千円でも3千円でも作って欲しい旨の置手紙をして帰る。

10月26日　　青年文化聯盟のため、座談会に出席。

10月28日　　北鎌倉に病臥中の高見順を見舞う。能加美出版に十返肇を訪問。徳田家に行くと和田芳恵、荻原（喜久屋書房）、水上勉、山岸一夫、宮内嬢などの先客があったが、満洲から還った雅彦と久しぶりに話す。徳田一穂と本郷三丁目で珈琲をのみ、明後日2千円つくってもらえるという約束を得る。

11月1日　　森武之助に会うため虎ノ門にゆく、3千円借用。森から話があったと云って成田穣も2千円渡してくれる。徳田一穂といい友情の厚きに感謝。

11月4日　　兜町の大地書房の所在を突き留められず、銀座の能加美出版に行ったが十返肇不在。世界画報社渡辺勉に電話を借りたが、大地書房は不通。「三田文学」の丸岡明も不在、原稿だけ置いて本郷にまわる。

11月8日　　野田醤油で講演。

11月18日　　御影文庫の安居の返事は相変らずはっきりした解答が得られない。神田で地下鉄に乗換えようとした時、プラットフォームで矢古島一郎に会い神田駅附近の喫茶店で話し大地書房にまわる。永井に雑誌の原稿を渡し渡辺と単行本の打合わせをして徳田（一穂）家へまわる。秋声先生の御冥日だが、徳田家には誰方も見えないので寺へまわると、逢初橋の停留場で寺から引上げて来る人びとに会う。岡田三郎、寺崎浩、水上勉は岡田のところへ酒を飲みにゆくと都電に乗ってしまったので徳田一家、川崎長太郎、和田芳恵、鈴木清次郎、喜久屋の萩原、宮内嬢、野田宇太郎、堀木克三等と天神下の蜂蜜パーラーにゆき、煙草がきれてしまいガード下のマーケットを歩き山下の喫茶店でやすむ。鈴木とは終戦後はじめてだが、倉橋弥一に似て非なるものだ。倉橋は何も書かなかったがほんとうの物識りで私にとっては実によい知人だったのに、惜しい人を死なしてしまったと今さら残念に思う。

11月19日　　大地書房の短篇集は『新芽ひかげ』と決める。文明社から青年文化振興会ゆき、3軒の出版社をめぐったが今度はいいだろう。

12月　　戸塚の旧宅址に家屋の再建が許可され、整地をはじめる。【11月12日、15日の誤記】

122

12月5日　大地書房・渡辺不在のため永井に短篇集の原稿を渡す。能加美出版に十返肇を訪ねて「初雪」【のち、白鷺】の原稿を渡す。十返の新夫人（十返千鶴子）にはじめて紹介さる。西日本新聞へ福田恆存が来ると聞いたので十返とコトブキでコーヒーをのみながら待ったが来らず。七曜出版社にまわり山口年臣、森武之助に、たくみで成田穣、渕沢に会う。
12月24日　東上、十返肇。戸塚、大野木で建築許可証。
この年、文明社から大地書房へと出版元が変った『新芽ひかげ』、御影文庫の『巷の空』はいずれも出版に至らなかった。なお、昭和18年の自筆年譜の『巷の空』はこの年書きなおした【野口文庫に現存】
　　　　3月31日、武田麟太郎歿。4月1日、杉山英樹歿。8月9日、矢崎弾歿。

昭和22（1947）年　36歳
1月11日　直子東上、建築契約成る。
3月9日　未竣工の戸塚の家にもどる、夜降雪。
「露きえず」の原稿依頼に来訪した堀木克三と初対面。【ママ。「不同調」7月号に掲載】
10月13日　青山光二来訪。
10月14日　糟谷、重複して森武之助、夕刻十返肇来訪。
10月18日　重機ミシンで「文芸時代」座談会。舟橋聖一、高橋義孝、豊田三郎、田辺茂一、青山光二。散会後青山と語る。
10月21日　田宮虎彦来訪、11日文明社に持参した「水の響」を返済。
10月22日　大地書房に行き、昨年末手交した短編集『新芽ひかげ』の原稿を引き上げる。森川町に徳田一穂を久々に訪問。
11月9日　十返肇家訪問。

昭和23（1948）年　37歳
1月　「文芸時代」創刊。
2月　日本文藝家協会書記局嘱託となり、7月「文芸家協会ニュース」創刊号、「文芸年鑑」戦後第一集、「創作代表選集」などを編集。
4月13日　日本小説社に行く。船山馨を訪問。
4月14日　舟橋聖一を訪問。
4月16日　八木義徳来訪、新世代社【「文芸時代」出版社】へ同行。
4月17日　鶴岡冬一、青山光二の紹介状を持って来訪。
8月24日　八木義徳と新宿で会う。
8月29日　舟橋聖一を訪問。
10月29日　林芙美子を訪問後、船山馨家に寄る。日本文藝家協会の帰途竹越和夫に協会辞任の意を伝える。青山光二が来訪していた。
11月6日　日本小説社、春陽堂（山田）、新世代社（八木義徳と）編集打合せ。
11月8日　林芙美子を訪問、酉の市にまわる。
11月27日　「文芸時代」へ八木義徳と。
12月9日　八重洲口で八木義徳と待ち合わせ、編集会議、於新世代社。
「文芸時代」同人。青山光二、阿部知二、伊藤整、井上弘介、梅崎春生、江口榛一、倉本兵衛、木暮亮、坂口安吾、桜田常久、佐藤晃一、椎名麟三、芝木好子、高木卓、高橋義孝、竹越和夫、武田泰淳、太宰治、多田裕計、田辺茂一、坪田譲治、土井虎賀寿、

徳田一穂、豊田三郎、楢崎勤、野口冨士男、花田清輝、林芙美子、福田清人、福田恆存、舟橋聖一、船山馨、北條誠、松岡照夫、八木義徳。

昭和24(1949)年　38歳

2月末　日本文藝家協会嘱託を辞任。

5月24日　中村武羅夫葬儀、山伏町。船山馨、徳田一穂、高見夫人と牛込北町停留所のナンバンでアイス・クリーム。

5月25日　講談社で『白鷺』にサイン。宝文館、改造社から新世代社にまわる。福田清人と会い日本橋でコーヒーをのみ新世代社へ引返す。八木義徳からの電話で銀座に出て青山光二の「灰」の批評し合う。徳田一穂を訪問。

5月26日　舟橋聖一、船山馨、林芙美子、佐藤晃一に自著を届ける。

5月28日　一麥と『白鷺』を届けるために小田嶽夫を訪問したが帰省のため不在。日本文藝家協会まで足をのばし戻る途次、早稲田正門脇で伊藤整に会い高田牧舎でやすむ。

5月31日　新世代社に行く。「文芸時代」7月号校了。梅崎春生、杉岡来社。豊田三郎も来たので改造社に寄る。

6月7日　「文芸時代」同人会、紀伊國屋。徳田一穂、豊田三郎、舟橋聖一、椎名麟三、竹越和夫、青山光二、桜田常久、江口榛一、芝木好子ほか同人外の鶴岡冬一出席。「ととや」、リンデンで話し徳田、豊田と高田馬場で支那ソバを食いミルクコーヒーをのむ。

6月13日　新世代社で「文芸時代」9月号座談会。船山馨、梅崎春生、北條誠欠席のため、椎名麟三、青山光二、芝木好子。司会をする。【7月号で終刊になったため、掲載されなかった】芝木、青山と銀座でやすみ新宿でダンゴを食べる。

6月14日　新世代社で高木卓と青山光二に会い、新宿桜製菓でやすむ。

6月24日　水戸部【新世代社員】が座談会の速記録を持って来て、一緒に船山馨を訪問、不在、佐藤晃一を訪問。

6月26日　十返肇が一成をつれて来訪。

6月27日　「作家」の小谷剛が由起しげ子と芥川賞を受賞。祝意を表してハガキを書く。

7月3日　小谷剛が小石治子を伴って来訪。次いで徳田一穂来訪、2人で豊田三郎を訪問。

7月5日　一麥、肺結核と判明。新世代社に行く。森田素夫が来ていたので原稿料を半分はらうよう松崎に依頼。豊田三郎から電話で銀座コロムバンに行く。徳田一穂が圭子を連れて来る。

7月12日　一麥にストレプトマイシン注射打ちはじめる。ジューキミシン山岡社長、水戸部と雑誌経営について話し、廃刊というところまで行ったが8月号は休刊と決定。

7月13日　八木義徳来訪。1時間ほど話してから、高田馬場へ行くまでに2軒ほどお茶をのむ。

7月19日　ジューキミシン山岡社長と舟橋聖一訪問。舟橋、予期のごとく廃刊説だったが、なだめているうちに執筆も承諾、T氏提案の会合のことを持ち出すと乗気でメンバーを決める。船山馨、北條誠、三島由紀夫、八木義徳、豊田三郎と私。

7月27日　朝日新聞社再訪、松島、伊沢(飯沢匡)と十幾年ぶりに会う。新世代社へ八木義徳は先着。8月2日のキアラの会のこと、山岡や舟橋聖一に会った折の経過を話す。

7月　「文芸時代」廃刊。

8月3日　豊田三郎、舟橋聖一、船山馨、北條誠、三島由紀夫、八木義徳とともに「キアラの会」を結成。のち有吉佐和子、有馬頼義、井上靖、遠藤周作、北杜夫、源氏鶏太、沢野久雄、芝木好子、林芙美子、日下令光、三浦朱門、水上勉、吉行淳之介らが加わり、有吉、北、三島が中途で退会した。【2日の誤記】

III. 年　　譜　　　　　　昭和24（1949）年

8月3日　新世代社で吉岡憲、勝本清一郎と会う。
8月9日　「文芸時代」座談会、銀座フェニックス。船山馨のみ欠席。舟橋聖一、三島由紀夫、豊田三郎、八木義徳、北條誠出席。【7月号で終刊になったため掲載されなかった】
8月15日　日本文藝家協会主催の「文学者と平和擁護」講演会で読売講堂に行く。豊田三郎と銀座に出て新世代社に電話をかけると「文芸時代」廃刊と聞く。
8月24日　高橋璋、八木義徳よりの使者として来る。八木は三越裏に出ている似顔絵描きの所で待っていた。
9月4日　新宿新星館から出ると、いきなり名前を呼ばれた。家へ訪ねたが留守だったので、八木義徳はコーヒーをのみながら待っていたという。新星館のとなりのコーヒー店にはいる。不在中、小田嶽夫来訪。
9月6日　八木義徳の原稿を「婦人朝日」に持ち込むため朝日新聞社で会う。コーヒーをのんで新宿に行くと北條誠に会い一緒にバスで舟橋聖一宅へ行く。豊田三郎が先着。後から三島由紀夫も来る、船山馨だけ欠席。「文芸時代」が廃刊になっても会は続行することになり、出来れば雑誌を出そうということになる。
9月7日　船山馨を訪問。舟橋聖一のところで出た雑誌の話の報告をする。
9月8日　「文芸時代」同人会の前に豊田三郎に「寒夜」を届けに紀伊國屋へ行く。徳田一穂、青山光二、高山毅、田辺茂一、竹越和夫、松岡照夫、八木義徳、高木卓、豊田、福田清人、芝木好子、梅崎春生出席。経過を報告し松崎に社の事情を述べてもらう。ローレルでコーヒーをのみ、炒飯を食う。芝木が少人数でまた集まりたいと云う。一穂と豊田家にまわる。
9月13日　小田嶽夫来訪。来月都営住宅へ転居される由。高田にいる夫人も呼ばれるとのこと。
9月14日　八木義徳に起される。「婦人朝日」の件がうまく行ったので礼に来訪。
9月17日　上野の美術館へ行く。八木義徳、多田裕計、高橋璋が先着。福田綾子も来て二科展を観る。ナガフジでアイスクリームを食べ、福田女史にとんかつを御馳走になる。八木、多田は松村のところへ行くというので、船山馨家に行き5千円の借金を申出る。
9月18日　豊田三郎来訪。「寒夜」は再建評論へ届けておいたが、結果はわからぬという。小田嶽夫をたずねたが不在。
9月29日　「文芸時代」の原稿を何時まで留め置かれては仕方がないので、郵送料を立替て発送してもらうつもりで松崎を訪問。郵送を約束してもらい、近々に山岡社長とも会見の出来るよう申し入れをする。
10月3日　八木義徳来訪。
10月12日　キアラの会、舟橋（聖一）家。豊田三郎、三島由紀夫先着。八木義徳遅参。北條誠、船山馨欠席。
10月14日　八木義徳と独立美術と自由美術の2つをサッと見てから茶屋でやすむ。銀座不二家でやすむ。
10月15日　鶴岡冬一来訪。
10月22日　柴田錬三郎来訪。夕刻まで雑談。
11月7日　水戸部来訪。彼が玄関へ出たところへ八木義徳来訪、新宿へ行く。
11月8日　徳田（一穂）家へ行き、原稿【痩猫】を渡す（石川道雄が先客）。お茶の水駅への途中牧屋善三に会う。
11月18日　豊田三郎と徳田（一穂）家に行く。岡田三郎、安成二郎、川崎長太郎、楢崎勤、谷口吉郎、野田宇太郎、小寺健吉、堀木克三参集。
11月21日　東京堂で徳田一穂と会い、小川町の喫茶店でコーヒーをのんでから日本小説に和田芳恵を訪問、不在。

昭和25(1950)年　　　　　III. 年　　譜

11月22日　春陽堂へ行く。青山光二がいたので日本橋交差点前の白十字に入る。
11月23日　舟橋聖一『花の素顔』出版記念会、雅叙園。久米正雄、大谷竹次郎、芦田均、林房雄、吉屋信子スピーチ。木暮実千代が花束贈呈、稲垣兵太郎(運輸大臣)が乾杯、永田雅一(大映)の万歳で閉会、出席者300名。
11月25日　秋声先生旧居保存会の趣意書草案作成のため徳田(一穂)家へ行く、北川桃雄、野田宇太郎、豊田三郎参集。
12月2日　徳田(一穂)家訪問。北川桃雄、野田宇太郎、豊田三郎参集。野田の努力で文京区の文化委員が大分動きはじめるらしい様子が見えはじめたとのこと。加宮貴一区議会議員宅を訪問。
12月12日　豊田三郎来訪。舟橋聖一訪問。
12月13日　八木義徳訪問。
12月26日　八木義徳訪問、青山光二来訪。

昭和25(1950)年　39歳

このころからスランプとなって、その対応策として『徳田秋声伝』執筆の準備態勢に入り、手はじめとして「年譜」の修正に着手、秋声作品を繰返し精読。以後の約15年間は、文学者としての暗黒時代であった。

1月2日　舟橋聖一宅新年会。出席者多数だが、文壇関係者は豊田三郎、高山毅のみ。
1月3日　一麥と墓参。紀伊國屋に喫茶部の出来たことを知る。田辺茂一に会い「月報・喫茶室」に駄文を書く。
1月5日　一麥と十返肇宅を年賀に訪問。不在のため母堂、一成と話して、徳田(一穂)家にまわる。
1月13日　府中競馬場に行く。舟橋聖一、豊田三郎、北條誠、今井と落合う。北條のダットサンで目黒の観光ホテルに廻る。船山馨、三島由紀夫、松岡照夫、毎日の日下令光、キアラの会。雑誌発行の件が進行。船山のタクシーで豊田と帰宅。
1月15日　秋声遺蹟保存会・第1回会合開催、銀座三枝喫茶部。川端康成、中島健蔵、川崎長太郎、谷口吉郎、豊田三郎、岡田三郎、小笹正人、北見志保子(山川朱実)、真杉静枝、堀木克三、北川桃雄、渋川驍、栗田三蔵、松本美樹、中村政幸(河出書房)、徳田一穂出席。
1月17日　雑誌「秋声」編集打合せのため徳田(一穂)家へ集合。野田宇太郎、北川桃雄、豊田三郎、加宮貴一参集。
1月18日　雑誌「キアラ」編集打合せならびに見積書作製のため船山馨を訪問。文化学院同窓会で新宿紀伊國屋へ廻る。
1月19日　徳田一穂来駕。
1月24日　資生堂で北條誠と待ち合わせるが会えず国技館へ。豊田三郎先着、船山馨、北條は遅参。打出後中洲富久稲という待合に行く。三島由紀夫も合流。入院中の八木義徳だけ欠席。キアラの雑誌発行を持ちかけた時事通信社はダメになったので、光文社はどうかということになり散会。
1月25日　水上勉来訪。
1月30日　退院した八木義徳が榛葉英治同道来訪、榛葉とは初対面。話中松村泰太郎来訪。キアラの会の話もあるので新宿で八木と話す。
2月2日　徳田(一穂)家訪問。玄関で雅彦に会ったので「不死鳥」【のち、死んだ川】を渡す。三島由紀夫の芝居(燈台)に遅参。豊田三郎、八木義徳、北條誠とレンガで珈琲。舟橋聖一は箱根行きで欠席。光文社へ掛合う船山馨が欠席で話は全然わからない。キアラ

の会もどうなるか。北條が先に帰る。

2月3日　お茶の水ヒルトップで徳田一穂と待合せ河出書房へ。杉森久英・中村から「文藝」に小説を書けと言われて承諾。

2月4日　紀伊國屋喫茶部で田辺茂一に会うと、山手商工新聞に私が書くことを決めていたため承諾。

2月8日　「三田文学」水曜会。今井、勝本清一郎、丸岡明、柴田錬三郎、庄司総一、鈴木重雄、白井浩司、白洲正子、峯雪栄、渡辺喜恵子ぐらいで、後はジャーナリスト。柴田、鈴木、白井、赤松女史、渡辺と川島とリンデン。

2月9日　豊田（三郎）家に寄る。豊田は昨日舟橋聖一を訪問、キアラの雑誌はダメらしいことを確かめて来たという。銀座で八木義徳に会ったが、早稲田文学の関係で雑誌には参加できないとのこと。

2月20日　「秋声」打ち合わせで徳田（一穂）家へ行く。北川桃雄、野田宇太郎、豊田三郎集まるが、原稿は室生犀星、小笹、豊田と私の分だけで編集が出来ず。

2月22日　八木義徳来訪。

2月26日　豊田三郎来訪（キアラの会の報告）。田辺茂一に稿料の依頼したところすぐに行ってくれ、夕刻、八木義徳と会ったと言って再訪。

3月17日　キアラの会、銀座倶楽部。八木義徳先着、北條誠、豊田三郎、舟橋聖一。豊田、八木と有楽町で珈琲。不在中、徳田一穂来訪。

3月21日　八木義徳から私の病臥をきいたといって十返肇来訪。

3月25日　紀伊國屋へ「緑の微風」【山手商工新聞】を届ける。

3月29日　殆ど2年ぶりで庄野誠一来訪。養徳社をやめて上京、文筆生活に入るとのこと。

3月30日　徳田一穂見舞いに来訪。

3月31日　豊田三郎を誘って日本文藝家協会総会、貿易会館。野田宇太郎に「秋声」のことについて謝まり、河出の中村にも原稿【いのちある日に】につき謝意を陳べる。豊田、八木義徳とコロンバンに行き川崎長太郎と話す。

4月1日　姉の婚礼のため直子は先発。一麥を連れ東長崎へ。浅草の料理屋板前とサカズキをする。

4月10日　八木義徳来訪、紀伊國屋の喫茶室に行き保高徳蔵と会う。田辺茂一が戻って来て2軒で呑む。

4月15日　柴田錬三郎が末松夫人と来て話す。

4月25日　八木義徳が来たので新宿へ出る。紀伊國屋で、田辺茂一、豊田三郎と会い、八木に重光誠一、田辺から堀田善衞を紹介される。

5月6日　徳田一穂を訪問、河出へ行くと言って出たとのことで追いかけ佐藤晃一と会う。バス停に一穂がいたので河出に行き「いのちある日に」を預けて和菓子を食べ、長田恒雄、阿比留信と会いコーヒー。徳田家へ引返し夕飯を御馳走になる。不在中、八木義徳来訪。

5月12日　文京区長井形卓三の招待で、文京区史蹟懇談会・後楽園テニスコート内クラブ・ハウス。中島健蔵、市原豊太、真杉静枝、森於兎、豊田三郎、徳田一穂、野田宇太郎等出席。パンフレット「秋声」第1号の見本出来。一穂、野田と徳田家に寄る。

5月15日　講談社で『白鷺』を受取り、東京堂へ野田宇太郎を訪ね、徳田一穂と落合ってラドリオへ「電信電話」の八木憲爾に来てもらう（坂口安吾の2階にいた由）。編集長の越智に会ってみると「新文学」同人の越智信平だった。

5月17日　紀伊國屋喫茶室へ行く。青山光二が先着、八木義徳から六興出版部の塩野周策を紹介される。八木は友達と会うため帰ったので、青山とローレルで話す。青山とは今年になってから初めて会った。

5月23日　紀伊國屋で田辺茂一から稿料受取る。共立女子大へ北川桃雄を訪問、図書室へ『世界文芸大辞典』などを買上げてもらおうとしたが揃っていてダメ。野田宇太郎に会いユッカで珈琲をのみ日東出版へ同行。越智信平とパドリオへ行き、野田とわかれて徳田(一穂)家へ廻り、遺宅保存会の書記局の会合を30日と打合せ。

5月25日　直子と徳田一穂から紹介をうけた東大病院上田婦長を訪問、柿沼内科葦沢医師不在で待たされ、レントゲン透視、エレクトロジオグラフ【心電図】にかかる。徳田家に礼をのべてから国技館へ行く。舟橋聖一は柳橋の田中屋で横綱審議会があり、豊田三郎、北條誠、三島由紀夫、八木義徳、舟橋夫人、北條のユリと浜町の花長で天ぷらを御馳走になる。横綱審議会の終った舟橋が迎えに来て、木挽町の待合朝村に席を移す。12時散会。舟橋の自動車で送られ豊田宅を廻って、八木と戸塚二丁目のロータリーで降りる。八木は電車のない時間なので泊る。

5月26日　八木義徳と食事をしているところへ山口年臣来訪。「世界評論」がつぶれたので就職を頼むとのこと。

5月30日　講談社、日本文藝家協会に寄り豊田三郎を誘って徳田(一穂)家へ廻る。野田宇太郎先着。北川桃雄も来る。都庁へ遺跡保存の請願書を提出すること、近々に総会開催、「秋声」第2号の準備を決める。

6月7日　徳田家に参集、徳田一穂、野田宇太郎、豊田三郎と東京都庁に行き、保存会の意義を説明して史蹟指定は難しいが、標識指定は可能性があるとの応えを得、請願書を出すと決める。

6月12日　八木義徳来訪、新宿へ行く。高田馬場駅を出た所で和田芳恵と会いアジアベーカリーへ誘う。和田は日本小説がツブれた時、借金を背負ったので目下潜行中。

6月19日　講談社から日本文藝家協会に寄り豊田三郎と話していると徳田一穂から電話。標識指定の請願書のプリントが出来たというので紀伊國屋へ行く。野田宇太郎と河出の中村同席。ローレルへ行くと成田穣が来ていたので話す。

6月23日　標識指定請願書の捺印を広津和郎が拒否したので、対処について徳田一穂・豊田三郎来話。

7月5日　水曜会に出席。青柳瑞穂の後スピーチを依頼されたが辞退。「三田文学」は6月号休刊となり、再刊の準備委員に庄司総一、柴田錬三郎、鈴木重雄、二宮孝顕が決まる。

7月6日　生業資金が借りられたら茶を売るつもりだったが、麻雀屋開業を直子と相談。

7月7日　高橋璋来訪。八木義徳の兄上が突然亡くなられたとのこと。8日、鶴見に八木を訪問、弔意を表す。

7月14日　日東出版へ原稿を売りに行く。徳田(一穂)家に寄り先日預けた「小糠雨」の原稿を取戻す。

7月15日　八木義徳来訪。一緒に午食をして新宿紀伊國屋でコーヒー。

7月20日　直子、警察へ出す麻雀屋の許可願を代書へ貰いに行く。(屋号を「月光荘」と、直子が決める)。

7月25日　姉離縁の件で浅草の料理屋主人に会う。新宿のヴァンサン・クラブに出席。会の始まる前にテラスで、瀬沼茂樹と用談、丸岡明、山本健吉、柴田錬三郎、鈴木重雄、田辺茂一達と小話。柴田、鈴木と耕路で珈琲。

7月29日　瀬沼茂樹来訪。行動、現代文学を貸す。

8月1日　新潮社の『日本文学辞典』に「行動」が入用とのことで、紀伊國屋田辺茂一に「行動」創刊号を届ける。亀井勝一郎に会う。

8月8日　水上勉来訪。

8月12日　青山光二と紀伊國屋で会う約束で八木義徳とも連絡を取って新宿に行く。八木は多田裕計と一緒に現われる。

III. 年　　譜　　　　昭和26(1951)年

8月13日　石河大直来訪。談話中、豊田三郎来訪。石河と食事をして、船山馨を訪問。
8月14日　青山光二から頼まれた三島由紀夫の『愛の渇き』を届けに紀伊國屋へ寄り、「小糠雨」を持って「婦人朝日」へ行ったが、長篇のみの編集プランで、原稿はあきらめ日東出版へまわる。
8月25日　大映本社へ〈羅生門〉試写に行く。宇野浩二、野田宇太郎と私がつかまってバンガローで座談会。
9月2日　麻雀屋開業の許可、生業資金下附の通知も届いたので、八木義徳の好意に甘えるため鶴見へ訪問、不在。
9月5日　東大病院で一麥全治と聞く、徳田一穂宅に結果を報告。八木義徳が約束の金持って来てくれた。新宿紀伊國屋へ行き白井浩司、鈴木重雄に会う。
9月7日　月光荘開業。
9月19日　十返肇来訪。30日、八木義徳来訪、新宿へ同行。
10月7日　紀伊國屋で成田穣、木村に会う。文春（遺跡保存会）。
10月8日　田辺茂一を訪問、中野好夫と会う。横山美智子訪問。石川淳、八木義徳と焼鳥、天どん（田川）、ボン。
10月10日　八木義徳を訪問（兄君百日忌）、浜野健三郎に会う。
11月1日　高岩肇訪問、田辺茂一、石川淳と鳥源へ。三田文学水曜会、内村直也、柴田錬三郎、鈴木重雄、渡辺貴恵子、末松等とリンデン。
11月2日　税対策委員会、石川達三、小島政二郎、亀井勝一郎、立野信之、外村繁、村雨退二郎。
11月20日　八木義徳来訪。21日、豊田三郎来訪。25日、徳田一穂来話。
12月17日　八木義徳と不二家で会い米田家のキアラの会。舟橋聖一、豊田三郎、井上靖（初めて）、北條誠、三島由紀夫。舟橋の『こころ変り』受贈。
12月18日　八木義徳と紀伊國屋で落合い（和田芳恵に会う）、文学座アトリエで三島由紀夫作〈邯鄲〉観劇。
　　　　　この年、「えんの会」はじまる。会員　青山光二、椎名麟三、芝木好子、高木卓、豊田三郎、野口冨士男、船山馨、北條誠、八木義徳。

昭和26(1951)年　40歳

1月1日　舟橋（聖一）家へ年始に行き、百人一首で2等。不在中、八木義徳来訪。
1月6日　一麥を連れて徳田（一穂）家に年始。『爛』（木村荘八挿絵入）受贈。
1月10日　三田文学水曜会に出席、奥野健男、内村直也、丸岡明等13名。
1月12日　えんの会、芝木好子宅。高木卓、八木義徳、青山光二参集。
1月18日　林芙美子・船山馨両家訪問。
1月22日　キアラの会、国技館から浜町のはたせ。林芙美子、舟橋聖一、北條誠、豊田三郎、名寄岩。林の自動車で船山馨を送る。
1月30日　八木義徳来訪、新宿へ出る。田辺茂一、岡部千葉男、青山光二も来る。八木、青山とモカへ行く。
2月5日　日本文藝家協会、国税局と石川達三、外村繁、豊田三郎。文藝春秋社で尾上に呼び留められる。原奎一郎に会う。
2月7日　高木卓来訪、「人間」2月号、『おのづから物語』受贈、ユタで珈琲。
2月10日　慶應義塾に行く。柴田錬三郎、鈴木重雄、庄司総一と新宿へ。田辺茂一に会う。
2月12日　紀伊國屋で田辺茂一、八木義徳と会う。田辺、八木、青山光二、庄司総一、柴田錬三郎等と中華ソバ、コーヒー。

129

昭和26(1951)年　　　　　　III. 年　　譜

2月26日　亡母七回忌。一麥を連れて成覚寺へ。
2月27日　芝木好子来訪、談中、徳田一穂、豊田三郎来る。
3月15日　船山馨訪問、舟橋(聖一)家に廻り、八木義徳と船山の家に泊る。
3月16日　船山馨家辞去。林芙美子訪問。新宿、原民喜葬儀、豊田三郎と帰る。
3月30日　徳田一穂来訪。
4月3日　豊田三郎、岡田三郎病臥の件で来訪、日本文藝家協会へ行く。不在中八木義徳来訪。
4月9日　紀伊國屋で八木義徳と会いキアラの会で、舟橋聖一宅。船山馨、北條誠の報告を聞き雑誌創刊に決す。
4月12日　船山馨、北條誠来訪。光文社尾張と会見出来なかった由。船山と岡田三郎を訪問。
4月20日　日本文藝家協会に行き、岡田三郎救恤の打合せ会は昨19日に変更と聞く。
5月4日　青山光二来訪。
永井荷風「腕くらべ」執筆のとき大井広介の紹介で編集者として来訪した吉行淳之介と初対面。【5月16日】
5月19日　両国で八木義徳と会い回向院・柳橋をみる。不在中、佐藤晃一来訪。
5月25日　文京区役所へ。野田宇太郎、豊田三郎らと都教育課の人と徳田家の件で会談。啄木終焉の地を見て徳田(一穂)家に寄る。
6月19日　チャタレー裁判を傍聴。
6月27日　水曜会、オーシャール。戸川エマ・講談社川島と新宿へ。
6月28日　「群像」へ原稿を取戻しに行き、日本文藝家協会で林芙美子の逝去を知る。豊田三郎と地球座で〈神々の王国〉をみて、林家に廻り死亡通知を書く。
6月30日　八木義徳来訪、新宿へ出て柴田錬三郎、鈴木重雄、福田清人に会い、田辺茂一より随筆依頼される、八木とソバ、ボンでやすんで林(芙美子)家通夜、豊田三郎とユタに寄る。
7月1日　林(芙美子)家葬儀。広津和郎、青野季吉、豊島与志雄、真杉静枝、森田たま、平林たい子の弔辞、壼井栄朗読、川端康成謝辞。青山光二、八木義徳、豊田三郎と新宿へ出る。不在中今村瓏来訪。
7月14日　石河大直来訪で起される。船山馨が酔って西瓜と水蜜を持って来る。雨中を高田馬場まで送り、ビールと支那ソバを食って別れる。
7月18日　船山馨を訪問、林芙美子の三七日焼香に行き大原富枝に会う。船山家に戻り『鉄仮面』借用。
7月19日　木挽町の北原(武夫)家を訪問、不在。キアラの会舟橋(聖一)家、北條誠を除く全員出席、「小説新潮」の写真撮影、雑誌は出ないことに決定。
7月21日　吉行淳之介来訪。紀伊國屋で豊田三郎、井上靖、田辺茂一と会いメイフラワーホテルに行き、五十鈴に寄る。豊田宅で『バルカン戦争』借用。
8月5日　一麥、新宿区の虚弱児童施設・岡田学園(箱根・小涌谷)に出発、12月20日帰宅。
8月6日　田辺茂一、船山馨来遊。8日、新宿で八木義徳と会う。21日、八木来訪、新宿へ出る。
8月13日　高田馬場で徳田一穂に会い新宿に行く。後船山馨を訪問。
8月22日　船山馨宅へ「いのちある日に」原稿持参、北條誠宅へ弔問の予定のところ船山宅に宿泊。
8月23日　船山馨来訪、北條誠宅を弔問。
9月8日　八木義徳来訪、新宿へ出る。11日、船山馨を訪問。
10月16日　新宿へ行く途中、戸山ヶ原で田辺茂一と会いタクシーの中で借銭を申し入れ。紀伊國屋で青山光二に会う。

10月31日　小田嶽夫来訪。
11月18日　徳田秋声先生冥日、徳田(一穂)家訪問、野田宇太郎のみ来る。八木義徳結婚式。
11月20日　八木義徳、新夫人と来訪。27日、船山馨を訪問、田宮虎彦の会に出席。
11月28日　豊田三郎を訪問。
12月3日　八木義徳来訪。6日、八木と新宿で待合せ、舟橋聖一の病気見舞に行く。
12月20日　新宿で船山馨に会う。
　　　　　6月28日、林芙美子歿。

昭和27(1952)年　41歳

1月2日　舟橋聖一邸に年賀。三島由紀夫は旧蠟25日南米に出発、八木義徳は北海道旅行、井上靖、豊田三郎、船山馨、北條誠のキアラの連中と東おどりの芸妓さん4人。
1月10日　島村進が船山馨の使者として金を届けてくれる。
1月16日　紀伊國屋で八木義徳と会う約束で、余裕を見たのにバス遅れる。八木は十五日会で司会をやるので、三四十分話してわかれる。八木の帰ったあと保高徳蔵に会い話す。
1月21日　船山馨を訪問。
1月23日　キアラの会で13日目の春場所を見た後、銀座桃山で会食。豊田三郎、八木義徳、北條誠のみ。
1月25日　豊田三郎、八木義徳と船山馨家に行く。先客北條誠。舟橋夫人も来る。
1月30日　「ながれ雲」を船山馨に届ける。
2月2日　日本文藝家協会税対策委員会、新橋明治製菓。何時ものように、石川達三、外村繁だけ。豊田三郎、小畑。国税庁には舟橋聖一が龍夫と先着。高橋長官と会見。資生堂で石川達三、外村繁とわかれ、久兵衛でスシを食べ豊田と風月堂。
2月3日　親父さんに会いに来てくれという用件で、渋谷のおこまさんに起される。
2月9日　学校から帰った一麥を連れて渋谷へ行く。父の顔を見るのも5年ぶりだ。
2月23日　堀田善衛(芥川賞)柴田錬三郎(直木賞)授賞祝賀会出席の前に、田辺茂一を誘いに寄ると有馬頼義がいて紹介される。田辺、有馬とタクシーに同乗。保高徳蔵と九段下で落合って山水楼へ。三田文学会の主催だが外部の来客もあり、北原武夫の司会で、佐藤春夫、木々高太郎、亀井勝一郎、井上友一郎、寺崎浩、倉島竹二郎、本多秋五、西村孝三、奥野健男、芥川比呂志等のスピーチ。酔った田辺と有馬、保高と西銀座プールバールへ寄り、新宿五十鈴へ行くと十返肇、梅崎春生、頼尊清隆等も来る。「ととや」へ行くと船山馨がいたので、田辺、船山、十返の3人と「みやこ」に行く。
3月20日　校正の仕事を依頼するため角川書店へ山口年臣を訪問。紀伊國屋で珈琲をのんでいたら青山光二が来たので、蕎麦を食べてわかれる。
4月3日　徳田家訪問、「秋声年譜」を渡す、徳田一穂と上野まで歩く。
4月5日～6日　一麥と渋谷へ行き、いこいで熱海へ行く、伊豆山中田屋泊。
4月7日　船山馨を訪問【ピースミシンモデル問題】。
4月17日　八木義徳に原稿を届ける。
4月18日　新宿で田辺茂一と「三金」「ドレスデン」「ととや」「龍」へ行く。
5月7日　渋谷へ行く。水曜会出席。ドレスデンに寄り田辺茂一、関野、柴田錬三郎、峯雪栄に会う。
5月12日　歌舞伎座。船山馨、日下令光、豊田三郎、今井等とセイゲツ。後、舟橋(聖一)家へ。井上靖、八木義徳、北條誠も来る。
5月19日　毎日へ原稿【秋声遺宅】持参、日下令光に渡し、〈戦国無頼〉の試写をみて豊田(三郎)家に寄る。

昭和28(1953)年　　　　　　　III.　年　　譜

5月26日　セイゲツに井上靖、八木義徳、豊田三郎、北條誠と集まる。
6月2日　徳田一穂来話。21日、新宿で八木義徳、浜哭健三郎にあう。
6月27日　父より速達来り、渋谷に行く。
6月30日　舟橋聖一邸でキアラの会、三島由紀夫、八木義徳、船山馨、北條誠、豊田三郎出席。
7月2日　庄野誠一宅訪問。17日、船山馨を訪問。
7月12日～13日　一麥を休校させ渋谷へ行く。網代温泉ホテル泊、帰途新宿に寄る。
7月23日～27日　1人で伊豆片瀬温泉に赴く。
8月3日　仕事場として増築した三畳間完成。
8月18日　歌舞伎座。舟橋聖一、井上靖、三島由紀夫、豊田三郎、八木義徳、北條誠と築地の小村へ行く。
8月19日　徳田一穂、渡辺勉来訪。
9月14日　八木義徳来訪、新宿へ同行。
9月18日～19日　芦花祭にキアラの会の舟橋聖一、井上靖、芝木好子、豊田三郎、八木義徳らと参加。
9月30日　舟橋(聖一)家(初孫)の誕生祝にクマの玩具を届け、渋谷へおこまさんの傘を返しに行く。
10月13日　神宮へ一麥と早明野球に行き、渋谷に寄って父と渋谷国際映画館の〈慟哭〉(佐分利信監督)をみる。
10月31日　渡辺勉の諏訪町の新居へ行く。芝木好子を訪問。
11月16日　北條誠宅訪問(一麥を連れて行き、帰途、渋谷に立寄る)。
12月9日　日本文藝家協会税対策委員会、外村繁、村雨退二郎、小畑のみで石川達三、豊田三郎は来ると言って連絡なし。国税局で直税部長と必要経費の交渉、大体成立。
12月22日　国税局長と会談、石川達三、舟橋聖一、外村繁出席。
12月25日　紀伊國屋で八木義徳に会い雅叙園に行く。井上靖、八木、豊田三郎のみ、クリスマスと舟橋聖一の誕生日パーティ。舟橋から『芸者小夏』、井上から『仔犬と香水瓶』『緑の仲間』を受贈。

昭和28(1953)年　42歳

1月1日　一麥と渋谷へ行く。父不在。道玄坂下ロロで珈琲。舟橋(聖一)家に行く、キアラ会員は北條誠と豊田三郎のみ。
1月6日　直子と墓参。新宿三丁目バス停前でパチンコ。【昭和40年ころにかけて頻繁にパチンコ屋に行く。】
1月16日　椎名麟三の誘いで青山光二、八木義徳と幡ヶ谷の馬渕医院で冷凍植皮手術を受ける。新宿ボエームでコーヒー、椎名とわかれて天ぷらそばを食い、八木は十五日会へ、青山は帰宅したので1人でパチンコ。
1月20日　国技館で北條誠のマス、八木義徳は舟橋聖一のマス。打出後、八木と北條のクルマで目白へ行く。時間が早すぎたので目白で珈琲をのみ、舟橋家着。船山馨が先着。三島由紀夫、豊田三郎も集まり全員出席。
1月22日　椎名(麟三)家訪問。無人なので、やむなく『風の系譜』を置いて帰宅。【映画化の話があった】
2月12日　キアラの会、舟橋聖一邸。北條誠、八木義徳、豊田三郎のみ。八木、豊田とモンブランでやすむ。

2月18日　新宿文化劇場で〈恋人のゐる街〉（新宿ペンクラブ原作）試写。紀伊國屋喫茶部で田村泰次郎、福田清人、梅崎春生、新庄嘉章にあう。豊田三郎、青山光二とはぐれてしまい新田潤、四宮とボン。
2月23日　演舞場入口で岡本勇に会う。豊田三郎、八木義徳と新宿で話す。
2月26日　事業に失敗して巨額の借財を負った父が後妻（旧姓＝能村こま）と異腹の末弟満都男（当時＝小学5年生）をともなって、大島からの帰航の船上より入水。翌々日、水屍体となって三浦海岸の沖合で漁夫に発見された。三崎市火葬場にて荼毘。
3月7日　舟橋聖一夫妻。13日、井上靖。23日、三島由紀夫、弔問に来宅。
3月8日　父・義母・義弟法要。大塚宣也、矢古島一郎、川手一郎、尾上、渡辺勉、青木滋（青地晨）、北條誠、船山馨、青山光二、八木義徳、芝木好子、豊田三郎、小百合、蛭田夫人ら参列。
3月12日　キアラの会、歌舞伎座。井上靖、船山馨、北條誠、豊田三郎、八木義徳。〈義経腰越状〉、〈胡蝶〉、〈助六〉。新宿に寄る。
3月18日　徳田（一穂）家に見舞に行く。何事もなし。広津和郎とパチンコ。
4月2日　舟橋聖一、三島由紀夫宅へ回礼に行く。両氏とも不在。
4月14日　演舞場の東おどり。豊田三郎、八木義徳、北條誠、井上靖。舟橋聖一と築地小村に行き、井上、八木と新橋で珈琲。
5月9日　歌舞伎観劇。船山馨、三島由紀夫、豊田三郎、八木義徳と井上夫人。
5月10日　舟橋（聖一）家両親金婚式、椿山荘。150人ほどの盛会だが、文壇関係は、久保田万太郎、宇野千代、丹羽文雄、吉屋信子、阿部知二、吉川英治夫人、田辺茂一、豊田三郎、船山馨、北條誠、八木義徳のみ。
5月15日　田辺茂一出版記念会、ステーションホテル。盛会。豊田三郎と芝木（好子）家に廻り原稿紙ゆずってもらう。
5月24日　豊田（三郎）宅から迎えが来て訪問、徳田一穂と久しぶりに語り合う。
5月25日　キアラの会国技館。豊田三郎、八木義徳と浅草に出て、Pigeon見学。
6月22日　舟橋聖一邸でキアラの会、北條誠、豊田三郎、八木義徳のみ。舟橋より『花の生涯』を受贈。
6月26日　庄野誠一来話。新文明に短篇を書けとのこと。29日、新文明に和木清三郎を訪問、短篇の約束をする。
7月6日　文学座公演（三島由紀夫作〈夜の向日葵〉）を観る。八木義徳、豊田三郎、北條誠のみ。
7月14日　「いもあらひ坂」新文明社へ持参。紀伊國屋へ寄り、田辺茂一と15枚の小説約束。
7月24日　新文明社で校正、新宿へ寄り田辺茂一とセントラル劇場見物。戸塚二丁目で渡辺勉に会ってユタへ。
7月30日　「煙雨」を紀伊國屋へ届けに行く。田辺茂一不在。
8月1日　紀伊國屋へ寄ったが、またしても田辺茂一不在。
8月19日　日本文藝家協会税対策委員会、外村繁と私だけ。国税庁と会見。
9月6日　和田芳恵来訪。同人誌「下界」の話。ユタへ行く。
9月10日　安岡章太郎芥川賞記念会のあと、庄野誠一、庄司総一、二宮孝顕と銀座へ出る。
9月12日　キアラの会、井上靖、北條誠、船山馨、豊田三郎、八木義徳出席。
9月17日　えんの会。豊田三郎、八木義徳、青山光二の常連のほか船山馨が初めて出席、活発に議論。
9月20日　「耳のなかの風の声」を庄野誠一宅に持参。時間をかけて読んでもらう。
9月28日　国技館。船山馨のみ出席。舟橋聖一に北條誠と2人だけ小満津へよばれる。
10月5日　豊田三郎来話、文学祭の件。

10月8日　下宿建築保証人依頼の件で船山馨を訪問するも不在。芝木(好子)家、矢古島一郎を訪問。借入の承諾を受ける。
10月9日　船山馨を再訪。不在のため夫人に承諾を受ける。
10月12日〜30日　文学祭のため日本文藝家協会へ出勤。
10月16日　庄野誠一、日本文藝家協会へ来訪。拙稿「文学界」には2月号(又は3月号)に掲載決定。庄野と池袋に出る。
10月18日　帝劇〈縮図〉にゆく。広津和郎、室生犀星、川崎長太郎、渋川驍、北川桃雄、野田宇太郎等。
10月19日　演舞場〈花の生涯〉。豊田三郎のみ。帰途、新宿に出る。
10月20日　日本文藝家協会の帰途、光輪閣にゆき、庄野誠一家に寄る。
11月8日〜20日　越後湯沢に宿泊して「死んだ川」執筆するが擱筆できず。19日、庄野誠一、東京から来る。
11月23日　船山馨を訪問。
12月4日　徳田家訪問、徳田一穂不在。10日、北條誠より借入。
12月11日　紀伊國屋に寄り歌舞伎座へ。〈地獄変〉(芥川龍之介原作・三島由紀夫脚色)、〈関の扉〉、〈刺青奇偶〉。矢の倉ホテルで舟橋聖一、井上靖、三島由紀夫、北條誠、八木義徳、豊田三郎。
12月12日　川手一郎より借入。18日、芝木好子より借入。
12月29日　「文藝春秋」で稿料残額受領。庄野誠一来訪。

昭和29(1954)年　43歳

2月3日　庄野誠一を訪問。「いのちある日に」を見てもらう。
2月20日　キアラの会、柳橋稲垣。井上靖のみ欠席。舟橋聖一より『夏子の四季』受贈。不在中、青山光二来訪。
2月21日　庄野誠一を訪問(「いのちある日に」原稿持参)。
2月22日　青山光二と紀伊國屋で待合せ。青山の作品中不明の点につき質問。不在中庄野誠一来宅。
3月4日　演舞場で北條誠の〈再婚旅行〉。舟橋聖一より歌舞伎の切符をもらう。豊田三郎とお多幸へ行く。
3月19日　歌舞伎座(舟橋聖一〈江島生島〉)、井上靖、八木義徳、船山馨、豊田三郎。
3月22日　渡辺勉来訪。キアラの会舟橋(聖一)家。三島由紀夫のみ欠席。
3月25日　十返肇出版記念会、山水楼、出席者230名。徳田一穂、豊田三郎と銀座へ。
3月29日　〈芸者小夏〉試写。豊田三郎、「小説新潮」丸山と銀座・新宿。
4月10日　船山馨来訪。井上靖邸で、キアラ旅行につき打合せ、北條誠、八木義徳と。
4月19日　舟橋聖一、船山馨、豊田三郎、北條誠、八木義徳、日下令光、井上靖と伊豆山樋口旅館泊。20日、小田原古稀庵で夕食。
4月23日　北條誠、小百合同伴で小生の見舞いに来駕。
5月7日　船山馨を訪問。13日、芝木好子を訪問。14日、豊田三郎来訪。
5月19日　キアラの会で角力。北條誠、船山馨、豊田三郎、八木義徳、芝木好子出席。浜町桔梗家で会食。
5月27日　井上靖を訪問、庄野誠一宅へ廻る。
5月29日　鮒忠【浅草】の会、(倉橋弥一追悼)。田辺茂一、吉田精一、岡部千葉男、三雲祥之助と新宿へ。

6月3日　芝木好子と新宿で待合せ、北條誠【盲腸で入院】を見舞う。芝木とは新宿駅でわかれ船山馨宅へ廻る。【三島由紀夫、キアラの会退会問題】
6月4日から6日間　文化放送で『風の系譜』庄野誠一脚色、北村和夫のナレーションで放送。
6月5日　田辺茂一に頼まれた『轢軔』を届けるため紀伊國屋に寄る。
6月11日　豊田三郎、船山馨、八木義徳と歌舞伎座、舟橋聖一脚色の〈源氏物語〉第3部をみる。終演後4人で珈琲。
6月18日　庄野誠一来訪。
6月19日　キアラの会、舟橋（聖一）家。井上靖、北條誠欠席。船山馨、豊田三郎、八木義徳のみ。三島由紀夫を長期欠席とし新たに井上友一郎、源氏鶏太を迎えることに落着。
6月　三島由紀夫「キアラの会」退会。
7月19日　紀伊國屋に寄り、キアラの会に出席。全員及び日下令光出席。
7月21日　「耳のなかの風の声」芥川賞候補になるも落選。
7月23日　舟橋聖一を訪問（不在）、庄野誠一を訪問。
7月　源氏鶏太、「キアラの会」入会。【ママ】
8月12日　新宿文化人の会。船山馨、柴田錬三郎とボン。
8月17日　日本文藝家協会へ代表選集の「耳のなかの風の声」の原稿を届ける。八木義徳、岡枝と来訪。
8月18日　舟橋聖一訪問（不在）、竹越和夫を訪問。
9月6日　森武之助来訪。
9月20日　国技館から舟橋（聖一）邸。宇野浩二・北原武夫・宇野千代夫妻、芝木好子ゲストで、源氏鶏太初出席。豊田三郎、北條誠、船山馨、八木義徳、日下令光。舟橋より『昭和文学全集』と『江島生島』受贈。
9月27日　北原武夫に「文芸時代」のバックナンバアを届け、福田恆存の出版記念会。豊田三郎、高木卓と新宿へでる。
10月13日　日本文藝家協会税対策委員会、リッツ。舟橋聖一、外村繁、真杉静枝、村上元三、十返肇。十返と文芸クラブに寄る。
10月15日　大映本社で〈千姫〉の試写。八木義徳、豊田三郎にあう。
10月20日　新橋クラブでキアラの会。井上靖、源氏鶏太、豊田三郎、芝木好子、船山馨、八木義徳、日下令光。築地小村にまわる。
10月22日　【岡本】一平忌出席者70名ほど。杉浦幸雄から六浦光雄を紹介される。文壇人は川端康成、北村小松、三角寛、由起しげ子ぐらい。
11月1日　富本陽子来訪。
11月4日　日本文藝家協会税対策委員会出席、外村繁、伊藤整、十返肇、真杉静枝。真杉と有楽町でやすむ。
11月9日　芝木好子来訪、豊田三郎を誘って新宿へ行く。
11月18日　徳田（一穂）家、広津和郎、北川桃雄、豊田三郎、野田宇太郎、加納正吉ほか3名。
11月19日　キアラの会、舟橋（聖一）家。井上靖、北條誠、豊田三郎、八木義徳、日下令光。源氏鶏太とは演舞場でわかれ、八木、芝木好子と資生堂で話す。
11月20日　原稿を持参して庄野誠一を訪問。26日、庄野来訪。
12月18日　庄野誠一来訪。
11月25日　船山馨を訪問。「近代文学」（29年1月号）借用。
11月27日　吉行淳之介出版記念会で高見順に質問。豊田三郎と新宿へ寄る。
12月2日　税対策委員会、外村繁、村上元三、十返肇。
12月11日　文藝春秋社に「風流抄の作家」を届ける。新宿で芝木好子・大島清夫妻にあう。

12月23日　十返肇来訪。一緒に彼の新宅へ行く。
　　　　4月12日、岡田三郎歿。

昭和30(1955)年　44歳

1月1日　舟橋(聖一)家へ年賀、生誕50年で自祝のため新築した2階の大広間を初めてみる。船山馨、北條誠、豊田三郎、芝木好子、八木義徳、日下令光、松岡照夫、伊藤森造。船山、豊田、八木と新宿松竹館裏で珈琲。舟橋より『風流抄』『江島生島』(続)『若いセールスマンの恋』の3冊受贈。

1月6日　新築祝を兼ねて十返肇を訪問、不在。11日、十返肇来訪。

1月19日　キアラの会相撲見物。丸ノ内日活劇場ファミリー・クラブで会食。舟橋聖一、豊田三郎、船山馨、八木義徳、芝木好子、北條誠、日下令光、ゲスト井上友一郎。クラブで井上靖、源氏鶏太合流。井上は近くネパールのヒマラヤに行く予定ときく。豊田、船山、日下と新宿でお茶。

1月24日　「白い小さな紙片」の下調べのため宮益坂へノートを取りに行く。

2月8日　十返肇来訪。少し憩んでもらい、早大正門前の「茶房」で珈琲、高田馬場幸楽で十返はハムエッグス、私はカツを食べる。

2月15日　梅崎春生直木賞の会の前に紀伊國屋に寄ると、平野謙と小田切秀雄がプロレタリア文学全集の編纂をしていたので話す。田辺茂一と山水楼へ。150名ほど出席、賑かだが何も聞えぬ会。伊藤整司会。吉川英治、呉清源、岡本太郎等。船山馨、柴田錬三郎、頼尊清隆と新宿五十鈴に行く。路傍で八木義徳に声をかけられ「秋田」へ行く。十五日会の流れで多田裕計、野村尚吾、浜野、鈴木幸夫等と合流セシボンで珈琲。

2月17日　随筆「二人の幼な友達」を東京新聞へ持参、待合所に杉森久英がいて平岩と3人で珈琲。坂口安吾の急逝を知る。

2月19日　舟橋(聖一)家でキアラの会。井上靖、北條誠、船山馨、豊田三郎、八木義徳、日下令光(源氏鶏太、芝木好子欠席)。東京新聞頼尊清隆が来て写真撮影。同紙の各グループの写真訪問、文章は船山が書く予定。ゲストは今回直木賞受賞の戸川幸夫、北條中座。豊田、船山、八木と目白で珈琲。(舟橋から『江島生島』の完結篇受贈。)

2月23日　税対策委員会。外村繁と十返肇のみ出席。

2月24日　豊田三郎来訪。

3月16日～20日　『二つの虹』のため、鳥取の石河大直の案内で米子の美保航空隊などを取材。21日、京都で真下五一に会い、西芳寺、桂離宮、嵯峨野などの案内を受け25日帰京。

4月4日　小説を書きたいといって富本陽子来訪。

4月19日　キアラの会、八木義徳と熱海駅から起雲閣まで歩いて行く途中、広津和郎に会う。北條誠、源氏鶏太、日下令光。舟橋聖一と船山馨は自動車で来る。井上靖、豊田三郎全員出席。会食、9時でおひらき。源氏の室へ集まって12時まで話す。

4月20日　勤務のため早く帰った源氏鶏太を除いて朝食。電車で井上靖、北條誠、日下令光が帰る。豊田三郎、八木義徳、船山馨とナギサで珈琲、鈴木康之が望月優子と現れ写真を撮ってもらう。舟橋聖一の自動車で十国峠を越え、箱根ホテルで軽食。

4月25日　十返肇を訪問、不在。29日、庄野誠一来訪。

5月19日　キアラの会、向島待合水のと。

6月2日　船山馨を訪問。7日、十返肇を訪問。『文壇風物誌』受贈。

6月10日～11日　湯河原に徳丸を訪問後、二七会の矢古島一郎、大塚宣也、斉藤、尾上と川手一郎を訪問、蒲原青山荘に宿泊。日本軽金属工場見学。日本平、龍華寺、登呂遺跡をまわって静岡に出る。

6月20日　キアラの会、舟橋(聖一)邸。
夏　不眠症根治の目的で、新宿区弁天町の晴和病院に30日間入院(16日間、持続睡眠療法)。【7月27日、十返肇とユタで待合せ、入院保証人になってもらう】
10月19日　舟橋(聖一)家でキアラの会。源氏鶏太、北條誠欠席。解散の話がでる。
2月17日、坂口安吾歿。9月22日、南川潤歿。

昭和31(1956)年　45歳

1月6日　舟橋(聖一)家の集り。北條誠・豊田三郎・芝木好子・日下令光・伊藤森造。
3月6日　三笠書房へ山口年臣を訪問、徳田一穂と丸ビル森永で待合せ。
3月18日　渡辺勉来訪。26日、八木義徳来訪。
4月3日　八木義徳に「死んだ川」コピイ送る。
4月19日　東京新聞に行き、頼尊清隆と対談のため宇野浩二宅訪問。帰途徳田(一穂)家に寄る。
4月21日　庄野誠一来訪。「死んだ川」の批評をきく。
4月24日　富本陽子来訪、金子きみの原稿あずかる。
4月26日　東劇で豊田三郎、八木義徳、船山馨と〈白い魔魚〉をみる、菊岡久利にあう。東宝小劇場で〈カラコルム〉の試写、豊田、八木と新宿に出る。
5月6日　庄野誠一と十返肇宅を訪問、丸岡明不在。
5月23日　キアラの会、新橋クラブ。舟橋聖一、北條誠、豊田三郎、八木義徳、芝木好子。
5月27日　早大での中世文学研究会を中座して森武之助来訪。
7月6日　日活で〈赤信号〉試写、合評後、八木義徳、船山馨、豊田三郎、青山光二、佐多稲子と芝木好子家に行き、夜、大島清【芝木の夫】と新宿へ出て、「東京の人」「黒いバラ」へ行く、中途から講談社川島勝合流。
8月2日　和田芳恵来訪。
8月17日　東京新聞に寄り(頼尊不在)演舞場にまわり、船山馨と帰る。
9月4日　『いのちある日に』を203枚目まで書き、船山馨を訪問、河出の坂本に電話する。
9月17日　河出へ『いのちある日に』を届ける、坂本不在、日本文藝家協会で税対策委員会、(井上靖、源氏鶏太、外村繁、村野四郎、中島健蔵)、井上と浜作西店に行く、吉村公三郎、沢野久雄にあう。
10月6日　豊田三郎来話。十返千鶴子夫人の見舞を受ける。【2日、「海軍日記」執筆中、脳貧血にて卒倒のため】8日、船山馨見舞いに来訪。9日、十返肇来話。
10月24日　十返肇(不在)、船山馨、坂本に電話をかけ河出訪問。
11月7日　徳田夫人を森川町に見舞い、豊田三郎と東おどりをみて帰宅。夕食後、田宮(虎彦)家弔問。
11月8日　田宮(虎彦)家告別式のため船山馨来宅。十返肇、豊田三郎、芝木好子、船山と吉祥寺でお茶、上林暁、渋川驍と一緒になる、十返肇と新宿で食事。
11月10日　一成見舞のため十返(肇)家訪問。夫妻不在にて、母堂と話す。17日、一穂来訪。
11月26日　船山馨を訪問、銀座コロムバンで石河大直と待合せ、松竹本社で〈つゆのあとさき〉試写をみる。
11月29日　税対策委員会、外村繁、源氏鶏太、舟橋聖一、中島健蔵、丸岡明等、国税局長官篠水。
11月30日　小寺菊子葬儀。徳田一穂夫妻と新宿へ出る。
12月11日　『いのちある日に』出来、河出へ一麥と行く。

137

昭和32（1957）年　　　　　III.　年　　譜

12月13日　キアラの会、井上靖、源氏鶏太、北條誠、豊田三郎、船山馨、芝木好子、日下令光。その前に、十返肇家へ『いのち』を届けに立寄る。（不在）
12月15日　八木義徳来訪。新宿へ出てマヤ片岡の夫に会う。
12月17日　東京会館（野間文芸賞）。源氏鶏太、玉川、十返肇、船山馨、豊田三郎、八木義徳と銀座へ出る。
12月24日　庄野誠一を訪問。帰途貧血のため、車中でどうなるかと思う。高田馬場からタクシーで帰宅。
12月28日　麻布龍土軒で日曜会。宇野浩二、徳永直、保高徳蔵、川崎長太郎、今官一、新田潤、渋川驍、間宮茂輔、田辺茂一、小田嶽夫。
　『いのちある日に』出版直後に河出倒産、印税取れず。
　　和田芳恵「一葉の日記」により第13回日本日本芸術院賞受賞。
　　11月26日、小寺菊子歿。

昭和32（1957）年　46歳

1月1日　舟橋（聖一）家へ年賀。豊田三郎と伊藤のみ。舟橋より『ウェットな夏子』受贈。
1月9日　十返肇を訪問、船山馨の家にまわる。十返執筆「げたばき交友録」の写真撮影で産経文化部の人くる。
1月14日　税対策委員会。国税局と折衝。丹羽文雄、外村繁、丸岡明。
1月19日　十返肇に電話して帰宅したところ、帰っていく河出坂本の後姿を見かけたので戸塚苑でコーヒー。
1月21日　角川山本容朗来訪。戦時中執筆した800枚の長篇「巷の空」を書き直したいと考え、船山馨に話したのが山本に通じたため。
1月23日　十返肇家（不在）へ出版記念会出欠の返信を受取りに行き、河出書房で印税の一部を受取る。新宿紀伊國屋へ田辺茂一を訪問、出版記念会の司会を依頼。
1月24日　十返（肇）家へハガキの返信をもらいに行き（不在）、帰途、路上で渡辺勉に会いユタへ。
1月25日　船山馨来訪。一緒に山水楼へ行く。『いのちある日に』出版記念会、出席者47名、舟橋聖一、阿部知二、高見順、芝木好子、八木義徳、青山光二、杉森久英、庄野誠一、和田芳恵、高山毅、池田みち子、丸岡明、吉行淳之介らがスピーチ。有楽町のおきよへ寄り、源氏鶏太、豊田三郎、船山、芝木、池田、青山、坂本とクラウンへ寄る。
1月26日　船山馨来訪。舟橋聖一が署名帖に題字を書いてくれるため、一緒に行くと約束してあったが、舟橋の都合がわるい由を、船山はことわりに来てくれた。
1月31日　出版記念会の礼かたがた、十返肇を訪問。船山馨を誘って新宿へ出る。11時すぎてから銀座へ出て、新宿へ戻り家に着いたのは午前3時ちかく。歩きまわった家は「樽平」ハモニカ横丁の家、「ととや」「十和田」「バッカス」（此処から巌谷大四が一緒）「キャロット」、銀座で「クラクラ」「エスポアール」、25時、新宿「五十鈴」（ここで、「新潮」の田辺孝治に会う）と10軒ハシゴ。
2月1日　舟橋（聖一）家で船山馨と待ち合せ出版記念会芳名簿に題字を書いてもらう。一緒におでんで昼食。目白でコーヒー。
2月7日　河出へ庄野誠一の「火の鳥」の原稿をわたすため、お茶の水で会う約束だったが雨天のため会えず。
2月8日　庄野誠一とお茶の水でやっと会う。スタイルの名作ダイジェストのため、光文社へ行っていたためおそくなった由。河出の坂本を喫茶店へ誘い出し原稿をわたす。庄野と神保町柏水堂でやすむ。

III. 年　　譜　　　　昭和32（1957）年

2月23日　角川の山本容朗来訪。「木石」の資料を持参。『深夜の記録』【のち、海軍日記】出版の話をすすめ、19年度分をわたす。

2月26日　一麥の学校帰りを待ち、直子と3人で成覚寺へ墓参。母の十三回忌だが、今の経済状態では法事もできない。

2月28日　北條（誠）宅へ母堂の病気見舞に行く。

3月17日　北條（誠）家葬儀。文壇関係では西条八十、久保田万太郎、川端康成、保高徳蔵、浜本浩、渋川驍、妻木新平、井上靖、源氏鶏太、井上友一郎の顔が見えただけ。豊田三郎、船山馨と渋谷から新宿へ。

4月11日　ステーションホテルの『文壇のセンセイたち』竹内良夫出版記念会。開会前、井上靖、宇野浩二と会話。和田芳恵司会で出席者は80名ほど。八木義徳と銀座リズでアイスクリーム。高田馬場のトップへ寄る。

4月12日　豊田三郎来訪。

4月20日　大島清を見舞う。芝木好子と4時すぎまで話し、大島と新宿ボン。30日、大島、芝木夫妻来訪。

5月20日　芸術座で〈あらくれ〉試写。豊田三郎と、有楽座裏の喫茶店へ入ったら、東京茶房という店だったので驚く。岡田三郎の作品【流星抄】を書いている最中だし、延子のいた店が東京茶房だったからだ。

5月21日　直子と豊田（三郎）家訪問。9時ごろ、一麥が八木義徳を案内して来たため立ちそびれ10時辞去。

5月23日　豊田三郎を訪問した折、舟橋聖一が風邪気味で寝ていると聞いたので見舞にいく。相撲の切符と『新忠臣蔵』第一巻『愛の濃淡』『霧子夫人行状』の3冊を受贈、夫人と玄関で話しただけで辞去。

6月12日　キアラの会で箱根へ。源氏鶏太、豊田三郎、日下令光、島崎恵子が舟橋聖一の車に、豊田と私が北條誠の車に乗る。海浜ホテルで少憩、4時すぎ強羅花壇着。船山馨、芝木好子、井上靖遅参。松竹の小松プロデューサーが三谷幸子と加賀というニュー・フェイスと宮内ブーを連れてきて13人。12時半散会後、船山と話していたので眠ったのは3時すぎ。井上に海軍日記を出してくれる出版社はないかと相談、旅行をして20日ごろ戻ってから連絡すると言ってもらえた。八木義徳は北海道旅行のため不参。

6月13日　船山馨が起き湯に入ってから芝木好子、島崎と合流して朝食。井上靖は先に帰る。箱根ホテルで少憩、古屋庵で夕食。船山から熱海で1泊しようと誘われその気になったが、頭痛がしていたし魚ばかりの宿屋料理で栄養不良になっていたので帰ることにし、小田原駅へ自動車で送ってもらい船山と小田急で帰る。箱根ホテルで休んだ時、新メンバー獲得の話が出たので吉行淳之介、有馬頼義を推薦、誰も異存がなかった。

7月5日　講談社へ早川を訪ねて書き直した「死んだ川」を渡す。岩波文庫の与謝野晶子歌集で、御空より半ばはつづく明きみち半ばはくらき流星のみちという一首が眼についた。この一首を冒頭に置いて、岡田三郎のモデル小説を「流れ星」としてみようかと考える。

7月6日　「わが海軍」の原稿をもって井上靖を訪問。穂高へお出掛けたというので夫人に原稿を預け庄野誠一を訪問。

7月7日　久しぶりに十返肇を訪問したが、不在なので（十返）千鶴子夫人と話す。

7月8日　資生堂で森武之助に会い、1時間あまり話してから日比谷のラジオ東京本社へまわる。森とわかれて、松竹本社サボイに行くと、青山光二、芝木好子・大島清夫妻、豊田三郎がいた。

7月10日　新派。井上靖、源氏鶏太をのぞいたキアラ全員出席。舟橋聖一から『鴛鴦の間』をもらう。船山馨、八木義徳、豊田三郎、芝木好子と宮益ビル「泉」でお茶、新宿で船山とわかれる。

139

昭和33（1958）年　　　　Ⅲ．年　譜

8月5日　「流星抄」のため、増上寺、御成門、愛宕署周辺などを取材。
8月21日　井上靖より来信。八分通り眼を通して、2、3の出版社に口をかけてくれたが、いずれも未決定。近く光文社が来訪するので、読んでもらうが、ダメなら創元社へ話してみる―というような文面。かたじけなし。
9月5日　井上靖を訪問、不在。
9月19日　キアラの会舟橋（聖一）家。途中で井上靖にあう、光文社はダメで創元社に渡してある由。創元社がいけなければ、講談社に見せる10日ほど待ってくれとのこと。井上のほか、源氏鶏太、北條誠、豊田三郎、八木義徳、有馬頼義、吉行淳之介、芝木好子。船山馨、日下令光欠席。『新忠臣蔵』2巻、『顔師』『みちづれ』をもらう。八木、豊田、伊藤森造と目白の「窓」でお茶。行きがけ紀伊國屋で芹沢光治良にあった。外人と一緒でペンクラブの大会でフランスから来て、芹沢家に泊っている人だ。「お疲れになったでしょう」と言ったら、「ええ、何ですかねえ」と氏も言った。
10月1日　講談社田村年男重役告別式、青山斎場。豊田三郎、伊藤と渋谷宮益坂の「泉」。
10月8日　講談社、大久保房男から「死んだ川」につき、こまかい注意を受ける。20日までに書き直しをして、よければ12月号にのせるとのこと。
10月24日　庄野誠一来訪。送りに出てコアでコーヒー。
10月30日　芸術座、舟橋聖一の〈若い果実〉通し。中国へ旅行中の井上靖と、仕事のある源氏鶏太のほか全員観劇。豊田三郎、北條誠、八木義徳、船山馨、芝木好子、有馬頼義、吉行淳之介。船山、八木、豊田、伊藤森造と有楽町レンガでやすみ船山のタクシーに便乗。
11月8日　中央公論社へ青木滋（青地晨）を訪問。久しぶりなのでずいぶんいろんなことを話す。「流星抄」の原稿は今夜よんで、文芸担当の京谷にわたしてくれる由。
11月12日　ちょっとでかけている間に豊田三郎から電話で、八木義徳が五十鈴で飲んでいるから来ないかと誘いがあった由。ローレルへ行く。「死んだ川」の批評をすこし聞く。
12月8日　船山馨が来訪して十返（肇）宅へ一緒に遊びにいく。十返は中国から帰ったばかりなのでいろいろ話をきく。富島健夫と花沢が同席。11時ごろまで話し込んで、中国の扇子と『現代文壇人群像』をもらって帰る。
12月14日　芝木好子宅。青山光二、船山馨、豊田三郎、八木義徳の順に集まる。「死んだ川」と「耳のなか」の評価が話題になる。
12月17日　東京会館で野間文芸賞があるので、池袋までゆき15日に開通した地下鉄で西銀座へ。朝日新聞社へ泉毅一をたずねたが不在。途中で梅崎春生にあい、先日の「東京新聞」の時評の礼を言うと、あれは私小説ですかとたずねられたので「ぼくの父親のことではないんですがね」と応えるより仕方がなかった。来会者は400人ぐらい。そのわりに文壇関係は淋しかった。源氏鶏太に誘われて芝木好子と「おそめ」に行き、芝木は壺井栄たちが待っているといって帰ったあと、三越裏「みかわや」でビフテキを食べ、西銀座ジルベスタア近くの「ボサール」というバアに行く。

昭和33（1958）年　47歳

1月8日　紀伊國屋で田辺茂一から『夜の市長』受贈。井上誠と話しこみ麻布龍土軒へ。日曜会は新年会のためか出席多数、宇野浩二、保高徳蔵、上林暁、間宮茂輔、高見順、川崎長太郎、渋川驍、今官一、石光葆、高鳥正、木山捷平。今と新宿へ出る。
1月11日　下宿人からもらった鱒ずしを持って船山馨を訪問。
1月14日　税対策委員会。外村繁が病気なので源氏鶏太が委員長代理。村野四郎、丸岡明。山下直税部長と懇談。

III. 年　　譜　　　　　　昭和33(1958)年

1月19日　キアラの会、国技館。北條誠のマスへ八木義徳、吉行淳之介と私。舟橋聖一のマスへ源氏鶏太、豊田三郎、芝木好子。のち舟橋家へ。井上靖、有馬頼義、日下令光も出席。北條はテレビ演出のため国技館でわかれ欠席は船山馨だけ。舟橋から『黒い花粉』『白磁の人』受贈。井上、源氏、豊田、八木、日下と目白駅となりの「窓」でお茶。

2月5日　東京新聞へ頼尊を訪ねたが不在で宮川文化部長にあう。普通部2年当時の回覧雑誌「陽炎」に掲載された岡本太郎の水彩画を「私の自慢」という欄へ掲載すぐにOKになる。大映本社で〈悪徳〉試写。京橋地下のメトロホテルへ案内され舟橋聖一、源氏鶏太、豊田三郎、日下令光、八木義徳、芝木好子、十返肇、青山光二、伊藤森造と船山馨。ガスビルで〈この目で見たソ連〉試写を芝木、豊田、八木、青山とみる。交詢社裏のレストランで食事、新宿ローレルで話す。

2月6日　昨日の試写の後で、三鍋文男が出版の件で訪ねなかったかと船山馨から聞かれたが、詳しい話が聞けなかったので電話。船山不在のため夫人に文詳堂の番号を聞く。コアで待ち合せ『黄昏運河』を書き直してもよいと言うと大ぶん乗り気になる。コアを出ると、筑摩書房の人が来ていると、伝えに来た直子と途中で会う。

2月19日　日本文藝家協会税対策委員会。北崎国税庁長官ほか三氏。こちら側の出席者も非常に多く、新東京グリルで6時から7時すぎまで対談。丹羽文雄、舟橋聖一、外村繁、井上靖、源氏鶏太、鹿島孝二、丸岡明。欠席は村野四郎のみ。井上、源氏、鹿島、丸岡と銀座のボサールへ行く。鹿島は中途で帰り、野村尚吾、長腰(三笠書房)、瓜生卓造が合流。

3月17日　〈氷壁〉試写。築地藍亭で井上靖の招宴。源氏鶏太、北條誠は欠席。船山馨は映画の途中で退席。ほか舟橋竜夫出席。井上に『ただよい』の帯の文章を依頼。

3月19日　青木滋(青地晨)に電話。「流星抄」はけっきょく「中央公論」ではダメとわかる。

3月24日　「流星抄」の原稿を持って庄野誠一を訪問。

3月28日　芝木好子から来信、八木義徳が話をきき違えて書きおろし長篇を2つ書きあげて、売れ口をさがしているように伝えたため、芝木が現代社に連絡を取り話を進めてくれた。東宝試写室で〈重役の椅子〉。舟橋聖一、船山馨、豊田三郎、八木、芝木、日下。陶々亭で食事中舟橋は帰り、八木もわかれ、船山、豊田、芝木とボサール、エスポアールを源氏鶏太に案内され、芝木は帰ったが「おそめ」へ行く。

3月29日　芝木好子に電話。いろいろ話した結果、「蜃気楼」【のち、二つの虹】を書きおろして、現代社で出版してもらおうかと思う。

4月3日　「蜃気楼」のストーリー1章をダイジェストして、2章を1行書いたところへ庄野誠一来訪。高田馬場まで送りボストンへ寄る。

4月5日　日本文藝家協会懇談会。丹羽文雄、伊藤整、中島健蔵、青野季吉、臼井吉見、杉森久英、古屋綱武、三宅艶子、丸岡明等。ニュートーキョー地下の喫茶室で八木義徳と待ち合せ、新宿でソバを食べてから五十鈴へいくと、「新潮」の田辺がいて一緒にスシ屋へ行く。

4月9日　現代社へ枝見社長を訪問。契約書を取り交す。一旦帰宅し、芝木(好子)家訪問。

4月　日本文藝家協会評議員に就任。【19日】

4月21日　「流星抄」の原稿を持って庄野誠一を訪問。「文学界」へ持ち込んでもらうよう依頼。

5月4日　井上靖に電話、食事をしながら話したいとのことなので世田谷の新居へ。詩集『北国』を受贈。

5月15日　キアラの会相撲見物。舟橋聖一が喘息のため流会。北條誠と源氏鶏太は真直ぐ帰り、豊田三郎、八木義徳、伊藤かよ子と芝木(好子)家に廻る。

5月16日　文春で徳田雅彦に会い、「文学界」へ庄野誠一が持ち込んでくれた「流星抄」を援護してくれるよう依頼。日本軽金属へ寄ると川手一郎はウェストへ行っているというので、訪ねると大塚宣也も来たので、日本橋会館の幼稚舎同窓会34名出席、星野先生も出席で盛会。K組の連中は帰り岡本太郎、青木、伊東だけになりブロードウェーにいく。
5月18日　庄野誠一より「文学界」の「流星抄」不採用の連絡を受ける。
5月21日　借金返済のため北條誠を訪問。不在中、三鍋が小壷天書房の山田を帯同。文祥社はつぶれ『ただよい』と有馬頼義の2冊は小壷天へ肩替りされたと直子からきく。
5月24日　山田静郎に寝込みをおそわれる。悪い条件だが、『ただよい』の発行所でゴタゴタするのは閉口なので先方の言い分をすべてのむ。庄野誠一宅を訪問。虎の門霞山会館で牧屋善三を激ます会。田辺茂一、和田芳恵、十返肇、船山馨、青山光二、東宝の長島のほかは知らぬ人ばかり。和田とちょっとした話から、靴屋の長篇【巷の空】を、豊島与志雄のセガレが経営する光風社で出したらどうかとすすめられ、その気になる。青山と新宿モンブラン。
6月13日　小壷天書房で改題の件につき討議したが結論出ず。講談社に早川を訪問。『海軍日記』企画会議に提出されたと聞く。豊田三郎が来ていて、井上靖の『天平の甍』受賞記念祝賀会をかねたキアラの会開催ときく。
6月23日　井上靖の『天平の甍』文部大臣芸術選奨受賞祝賀会、帝国ホテル。井上夫妻と令嬢。舟橋聖一、北條誠、船山馨、吉行淳之介が夫人同伴、芝木好子が大島清同伴。今までゲストで来た北原武夫、井上友一郎、青山光二、（戸川幸夫欠席）。「中央公論」嶋中鵬二夫妻と、毎日新聞高原四郎、日下令光という顔ぶれ。大島、芝木、豊田三郎、船山夫妻、青山と新宿へ。
6月28日　小壷天書房で『ただよい』サイン。舟橋聖一、井上靖、船山馨、北條誠、源氏鶏太、芝木好子、豊田三郎、八木義徳、有馬頼義、吉行淳之介、日下令光、伊藤森造のキアラ関係、枝見、興梠、高橋（以上現代社）、早川、大久保房男、神津、庄野誠一、田辺（孝治）、徳田雅彦、青山光二、十返肇の23冊。
7月5日　サンケイパーラーで初の日本文藝家協会評議員会。八木義徳と銀座へ出る。10日青山光二来訪。
8月17日　岩上（順一）家葬儀。
8月22日　『海軍日記』を『二つの虹』より先に出版してもらいたい件で現代社訪問。
10月13日　キアラの会。井上靖、有馬頼義欠席。
11月1日　一麦と現代社へ『日記』のサインに行く。3日、十返肇を訪問。早慶戦のテレビをみて帰宅。
11月4日　俳優座劇場で、警職法反対の日本文藝家協会総会。新橋までデモ。船山馨、八木義徳と銀座へ出る。
11月8日　津田信『日本工作人』出版記念会、銀座茶廊。
11月13日　東おどり、豊田三郎、船山馨、八木義徳、芝木好子。
11月14日　船山（馨）家訪問、借金返済。佐藤晃一を訪問（不在、ドイツへ留学の餞別をおく）。
11月18日　徳田（一穂）家訪問。
11月19日　現代社高橋来訪。庄野誠一を訪問。
11月26日　二宮孝顕、源氏鶏太（不在）、教育テレビ【NET】へ泉毅一を訪問。
12月3日　川手一郎に借金返済。
12月9日　『二つの虹』を、十返肇、船山馨(不在)、芝木好子に届けて現代社で署名。家からの電話で帰宅。八木義徳が来訪していた。

12月16日　日本文藝家協会税対策委員会（源氏鶏太、外村繁、村野四郎、宇井無愁と国税局直税部長山下を訪問）
12月19日　船山馨来話、夕食をともにする。
12月24日　日活に送ってもらうために、船山（馨）家へ『二つの虹』持参。（不在）。
12月26日　船山馨が迎えに来て北條誠と3人で小委員会。キアラの会、築地雪村、芝木好子をのぞく全員出席。帰りしな、源氏鶏太から直木賞に推薦されたときく。
『二つの虹』直木賞候補となる。
12月27日　徳田一穂と上野中町のイトー珈琲店で待ち合せ銀座へ出る。
12月30日　富本陽子来訪『二つの虹』大映映画化の件。
　　　　　8月14日、岩上順一歿。

昭和34(1959)年　48歳

1月8日　府中で下顎前歯2本ぬく。早川企三男【直子の従弟】のクルマで石井柏亭告別式、青山斎場へ。
1月15日　舟橋聖一邸訪問。鎌倉へ森武之助と小島政二郎（就寝中）訪問。
1月16日　源氏（鶏太）家訪問（旅行不在）。読売新聞で写真撮影。毎日新聞学芸部浜田琉司にインタヴュウと撮影。
1月19日　朝日新聞の受付へ「略歴」を届け、日本文藝家協会の新年宴会。井上靖、源氏鶏太、山本健吉、野村尚吾と銀座のバアを3軒あるく。
1月20日　庄野誠一夫人が病気という便りだったので見舞う。22日、源氏（鶏太）家へ礼にゆく（不在）。
1月24日　東劇試写室。船山馨、八木義徳、豊田三郎。小松プロデューサーに新橋クラブへ連れていかれ門へ寄って帰宅。豊田が家へ寄り11時半まで話す。
1月26日　和田芳恵を訪問。日本文藝家協会税対策委員会、中西泰男局長、山下元利直税部長。源氏鶏太に銀座へさそわれ、直木賞の選考事情を詳しく聞く。
2月16日　和田芳恵を訪問。靴屋の長篇を、光風社でなく河出から出してもよいかとの諒解を得る。
2月26日　井上靖に日本芸術院賞祝電。吉田精一にハガキ。
3月13日　フジテレビに行く。岡本太郎のほか、ゲストに山森先生出演。
3月26日　歌舞伎座で〈平家物語〉の通しを、八木義徳とみて銀座でお茶。
4月3日　和田芳恵を訪問、「秋声年譜」をあずける。
4月6日　平野謙に祝電（芸術選奨）。
4月17日　プリンスホテルで日本文藝家協会総会。豊田三郎、青山光二と新宿に出る。
5月26日　八木義徳来訪、「荷風」執筆決意。
6月1日　キアラの会出席。クツをはいたのは何十日ぶりだろう。全員出席。有吉佐和子、日下令光正会員となる。帰宅後、ただちに荷風ノート整理。
6月3日　井上靖尊父逝去で弔問。帰途、和田芳恵を訪問。
6月6日　市川の永井荷風家実地踏査。
6月17日　和田芳恵を訪問。「秋声年譜」につき打合せ。
6月24日　庄野誠一来訪。「荷風」また1枚目から書き直し。31枚目まで。至4時。
8月15日　和田芳恵を訪問。22日、学鐙社訪問、竹内一彦に「秋声年譜」の原稿を渡す。
9月8日　「文学界」から「流星抄」返却。
9月16日　〈暗夜行路〉試写。豊田三郎に会い新宿へ出る。
10月6日　NET【現テレビ朝日】に泉毅一を訪問。

昭和35(1960)年　　　　　　III.　年　　譜

10月12日　八木義徳来訪。
10月21日　室生犀星夫人告別式。帰宅後、庄野誠一を訪問。
10月22日　キアラの帰途、船山馨、八木義徳、豊田三郎と銀座ルビコンへ。
11月5日　日本文藝家協会理事会合同の評議員会、八木義徳と銀座へ出る。
11月18日　徳田(一穂)家に6時着、8時半、豊田三郎の死を知り、拙宅で船山馨と待合せ、11時豊田家―徹夜。
11月19日　通夜をして正午帰宅。6時豊田(三郎)家再訪、10時半辞去。十返肇、船山馨、八木義徳、青山光二と高田馬場へ出る。
11月20日　正午告別式、火葬場から新宿へ出て豊田(三郎)家に寄る。24日、森村(浅香)家【豊田は森村家に婿入り、豊田を筆名として使用していた】の初七日忌に顔を出す。
11月29日　八木義徳来訪、共に新宿へ出る。
12月10日　「流星抄」を「群像」の中島に届ける。
12月11日　柳橋亀清楼でキアラの会、全員出席。舟橋聖一に謝恩の形式で会費制。赤坂の紅(もと紅馬車)。
12月17日　野間文芸賞、室生犀星(『かげろふ日記遺文』)。産経会館新東京グリルで税対策委員会、国税局直税部長と会見。風月堂で間庭の『カクテルの本』出版記念会。
12月18日　昨夜、田辺茂一より話のあったキアラの雑誌【のち、風景】の件で北條誠に電話。
　　11月18日、豊田三郎歿。

昭和35(1960)年　　49歳

1月1日　八木義徳来訪、一緒に舟橋(聖一)家へ行く。船山馨、日下令光先着。伊藤、吉行淳之介が来る。野間文芸賞パーティーで田辺茂一から出たキアラの雑誌発刊につき種々懇談。船山、八木、源氏鶏太、日下には既に話をしていて、この話を今日はじめて耳にするのは吉行だけで、雑誌を出すことに異議はないが、PR誌なのかそれとも、ほんとにキアラの雑誌として出してくれるのか、田辺の意図をなお確かめて結果を私から井上靖、有馬頼義、芝木好子にも伝えると決定。雨なので吉行のクルマに八木、日下と便乗。新宿でおろしてもらい八木とセシボンへ。
1月3日　暮に高見順からこの日に招かれていたが、30人ほど客が詰めかけていた。野一色幹夫、山本容朗、田辺孝治、守谷均、中里恒子の顔もみえた。玄関で待たされ『完本高見順日記―昭和二十一年度篇』を受贈。森武之助を訪問。
1月5日　田辺茂一を訪問、受入体勢につき質問。PR誌にキアラが乗るというプランだが、編集権はキアラにあり、隔月刊、季刊を希望し内容を高度のものと企画する場合、受入体勢にフレキシビリティーはあるかと質問、その場合は別途考慮するとの確答を得る。
1月9日　田辺茂一との会見結果を報告するため舟橋聖一を訪問。待たされているうちに時間が来て、車の中で話しながら中山競馬場まで連れていかれる。どうしても雑誌を出したい様子。井上靖を訪ねてくれとのこと引受ける。
1月16日　井上靖を訪問。キアラの雑誌計画一応賛成を得る。
1月28日　芝木好子が青山光二と来訪。芝木は佐多稲子と壺井栄に会う用事があり、お茶の水の方へ出かけたが戻って来たので、3人でカバ焼を食べる。
1月30日　田辺茂一を訪問。不在のため芝木好子と有馬頼義に電話。キアラの雑誌計画を報告、芝木には先日青山光二がいたので話せなかった、2人とも賛成。田辺と豊田三郎百日忌の相談、森村浅香に電話。
1月31日　1人でトップへ行く。不在中、10時ごろ、舟橋聖一夫妻が突然来訪とのこと。

144

III. 年　　譜　　　　　昭和35(1960)年

2月1日　舟橋聖一を訪問。豊田三郎百日忌の件は舟橋、阿部知二、田辺茂一、高木卓でよいという田辺に対し、舟橋は、発起人を26名にふやし、案内状も出来るだけ多く出したいという意見。雑誌の件はキアラの集りを開く前に、一応船山馨、北條誠と4人で会って下準備の相談をしてはという私の意見に対し、一応キアラの会を近々にひらき皆の意見をきいた上で、考え直すことにしようということになる。

2月2日　豊田三郎追悼会の発起人依頼状の下書を作って田辺茂一を訪問。24人【ママ】ということに、田辺は不満のようだったが印刷及び発送を依頼。

2月6日　豊田三郎追悼会の発起人の諾否が着いている筈なので田辺茂一を訪問したが不在。豊田家に寄り案内状の名簿を森村浅香に渡す。

2月　倉敷へNETテレビのための取材旅行。【16日から18日、帰途、京都にまわり、清水寺を見物。終日、四条付近を歩きまわり、20日帰京】

2月22日　森武之助来訪。神田へゆくという森と日本橋へ出て、キアラの会。舟橋聖一、井上靖、船山馨、八木義徳、有馬頼義、吉行淳之介、日下令光、伊藤。船山、八木とルビコン。

2月25日　豊田三郎追悼会、54名出席。帝国ホテルで雑誌の相談。舟橋聖一、田辺茂一、船山馨、八木義徳、有馬頼義、日下令光。

2月29日　講談社へ中島を訪問、「流星抄」をわたす。

4月11日　一麥入学式で日吉へ同行。校庭で鹿島孝二、田辺茂一にあう。〈キアラ〉の雑誌につき、田辺は、今日、舟橋聖一と会見の由、有望ときく。

4月16日　一麥と船山馨家訪問、入学金等の借金返済。

4月20日　日本文藝家協会総会。和田芳恵と話して帰宅。

5月3日　柳橋いな垣でキアラの会、船山馨、芝木好子欠席。キアラ雑誌を小生が単独編集と決定。5日、ホテルニュージャパンで舟橋聖一、田辺茂一と食事。

5月18日　紀伊國屋に田辺茂一を訪問、打合せ。

5月24日　「日経新聞」尾崎芳雄に電話。宇野浩二を訪問(不在)【日経の要望で橋渡し】徳田(一穂)家に寄る。

6月11日　北條誠、吉行淳之介、舟橋聖一と編集会議。「風景」と暫定。

6月20日　日本文藝家協会総会、八木義徳と有楽町へ出て徳田一穂と桂子に会う。

6月21日　キアラの会、井上(靖)邸。有馬頼義、船山馨をのぞく全員出席、創刊号目次発表。

6月27日　十返肇を訪問、原稿依頼。

7月8日　泰雅堂・越川と「風景」印刷の折衝。「風景」創刊号【10月号】福田恆存・三島由紀夫「演劇と文学についてのまじめな放談」の対談を司会。

7月13日　毎日新聞社へ日下令光を訪問、風間完の「風景」表紙、カット受領。帰途田辺一に見せる。越川来訪。(印刷所決定)表紙・目次依頼。

7月14日　庄野誠一。越川、鈴木来訪。表紙の件。「風景」11月号編集会議、舟橋聖一、田辺茂一、北條誠、吉行淳之介、日下令光、木暮。

7月15日　原稿依頼状などの原稿を泰雅堂へ速達。舟橋聖一、風間完に手紙発信。

7月16日　源氏鶏太を訪問、「風景」11月号対談打合せ。26日、北條誠を訪問。

8月2日　鎌倉に、今日出海、高見順(ともに不在)訪問の途次、森武之助を訪問。

8月22日　「風景」11月号「武士とサラリーマン」源氏鶏太、村上元三対談司会。

9月3日　キアラの会、東京会館。

10月　「風景」創刊、初代編集長に就任(37年4月まで)。ふたたび催眠薬を服用しはじめる。2代目編集長・有馬頼義。3代目・吉行淳之介。4代目・船山馨。5代目・沢野久雄。

昭和36(1961)年　　　　　Ⅲ.　年　　譜

6代目・八木義徳。7代目・北條誠。8代目・野口(再)。9代目・八木義徳(再)。10代目・吉行淳之介(再)。4代目から6代目までは全面的に補佐役をつとめる。
9月12日　日本文藝家協会理事会。高見順を訪問。
9月24日　「風景」12月号「さまざまなる不安」木山捷平、安岡章太郎対談司会。
10月　「風景」36年1月号「病巣をめぐって」有馬頼義・北杜夫、対談司会。
11月　「風景」36年2月号「灯火は消えても」川崎長太郎・吉行淳之介対談司会。
11月18日　徳田秋声先生、豊田三郎命日。
12月　「風景」36年3月号「三つの現代文学」高橋義孝・十返肇対談司会。
12月1日　キアラの会、舟橋(聖一)家。「風景」緊急同人会にかわる。帰日直後の井上靖、有吉佐和子をのぞいて全員出席、私の処遇問題と編集権の確立を再確認することになる。交渉委員として船山馨、八木義徳、有馬頼義、吉行淳之介がえらばれる。
12月11日　キアラ側は舟橋聖一、船山馨、八木義徳、有馬頼義、吉行淳之介、日下令光が鉢山【田辺家=「風景」発行所】に集合、途中で田辺茂一予約の原宿福禄寿に席を移して、「風景」3月号の編集会議は終ったが、舟橋はプラン編成のおわった途端に、私の処遇問題を切り出す。
12月29日　船山馨来遊。
2月12日、鈴木清次郎自裁。

昭和36(1961)年　50歳

1月3日　キアラの会に出る途中、十返(肇)家に寄って「風景」対談速記をわたす。十返肇は藤原審爾のところで阿川弘之と麻雀をするために出かけるというので、一緒に舟橋(聖一)家にまわる。源氏鶏太と芝木好子は熱海、北條誠は箱根で欠席。井上靖、八木義徳、船山馨、日下令光のみ出席。井上に外国旅行の話をきいたあと、「風景」4月号の編集会議。井上帰る。食事をすませたところで有吉佐和子参加、有吉から主としてアメリカの話をきく。
1月4日　十返(肇)家訪問。船山馨、青山光二のほか巌谷大四が合流。船山をのこして1時すぎ帰宅。
1月5日　終日「風景」4月号の依頼状を書く。青山光二、丸岡明、有馬頼義、河盛好蔵、戸川幸夫、平林たい子、福永武彦、庄野潤三、武智鉄二、阿川弘之、福田恆存の11氏分。1ヵ月中で一番いやな日だ。
1月7日　田辺茂一に「風景」4月号編集会議の報告のため鉢山にゆくが不在で置手紙。吉田は(故吉田与志雄夫人)今日から出勤。
2月1日　「風景」4月号のため井上靖、中村光夫「旅のみのり」対談、蜂の子【お座敷レストラン】。速記のあと話題がはずんで10時に蜂の子を出る。井上、中村とバア・マントゥールへ行く。途中、中村帰る。身体が辛かったが12時まで井上につきあい、狸穴で食事をとるという井上をタクシーで送って12時半帰宅。井上の外遊前、「風景」はまだ出ていなかった。帰ってきて雑誌をどう思ったかとたずねると、こんなに雑誌がうまくいくとは思っていなかった、好評だということも意外だったとのこと。詩ならいつでも書くというので、毎号でもいいかとたずねると、結構だということだった。外遊中に作った詩はまだどこにも発表しておらず、「風景」の3月号に出たものが最初で、もっと書かせてもらいたいとのこと。
2月3日　新宿ローレルで芝木好子と待合せ。舟橋聖一遅参、吉行淳之介は檀一雄の生誕50年祝賀会に出て遅参。日下令光欠席。北條誠は来月から「風景」編集委員に復帰してくれる由。田辺茂一をまじえて編集会議。

III. 年　　譜　　　　　昭和36(1961)年

2月9日　川端康成、大佛次郎に「風景」4月号原稿〆切日切迫の速達を出しにいったとき電話をかけ、船山馨に富本(憲吉)家の壺を見に来てもらう。船山も壺が欲しいが、値段の関係で富本陽子所有の飾皿を買いたいとのこと。
2月11日　夕刊で芝木好子の『湯葉』が女流文学者賞になったことを知り電話する。
2月25日　母小トミの十七回忌法要を成覚寺でいとなむ。
3月1日　NETから蜂の子。「風景」5月号椎名麟三・小島信夫「純文学のゆくえ」対談司会。
3月2日　和田芳恵来訪。午前1時まで話す。
3月4日　「風景」4月号持参で舟橋(聖一)家、吉行淳之介、北條誠、日下令光、田辺茂一出席。
3月20日　フジテレビへ北條誠訪問(「風景」6月号、小説執筆者補充の件)。
3月27日　直子と湯河原旅行、翌日熱海にまわる。
4月3日　演舞場で「東をどり」、金田中でキアラの会。ゲスト佐多稲子、壺井栄。新入会員沢野久雄。編集会議(舟橋聖一、北條誠、吉行淳之介、日下令光、船山馨、八木義徳)銀座へ出る。
4月5日　日本文藝家協会理事・評議員会。八木義徳に「流星抄」を託す。
4月6日　蜂の子で「風景」6月号富田常雄・井上友一郎「新聞小説の特質」司会。
4月10日　ローレルで宮内寒弥、青山光二と落合う。
4月28日　有馬頼義の事務所訪問。
5月2日　有馬頼義の事務所で「風景」8月号と10月号の編集会議(田辺茂一のみ欠席)。不在中、富本陽子来訪。
5月3日　富本陽子の皿を持って船山馨を訪問。
5月4日　蜂の子。「風景」7月号今日出海、武田泰淳「映画を中心に」対談司会。
5月11日　宮内寒弥来訪。夕食をともにする。
5月17日　〈文人海軍の会〉相談のため十返肇訪問。
5月26日　「風景」8月号対談、山本健吉・亀井勝一郎「国語と言論表現」司会。
5月27日　「文人海軍の会」発足。宮内寒弥、青山光二とムサシノ茶廊。ゴードンへ源氏鶏太、十返肇をたずね、トトに寄る。
6月3日　有馬頼義の事務所で「風景」9月号編集会議、舟橋聖一、吉行淳之介、日下令光、田辺茂一。赤坂のシャンゼリゼーに寄る。
6月18日　熱海へ電話後、舟橋(聖一)家。北條誠を訪問。22日、夜、11時半、舟橋聖一来訪。
6月25日　青野季吉告別式。和田芳恵、八木義徳と渋谷で話す。
7月1日　三銀会吉沢の紹介で初めてオリンパス・カメラを買う。
7月3日　熱海で「風景」10月号「伊豆山閑話」谷崎潤一郎、円地文子氏対談、舟橋聖一と司会。
7月7日　「風景」9月号対談、臼井吉見・北原武夫「女性と文学」司会。
8月2日　銀座東急ホテルで「風景」11月号編集会議。北條誠のみ欠席。
8月8日　有馬頼義訪問(こけし屋で会う)。
8月9日　小島政二郎、永井龍男訪問のため鎌倉へゆき、森武之助をたずねる。11日、佐多稲子を訪問。
8月20日　井上靖を訪問(先方から伝言あり)夕食を共にし、「風景」編集辞意を表明。
8月25日　船山馨を訪問。
8月29日　井上靖に電話。24日、いな垣で源氏鶏太・野間と談話中、舟橋聖一が来て「風景」編集長辞任の話を通じた由。
9月1日　銀座よし田で「風景」12月号編集会議。北條誠欠席。1月号より編集委員代わって井上靖、源氏鶏太、吉行淳之介、船山馨(もしくは八木義徳)と決定。

147

9月初旬　「風景」11月号「文学者の生活」上林暁・佐多稲子対談司会。
9月13日　船山馨来訪、一緒にニュージャパン。舟橋聖一に辞任を話す。十返肇、船山と新橋「トンちゃんの店」。新宿「とと」で伊藤整、福田清人、瀬沼茂樹と合流。
9月17日　十返肇から切符をもらい、後楽園球場へ大毎―西鉄ダブルヘッダーをみにいく。不在中、舟橋聖一来訪。
9月18日　舟橋聖一来訪、辞任承認。来年2月まで(9月―今月から半年)留任として欲しいとのことで承諾。
9月22日　本郷ルオーで和田芳恵と待合せ宇野浩二家通夜。26日、宇野浩二告別式、青山斎場。
10月2日　北條誠亡母会、帝国ホテル。
10月4日　「風景」12月号柴田錬三郎・水上勉対談「いそがしい作家」司会。
10月　秋声研究の目的ではじめて金沢に赴く。【11日～15日】
10月22日　芝木好子温習会、三越本店。
10月30日　蜂の子で「風景」37年1月号広津和郎、高見順対談「新春文藝夜話」司会。
11月2日　東京新聞社訪問、(PR誌あれこれ)につき話す。日仏会館で悠々会主催、講演と映画の夕。有馬頼義、井上靖、柴田錬三郎。帰途井上と少談。
11月29日　「風景」37年2月号対談、中村真一郎、篠田一士「作家の不満・批評家の不満」司会。
12月1日　庄司総一告別式、鈴木重雄、安岡章太郎とこけし屋、有馬頼義を見舞う。
　　「文人海軍の会」会員。青山光二、阿川弘之、池島信平、池波正太郎、梅崎春生、大久保房男、源氏鶏太、今官一、佐伯彰一、佐藤晃一、杉浦幸雄、高野昭、竹之内静雄、田代光、十返肇、豊田穣、野口冨士男、林健太郎、宮内寒弥ほか。
　　9月21日、宇野浩二歿。11月28日、庄司総一歿。

昭和37(1962)年　51歳

1月6日　「風景」3月号、頼尊清隆・笹原金次郎対談「新聞の文学・雑誌の文学」司会。【2月号の誤記】
1月9日　八木義徳と道玄坂下のコーヒー・ハウスで待合せる約束だったが、改築のため店が取壊されていて寒さに震えながら路上で待つ。舟橋聖一、田辺茂一、井上靖、八木、吉行淳之介。道玄坂上ミカドでスキヤキを食べ会議終了。柳橋の「いな垣」芸者は入れ替り立ち替り延べで20人ほど来て、獅子舞の余興があった。帰途の車中で、舟橋に、2月一杯で「風景」をやめられるよう必ず推進してくれと申出る。
1月10日　広津和郎夫人告別式のため谷中霊園の茶屋にいく。
1月15日　池袋新栄堂書店地階喫茶室で和田芳恵と待合せ、大泉の新居へ寺崎浩を訪問。寺崎は、西条八十のお祝いで出かけてしまい、喜代子【秋声の次女】から徳田秋声先生について不明の個所を教示してもらいノートする。池袋で和田とお茶。
1月22日　日本文藝家協会税対策委員会(国税局長招宴)。舟橋聖一に留任問題を持ち出される。
1月25日　船山馨来訪、後任問題検討。26日、船山馨に電話、吉行淳之介も動いてくれていると聞く。
2月5日　有馬頼義とこけし屋で会う。6日、舟橋聖一のお祝いの会、銀座東急。
2月初旬　「風景」4月号「文学する女性」芝木好子・壺井栄対談司会。
3月2日　蜂の子で「風景」5月号対談、永井龍男、河盛好蔵で「文学賞の問題」【のち、文学賞の周辺】。「風景」最後の司会。

III. 年　　譜　　　　　昭和38(1963)年

3月3日　編集プランは私が作ったので有馬頼義と検討。舟橋聖一、田辺茂一、八木義徳、吉行淳之介参集、井上靖、源氏鶏太は欠席。編集委員をやめることも承認された。
3月4日　直子と船山馨家訪問、「風景」辞任について、いろいろ骨を折ってもらった礼をのべる。
3月18日　新大久保駅から青山光二、八木義徳、芝木好子と森村(浅香)家へ。(船山馨は昨日いってしまった由)。田辺茂一、舟橋夫人、徳田一穂。
3月22日　直子と春日町、こんにゃく閻魔、空橋、フジハウスなどを撮影後、徳田(一穂)家に寄る。
3月25日　親子3人で夕食に出かけようとして、玄関まで出たところへ和田芳恵来訪。6時ごろまで話し新宿駅まで和田を送り、不二家の地階で中華料理。
3月27日　朝刊に室生犀星の死が報ぜられ、夕刊に武林無想庵の訃音が掲載された。ともに徳田秋声先生とはご昵懇であった方だ。井上靖の令嬢が結婚されたのでお祝いを持参。
3月29日　室生犀星葬儀、青山斎場。徳田一穂、野田宇太郎、谷口吉郎と龍土軒でお茶、谷口のクルマで虎の門まで送られきつねうどんを食べる。徳田一穂は秋声について不明の個所をたずねても何一つ教えてくれない。
4月5日　日本文藝家協会理事・評議員会、和田芳恵、八木義徳とレンガでお茶。
4月7日　瀬沼茂樹出版記念会、和田芳恵、進藤純孝と目白でお茶。
4月13日　有馬頼義を訪問、「秋声追跡1」15枚原稿あずける。
4月16日　南坂調査のため真砂町、小石川表町を取材。
4月24日　八木義徳来訪。
4月30日　中村武羅夫・岡田三郎追悼会、東急ホテル。
6月7日　キアラの会、舟橋(聖一)家。有吉佐和子を除く全員出席。ゲスト風間完。編集長辞任記念品としてシェーファー受贈。
6月29日　田久保英夫来訪。
7月4日　和田芳恵来話。
7月9日　石川達三と不二コロンバンで待合せ、西銀座料理屋で「新週刊」社長代理に就任要請されるが、10日辞退。
7月17日　和田芳恵から秋声関係著書など23冊借用。
8月　　直子と山陽・山陰・関西に7泊8日の旅行。【7月28日から8月4日まで】
9月11日　十返肇「けちん坊」の会、文春クラブ。
9月20日　宇野浩二の会は盛会、出席者85名。和田芳恵と有楽町でお茶をのみ1時半帰宅。
9月30日　芝木好子の踊り、佐多稲子、壺井栄、船山馨、八木義徳、青山光二、池田みち子、日下令光とみる。
11月17日　資生堂パーラーで豊田三郎追悼会。キアラ会員の欠席者は源氏鶏太、北杜夫のみで珍しく有吉佐和子も来る。司会は船山馨。ゲスト阿部知二、今日出海、十返肇、水上勉。八木義徳、芝木好子とコージーコーナーで喫茶。
12月8日　キアラの会、いな垣。舟橋聖一、井上靖、日下令光、吉行淳之介、北杜夫、芝木好子、八木義徳。ゲスト北原武夫、文春田川博一、樋口進。
12月25日　夜、蛭田家での「円卓」忘年会で榊山潤より『加賀松雪公』上中下3巻受贈。
12月26日　船山馨来訪、牧屋善三の苦衷を書いた手紙を持参。

昭和38(1963)年　52歳

1月13日　十返肇より電報。牧屋善三救済問題で、青山光二、船山馨と十返宅に集まり協議。

149

昭和38(1963)年

1月14日　和田芳恵と筑摩書房土井一正を訪問、『徳田秋声伝』出版ほぼ決まる。和田とお茶の水・丘で談。
1月25日　日本文藝家協会税対策委員会。国税局側植松直税部長他2名。協会側舟橋聖一、村野四郎、井上靖、源氏鶏太、宇井無愁。和田芳恵を訪問(不在)。
2月7日　森村浅香来訪。(豊田三郎遺作の件)
4月5日　『秋声伝』のため胸突坂、中洲を取材。日本文藝家協会理事・評議員会。中公、女流文学者賞(佐多稲子、瀬戸内晴美)の会(東京会館)。八木義徳、芝木好子、青山光二と銀座へ出て船山(馨)家の見舞金をあずかる。
4月19日　日軽金へ川手一郎を訪問、一麥の就職について。日本文藝家協会総会。和田芳恵、八木義徳と品川で10時まで話す。十返肇は、金歯で舌の下を傷つけたため慶応病院に入院手術する由、ガンではないのか心配だ。
4月25日　首藤に電話、一麥と出かけ上野ニュー永藤で待たせておいて会う。
4月27日　寺崎浩『情熱』出版記念会、銀座サッポロビアホール。八木義徳と銀座でお茶、日比谷公園散歩。
5月10日　慶応病院に入院中の十返肇を見舞う。
5月12日　ボストンで船山馨と落合い舟橋(聖一)家弔問。14日、通夜。15日、葬儀、告別式。八木義徳、船山馨と新宿へ出る。
5月26日　隣家で電話を借り十返(肇)家、船山馨家に掛ける。十返はまだ入院、船山夫人退院の由。
6月　右手首腱鞘炎となり、執筆にいちじるしい困難をおぼえる。以後数年にわたって療養につとめ、一応常態に復したが、現在に至っても全治はせず。【死去するまで全治せず】
6月12日　森村浅香来訪、豊田三郎墓碑の件につき相談を受ける。遺著『好きな絵』を受贈。
6月13日　TBS。新宿に寄る。堺の話では、十返肇はさらに喉にも包帯を巻いているので転移したのではないかとのこと。
6月17日　空母コンストレーション号見学。(文人海軍の会)池島信平、今官一、宮内寒弥、青山光二、豊田穣、田代光、杉浦幸雄、井崎一夫、小塙学、読売の高野、仁村美津夫、野平健一の13人参加。三笠も見学。十返肇、一昨日再手術(執刀、石川七郎)と池島にきく。
6月20日　新宿ローレルで船山馨と待合せ、山王病院へ十返肇を見舞う。
7月4日　船山馨来訪。明日新宿にて待合わせを約す。
7月5日　ローレルで船山馨、青山光二と待合せ、十返肇を見舞う、丹羽文雄に会う。十返は、起きて階下の喫茶室へ来た。
8月25日　高田馬場で船山馨と落合い、直子と3人で十返肇を見舞う。一成も大阪から来ていて、十返は眼をひらいているが意識はなく誰だか分らないらしい。船山から徳田秋声先生の写真一葉、岩波文庫版『黴』の「跋」と「陶庵公を偲ぶ」の生原稿借用。
8月28日　朝9時すぎ、船山令息真之に起され、十返肇の逝去を知り国立がんセンターへ駆けつける。病院へ行ったのは船山馨、池島信平だけ。そのまま十返家に行き2時間ほど帰宅、再訪して夜11時帰宅。
8月29日　12時出棺。落合火葬場にゆき、骨あげをしたのは、丹羽文雄、田辺茂一、船山馨と私だけ。夜本通夜。
8月30日　12時、雑司谷斎場。葬儀、告別式。帰途、十返(肇)家に行ったのは、船山馨、青山光二、吉行淳之介、藤原審爾、阿川弘之だけ。青山と話して帰宅。
9月3日　目白駅で船山馨と待合せ舟橋(聖一)家へ。新入会員の件討議、水上勉のみ可決。十返肇の通夜は6時半からだが、船山と私は舟橋家帰途のため4時半着。檀一雄、田村泰

III. 年譜　　　　　　昭和39（1964）年

次郎、伊藤信吉、吉行淳之介、有馬頼義、青山光二、夏堀正元のほかは一部のジャーナリストのみ。昼、伊藤整弔問の由。
9月23日　夕刻、渡辺勉来訪。夕食を一緒にしようと思っているところへ、舟橋（聖一）家の爺や続いて長谷川秘書来訪、キアラの会の通知を忘れたのだ。夕食を済ませてから出席。吉行淳之介、船山馨、沢野久雄、芝木好子、八木義徳、水上勉、北條誠。水上この日より同人となる。
10月1日　〈近代日本文学百年の流れ展〉、明治・大正の部だけサッとみてレセプションに出る。十返肇の三十五日忌に列す。丹羽文雄、田村泰次郎、池島信平、舟橋夫人、船山馨、青山光二、芝木好子、吉行淳之介参集。
10月5日　有馬頼義の引退記念野球（放送解説者のクラブ東京トークスとの対戦）をみるため、一麥と後楽園に行きパーティーに出る。野球見物に吉行淳之介、田辺茂一も来ていた。
10月10日　伊勢丹へ近代文学展をみにいく（秋声のこと再調査のため）。TBSテレビ企画委員会に出席。ゲストの八木義徳と銀座へ出る。
10月15日　十返肇七七日忌、直子と花を持ってゆく。
10月16日　十返肇出演の〈やぶにらみニッポン〉をみて、十返追悼パーティー（第一ホテル新館）。
10月17日　水上勉出版記念会（日生会館）。
10月20日　三越劇場。八木義徳、青山光二と芝木好子宅に寄る。芝木の踊りに来た人、佐多稲子、壺井栄、池田みち子、大原富枝、畔柳二美、北條誠夫人、舟橋美香子、八木、船山馨、青山。
10月29日　和田芳恵を訪問。
11月5日　日本文藝家協会理事評議員会（サンケイ会館新東京グリル）、和田芳恵とレンガ。
11月8日　中十条に秋声関係者の太田千代訪問、不在。
11月11日～14日　早川仁三の斡旋で、厚生省湯河原寮へ『秋声伝』執筆の静養と腱鞘炎治癒を目的に行く。
11月14日　保養所を出て湯河原より列車で熱海へ。熱海駅で広津和郎、田岡典夫、城山三郎に会う。
11月17日　高田馬場駅に集合、豊田三郎納骨。
11月20日　高田馬場で船山馨と落合い、千葉大中山外科に入院中の高見順を見舞う。
11月26日　船山馨来宅。高田南町病院へ入院中の十返肇母堂を見舞う。
12月5日　十返（肇）宅訪問（百ヵ日）。三田文学会創立パーティー（芝パークホテル）。和田芳恵と銀座へ出る。
12月7日　船山馨と三友社へ行き、十返肇特集のプランをつくる。
12月11日　渡辺勉の斡旋で大毎オリオンズ・トレーナー後藤正三来訪、治療をしてもらう。
12月17日　野間文芸賞（広津和郎『年月のあしおと』）。和田芳恵に『塵の中』を恵贈。「石川県史」借用。
12月18日　税対策委員会（出席、井上靖、村野四郎、源氏鶏太、鹿島孝二、宇井無愁、丸岡明、柴田錬三郎）と植松直税部長と会談。
　　8月28日、十返肇歿。

昭和39（1964）年　53歳

1月14日　舟橋聖一の毎日芸術賞、日活ホテル。キアラ会員では、源氏鶏太、有馬頼義、吉行淳之介、北杜夫が欠席。

151

昭和39(1964)年　　　　　　　　　III.　年　　譜

1月22日　和田芳恵、安藤鶴夫と直木賞受賞。
2月11日　舟橋聖一の毎日芸術賞受賞祝賀キアラの会、材木町の迎賓茶家。キアラ全員出席。
2月13日　五反田通信病院へ越智信平を見舞う。容態は悪い。
2月21日　尾崎士郎葬儀(青山斎場)、船山馨と新橋メイフラワーで時間をつぶし、芸術座で水上勉の〈越前竹人形〉をみて帰宅、軽い心悸亢進。
2月22日　山本容朗来訪。(十返の資料調査のため)。
3月9日　新潮社「芸術新潮」の松崎国俊に『秋声伝』関係の書影を撮影してもらう。田辺孝治と和田芳恵のパーティーに直行。
3月20日　三島正六来宅。貴重な資料を得る。
3月25日　新宿「とと」で第1回十返(肇)会。
4月7日　和田芳恵と筑摩書房で落合い、土井、吉岡と神田鹿鳴春で会食。エス・ワイルで喫茶してわかれ、駿河台下アジアで和田と話す。
4月9日　TBS。八木義徳と新宿ローレルに寄る。越智信平死去のこと八木からきく。
4月11日　越智信平の告別式。船山馨の速達で、十返(肇)君母堂の逝去を知らされる。14日、都立家政、浄円寺で十返(肇)君母堂(ハツ)初七日(8日歿)忌供養。
5月7日　有馬頼義邸訪問、舟橋聖一、船山馨、八木義徳、芝木好子、松本清張、作家は5人だけ、それに田辺茂一。船山、八木と「とと」に行く。
5月15日　筑摩書房の土井一正に『秋声伝』本文を渡す。
5月27日　新宿オリムピックで文人海軍の会。源氏鶏太、池島信平、阿川弘之、林健太郎と「とと」へ行く。
6月5日　日本文藝家協会理事・評議員会。和田芳恵とレンガへ行き八木義徳に会う(裏バンダイへ行った帰途)。
6月8日　森村浅香来訪『青き花』歌集を受贈。
7月8日　和田芳恵を訪問。
7月11日　一麦と伝通院、沢蔵稲荷、小石川表町などを撮影。
8月3日　伝通院、白山、赤門前大野屋旅館、本郷三丁目薬師を撮す。
7月15日　「風景」編集会議、舟橋聖一、八木義徳、船山馨、有馬頼義、吉行淳之介。船山、有馬をのぞき、坂本【編集助手】が加わって、柳橋いな垣へ行く。
7月19日　森村浅香出版記念会。渋川驍・松村泰太郎と六本木でお茶、渋川と新宿へでる。
8月10日　二七会矢古島一郎の葬儀に弔辞を捧げる。
8月17日　有馬頼義母堂の通夜。
8月28日　小平で十返肇の納骨後、十返一周忌、東京会館。
9月16日　有馬頼義家訪問。電話債券費用を借用。
9月21日　電話開通。【当初は事務用のちに家庭用にかえる】
10月9日　三島正六に三島霜川の写真返送。藤沢周二を訪問。「風景」50号記念パーティ。有馬頼義に借金返済。
11月5日　紀伊國屋ブルック・ボンドで船山馨と待合せ、「流星抄」出来次第「文藝」に持込んでくれるよう依頼。日本文藝家協会評議員会。和田芳恵、八木義徳と有楽町へ出る。
12月9日　日本文藝家協会税対策委員会。舟橋聖一、井上靖、源氏鶏太、丸岡明、宇井無愁、城山三郎。ユタで船山馨と会い「流星抄」を委託。舟橋家にまわる、編集長吉行淳之介にきまる。井上、八木義徳、船山、沢野久雄、吉行淳之介、有馬頼義、有吉佐和子、日下令光。田辺茂一がゲスト。
12月15日　和田謹吾来訪。秋声の「中年増」と「羊飼ふ家」原稿あずかる。後者は代作か。

152

12月17日　野間文芸賞、東京会館。早川と有楽町のレンガへ行くと和田芳恵がいて3人で話す。

昭和40(1965)年　54歳
1月14日　TBS。八木義徳と銀座レンガで紅茶。不在中、青山光二と船山馨から電話。
1月15日　船山馨と打合せ高田馬場駅で落合い畔柳二美の葬儀に行く。佐多稲子、円地文子、三宅艶子、平林たい子、大原富枝、池田みち子、芝木好子、有吉佐和子、広池秋子などの女流、壺井栄、中野重治、佐々木基一などの顔もみえる。が、やはり淋しい葬儀。いってあげてよかったと思う。
1月16日　船山馨より電話。川端康成先生から舟橋聖一と有馬頼義宛長文の手紙をくださり、"落花流水"を続けたいと申入れがあった由。すでに吉行淳之介が川端家を訪問、4月号から掲載と決定の由。小見出しの"秋風高原"が終ったので"落花流水"が終ったわけではなかったわけ。北條誠にも報告。
1月20日　『秋声伝』見本出来。土井がとどけてくれる。舟橋(聖一)家にとどける。和田芳恵にも届けるつもりで電話したが不在。夜、電話をもらいお礼を述べる。
1月21日　舟橋聖一に呼ばれて相撲をみにゆく。新潮賞授賞式に出るという舟橋の車に同乗。ホテルニューオータニまでの車中で『わが女人抄』を受贈。拙著をみていた舟橋から「こんな本なんかいくら出したって仕様がないけど」と言われ、「そんなこと言っちゃいけませんよ」と応える。出版記念会をやろうと言われる。
1月22日　筑摩書房で署名。土井外出中のため、吉岡実と談話。寄贈合計59部、筑摩から献呈してもらう分5部計64部。土井と珈琲をのみ、和田(芳恵)家訪問。拙著を謹呈。
1月23日　田辺茂一を訪問。喜んでくれて出版記念会の話が出る。井上靖に拙著をとどける、机の上に漢文の資料と系図(自筆)をひろげて執筆中だったが少し話して辞去。(今ごろ出版しては、文学賞受賞に大変不利だから、寄贈を2月末まで控えてはどうかと言われる)。
1月25日　野村尚吾より電話、「サンデー毎日」掲載のインタヴュウ、レンガで談話、写真撮影。
1月26日　日本文藝家協会会議室で税対策委員会、井上靖、源氏鶏太、丸岡明、鹿島孝二、城山三郎。
1月28日　和田芳恵から電話、牧屋善三夫人が1月13日逝去、通知は来ないかとの問合せ。拙宅はまだ。
1月30日　津田信より出版祝意と同時に、2月1日付「日本経済新聞」読書欄大組、吉田精一書評ゲラ刷速達。
2月3日　正誤表依頼のため筑摩書房へ、土井出張中のため淡谷に依頼。「朝日新聞」で百目鬼のインタビュウ。
2月7日　直子と五反田駅で待合せ和田(芳恵)家訪問、夫人臥床のため早々に辞去。喫茶店でコーヒーとケーキご馳走になる。
2月18日　山本容朗の会、盛会。広津和郎、川端康成、平野謙、山本容朗、伊藤整らと話す。吉田精一とタクシーで帰る。
2月22日　山川方夫葬儀(弔電を打つ)。
2月27日　「三田文学」紅茶会。風邪気なので欠席しようかと思ったが、和田芳恵が出るというので出席。
3月2日　ローレルで船山馨、和田芳恵と落合い、衆院第一議員会館に行く。日本文藝家協会側は舟橋聖一と堺、小畑。

153

昭和40（1965）年　　　　　Ⅲ．年　譜

3月5日　文化学院の米山彊らが、神田コペンハーゲンで『秋声伝』お祝いの会を開いてくれる。
3月7日　和田芳恵より電話、丹羽文雄を発起人に入れること舟橋聖一も承諾。徳田一穂（田辺茂一を通じて）発起人受諾ときく。
3月8日　和田芳恵から電話。記念会は4月2日新橋亭に決定。船山馨より平野謙発起人受諾の電話。
3月11日　筑摩の古田社長と土井に署名本を献呈。往復はがきの印刷依頼に来た和田芳恵と行き合せ、お茶をのんで、鎌倉へ発起人の依頼に行く和田とわかれ、TBS。
3月13月～14日　伊豆湯ヶ野（湯本楼）泊。翌日、石廊崎、下田を遊覧。
3月15日　後藤正三より、土門拳に託された徳田秋声の写真をいただく【土門も後藤の患者】。お礼状に対し、19日、2.5mの書簡をいただく。
3月16日　明治座に行き八木義徳と銀座に出る。
3月25日　「十返肇会」（30名出席）、源氏鶏太と、「とと」に行く。
3月30日　和田芳恵と新橋亭で待合せ。
4月2日　新橋亭に於て『徳田秋声伝』出版記念会を催される。
4月4日　直子と和田芳恵家へ返礼に行く。
4月5日　日本文藝家協会理事評議員会、東京駅で大原富枝と別れ、和田芳恵、船山馨、八木義徳、芝木好子と有楽町ジャーマンベーカリー。
4月　金沢へ旅行、さらに秋声を調査するためであった。【9日から13日】
4月14日　船山馨を訪問。
4月20日　日本文藝家協会総会の前、新宿紀伊國屋に寄り三島正六に会う。和田芳恵、八木義徳とお茶。
5月2日　「風景」6月号のため中野重治、平野謙対談「明治を振返る」司会。
5月5日　和田芳より借用した「秋声」関係書籍を一麥と返却。
5月8日　船山馨家訪問。中根事件ノート開始。【風のない日々関係】
5月27日　海軍の会盛会。9時半散会。青山光二、宮内寒弥と新宿「とと」へ行く。
6月3日　『徳田秋声の文学』のため白山へ富田家跡を踏査にゆき、巣鴨へ出て地蔵通から大塚へ抜ける。
6月25日　寺崎浩の個展を現代画廊へ見にゆき石光葆に会う。
6月29日　キアラの会、舟橋（聖一）家。井上靖、源氏鶏太、有馬頼義、北條誠、船山馨、吉行淳之介、八木義徳、芝木好子、日下令光。欠席は渡支中の有吉佐和子、ヒマラヤの北杜夫、水上勉。
7月5日　紀伊國屋ブルック・ボンドで船山夫人に会い木野工を紹介される。理事・評議員会で秋声生誕地に記念碑の件提出、全員の賛同と署名を得る。和田芳恵、八木義徳とレンガ。
7月16日　川手一郎に大塚宣也の金銭援助を依頼、米山彊、山口年臣、石川秀夫、岡本太郎、斉藤に通知。
7月19日　大塚宣也を見舞う。（岡本太郎が来て、一足違いだった由）。
7月21日　中井駅で船山馨と待合せ梅崎春生の葬儀。委員長椎名麟三、司会遠藤周作。曽野綾子が受付をしていたのが印象的だった。
7月26日　河出孝雄告別式、青山斎場。和田芳恵と講談社にまわり、早川、大村彦次郎に会う。
8月3日　谷崎潤一郎葬儀。
8月18日　和田芳恵、船山馨と東京駅ホームで待合せ、北鎌倉の高見（順）家弔問、川端康成、田辺茂一、菊岡久利に会う。菊岡の車で由比ヶ浜に出てお茶をのみながら山田順子

の話などをきく。
8月19日　船山馨と新宿ローレルで待合せ灘万へ高見順の通夜に行く。20日、青山斎場で葬儀。八木義徳、船山馨と新宿へ出る。
8月27日　山の茶屋で「風景」10月号、野田宇太郎・小田切進対談「近代文学の礎」司会。帰途、野田と新宿。
8月28日　十返肇家訪問。
9月9日　TBSの帰途、草月会館で、〈スキーの岡本太郎〉を八木義徳とみて、銀座レンガ。
9月15日～16日　那須に静養。
9月21日　宇野浩二の会。8時、レンガで和田芳恵と待合せ11時帰宅。
9月22日　川手一郎の好意によりアルミサッシ寸法はかりに来る。
10月4日　9時半岩上淑子より電話、慶応病院にゆく。大塚宣也(2時37分)永眠。夕刻、解剖中、静岡に出張中の川手一郎、尾上来て新宿に出る。不在中、ペンクラブ立野信之から電話。
10月5日　川手一郎と新宿駅で落合い堀ノ内火葬場へ。首藤、佐野、尾上と銀座へ出る。日本文藝家協会の墓碑建設委員会。
10月7日　船山馨と高田馬場で落合い、小田切進出版記念会。秋声誕生地標識の話がつく。
10月11日　ペンクラブへ立野信之を訪問。「日本ペンクラブ三十年史」執筆、〈一応〉という但書きつきで承諾。【川端康成の指名だった】
10月22日　「秋声追跡」第12回浄書了。和田謹吾来訪。
秋　名古屋市久国寺に岡本太郎作の梵鐘が落慶したとき、乞われて祝電を打つ。「君が鐘、尾張の秋の日の空に、高く響けよ、とわに響けよ」生涯にただ一首の短歌である。【10月24日】
10月25日　船山(馨)家訪問、和田謹吾、小笠原克合流。
10月27日　「三田文学」の理事会中座、NHKで吉田精一、平野謙、佐伯彰一と秋声について〈作家と作品〉を語る。
11月1日　銀座言論人懇談会で高鳥正との約束を果すため署名。高鳥と珈琲。金子きみの会で津田信と談話。
11月5日　「三田新聞」審査済み原稿山本嬢にわたす。後藤亮と渋谷のユーハイムで待合せ。
11月17日　近代文学館高橋敬、倉和男ご雑誌の引取りに来訪、計812冊寄贈。
11月19日　和田芳恵の依頼で、日大芸術学部で講義。
11月21日　八木義徳と四谷見附でお茶。24日、井上靖を訪問。
11月25日　高橋道蔵父子を戸塚二丁目までむかえに行く。封書12通(うち秋声2通)、ハガキ15通(うち秋声8通)あずかる。
12月3日　「毎日新聞」赤松より電話、『秋声伝』が毎日芸術賞に内定の由。赤松がカメラマン同道。談話、写真撮影。文学部門としては谷崎潤一郎、丹羽文雄、井上靖、舟橋聖一、吉川英治、三島由紀夫につづき7人目。他部門は市川崑(映画)、巖本真理(音楽)、岩切(写真)の由。会社から戻った一麥、直子と乾杯。
12月4日　神保光太郎出版記念会。瀬沼茂樹・和田芳恵と新宿に出て和田とソバを食べお茶をのむ。
12月9日　日本文藝家協会堺より電話、徳田秋声先生生誕地の記念碑の件、北国新聞社より正式受諾とのこと。和田芳恵が、昨夕、古田晁に知らせたとのことなので、もうよいと判断し船山馨に毎日芸術賞のこと電話で知らせる。
12月14日　舟橋聖一より毎日芸術賞祝辞電話。毎日新聞のため〈「二七会」と「三銀会」〉2枚脱稿。

昭和41(1966)年　　　　　III. 年　譜

12月17日　野間文芸賞、舟橋聖一欠席。源氏鶏太が手放しでよろこんで小人数の祝宴を開こうといってくれた。
12月18日　古田晁に招ばれ、直子と西銀座八丁目の大隈へ行く。和田芳恵夫妻同席。
12月31日　大掃除の最中、高橋道蔵来訪。先日くれた書簡(秋声)をまた持ってくるといって持ち帰る。
　　　　7月19日、梅崎春生歿。8月17日、高見順歿。10月4日、大塚宣也歿。

昭和41(1966)年　55歳

1月1日　『徳田秋声伝』により第7回毎日芸術賞受賞。(贈賞式は1月14日)。
1月2日　今回拝受した祝電では、知名度が高いという意味では決してなく、意想外だったという意味で、三島由紀夫、丹羽文雄、山本健吉から頂戴したものが最も嬉しかった。
1月14日　直子と毎日芸術賞会場日活国際ホテルへ行く。一麥は会社から来る。佐多稲子、和田芳恵、船山馨、八木義徳、芝木好子、大久保房男、野村尚吾とお茶、芝木、大久保と銀座松坂屋の夏目漱石展をみてスシをご馳走になる。
1月21日　紀伊國屋に寄るも田辺茂一不在のため、名刺に受賞式にご出席、祝辞を述べていただいたお礼を書いて秘書に委託。「三田文学」事務所で藤沢閑二と小話。ペンクラブ第1回編集委員会、芹沢光治良(会長)、立野信之(専務理事)、勝本清一郎、中島健蔵、箕輪錬一。今日は創立前後から、戦局の深化するころまでの話題。
1月24日　ペンクラブに行き、テープを廻してもらって筆記加筆。
1月27日　読売文学賞受賞(小説)の庄野潤三に祝意打電。
1月29日～30日　直子と湯河原・緑水に1泊。小田原城内で川崎長太郎に会い、毎日芸術賞の祝意を受ける。
2月3日　山の茶屋で「風景」3月号対談、五所平之助・吉村公三郎「監督の発言」司会。吉村が帰ったあと、五所に30分ほど話し込まれ、ハイヤアに同乗し江戸橋でわかれる。
2月11日　税対策委員会。先方は守屋九二夫直税部長以下5名。こちらは井上靖、源氏鶏太、鹿島孝二、宇井無愁。
2月25日　青山光二と京王百貨店ゴールデンコーナーで落合う。三金でエビフライを食べ中央通りでコーヒー。
3月3日　「三田文学」理事会。石坂洋次郎、石丸重治、芦原英了、村野四郎、二宮孝顕、池田弥三郎、白井浩司、若尾徳平、桂芳久その他。近づいた雑誌発刊の方針検討。
3月8日　ペンクラブ、年史編纂委員会。芹沢光治良、伊藤整、中島健蔵、立野信之、夏目三郎。
3月15日　三田文学会理事会。石坂洋次郎、石丸、村野四郎、芦原英了、庄野誠一、丸岡明、池田弥三郎、白井浩司、田辺茂一、藤沢閑二、若尾徳平、桂芳久、鷲尾洋三他1名。経営・編集につき論議活発。
3月22日　丸岡明が文部大臣選奨を受けたことが放送されたので、お祝いの電話を掛ける。
3月24日　山の茶屋で、「風景」5月号のために八木義徳・北條誠の対談「キアラ」と「風景」司会。結果としては予想通り鼎談の形となる。【5月号には、鼎談として掲載】八木と銀座カルネドールでお茶。
3月29日　「三田文学」紅茶会。和田芳恵と新宿でソバを食べお茶。
4月4日　「文藝春秋」から申入れの〈同級生交歓〉の写真撮影のため、朝日新聞社へ松島雄一郎(昨年・停年で現在「ジス・イズ・ジャパン」編集部)を訪問。北沢彪先着。内田孝資、中川忠彦、飯沢匡の順に到着、アラスカで林忠彦撮影。

4月5日　日本文藝家協会理事評議員会。(文藝春秋社は先月13日に麹町へ移転)。和田芳恵、八木義徳、船山馨、芝木好子と麹町四丁目でお茶。
4月7日　日本芸術院賞発表。文学関係、中山義秀、永井龍男、舟木重信、山本健吉。山本に祝電。
4月13日　久しぶりのキアラの会。井上靖、船山馨、八木義徳、芝木好子、吉行淳之介、有馬頼義、沢野久雄、北杜夫、有吉佐和子、日下令光。欠席は源氏鶏太、北原武夫、水上勉。
4月16日　ローレルで船山馨と待合せ「風景」編集会議(7月号)野田岩。舟橋聖一・田辺茂一・吉行淳之介・沢野久雄。船山とまた新宿に出て一路でやすみ、吉行が12月号で編集長辞任を考えており、船山が指名されるおそれがあるが沢野という線を出す。
4月18日　「現実・文学」の青地晨、森武之助、山口年臣、柳場博二、富本陽子による毎日芸術賞受賞の祝賀会、駿河台コペンハーゲン。
4月　日本文藝家協会総会に於て副議長をつとめる。【20日】
4月28日　丸岡明の『静かなる影絵』文部大臣芸術選奨受賞祝賀会、東京プリンス。庄野誠一、二宮孝顕と佐久間町の喫茶店に寄る。
4月30日　森村桂『天国にいちばん近い島』持参。
5月10日　伊藤整、立野信之、ペンクラブ書記局南本女史と鎌倉へ。琵琶小路の一生庵(川端康成命名)でソバの昼食後、極楽寺の有島生馬訪問。テープ、ノートを取る。ペンクラブに寄り小憩。紀伊國屋OBの会に出席。重政とお茶。
5月18日　船山馨来訪。日本文藝家協会を脱退したいというので慰留。
5月27日　〈文人海軍の会〉新宿一丁目古鷹ビル養浩館。出席25名、銀座バア女給10名。宮内寒弥・青山光二とお茶。
6月3日　船山馨に電話したところ、銀座へ外出するところだとのことなのでユタで落合う。
6月15日　佐野・玉利・坂井と京王デパートで落合い、故菊本夫人の告別式場・堀ノ内真盛寺に行く。山本健吉の日本芸術院賞受賞祝賀会、ホテルニューオータニへ。
7月5日　田久保英夫来訪、原稿「水入らず」持参。
7月8日　板垣鷹穂告別式。堺に会い青山一丁目でお茶をのんで日本文藝家協会に寄る。「三田文学」理事会、紀伊國屋サロン。引続き紅茶会。岡田睦とシェモアでお茶。
7月11日　舟橋(聖一)邸でキアラの会。井上靖、源氏鶏太、沢野久雄、船山馨、八木義徳、芝木好子、有馬頼義、吉行淳之介、日下令光。「風景」新年号からの編集長につき討議。編集長は船山、委員は沢野、有馬、北杜夫が残り、芝木と私が加わる。
7月15日　第2回太宰治賞、吉村昭受賞式。吉村、津村節子とは初対面。久保田正文、栃折女史とも初対面。出席者約100名。河上徹太郎、井伏鱒二、石川淳、臼井吉見、平野謙、山本健吉、井上靖、中村真一郎、浅見淵、田村泰次郎、田辺茂一、小田切進、篠田一士、中村光夫、檀一雄、丸岡明、白井浩司、佐伯彰一、吉田健一、木山捷平、八木義徳、石川利光、中村八朗、椎名麟三、開高健等。和田芳恵、吉岡とシャンゼリゼーで軽食。
8月24日　ペンクラブで、軽井沢(川端康成インタビュー)での録音テープをききながらノート。
8月28日　西武デパート「群像」20周年記念〈日本の文学賞展〉をみにゆき青山光二に会う。青山と十返肇家命日。船山馨、巖谷大四、山本容朗のみ。
9月4日　田久保英夫来訪、夕食を共にする。
9月17日　ヒルトンホテルで後藤亮『正宗白鳥』出版記念会。笹渕友一、比屋根安定、大岡昇平、庄野潤三、安藤一郎(高木卓)ほか。村松定孝、紅野敏郎、榎本隆司とシャンゼリゼーに寄る。

昭和41(1966)年　　　　Ⅲ．年　譜

9月19日　ペンクラブに寄る。係の人が不在で目的を果せず、立野信之に会い、青野季吉の『文学五十年』借用。浩二忌、新橋亭。広津和郎、江口渙、谷崎精二、川崎長太郎、楢崎勤、倉島竹二郎、渋川驍、田辺茂一、今官一、野田宇太郎他。

9月21日　ペンクラブに『文学五十年』返済、縮刷版借用、必要項目を写す。伊勢丹〈高見順展〉をザッとみて、紀伊國屋・サロンの「三田文学」理事会(石丸、佐藤朔、白井浩司、村野四郎、丸岡明、桂芳久)。村野と伊勢丹に戻り、〈高見順を偲ぶ会〉盛会。船山馨とモータープール脇のハヤセで少憩。

9月22日　日本文藝家協会著作権委員会。石川達三、菅原卓、戸川エマ、丹羽文雄、福田清人、中島健蔵、学習書協会(金星堂、明治書院、學燈社主、及び旺文社重役)。麴町四丁目で和田芳恵に会い電停脇の喫茶店で少憩。

9月24日　富本一枝告別式。中野重治、佐多稲子、渋川驍を見かける。平塚らいてうと中村汀女は葬儀関係者。白滝(旧姓)須磨、藤井田鶴子にも会う。TBSの人に声をかけられ今村瓏と新宿まで便乗、ボンで少憩。

10月3日　K来訪。「死の博物誌」という400枚の原稿持参、出版社を世話してくれという。Tは週刊現代のリライター、Kは読みものライター。これが戦後20年を経過した、文筆家志望者の換金思想(文学を捨てての)平均的姿態か。

10月4日　大塚宣也1年祭追悼会、赤坂山王下栄林。川手一郎、首藤、菊本、尾上。

10月12日　「風景」新年号編集プラン打合せのため船山馨来訪。

10月13日　ペンクラブで会報合本を受取り、「風景」新年号編集会議、東麻布、野田岩。舟橋聖一、田辺茂一、北杜夫、芝木好子、吉行淳之介、船山馨。

10月18日　東京会館で谷崎潤一郎賞、遠藤周作の『沈黙』と女流新人賞『証文』の受賞式。八木義徳、青山光二と有楽町ビルのロアールでお茶、新宿へ戻って青山と三越裏メトロノームでアイスクリーム。

10月20日　今村瓏来訪一緒に米山彊の告別式、青山長谷寺。今村、山口年臣、丸茂文雄と宮益坂の泉。

10月22日　舟橋(聖一)宅でキアラの会。八木義徳、源氏鶏太、船山馨、有馬頼義、吉行淳之介、北杜夫。80号記念にパーティ主催のこと、「風景」の対談集、日記集出版を計画、実行に移すこととなる。八木、船山と高田馬場でお茶。

10月25日　福田清人のアンデルセン賞優秀賞受賞祝賀会、ヒルトンホテル。参会者400名とのこと、児童文学・国文学関係者が多いらしく、知った顔はすくない。会場に着いて間もなく丸岡明が貧血を起したので八木義徳と2人で介抱。八木と銀座へ出て京成菜苑でソバ、カルネドールで珈琲。

10月31日　日生劇場地下で米山彊の追悼会。劇壇、演劇関係の人が多かったせいか、スピーチを最初にさせられたのには閉口。泉毅一、藤井田鶴子、池田忠雄、沢渡博、桜井作次と、日比谷映画劇場裏の店でコーヒー、池田、沢渡、桜井と宮益坂上のビルにあるのみ屋に行き先に帰宅。

11月1日　泉毅一(NET編成局長)来訪。「現実・文学」第一期分10冊貸与。重複して保存してあるものは贈呈。

11月8日　「三田文学」理事会、紀伊國屋サロン。石坂洋次郎、佐藤朔、石丸、白井浩司、田辺茂一、北原武夫。丸岡明入院の由白井よりきく。引続き紅茶会。長尾雄に歌舞伎町「歩」に連れて行かれ、さらに西銀座の「杏」へ行く。

11月10日　近代文学館開会記念の〈トルストイ展〉に行く。打合せてあったので船山馨にも会え新宿で休む。

11月15日　船山馨と高田馬場で落合い、上野駅ホームで寺崎浩に会い浅草本願寺にゆく。斎場からの帰途にあった川端康成先生に会い「風景」の随筆連載を依頼、4月号からの執

III. 年　　譜　　　　　　昭和42(1967)年

筆を受諾される。会葬者に学生のまじっているのが目につき、亀井勝一郎の読者の広汎なことがうかがえる。式場で〈北海道文学展〉の資料返済に上京中の更科源蔵、小笠原克、木原直彦、沢田誠一、西村信に会い、船山、八木義徳、木野工をまじえた9人連れでお茶をのみ、船山、八木とロックを歩き、船山のタクシーに便乗。

11月16日　阿川弘之新潮賞受賞につき祝電を打つ。「風景」3月号編集会議、野田岩。舟橋聖一、田辺茂一、船山馨、芝木好子、有馬頼義、北杜夫。次回からは紀伊國屋サロンとすることに決定。北杜夫、芝木、船山と新宿の茉莉花へ行き、山室静に会い誘われて船山と3人で「ごんしゃん」という店にまわる。

11月24日　年賀状図案版下かき上げる。【彫刻は一麥、刷りは直子が担当した】

11月30日　聖路加に行く路上で庄野誠一に会い、病室をのぞいたがカラで屋上の食堂で丸岡明夫妻に会う。

11月31日　舟橋聖一が、中山義秀と2人芸術院入りに内定したというので電話。

12月3日　ローレルで船山馨、青山光二と待合せ佐佐木茂索葬儀。八木義徳、芝木好子をくわえ、一たん麹町四丁目でお茶、新宿モンモランシーで、マカロニグラタンを食し皆とわかれる。八木と伊勢丹会館のフランセでお茶。不在中青山から電話、小説新潮賞を受賞した由。電話で祝意を表す。

12月5日　日本文藝家協会理事評議員会。和田芳恵、渋川驍、青山光二と麹町四丁目附近でお茶。

12月7日　井伏鱒二(礼状・印刷物)。10日、舟橋聖一より祝意に対する礼状。

12月12日　「三田文学」理事会。石坂洋次郎、佐藤朔、石丸、大林清、白井浩司、田辺茂一。

12月13日　紀伊國屋サロンで「風景」4月号編集会議。田辺茂一、船山馨、沢野久雄、有馬頼義、芝木好子、北杜夫。舟橋聖一遅参。

12月17日　野間文芸賞(井伏鱒二『黒い雨』)受賞式。和田芳恵と有楽町ビルロワール、倫敦屋に寄る。

12月24日　舟橋聖一祝賀会打合せのため西銀座並木通のレンガ屋へに行く。有馬頼義が先着。沢野久雄に2時間近く待たされ宮本商行で卓鈴に決める。文字は〈祝・芸術院会員舟橋聖一殿・キアラの会〉と三段に刻印させる。

12月26日　白山で『縮図』の銀子の家を撮影後、佐藤晃一を東大病院に見舞う。

青山光二、「修羅の人」により小説新潮賞受賞。

昭和42(1967)年　56歳

1月2日　久しぶりに醱酵気味となり、下腹部膨満、呼吸困難。戦後20年あまり経過しているのに、まだ、この徴候から完全に脱け切れないのかと、いきどおりを抑えかねる。

1月13日　舟橋聖一芸術院入り祝賀会、御成門留園。キアラの会員は全員出席。ゲストは芹沢光治良、伊藤整、今日出海、阿部知二、田辺茂一、吉屋信子、円地文子、阿川弘之、舟橋夫人と主賓の10名で、出席の返事がありながら川端康成先生のみが欠席された。終始、司会を私が承わる。芝木好子・船山馨と新宿にゆき、船山とムサシノ茶廊でお茶。

1月19日　税対策委員会、パレスホテル。日本文藝家協会側はレギュラーとして井上靖、源氏鶏太、鹿島孝二、宇井無愁、城山三郎、それに山本健吉、臼井吉見、壺井繁治、椎名麟三くわわり、国税局側も新部長以下6名で盛会。

1月20日　今村瓏来訪。文春の上林吾郎を紹介してくれという。

1月23日　ペンクラブに行く。瀬沼茂樹と私のペンクラブ史執筆をうながすという意味の会合で、招待者は芹沢光治良と立野信之、4人で夕食。瀬沼にさそわれ新宿の未来へ行く。1時間ほど島崎翁助が合流。敗戦直後、『島崎藤村の手紙』が刊行されて著作権の紛

159

昭和42(1967)年　　　　　III.　年　　譜

争が生じたとき、日本文藝家協会側を代表して私が出席したことがあり、私は忘れていたが、島崎にそのとき会ったといわれて思い出した。とすると、20年ぶりの再会。

1月24日　文人海軍の会、赤坂松葉屋。青山光二、阿川弘之と私が昨年度の文学賞受賞者として招待される〈臨時増刊〉。池島信平、源氏鶏太、宮内寒弥、豊田穣ほか、幹事補佐は、城山三郎、向坊寿(文春)で、小塙学と読売文学賞の選考委員会に出席した高野昭は散会まぎわに到着。読売文学賞は小説部門で丹羽文雄の『一路』、後藤亮の『正宗白鳥』他が決定と高野にきかされる。青山、宮内と新宿「とと」に行く。そこから後藤に電話で祝意を述べる。

1月25日　幹事役の源氏鶏太、池島信平、城山三郎、向坊に昨日の礼状を差出す。

2月9日　NHK放送センターで山本健吉(司会)と巌谷大四で「舟橋聖一・作家と作品」(FM)録音。

2月14日　「風景」5月号編集会議。船山馨、有馬頼義、沢野久雄、芝木好子、北杜夫、田辺茂一の順に集まる。舟橋聖一は昨日鮎川義介死去のため遅参。舟橋より、お祝の会の返礼として鎌倉彫ペン皿をいただく。船山と西武線で帰る。

2月20日　船山馨より電話、「風景」4月号〆切日なのに、椎名麟三が今日になって50枚(新企画)の小説ができあがらず、ピンチヒッターとして27日までに小説を書いて欲しいとの申入れ。

3月14日　野田岩で「風景」6月号編集会議。舟橋聖一、田辺茂一、船山馨、沢野久雄、北杜夫。芝木好子、有馬頼義欠席。

3月22日　日本文藝家協会著作権委員会〈入学試験問題集の件〉。こちらは中島健蔵と2人で、先方は新評論の美作太郎、旺文社の鳥居専務、オーム社の三井常務と書記局長。何とか言いくるめようとするので逆にネジ返し奮戦。

3月25日　新宿秋田で十返(肇)忌。田村泰次郎、笹原金次郎からペンクラブ史執筆の礼をいわれる。【ゲラが出はじめていた】

4月5日　石井幸之助写真展〈文学ところどころ〉三菱自動車。ペンクラブに寄り校正の打合せ。日本文藝家協会理事・監事・評議員会。総会のための予備会議。和田芳恵・渋川驍とお茶。

4月8日　田久保英夫原稿持参、夕食をともにし話す。

4月11日　近代文学館(開会式は午前9時でとうてい間に合わなかった)に行き、瀬沼茂樹の案内で諸設備を見学。伊藤整、村松定孝、高見夫人に会い、阪本越郎、壺井繁治らと渋谷まで電車に同乗。東京会館の第1回吉川英治賞授賞式。文学賞は松本清張。英治賞は相沢忠洋(新宿遺跡発掘者)、平三郎(天体望遠鏡)、宮崎康平・和子夫妻(『まぼろしの邪馬台国』著者)ほか。後者は、著名文学者の受賞と違って何かジーンと胸にくるものがあった。

4月14日　「風景」7月号編集会議、野田岩。舟橋聖一、沢野久雄、芝木好子、日下令光、船山馨。田辺茂一、有馬頼義、北杜夫欠席。船山とクルマで帰宅。

4月15日　「三田文学」理事会。田久保英夫と待ち合せのフランセで作品に2、3の感想を述べて原稿を返済。

4月17日　蛭田夫人、井出孫六来訪。

4月19日　文藝家協会総会に於て副議長をつとめる。

八木義徳と新橋駅の近くでコーヒー。懇親会の席で、70歳のお祝いを受けた宇野千代に「おめでとうございます」、と申上げて「よろしいんですか」ときくと「いいわよ。嬉しいの。そうでなきゃ、今日は来ないわよ」と応えた。立派だと思った。

4月21日　漢方医の地図を同封した川手一郎への速達を〈出しに行ったついでにユタでコーヒー。「週刊読売」(近代文学館が公開した文豪のラブレターという記事掲載)を

買って帰る道で保昌正夫に会う。
4月25日　早川仁三からハイミナールを受取るため厚生省記者クラブへ行き、イイノビルでコーヒー。
4月28日　山水楼で『ペンクラブ史』出版慰労会。川端康成、芹沢光治良、立野信之、田村泰次郎、南本出席。瀬沼茂樹と私が主賓で上座に川端先生とならんで坐る。芹沢、瀬沼、田村と新宿までタクシー。田村とドレスデンに寄る。
4月30日　船山馨と高田馬場で待ち合せ、広池秋子に声をかけられる。津村節子と一緒だったので2人に挨拶。船山と新潮社長葬儀。船山、高見夫人と新宿へ出てフランセで待つうち、葬儀場で声を掛けておいた青山光二も来て、4人でそばを食べる。夫人とわかれたあと、また歌舞伎町でお茶。
5月　文藝家協会理事に就任。【6日夜、和田芳恵から電話、新理事に推薦されたことを知る】
5月9日　一麥から電話で川手一郎が副社長に栄進したことを知って祝電を打つ。銀座資生堂ギャラリーの〈マーキュリー展〉をみる。石崎【大協石油社長】の絵が出品されているので。
5月12日　朝刊に小笹正人の訃報が出ていたので大井町へ弔問。徳田一穂夫妻がみえていたので、1時間弱霊前にとどまる。
5月22日　ペンクラブに行き、南本、高橋に慰労品を贈呈。ホテルニューオータニの〈田辺茂一を囲む会〉にまわる。八木義徳・青山光二と新宿フランセでお茶。
5月27日　文人海軍の会。源氏鶏太、池島信平、林健太郎、宮内寒弥、青山光二、向坊、高野、豊田穣、野平、中曽根康弘、十返千鶴子・梅崎夫人。
6月5日　日本文藝家協会理事会。新任理事の出席は芝木好子、船山馨、三浦朱門、奥野健男、尾崎秀樹、北杜夫の7名で、石原慎太郎、遠藤周作、松本清張、三島由紀夫は欠席。和田芳恵とエンゼルでお茶。
6月21日　日本文藝家協会で入試問題集に関する著作権委員会。先方は前と同じ書協の4人。こちらは出席よく、石川達三、菅原卓、和田芳恵、戸川幸夫と沢野久雄。
6月25日　青山斎場で壺井栄告別式。船山馨と三越本店の〈佐伯米子展〉へまわる。
6月29日　中野の観世能楽書院でおこなわれた、丸岡明の還暦祝いに出席。和田芳恵と新宿フランセでやすむ。
7月1日　『鳥媒花』出版記念会。日本近代文学館へ〈近代文学名作展〉打合せのため、和田芳恵と渋谷で食事。
7月8日　山の茶屋で「風景」10月号、11月号編集会議。舟橋聖一、沢野久雄、芝木好子、船山馨、日下令光。田辺茂一、有馬頼義、北杜夫欠席。沢野、船山、日下、山本（有）とTBS前のアマンドでお茶。
7月10日　3時〜8時、近代文学館。和田芳恵、尾崎秀樹、奥野健男と渋谷でソバ。別れて和田とコーヒー、10時半帰宅。疲労のため佐藤晃一の通夜に行けず。
7月11日　佐藤晃一告別式、駒込吉祥寺に会葬。山口年臣と本郷三丁目のルオーでやすむ。
7月14日　新潮社で舟橋聖一選集打合せ、伊藤整、舟橋。酒井前出版部長。佐伯彰一遅参。新出版部長新田、出版部山岸、長谷川力とニュージャパン。
7月27日　紅野敏郎、和田芳恵、文学館事務局宇治土公三津子、堀田来宅、大正期の陳列品検討。和田のこり戸塚二丁目緑園でコーヒー。
8月8日　船山馨から電話で、「風景」11月号対談「文壇の谷間―不振の50代作家」というテーマはかんばしくないし、速記の中尾に言われたのだが、船山になってから、女性が対談に出ていないのでテーマを考えてくれといわれていた。円地文子・幸田文の2人に山の手と下町の文学・父の思い出みたいなものをたのもうと打合せ決定。

161

昭和42(1967)年　　　　　III.　年　　譜

8月28日　十返(肇)家へ行く。彼が長逝してから満4年目の祥月命日。十返忌は3月28日ということになり、真夏の今日は東京にいない人が多いからという理由で、この日は「ごく親しい者が自発的に」ということになったのだが、来会者が年々減少して、今年はついに青山光二と山本容朗の3人だけになってしまったのはやはり淋しい。

9月9日　船山馨来訪。『石狩平野』の資料として貸しておいた斉藤隆三の『近世日本世相史』ほか2冊を返済。「風景」の編集方針変更(主として、創作を2本から1本にあらためる)について討議。

9月13日　午後3時、近代文学館に〈近代名作展〉合同委員会。8時近く散会。和田芳恵と渋谷で珈琲。

9月14日　紀伊國屋に〈近代名作展〉ポスター掲出依頼のため田辺茂一を訪問。フランセで青山光二と会い「風景」に掲載したいと希望している作品のストーリーを聴く。

9月16日　「風景」12月号編集会議(サロン・シェ・キノクニヤ)。田辺茂一、沢野久雄、船山馨、芝木好子、有馬頼義、日下令光。舟橋聖一は眼科医に行くため、北杜夫はウツ状態のため欠席。船山と田辺に天プラをご馳走になる。

9月20日　近代文学館へ明日開催する〈近代名作展〉陳列監修のために行く、和田芳恵先着。資料の荷解きすら済んでいない様子で手のつけようがなく(出品を引受けていた徳田一穂が、すべての出品を病気という理由で拒絶してきたと知る)渋谷へ和田とお茶をのみに行き帰館、飾りつけの手伝いをする。9時半、あとを紅野敏郎に頼んで和田とふたたび渋谷へ出てお茶。

9月21日　〈名作展〉開会式の文学館へ行く。昨夜はついに徹夜になったらしい。陳列をみる暇もなく会場を往き来しているうち、毎日新聞社長とお茶をのむからと会議室に呼ばれ、会場にもどると事務局員に呼びもどされ理事会に出席。会議中、岡本太郎デザインのバッジを作る金がないという話が出たので、二七会の折、川手一郎に依頼してみることを約し、和田芳恵と「浩二忌」のため新橋亭に行く。広津和郎、谷崎精二、永瀬義郎、丸岡明、水上勉、浅見淵ら30名弱出席。川崎長太郎が病気欠席で、水上が前立腺肥大、渋川驍は受付、高鳥正は高血圧のため司会者をさせられる。

9月25日〜27日　静養のため洞元湖の京成ホテルに行く。

9月28日　上岡勝(前新宿区立図書館長)来訪。氏の先生だった故植松寿樹が『みだれ髪』初版本ほかの歌集約300冊ほか国文学関係書約200冊、計500冊ほどを近代文学館に寄贈したいので、「寿樹文庫」という処置をとってもらいたいとの申入れ。文学館の大久保に電話したところ、申し入れ通りにするとのことなので、上岡宅(すぐ近所)に報告。

9月29日　日本文藝家協会理事会のあと、4月総会の折の映画映写。和田芳恵とエンゼルでお茶。

10月6日　近代文学館で約束をしたバッジの件につき日軽金へ川手一郎を訪問、5万円の寄付に応じようと言ってくれる。日本橋室町の室町ホールの古屋照子『華やぐいのち』出版記念会。開会の辞は伊藤桂一、司会は大森光章、乾杯は中谷孝雄、スピーチは榊山潤、私、進藤純孝、岡保生、岡本太郎。岡本とバッジにつき打合せ。

10月16日　舟橋(聖一)邸で「風景」新年号編集会議。舟橋、田辺茂一、船山馨、沢野久雄。遅れて芝木好子。5時半からキアラの会。井上靖、吉行淳之介、日下令光、有吉佐和子、北條誠、八木義徳。欠席は源氏鶏太、有馬頼義、水上勉、北杜夫。八木、船山、日下と目白でお茶。

10月17日　紀伊國屋サロンで、「三田文学」理事会兼、遠藤周作が1月号から白井浩司に代って編集長になるので、方針検討という意味の会。石坂洋次郎、佐藤朔、丸岡明、山本健吉、田中千禾夫、大久保房男、小塙、桂芳久、遠藤周作。現在の編集委員のうち北原武夫、白井が辞任、新たに田中、安岡章太郎が入る。桂とお茶。

162

III. 年　　譜　　　　　昭和42（1967）年

10月20日　富田常雄葬儀告別式、青山葬儀場。青山一丁目アドリブで船山馨とお茶。西銀座ウェストで文学館の中江と待合せ、日軽金へ川手一郎を訪問。文学館のバッジのための寄付金として5万円受領。川手のクルマで、赤坂栄林の二七会に出席（出席者18名）。散会後、待合「か川」へ、川手、井原、杉浦、坂井、坂本と同道。

10月22日　文化学院に行く。五十年史作製の基礎検討の会合で阿部知二、青地晨、何初彦と私がゲスト。学校側は石田周三、石田アヤ校長、西村久二、戸川エマ。

10月24日　日本シリーズの入場券が手に入ると川手一郎から電話があったので受取りに行く。外へ出ると「野口君」と声をかけられた。田宮虎彦だった。スキヤ橋の角まで話しながら歩いてわかれる。

10月31日　夜10時半、入浴中に青地晨来訪。どうしてもあがらぬというので、玄関で立ち話。『反逆者』を受贈。

11月4日　日本文藝家協会理事・評議員合同会議。和田芳恵・八木義徳・青山光二とエンゼルでやすむ。エンゼルを出て和田・八木と四谷駅でわかれ、青山と新宿メトロノームでアイスクリームを食べ11時近くまで話した。

11月6日　紀伊國屋サロン「三田文学」編集会議。石丸、池田弥三郎、田辺茂一、遠藤周作、大久保房男、「文学界」の杉村。「三田新聞」の落合らが来たので中座してナガイでコーヒーをのみ懸賞小説選評の原稿をわたす。遠藤、大久保房男、杉村と残って新年号の表紙を検討。

11月15日　「風景」編集会議。田辺茂一、舟橋聖一、船山馨、日下令光、北杜夫。沢野久雄、有馬頼義、芝木好子欠席。有馬は入院の由。舟橋の野間文芸賞受賞祝いの会は1月ときめる。編集会議の折、小説新潮賞の選考委員会がおこなわれ、船山の『石狩平野』が有望ときいていたので、決まったら電話してくれといっておいたところ、受賞の知らせがあった。満場一致の由。ほんとによかった。田宮虎彦と牧屋善三は別として、青年芸術派生きのこりの3人のうち、40年が私、昨年が青山光二、今年が船山と連続受賞できたのだから嬉しい。

11月17日　パレスホテルで税対策委員会。先方は金子直税部長をふくむ5名。こちらは椎名麟三、荒正人、井上靖、新田次郎、宇野無愁、城山三郎、丸岡明の8名。

11月24日　舟橋聖一（野間文芸賞受賞祝電礼状）。27日、中村光夫（受賞の祝詞に対するお礼状、自筆）。

11月30日　日本出版クラブで、大学入試問題集に収録の日本文藝家協会員著作物使用に関する著作権問題につき書籍協会と折衝。協会側は石川達三、菅原卓、和田芳恵、沢野久雄、野村尚吾のほか書記局から3名、計9名出席。先方は8名。神楽坂下の喫茶店で和田とお茶。

12月1日　小説新潮賞の受賞式があると思ったので、船山馨にお祝いの手紙を出しておいたところ、礼の電話があった。

12月4日　「三田文学」編集会議。石坂洋次郎、石丸、山本健吉、大久保房男、編集長（新年号からの）遠藤周作。

12月5日　日本文藝家協会理事会。先日の税対策委員会の出席者のうち、今日の出席者は私1人だったので、報告と今後の見通しなどについて少し話をさせられる。船山馨、芝木好子と新宿ローレルで少し話した。

12月6日　山の茶屋で、「風景」43年2月号山本太郎、谷川俊太郎の対談「詩を考えてみる」司会。

　　　船山馨、「石狩平野」により小説新潮賞受賞。
　　　7月7日、佐藤晃一歿。

昭和43(1968)年　　　　　　III.　年　　譜

昭和43(1968)年　57歳

1月13日　「風景」編集会議。舟橋聖一、田辺茂一、船山馨、沢野久雄、芝木好子。有馬頼義、北杜夫、日下令光欠席。沢野、山本有光と伊勢丹会館でお茶。

1月18日　里見弴の『青春回顧』を読みはじめたのは、「風景」4月号の座談会にそなえるためだ。

1月19日　奥野信太郎告別式、米山彊とおなじ寺院。大変な弔問者が集ったが、奥野は慶応義塾の卒業者でも稀にみる秀才といわれながら、現世の楽しさだけを追って、死後に何も業績をのこさなかった人だ。それはそれでいいが(徹底して生きて、中途半端がなかったという点で)一点、心に悔いるものはなかったか。凡才ならともかく…。

1月23日　日本文藝家協会税対策委員会、井上靖、宇井無愁。醗酵、くるしい。仕事やめる。

1月25日　日本文藝家協会理事会、山水楼。和田芳恵と倫敦屋でやすむ。

2月1日　キアラの会、舟橋聖一(野間文芸賞)と船山馨(小説新潮賞)のお祝いをかねた例会。芝木好子、吉行淳之介と私が幹事なので5時半に留園着。アフリカ旅行中の有吉佐和子と躁病の北杜夫をのぞいて全員出席、ほかに田辺茂一と、眼疾の悪化している舟橋さんの附添として舟橋夫人。八木義徳と新橋まで歩き烏森の喫茶店でやすむ。

2月3日　船山馨(一昨夜の礼状)。

2月6日　日本文藝家協会事務局で著作権委員会(著作権改正法律案審議)。丹羽文雄、石川達三、中島健蔵、伊藤桂一、山本健吉、和田芳恵、沢野久雄、野村尚吾。文春の玄関で、丹羽に堀田善衞の好意を伝える【十返肇の選集の件】。立ち話でわかれる。

2月10日　「三田文学」理事会につづき編集会議。石丸重治、佐藤朔、田辺、大久保房男。4月ごろ、「三田文学」会員とスポンサー用の「三田文学ニュース」を発行することになり、田辺と私が編集と決まる。

2月11日　田久保英夫来話、240枚の小説原稿あずかる。3月6日、田久保来訪、私の考えをかなり詳細に述べる。

2月13日　舟橋(聖一)邸で「風景」5月号編集会議。田辺茂一、八木義徳(今月から)、芝木好子、沢野久雄、日下令光。

2月17日　山の茶屋で「風景」4月号里見弴を囲む座談会。井上靖と有馬頼義と私。速記が済んだあとで舟橋聖一が〈挨拶に‥〉といって現われる。

2月26日　「風景」座談会の帰途、車の中で題を考えてくれといわれていたので、「里見弴氏とその文学」という題を思いつき船山馨に電話。「里見弴氏」といえば「人」にきまっている。当人が出席しているのだから「人」という文字は不要。

3月1日　日本文藝家協会〈著作権委員会〉入試問題を検討。石川達三、戸川エマ、和田芳恵、沢野久雄、野村尚吾。こちら側の態度を打合せたのち書協を迎える。和田と麹町エンゼルに寄り和田の経歴を取材。

3月2日　田久保英夫、過日の返礼に来訪。「感触的昭和文壇史」ノート、一応了、19年海軍応召のところまで。

3月5日　日本文藝家協会理事会。議題の1つに、山崎豊子の盗作問題があった。和田芳恵とお茶。

3月11日　三田理事会。紅茶会(東京会館)巌谷大四の紹介。石坂洋次郎、石丸重治とお茶。

3月15日　「風景」編集会議。山王病院へ船山馨、沢野久雄、八木義徳、日下令光と舟橋聖一見舞。田辺茂一出版記念会、新宿モンモランシー。

3月25日　新宿〈秋田〉で十返(肇)会。丹羽文雄、伊藤整、藤本真澄、巌谷大四、戸板康二、船山馨、青山光二、源氏鶏太、吉行淳之介、藤原審爾、(田辺茂一、田村泰次郎欠席)、有木勉、三木(講談社)、丸山(新潮社)、向坊、杉村、樫木原ほか(文春)、山本容朗など。丹羽にうながされ堀田善衞からの申入れを報告、堀田には深謝の意を表する手紙を

III. 年　　　譜　　　　昭和43（1968）年

私が書き、十返肇の選集は十返会で講談社から3冊本として出してもらおうということになる。青山と「とと」に行く。
3月28日　虎ノ門音楽著作権協会で著作権委員会。日本文藝家協会側、丹羽文雄、村野四郎、山本健吉。丹羽は遅れて堺、小畑と一緒に来たが、山崎豊子が自発的退会届を協会に提出したので、協会で記者会見をしていたための遅参の由。丹羽、堺、小畑と虎の門〈花山〉でお茶。
4月5日　日本文藝家協会理事評議員合同会議。和田芳恵、八木義徳、渋川驍、青山光二と麹町でお茶、青山と新宿ルノアールでお茶。
4月11日　日軽金に川手一郎を訪問、近代文学館のバッジ（出来上り見本）をわたす。
4月12日　紅野敏郎来訪。昭和10年代の文壇について聞きたいと、前から言われていた。
4月13日　紀伊國屋サロンで「風景」7月号、編集会議。船山馨、八木義徳、芝木好子、沢野久雄、有馬頼義、日下令光。沢野、芝木、八木とお茶。
4月19日　東京新聞社長世良エ氏告別式、青山斎場。東京プリンス・ホテルで石川達三に誘われてロビイでお茶。日本文藝家協会総会。井上靖の代理で税対策委員会報告。懇親会。河出の寺田博から船山馨の出版記念会の世話人を依頼され承諾。丹羽文雄から手招きされ、野間社長もいて十返肇選集の話はきまっており、野間から直接編集をしてくれと頼まれる。3巻の選集刊行決定。十返千鶴子がいたので早速伝えて喜んでもらう。和田芳恵、八木義徳と烏森でお茶。
4月23日　寺崎浩『落葉を描いた組曲』出版記念会（銀座サッポロビアホール）。中日に乗り込まれた東京新聞社の現状を石田健夫にきく。林青梧とお茶。
4月26日　文春へ向坊を訪問、竹之内静雄と落合い〈海軍の会〉につき打合せ。会場は松葉屋と決定。名簿作製は竹之内に依頼。TBS傍の小料理屋へ立寄り、帝国ホテル宴会場の〈森村桂を励ます会〉。桂と森村浅香に挨拶して、赤坂栄林の二七会にまわる。
4月末　日本近代文学会で講演「感触的昭和文壇史」於昭和女子大。27日、聴衆60～70名。吉田精一、木俣修、紅野敏郎、後藤亮、岡保生、榎本隆司、川副国基、村松定孝、酒井森之介ほかの学者がいる。女子大生が50人ほど。質問を受け、後藤の案内で桜町高校前ドライブ・イン「ファンタジイ」で食事。話し込んで10時すぎ帰宅。
5月2日　十返家訪問、山本容朗と十返肇選集の原稿えらびに従事。食うために十返肇がガムシャラに書きまくったことが、おびただしいスクラップを見て、身にこたえてわかった。文筆業のあわれさを痛感。彼は酔って家に帰り、夜の目も寝ずに書物を読みまくり書きまくったのだ。
5月6日　日本文藝家協会理事会。常務理事の欠員は村上元三。評議員の欠員6名は巖谷大四、宇井無愁、近藤啓太郎、新田次郎、水上勉、吉村昭。著作権法と河出書房の2問題で時間がかかる。丹羽文雄と協議の結果、十返肇の選集の監修者は丹羽文雄、伊藤整とする。和田芳恵、八木義徳と四谷見附でお茶。
5月13日　「風景」編集会議。船山馨、沢野久雄、八木義徳、有馬頼義、田辺茂一。八木とお茶。
5月14日　舟橋家へ見舞に行く。舟橋聖一は病院診察日で夫人と話す。
5月21日　河出書房で寺田博、竹田厳道（最近まで北海タイムス社長）と会見、船山馨の出版記念会に北海道関係者から10万円寄付してくれるという約束を取り付ける。第一ホテルに行き、記念会当日の打合せ。
5月22日　十返千鶴子と講談社へ有木勉取締役を訪問。選集目録を持参し、できるだけ収録枚数を多くしてくれるように、来年3月の「十返会」までに、全巻刊行済みという予定で進めてもらいたいと申し入れ承諾を取る。

6月4日　船山馨来訪。荒木巍追悼会、伊藤整、円地文子、立野信之、中村正常。六本木クローバー（井上友一郎、田宮虎彦と）。
6月5日　日本文藝家協会理事会。八木義徳、船山馨、芝木好子と四谷でお茶。
6月6日　北條誠、船山馨、宮内寒弥、寺田とエスポアール。50音順出席者芳名表作製。
6月12日　打合わせのため、竹田巌道、船山馨、寺田と第一ホテルに集合。ホテルの焼鳥屋へ行き、西銀座の「雪ん子」、「うさぎ」へ行って11時帰宅。
6月13日　TBS。八木義徳と中座して第一ホテルへ、船山馨の『石狩平野』出版記念会。出席者144名。私の司会で石坂洋次郎、伊藤整、佐藤忠良、井上友一郎、芝木好子にスピーチを依頼。船山、芝木、八木、青山光二とエスポアールへ行く。船山と椎名麟三に会うため新宿茉莉花へ行く。
6月15日　サロン・シェ・キノクニヤで「風景」9月号編集会議。船山馨、八木義徳、沢野久雄、有馬頼義、遅れて田辺茂一。散会後、廊下で遠藤周作に会ってしまったため、欠席と返事しておいた「三田文学」理事会にも出席せねばならぬハメとなる。石丸、佐藤朔、池田みち子、田辺、田中孝雄、鍵谷幸信。遠藤12月号で編集長辞任の件来月に保留。
6月17日　船山馨（出版記念会礼状）。
6月18日　岡本太郎の〈太郎爆発展〉会場で講談社川嶋勝に会いお茶。松坂屋の〈太宰治展〉レセプション。井伏鱒二、浅見淵、小山祐士、伊馬春部、木俣修、小田切進、奥野健男、小沼丹、尾崎秀樹、保昌正夫に会う。和田芳恵とカルネドール。
6月22日　紅野敏郎来訪。稲垣達郎所有の『耽溺』を届けて下さる。『耽溺』（ノートしながら）読了。
6月23日　著作権委員会（石川淳、菅原卓、尾崎宏次、荒正人、原卓也、沢野久雄）。沢野と「風景」編集長（2月号より）就任の件につき話す。
7月5日　日本文藝家協会理事会。舟橋聖一出席。マドレーヌで和田芳恵、八木義徳とお茶。
7月15日　サロン・シェ・キノクニヤで「三田文学」理事会。編集長交替の件が議題という通知だったが、講談社に業務依頼（販売方）の件が主題になってしまった。石坂洋次郎、佐藤晃一、石丸、村野四郎、内村直也、池田みち子、鷲尾洋三、大久保房男、鍵谷幸信、講談社経理の人2名。三銀会に遅れて着く。
7月16日　東京会館で、太宰治賞授賞式。和田芳恵、芝木好子と倫敦屋でお茶。19日、船山馨を訪問。
8月22日　蔵前ライオンズ・クラブで「文学全集の歴史と現状」を講演。
8月23日　三田文学会から電話で聖路加。庄野誠一、北原武夫と私、後から谷田昌平。
8月24日　丸岡明通夜。28日、丸岡葬儀。八木義徳、田久保英夫とアドリブ。十返（肇）家弔問。青山光二。
8月26日　木山捷平告別式。沢野久雄。
9月13日　舟橋（聖一）家で「風景」12月、新年号（100号記念号）編集会議。田辺茂一、船山馨、八木義徳、沢野久雄、日下令光。2月号からの沢野編集長も正式決定。
9月14日　講談社で十返肇選集編集会議。十返千鶴子、山本容朗、斉藤稔、早川、有馬。私が読んで、作品の種類別に編集の巻立てした経過を報告。
9月16日　「三田文学」理事会、13日の「風景」編集会議できいていた通り、車に追突して鞭打ち症になったという遠藤周作がギプスをしていた。石坂洋次郎、山本健吉、沢村三木男、大久保房男、佐藤晃一、白井浩司、田辺茂一、内村直也、鍵谷幸信、遠藤。講談社との契約を検討ののち次期編集長問題に移ったが結論出ず。遠藤を放免して誰か他の人を考えろと力説、内村が賛成。大久保房男と石坂の車で舟橋聖一の野間文芸賞祝賀宴（柳橋いな垣）へ行く。芹沢光治良、石坂、今日出海、有吉佐和子。欠席井上靖、有馬頼義、吉行淳之介、船山馨。

III. 年　　譜　　　　昭和44(1969)年

9月21日　「文化学院新聞」が〈先輩訪問〉というインタビューをしたいというので、こちらから行き4人の女の子を相手によもやま話をする。〈名著復刻全集近代文学館〉刊行記念パーティ、第一ホテル。山本健吉、和田芳恵、桔梗利一と徒歩で浩二忌(新橋亭)へまわる。司会を依頼され、細田民樹、中山義秀、中野重治、平野謙、石塚友二、佐藤善一、山本、中山富士子(中山省三郎夫人)の順にスピーチを願った。ほか倉島竹二郎、水上勉など出席。第一ホテルで瀬沼茂樹から、宇野守道に宇野浩二の蔵書を近代文学館へ寄贈してくれるよう、私から頼んでくれといわれたのですぐ伝えて快諾を得る。
9月24日　広津和郎通夜のため青山斎場に行き、和田芳恵と渋谷宮益坂の泉でお茶。
10月22日　上笙一郎来訪、〈文化学院秋の集い同人雑誌展〉のため、資料として第一次「現実・文学」、「文学青年」、第二次「現実・文学」、「年刊文化学院」を貸し出す。『未明童話の本質』受贈。
10月26日　紀伊國屋サロンで「風景」2月号編集会議。今日から沢野久雄が編集長に交代するわけだが、何もプランを作って来なかった。沢野、船山馨、有馬頼義、芝木好子と私のみ。
10月28日　「風景」100号記念号(1月号)のための「歴代編集長座談会」、山の茶屋。船山馨、有馬頼義、吉行淳之介は先着。沢野久雄は定刻より遅れて来た。そのため帰宅も遅くなり、風邪気味のため仕事は捨てた。
11月5日　日本文藝家協会事務局で「文芸年鑑」編纂委員会。中島健蔵、和田芳恵、田中西二郎、小田切進。
11月22日　十返肇選集の作家論の配列を決定。
11月29日　舟橋(聖一)邸で「風景」3月号編集会議。舟橋、沢野久雄、八木義徳のほかに今月から吉行淳之介が加わり、船山馨、芝木好子、日下令光欠席。吉行淳之介、八木と目白で焼ソバを食べ、ホテルニューオータニ。ペンクラブ主催の川端康成受賞祝賀会兼ペンの日パーティ、出席700余名。佐藤晃一栄作首相、芹沢光治良、スウェーデン大使、丹羽文雄、サイデンステッカー、野間省一の挨拶。今東光の乾杯。八木と四谷でコーヒー。
12月5日　後藤明生来訪。日本文藝家協会理事評議員合同会議。和田芳恵と麹町マドレーヌでお茶をのみ四谷まで歩く。
12月11日　船山馨見舞、青山光二と。17日、野間文芸賞、八木義徳、早川。26日、聖母病院に船山を見舞う。
12月18日　川端康成氏ノーベル賞(祝電謝礼)。
　　　　1月15日、奥野信太郎歿。8月23日、木山捷平歿。8月24日、丸岡明歿。9月21日、広津和郎歿。11月21日、石浜金作歿(川端康成のノーベル賞さわぎの最中だけに、いっそう悲痛の感をおぼえた)

昭和44(1969)年　58歳

1月9日　紅野敏郎『善心悪心』をお届け下さる。「真暗な朝」執筆の必要上、戦後(敗戦直後)の自作リストのカード書き込み。
1月13日　「風景」編集会議、沢野久雄、芝木好子、吉行淳之介、田辺茂一。船山馨は一昨日退院した由。
1月16日　伊勢丹、〈織田作之助、田中英光、坂口安吾3人展〉。
1月21日　読売新聞社主催の〈ロートレック展〉(特別招待)に行く。西洋美術館へは定刻より遅れていたが、祝辞が続いているらしく入口に多数の人が待っていた。紀伊國屋児玉光雄の話では志賀直哉もいるとのことだったが、石川淳、谷口吉郎なども見かけた。中で和田芳恵に遭って一緒に観たあと、アメ横地下の喫茶店で語る。

昭和44(1969)年　　　　　III. 年　譜

1月31日　池島信平、源氏鶏太、青山光二、城山三郎、吉村昭不参。阿川弘之、宮内寒弥、大久保房男、柳原良平、自衛隊の畑。阿川の同期の石黒(忠賢令息)、内藤同行。ヴェトナム参戦の船舶を見学後、海上自衛隊に寄る。
2月6日　紅野敏郎来訪、『善心悪心』返済。
2月11日　舟橋聖一の依頼で、紀伊國屋書店サンフランシスコ店開店のため渡米する田辺茂一を羽田で見送る。
2月18日　「風景」編集会議。沢野久雄、八木義徳、日下令光と私。
3月3日　読売文学賞贈賞式、東京会館。丹羽文雄、有木、斉藤、榎本昌治と談合、今年の十返(肇)忌は4月7日と決定。和田芳恵と有楽町ビルの喫茶店、一麥の縁談を依頼。
3月5日　日本文藝家協会理事会に出席。和田芳恵、八木義徳とお茶。
3月7日　入学試験問題集に関する著作権委員会(先方が7名)、当方は石川達三、和田芳恵。先方の回答案に対し新しい提案を示し、本年度から暫定協定にしろ、著作権使用料の支払は実施することと申し合わせ一歩前進。
3月15日　「風景」6月号編集会議。沢野久雄、八木義徳、吉行淳之介。上笙一郎来訪、〈文化学院同人雑誌展〉のため貸した雑誌類返済のため。
3月20日　井上靖が『おろしや国酔夢譚』で新潮社の第1回日本文学大賞を受けたので祝電。
4月5日　日本文藝家協会、監事、評議員会。丹羽文雄が会長と兼任していた理事長を辞し、井上靖が四代目理事長に就任。瀬沼茂樹から日大芸術科講師として、文芸批評史を担当せぬかとすすめられる。四谷見附ロンで和田芳恵、渋川驍とお茶。
講談社刊の「十返肇著作集」上下2巻(上巻4月、下巻5月)の編纂にしたがう。(丹羽文雄、伊藤整と)。
4月7日　第一ホテルで十返(肇)忌、出席263名。司会をさせられる。『十返肇著作集』上巻だけが漸く間に合った。
4月8日　「大学入試試験問題集」、出版クラブで書協と交渉、当方は石川達三、和田芳恵。和田と神楽坂でお茶。
4月17日　12チャンネル、藤山一郎の「人に歴史あり」に、八木治郎司会で、岡本太郎と出演。藤山こと増永丈夫の音楽学校時代の同級生長門美保も控室で一緒になる。
4月25日　文化学院で「昭和の文学」を講演。戸川エマ、石田アヤと話す。
4月26日　芹沢光治良(日本芸術院賞受賞祝電に対する肉筆のお礼状)。
5月7日　十返千鶴子と銀座レンガ屋で「新刊ニュース・十返肇を偲ぶ」対談。
5月15日　「風景」編集会議、沢野久雄、船山馨、吉行淳之介、田辺茂一、三浦朱門。
5月　日本近代文学館理事に就任。【20日】
5月21日　北條誠の出版記念会。早く会場を出て八木義徳と銀座〈むね〉でお茶。
5月26日　ホテルニューオータニで芹沢光治良・高橋健二日本芸術院賞受賞祝賀会。和田芳恵と四谷見付のロンでお茶。不在中、十返千鶴子来訪。
5月29日　十返千鶴子来訪。十返肇忌で世話になった人々への返礼の相談。
6月3日　鷲尾洋三夫人丁未子告別式、青山葬儀所。青山一丁目で美作太郎に会い一緒に帰る。
6月5日　日本文藝家協会理事会。麹町四丁目で沢野久雄に会い「風景」編集長をやめたいといわれる。編集会議で辞意を表し、後任者を決める必要があるが、1年は続けねばならないと応える。理事会後、和田芳恵と四谷のロンでお茶。
6月6日　十返千鶴子『十返肇著作集』の寄贈先につき、ふたたび相談にくる。
6月11日　山口年臣に電話をかけ「浮きつつ遠く」のため、山口年臣と淡路坂などを取材。
6月16日　「三田文学」理事会、紀伊國屋・サロン。石坂洋次郎、佐藤朔、田辺茂一、白井浩司、遠藤周作、大久保房男、江藤淳。佐藤朔が塾長になったので、「三田文学」理事

長の後任には、白井が石坂の指名で就任。遠藤・大久保と山の茶屋に行き、「風景」8月号、遠藤との対談「文芸雑誌とは何か」を司会。

6月18日　「風景」編集会議に遅れる。田辺茂一、八木義徳、日下令光、三浦朱門、沢野久雄、船山馨。沢野が12月号で編集長をやめさせて欲しいと辞意表明。八木、日下と目白でお茶。

7月5日　近代文学館理事会へ遅参。今日から正式に理事になったのだそうだ。和田芳恵と渋谷でお茶をのみ日本文藝家協会理事会。和田、八木義徳と麹町四丁目バンでお茶。

7月19日　山の茶屋で「風景」9月号「昭和十年代の文学」を平野謙と対談(沢野久雄司会)。

7月30日　日本文藝家協会著作権委員会、菅原卓、和田芳恵、平野謙、荒正人、山室静、久保田正文。和田と麹町のバンに寄る。

8月8日　第一ホテルで芥川・直木賞の授賞式。田久保英夫夫人にはじめて会う。八木義徳、宮内寒弥とお茶をのんで新宿アスターで焼ソバを食べて帰宅。

8月23日　「三田文学」理事会、石坂洋次郎、佐藤朔、田辺茂一、田中千禾夫、池田みち子、白井浩司、大久保房男出席。「丸岡明君を偲ぶ会」(帝国ホテル)へ行く。田岡典夫と、烏森の吉むらで食事。

8月28日　十返肇七回忌、秋田。田辺茂一、池島信平、樫原雅春、田川博一(以上文春)、三木章(講談社)、丸山泰治(新潮社)、頼尊清隆、平岩八郎(東京新聞)、山本容朗、吉行淳之介、船山馨、藤原審爾、新藤凉子、風間浩、十返一成、千鶴子の姪の真知子夫妻。青山光二は関西へ行っていて不在。

9月11日　河出へ寺田雪子を訪問。駿河台下の喫茶店で短編のシリーズを終ったと告げると、今後のプランをと問われ「感触的昭和文壇史」の話をする、年に何度かという方法で「文藝」に連載しないかとすすめられ承諾。

9月12日　銀座東急国際ホテルで田久保英夫芥川賞受賞祝賀会。司会・江藤淳、乾杯・村野四郎、白井浩司、山本健吉、立原正秋(早稲田文学編集長として)、遠藤周作スピーチ。17日、田久保(過日の会合出席の礼状)。

9月21日　東京駅ステーション・ホテルで広津和郎・宇野浩二を偲ぶ会。日曜日にもかかわらずジャーナリストも多数出席。計80名。間宮茂輔司会(介添渋川驍)。中途から司会と閉会の辞。スピーチは中野重治、舟木重信、中島健蔵、尾崎一雄、佐多稲子、徳田一穂、水上勉と松川事件の岡林弁護士と容疑者。宇野、井伏鱒二、川崎長太郎ら出席。和田芳恵と倫敦屋。

9月22日　舟橋(聖一)邸で「風景」12月号編集会議。沢野久雄、八木義徳、吉行淳之介。次期編集長問題を検討、私が補佐することで八木編集長と決定。沢野は慰留され来年3、4月号まで編集長に残ることとなった。八木と目白で珈琲。

9月30日　原宿駅前南国酒家で中村武羅夫を偲ぶ会。遺族をふくめて約30名、司会の貴司山治の挨拶にもあったように〈去る者日々にうとし〉の感がふかかった。浅原六朗、楢崎勤、戸川貞雄、村松正俊、萱原宏一(講談社)、板垣直子、大木惇夫、徳田一穂、真鍋元一、加藤愛夫(北海道)、酒井(新潮社)出席。

10月4日　近代文学館理事会、風邪気のため広津(和郎)家からの図書寄贈の件を報告して休ませてもらう。

10月16日　日本文藝家協会「文芸年鑑」編纂委員会。瀬沼茂樹、和田芳恵、田中西二郎、小田切進(伊藤桂一、中島健蔵欠席)。

10月21日　舟橋(聖一)邸で「風景」新年号編集会議。国際反戦デーなので、取りやめにしたらどうかと田辺茂一が言っていると山本(有)から電話があったが強行したところ八木義徳、船山馨、芝木好子、沢野久雄、日下令光でいつもより出席がよかった。船山家のクルマで芝木家へ行く。えんの会。直子から電話で、我が家の近くの横断歩道の辺で

昭和44(1969)年　　　　　III.　年　　譜

火炎ビンが投げられ、サイルイ弾で眼が痛い有様だし、高田馬場駅は学生に占拠されているので、なまじ早く帰るより遅く帰宅するほうがいいだろうという情報が伝達され、戸塚二丁目交番も焼き打ちされた由。雨も降りはじめ船山が酔って席を立てなかった故もあり、10時半芝木家を辞去。船山家のクルマで東西線下落合まで送られ帰宅。

10月23日　「風景」12月号の川崎長太郎と八木義徳の対談「人生の歳末」司会のため紀伊國屋サロンへ集合、山本有光、カメラ、速記者と東名高速で小田原駅着。八木をひろって図書館で待機していた川崎長太郎夫妻を乗せ喜久本別館で対談司会。バスで帰宅するという川崎夫妻と幸町でわかれ、駅前の喫茶店でお茶。国鉄で帰る八木と小田原でわかれる。

10月29日　伊藤整の見舞いに行ったが、病院へ診察に行っていて不在。

11月5日　日本文藝家協会理事評議員合同会。会議の終り近くTが山崎豊子問題で理事辞任を申し出て、丹羽文雄、石川達三に猛烈にかみつき、丹羽、石川、井上靖が応答、反対意見を出してくれる人もいなくてはいけないということで辞意撤回。散会がおくれる。八木義徳、渋川驍、野村尚吾と麹町四丁目で珈琲。

11月6日　富士霊園に建設された「文学者の墓」除幕式に丹羽文雄、井上靖、佐多稲子、和田芳恵らと赴く。原宿で和田と下車、表参道ぞいのティファニーでサンドキッチを食べコロンバンでお茶。

11月8日　近代文学館理事会。和田芳恵と渋谷へ出て珈琲。

11月10日　丹羽文雄の『親鸞』出版記念会、ホテルオークラ。盛会。和田芳恵、八木義徳、宮内寒弥と霞ヶ関ビルのトリコロールでお茶。

11月15日　伊藤整が亡くなって、夜から雨になった。「千葉・茨木」【「読売新聞」文学人国記】の浄書があと4行で終るところだったが、すこし中絶の状態になった。口惜しい、残念、そして悲しい。味方は大方うたれたり … 古い古い橘中佐の唱歌の一節が浮かんできた。こういう日にも仕事をしなくてはならないのがわれわれの生活であり、人間同士なのだ。

11月18日　杉浦幸雄パーティ。伊藤整通夜。「サンケイ新聞」の江川周、金田と新宿。19日、葬儀。和田芳恵と渋谷。

11月26日　日本文藝家協会書記局でブック・クラブの説明会(著作権委員会)。協会側石川達三、中島健蔵、菅原卓、荒正人。クラブ側3名、書協より布川角左エ門、美作太郎、佐々木書記局長、文春より上林吾郎。荒と麹町4丁目でお茶。

11月29日　丹羽文雄(文学者の墓除幕式の写真を送った礼状)。

12月12日　税対策委員会、パレス・ホテル。11時まで日本文藝家協会側打合せ。国税局側5名。今年も部長・副部長が代った。協会側は井上靖、源氏鶏太、村野四郎、山本健吉、椎名麟三、中村武志、新田次郎、宇井無愁、沢野久雄。

12月13日　近代文学館で伊藤整死亡のため、後任会長及び理事長選出の緊急理事会。川端康成先生にさそわれ、和田芳恵と渋谷までハイヤーに乗せていただき、車中で「風景」に「一草一花」の続きの執筆をお願いしご承諾いただく。渋谷で和田とお茶をのんだが、「今夜あたり、新聞社から家へ電話が来るな」と言ってわかれたところ、果して留守中、毎日新聞から電話があった由。

12月16日　「風景」3月号編集会議、舟橋(聖一)邸。沢野久雄、三浦朱門、吉行淳之介、八木義徳、日下令光、芝木好子。今月かぎりで沢野は編集長を辞任、来月から八木に交替。沢野の慰労と八木の激励をかねてキアラの会忘年会。井上靖、源氏鶏太、北條誠、水上勉。欠席は有馬頼義、有吉佐和子、遠藤周作、船山馨。八木とお茶。

12月17日　日本文藝家協会より電話。「智恵子抄」裁判の和解問題で集まって欲しいとのことで書記局へ行く。石川達三、草野心平、和田、沢野、高村豊周夫人母子、藤井弁護

士。石川のクルマに草野心平、和田、沢野と便乗して野間文芸賞。パーティを途中で引揚げ和田、八木義徳、早川徳治と有楽町ビルロアールでお茶。

12月25日　山本健吉より芸術院入り祝電礼状。河出書房へ寺田博を訪問、「感触的昭和文壇史」（来年から断続連載）の打合せ。書き出しを失敗すると取返しがつかなくなるから、スタートを1カ月遅らせてもらうかもしれぬと応える。

12月26日　3時という約束に後藤明生は3時半、田久保英夫は仕事の都合で4時過ぎに来宅、書斎で会食。6時すぎ、学研の藤本秀男が武田顕介と同道、田久保たちと一緒になってもらいにぎやかな酒宴となる。12時帰る。

11月15日、伊藤整歿。

昭和45（1970）年　59歳

1月7日　旧臘30日から寝込んで、昨日まで医師の来診がつづき、今日からようやく試験的に起きはじめる。

1月16日　毎日芸術賞授賞式に駆けつける。文学部門で平野謙が受賞したからだ。パーティで篠田一士といろいろ話す。平野と10分ほど話す。中島健蔵が来て「本などというものは、人に贈っても誰も読みはしない、ことに文学者って奴はね」と言ってから「だけど、あんたの本は読んだぜ」と言った。

1月19日　日大芸術科へ行く。研究室で進藤純孝と話しているところへ、講師でこの学校へ来ている寺崎浩、つづいて保昌正夫がきて雑談。『暗い夜の私』の時代的背景などについて話す。

1月20日　横浜で同じ車両へ乗ってきた八木義徳とうまく会え、鎌倉駅前でお茶をのんでから川端康成家訪問。「風景」に昨年1月号以来休載になっている「一草一花」の連載再開をお願いにあがったのだが、快よくお引受けくださる。中央公論社の女性編集者が先客。川端先生は日蓮上人の書簡、横光、秋声、茂吉、牧水、紅葉の書を次々に取出して見せてくださる。徳田秋声先生の生誕100年のことでちょっと打合せをして辞去。

1月23日　大隈会館で早稲田文学復刊1周年記念パーティ。紅野敏郎、村松定孝、保昌正夫と茶房早稲田文庫。

1月24日　朝日新聞社のアラスカで、「新刊ニュース」の新人物記のため進藤純孝のインタヴュウ。

1月26日　日本文藝家協会新年理事会、国際会館山水楼。和田芳恵、八木義徳とお茶。

2月3日　銀座三丁目松島メガネ店の〈神奈川の伝説〉写真展覧会。奥村泰宏と何十年ぶりか（勿論、戦後はじめて）に会い、地下の喫茶店で話す。

2月7日　近代文学館理事会。鎌倉へ川端康成先生を訪問した折に話を出した金沢の〈秋声展〉のことにつき、提案という形で議題提出をしたところ全員賛成、私を中心に計画をすすめることになった、川端先生が新聞社との折衝には当って下さる由。これではやらざるを得ない。渋谷で和田芳恵とお茶。

2月9日　第一ホテルで芥川賞授賞式。会場で瀬沼茂樹から、女子短大の主任教授にならぬかといわれたが、ここ二三年が大事な時なので即答できず。

2月13日　「風景」6月号編集会議、舟橋（聖一）家。八木義徳、吉行淳之介、北條誠。吉行、北條は途中辞去。八木と残って今後の編集方針を吉行淳之介と検討。

2月18日　日大芸術学部藤田女史から講師に就任してくれるかと、電話があったが、生活のペースを崩したくないという理由で謝絶して、ホッとする。

2月19日　銀座東急ホテルで尾崎士郎の七回忌法要パーティ。出席者は200名近く盛会。何十年ぶりかに保田与重郎に会い久闊を叙す。カクテルラウンジで和田芳恵、三島正六

とお茶をのみ、料亭蜂竜へ行く。川手一郎、岡本太郎のほかは日軽金の総務部長と広報課長だけ。岡本は銀座ライオンズクラブの委嘱で数寄屋橋公園へ3年ほど前、時計塔を作ったとき、川手を通じて日軽金から素材のアルミを無料で提供してもらった。川手は返礼として岡本に日軽金のショールームへ飾りつけをしてもらい、貸し借りはなくなったが川手が岡本の労をねぎらう意味の会。
3月3日　今日は結婚満30年の記念日にあたる。が、一麥は会社があるので、内祝は日曜日にのばす。九州旅行中の森村浅香から祝電をいただく。「三十年の今日を喜び一人おり春なお寒き指宿の湯に」。
3月5日　日本文藝家協会理事会。有馬頼義が数年前に「小説新潮」に連載した「二・二六事件」（被害者の親族として殺人事件とみる立場から執筆）が、右翼の妨害で出版社が手を引いた件で、職能擁護という立場からも何らかの助力をすべきだろうと発言。
3月11日　有吉佐和子、庄野潤三に祝電。16日、庄野潤三（祝電礼状）。
3月13日　「風景」編集会議、田辺茂一・吉行淳之介・有馬頼義・日下令光・船山馨・八木義徳。「風景」10周年記念講演会を6月10日前後に催すことに決定。プロデュウスは私がやることに前からきまっているので重苦しい気がする。
3月14日　近代文学館理事会。
3月25日　〈十返（肇）会〉丹羽文雄、田辺茂一、船山馨、青山光二、吉行淳之介、藤原審爾、中村武志、梶山季之ほかジャーナリスト計22名。
4月2日　ニコンサロンで奥村泰宏に会い、銀座松屋むかい側路上で写真を写され、煉瓦亭で夕食、文化通り銀座茶廊でお茶。
4月6日　日本文藝家協会理事会。先月の理事会で議題になった有馬頼義の「二・二六事件の目撃者」処理問題があるので、新聞社がいつもの倍以上も詰めかける。言論表現委員会は、具体的な出版妨害の事実が把握できず、有馬も出版をあきらめ自費出版の小部数を関係者に配布するというあっけない発表に終わったが、会議のはじまる前に私の所へ来た有馬に敢然として出版しなさい、問題がこうなった以上出版社はかならずあるし、出版されれば売れるよと言った。和田芳恵から秋声関係の小文集をまとめるように勧められ、青蛙房に出版をかけ合ってくれる由。
4月11日　近代文学館理事会を中座して、応接室で有馬頼義問題につき出版社から事情聴取。有馬を訪問し報告と事情聴取。
4月13日　「風景」編集会議、八木義徳、有馬頼義、芝木好子、日下令光。〈風景講演会〉は毎日新聞後援決定。集英社パーティ。和田芳恵とカルネドール。
4月21日　日本文藝家協会総会で平野謙が有馬頼義出版の問題に対する言論表現委員長の説明につき質問。丹羽文雄会長に答えてもらいますと逃げる。
4月30日　和木清三郎葬儀、青山斎場。倉島竹二郎と山本和夫に会い、青山一丁目でお茶。高田馬場で紅野敏郎に会いユタでお茶。
5月1日　坂上弘（「野菜売りの声」の感想を送りたる礼状）。
5月2日　佐多稲子（『重き流れに』の読後感を送りたる礼状）。
5月8日　菅原卓告別式。青山一丁目の喫茶店に入ったら戸川エマ、長岡輝子に会い、「平民新聞」を近代文学館に寄付したいといわれ手続を承諾。
5月9日　近代文学館理事会。評議員会。44年度決算、45年度予算を2度もきかされ1分たらずいねむりに近い生理状態。和田芳恵と渋谷でお茶。
5月19日　鷲尾洋三『回想の作家たち』出版記念会、ホテルニューオータニ。今を時めく文春重役だからゴッタ返すだろうと思っていたわりにすくない。中途で井上靖にさそわれ堺と銀座の「稲」で食事。理事会で辞任をみとめられた税対策委員に留任を乞われやむなく承諾。日本文藝家協会関係のこまかい打合わせ討議。井上と葡萄屋、杏へ行く。

5月27日　文人海軍の会、三原橋阿比留。幹事は読売の高野と共同の小塙。中曽根康弘、池島信平、源氏鶏太、宮内寒弥、青山光二、大久保房男、阿川弘之、その他ジャーナリストが多く、佐伯彰一が今年ははじめて参会。出席者24、5名。
6月5日　日本文藝家協会理事会のブッククラブ問題に時間がかかり、7時半散会。和田芳恵と麹町のラポールでお茶。
6月9日　大久保房男『文士と文壇』出版記念会、第一ホテル。和田芳恵、八木義徳、宮内寒弥、中村八朗とカルネドール。
6月13日　近代文学館理事会。
6月15日　2時から「風景」10周年記念講演会、紀伊國屋サロン。講師はプログラムと少し違って、開会の辞田辺茂一、以下舟橋聖一・井上靖・有馬頼義(休憩)水上勉・三浦朱門・遠藤周作の順。司会と閉会の辞をのべてほぼ予定通り閉会。聴衆は開会の2時間前から並び、満員で100名ほどが4階のロビーで聴いていた由。「三田文学」の理事会(石坂洋次郎・白井浩司・遠藤周作・大久保房男・芥川比呂志)にちょっと出て、キアラの会、安与ビルの柿伝。舟橋・井上・源氏鶏太・水上・船山馨・芝木好子・八木義徳・沢野久雄・田辺。八木とお茶。
6月16日　近代文学館大久保より電話。橋渡しをした長岡輝子所蔵の「平民新聞」の寄贈を受けた由。長岡へ礼状を書く。
6月　日本著作権協議会理事に就任。
6月23日　日本文藝家協会で税対策委員会、ひきつづき野間省一社長(ほか2名)をまじえてのブック・クラブ印税率に関する著作権委員会。丹羽文雄、井上靖、石川達三、舟橋聖一、山本健吉、新田次郎、源氏鶏太、中村武志、沢野久雄。
6月27日　中野ほととぎすで豊田穣『長良川』出版記念会。井上靖、平野謙、中村光夫、杉森久英、進藤純孝、十返千鶴子、吉村昭・津村節子夫妻、杉本苑子、小松伸六以外はジャーナリストが出席、50名くらいか。寺崎浩、宮内寒弥、八木義徳とお茶。
7月1日　八木義徳が編集長辞意を表明したので舟橋聖一から電話。次期編集長として北條誠を推しているので賛成。
7月6日　日本文藝家協会理事会。ブック・クラブと協会の印税率暫定措置覚書の字句につき、SとN(起草者)とが立ち上って論争。和田芳恵、八木義徳と麹町四丁目のパンで喫茶。
7月11日　近代文学館理事会、雨のせいかいつもよりすくない。〈秋声展〉が石川近代文学館で今年開催されるに至った経過を報告し、近代文学館が前例をつくれば今後の慣例に率先垂範することになるのだから、(徳田(一穂)家の出品がなくなり、百貨店がスポンサーにつかなかったこともあるので)いっそ満100年という意味を強調して、展覧会は来年にしたらどうかとはかったところ理事諸氏も賛成。来年秋という結論。和田芳恵と渋谷トップでコーヒー。時間をかけて川端康成先生に展覧会延期の経過報告の手紙(便箋4枚)を書く。
7月13日　舟橋(聖一)邸で「風景」11月号編集会議。舟橋、田辺茂一、八木義徳、沢野久雄、吉行淳之介と私。目白で八木とお茶。
8月7日　野川友喜から電話で上京中とのことだったので、第一ホテル並びのエア・ラインで会う。何年ぶりか。芥川・直木賞贈呈式場(第一ホテル)。今回は受賞者が4人なので盛会。
8月28日　十返(肇)家へ行く。船山馨、山本容朗と3人だけ。十返千鶴子の運転で山本を椎名町(仕事場)でおろし、酔ってしまった船山を送って帰宅。
9月10日　山の茶屋で「風景」11月号の久保田正文と吉村昭の「事実と虚構の間」対談があり、八木義徳に頼まれて陪席。八木、吉村と新宿までハイヤーに同乗、八木とローレル

173

9月12日　近代文学館理事会。山の茶屋で「風景」編集会議。芝木好子、有馬頼義、吉行淳之介、日下令光、八木義徳。
9月25日　総理大臣招待「芸術文化関係者との懇談会」、出席者500余名。雨天のため官邸が利用されゴッタ返す。瀬沼茂樹・和田芳恵と宮益坂の泉でお茶、百軒店のテアトルSSでエロダクション映画3本立をみる。和田とトップでお茶。
9月29日　日本文藝家協会理事会。台風の影響で強雨、タクシーが拾えないので四谷駅まで歩いて国電で帰る芝木好子にわかれ、八木義徳と新宿ローレルで話す。
10月6日　三上秀吉葬儀、雑司が谷霊場、参列者合計40名ほど。佐多稲子、進藤純孝の顔がみえた。謡曲界の人のあと、指名され、3番目が古山高麗雄の弔辞で終り。徳田一穂はどうして来なかったのだろう。
10月9日　舟橋(聖一)家より電話。まだ入院中と思っていたのに、ご当人からで驚く。高血圧ではなく心筋梗塞だから、もっと危いんですよとのこと。
10月12日　紀伊國屋サロンで「風景」2月号編集会議。八木義徳、田辺茂一、芝木好子のみ。吉行淳之介、有馬頼義、三浦朱門が出席の予定で欠席。近代文学館理事会。
10月15日　日本医大前で八木義徳、船山馨と待ち合せ舟橋聖一を見舞う。
10月16日　舟橋聖一より電話。次期編集長につき相談。北條誠を推し、委員は吉行淳之介、船山馨、日下令光と私と話し承諾される。
10月19日　「三田文学」理事会ならびに編集会議。石坂洋次郎、田辺茂一、遠藤周作、白井浩司、小野田(政)。
10月22日　パレス・ホテルで、国税局(局長以下8名)と税対策委員会。日本文藝家協会側丹羽文雄、井上靖、村野四郎、源氏鶏太、宇井無愁、新田次郎、遠藤周作、吉村昭。
10月30日　文芸サロン例会で「徳田秋声の文学」を講演、市ヶ谷私学会館。岡野他家夫、岡保生がいたので話しづらかった。岡、梅本育子(初対面)と市ヶ谷でお茶。
11月5日　森田たまの告別式にあとの会合の都合も考えて2時半に着く。青山一丁目から葬祭場へ行く道で大谷藤子、田久保英夫、高橋健二、土方定一に会う。献花のあとウェストでコーヒーをのんだが時間がつぶせず、日本文藝家協会理事会場へ先着。山本(有)が「風景」のゲラを持って来るというので八木義徳につきあい麹町のバンでゲラをみる。
11月10日　銀座レンガ屋で、田村泰次郎、八木義徳と「新刊ニュース」のための「還暦をむかえて」という座談会。八木と新宿ローレルで休む。
11月13日　「風景」編集会議、3月号。隣の椅子、1、2回わたす。田辺茂一、吉行淳之介、八木義徳、日下令光、芝木好子。八木は対談司会へ。
12月1日　芹沢光治良(芸術院会員入選辞礼状)。
12月5日　胃カメラ撮影のため三恵診療所へ行く。予想していたよりずっと楽だったが最後は苦しさを感じた。症状はかなり悪いとのことなので、場合によっては入院手術ということもあり得ると考え、日本文藝家協会理事会は欠席。夜おそく一麥帰宅。症状はかなり悪いが、注射などでなんとか直してくれる由。ホッとする。
12月8日　三恵診療所へ行き河原先生より説明をきく。胃の一ばん上方、食道からすぐつながる部分に、母指先大の潰瘍が出来ている。あまり生活を変える必要なしとのこと。(そういわれてもすでに、食欲がなく、肉類はイヤになり、煙草も不味く、珈琲ものみたくないという変化が来ている)注射を打ちはじめるが、毎日でも、1日おきでもといわれて、毎日来ると応える。四谷駅で直子と待合せ、首藤の令嬢の結婚式場、ホテルニューオータニ。全員カップルの招待なので250人ほどの出席者。三銀会では、川手一郎、斉藤、尾上と石川(令嬢蔷子が代理)。
12月15日　一麥が会社を休み、神谷町の山口病院、国立がんセンター(石川七郎院長にも面会して)の手続を済ませてくれた。夜、少量嘔吐。

12月16日　胃潰瘍のため港区神谷町の山口病院に入院して点滴を受ける。
12月22日　国立がんセンター病院に転院。（46年1月手術）
12月29日　病院が年末年始休暇のため一たん帰宅。
　　1月、平野謙、毎日芸術賞受賞。【自筆は昭和44年】
　　4月20日、和木清三郎歿。10月2日、三上秀吉歿。11月25日、三島由紀夫自刃。

昭和46（1971）年　60歳

1月3日　直子、一麥に送られ、7：05PM国立がんセンターへ戻る。
1月29日　普通部時代の同級生・石川七郎院長の執刀により胃潰瘍手術（2月12日退院）。
2月12日　地下理髪店で調髪。直子来室、退院の荷造りをする。石川七郎院長を院長室へ訪問。厚生省へ報告に行って不在のこと。船山馨、八木義徳（不在）、舟橋聖一（不在）、和田芳恵、芝木好子に電話。
2月14日　舟橋聖一より電話、病状の経過をたずねられ、昨日の「風景」編集会議―北條誠編集長の第1回の様子を聞く。5時頃、小田切進見舞いに来訪。石川七郎にお礼状を書く。退院して帰宅するとすぐに社会生活に播き込まれる。これに慣れ、これに耐えて社会復帰も可能になるのだろう。
2月17日　中村光夫（12月20日消印のハガキが今ごろ舞い込んだ。私が送った『今はむかし』の読後感に対する礼状、懇篤なもの）。
2月24日　船山馨見舞いに来訪。
2月25日　紅野敏郎来訪。講談社から出版の『日本近代文学大事典』は、舟橋聖一の提案で漱石、鷗外等々大作家には多くのスペースを裂かず、単行本を1冊出している程度のマイナー・ポエットを可能なかぎり拾って、現役の作家は隈なく収載しようということになっているが、下限をどこで切るかというのはむずかしいと思うと紅野に話した。
3月1日　舟橋聖一より見舞の電話。十返千鶴子見舞に来訪、十返（肇）忌は例年通り新宿の秋田ときめる。
3月4日　源氏鶏太が吉川英治賞、福田恆存と河上徹太郎が日本文学大賞と報道。源氏と福田に祝電。
3月11日　国井から2時に舟橋（聖一）家で「風景」の編集会議があると言ってきた。顔をお見せするだけのつもりで急に出席。田辺茂一、八木義徳、北條誠、芝木好子。吉行淳之介、有馬頼義、船山馨欠席。みな私が元気だとよろこんでくれる。田辺が自分の車を使えと言ってくれたので、先に失礼して帰宅。八木と山本見舞いに来訪。
3月13日　湯河原の徳丸から電話。1日1,000円で2食つきの寮を紹介するから、10日ほど湯河原へ湯治に来てはという好意ある勧告。
3月21日　大変暖かいし無風なので買物に行く気になり、八木義徳からもらった商品券でペリカンの万年筆を購入。病後の再出発という意味もふくめて買った。そうすることが、八木にも喜んでもらえると思って。
3月24日　近代文学館で『日本近代文学大事典』の編集委員会。全3巻のほか索引1巻という原案を全5巻と索引と修正。
3月25日　秋田で十返（肇）忌。田辺茂一、吉行淳之介、青山光二、巌谷大四、織田昭子、新藤凉子、永島一郎、豊田穣、平岩八郎、丸山泰治、（以下文春）安藤、向坊、印南、小林米紀、（以下講談社）三木章、松井、中公の人と山本容朗と十返千鶴子。
4月2日　源氏鶏太宅へ快気の挨拶に行く。日本文藝家協会へ会計検査で行った由で不在。
4月5日　土井一正来訪、榊山潤『馬込文士村』を受贈。協会理事評議員合同会に出席、入院中お見舞をもらった謝辞を述べたらみなが拍手をしてくれた。友情というものはこう

いうものだと感じた。和田芳恵と四谷見附のロンでオレンヂ・ジュースをのむ(まだ、コーヒーはのむ気にならない)。
4月8日　吉川英治賞、帝国ホテル。和田芳恵とお茶。
4月10日　近代文学館理事会。『日本近代文学大事典』の編集実行委員を塩田良平、小田切進が発表するようなしないようなアイマイな態度だったので、舟橋聖一が不明朗だと言い日ごろおとなしい保昌正夫まで発言。
4月13日　「風景」8月号編集会議。舟橋聖一、田辺茂一、八木義徳と私だけ。編集長が欠席したのはノーベル賞のとき沢野久雄が欠席したときをのぞいて最初のこと。八木、国井と目白でお茶。
4月17日　〈永嶋忠彦展〉、銀座パピエ画廊をみて、タクシーに乗ったら雨の土曜日で、2時半からの座談会に1時間おくれて舟橋(聖一)邸に着く。「風景」7月号「昭和の文学(2)文学・政治・思想」舟橋・佐多稲子と5時まで(司会北條誠)語る。
4月22日　近代文学館で、『日本近代文学大事典』編纂実行委員会。
5月6日　日本文藝家協会理事会。新田次郎の作家相続税に対する意見は正論だが、現実には不可能なのでその点を指摘する。八木義徳とエンゼルでやすみ『摩周湖』をもらう。
5月8日　近代文学館事典編集常任委員会。名称を『日本近代文学大事典』と決定。応接間で福田恆存、木俣修とすこし話す。
5月13日　「風景」9月号の編集会議の前に船山馨家を訪問、目白の舟橋(聖一)邸へ送ってもらう。北條誠、吉行淳之介、日下令光。目白の田中屋で日下とお茶。
5月15日　山の茶屋で、「風景」8月号福田清人、平野謙と「昭和の文学—文芸復興の周辺」鼎談。
5月27日　新宿のニュー東陽で海軍の会。池島信平、源氏鶏太、宮内寒弥、青山光二、阿川弘之、城山三郎、豊田穣、栗田(朝日)、向坊寿(文春)、山本博章(文春)、山本文夫(元サンケイ)、大久保房男(講談社)、井上達三(筑摩書房)、林健太郎(東大)、杉浦幸雄、梅崎春生の令嬢、ホステス10人。
5月28日　田久保英夫(快気祝の礼状)。上笙一郎来宅。文化学院創立50周年パーティに行かなかったので『愛と反逆』(文化学院の50年)を持参。
6月1日　第一ホテルの「東京新聞」頼尊清隆を励ます会(定年退職)。約100名。池島信平、舟橋聖一、中村(光)、平野謙、佐多稲子、尾崎一雄スピーチ。司会巌谷大四。和田芳恵とカルネドール。
6月9日　東京駅で佐野と待合せ、江の島電車駅で、斉藤、玉利、溝口、矢古島一郎夫人に会い、尾上家に弔問。川手一郎、首藤のほか、尾上と文学部で同級だった江坂が先着。
6月10日　昨日電話があったというので、舟橋(聖一)家に電話を掛けると、北條誠がアフガニスタンで自動車事故で怪我をしたので、編集長のピンチ・ヒッターをつとめて欲しいとのこと、承諾。
6月12日　近代文学館理事会。講談社から出版予定の『日本近代文学大事典』の契約書(覚え書)の件で舟橋聖一が納得せず30分以上も延引。和田芳恵、渋川驍、神崎と渋谷でお茶。
6月15日　舟橋(聖一)邸で「風景」10月号編集会議。八木義徳、芝木好子、吉行淳之介、田辺茂一。編集長代理をつとめたので疲れた。八木、芝木と目白でお茶。
6月16日　「風景」10月号のため尾崎一雄、小田切秀雄、清岡卓行に原稿依頼状を書く。
6月17日　霞ヶ関ビル東京会館で太宰治賞。土井に会う機会がないので、「秋声追跡」書き直しを冬樹社から出版すると話したところ、出版は来年になっても筑摩から出せ、自分が手がけると言ってくれた。和田芳恵、吉岡実と新橋まで歩きアートコーヒーでやすむ。
7月3日　田宮虎彦から秋声の『路傍の花』(大正8年刊)受贈。

III. 年　　　譜　　　　　昭和46（1971）年

7月5日　日本文藝家協会理事会。8月は休み、次回は9月末。和田芳恵、八木義徳と麴町のエンゼルで休む。
夏　還暦を自祝して2階の書斎を増築（6畳2間）。
7月16日　舟橋聖一から病気見舞電話。
8月6日　日本文藝家協会著作権委員会で出版契約書検討。石川達三、中島健蔵、井上靖、伊馬春部、新田次郎、野村尚吾、巌谷大四。井上に誘われ、新田、野村と銀座並木通りの天一で夕食のご馳走を受ける。
8月23日　高見晶子より高見順自家版『死の渕から』。28日、十返（肇）家、新藤凉子、山本容朗。
9月11日　近代文学館理事会。和田芳恵と渋谷トップ。
9月14日　山の茶屋で「風景」新年号編集会議。舟橋聖一、田辺茂一、吉行淳之介、八木義徳、芝木好子、日下令光、北條誠。八木、芝木と新宿白十字に寄る。
9月20日　著作権委員会、新田次郎、沢野久雄、野村尚吾、吉村昭、丹羽文雄。進藤純孝、瀬沼茂樹、山室静、佐伯彰一、芝木好子、佐多稲子、福田陸太郎にさそわれたが逃げて帰宅。進藤から日大へ来てくれといわれる。
9月21日　宇野浩二・広津和郎の会司会、50名。丹羽文雄、平野謙、阿川弘之、五所平之助、新田潤、熊王徳平、水上勉、杉浦三郎、広津桃子、宇野守道スピーチ。和田芳恵と銀座。
9月28日　日本文藝家協会理事会。丹羽文雄、石川達三、源氏鶏太、村上元三、山本健吉、福田恆存、瀬沼茂樹、奥野健男、沢野久雄、和田芳恵、田岡典夫、八木義徳、鹿島孝二。和田、八木とエンゼルで休む。
10月14日　銀座レンガ屋で八木義徳、船山馨の対談「風景」12月号「小説のなかの故郷」の司会。なりゆきで、対談ではなく鼎談的な様相になってしまったので、速記録が出来てから決定しなければならなくなる。【12月号は鼎談として掲載】
10月15日　帝国ホテルで図書月販のパーティ。和田芳恵とウエストでやすむ。
10月16日　夜12時北條誠から電話。昨夜帰日の由。不在中、座談会と、随筆のやりくりをしたことを報告。
10月20日　「風景」編集会議、丹波屋。舟橋聖一、八木義徳、芝木好子、日下令光、北條誠、三浦朱門。
10月21日　八木義徳に祝電、返電。
10月22日　パレスホテルで国税局と税対策委。丹羽文雄、井上靖、源氏鶏太、新田次郎、宇井無愁、吉村昭、遠藤周作、村野四郎。
11月2日　「新刊ニュース」1月1日号のため、水上勉と『宇野浩二伝』について対談。10時ころまで雑談。
11月5日　日本文藝家協会理事会。八木義徳と新宿ローレルでやすむ。
11月13日　『日本近代文学大事典』編纂委員会。近代文学館理事会。和田芳恵と渋谷でコーヒー。「風景」編集会議、麴町丹波屋。舟橋聖一、田辺茂一、八木義徳、吉行淳之介、日下令光、北條誠。4月号、5月号の編集をおえ、12月は休会。代りにキアラの会をすることになる。北條が、来年5月号で編集長の任期を終了するので、次期編集長は有馬頼義が候補にあげられた。八木・日下と新宿でお茶。
11月15日　京王百貨店で八木義徳に贈るためのライターを購入。伊藤整を偲ぶ会（三回忌・第一ホテル）。
11月18日　高田馬場駅ホームで八木義徳、森村浅香らと待ち合せ、直子と小平霊園へ豊田三郎の十三回忌の墓参。小平駅前でお茶、浅香達と高田馬場でわかれ、八木、直子と新宿へ出る。ローレルで待っていた八木夫人と合流。八木の還暦と夫妻の結婚20年のお祝

177

昭和47(1972)年　　　　　　　Ⅲ.　年　　譜

いをかねて、新橋亭で中華料理をご馳走しライターを贈る。カルネドールでお茶をのみ新宿でわかれる。
12月5日　塩田良平葬儀告別式、青山葬儀所。和田芳恵とウエストで待合せ、宮益坂の「泉」で話す。
12月6日　日本文藝家協会理事・評議員合同会。和田芳恵と麹町四丁目でちょっと休む。
12月11日　近代文学館理事会、塩田良平の死去にともなう理事長選出問題。「平岩八郎君の再出発を祝う会」に出席、和田芳恵とカルネドール。
12月14日　日生劇場で向坊寿『帽振れ』(ある戦中派の追憶)出版記念会。十返千鶴子に今日とどいた「風景」(「彼と」を書いたので)を渡す。高岩肇としばらく話す。源氏鶏太、青山光二欠席、兵隊は宮内寒弥と私だけ。
12月17日　野間文芸賞(新築の東京会館)。パーティで舟橋聖一と30分ほど立話。近代文学館の理事長問題、「風景」次期編集長問題。有楽町ビルのロアールで和田芳恵とやすむ。
12月21日　赤坂の中川でキアラの忘年会。ゲスト川端康成、村上元三、風間完、丸谷才一。キアラは舟橋聖一、井上靖、八木義徳、船山馨、沢野久雄、北條誠、日下令光、吉行淳之介。キアラの代表として井上、「風景」の代表として私。ゲスト代表として川端先生、招待者として舟橋が挨拶。村上が乾杯。川端先生はタートルネックの服装で、ゴーゴー喫茶へ行っているというお話。1月12日、北海道で八木の出版記念会があるので、祝電を欲しいと頼まれる。船山のハイヤーで帰宅。
12月24日　前からの約束通り、田久保英夫と坂上弘が来訪、坂上と話すのははじめて。12時すこし過ぎ散会。
12月27日　直子が八木義徳の出版記念会へ行ってあげろとすすめていたし、私も少しはその気になっていたので、夕刻、船山馨に電話をしてしまった。「行ってくれるか」と船山もよろこび、北海道に連絡をつけてくれたらしく(「北の話」の八重樫)飛行機の切符がとれたと連絡あり。八木から(船山がしらせたので)電話、奥さんと出て泣きだしたので、困ってしまった(こちらも徹夜で身体が疲れて涙腺がもろくなっているのに)。

昭和47(1972)年　61歳

1月3日　船山馨と早稲田松竹前のエスペラントで待合せ、北海道行の飛行機切符を受取る。
1月　八木義徳の『私の文学』出版記念会出席のため、船山馨と北海道へ行く。50年ぶりの渡道。【12日から15日まで】
1月12日　高田馬場駅ホームで船山馨と落合い羽田空港、八木義徳夫妻は先着。出版記念会、グランド・ホテル宴会場、トップバッターでスピーチ。13日、中島公園入口「大手門」で船山、八木と原田康子をくわえ「北の話」の座談会、登別泊。14日、函館五島軒で土地の人をまじえ船山と座談会。店主若山徳次郎と小談。
1月26日　日本出版協会で出版契約書問題につき書協と会見。日本文藝家協会側は石川達三、中島健蔵、沢野久雄、巌谷大四、吉村昭。吉村と高田馬場ユタで2時間ほど話す。
1月28日　日本文藝家協会からの電話で沢野久雄・巌谷大四と著作権委員として、共同通信及び時事通信の学芸部長と会見。地方紙に協会員の原稿をあまり長期間使用しないよう要請。山水楼で新年理事会。和田芳恵、八木義徳とお茶。
2月7日　芥川賞パーティ、第一ホテル。選考経過発表は舟橋聖一。和田芳恵とアートコーヒー。
2月12日　近代文学館理事会。
2月15日　「風景」6月、7月号編集会議、丹波屋。舟橋聖一、八木義徳、芝木好子、北條誠、吉行淳之介、日下令光。

178

III. 年　　譜　　　　昭和47（1972）年

2月21日　広津桃子来訪。
2月25日　小学館創業50周年パーティ。丹羽文雄、源氏鶏太、鹿島孝二と日本文藝家協会の今後について談。和田芳恵、八木義徳と泰明小学校近傍のボヌールでコーヒー。
3月3日　長男一麥、千葉県医師安達元郎長女悦子と結婚。
3月8日　船山馨から一麥がいなくなって淋しいだろうという陣中見舞の電話。
3月11日　広津桃子から電話。田村俊子賞受賞の祝電に対するお礼。
3月16日　舟橋（聖一）家及び船山馨家へ結婚披露宴の返礼に行く。
3月22日　新潮パーティ。河出寺田に「文壇史」を秋に渡すと約束。和田芳恵とロワールで喫茶。
3月25日　十返（肇）会、秋田。田辺茂一、丸山泰治、梶山季之、船山馨、巌谷大四、青山光二、豊田穣、頼尊清隆、向坊、林忠彦、山本容朗、十返千鶴子、樫原雅春、三木章、永島、新藤涼子、栗田の計18名。スピーチはトップ、栗田、3番目が豊田。十返千鶴子の謝辞。
4月7日　十返千鶴子（礼状）。
4月12日　平林たい子が恩賜賞、宇野千代が日本芸術院賞と発表。宇野に祝電を打つ。
4月13日　丹波屋で「風景」8・9月号編集会議。八木義徳、芝木好子、舟橋聖一、日下令光、北條誠。八木、芝木、加藤宗哉、国井と四谷のロン。八木とローレルに寄る。
4月16日　風呂から出て、「遠くへ行きたい」を直子がみていたので、川端康成氏の死を10時57分、テレビの速報テロップで知る。
4月18日　日本文藝家協会総会、東京プリンスホテル。和田芳恵欠席（忘れていた由）。尾崎士郎夫人と話す。八木義徳、青山光二と京王プラザ樹林にゆく。
4月19日　源氏鶏太還暦につき祝電。25日、源氏鶏太よりハガキ（還暦の祝電を打った礼状）。
5月4日　日軽金に川手一郎を訪ね斉藤家告別式、首藤、石川、佐野、玉利に会う。出棺を見送る。
5月6日　日本文藝家協会新理事会。丹羽文雄、芹沢光治良、小田切進、北條誠、榎本（講談社）、徳田雅彦らが川端康成氏の葬儀の打合せ。佐多稲子、芝木好子、和田芳恵と四谷のロンで休む。
5月14日　毎日新聞日下令光から電話、有馬頼義がガス自殺未遂、原因を問われる。東京新聞槌田満文から同様の電話。
5月15日　近代文学館で図書資料委員会があったが、名前を知らぬ人が多かった。渋川驍と渋谷のトップ。
5月27日　2時、川端康成氏告別式。和田芳恵、八木義徳。
6月　日本文藝家協会常務理事となる（鹿島孝二、村上元三、山本健吉とともに）。【5日】
6月10日　近代文学館理事会、評議員会。和田芳恵、渋川驍とトップでコーヒー。
6月15日　小島信夫（近代文学館の帰途、山田順子につき質問を受け、彼女の出生年月日を知らせたことに対する礼状）。
6月20日　日本文藝家協会著作権委員会、協会事務局。沢野久雄、巌谷大四、村松喬、野村尚吾、吉村昭、伊馬春部。書協は美作、佐々木専務理事。出版権設定につき審議。先方の説明が抽象的でよくわからない。吉村と麹町でお茶をのむ。
7月5日　日本文藝家協会応接室で、丹羽文雄、村上元三、山本健吉、鹿島孝二と理事長、常務理事会議。丹羽の〈盗作〉?問題につき、批判する常務1人もなし。理事会では、だいたい私の意見にそって丹羽は喋った。
7月6日　「風景」編集会議、於丹波屋。舟橋聖一、北條誠、八木義徳、日下令光。八木、国井と四谷でお茶。

昭和47(1972)年　　　　　　III. 年　　譜

7月8日　近代文学館理事会に遅参。瀬沼茂樹が専務理事となる。和田芳恵と渋谷でお茶。
7月25日　東京新聞エッセイのためノートを取りながら築地周辺を取材。
7月26日　和田(芳恵)家訪問。『秋声ノート』出版の礼に行く。
7月27日　山種美術館へ〈菱田春草展〉をみにいき、谷口吉郎(外人同道)と会う。場内で安岡章太郎(近藤啓太郎同行、初対面の挨拶)に会う。
7月29日　紅野敏郎来訪、夕食を一緒にしながら、国文学界の様子をいろいろきく。
8月11日　芥川・直木賞パーティ、第一ホテル。受賞者4人のため会場の混雑はなはだし。舟橋聖一に『妖魚の果て』書評の礼を言われる。吉行淳之介から有馬頼義の状態をきく。和田芳恵とアートコーヒーで休む。
8月18日　隣家工事の騒音と暑さを逃れるため、直子と深大寺へ行く。
8月28日　十返(肇)家。新藤凉子、山本容朗。
9月18日　伊香保温泉の芦花碑前で山本健吉が挨拶、私が献花。のち湯汲祭に出席。10分ほどパレードに参加。関屋旅館宿泊。夕食の折鹿島孝二が挨拶。
9月21日　新橋亭で広津和郎・宇野浩二を偲ぶ会。また司会をさせられた。野田宇太郎、野村尚吾、中島和夫、森田雄蔵に話してもらう。
9月29日　税対策委員会、丹羽文雄、石川淳、山本健吉、舟橋聖一、村上元三、沢野久雄、鹿島孝二、巌谷大四。理事会。和田芳恵とお茶。
10月1日　にわかに思い立って八木義徳を訪問。山崎団地に移ってから一度訪問しようと思いながら、はじめて目的を達した。夕飯をご馳走になる。
10月14日　2時、近代文学館理事会。3時から事典編纂委員会。タクシーで瀬沼茂樹、紅野敏郎、保昌正夫、中島と新宿茉莉花。
10月　丹羽文雄氏の会長辞任にともない、日本文藝家協会常務理事を辞任。【17日、正式には11月6日】
10月21日　日本文藝家協会臨時理事会。村上元三、石川達三、井上靖、臼井吉見、江藤淳、大林清、尾崎秀樹、鹿島孝二、佐多稲子、沢野久雄、庄野潤三、瀬沼茂樹、芹沢光治良、田辺茂一、中村武志、新田次郎、野口、舟橋聖一、北條誠、(松本徹)、村野四郎、山本健吉、和田芳恵、(22名、21票、中村退席のため)。1人々々に意見を聴取した結果、やむを得ないとの理由で全員賛成。
10月31日　著作権委員会。沢野久雄、石川達三、巌谷大四、吉村昭(以上委員)、山本健吉、村上元三、井上靖(以上ゲスト)主として引用問題研究。新たに杉森久英、江藤淳、村松剛を委員にくわえ、毎月末日委員会を続行と決定。
11月11日　川端記念室オープン、井の頭線で和田芳恵に会う。山本健吉、井上靖、北條誠、稲垣達郎、小田切進、保昌正夫。スピーチは文壇ばかり。山本のハイヤーで渋谷。
11月13日　国税庁長官とパレスホテル。山本健吉、新田次郎、井上靖、村野四郎、源氏鶏太、吉村昭、宇井無愁、芝木好子、鹿島孝二。大金で「風景」編集会議。舟橋聖一、北條誠、日下令光、芝木。
11月24日　著作権委員会、沢野久雄、野村尚吾、杉森久英、吉村昭。ゲストは文部省の佐野文太郎。
11月27日　安藤一郎(高木卓)の告別式。参列者と行きあったが知人は葬場内で会った本庄桂輔と、帰途立寄った喫茶店ウェストで会った三宅正太郎の2人のみ。
11月29日　銀座レンガ屋で「風景」48年1・2月号「昭和十年代文学の見かた」紅野敏郎と対談。
12月5日　日本文藝家協会理事会。『知恵子抄』問題(裁判経過)で藤井弁護士の説明が歯切れわるく小1時間かかる。和田芳恵と麴町でお茶。
12月8日　銀座レンガ屋で「三田文学」理事会。同所で鷲尾洋三『忘れ得ぬ人々』出版記念会。出席者約40名、石坂洋次郎、山本健吉、戸板康二スピーチ、遠藤周作司会。ほかに

III. 年　　譜　　　　　　昭和48(1973)年

井伏鱒二、永井龍男ら出席。八木義徳とカルネドールでお茶。
12月16日　野間文芸賞、東京会館。パーティを中座して和田芳恵、八木義徳と有楽町ビルロアールでやすむ。
12月20日　講談社で『近代文学大事典』の編纂委員会。人名とその割当枚数と執筆者につき審議。「学鐙」に書いた〈「腕くらべ」覚え書〉を読んだ成瀬正勝から、私家版の復刻本受贈(私が所持していないと書いたので)。和田芳恵と講談社のそばでコーヒーをのみ池袋でわかれる。
12月25日　舟橋(聖一)家でキアラの会。井上靖、源氏鶏太、北條誠、八木義徳、船山馨、遠藤周作、吉行淳之介、水上勉、日下令光、沢野久雄、ゲストに田辺茂一、村上元三、丸谷才一。北條からの依頼で「風景」の編集長を5月号から引受けることになる。
4月16日、川端康成自裁。

昭和48(1973)年　62歳

1月13日　麴町丹波屋で「風景」4月号編集会議。舟橋聖一、北條誠、吉行淳之介、八木義徳、日下令光。5月号からの編集長任期2年ということで引受ける。八木、日下と新宿ローレルでやすむ。
1月17日　毎日芸術賞パーティにちょっと顔を出す。井上靖から、山本健吉、瀬沼茂樹と一緒に銀座の浜作へ行かぬかと誘われたが辞退。
1月22日　『わが荷風』のため、浅草、待乳山、今戸、本所吾妻橋などを取材。
1月29日　湯河原理想郷に徳丸為平を訪問。91才だというのに大変元気で耳も遠くない。ソバをご馳走になる。日本文藝家協会理事会新年会、山水楼。
2月10日　近代文学館理事会、和田芳恵欠席。
2月13日　「風景」編集会議。舟橋聖一、吉行淳之介、八木義徳、北條誠。
2月17日　池島信平告別式、エンゼルでコーヒー。
2月19日　毎日新聞出版懇談会、帝国ホテル。電話で心臓が弱っているときき案じていた和田芳恵が来ていたので、みゆき通りのモーツアルトでやすむ。
2月28日　毎日新聞社出版局へ星野慶栄を訪問、「小説サンデー毎日」に八木義徳の小説を持ち込み承諾をもらう。『わが荷風』のため、荷風生誕地を取材し春日町二丁目十七番地と推定。
3月2日　船山馨家訪問。27日電話をしたところ、酒をのんで転んでケガをしたときいたので見舞う。
3月5日　日本文藝家協会理事会。常務の江藤淳、石川達三、舟橋聖一、村上元三、村野四郎ら欠席。女流も全欠席。山本健吉理事長になってから、すこし理事の協力が稀薄になりつつあるのではないか。
3月10日　吉行淳之介から電話、近藤啓太郎夫人の葬儀に行かねばならぬため、13日の編集会議には欠席させてもらうとのこと。
3月13日　ベルでコーヒーをのんでいたら八木義徳が入ってきた。「小説サンデー毎日」から電話があり、小説は引受けた由。丹波屋で「風景」7月号編集会議。舟橋聖一、八木、北條誠、日下令光。加藤宗哉、鈴木とレンガ屋に行き、「風景」5月号和田芳恵、尾崎秀樹の対談「大衆文学の動向」司会。
3月24日　『わが荷風』のため、浄閑寺、白鬚神社、玉の井、伝法院などを取材。
3月28日　出版クラブで出版契約書作製案について出版側と懇談、協会出版著作権委員会。当方、巖谷大四、村松喬、野村尚吾。新宿・秋田で第10回十返(肇)会、山本健吉、吉行淳之介、水上勉、巖谷大四、中村武志、永島、豊田穣、藤本真澄、向坊、小林米紀、樫

昭和48(1973)年　　　　　III.　年　　譜

　　　　　原、安藤(文春)、山本容朗、新藤凉子、十返千鶴子。
3月30日　井の頭線で芝木好子に会い椎名麟三の告別式場三鷹教会。本多秋五、堀田善衛、船山馨、佐古純一郎、大江健三郎、埴谷雄高ほかの弔辞がえんえんと続いたため、3時すぎてからようやく献花。帰途、船山と吉祥寺まで同行。
4月3日　集英社のパーティ、帝国ホテル。和田芳恵とモーツァルトで紅茶。
4月5日　日本文藝家協会理事・監事・評議員合同会議。議事が長びき8時半散会。和田芳恵、尾崎秀樹、渋川驍と四谷のロン。
4月13日　丹波屋で「風景」8月号編集会議。舟橋聖一、吉行淳之介、八木義徳。八木と新宿ローレルでお茶。
4月16日　「風景」6月号、野田宇太郎、大竹新助「文学散歩の旅」対談司会、レンガ屋。
4月20日　グランド・パレスホテルで日本文藝家協会総会。和田芳恵、八木義徳とお茶。
4月30日　青山葬儀所で阿部知二告別式。八木義徳と原宿のコロンバンに行き、彼の希望で新宿まで歩き、ボンで休む。
5月　「風景」編集長に再任。(毎号「編集後記」執筆)。
5月7日　山の茶屋で「風景」7月号の対談「日本語・国語」(丸谷才一・山口瞳)司会。話がはずんで10時まで話す。
5月12日　講談社で『近代文学大事典』編纂委員会。講談社のハイヤーに和田芳恵と乗り拙宅へ寄ってもらい夕食。
5月14日　丹波屋で「風景」編集会議。前編集長の北條誠に記念品贈呈。舟橋聖一、田辺茂一、八木義徳、吉行淳之介、日下令光。
5月21日　河出書房寺田を訪問、世界でお茶をのみながら雑談。3年も前に約束した「文壇史」の催促を受ける。
6月2日　近代文学館図書資料委員会、渋川驍と渋谷のトップでコーヒー。
6月5日　日本文藝家協会理事会。著作権保護同盟との分配金の問題に時間がかかり、8時ちかく散会。和田芳恵とお茶。
6月12日　「風景」8月号「文芸雑誌今昔」対談(平野謙と中島和夫)司会、山の茶屋。3人で新宿に行き、平野とわかれ、中島と瀧沢で10時ちかくまで話す。
6月13日　丹波屋で「風景」10月号編集会議。舟橋聖一、吉行淳之介、八木義徳、船山馨、日下令光。船山、八木、日下と四谷で少憩。
6月14日　『わが荷風』のため、九段坂、伝法院、吉原などを取材。荒川洋治という青年に会う。
6月18日　「サンデー毎日の集い」、東京会館。八木義徳、野村尚吾と有楽町でやすむ。
6月19日　レンガ屋で「新刊ニュース」8月号のために船山馨、八木義徳と「葦火野」をめぐって座談会。
6月21日　太宰治賞と新潮社の日本文学大賞が同時刻からあったので太宰治賞に出席。大原富枝、津村節子とホテルオークラの新潮賞パーティにまわる。和田芳恵、八木義徳と霞ヶ関ビルでお茶。
6月30日　近代文学館10周年記念パーティ、ぜんぶで50名弱。和田芳恵、渋川驍と渋谷トップでやすむ。
7月10日　紀伊國屋サロンで、「風景」9月号の対談「小説家と戯曲」小島信夫・浜本武雄司会。両氏と西口の「おのぶ」に行く。
7月13日　鎌倉高徳院大仏殿書院で吉屋信子告別式。近藤富枝(主婦の友社)に声をかけられ、一緒に大仏の胎内見物。江ノ電長谷駅まで歩き、鎌倉裏駅前の喫茶店で少憩。新橋駅まで同乗。丹波屋で「風景」11、12月号編集会議。舟橋聖一、吉行淳之介、八木義徳、日下令光。八木、日下と新宿三越裏にできたトゥマロウでやすむ。

182

8月3日　紅野敏郎と早川来訪。大事典で「三田」関係の項目を依頼した橋本迪夫が病気のため代役の相談。
8月5日　『わが荷風』のため、深川不動、富岡八幡、洲崎、木場、森下町などを取材。
8月8日　芥川・直木賞、第一ホテル。作家がすくなくジャーナリストが多い。未知の女性に呼びかけられる。森万紀子の由。
8月20日　「風景」10月号対談「さし絵余談」風間完と野見山暁治司会、山の茶屋。
8月28日　『江島生島』を読みすすんだ午後7時すぎ、山本容朗から電話。「今日は28日ですよ」といわれて、十返肇の命日だったと気がつく。十返千鶴子がクルマで迎えにきてくれる。
9月14日　「風景」新年号編集会議、丹波屋。舟橋聖一、八木義徳、吉行淳之介、日下令光。八木、日下と新宿トゥマロウに寄る。
9月18日　山の茶屋で「風景」11月号対談。「大学の文学部」司会。新庄嘉章と白井浩司。
9月21日　新橋亭で広津和郎・宇野浩二を偲ぶ会、出席者56名で盛会。司会をさせられ本多秋五、田辺茂一、大久保房男、竹田博、平野謙の順で話をしてもらう。文学者としては、川崎長太郎、尾崎一雄、阿川弘之、山本健吉、水上勉、新田潤、石光葆など。
9月28日　日本文藝家協会理事会。和田芳恵とお茶をのむ。
10月3日　北原武夫通夜、信濃町千日谷会堂、三田関係の連中とジャーナリストだけ。山本健吉、平松幹夫、田辺茂一、安岡章太郎、二宮孝顕、坂上弘。4日、告別式。八木義徳と新宿へ出る。
10月12日　八木義徳より電話、北海道へ行くため編集会議欠席させてくれとのこと。
10月13日　近代文学館理事会。舟橋聖一のクルマで「風景」2月号編集会議の丹波屋へまわる。船山馨のみ出席。身体の不調を訴え辞意をもらす。雨のため船山のクルマで帰宅。
10月17日　成瀬正勝より角川版『日本近代文学体系・永井荷風集』。成瀬は入院中なのに、気にかけて旧著をお送り下さった。有難いことである。便箋3枚にビッシリ書いたお礼状を出す。
10月18日　『わが荷風』のため、直子と白山を取材。
10月19日　新橋旗亭撮影の目的で、新橋演舞場附近に行き、尾張町交叉点のバス停で佐多稲子にあい立ち話。
10月22日　まだ顔を洗わぬうちに日本文藝家協会堺から電話。1時半に山崎豊子が来ることになっているが、山本健吉理事長が都合がわるく、著作権委員長の沢野久雄も都合が悪いので出てくれとのこと。山崎の話をきく。夜11時、共同の原沢から電話、山崎が連載中止に決定したとのこと。
10月25日　夕食中に有吉佐和子から電話。山崎豊子の件、今度は前回とすこし違うのではないか、あんなことで盗作といわれては、調べてモノを書くことができなくなるとの意見。私も資料は未見だが、同感だとこたえる。
10月27日　「風景」12月号対談「文筆家の死」中島健蔵と頼尊清隆司会、山の茶屋。
11月2日　筑摩古田会長告別式。渋川驍、吉村昭、一色次郎と立ち話。控室で、佐多稲子と山崎豊子問題について。日本文藝家協会で堺と山崎豊子問題について協議。堺と山水楼へ、国税庁（長官以下6名）と税対策委員会。協会側、山本健吉、新田次郎、井上靖、芝木好子、鹿島孝二、宇井無愁、吉村昭。散会後、山本、井上、新田と残り山崎問題処理討議。
11月3日　堺と沢野（久雄）家にゆく。大阪朝日新聞社会部長ら3名と盗作されたと主張する今井源治。話をきく。とくに新事実なし。堺と残り5日の委員会について打合せ。
11月5日　赤坂プリンス・ホテルで山崎豊子と弁護士、日本文藝家協会側は山本健吉、沢野久雄。告訴の内容についてきく。著作権委員会。沢野、村松剛、村松喬、野村尚吾、

183

昭和49(1974)年　　　　　　Ⅲ．年　譜

巌谷大四、吉村昭、杉森久英。オブザーバー山本健吉。ほぼ4つの意見が出て散会。
11月8日　山本健吉から電話。新田次郎に電話して井上靖に仲裁をたのんだらどうかと相談したところ、ぜひたのんでくれといわれ、井上家訪問。仲裁依頼、承諾してもらえる。よもやまの話をしてハイヤーで送られ11時帰宅。
11月12日　著作権委員会。沢野久雄、野村尚吾、村松喬、巌谷大四、杉森久英。沢野が辞意をもらしたが、みな相手にせずノレンに腕押しの形となったので中座。山の茶屋で、「風景」1月号「推理小説あれこれ」対談司会、中島河太郎と武蔵野次郎。
11月13日　「風景」3月号編集会議、丹波屋。舟橋聖一、田辺茂一、吉行淳之介、八木義徳、日下令光。八木と新宿トゥマロウでお茶。
11月16日　税対策委員会で国税局長と会談、毎日新聞アラスカ。日本文藝家協会側、村野四郎、新田次郎、井上靖、芝木好子、宇井無愁。同ビル喫茶店で、井上、芝木とすこし話す。
11月24日　四谷千日谷会堂で成瀬正勝告別式。和田芳恵とうまく会え、渋川驍と原宿へ行くつもりだったのに運転手が方角をまちがえたので、新宿トゥマローで話し、渋川とわかれ和田と武蔵野茶廊へ。
12月4日　〈津軽じょんがら節〉試写会後、斎藤耕一監督らと話す。
12月5日　日本文藝家協会理事会。水洟が出はじめ寒む気がしはじめる。だんだんひどくなり、和田芳恵とお茶をのんでいてもつらくなったので早々に帰宅。
12月17日　『わが荷風』のため、飯田橋、外濠公園、蔵前橋などを取材。
12月19日　丹波屋で「風景」2月号対談「出版界の展望」紀田順一郎・長岡光郎司会。
1月12日　理里【初孫《虚空》】誕生。
　　　3月28日、椎名麟三歿。4月23日、阿部知二歿。9月29日、北原武夫歿。

昭和49(1974)年　63歳

1月6日　波木井皓三から電話。年末に青山光二から電話があったとき、波木井の名が出て、住所をきいておいたので年賀状を出したため。40年ぐらい会っていない。
1月12日　丹波屋。舟橋聖一、八木義徳、日下令光、吉行淳之介、船山馨、「風景」5月号編集会議。八木と新宿トゥマロウでコーヒー。
1月14日　波木井からの電話で、青山のVAN99ホールへ行く。40年ぶりだがすぐわかる。井上ひさしと、佐山ジュンという作家(?)、ストリップ小屋のコメディアンあがりらしい人の対話形式の間に実演がはさまり、思っていたよりは面白かった。波木井と渋谷まで歩いてお茶。
1月25日　「風景」3月号対談「中間小説の現状」、駒田信二・中田耕治司会。
1月28日　日本文藝家協会新年理事会、山水楼。瀬戸内晴美、中島健蔵、理事辞任。
2月10日　『わが荷風』のため、芝西久保桜川町を、15日、日輪寺、天嶽寺を取材。
2月14日　「風景」6月号編集会議、丹波屋。舟橋聖一、田辺茂一、吉行淳之介、日下令光。柳橋のいな垣に席を移す。講談師、天の夕鶴のポルノ講談「京 牡丹」の余興あり。
2月15日　『わが荷風』のため、『ひかげの花』第2の背景である浅草芝崎町(現在＝西浅草三丁目)の日輪寺と天嶽寺を取材。
2月20日　「群像」の随筆「神楽坂考」のため神楽坂周辺を取材。
2月23日　吉行淳之介から郵送された「四畳半襖の下張」所載の「面白半分」は返済しなくてならないので、日下令光がコピーをとらせてくれといっていたので、社で会いコピーをとってもらう。
2月25日　「風景」4月号対談、田辺茂一と矢代静一「東京の隅っこ」司会、レンガ屋。

III. 年　　譜　　　　　昭和49(1974)年

3月6日　和田芳恵が理事会に欠席したので電話したところ、やはり、ぐあいが悪いらしい。話しているあいだも咳がひどく、ゼイゼイという喉の鳴る音。かなり悪いのではなかろうか。

3月13日　丹波屋で「風景」7月号編集会議。舟橋聖一、八木義徳、船山馨、日下令光、吉行淳之介。編集長辞任を申出たが、後任をさがすというだけで結論出ず。八木と新宿トゥマロウに行く。

3月18日　「風景」5月号田久保英夫と後藤明生の〈対談〉「ソビエトを旅して」レンガ屋。後藤と話していたとき、誰かと話していた吉行淳之介があがってきた。「風景」の発行が遅れているが「面白半分」は印刷所にどういうコネをつけているかの報告。食事後後藤・田久保と10時ちかくまで話し、「まあま」へ行く。一麥が後藤をはじめて知った店で話にはきいていたがはじめて。田久保も。

4月13日　「風景」8月号編集会議、舟橋(聖一)家でおこなったが、舟橋喘息のため席に出ず、田辺茂一、八木義徳、船山馨。目白で八木とお茶。

4月15日　山の茶屋で「風景」6・7月号、楢崎勤、小田切秀雄と「新興芸術派をめぐって」座談会。

4月18日　日本文藝家協会総会。保護同盟総会前に退席。山本健吉、円地文子、新田次郎とお茶をのみ懇親会に出る。和田芳恵・八木義徳とコーヒー。

4月21日　夜9時半、加藤宗哉から電話。原稿を受取りにいって、舟橋聖一母堂が亡くなったことを知ったとのしらせ。とりあえず弔問にいって11時半帰宅。

4月23日　舟橋(聖一)家通夜。24日、舟橋家葬儀。芝木好子にさそわれ、八木義徳、青山光二と芝木家へまわる。

4月30日　日本文藝家協会で山崎豊子と会う。裁判の見通しが明るくなったので、5月7日発売の「サンデー毎日」から連載を再開の由。

5月7日　日本文藝家協会理事会。理事長・常務理事互選のため、議長をつとめさせられる。和田芳恵とお茶。

5月11日　近代文学館、事典編纂委員会。和田芳恵と渋谷のトップでコーヒー。十和田操にあう。

5月12日　幼稚舎連合同窓会は創立100年であるばかりか、卒業50周年で幼稚舎へ行く。川手一郎、杉浦、佐野ら。会場で内村直也、林俊一郎に会って小話。

5月13日　虎ノ門赤トンボで「風景」9月号編集会議、舟橋聖一、吉行淳之介のみ出席。

5月27日　新宿御苑そば養浩館で文人海軍の会、30名ちかく参集。青山光二、宮内寒弥、十返千鶴子と三越裏トゥマロウで少憩。今年の当直は佐伯彰一、副直は竹之内静雄、向坊だったが、来年の当直は私、副直が読売文化部長の高野、共同の小塙。

6月5日　日本文藝家協会理事会。事典で「日本文藝家協会」の項を書いているうちに、旧文芸家協会の発足が大正15年1月7日で、再来年の1月7日が50周年に相当することに気づいたので理事会で話したら、盛大な祝賀をしようということにきまった。和田芳恵と四谷見附のロンでコーヒー。

6月6日　平林たい子賞、ニュージャパン。選考委員は丹羽文雄を除いて平野謙、佐伯彰一、山本健吉の3氏ともいずれも長く、コンクールの趣があってみなよかった。和田芳恵とお茶。

6月13日　赤トンボで「風景」10月号編集会議。舟橋聖一、八木義徳、日下令光。編集長辞退の意をもらす。秋声も荷風、合計1100枚を年内に書かねばならぬことと、体調の崩れを理由とする。八木、日下と新宿へ出る。

6月中旬　「風景」8月号、坂口三千代、十返千鶴子、田辺茂一「故人のこと」座談会を司会。

6月15日　気分転換のため直子と水元公園に行く。

昭和49(1974)年　　　　　　III.　年　　譜

6月20日　新潮賞、ホテルオークラ別館。河出の竹田、新潮社の山高、八木義徳と霞ヶ関ビルのトリコロール。
6月23日　『わが荷風』の「おもかげ」について吉原揚屋町、吉原弁天などをを取材し、オハグロドブの石垣を発見。
6月28日　東京会館で太宰治賞。渋川驍とお茶。
7月2日　「サンデー毎日」のパーティ、第一ホテル。青山光二と高速道路下の土橋で話をす。
7月5日　日本文藝家協会理事会。八木義徳から依頼された後藤杜三入会可決。和田芳恵と四丁目のエンゼル。
7月9日　山の茶屋で「風景」9・10月号の座談会「「近代文学」のころ」。荒正人、杉森久英と話す。
7月12日　夜、坂上弘から北原武夫の全集のことで電話。かなり、いろいろ話し合う。
7月13日　野田岩で「風景」11・12月号編集会議。舟橋聖一、田辺茂一、八木義徳、日下令光、吉行淳之介。12月号で編集長解任が確定してホッとする。八木と新宿ローレル。
7月17日　講演「秋聲「縮図」について」近代文学館夏期講座・於読売ホール。
この夏、クーラー入る。
8月7日　第一ホテルで直木賞パーティ、和田芳恵とお茶。
8月28日　直子と十返(肇)家への花を買いビッグボックスでコーヒーをのみ十返家へ。青山光二、山本容朗、新藤涼子。
8月29日　山本容朗来訪。邦枝完二の『瓦斯燈時代』と『五叟遺文』を貸与される。
9月2日　昨日、多摩川堤防決壊。狛江住民避難とのことなので青山光二に電話、安否をきく。無事の由。
9月13日　「風景」1月号編集会議。舟橋聖一、船山馨、日下令光。11、12月号経過報告のあと、新編集長八木義徳欠席のため代行。
9月15日　レンガ屋で、「風景」11、12月号座談会、「文芸時代」のころ。船山馨、青山光二と。青山と新宿ローレル。
9月　直子と飛騨・北陸に3泊4日旅行。【17日から20日】
9月21日　宇野浩二・広津和郎を偲ぶ会。また司会をさせられヘトヘトになった。
9月27日　『わが荷風』のため、浅草ロック座撮影、ボン・ソアールで少憩。霊南坂を撮影。日本文藝家協会理事会。
9月28日　和田芳恵に電話をしたが夫人の応待だけで、和田は電話口に出てこない。容態が思わしくないのだろう。
10月2日　日本文藝家協会言論表現委員会。講師は法務庁の官僚。こちらは、中村光夫、中村稔、山本健吉、舟橋聖一、三好徹、古山高麗雄、平野謙。
10月12日　舟橋(聖一)家で「風景」編集会議。吉行淳之介、八木義徳、船山馨、日下令光。
10月23日　「文芸年鑑」編纂委員会、福田清人、小田切秀雄、尾崎秀樹、奥野健男、巖谷大四、和田芳恵。和田とは久しぶり(はじめて外出した由)だったが、思ったより元気なのでホッとする。
10月25日　近藤富枝来訪『本郷菊富士ホテル』受贈。
11月5日　日本文藝家協会理事・評議員会遅参。八木義徳、青山光二、野村尚吾と新宿白十字。
11月12日　『わが荷風』のため、牛天神を、13日、直子と真間の手児奈堂、中山法華経寺撮影に行く。赤トンボで「風景」編集会議。舟橋聖一、八木義徳、日下令光。八木、日下と新宿へ出る。
11月18日　霞ヶ関ビルの東京会館「文藝」新人賞贈呈式パーティー。八木義徳と新宿トゥマロウで少しやすむ。

11月29日　山水楼で安川七郎国税庁長官招待による税対策委員会。山本健吉、新田次郎、伊藤桂一、鹿島孝二、源氏鶏太、芝木好子、吉村昭、渡辺淳一。
12月4日　舟橋(聖一)邸でキアラの会、井上靖、源氏鶏太、吉行淳之介、船山馨、八木義徳、日下令光、田辺茂一。井上、源氏が歌をうたうなど、かつてないなごやかな会。有馬頼義が出席するなど、めずらしいことづくめ。「風景」編集長の記念品として、ナルダンの腕時計を受贈。
12月　「風景」編集長を辞任。
12月13日　赤トンボで「風景」4月号編集会議。出席は舟橋聖一と八木義徳だけ。
12月20日　毎日芸術賞の文学部門は、荒正人の『漱石研究年表』が受賞。同賞の評論部門は、平野謙、荒と私という、旧「現代文学」同人が3人も受賞したことになる。祝意をハガキに書いて投函。
12月28日、高木卓歿。

昭和50(1975)年　64歳

1月11日　高木卓の葬儀のため、本郷三丁目の麟祥院へ行く。寒くてすこし風邪気味となる。
1月13日　赤トンボで「風景」5月号編集会議。舟橋聖一、吉行淳之介、日下令光と八木義徳。
1月16日　和田芳恵を訪問。だいぶん元気になって顔色もよくなり、起きてきて話す、当分外出はできないらしい。毎日芸術賞授賞式に遅れて出席、受賞者の荒正人、選考委員の瀬沼茂樹、篠田一士と話す。
1月21日　銀座和光ギャラリーで芥川・直木賞展パーティ。八木義徳と新宿でお茶。
1月23日　20日は『徳田秋声伝』が出版されて満10周年にあたるので、直子と自祝をするつもりにしていたが、20日来客、21日パーティ、昨日は降雨のため順延して、今日新橋亭で祝宴。『わが荷風』も昨日擱筆。両方のお祝いとなった。夜10時すぎ和田芳恵から電話。「接木の台」が読売文学賞になった由。
2月13日　二七会菊本の告別式、青山斎場。佐野、斉藤と三越本店〈竹久夢二展〉（会場で石坂洋次郎とちょっと立話）をみて千疋屋でお茶。「風景」6月号編集会議。舟橋聖一、八木義徳、船山馨、日下令光。八木、日下と新宿トゥモロウへ。
2月15日　読売文学賞。野村尚吾、戸部新十郎、竹田博、近藤信行、小堺学とサンケイ1階でお茶。パーティの途中で和田芳恵の姿が見えなくなったので、心配して（身体のぐあいが悪くなったのかと）電話したら、迎えの自動車がきたので消えたのだということで元気だった。
3月3日　銀座五丁目の三菱会館で、田久保英夫と「青春と読書」4月号の対談。
3月7日　村野四郎告別式。田久保英夫に会ったので新宿まで一緒する。山の茶屋で「風景」5・6月号の座談会「昭和20年代の文学」荒正人、小田切進と話す。八木義徳と新宿へ出る。
3月11日～12日　「波の会」で東京駅に集合。和田芳恵、野田宇太郎、進藤純孝、竹田(博)、近藤信行、武田顕介。館山国民休暇村着。榛葉英治合流。八木義徳、杉森久英、戸部新十郎不参。
3月13日　赤トンボで「風景」7月号編集会議。舟橋聖一、田辺茂一と八木義徳。八木と新宿ローレルに寄る。
3月25日　新宿秋田で十返(肇)会。田辺茂一、水上勉、青山光二、中村武志、豊田穣、北村卓三、三木、向坊、栗田、竹田博、小林、丸山泰治、永島、榊原、新藤凉子、山本容朗、十返千鶴子。今年の十三回忌で打切ろうという案もあったが継続。文学碑を建設しようなどという案も出て散会。青山とお茶。

昭和50（1975）年　　　　　III.　年　譜

4月7日　「波の会」榛葉英治、野村尚吾、八木義德、杉森久英、進藤純孝、竹田、近藤信行夫妻。聖天堂、三囲神社、長命寺、言問団子、鳩の街、百花園、玉の井を廻って浅草に戻り駒形どぜうで夕食、アンジェラスでお茶。
4月10日　日本文藝家協会理事・評議員会。国語問題委員会の国語審議会宛回答文につき、1名昂奮して退場しかけひき留められる。青山光二、進藤純孝と新宿ローレル。
4月14日　「風景」編集会議。日下令光が停年退職後舞踊日本文藝家協会の事務局長就任がきまり、「風景」の編集ができなくなる。八木義德の編集長は12月号で任期を終る、来年の1月号以後は編集長をおかず、加藤宗哉に一任と決定。八木と新宿トゥマロウでお茶。
4月18日　日本文藝家協会総会、ことしは議事の進行が早く時間があまる。懇親会後、八木義德とお茶。
4月22日～23日　直子と熱川温泉にゆく。
4月30日　浄閑寺で荷風墓前祭、小田嶽夫が〈「秋の別れ」について〉話す。〈永井荷風の娼婦小説〉の題でしゃべる。聴衆の中に高橋邦太郎、波木井、近藤富枝ほかがいて総計50名。
5月7日　種田政明が名古屋の郷里（南区元鳴尾町）に建碑された荷風の文学碑の絵はがき（2葉）と、文学碑建設紀要を届けてくださる。
5月16日　山の茶屋で「風景」7～9月号のため小田切秀雄、磯田光一と「昭和30年代の文学」座談会、食事をしたため8時散会。通夜のため雨中、野村尚吾宅弔問。
6月1日より、新宿区西早稲田二ノ一〇ノ九と住居表示変更。
6月2日　不忍池周辺で撮影しようとしたが、シャッターが故障したのであきらめ、ニュージャパンの平林たい子賞。中谷孝雄、竹田博、大久保房男とお茶。
6月5日　日本文藝家協会で国税庁と国税局に寄贈の『わが荷風』に署名。理事会。全集・文庫本の解説・印税問題を、原稿料対策委員会で取上げることに決定。芝木好子とちょっと市谷でお茶。
6月9日　文化学院で特別講義。「永井荷風の小説」。職員室で戸川エマと久しぶりで雑談。
6月10日　東京会館で太宰治賞。中村光夫と『わが荷風』につき小談。青山光二、芝木好子とロビーでお茶をのみ、新宿でお茶漬を食べて帰宅。
6月13日　「風景」編集会議。舟橋聖一、八木義德。八木と新宿ローレルで小憩。
6月　福井県に旅行、水上勉の令弟亨氏と県庁差廻しの自動車で若狭と越前海岸をみる。【17日から19日】
6月19日　深夜、京都で水上勉と会い、翌20日、水上、真下五一と朝食後、真下の案内で詩仙堂、修学院、法然院などを見て帰京。
6月26日　講談社で、『近代文学大事典』の編纂委員会。
7月2日　渋川驍来訪（宇野浩二・広津和郎追悼会及び日曜会解散の件相談）。高田馬場まで送る。
7月7日　NETでディレクターの鈴木健身とお茶をのみながら話して「浮世絵・夏・隅田川」録画。日本文藝家協会理事会。麹町のベルで、佐多稲子、和田芳恵、芝木好子と雑談。
7月12日　近代文学館理事会、常務理事に推薦される。
7月13日　舟橋（聖一）家で「風景」11、12月号編集会議。田辺茂一、八木義德、日下令光、吉行淳之介。
7月26日　日下令光を励ます会、日生会館。八木義德と新宿トゥマロウやすむ。
8月28日　銀座松屋裏のはちまき岡田で十返肇十三回忌供養、青山光二、山本容朗、新藤涼子、十返千鶴子。
9月4日　1月号から「風景」の編集長に就任する吉行淳之介から（編集会議）打合せの電話。
9月6日～12日　蔵書整理。

188

9月16日　赤トンボで「風景」新年号編集会議。舟橋聖一、八木義徳、吉行淳之介、日下令光。
9月18日　「自筆年譜」整理を終わる。谷崎潤一郎賞が水上勉の『一休』にきまり、祝賀のハガキを書く。
9月29日　日本文藝家協会理事会。和田芳恵とベルでコーヒー。
10月1日　紀伊國屋へ田辺茂一を訪問。講談社の『座談会昭和文壇史』につき、舟橋聖一とも話し講談社の三木から（野口冨士男編）としてくれと再度申入れがあったので諒解をもとめる。芳賀善次郎著『新宿の今昔』受贈。舟橋、三木に電話で報告。午後ひとりで、神田明神から湯島天神のあたりを歩く。
10月13日　「風景」編集会議、出席者は舟橋聖一と私だけ。
10月15日　丸の内東京会館で中央公論社パーティ。八木義徳と新宿でお茶。
10月20日　毎日新聞「その橋の上まで」のため千住方面を取材。夜、日下令光から電話、舟橋聖一が文化功労賞を受賞とのこと。舟橋家へ電話で祝意（不在）。
11月1日　市川市民会館で講演。聴衆は30名弱。楽に話せた。
11月7日～10日　直子と航空機、列車、バスなどで長崎と雲仙旅行。
11月13日　「風景」編集会議、赤トンボ。舟橋聖一、八木義徳、日下令光、吉行淳之介。
11月18日　税対策委員会（国税局）大手町パレス・ホテル。山本健吉、新田次郎、源氏鶏太、鹿島孝二、伊藤桂一、吉村昭。
11月19日　近藤富枝来訪『馬込文士村』貸す。
12月2日　税対策委員会（国税庁）山水楼。山本健吉、井上靖、源氏鶏太、新田次郎、渡辺淳一、芝木好子。
12月5日　日本文藝家協会著作権委員会、理事会。
12月9日　『文学1976』編纂委員会、椿山荘・残菊の間。藤枝静男、山本健吉、佐伯彰一、上田三四二、川村二郎、三木、大村、渡辺（平山、伊藤）。
12月11日　「風景」編集会議、舟橋聖一邸。吉行淳之介、八木義徳。舟橋（病臥）。
12月23日　紅野敏郎、渡辺嬢来訪。青年芸術派関係の単行本6冊貸与。
12月25日　野川友喜とビッグボックス、フェイスオフ。
　　2月　和田芳恵「接木の台」にて読売文学賞受賞。

昭和51（1976）年　65歳
1月13日　7時半、救急車。舟橋聖一氏、12時58分死去。71才。夜停電（1時～6時10分）。
1月15日　「新潮」3月号「追悼・舟橋聖一」座談会（円地文子、吉行淳之介と）赤坂辻留。
1月16日　舟橋聖一、10時密葬。11時出棺、落合火葬場。6時通夜。17日、葬儀、告別式。19日、初七日。
1月20日　「風景」編集会議、赤トンボ。鷲尾洋三出版記念会、第一ホテル。
1月23日　読売新聞佐々木から読売文学賞受賞通知の電話。和田芳恵に電話、山本健吉から電話。
1月27日　井上靖宅訪問。
1月　キアラの会解散。
2月9日　NHK丸谷資典来訪、15分ほど坂口安吾の印象について話す。芥川・直木賞パーティ。サンケイ文化部の松本徹とお茶。
2月10日　渋川驍来訪、宇野浩二・広津和郎追悼会に対する日曜会員のアンケートを検討、打切りと結論。

昭和51(1976)年　　　　　Ⅲ. 年　譜

2月13日　「風景」終刊号の「キアラの会と「風景」」座談会、山の茶屋。船山馨、八木義徳、日下令光。八木、速記の中尾深雪、編集の加藤宗哉、野口佐和子とヒルトン・ホテルラウンジでお茶。
2月　『わが荷風』により第27回読売文学賞（随筆紀行部門）受賞。
2月17日　受賞者のほか選考委員は井上靖、山本健吉、田中千禾夫参集。賞品授与、山本の選評につづいて受賞者を代表して話す。八木義徳、青山光二、芝木好子と新宿区役所近くの風林会館で軽食。
2月19日　尾崎士郎十三回忌、この会も今年かぎりで廃止。瓢々忌にきていた約100名中、文壇人は丹羽文雄、尾崎一雄、石坂洋次郎、巌谷大四、網淵謙錠、豊田穣、山田智彦、寺崎浩ぐらいでむこうから声をかけた保田与重郎は和服姿の背中が丸くなり太い杖をついていた。
2月23日　直子と伊豆土肥温泉に行き、翌日、修善寺をまわる。
2月25日　書協との会見にそなえて日本文藝家協会に集合。山本健吉、沢野久雄、瀬沼茂樹、福田恆存、古山高麗雄。先方は美作、新川正美（有斐閣）、豊田亀市（小学館）、野々村（三省堂）、今村瓏、佐々木、戸台。
3月1日　学士会館で舟橋聖一氏七七日忌、出席者は70名弱。八木義徳、芝木好子、風間完と地下鉄で帰宅。
3月5日　高田馬場ビッグボックスのフェイスオフで十返千鶴子と会い、十返（肇）会は昨年の十三回忌で打切りと決定。日本文藝家協会理事会。佐多稲子、瀬沼茂樹、芝木好子とお茶。
3月11日　青春と読書のため、面影橋から、山吹の里碑・氷川神社・南蔵院・金乗院（目白不動）・鬼子母神を取材。
3月22日〜23日　直子と伊豆へ行く。東京→三島→土肥（ふじみ荘）。→修善寺
3月27日　〈昭和50年度芸術文化に活躍された人びととの懇談の会〉で、総理官邸にて総理招待に出席。総理は三木武夫。出席者800人。芸術と芸能の区別がつかぬ人間が政治家になるのだと思わされるような集め方。場内で谷口吉郎、野田宇太郎、山本和夫、何初彦、神沢利子にあう。野田と神田へ出る。
3月31日　東急百貨店裏泰明軒で武田麟太郎三十三回忌（実際は再来年で繰上げ）。出席者70名弱。和田芳恵が司会、しゃべらされた。青山光二と新宿トゥマロウでコーヒー。
4月　「風景」終刊。
4月5日　日本文藝家協会理事・評議員会。芝木好子、青山光二、渋川驍と新宿トゥマロウでお茶。
4月10日　近代文学館理事会。不在中、森武之助来訪。
5月16日　平林たい子賞は、島村利正と村松剛にきまったので島村利正に祝電。6月19日島村利正（祝電礼状）。
5月18日　日本文藝家協会理事会で議長をつとめ、山本健吉理事長以下常務理事・各委員長も留任。源氏鶏太が経理委員長を辞任し内村直也となる。和田芳恵、杉森久英と四谷のロンでお茶。
5月24日　キアラの会、山の茶屋。ゲスト舟橋夫人、風間完。キアラ側は有吉佐和子、井上靖、源氏鶏太、北條誠、船山馨、芝木好子、八木義徳、日下令光、沢野久雄、吉行淳之介計13名。欠席は田辺茂一、加藤宗哉、水上勉、遠藤周作、三浦朱門。舟橋夫人からお礼の電話あり。
5月27日　東京グランドホテル〈微笑庵〉で文人海軍の会。源氏鶏太、林健太郎、阿川弘之、城山三郎、青山光二、池波正太郎、十返千鶴子、梅崎春生夫人、石井英之助夫人、井上

III. 年　　　譜　　　　昭和51（1976）年

達三（筑摩）、大久保房男、高野昭、山本文夫（もと「朝日新聞」）、向坊ほか数氏。青山、十返夫人とお茶。
5月29日　森武之助来訪。一緒に出て森は大手町で下車。私は八丁堀下車、鉄砲州稲荷をみてから、勤労福祉会館の「小泉八雲研究会」（中田謙次「ハーン論考―怪談雪女の成立をめぐって」）を聴講。
6月1日　江藤淳より日本芸術院賞受賞祝い状の礼状。
6月2日　般若苑で平林たい子賞、小説部門が島村利正「青い池」、評論部門が村松剛『死の日本文学史』。ガーデンパーティで丹羽文雄が挨拶、小説は和田芳恵、評論は佐伯彰一が講評。青山光二と五反田駅前で喫茶。
6月7日　一昨日あたりから風邪気だが日本文藝家協会理事会に出席。出席者すくなし、先月との間が短かったためか。早く終ったので芝木好子と地下鉄で帰る。帰宅後。熱をはかると8.2度。
6月17日　新潮三大文学賞ならびに川端康成文学賞、ホテルオークラ。和田芳恵、八木義徳とホテル内のコーヒーショップでお茶をのみ、小説を書くと告げて激励される。
6月23日　江藤淳の日本芸術院賞受賞パーティ、ホテルオークラ。地下鉄駅で太田三郎と会い同行。福田赳夫、大平正芳。保利茂、河野洋平など出席するという不思議な会。和田芳恵に「文学界」の高橋一清を紹介される。
6月25日　本郷三丁目の区立第二中学5階の文京区社会教育館で「昭和文学の特徴」を話す。聴衆10人。
6月27日　芝木好子と平野謙の病気見舞に行こうと言いながら果さず、芝木と明日行こうということになったので平野家へ電話したが固辞される。
7月3日　武蔵野次郎（受賞祝礼状）。「文学界」『私のなかの東京』のため、直子と飯田橋周辺を取材。神楽坂田原屋で食事。
7月5日　ノートを取りながら、赤坂周辺を取材。日本文藝家協会理事会。和田芳恵、芝木好子欠席なので一路帰宅。
7月9日　講談社で「三田文学」理事会。石坂洋次郎、田中千禾夫、内村直也、白井浩司、遠藤周作、大久保房男、古山登、坂上弘、江藤淳、高山鉄男。10月号かぎりで「三田文学」は当分休刊と決定。
7月16日　読売ホールで近代文学館の講座「善三・浩二・和郎」講演。新盆なので舟橋（聖一）家へまわり夫人と話す。伊藤森造、「読売新聞」文化部の白石省吉、井上靖夫人。
8月2日　『私のなかの東京』のため、神谷町から札の辻まで取材。柳場博二、野呂。
9月9日　八木義徳『風祭』を持参。書斎を新築してからはじめての来訪。つまり5年以上、彼はきていなかったことになる。
9月13日　東京会館で「群像」創刊30周年記念パーティ。丹羽文雄、大岡昇平、井上靖が祝辞。ロビィで和田芳恵、八木義徳とお茶をのんでいるところへ芝木好子、佐多稲子、武田友寿合流。
「徳田秋声伝」の受賞により、伝記作者ないし、評論家と見られること必至と思われたが、まさにその通りで、「夜の烏」は、まさに4年ぶりに書いた小説であった。これによりようやく作家としての自覚をもつ。その意味で、出来はともかく画期的な作品であった。
9月27日　ナポレオンで「三田評論」12月号の「三田文学のひと区切り」座談会、司会白井浩司、遠藤周作、平岡篤頼。
9月28日　「群像」『かくてありけり』のため赤坂見附に行き、豊川稲荷、弾正坂なをど取材。喫茶店でノートを整理。神楽坂でノート。
9月30日　再び赤坂周辺を取材。日本文藝家協会理事会。芝木好子、沢野久雄と麹町のベルでやすむ。

昭和52(1977)年　　　　　III. 年　　譜

10月4日　大隈会館で、和田芳恵、平岡篤頼と「早稲田文学」12月号「作家の生と死」の座談会。
10月19日　東京会館で中央公論社パーティ。和田芳恵、芝木好子とお茶。
10月26日　井上靖文化勲章、芹沢光治良文化功労者受章発表、井上に電報、芹沢にハガキ。
11月5日　日本文藝家協会理事・評議員合同会。杉森久英、八木義徳、青山光二とベルでコーヒー。
11月6日　東京女子医大病院に入院中の北條誠を見舞う。
11月19日　北條(誠)家通夜にゆく。20日、密葬に北條家へ行き、桐ヶ谷火葬場。船山馨(火葬場へ直行)の車に便乗。
11月22日　『私のなかの東京』のため、京橋から築地周辺を取材。
11月24日　国税局(局長ほか8名)と会合のためパレスホテルに集合、(山本健吉、井上靖、芝木好子、大岡信、新田次郎、伊藤桂一、鹿島孝二、吉村昭)11時から会談、退座、東京駅で直子と待合せ熱川に1泊、翌日、熱海から十国峠、湯河原峠を経て小田原をまわる。
11月27日　青山葬儀所で北條誠の葬儀、高橋健二(PEN)、山本健吉(文協)、大林清(保護同盟)、川端ヒデ(川端記念会)弔辞。告別式。杉本とウエストで喫茶。
11月28日　『私のなかの東京』のため、銀座周辺を取材。
11月29日　山水楼で、田辺国税庁長官の招宴。先方は7名。当方は山本健吉、新田次郎、鹿島孝二、源氏鶏太、芝木好子、三浦朱門、吉村昭、渡辺淳一。
12月5日　朝刊で大井広介の逝去を知り弔問。彼の家はマンションになっていた。埴谷雄高、井上友一郎、荒正人夫妻、佐々木基一、吉行淳之介、井上光晴、平野謙夫人のほかは知らぬ人。
12月7日　源氏鶏太(褒章祝賀、礼状)。
12月15日〜16日　直子と熱川温泉。
12月17日　野間文芸賞。ロビーで八木義徳、和田芳恵、青山光二と少憩。青山と新宿へ出て10時ごろまで話す。
この年から、書評・解説類を辞退しはじめる。【実質的には昭和50年から】
　1月　荒正人「漱石研究年表」により毎日芸術賞受賞。
　1月24日　嫡孫龍誕生。
　　1月13日、舟橋聖一歿。11月18日、北條誠歿。(徳田秋声、豊田三郎と同月同日)

昭和52(1977)年　66歳

1月6日　小田切春雄葬儀、青山葬祭所。暮に川手一郎から行こうと誘われたのにきたらず。佐野、玉利、坂本、柳場博二とウエストでコーヒー。
1月13日　八木義徳と目白駅前で落合って舟橋(聖一)家へ行く。船山馨、佐藤新潮社長、角川の佐藤吉之輔、講談社の榎本など参集。日下令光と駅のそばの田中屋でやすむ。
1月18日　日本文藝家協会著作権委員会。山本健吉、丹羽文雄、沢野久雄、尾崎秀樹、伊藤桂一、巌谷大四、村松喬、奥野健男。丹羽、沢野と喫茶。
1月21日　「文藝」の寺田博から八木義徳が読売文学賞を受賞したとのニュース電話。直子と2人で泣いてよろこぶ。八木に電話をしたら飲みに出ているという。
1月22日　八木義徳の池袋の仕事場へ受賞祝を持参。北海道新聞社会部次長高畠二郎。新潮文庫編集部・前田速夫の先客があったため、2人の帰るの待って話したため5時半帰宅。
1月26日　麻生陽子(大井広介令嬢)から弔問礼状(印刷物)。
1月31日　山水楼で日本文藝家協会新年理事会。新田次郎に引きとめられ、平岩弓枝と総会の余興の打合せ。

192

III. 年譜　　　　昭和52（1977）年

2月7日　直木賞贈賞式、秋山駿と初対面の挨拶、1時間たっぷり話をする。サンケイ新聞の松本徹と数寄屋橋の更科でソバを食べ、「むね」でコーヒーを。

2月14日　読売文学賞に行く。（午前中、青山光二からカゼで行かれぬ、八木義徳によろしくと電話あり）。八木、「文藝」の寺田、高木のほか、前に河出で八木の担当だった鈴木と5人で新宿の英にゆき「群像」の橋中に会う。

2月19日　原宿福禄寿。八木義徳の受賞祝賀宴。和田芳恵のほか北海道の若手ばかり。主賓夫妻をいれて12名。

2月　亡母三十三回忌法要をいとなむ。

3月3日　『私のなかの東京』のため小石川、本郷を、6日、直子と上野、本郷周辺を取材。寺坂・一葉碑・菊坂・本郷三丁目取材。

3月7日　日本文藝家協会著作権委員会、理事会。杉森久英とお茶。

3月12日　近代文学館理事会。保昌正夫とお茶。

3月15日～17日　倉敷・岡山・松江に「残りの雪」の取材旅行。「文藝」編集部の高木有氏同行。

4月2日～3日　「波の会」旅行。秩父農園ホテル。和田芳恵、八木義徳、杉森久英、榛葉英治、進藤純孝、戸部新十郎、近藤（信）、竹田博、武田顕介の10名。

4月5日　著作権委員会、沢野久雄、水上勉、中村稔、山本健吉、杉森久英。沢野、水上とコーヒー、理事・評議員会。青山光二とお茶。

5月6日　〈風間完の展覧会〉（和光）レセプション、安岡章太郎、吉行淳之介、阿川弘之、池波正太郎、田辺茂一、古山高麗雄などに会う。八木義徳と井上靖の古稀を祝う会、帝国ホテル。和田芳恵、八木、芝木好子とお茶。

5月9日　鷲尾洋三告別式。庄野誠一、藤沢閑二、高鳥正と立ち話。3人とも2級上。近代文学館へ横光利一「家族会議」のスクラップブック2冊と谷崎潤一郎「夏菊」及び新劇プログラム類の貼り込みをしたスクラップブック、当時の劇評切抜を寄贈に行き、大久保房男とたまたま来合わせていた保昌正夫と会談。日本文藝家協会理事会。和田芳恵とお茶。

5月25日　『私のなかの東京』の取材をかねて「文藝」高木有と浅草、吉原周辺を取材。

5月26日　夜、和田芳恵から電話。『暗い流れ』が新潮社の日本文学大賞を受賞。27日、和田家へ受賞の祝意を表しに行く。

5月28日　「文学界」取材のため洲崎を一巡し東武電車で玉の井。鳩の街。吉原へ行き、松葉屋のおいらんショーをみる。

6月2日　ホテルニュージャパンで平林たい子文学賞の贈賞式。青山光二と新宿へ出る。

6月9日　伊勢丹で近代文学館創立15周年記念〈現代の作家300人展〉。レセプション。村松定孝、八木福次郎とお茶。

6月23日　ホテルオークラ、日本文学大賞を和田芳恵が、川端康成文学賞を水上勉が受賞したので祝意を表す。青山光二と新宿へ出る。

7月5日　直子と「残りの雪」【手こずり「文藝」53年4月号に掲載】のため、市ヶ谷富久町の八雲旧居址をみる。

7月10日　高田馬場で直子と待ち合せ。上野図書館玄関前の小泉八雲記念碑をスケッチ。「文藝」に執筆予定の「残りの雪」にそなえる。

7月21日　風間完『画家のひきだし』出版記念会、盛会。八木義徳と高田馬場フェイスオフでお茶。

8月5日　風間完（出版記念会出席礼状）。

8月17日　北鎌倉「門前」という精進料理店で高見順を偲ぶ会（十三回忌）遅参。100名ほど出席。稲垣達郎、保昌正夫と帰京。田辺茂一、山本太郎、土方定一、巌谷大四、新藤凉子、渋川驍らのほかはほとんどジャーナリスト。

昭和53（1978）年　　　　　Ⅲ．年　譜

8月27日　八木義徳を訪問。28日～29日、湯河原へ行く。
9月1日　『私のなかの東京』のため、田町駅から芝浦夕凪橋まで歩き、浜松町へ、金杉橋から一ノ橋、麻布十番で行程を打切る。
9月5日　麻布周辺と渋谷並木橋を取材。
9月13日　和田芳恵の容態をきくため夫人に電話、いくぶんよいらしいが、まだ酸素吸入を欲しがる由。快方とも言いがたい状態のようだ。見舞に行きたいと言ったら、「野口さんの顔をみたら、きっと泣きますよ」と言われて断念。悪化させては却って申訳ないのであきらめる。
9月21日　宇野浩二十七回忌。司会をさせられる。スピーチは尾崎一雄、山本健吉、中村光夫、石川正巨（宇野と小中学で同級）、水上勉、渋川驍に依頼。紅野敏郎、近代文学館の宇治土公とお茶。
9月23日　南川潤の遺宅、墓、文学碑、疎開当時の旧居などを案内され、スピーチをさせられる。
9月24日　新保千代子と早稲田駅隣のルナで待ち合せ拙宅へ案内。講演会打合せ。
9月25日、26日　『私のなかの東京』のため、神楽坂周辺を取材。
10月1日　近代文学館理事会。
10月4日　神楽坂へ寄り飯田橋駅附近をノート。川崎駅前の太田病院へ和田芳恵を見舞う。夫人はすこし前に自宅へ戻ったとのことで、令弟夫人が来訪を告げたのに対し「うつるといけないから」と面会を拒否した和田の声は意外に元気だった。
10月5日　和田芳恵歿。6日、密葬。火葬場。11日、葬儀、築地本願寺。友人を代表して弔辞を捧ぐ。
10月21日～22日　金沢で「徳田秋声と川端康成」を講演。
10月29日　和田夫人来訪。かたみとして、徳田秋声先生の短冊をいただく。
11月3日　古河の宗源寺へ和田芳恵の納骨に行く。同行は三島正六、八木義徳、杉森久英、進藤純孝、戸部新十郎、竹田博、武田顕介、近藤信行、大村（講談社）、高橋（文春）、寺田博、藤田三男（河出）、久米勲（同）、大西（大西書店）、菅原、大須田（道新）。八木と池袋でコーヒーをのむ。
11月9日　菊池寛賞、ホテルオークラ平安の間、川崎長太郎受賞。
11月12日　日本民主主義文学同盟〈土曜セミナー〉「大正の文学」講演、於文学同盟。
　2月　八木義徳「風祭」にて読売文学賞を受賞。【自筆は53年】
　6月　和田芳恵「暗い流れ」にて日本文学大賞受賞。同日、水上勉「寺泊」にて川端康成文学賞受賞。
　9月　南川潤の文学碑建立のため桐生に赴く。【自筆は53年】
　11月9日　川崎長太郎「菊池寛賞」受賞。
　　5月11日、牧屋善三歿。10月5日、和田芳恵歿。

昭和53（1978）年　67歳

1月5日　和田夫人より秋声書簡2通（速達）。
1月12日　日動画廊へ竹林会の展覧会（石川達三から直筆の招待状が来たので）に寄り、舟橋聖一を偲ぶ会、東京会館で司会。井上靖、山本健吉に今日出海のスピーチが加わり、田辺茂一の献杯。遺族側として龍夫の答辞。来会者は200名ほど。ロビーで佐多稲子、芝木好子、八木義徳、青山光二とお茶。
1月17日　丹羽文雄の文化勲章受賞の祝賀パーティ。八木義徳、多田裕計、辻亮一、荒木太郎、鈴木幸夫ら、早稲田の連中とロビーで小憩。八木と池袋へ出て紅茶。

III. 年譜　　昭和53（1978）年

1月22日　掛下慶吉の旧著『昭和楽団の黎明』と桜井作次郎の短篇集『デカダン座』出版記念会、新宿中村屋。主賓のほか戸川エマ、藤井田鶴子、勝俣胖のほか全員で10名。

1月26日　中島健蔵『回想の文学』出版記念会、ホテルオークラ。

1月30日　山水楼で日本文藝家協会理事新年宴会。寒波襲来のためか、出席者すくなし。山本健吉、井上靖、新田次郎、沢野久雄、尾崎秀樹、中村稔、荒正人、平岩弓枝、杉森久英、伊藤桂一、巌谷大四。いつもの常連ばかりで、ふだん出ない人はやはり出ない。「引用の仕方」の案通過。

2月16日　『私のなかの東京』銀座二十四丁の章で、執筆後築地小劇場址にプレートが出来たので再取材し記念碑をスケッチ。

2月22日　講談社へ行って、『かくてありけり』の寄贈分に署名。ひとりでコーヒーをのんで（音羽のミッシェル）5時すぎ帰宅。

2月24日　和田芳恵夫人から、秋声関係書籍約30冊を借り受ける。10月2日　返済。

2月　数年前に半分ほどまで書きかけて中絶したままになっていた「徳田秋聲の文学」の残部を一気に書きあげてしまうため、約半年間他の仕事を一切休筆すると、「東京新聞」紙上で宣言（8月中旬、予定通り擱筆）。

3月26日　直子と高田馬場へコーヒーをのみに行き、ふとむこう側をみると八木義徳が歩いているので声をかけ、コーヒーをのみしばらく話をする。

3月28日　和田芳恵文庫開設で東松山へ行く。杉森久英、八木義徳、進藤純孝、戸部新十郎、竹田、武田、河出の藤田、久米ほか。

4月3日　「青春と読書」の井田から電話、平野謙が死去されたとのこと。すぐにも行きたいと思って平野家に電話したが、病院から遺体が帰ってきていないとのことなので、弔問は明日に延期する。

4月4日　平野謙通夜。小田急喜多見駅踏切際のベルルで青山光二と待合せ（中薗英助も一緒）。控室にのこる、中野重治夫妻、高見夫人、埴谷雄高、藤枝静男、高井有一、大江健三郎、奥野健男、磯田光一、嶋中鵬二など。奥野健男、磯田と新宿のビアホールによる。

4月5日　日本文藝家協会理事評議員会。八木義徳、青山光二、芝木好子、村松剛とコーヒー。

4月6日　目黒の光村図書で紅野敏郎と「言語と文学」5月号の対談「大正期の文学」。

4月12日　青山葬儀所で平野謙葬儀。佐多稲子、戸川エマ、三宅艶子とウエストでお茶、奥野健男合流。つづいて青山光二、十返千鶴子も合流。青山、十返と新宿でさらにお茶。

4月14日　帝国ホテルで『日本近代文学大事典』の完成祝賀会。稲垣達郎、中島健蔵、木俣修、瀬沼茂樹、福田清人、吉田精一、中村光夫、紅野敏郎、保昌正夫、小田切進、奥野健男、三好。（山本健吉は講演のため欠席）。紅野、保昌と高田馬場へ出て「愛香」でやすむ。

5月　著作権保護同盟評議員に就任。

5月8日　八木義徳来訪。河出から出た『海明け』を贈られる。高田馬場二丁目まで送る。

5月9日　日本文藝家協会、総会にひきつづき懇親会。八木義徳とコーヒー。

5月13日　宮内寒弥が『七里ヶ浜』で平林たい子賞を受賞したと知り、ハガキで祝意を表す。

5月26日　六本木の瀬里奈で、「週刊プレイボーイ」のため中上健次と会談。10時すぎまで、いろいろな文学談を喋舌らされる。

5月29日　日本文藝家協会理事会、仮議長をつとめ、理事長選挙で山本健吉三選。新発足の「入会資格審査委員会」の初代委員長に就任受諾。新田次郎、伊藤桂一、芝木好子と喫茶。

6月2日　ニュージャパンの平林たい子賞パーティ。八木義徳、杉森久英と最近開店したばかりという、青山光二の娘が経営する溜池のマリという喫茶店へ連れて行かれる。溜池

で青山、杉森とわかれ、八木と池袋まわりで帰宅。
6月8日　ホテルオークラで新潮日本文学大賞及び川端康成文学賞。ラウンジで青山光二、八木義德、宮内寒弥と喫茶。
6月28日　近藤信行『小島烏水』出版記念会、第一ホテル。「海」の編集長で登山家のため270名という出席者。和田夫人にさそわれ、八木義德と河出の藤田と日比谷の一松という料理屋にともなわれ11時帰宅。
6月29日　ホテルニューオータニで丸岡明を偲ぶ会。出席者多し。能楽会の人との合同のためか。石坂洋次郎、河上徹太郎、山本健吉、佐々木基一ほか。遠藤周作が司会。私も喋らされた。庄野誠一、二宮孝顕とロビーで雑談。この会を遠藤と企画した柴田錬三郎の名が何度か出た。庄野のテーブルには中華料理なので坐ったのは、山下三郎、高岩肇、藤沢閑二と二宮という同世代がいたが、「雑魚の会」で丸岡の釣仲間だったという島村利正が独りきりだったので付合った。同じテーブルには片山修三、佐々木がいた。
7月　日本文藝家協会に入会資格審査委員会が新設され、初代委員長に就任。5日、入会審査委員は、伊藤桂一、小田切進、久保田正文、河野多恵子、杉森久英を選定したが、常務理事会から推理畑の人として三好徹を入れてくれと要請があり承諾。
7月　筑摩書房倒産。
7月12日　ためらわず、筑摩書房に昨日出来た「『何処まで』の成立」61枚と、「年譜」86枚を渡す。
7月13日　府中で義歯出来ていてはめて帰る。府中駅のプラットフォームで木野工に会い新宿で珈琲。
7月20日　府中。不在中、八木義德から電話があったというので、池袋のレストランで夕飯を一緒にして帰宅。
7月27日　府中。不在中「文学界」の庄野音比古から電話あり、筑摩が倒産して出版はおくれるだろうから「文学界」に秋声関係の原稿を連載させてもらえないかとのこと。
8月5日　東京都近代文学博物館、福田清人、槌田満文。「下町の文学」というテーマなので〈下町〉の概念を検討。会期（10月1ヵ月）の毎土曜日に講演というので、12日からヨーロッパ旅行なので7日に喋ることになる。福田が近代文学館の中を通り抜けようというので入ると紅野敏郎と保昌正夫がいて、5人で駒場のコロラドでコーヒー。新宿で槌田からもういちど付合ってくれというので、駅の地下で8時まで喋る。
8月31日　『徳田秋声の文学』、擱筆の祝をかね神楽坂田原屋で、紅野敏郎、保昌正夫から招待を受ける。
9月2日　近代文学博物館に福田恆存、槌田満文と集まり、展覧会出品作品の打合せ。
9月29日　日本文藝家協会入会資格審査委員会第1回目の委員会なので、内規や申込書などみておく必要があると思って早目に家を出る。委員会は杉森久英、伊藤桂一、久保田正文、三好徹。小田切進、河野多恵子欠席。理事会。杉森、伊藤とお茶。
10月　河出書房新社から『和田芳恵全集』（全5巻）が刊行開始、編集協力をした。
10月5日　第一ホテルで"和田芳恵さんを偲ぶ会"司会。丹羽文雄の献杯とスピーチ、井上靖、山本健吉、八木義德、水上勉の順。八木とアマンドでお茶。
10月9日　直子に起される。早川徳治が急逝し、自宅で葬儀という電話が中島和夫からあった。瀬沼茂樹、大久保房男と池袋パルコでお茶。
10月11日（から22日まで12日間）　ヨーロッパ（パリ、ローマ、ポンペイ、ナポリ、フィレンツェ、ロンドン）に外遊。（初の海外旅行）。
10月25日　講談社で近代文学館の『縮約日本近代文学事典』の編集委員会。
11月3日　積年の懸案だった「自己年譜」完成。

III. 年　　譜　　　　　　昭和54(1979)年

11月6日　入会資格審査委員会、小田切進、河野多恵子、伊藤桂一、久保田正文。(杉森久英、三好徹欠席)。理事評議員会。山本健吉欠席のため、新田次郎が議長。荒正人の発言で長びく。芝木好子、青山光二、八木義徳と麹町でお茶をのみ、八木と地下鉄で帰宅。
11月17日　一麥一家と伊豆熱川に1泊旅行、帰途、箱根をまわる。
11月19日　文学館宇治土公につづいて小田切進から電話。和田芳恵家から秋声関係書を受入れたとの報告と礼。
11月23日　八木義徳の池袋のアパートを訪問。椎名町の敬愛病院へ船山馨を見舞う。思ったよりはるかに元気。
11月28日　中上健次より電話。明日は新幹線が動かず、午後発では新宮着が夜になって、途中の景色がみられないので、明後日出発にせぬかとのこと。賛成。
11月30日～12月2日　中上健次氏と紀州旅行(『なぎの葉考』の取材旅行)。
　　2月7日、井上弘介歿。4月3日、平野謙歿。6月29日、柴田錬三郎歿。12月1日、楢崎勤歿。

昭和54(1979)年　68歳

1月1日　暮の12日に「文藝春秋」の忘年会へ行って風邪をひいたきり、2度郵便を出したきりで1歩も外出をしていないが、どうやら風邪気もぬけたらしい。今年は小説を中心に書こうと思う。
1月12日　八木義徳を訪問(今月一杯で池袋のマンションを引払って町田の団地へ戻る由)。一緒に船山馨を見舞う。八木に遊びに来てもらって夕食をともにする。高田馬場二丁目のバス停まで送る。
1月20日　毎日芸術賞。受賞者の有吉佐和子と飯沢匡にお祝いをのべる。文学者は井上靖、荒正人、篠田一士の3人きりだった。
1月23日　文春社長沢村三木男告別式、青山斎場。青山光二と落合うことにしていたがあえず、夕刻、「読売新聞」の佐々木から電話『かくてありけり』が読売文学賞となったことをしらされる。24日、八木義徳夫妻来訪、受賞祝をいただく。
1月26日　中上健次(写真礼状)。
2月　『かくてありけり』により第30回読売文学賞(小説部門)受賞(決定1月23日、発表2月1日、贈賞式2月19日)。於・パレスホテル。
2月7日　日本橋クラブで磯田光一と「江戸っ子」4月号の対談(仮題「東京人の文学」)。磯田とスキヤ橋のスタンド・バアに行く。
2月8日　〈岡本一平・かの子展〉レセプション。入口で瀬戸内晴美から来賓代表としてのスピーチを依頼され、しぶしぶ引受けたところ、川口松太郎が主催者側代表、乾杯は石川淳で、来賓代表は1人だとわかって閉口。瀬沼茂樹、近代文学館の清水、宇治土公とお茶。
2月9日　暮の30日夜「文藝春秋」本誌の編集次長の内藤厚から電話があって、氏の夫人が高橋山風の令孫だときいて驚いたが、庄野音比古から内藤寄託の高橋春人(山風次男)の書簡・資料を受取る。山口瞳と文春の松成と中華ソバを食べ、ラドンナへ行く、水上勉と高橋三千綱に会う。
2月19日　読売文学賞の贈賞式。八木義徳、芝木好子、講談社渡部と新宿へ出てコーヒー。21日、吉行淳之介から速達(受賞式にこられなかった謝罪状)。
3月5日　入会資格審査委員会。杉森久英、久保田正文、伊藤桂一、河野多恵子、小田切進(三好徹欠席)。理事会。パロディ問題で音楽著作権協会から使用料請求を受けた井上ひさし、小田切進がリーダイ問題で長々と説明したため散会は8時すぎ。

197

昭和54(1979)年　　　　　III.　年　　譜

3月9日　「散るを別れと」のため、大円寺の斎藤緑雨の墓参後、白山周辺を、25日、再度、白山周辺を取材。
3月27日　ホテルオークラで尾崎一雄を祝う会。太田治子に挨拶される、初対面なのによく顔がわかったと思う。ホテルのコーヒーショップで八木義徳、芝木好子、河野多恵子、紅野敏郎とコーヒー。
4月5日　日本文藝家協会著作権委(パロディ問題)。入会資格審査委。理事評議員会。八木義徳、青山光二と麴町ルノアールでコーヒー。
4月14日　田久保英夫から祝電礼状。
5月10日　日本文藝家協会総会。保護同盟総会。懇親会の折、田中美代子に声をかけられ初対面。八木義徳、武田友寿、渡部昭男とコーヒー。
5月21日　文化学院で特別講義。「伝記文学の方法」という題の雑談。職員室に戻ると、金大中事件で繁忙中の青地晨がぬけ出してきてくれていたので、戸川エマと、私の受賞祝いの会について打合せ、10月ごろまで延期してもらうことにする。青地が帰り戸川とお茶をのんで帰宅。
5月26日　白山大円寺を訪ね、一葉終焉の地などをみて帰宅。(前の調査で不明、疑問に思われたところを再確認のため)。
5月31日　平野謙を偲ぶ会、第一ホテル。八木義徳、青山光二とアマンドでやすむ。
6月11日　荒正人の葬儀に行く。
6月14日　新潮社日本文学大賞(山本健吉、加賀乙彦)、川端康成文学賞(開高健)贈賞式。ホテルオークラ。終了まぎわに川端先生の未亡人と話す。青山光二、八木義徳とラウンジでコーヒー。
6月29日　柴田錬三郎を偲ぶ会、東京会館。十返千鶴子と地下鉄で帰宅。
7月3日　青山葬祭所で中島健蔵告別式。三宅艶子とウエストでコーヒー。
7月30日　集英社山崎の迎えで小川軒に行く。ペンクラブ編の集英社文庫「花柳小説名作選」のため、丸谷才一(プランナー)に智恵を貸すための会合。丸谷・山崎と銀座眉へ行く。
8月7日　近代文学館夏季講座、テーマ花袋、秋声、正宗白鳥。
8月28日　十返肇の十七回忌、新宿茉莉花。田辺茂一、吉行淳之介、藤原審爾、青山光二、綱淵謙錠、色川武大、中村武志、講談社・三木、有木、文春・樫原雅春、小林米紀、杉村、安藤、永島一郎、丸山泰治、山本容朗出席。青山とお茶。
8月31日〜9月3日　蔵書整理。
9月10日　石川七郎に電話。直子の病状検査依頼、明日病院へ行くことになる。
10月5日　和田芳恵氏三回忌法要が茨城県古河市宗願寺に於て行われ、友人代表として感想をのべる。
10月13日　近代文学館理事会。15日、八木義徳からtel新宿。
11月5日　日本文藝家協会入会資格審査委。出席は杉森久英、小田切進のみ。理事・評議員会。八木義徳は誰かと会う由でわかれ、芝木好子、青山光二、渋川驍、村松剛と麴町でお茶。
12月5日　入会資格審査委員会、(伊藤桂一、小田切進、久保田正文出席)。理事会。
12月8日　近代文学館理事会。5時半から忘年会。
12月10日　国税庁との税対策委員会、山水楼。日本文藝家協会側山本健吉、新田次郎、芝木好子、三浦朱門、伊藤桂一、大岡信、吉村昭。
12月18日　熱海、文春クラブ。19日、シャトーテル赤根崎で静養。
12月21日　丸谷才一と「花柳小説とは何か」をレンガ屋で対談。

198

3月23日、真下五一歿。4月18日(?)、江口榛一縊死。6月2日、小田嶽夫歿。6月9日、荒正人歿。6月11日、中島健蔵歿。8月24日、中野重治歿。

昭和55(1980)年　69歳

1月25日　厚生年金会館で紀田順一郎出版記念会。ジャーナリストばかりで、知人は尾崎秀樹、槌田満文しかいなかった。槌田、集英社井田たちとすこし話す。

1月29日　山水楼で入会審査委員会(杉森久英、伊藤桂一、久保田正文、河野多恵子)。新年理事会。議題が多く、議題の1つ1つが問題多く、8時半ちかく散会。

2月1日　読売文学賞発表。佐伯彰一、島村利正にはがきを出す。

2月6日　芥川賞贈賞式、第一ホテル。坂本一亀、西永達夫、田辺茂一、谷田昌平、宮脇修、中村光夫などと話す。八木義徳とコーヒー。

2月13日　読売文学賞、パレスホテル。八木義徳と新宿トゥマロウでコーヒー。

2月15日　水上勉母堂(福井で会った)が亡くなったので弔電を打つ。

2月25日　新田次郎葬儀、青山斎場。芝木好子と退場したとき、行列に八木義徳・青山光二がいたのでウエストで待つ。間もなく八木、青山と石川利光も来る。芝木だけ先に帰宅。4人で新宿でまたコーヒー。

3月5日　渋谷東急会館で佐々木武二の七七日忌法事。二七会、三銀会から川手一郎、首藤ら10名出席。日本文藝家協会理事会。総会前のため議事多く疲労。

3月8日　近代文学館理事会。稲垣達郎、紅野敏郎と駒場のコロラドでコーヒー。

3月20日　「群像」成田守正と大崎、品川、立会川、大森海岸を取材し横浜で食事。

4月15日　「文学界」庄野音比古「『黴』とその周辺」の原稿をとりにくる。「新潮」の岩波剛から電話、川端康成文学賞の選考委員会があって「なぎの葉考」がきまったとのこと。つづいて井上靖が電話に出て話し。

4月17日　有馬(頼義)家弔問。文壇人としては松本清張、色川武大、新庄嘉章だけ。

4月23日　鈴ヶ森刑場も精査。ポプラの家入口の建物も入念に調査。

4月30日　東京12チャンネルで川崎長太郎夫妻と録画。東京プリンスホテルで軽食(サンドイッチ)。

5月9日　日本文藝家協会総会、山本健吉、水上勉、青山光二。

5月24日　早稲田大学で「秋聲」を読む。日本近代文学会春季大会講演。

6月9日　この年度から日本文藝家協会に副理事長の制度が新設され、巌谷大四、水上勉の両氏とともに初代副理事長に就任(小生、筆頭副理事長として文部省に登録)。【5日の誤記】入会資格審査委員会、杉森久英、久保田正文、伊藤桂一、小田切進出席。

6月7日　フェイスオフで八木義徳・青山光二と待ち合わせ船山馨を見舞う。船山邸で津田遙子と久しぶりに会う。高田馬場で八木とかなり長時間話す。

6月16日　『いま道のべに』のため、神田周辺を取材。

6月19日　「なぎの葉考」により第7回川端康成文学賞(4月15日決定)受賞(於・ホテルオークラ)。

8月8日　近代文学館文学講座、読売ホール。「広津和郎・宇野浩二・葛西善蔵」講演。

8月13日　慶大眼球銀行に死後眼球寄贈を申出(登録番号8625号)。同時に、同大解剖教室へ献体(登録番号515号)の手続完了。直子も同日献体手続。

8月20日　水上勉より大正3年7月発行の「中央公論」(新脚本号)受贈。

8月21日　『いま道のべに』のため、「群像」成田と新宿周辺を取材。「文学界」の松村に連れて行かれた歌舞伎町「かっぱ」、西口「茉莉花」へまわると橋中と講談社の小孫がいて、午前1時帰宅。

昭和56（1981）年　　　　　Ⅲ．年　譜

9月1日　上林暁告別式、荻窪・光明院。野田宇太郎とコーヒー。
9月18日　日本温泉教会の招きにより、伊香保温泉でおこなわれた、芦花祭に鹿島孝二、杉森久英理事と参列、追悼挨拶（副理事長就任後の初仕事）1泊。
9月21日　新橋亭で広津和郎十三回忌。紅野敏郎、中島和夫とアマンドで談。
9月23日　幼稚舎二七会で箱根湯本の旅館「橘」に1泊。
10月3日　「現実・文学」同人の森武之助、山口年臣、奥村泰宏、柳場博二、青地晨、戸川エマが日比谷・松本楼で「川端康成文学賞」受賞祝賀会を開いてくれる。森、山口、奥村、柳場と東京会館のロビーで食事。
10月7日　「熱海糸川柳橋」の取材のため、「海」の岸本八也と熱海に行く。
10月15日　『いま道のべに』のため、新宿を再取材。
10月28日　三田演説館にて「永井荷風の花柳小説」講演。
11月5日　日本文藝家協会理事会。青山光二、芝木好子、杉森久英とベルで喫茶。
11月8日　『いま道のべに』のため、「群像」成田と鶯谷周辺を取材。11日、再取材。
11月12日～13日　熱海泊、箱根まわりで帰宅。
12月8日　国税局、パレスホテル。三浦朱門、城山三郎、芝木好子、伊藤桂一、山本健吉、大岡信。吉村昭欠席、代行。
12月12日　寺崎浩告別式。13日、近代文学館理事会、瀬沼茂樹、清水とタクシー。
12月19日　上田三四二からネルボン20TB受贈。
12月27日　八木義徳とビッグボックスで待合せ船山馨見舞。
　　6月4日　青山光二『闘いの構図』で平林たい子文学賞。
　　3月25日、桜田常久歿。4月15日、有馬頼義歿。7月8日、多田裕計歿。8月28日、上林暁歿。9月9日、榊山潤歿。12月10日、寺崎浩歿。12月10日、松岡照夫歿。

昭和56（1981）年　70歳

1月23日　『いま道のべに』のため、成田守正と都電荒川線で大塚、伝通院近傍の荷風生誕地などを取材。27日、再取材。
1月30日　山水楼で入会資格審査委員会。委員は伊藤桂一と2人きり。新年理事会。山本健吉、中村光夫、巌谷大四、源氏鶏太、村上元三、伊藤、尾崎秀樹、村松剛、吉村昭、芝木好子、奥野健男、三浦朱門、古山高麗雄。
2月17日　公開模擬試験における著作権使用料について大手予備校、学習書出版社と協議。教科書著作権委員としては委員長の福田清人、委員の村松剛、石原八束。みなでコーヒー。
2月28日　夜のテレビで、川崎長太郎が文部大臣芸術選奨になったことを知る。
3月5日　日本文藝家協会資格審査委員会、伊藤桂一、小田切秀雄、久保田正文、河野多恵子、杉森久英。理事会、議事多く散会おそくなる。
3月14日　近代文学館理事会。約束してあった「なぎの葉考」及び「風のない日々」（全）原稿を寄贈。
3月16日　船山馨が『茜いろの坂』で吉川英治賞を受賞したと知り、電話で祝意をのべる。
3月17日　『いま道のべに』のため、「群像」天野敬子と新橋、日比谷、銀座周辺を取材。
3月24日　茅原健（茅原華山の令孫とのこと）より秋声資料恵贈。
3月25日　新宿白十字で青山光二、八木義徳と待ち合わせ船山馨家訪問。船山とは10分ほど話をしただけで夫人と話す。
3月30日　代々幡葬祭場、幡谷火葬場内で菅藤高徳【木暮亮】の通夜。

III. 年　　譜　　　　　　昭和56(1981)年

4月6日　入会資格審査委員会、河野多恵子、久保田正文、伊藤桂一、杉森久英。理事、評議員合同会。名誉会員投票で川崎長太郎、中村汀女推挙。青山光二がはぐれてしまい、八木義徳、芝木好子とベルへ行くと夕刊フジの金田に会う。八木と新宿で休む。

4月20日より一麥と最後のヨーロッパ旅行のつもりで、マドリード、ポルトガル、パリを周遊。5月1日帰着。(12日間)

5月7日　高田馬場フェイスオフで八木義徳に会い船山馨家へ行く。渡辺淳一、川西政明、高畠二郎(道新)、田辺(新潮社)、松本(講談社)。渡辺、川西と辞去。集英社創立55周年パーティ、帝国ホテル。山本容朗としばらく話す。

5月13日　東京会館で日本文藝家協会総会。水上勉、八木義徳、伊藤桂一、杉森久英とカフェテラスでお茶。山本健吉とグリルで食事。懇親会で長寿の記念毛布をもらう。

5月18日　池田みち子(平林たい子文学賞にお祝の手紙をあげた、お礼状)。

5月20日　慶應義塾の特選塾員となる。

5月30日　近代文学館図書資料委員会。知らない顔もみえたが、出席者の多いのに驚く。槇田満文とコーヒー。

6月1日　『いま道のべに』のため、高田馬場周辺を取材。

6月7日　「相生橋煙雨」のため、「文学界」井上進一郎と(隅田川絵巻を描いて24才で死んだ版画家・藤牧義夫のことを書きたくなったため)、科学技術館の「隅田川クラブ」と群馬県館林「もっぷの会」の親睦会にとび入り。竹芝桟橋から水上バスに乗り清洲橋の上流で花を川に投げる。井上と浅草を歩き、アリゾナで食事。

6月8日　平林たい子文学賞(池田みち子)。芝木好子、津村節子と青山の娘の店に寄り新宿までタクシーに同乗。

6月9日　「すばる」編集部の狩野が迎えにきて、銀座のレンガ屋で、栗坪良樹のインタビューにこたえる。

6月11日～13日　隣家建設の騒音から逃れ、『いま道のべに』執筆のため、熱海「山木旅館」へ行く。

6月18日　新潮社のパーティ、ぎりぎりまで仕事をしてホテルオークラ。八木義徳、「群像」天野とラウンジでお茶。

6月22日　『いま道のべに』のため、穴八幡の「生命の樹」を踏査。

7月3日　直子に起され、徳田一穂葬儀のため本郷喜福寺に赴く。野田宇太郎が友人代表として挨拶。来会者は渋川驍、三島正六、武田麟太郎夫人、森村浅香ぐらい。弔電は田宮虎彦と田辺茂一だけ、川崎長太郎がよこしていれば読まぬはずはないと思う。帰途、松本徹を本郷界隈のほか白山にも案内

7月6日　入会審査委員会、伊藤桂一、杉森久英、小田切進、久保田正文。理事会。毎日桐原、東京塩野、共同古川と杉森の顔ぶれで紀尾井茶房へ行く。

7月10日　「相生橋煙雨」のため、「文学界」井上と、都立美術館で藤牧義夫の「隅田川絵巻」を特別閲覧。

7月11日　近代文学館理事会。紅野敏郎とコロラドでコーヒー。

7月25日　「三田文学」復刊の件、紀伊國屋サロン。白井浩司、田辺茂一、内村直也、小塙、古山登、高山鉄男、鍵谷幸信。

8月1日　「相生橋」のため、井上と館林公民館資料室で、藤牧「隅田川絵巻」第4巻を拝観。

8月5日　朝9時に起される。船山馨死去。かけつける。7日が友引のため、7日通夜、8日葬儀ときめる。NHK録画の先約があっていったん帰宅。〈荷風「あめりか物語」作家的出発〉録画後10時帰宅。11時八木義徳から電話。春子夫人死去【馨の通夜の最中、狭心症で急逝】とのこと。12時半、東京新聞石田からコメント電話。明日が早いので、服薬。1時半共同通信の社会部からコメント電話。

昭和57(1982)年　　　　　Ⅲ.　年　譜

8月6日　正午船山馨家。4時、八木義徳、木野工と船山家辞去。中井でコーヒー。7日、船山家通夜。8日、葬儀委員長を勤める、中野龍興禅寺。落合火葬場、船山家に寄り10時帰宅。
9月6日　龍興禅寺。船山馨納骨。11月12日、船山家百日忌。
9月12日　「相生橋煙雨」のため、雨中、越中島、相生橋を取材し、藤牧義夫のタイトルも決定。
11月3日～7日まで　熱海の文藝春秋社寮で「相生橋煙雨」執筆。
11月25日　「小原流挿花」金赤坂で対談、加藤郁乎と。
12月1日　島村利正葬儀、狛江泉竜寺、弔辞を捧ぐ。
12月13日　田辺茂一通夜。26日、青山光二。
12月17日　野間文芸賞、東京会館。山本健吉、安岡章太郎、丸谷才一、丹羽文雄、佐多稲子、佐伯彰一、講談社服部、三木、辻、松本と新橋金田中で二次会。
　　4月　船山馨、「茜いろの坂」により吉川英治賞受賞。
　　3月27日、木暮亮歿。7月2日、徳田一穂歿。8月5日、船山馨歿。11月25日、島村利正歿。12月11日、田辺茂一歿。12月15日、鈴木重雄歿。

昭和57(1982)年　71歳

1月8日　国立がんセンター病院へ山本健吉を見舞う。山本にちょっと会って辞去。
1月13日　舟橋聖一・七回忌のため、目白駅前で八木義徳、芝木好子と待ち合わせて舟橋家に行く。芝木と駅前でわかれ八木と駅前の喫茶店で話す。
1月29日　日本文藝家協会入会委員会、新年理事会。水上勉と「あるるかん」。
2月4日　「海」4月号「路地への視点」佐多稲子と対談。上野の喜久乃屋。
2月6日　「文藝」「誄歌」のため、一石橋、湯島天神を取材。
2月15日　新田次郎を偲ぶ会、東京会館。尾崎秀樹司会、最初にスピーチ、2番目小中学校時代の学友、3番目は和達清夫。井上靖献杯。青山光二とお茶。
2月18日　八木義徳と武田友寿。
2月21日　中上健次が、「文藝」編集部の長田洋一と来訪。
2月　「核戦争の危機を訴える文学者の声明」に連署。
3月2日　丹羽文雄(芸術院第二部、部長)から電話。直子に起こされる。3日、村松定孝来訪。『泉鏡花事典』受増。
3月4日　国立がんセンターへ山本健吉を見舞い、その足で丹羽文雄を訪問。不在中松本徹が祝意のため来訪。
3月5日　日本文藝家協会入会委員会、河野多恵子、杉森久英、大岡信、小田切進、久保田正文、黒井千次、伊藤桂一。理事会、山本健吉理事長の代行をつとめる。芝木好子と新宿白十字でやすむ。
3月7日　井上靖家訪問。日本文藝家協会の問題、舟橋聖一と船山馨の追悼会と芝木好子と私のお祝いをかねたキアラの会について打ち合わせ。
3月22日　近代文学館小田切進に辞任電話、同館清水来訪。30日、日本文藝家協会・平山書記局長から電話、ソ連へ行ってくれぬかとのこと辞退。
4月1日　神奈川近代文学振興会(県立近代文学館)理事に就任。
4月5日　日本文藝家協会理事会。八木義徳、青山光二。
4月7日～8日　「誄歌」取材のため「文藝」高木有と豊橋・知多半島に赴く。
4月19日　南青山七丁目の長谷寺で高井陽【旧姓富本陽子】葬儀、白滝須磨、高橋明子、石井かをる、宇野と話す。

202

6月7日　「作家としての業績に対して」第38回日本藝術院賞受賞（3月2日内定、3月11日正式決定）。
6月17日　新潮社パーティ、ホテルオークラ別館。「文学界」井上と新宿アンダンテ（篠田一士、水城「すばる」）に会う。
7月5日　日本文藝家協会入会委員会、理事会。青山光二と麹町でコーヒー。
8月1日　牛込の出版クラブで船山馨一周忌追悼会。スピーチのトップバッターと献杯をつとめる。以下、美濃部亮吉、佐藤忠良、春子夫人の市民運動仲間の夫人。最後に八木義徳の順でしゃべり、真之の挨拶で閉会。とうてい歩ける天候ではないので、会館1階ロビーでお茶をのんだあと、八木、青山光二、芝木好子と十返千鶴子の車に乗せてもらって帰宅。
8月6日　筑摩書房へ『文学とその周辺』署名にゆく。同書にはじめて「自筆年譜」掲載。
9月30日　日本文藝家協会入会委員会、理事会。芝木好子、青山光二とえんの会について相談。
10月11日　朝刊で竹越和夫の逝去を知り、「水上勉の文学と演劇」の下書きを済ませて竹越家弔問。
10月19日　中央公論社パーティ東京会館（谷崎潤一郎賞、女流文学者賞）。途中で渋川驍、中島和夫、紅野敏郎をさそってロビーでコーヒーをのみ、紅野とタクシーで帰宅。
11月5日　日本文藝家協会入会委員会、大岡信と2人きり。理事評議員会。八木義徳、青山光二と麹町でお茶。
12月6日　日本文藝家協会入会委員会、河野多恵子、久保田正文、伊藤桂一、杉森久英、小田切進。理事会。青山光二と新宿へ出たため10時すぎて帰宅。
　　　3月2日　芝木好子、日本芸術院院恩賜賞。
　　　3月2日、富本陽歿。4月7日、田岡典夫歿。7月7日、坪田譲治歿。8月19日、三雲祥之助歿。10月10日、竹越和夫歿。11月24日、矢野一子【姪】、愛知県岡崎市で交通事故死。

昭和58（1983）年　72歳
1月4日　佐多稲子に毎日芸術賞受賞の祝電を打つ。
1月18日　八木義徳から電話で高田馬場・フェイスオフで会う。八木は村松定孝の依頼で早稲田の理工科で講演をしてきた帰途。いろいろ質問を受ける。
1月20日　日本文藝家協会税対策委員会、パレスホテル、国税庁と会見、山本健吉、吉村昭、井上靖、鹿島孝二、芝木好子、城山三郎、伊藤桂一。
1月　直子と熱海グランドホテルに1泊。【24日熱海梅園で楽焼の皿に「遠いから私は行く」と書く、MOA美術館をみる。】
1月28日　入会資格委員会、杉森久英、久保田正文。新年理事会後、青山光二、芝木好子、磯田光一と有楽町ビル内ストーンで喫茶。
3月6日　宮内寒弥の通夜に新宿白十字で青山光二と待ち合わせ二宮へ弔問、阿川弘之先着、阿川といろいろ話す。講談社大村彦次郎、福武書店寺田博、新潮社坂本忠雄のほか、作家では中薗英助のみ。青山と新宿でコーヒーをのんだため11時ちかくに帰宅。
3月7日　日本文藝家協会入会資格委員会、杉森久英、伊藤桂一、久保田正文、河野多恵子、黒井千次、小田切進。理事会後、河野にさそわれ黒井、磯田光一と赤坂プリンスホテルで本音をぶちまけた文学談。
3月27日　庄野誠一から速達（岡本一平書簡5通在中）。

昭和58（1983）年　　　　III. 年　　譜

4月5日　日本文藝家協会入会委員会、杉森久英、伊藤桂一、大岡信、小田切進、河野多恵子。理事会。八木、青山光二と新宿タイムでやすむ。
4月6日　「文学者の墓」埋葬生前手続を日本文藝家協会に申込む。（5月19日建碑）。【5日の誤記】入会審査委員会、杉森久英、伊藤桂一、大岡信、小田切進、河野多恵子。理事会後、青山光二、八木義徳とお茶。
4月14日　「川端康成さんを偲ぶ会」帝国ホテル。佐多稲子・芝木好子・八木義徳・進藤純孝とお茶。
5月11日　日本文藝家協会総会で常務理事会（理事長、副理事長も出席）、東京会館。総会後、水上勉、八木義徳と食事。70歳になった慶光院芙佐子（水原三枝子）と久しぶりに話す。「文藝」の高木に中平まみを紹介され、津村節子とSKD8月の歌舞伎座見物を約束。八木と東京会館でお茶。
6月6日　日本文藝家協会入会委員会、杉森久英、伊藤桂一、久保田正文、黒井千次。入会基準の検討。
7月5日　日本文藝家協会理事会後、山本健吉にさそわれ青山光二と麹町ベル。山本とわかれ青山と新宿でまたやすむ。
7月8日　尾崎一雄を偲ぶ会、山水楼。佐多稲子、芝木好子、河野多恵子、「すばる」の狩野伸洋、「文学界」井上と東京会館でやすむ。
7月18日　退官した前国税庁長官福田幸弘慰労と感謝のためはち巻岡田へ赴く、山本健吉、井上靖、吉村昭、城山三郎と書記局の高野昭、井口一男、城山をのぞき全員で葡萄屋に寄る。
7月31日　船山馨三回忌法要のため龍興禅寺に参列。八木義徳、青山光二と高田馬場ルノアール。
8月5日　津村節子と歌舞伎座でSKD公演をみる。津村と文明堂へ行き別れてスエヒロで食事、三原橋下の映画館で中途から中途までポルノ映画をみる。講談社三木卓の励ます会。ロビーでコーヒーをのんでいると青山光二と十返千鶴子が合流。
8月6日　日本文藝家協会入会審査委員会、杉森久英、伊藤桂一、久保田正文、黒井千次。
8月22日　新保千代子来訪。急に白山その他の文学遺跡を案内してくれと言われ、伝通院、大黒天、沢蔵司稲荷、善光寺、表町、こんにゃくえんま、一葉文学碑、白山花街、湯島天神を案内し江知勝で夕飯、不忍池畔でお茶。
8月26日出発、8月27日〜28日　石川近代文学館主催、夏期講座（於石川県立福祉会館）のため前田愛氏と金沢に招かれる。27日、「徳田秋声とその周辺」講演。28日、敦賀と湖北の石道寺、鶏足寺、渡岸寺で十一面観音を拝観し米原から新幹線で帰宅。
9月20日　吉村昭、津村節子夫妻、中平まみ母娘らと前進座でSKD公演を見る。
9月30日　日本文藝家協会入会審査委員会、河野多恵子、伊藤桂一、杉森久英、黒井千次。理事会後、山本健吉、芝木好子、杉森、青山光二、河野と麹町でお茶。芝木、青山、杉森と新宿でまた話す。
10月10日　宗願寺で和田芳恵の七回忌法要。丸谷才一、八木夫人（八木義徳室蘭旅行のため）、戸部新十郎、近藤富枝、神野洋三、武田顕介、大村彦次郎、清水河出書房社長、河出・飯田、筑摩・土井一正、橋本久雄、寺田博、田辺孝治、高橋一清、藤田三男、久米勲ほか。
10月13日　中央公論社・谷崎潤一郎賞パーティ帝国ホテル。「新潮」坂本忠雄編集長にさそわれ、秋山駿、若林眞と葡萄屋へゆく。
10月19日　慶應義塾石川忠雄塾長の呼びかけで「三田文学」復刊の理事会、佐藤朔、田中千禾夫、安岡章太郎、江藤淳、坂上弘、桂芳久、鍵谷幸信、江森国友、小野田勇、小塙学、若林眞ほか参集。

10月21日　山本健吉が文化勲章、草野心平が文化功労者になったので両氏に祝電。
10月24日　直子と日光へ1泊旅行、翌日光徳牧場、川俣湖、霧降高原のドライブ観楓。
11月3日　川手一郎勲三等でお祝電話、源氏鶏太勲三等の祝電を打つ。
11月7日　日本文藝家協会理事評議員会後、芝木好子、青山光二と新宿白十字でやすむ。
11月22日　芝木好子と飯沢匡の芸術院入りを知り、芝木に電話。
12月5日　日本文藝家協会常務理事会、入会委員会、理事会後、青山光二、磯田光一と麹町ベル。
12月9日　国税局との税対策委員会、パレスホテル。局長以下計12名。日本文藝家協会側山本健吉、鹿島孝二、吉村昭、城山三郎、芝木好子、大岡信。
12月10日　昭和文学研究会のため、大東文化会館（大東文化大学の施設──東武東上線・東武練馬駅下車）で「昭和文学史の感触」講演（90分）。聴講者に松本徹、岡保生、大久保典夫、松本鶴男、薬師寺昭明、小川和佑氏ら。
　6月3日　渋川驍「出港」で平林たい子文学賞。
　12月　芝木好子芸術院会員となる（11月内定）。
　　3月1日、今官一歿。3月5日、宮内寒弥歿。3月31日尾崎一雄歿。4月4日木俣修歿。
　　7月24日、原奎一郎歿。11月2日、田村泰次郎歿。11月22日、津田信歿。

昭和59（1984）年　73歳

1月19日　大雪のなか佐多稲子の朝日賞贈賞式に出席、朝日新聞社。20日、佐多よりお礼電話。
1月26日　「返り花」21枚目から書き直し。ラストシーンは湯島のラブホテルなので、夜近辺を取材。
1月30日　山水楼で日本文藝家協会入会委員会（伊藤桂一、久保田正文、小田切進）。新年理事会。青山光二、芝木好子と新宿白十字でやすむ。
1月31日　吉田精一（学士院会員祝電に対する礼状）。
2月2日　八木義徳に呼び出され、高田馬場フェイスオフで話す。
2月17日　パレスホテルで読売文学賞。最近のパーティは作家の欠席が顕著で奥野健男、篠田一士、秋山駿、高橋英夫、上田三四二、川西政明などの顔がみえた。受賞者が磯田光一、川村二郎のせいか、作家はほとんど見かけなかった。松本徹、曽根博義とラウンジでお茶。
2月26日　伊藤桂一、桶谷秀昭、文部大臣賞受賞の祝電を打つ。28日、桶谷秀昭（祝電礼状）。
2月末より右手母指第一関節を断抜枝【弾撥指の誤記】におかされ、3月7日正和治療院に受診、同院の指示により大森の安田病院へ通院、注射を受ける（このため、約4ヶ月休筆）。
3月1日　井上進一郎氏（「文学界」）と東宝劇場で日劇ミュージックホール公演をみる、同劇団、今月かぎりで解散。
3月2日　戸部新十郎出版記念会、椿山荘。八木義徳と高田馬場フェイスオフでお茶。
3月5日　日本文藝家協会入会委員会、黒井千次、伊藤桂一、久保田正文、小田切進。理事会後、青山光二と新宿白十字でお茶。
3月17日　「三田文学」総会で、参与に就任。山本健吉と永坂更科。「三田文学」総会、石川忠雄塾長、佐藤朔、白井浩司、安岡章太郎、江藤淳、田久保英夫、桂芳久、渡辺喜恵子、江森国友、鍵谷幸信。高山鉄男、杉村友一、林峻一郎、若林真、山本、ほか約50名。加藤宗哉。

昭和59(1984)年　　　　　III.　年　　譜

4月3日　大久保典夫出版記念会、東京大飯店。最初に喋らされる。帰途、紅野敏郎とゴールデン街「友」。
4月5日　日本文藝家協会理事会後、磯田光一、青山光二と麹町ベル、青山と新宿白十字。6日、芝木好子が捻挫したときいたので電話。
4月12日　日本文藝家協会税対策委員会、吉村昭のみ出席。書記局の高野、井口と国税庁へ行く。
4月27日　山本健吉を祝う会(喜寿と文化勲章)、帝国ホテル。八木義徳と喫茶。
4月28日　吉村昭・津村節子夫妻、大河内昭爾、中平まみとSKD公演を前進座劇場でみる。
5月10日　野上弥生子生誕百年祝賀会、東京会館。芝木好子、磯田光一、中央公論社宮田毬栄、三枝和子とお茶。
5月23日　日本文藝家協会常務理事会、東京会館。山本健吉理事長、巌谷大四、水上勉副理事長と、江藤淳・伊藤桂一・尾崎秀樹。総会終了後、水上、八木義徳、石川利光と食事。懇親会余興さだ・まさし、閉会後八木とコーヒー。
6月2日　朝刊で芝木好子の日本文学大賞受賞を知って電話で祝意をのべる。
6月5日　日本文藝家協会理事改選後初の理事会で、理事長に就任(戦後6人目の理事長となる)。
6月10日　山本健吉を訪問。
6月23日　吉田精一告別式、千日谷会堂。信濃町の喫茶店へ渋川驍と行き、日暦同人に勧誘されるが辞退。
6月29日　新潮三大文学大賞受賞式、ホテルオークラ別館。八木夫人に病気見舞いを贈る。八木義徳、青山光二と六本木のトリスタン、芝木好子、佐多稲子、池田みち子、津村節子のほか新潮社、講談社、集英社、文春の諸氏くる。八木、青山ほかの作家とはここでわかれ、11時、新宿のホテルセンチュリーラファイエットのカクテルラウンジへ行き、12時すぎ散会。
7月3日　芝木好子日本文学大賞祝詞礼状。
7月5日　日本文藝家協会臨時総会、山本健吉会長就任。青山光二、芝木好子、伊藤桂一、磯田光一と赤坂プリンスホテルへ行き、青山、芝木と新宿白十字で話す。
7月20日　日本文藝家協会渉外委員会、江藤淳、原卓也、朝吹登美子、城山三郎、加賀乙彦。
7月26日　舟橋美香子来訪。舟橋聖一賞設定に関する意図と経過をきいて、補足的意見をのべる。
7月30日　今日出海歿、時事通信から電話でコメントをもとめられる。
8月13日　野間省一通夜、野間邸。井上靖、山本健吉、阿川弘之、安岡章太郎、庄司薫、田代索魁ら参列。
9月10日　野間社長葬儀、増上寺。
10月29日　野間省一さんを偲ぶ会、ホテルニューオータニ。
8月21日　「読売新聞」の700字エッセイ取材のため、原宿をかなり歩いてメモを取る。
8月28日　京王プラザ南館で十返(肇)忌。吉行淳之介、水上勉、藤原審爾、青山光二、巌谷大四、富島健夫ほか35人ほど参加。最初にスピーチ、中途で吉行と水上がスピーチ、藤原が献杯。青山と京王プラザで11時半まで語る。
8月29日　麹町永田町南甫園で「東京新聞」創刊100年座談会、巌谷大四、立教大平井隆太郎。
8月30日　有吉佐和子歿、「東京新聞」と「時事通信」にコメント。
9月3日　有吉佐和子通夜、目白通りのカトリック教会(カテドラル)。文壇関係では井上靖、山本健吉と3人だけ。
9月16日　青地晨逝去をニュースで知り、荻窪願泉寺の通夜に参列。杉森久英、巌谷大四、村上兵衛の顔をみかける。

9月17日　直子と「読売新聞」エッセイ取材のため、成覚寺に立ち寄る。
9月18日　「読売新聞」エッセイ取材のため、佐野武綱の案内で弥生美術館事務長・金子純一と談。梅本育子『川越夜舟』出版記念会、牛込出版クラブ。
9月21日　八木義徳に呼び出され、高田馬場フェイスオフで談話。
10月10日　直子と豊橋（嘉都男宅）訪問後、名古屋に1泊。翌11日、明治村を歩き、夕刻、〈浅野弥衛氏個展〉をみる。
11月2日　札幌市資料館内に「船山馨記念室」開設（3日文化の日オープン）、テープカットのため渡道（川西政明、船山真之夫妻、音無美紀子同道）。4日帰京。
12月19日　ソ連作家歓迎パーティ、於レバンテ。
　　〈物故者〉2月5日、松村益二。3月17日、伊馬春部。4月22日、野長瀬正夫。5月18日、並河亮。6月9日、吉田精一。6月27日、慶光院芙佐子。7月20日、野田宇太郎。8月30日、有吉佐和子。9月15日、青地晨。10月26日、結城信一。12月20日、藤原審爾。

昭和60（1985）年　74歳

1月8日　「読売新聞」「漂流する文学」題字揮毫、掲載はじまる。早大理工学部で講演した八木義徳、村松定孝が来宅。
1月31日　石川達三逝去、直子に起される。日本文藝家協会と「東京新聞」からtel、後者にコメント。書記局長高野と石川家通夜へ。講談社榎本昌司と協議の結果、日本文藝家協会葬と決定。
2月12日　三浦朱門・文化庁長官に任命されたため祝電を打つ。
2月13日　石川達三の日本文藝家協会葬、小田切進の司会で、山本健吉葬儀委員長、松本清張、水上勉、暉峻康隆の弔辞のあと、理事長として挨拶。
2月20日　読売文学賞授賞式で丸谷才一とあれこれ話す。八木義徳とカフェテラスでお茶。
2月23日　三浦朱門（文化庁長官就任）礼状。
3月5日　日本文藝家協会常任会、理事会。「東京新聞」塩野、「朝日新聞」由里、「時事」岩瀬とカフェテラス。
3月15日　八木義徳肺炎のため、見舞いの電話をする。
4月4日　「少女」取材のため中津川（岐阜県）へ旅行、松本で1泊後、小諸に立寄って帰京。
4月5日　日本文藝家協会常任会、理事会後、ソ連作家訪日歓迎会。青山光二・芝木好子と東京会館カフェテラスでお茶、新宿白十字で青山とお茶。
4月11日　紀尾井町の福田家で、フェドレンコの日本文藝家協会歓迎会、山本健吉会長、城山三郎渉外委員長、通訳者として原卓也、江川卓。高野書記局長。
4月12日　ソビエト大使館に行く。山本健吉のほか、5人のロシア文学者、先方はアブラシモフ大使とフェドレンコのほか随員3名。
4月13日　「三田文学」復刊総会後、祝賀会、安岡章太郎（理事長）、石川忠雄塾長につづいてスピーチ、遠藤周作がスピーチ、佐藤朔の乾盃。挨拶、銀座交詢社。会員のほか各文芸誌編集長（「新潮」坂本、「文学界」湯川、「群像」天野、「文藝」髙木、「海燕」寺田、「すばる」水城）ほか「読売新聞」「朝日新聞」「東京新聞」「サンケイ新聞」などの記者の顔もみえて盛会。
4月17日　「小説新潮」7月臨時増刊掲載の「昔遊んだ場所」神楽坂田原屋。インタビュア・荒川洋治。談後、旧肴町の路地で写真撮影。本多横丁の「牛込亭」で夕食。
4月26日　日本文藝家協会書記局で福田幸弘・前国税庁長官（現在会員）をまじえ、吉村昭、高野、井口と来年度の税問題への対策を検討。

207

昭和60(1985)年　　　　　　III．年　　譜

4月29日　高橋英夫(平林たい子文学賞祝電の礼状)。
5月9日　日本文藝家協会総会出席者、昨年より多し。ほっとする。懇親会前に山本健吉、江藤淳、水上勉と食事。懇親会で、長寿会員に記念品を手わたし、理事長就任挨拶。芝木好子、青山光二とカフェテラスでコーヒー。新宿で青山と雑談。
5月13日　神楽坂寺内の「幹」で「文藝」7月号のため菅野昭正と「いま、純文学を考える」対談。そのあとアンダンテ。
5月28日　石川七郎より祝電礼状。
5月31日　有楽町西武〈風間完近代展〉のレセプション。古山登と倫敦屋で話す。
6月6日　吉田精一を偲ぶ会、渋川驍と。9日、朝刊で遠藤周作ペン会長就任を知り祝電。
6月11日　川口松太郎通夜に参列。
6月14日　戸川エマ出版記念会。山本健吉、大河内昭爾と帝国ホテル地下阿門。25日、戸川エマ(出版記念会の礼状に、写真2葉)。
6月21日　新潮日本文学大賞(ホテルオークラ)。八木義徳とカフェテラスでやすむ。
7月5日　「ペンクラブ50年史」のため稲垣達郎と東京会館カフェテラスで会合。吉村昭と対税打合わせ。日本文藝家協会理事会、議題なきためフリートーキング。山本健吉、青山光二、古山高麗雄、芝木好子と二次会。更に青山と新宿白十字。
7月17日　帝国ホテルで榎本昌治を励ます会。割烹店中嶋で、小林信彦と「銀座百点」9月号「東京いまむかし」対談。
7月19日　日本文藝家協会で吉村昭が国税庁直税部長と打合わせてくれた、来年度納税申告の書類を検討。巌谷大四、高野らと東京都美術館へ行き金子鷗亭の案内で〈毎日書道展〉をみる。毎日の招宴で赤坂の「満ん賀ん」へ行き中村稔合流。
8月17日　佐多稲子「『たけくらべ』論考を読んで」の礼状。
8月27日　新宮の松根から電話。中上健次が病気で勝浦にいるので電話をかけてやってくれとのこと。電話して、すこし気をつけろと言う。
9月12日　源氏鶏太逝去、巌谷大四、日本文藝家協会高野と源氏家弔問。
9月14日～26日　ブダペスト、プラハ、ウィーン、ザルツブルグ、ミュンヘンに13日間旅行。
9月30日　日本文藝家協会理事会、東京会館。カフェテラスで山本健吉、青山光二、芝木好子とお茶。
10月3日　午後2時半、文化庁より(オリイ氏)電話、勲三等の叙勲を受けるかとの問い合わせ、等級のあるものは好まぬとの口実で辞退する。
10月9日　吉田時善来訪、和田芳恵について話す。テープをとられる。
10月15日　「中央公論」100周年記念会、東京会館。宇野千代、千葉源蔵(文藝春秋社会長、雑誌協会々長)のあと乾杯の音頭をとる。
10月17日　越ヶ谷図書館長と職員を早川仁三が同道。読書週間展示のため、著書、写真、賞牌など貸与。
10月29日　読書週間のため、越ヶ谷市立図書館に、自著全冊を展示。直子とみにゆく。
11月1日　赤坂栄木で田村泰次郎を偲ぶ会、献杯をさせられる。青山光二、十返千鶴子と一ッ木通りのアイリスでコーヒー、新宿で十返とわかれ青山とお茶。
11月5日　日本文藝家協会理事評議員合同会。書協との出版契約案にさまざまな質疑がかわされたため、めずらしく8時過ぎてから解散。カフェテラスで山本健吉、芝木好子、八木義徳、青山光二、高野と雑談。新宿滝沢で芝木、八木、青山と話す。
11月6日　菊池寛賞、ホテルオークラ。受賞者河盛好蔵に祝辞をのべる。井上靖から、目白の邸内に出来た舟橋聖一記念室オープンパーティにつき相談を受ける。直子に電話す

ると川崎長太郎氏が亡くなったので、新聞社から電話がかかっているので、早く帰ってくれとのこと。が、青山光二と山本容朗とお茶。
11月11日 川崎長太郎氏通夜のため小田原に1泊。翌12日、正午より告別式、弔辞よむ。渋川驍・水上勉、八木義徳、保昌正夫、徳田雅彦、上林暁令妹、宇野守道などが焼香、広津桃子ら参列。だるまで忌中払の食事、坂上弘、尾崎一雄夫人も出席。八木と小田原を歩き、コーヒーをのみながら、青山光二の「新潮」の作品「ナポリへ」について話し合う。
12月5日 日本文藝家協会理事・常任会伊藤桂一と2人きり、ソ連作家同盟の問題を検討。理事会後青山光二とカフェテラスでコーヒー。
　　　　1月31日、石川達三歿。9月12日、源氏鶏太歿。11月6日、川崎長太郎歿。

昭和61（1986）年　75歳

1月12日 荒川洋治（28才の作曲家という久木田直）と来訪。
1月26日 八木義徳から電話、何か書く必要があるらしく、3つほど質問を受ける。
1月27日 飯田橋セントラルプラザビル摩天楼で三銀会（川手一郎、首藤、佐野ら7名）。この先、何年仕事ができるかわからないので、出席できるかどうかわからないと宣言。斉藤、小西と神楽坂の巴有吾有でコーヒー。
1月30日 東京会館で日本文藝家協会理事会。つづいて新聞記者をまじえた新年会。青山光二、磯田光一とカフェテラスでコーヒー、青山と新宿ローレルに寄る。
2月21日 読売文学賞贈呈式、パレスホテル。今回の受賞者6名のうち、佐多稲子、田久保英夫、菅野昭正から受賞書をいただいていた。八木義徳、磯田光一、高木有とお茶。
2月25日 水上勉が日本芸術院恩賜賞になり祝電。
3月5日 日本文藝家協会理事会。山本健吉、青山光二とカフェテラスに行き、青山と新宿滝沢でやすむ。
4月4日 日本文藝家協会常任会、伊藤桂一、尾崎秀樹。理事会。青山光二、芝木好子、八木義徳とカフェテラスで話しているところへ杉森久英、山本健吉が合流。山本をのぞく5人で新宿へ出る。
4月12日 「三田文学」総会後、旧図書館2階広間で田久保英夫、岡田隆彦の受賞祝いを兼ねた懇親会。「群像」天野敬子と「るぱ・たき」で夕食。
4月17日 池袋から八木義徳の電話で、高田馬場へ来ないかとのこと。フェイスオフへ行く。
4月29日 天皇即位60年記念式典（国技館）に出席。
4月30日 浄閑寺に於て永井荷風雑感講演。
5月28日 舟橋聖一生誕地記念碑除幕式。文学者はキアラの会の井上靖、八木義徳、芝木好子。国技館の料理店でパーティ。八木、芝木と人形町でお茶、九段下ホテルグランドパレスで天ぷらを食べる。
6月5日 日本文藝家協会理事会に於て、**理事長に再選さる**。帰途、八木義徳、青山光二と東京会館でいったんやすみ、さらに新宿で話す。
6月20日 新潮賞・川端康成文学賞、ホテルオークラ。八木義徳、青山光二、芝木好子、池田みち子とホテルオークラのカフェテラスでやすみ、新宿タイムに寄る。
6月23日 「新刊ニュース」9月号「昭和文学の系譜」磯田光一と対談。築地治作。
6月29日 石川七郎葬儀（目黒区中目黒恩泉バプティスト教会）。いまの私の健康は彼に手術をしてもらったためだし、生きていたとしても、今の活力はなかっただろう。生命の恩人だし、文学者としての今日をあらしめてくれた恩人だからだ。小西茂と山本健吉一家に会い、山本のハイヤーで恵比寿駅まで送ってもらう。

昭和62（1987）年　　　III.　年　譜

6月30日　朝刊に戸川エマの逝去報道。半月のあいだに、山口年臣、石川七郎、戸川の訃報。いずれも私とは同年の人ばかり。感慨ひとしお。
7月4日　日本文藝家協会理事会。出席多数。議題はすくなく、早く終ったのでフリートーキング。八木義徳、芝木好子、青山光二と東京会館でやすみ、新宿滝沢でまた話す。
7月9日　戸川エマ葬儀のため、四谷の聖イグナチオ教会に行く。控室で安岡章太郎、巖谷大四、田久保英夫、若林真、山下三郎、丸岡美耶子に会う。献花の列で大橋文子に声をかけられる。50年以上会わなかったので四谷見附でお茶をのむ。
7月27日　NHK日曜美術館「隅田川絵巻―ある版画家の生と死」【藤牧義夫】に出演。
9月12日　ブルガリア・ペンクラブ、リャーナ・ステファノヴァ女史会長が来日中なので、日本文藝家協会へ行く。会長ほか3名と会見。
9月20日　「三田評論」11月号のため安岡章太郎と「昭和という時代」（仮題）の対談。西新橋ナポレオン。
9月30日　日本文藝家協会理事会、東京会館カフェテラスで、八木義徳、芝木好子、青山光二、磯田光一とお茶。
10月1日（12日帰国予定）―麥とオセアニア旅行に出発。オーストラリア（シドニー、キャンベラ、メルボルン）からニュージーランドへ渡った5日の夜、尿が出なくなってクライストチャーチのパブリックホスピタルに入院、応急処置を受けて翌日午前退院。7日の飛行機で（フィジー島まわり）帰国、8日朝成田着。同日国立病院医療センターに入院。20日、前立腺肥大の手術を受け、31日退院。（10月23日夜、『感触的昭和文壇史』により菊池寛賞受賞の報を知る）。
11月15日　円地文子密葬に行く。
12月2日　ホテルニューオータニにて『感触的昭和文壇史』により第34回菊池寛賞受賞。
12月4日　ソ連作家歓迎会、於レバンテ。
　　　　2月8日、石塚友二歿。6月16日、山口年臣歿。6月27日、石川七郎歿。6月29日、戸川エマ歿。7月3日、三島正六歿。8月13日、稲垣達郎歿。9月27日、倉島竹二郎歿。10月7日、石坂洋次郎歿。11月13日、鹿島孝二歿。11月14日、円地文子歿。11月27日、佐野武綱歿。12月24日、鈴木幸夫歿。

昭和62（1987）年　　76歳

1月13日　NHK報道局特報部池上彰、NC9ニュースディレクター福田淳一など来訪。明日発表の国語審議会の外国語表記の問題に対するコメント録画。
2月8日　松戸市営斎場でおこなわれた磯田光一氏葬儀で委員長をつとめる。文壇関係者は3階へ連れて行かれたが、遠藤周作、吉行淳之介と私は健康上の理由で1階の控室に案内される。弔辞は東工大学長、遠藤周作と秋山駿、つづいて私が挨拶。他の会葬者は丸谷才一、大江健三郎、中野孝次、高橋英夫、奥野健男、桶谷秀昭、辻邦生、河野多恵子、後藤明生、保昌正夫、松本徹、曽根博義、加藤典洋、菅野昭正、巖谷大四、川村二郎、高見順夫人など。
2月24日　日本文藝家協会書籍流通問題特別委員会、山本健吉をのぞいて、江藤淳、巖谷大四、中村稔、吉村昭全員出席。
3月5日　日本文藝家協会常任会、山本健吉、巖谷大四出席。理事会、散会後、江藤淳特別委員会委員長と残って記者会見。芝木好子、八木義徳、青山光二と合流。芝木に空席となっている副理事長就任を依頼。新宿滝沢でやすむ。
3月12日　NHKETV8「文芸書は売れないか―出版の流通を考える」に出る。

III. 年　　譜　　　　昭和63(1988)年

3月31日　直子が突然喀血して国立医療センターに入院、45日目の5月14日退院。肺結核、肺がん、気管支拡張症のいずれでもなく、最終的には動脈リュウか静脈リュウではないかという推測が残ったわけだが、それも決定には至らず、病名確定せぬまま、いつまで入院していても仕方があるまいという退院の仕方だった。4月9日いったん帰宅、12日に帰院、13日に主治医可部医師の判断により14日退院。全治ではなく、再吐血したら今度は救急車で来てくれと言われ、投薬もなく、当方としては心もとない退院で、帰宅してもおっかなびっくりの連続となる。(4月26日、私の食事生活が不便だろうという理由で、一麥一家は急遽、カーサたむらへ転居してきた)【野口の家と同じ路地のマンション】。(この入院中から、直子の思考力に顕著な変化がみられはじめた)。吉村昭氏(日本芸術院賞、祝電礼状)。

4月21日　三浦朱門(祝電礼状)。

4月25日　「国文学」8月号(学鐙社)座談会「文壇史と文学史」。新宿・中村屋レザミ。

6月5日　日本文藝家協会理事会、議題が多いため(総会から委託の議題など)8時閉会。芝木好子トルコ旅行、八木義徳欠席のため、青山光二とカフェテラスでコーヒー。

6月8日から別棟階下6畳に山積みしてあった書籍雑誌の捨てるもの、残すものの仕分けに取りかかる。これは5・6年前から計画していて、やっと実行に至った。5日間ほどかかった。

6月13日　水元公園の芝木好子の文学碑除幕式に赴く。

8月2日　船山馨夫妻七回忌、龍興寺。

9月4日　「太陽」11月号「東西モダン談議」対談(石浜恒夫と)。ギンザ煉瓦亭。

9月5日　近代文学館図書資料委員会にて、質疑応答(司会者は保昌正夫氏、ほかにも上笙一郎、中島和夫、槌田満文氏から質問あり)。2時間ほど喋る。

10月26日　「東京新聞」対談、佐伯彰一と。

10月31日から11月2日まで八木義徳、吉村昭氏と〈本の国体ブックインとっとり'87日本の出版文化展〉支援のため、米子市におもむき、皆生温泉ひさご家旅館で1泊、2日目は伯耆大山中腹の白雲閣にてシンポジュウム。島根半島へ行けたのは収穫だった。

11月5日　日本文藝家協会理事会。川崎長太郎を偲ぶ会、資生堂パーラー。

11月18日　芸術院より電話。中上健次出版記念会、新宿マリンクラブ。

12月15日付(8日内定)　日本芸術院会員に就任(17日任命式)。【内定は、11月18日の誤記】

　　　2月5日、磯田光一歿。4月5日、中里恒子歿。7月27日、前田愛歿。12月29日、石川淳歿。

昭和63(1988)年　77歳

1月10日　「作家」40周年記念祝賀会、東京大飯店。八木義徳の次にスピーチ。八木、進藤純孝と新宿でお茶。

1月12日　芝木好子毎日芸術賞授賞式、如水会館。佐多稲子、津村節子、八木義徳、青山光二、芝木好子の編集出版担当者6名とレストランでお茶。舟橋聖一十三回忌のためホテルオークラへ移る。八木、杉森久英、青山と新宿でコーヒー。

1月18日　石井幸之助(礼状、昨年の出版記念会の写真同封)。

1月22日　NHK教育番組センターの坂上達夫ら2人来訪。日本文藝家協会創立者としての菊池寛にテーマをしぼり話す。

1月29日　日本文藝家協会新年理事会、丸の内の山水楼。芝木好子が欠席したので八木義徳、青山光二と新宿滝沢。

昭和63(1988)年　　　　　III.　年　　譜

2月4日　NHK「お達者くらぶ」で村山医師と前立腺肥大について録画出演。
2月9日　吉田喜左衛門より『続田奈部豆本・なぎの葉考』30冊受贈。
2月10日　村山猛男先生の紹介で、医療センター精神科石田元男先生の受診開始。「三田評論」のため高橋昌男がインタビュー。西新橋ナポレオン。
3月2日　新潮社別館のクラブで河盛好蔵、大久保房男と『波』4月号のために、「新潮」創刊100号記念の座談会。
3月7日　日本文藝家協会理事会。八木義徳、青山光二、芝木好子、佐伯彰一とお茶をのみ、佐伯とわかれたあと新宿へ寄る。
3月16日　芸術院に行き、新会員としての紹介を受ける。二部の出席者は河盛好蔵、庄野潤三、芝木好子、三浦朱門、山本健吉、高橋健二。芝木と永藤に寄る。
3月24日　近代文学館の鎌田来訪、豆本『なぎの葉考』ならびに「わが荷風」「相生橋煙雨」原稿を寄付する。
3月28日　八木義徳の日本芸術院賞(恩賜賞)文学部門ではただ1人決定。
4月10日　尾崎一雄を偲ぶ会、国府津駅前、国府津館宴会場。4月11日、田宮虎彦通夜、代々幡斎場。
4月25日　文化学院で「私の小説作法」講演。
4月29日(天皇誕生日)　皇居招宴、直子と豊明殿に参上。
5月7日　山本健吉榊原記念病院にて逝去、「共同通信」「サンケイ新聞」「毎日新聞」「時事通信」「朝日新聞」にコメント。9日、通夜、角川氏邸。10日、密葬、同所。25日、山本健吉葬儀、青山葬祭所。弔辞を捧ぐ。
5月12日　午後2時からおこなわれた日本文藝家協会総会(3時)直前の常任会(出席者・尾崎秀樹、伊藤桂一、水上勉、吉村昭)で病状を訴え次期理事長辞任の意をのべ、承認を得る。
5月21日　東京堂で「私の小説作法」講演。
6月6日　芸術院賞受賞者とともに、昨年芸術院新会員に就任した1人として、芸術院、宮中、文部大臣招宴に出席。
6月7日　日本文藝家協会理事会で理事長辞意表明、次期理事長就任は選挙法を採用(三浦朱門氏に決定)。
6月9日～11日　八木義徳君芸術院賞受賞祝賀会出席のため室蘭へ。
6月26日～29日　直子と根釧原野、摩周湖、網走、札幌へ旅行。
7月9日　磯田光一埋葬、北鎌倉浄智寺。
7月16日　直子、一麥一家と神楽坂田原屋で喜寿小宴。
7月20日　中村光夫葬儀、聖イグナチオ教会。
8月16日　瀬沼茂樹告別式、落合斎場。
8月30日　松村三冬(石井柏亭令嬢)と森藤子(与謝野晶子令嬢)とコアで会議(映画〈花の乱〉について)。
9月1日　東京都文化振興会理事に就任(65年3月31日まで)。
10月3日　直子入院(18日退院)一(消化器科)。この入院中は、昨年春の入院時より、さらに直子の頭脳の変化が見られるようになった。毎日のようにモノを失い、それを探すのに、小生が協力をせねばならぬ。いま眼の前にあったものが、次の瞬間にはなくなっているので、紛失した理由すらこちらにはわからず、ただ紛失物発見に時間と労力を要させられる。これが次第に昂じていったら自分はどうなるのか、考えると恐ろしくなる。この調子では、来年から仕事はほとんどできなくなるだろう。しかし、戦後のあの貧困をともに耐えてくれた女房だから、自己を犠牲(放棄)してもできることはしてやろう

と覚悟がきまった。希望的観測は10月末の時点で喪失したも同然であり、来年からは暗い方向へむかうだろう。
10月25日　青山光二を見舞う。
11月1日　芝木好子と新宿高野で落合い青山光二を見舞う。
11月6日　隅田川市民サミットで「隅田川と私」講演。29日、藤間藤子と「名優のおもかげ」対談、半蔵門会館。
12月23日　中央公論社・宮田毬栄の紹介で、新宿区立健康センター保健婦、山崎麻耶、猪飼陥江来訪。
12月26日　福田幸弘通夜、千日谷会堂。
12月27日　山崎麻耶の指示により、早稲田クリニックに小西院長を訪問、直子の病歴に応答。
　3月28日、八木義徳芸術院賞。
　2月18日、石田アヤ歿。4月9日、田宮虎彦自裁。5月7日、山本健吉歿。5月25日、一色次郎歿。7月12日、中村光夫歿。8月14日、瀬沼茂樹歿。11月13日、草野心平歿。11月24日、広津桃子歿。12月25日、大岡昇平歿。

昭和64・平成元(1989)年　　78歳

1月6日　談話筆記「余白を語る」（筆者・赤松俊輔記者）が朝日（E）【夕刊の略】に出る。同欄今年のトップバッターに選ばれたわけ。
1月14日　松本徹『徳田秋声』出版を祝う会、東京ガーデンパレス。
1月29日　NHK日曜美術館「描かれた東京・織田一麿」が放映される。
2月5日　磯田光一三回忌法要、北鎌倉・浄智寺。
昨秋から体力、思考力の衰退がはげしかった直子は腰が曲り、連日のように転がり、どうにも仕方なく、2月中旬から、食事の支度を悦子【一麥の妻】に支度してもらうようになり、一方、今までのホームドクターを村橋医院から（中央公論社宮田毬栄氏に紹介された）早稲田クリニック（小西建吉院長）に代える。
2月27日（日）午前10時、直子医療センター整形外科に入院（3月29日退院）。
直子、退院までに物置同然になっていた台所の隣室を改造し、玄関から段差のない部屋を作り、以後、ベッド生活になる。【平井】
4月1日　「東京新聞」〈座談会〉「いまなぜ秋声か」【6月13日～21日まで5回掲載】古井由吉、松本徹と。
6月16日　直子の食欲が極端に落ちたため、小西ドクターが胃へ直接栄養剤を通せるチューブを挿入。6月20日から付添婦がつくようになった。以後、野口の死去まで家政婦を雇う結果になった。【平井】
6月17日　日本文藝家協会書籍流通問題特別委員会委員として、館林の藤野書店で講演を行う。
早稲田クリニックでレントゲン撮影の結果判明した左肺上端（第一鎖骨直下の円月形肺ガン切除のため、7月15日国立医療センターに入院。8月1日手術、これに失敗して同月11日縫口再手術。10月14日退院。ちょうど3ヵ月の入院で、いちじるしく衰弱。
野口入院中に書籍類を整理し、庭にスチール制の物置を設置し書籍を移動。退院後は、野口も直子と同じ部屋のベッド生活になる。直子の体調はすぐれず、野口入院中は、9月6日、15日の2度しか見舞いができなかった。また、一麥一家は、父入院のため既に廃業していた下宿の部屋で生活するようになった。【平井】
11月26日　川手一郎死亡（肺炎）夕、長男脩から電話。

12月23日　早川仁三の斡旋で、越谷図書館長来宅。
　　　12月、八木義徳芸術院会員。
　　　　　1月8日、上田三四二歿。4月13日、篠田一士歿。5月18日、阿部昭歿。7月27日、内村直也歿。8月26日、野一色幹夫歿。11月26日、川手一郎歿。12月1日、大久保乙彦歿。12月9日、開高健歿。

平成2(1990)年　　79歳

1月6日　直子の老耄はますますはなはだしく、電話をかけるときのダイヤルは全部私がまわし、次の一言は私が力添えをせねばならなくなった。バス代160円を16円とまちがったりする。物をなくして、探してばかりいる。

2月3日　朝刊で森武之助(1日死亡)の訃音に驚く。

2月23日　「群像」の小説を思い立ち、出来上がるかどうかはおろか、最終的には何を訴えようとするのか、今の健康状態から、自分にとってはこれが生涯の最後の作品になるかもしれないので、これを書き消して真黒にしても書き直しはやめて、ともかく書き進めようと考え実行しはじめる。【しあわせ】

3月3日　直子との金婚式。2人とも外出(特に夕刻後は)不能(厳禁の状態―他人の風邪をうつされるな)のため、小生の寝室に集合、ロブスターと鯛をメインにして、一麥、悦子、理里、龍があつまる。写真を12枚写す。

3月23日　紅野敏郎から『自選作品集』を出さないか、出版社は自分のほうで見つけるとのこと、ありがたし。

4月7日　泉毅一見舞に来訪。19日、八木義徳見舞に来訪。

4月20日　越谷図書館長来訪(要望書)をわたす。

7月4日　歿後、埼玉県越谷市立図書館に蔵書、生原稿、写真、書簡、創作ノート、文学賞彰状その他の品々を寄贈し、「野口冨士男記念文庫」とする旨の「誓約書」を、越谷市教育委員会教育長ならびに図書館長と調印。

7月24日　三銀会の首藤浩見舞いに来訪。

9月4日　河出の高木、共同の小山来訪、『自選短篇集』の話あり。夜9時、紅野敏郎にtel、短篇選集の諒解を得る。

9月7日より14日まで　術後の健康診断(検診)のため国立病院医療センター病院(16F)へ短期入院。

10月17日　夕刊にて八木義徳君菊池寛賞受賞を知る。

　　　　　1月29日、森田雄蔵歿。2月1日、森武之助歿。5月3日、池波正太郎歿。5月20日、三好行雄歿。5月31日、吉岡実歿。10月12日、永井龍男歿。

平成3(1991)年　　80歳

1月10日　川本三郎(初対面)来訪。月刊「東京人」3月号のインタビュー「記憶のなかの東京」(外出できないので来ていただいた)。

1月16日　越ヶ谷図書館長来訪、全著書、褒状、写真貸出し。

1月29日　夜、井上靖歿、電話でコメントもとめられる。

2月1日　正午～2時　井上靖氏密葬、自宅。

3月15日　木挽社、藤田より電話、川端康成読本収録の作品選択ひきうける。

3月16日　猪飼、直子を言語療法士に紹介。

3月27日　佐多稲子からお見舞状いただく。今日日本芸術院賞発表、夜祝状を出した。佐藤朔から夜電話。

5月21日　日本文藝家協会総会後の懇談会(東京会館)に出席。講談社高柳にタクシーで送ってもらう。
7月4日　保昌正夫傘寿祝に来宅。
8月26日　冨士男、直子献体取消し。芝木好子「弔辞」執筆、通夜に一麥代参。
10月18日　田久保英夫見舞に来訪。
12月17日　2時、戸塚署防犯課から、直子保護tel。
　　1月29日、井上靖歿。2月1日、武田友寿歿。8月23日、生島遼一歿。8月25日、芝木好子歿。8月29日、小谷剛歿。

平成4(1992)年　　81歳

3月5日　「図書」5月号「荷風あとさき」川本三郎と自宅で対談。
3月30日　直子、四谷の病院に入院。
5月7日　直子、河辺(青梅)の慶友病院に転院。
5月14日　〈川端康成展〉レセプション、伊勢丹プチ・モンド。川端、高見、井上未亡人に会う。往復とも保昌正夫がタクシーで送迎してくださる。
5月20日　東京会館で催された第46回日本文藝家協会総会に於て名誉会員に推挙(4月6日の理事・評議員で内定)された。
7月9日　「群像」9月号対談「作家の生活」松原新一と。
7月14日　新船海三郎「文壇を見て歩んで60年」インタビュー。
8月22日　中上健次葬儀(千日谷)。
8月26日　6時、芝木好子一周忌追悼パーティ(於エドモント・ホテル)
10月19日　八木義徳来訪。20日、首藤浩来訪。
12月30日　直子、青梅慶友病院から3時間ほど帰宅。
　　1月25日、庄野誠一歿。8月12日、中上健次歿。10月10日、宇井無愁歿。11月27日、日下令光歿。12月17日、沢野久雄。12月20日、小田切進歿。

平成5(1993)年　　82歳

3月10日　7時48分、青梅慶友病院にて直子永眠(呼吸不全)と一麥からtel。
12日　通夜 於成覚寺。
13日　葬儀 於成覚寺。
4月16日　「新潮45」6月号早川清「臨終記」口述筆記に来訪。
4月18日　直子七七日忌。新宿野村ビル桃里。
5月21日　直子の形見わけ、早川仁三、八木光好、佐藤幸子来宅。
6月27日　船山馨忌、原宿南国酒家。
11月16日　「読売新聞」金沢支局記者2名、「没後50年徳田秋声」取材に来訪。
11月19日　猪飼来訪。【この間、小西先生、猪飼は頻繁に診療等で訪問《平井》】
11月22日　午前10時50分、呼吸不全で死去。同夜、日本文藝家協会と決定。葬儀までの間に、八木義徳、水上勉、紅野敏郎、保昌正夫・首藤浩らの弔問を受ける。
11月26日　護国寺桂昌殿で通夜。
11月27日　同所で葬儀、田久保英夫氏が司会、芸術院、八木義徳・青山光二・水上勉氏が弔辞。三浦朱門日本文藝家協会理事長が挨拶。
12月25日　成覚寺で三十五日忌ならび納骨、八木義徳、青山光二、田久保英夫、十返千鶴子、紅野敏郎、保昌正夫、松本徹氏らが参列。伊勢丹別館吉祥でお清め。

215

平成6(1994)年　　　　　　　Ⅲ．年　譜

1月22日、阿部公房歿。1月22日、戸板康二歿。1月24日、渋川驍歿。3月23日、芹沢光治良歿。4月25日、佐々木基一歿。5月27日、武田静子歿。6月3日、堺誠一郎歿。7月10日、井伏鱒二歿。

平成6(1994)年
1月13〜14日　埼玉県越谷市立図書館に蔵書・資料・遺品など3万点余寄贈。
2月7日〜4月8日　慶應義塾大学・三田メディアセンターで〈反骨の作家―野口冨士男〉展開催、同展小冊子発行＝福田和也。
10月26日　「野口冨士男文庫」開設記念式典を挙行。八木義徳が記念式典で、青山光二が祝賀会で祝辞を述べる。紅野敏郎が「野口冨士男・人と文学」の特別講演を行う。
10月26日　図録・「野口冨士男文庫」発刊　埼玉県越谷市立図書館。

平成7(1995)年
10月7日　「野口冨士男文庫資料取扱い要領」「同細則」施行。
11月22日　野口冨士男を偲ぶ会開催　於東京会館。司会・松本徹、スピーチと献杯八木義徳。スピーチ、青山光二、江藤淳、田久保英夫。
1月17日、岡本太郎歿。

平成8(1996)年
1月29日、遠藤周作歿。

平成9(1997)年
3月　「野口冨士男文庫所蔵資料目録(図書・雑誌)」刊行、同目録刊行に伴い図書・雑誌を公開。越谷市立図書館。
7月　野口冨士男文庫運営委員会発足(定例会年2回)。
7月　さいたま文学館が開設され「図録」に野口掲載。「死んだ川」のVTR製作される。

平成10(1998)年
10月12日、佐多稲子歿。

平成11(1999)年
3月　小冊子「野口冨士男文庫1」発刊【以後、毎年3月発行、現在に至る】。
11月9日、八木義徳歿。

Ⅳ. 参 考 文 献

Ⅳ．参考文献

B0001　石川達三　三重子《時評》　「新早稲田文学」　昭6.12　p90
B0002　長崎謙二郎　夏日《時評》　「新早稲田文学」　昭7.11　p82
B0003　石川俊平　都会文学《時評》　「麺麭」　昭8.5　p61
B0004　対馬鉄三　一時期《時評》　「三田新聞」　昭8.6.16　p6
B0005　十返一　梅《時評》　「翰林」　昭9.4　p51
B0006　田辺耕一郎　梅ほか《時評》　「若草」　昭9.4　p113〜114
B0007　駒井伸二郎　にほひ咲き・劇団芸術舞台《時評》　「翰林」　昭9.12　p75
B0008　中河与一　喜吉の昇天《時評》　「読売新聞」　昭10.2.27　p4
B0009　尾崎士郎　喜吉の昇天《時評》　「東京日日新聞」　昭10.3.2　p14
B0010　武田麟太郎　喜吉の昇天・劇団藝術舞台《時評》　「報知新聞」　昭10.3.5　p10
B0011　無署名　会員消息《記事》　「文化学院同窓会報」　昭10.4　p101
B0012　伊藤整　喜吉の昇天《時評》　「文芸通信」　昭10.4　p52
B0013　太田咲太郎　笛と踊《時評》　「三田文学」　昭10.8　p149
B0014　丹羽文雄　若い彼の心《時評》　「報知新聞」　昭10.11.25　p9
B0015　岡田三郎　さぐり合い《時評》　「都新聞」　昭11.12.31　p1
B0016　名取勘助　さぐり合い《時評》　「新潮」2月号　昭12.2　p104〜105
B0017　中村地平　幻影《時評》　「日本浪漫派」　昭12.7　p45
B0018　森山啓　本年度の小説《時評》　「文芸」　昭12.12　p204
B0019　無署名　河出書房勤務《消息》　「文化学院同窓会誌」　昭12.12　p54
B0020　高見順　老妓供養《時評》　「文学界」　昭13.7　p237
B0021　無署名　そろそろ結婚?《消息》　「文化学院同窓会報」　昭15.1　p90
B0022　高見順　期待の新人《時評》　「文藝」2月号　昭15.2　p239
B0023　匿名　中味ある文章〈大波小波〉《コラム》　「都新聞」　昭15.3.24　p1
B0024　無署名　『風の系譜』〈文藝展望〉《時評》　「日本学芸新聞」　昭15.3.25　p8
B0025　岡田三郎　『風の系譜』《編集後記》　「文学者」4月号　昭15.4　p246
B0026　上司小剣　『風の系譜』《時評》　「東京日日新聞」・夕　昭15.4.2　p5
B0027　岡田三郎　『風の系譜』〈文芸欄〉《時評》　「都新聞」　昭15.4.5　p1
B0028　金谷完治　『風の系譜』《時評》　「日本読書新聞」　昭15.4.5　p3
B0029　武田麟太郎　文学者6月号《時評》　「読売新聞」　昭15.4.6　p5
B0030　岡田三郎　『風の系譜』《編集後記》　「文学者」5月号　昭15.5　p232
B0031　嵯峨傳　『風の系譜』《創作時評》　「新潮」5月号　昭15.5　p97
B0032　矢崎彈　『風の系譜』《新作家論》　「詩原」　昭15.5　p57
B0033　岡田三郎　『風の系譜』《推薦文》　帯　昭15.5
B0034　舟橋聖一　『風の系譜』《時評》　「読売新聞」　昭15.5.7　p5
B0035　匿名　文学者6月号〈大波小波〉《時評》　「都新聞」　昭15.5.24　p1
B0036　無署名　文学者6月号《時評》　「朝日新聞」　昭15.5.25　p6
B0037　岡田三郎　『風の系譜』《編集後記》　「文学者」6月号　昭15.6　p232
B0038　嵯峨傳　『風の系譜』《創作時評》　「新潮」6月号　昭15.6　p77
B0039　岩上順一　『風の系譜』《時評》　「中央公論」　昭15.6　p337〜338
B0040　稲垣達郎　『風の系譜』《時評》　「早稲田文学」　昭15.6　p149

IV. 参考文献

B0041　大熊信行　『風の系譜』《時評》　「東京日日新聞」・夕　昭15.6.1　p5
B0042　徳永直　『風の系譜』に於る特殊性《時評》　「都新聞」　昭15.6.2　p1
B0043　浅見渕　『風の系譜』《時評》　「早稲田大学新聞」　昭15.6.5　p5
B0044　岡田三郎　『風の系譜』《推薦文》　帯　昭15.7
B0045　嵯峨傳　『風の系譜』《創作時評》　「新潮」7月号、昭15.7　p140
B0046　無署名　『風の系譜』出版記念会参加者名簿《消息》　「月刊文化学院」13号　昭15.8　p31
B0047　矢崎彈　長編『風の系譜』《書評》　「日本学芸新聞」92号　昭15.8.25　p3
B0048　無署名　『風の系譜』《書評》　「新刊巡礼」　昭15.9　ページ未確認
B0049　無署名　『風の系譜』《書評》　「都新聞」　昭15.9.23　p6
B0050　無署名　結婚《消息》　「月刊文化学院」14号　昭15.10　p29
B0051　白井常夫　河からの風《時評》　「日本学芸新聞」　昭15.11.25　p7
B0052　清水幾太郎　『風の系譜』《書評》　「朝日新聞」　昭15.12.7　p5
B0053　鬼生田貞雄　河からの風《時評》　「文藝首都」　昭16.1　p90
B0054　浅見淵　河からの風《時評》　「早稲田文学」　昭16.1　p163
B0055　市川為雄　歳月《時評》　「早稲田文学」　昭16.2　p145
B0056　南弥太郎　老妓によせて《時評》　「やまと新聞」　昭16.5.8　p3
B0057　福田恆存　福田恆存から野口へ《引継》　「新文学」　昭17.5　p137～138
B0058　山室静　家系《時評》　「新潮」　昭17.7　p110
B0059　渋川驍　家系《時評》　「文芸主潮」　昭17.7　p11
B0060　高木卓　『黄昏運河』《新刊月評》　「現代文学」　昭18.6　p28～29
B0061　牧屋善三　薄ひざし《時評》　「文明」　昭21.7　p116
B0062　石川利光　うしろ姿《時評》　「新人」　昭21.7　p53
B0063　高山毅　橘袂《時評》　「新小説」　昭21.8　p32
B0064　十返肇　挙げる《時評》　「新小説」　昭23.5　p63
B0065　田辺茂一　告白《時評》　「文芸首都」　昭23.5　p120
B0066　田辺茂一　池ノ端七軒町《時評》　「文芸時代」　昭24.3　p29
B0067　高山毅　池ノ端七軒町・花いばら《時評》　「朝日評論」　昭24.4　p78
B0068　平田次三郎　橋の雨《時評》　「東京新聞」・夕　昭25.2.17　p2
B0069　無署名　文士貧乏物語《ゴシップ》　「週刊朝日」　昭25.8.13　p10
B0070　無署名　一家三人心中—事業に失敗　船から飛込む《記事》　「朝日新聞」・夕　昭28.2.28　p3
B0071　無署名　社長親子が三人心中《記事》　「毎日新聞」・夕　昭28.2.28　p3
B0072　奥野健男　耳のなかの風の声《時評》　「全国出版新聞」　昭29.1.25　p2
B0073　花森安治　耳のなかの風の声《時評》　「読売新聞」　昭29.1.28　p8
B0074　日沼倫太郎　耳のなかの風の声《時評》　「図書新聞」　昭29.1.30　p4
B0075　平野謙　耳のなかの風の声《時評》　「朝日新聞」　昭29.1.31　p5
B0076　船山馨　耳のなかの風の声《時評》　「出版ニュース」　昭29.2　p21
B0077　平野謙　耳のなかの風の声《時評》　「北海道新聞」　昭29.2.2　p4
B0078　十返肇　耳のなかの風の声《時評》　「東京タイムス」　昭29.2.18　p4
B0079　無署名　芥川賞候補作　耳のなかの風の声《記事》　「朝日新聞」　昭29.7.14　p5
B0080　無署名　芥川賞選考経過　耳のなかの風の声《選評》　「毎日新聞」　昭29.7.23　p6
B0081　瀬沼茂樹　『いのちある日に』《時評》　「大阪新聞」　昭29.7.24　p6
B0082　阿部知二　『いのちある日に』《時評》　「東京新聞」　昭29.8.1　p8
B0083　伊藤整　『いのちある日に』《批評》　「朝日新聞」　昭29.8.3　p5

IV. 参考文献

B0084	十返肇	『いのちある日に』《時評》	「北国新聞」	昭29.8.9	p8	
B0085	宇野浩二・舟橋聖一・瀧井孝作ほか 芥川賞《選評》 「文藝春秋」 昭29.9 p287〜293					
B0086	花田清輝	夜の鏡《時評》	「新日本文学」	昭29.11	p133	
B0087	船山馨	キアラの会《随筆》	「東京新聞」	昭30.3.16	p8	
B0088	庄野潤三	『いのちある日に』《書評》	「図書新聞」	昭32.1.19	p6	
B0089	十返肇・船山馨と げたばき交友抄《時事》《コラム》 「産経」 昭32.2.14 p8					
B0090	吉行淳之介	『いのちある日に』《書評》	「三田文学」5月号	昭32.5	p33	
B0091	平野謙	死んだ川《時評》	「毎日新聞」	昭32.11.20	p3	
B0092	遠藤周作	死んだ川《時評》	「北海道新聞」	昭32.11.22	p4	
B0093	梅崎春生	死んだ川《時評》	「東京新聞」・夕	昭32.11.26	p8	
B0094	山下肇	死んだ川《時評》	「信濃毎日新聞」	昭32.11.28	p4	
B0095	浅見淵	死んだ川《時評》	「河北新報」	昭32.12.1	p3	
B0096	花森安治	死んだ川《時評》	「図書新聞」	昭32.12.7	p3	
B0097	井上靖	『ただよい』《推薦文》	帯	昭33.6		
B0098	船山馨	『ただよい』《推薦文》	帯	昭33.6		
B0099	十和田操	『ただよい』《書評》	「週刊読書人」	昭33.8.18	p3	
B0100	井上靖	『海軍日記』《推薦文》	帯	昭33.11		
B0101	舟橋聖一	『海軍日記』《推薦文》	帯	昭33.11		
B0102	十返肇	『海軍日記』《推薦文》	帯	昭33.11		
B0103	無署名	『海軍日記』《書評》	「産経新聞」	昭33.11.10	p3	
B0104	十返肇	『海軍日記』《書評》	「北陸新聞」(共同)	昭33.11.10	p3	
B0105	無署名	『海軍日記』《書評》	「図書新聞」	昭33.11.22	ページ未確認	
B0106	今官一	『海軍日記』《書評》	「週刊読書人」	昭33.11.24	p3	
B0107	無署名	『海軍日記』《書評》	「丸」	昭33.12	p150〜151	
B0108	浜野健三郎	『海軍日記』《書評》	「日本読書新聞」	昭33.12.1	p3	
B0109	無署名	『海軍日記』〈新刊〉《書評》	「東京新聞」・夕	昭33.12.7	p8	
B0110	無署名	『海軍日記』《書評》	「週刊東京」	昭33.12.13	p79	
B0111	無署名	直木賞候補『二つの虹』《記事》	「東京新聞」・夕	昭34.1.11	p6	
B0112	八木義徳	『二つの虹』《書評》	「新刊展望」	昭34.2.上	p4〜5	
B0113	源氏鶏太・大佛次郎ほか 直木賞《選評》 「オール読物」 昭34.4 p171〜177					
B0114	無署名	忘れてはならぬ真実《記事》	「読売新聞」	昭35.8.14	p11	
B0115	無署名 書店がスポンサーの月刊文学誌「風景」《記事》 「毎日新聞」 昭35.9.10 p7					
B0116	無署名 舟橋聖一氏の気骨「風景〈」季節風」《コラム》 「朝日新聞」 昭35.10.20 p7					
B0117	十返肇	野口、青山に言及《言及》	「別冊文春」	昭36.1	p229	
B0118	(和木清三郎?)	「風景」編集について《記事》	「新文明」	昭36.2	p75	
B0119	宮内寒弥	海軍応召文人の会《エッセイ》	「サンケイ新聞」・夕	昭36.5.22	p3	
B0120	宮内寒弥	海軍応召文人の会《エッセイ》	「秋田魁新報」	昭36.5.22	p4	
B0121	無署名	水兵作家、一堂に会す《記事》	「サンケイ新聞」・夕	昭36.5.31	p3	
B0122	無署名 汝、わがあ海の戦友たち 有閑ならざる文士の海軍記念日《記事》 「週刊公論」 昭36.6.12 p12〜17					
B0123	十返肇	一周年に当って《言及》	「風景」	昭36.10	p15	
B0124	船山馨	一周年に当って《言及》	「風景」	昭36.10	p21	

IV. 参考文献

B0125 北條誠　キアラの会の十年《言及》　「風景」　昭36.10　p34
B0126 吉行淳之介　"風景"の一年《言及》　「風景」　昭36.10　p35
B0127 芝木好子　一周年に当って《言及》　「風景」　昭36.10　p48
B0128 無署名　PR誌あれこれ「風景」《記事》　「東京新聞」　昭36.11.8　p8
B0129 有馬頼義　編集後記《言及》　「風景」　昭37.5　p60
B0130 匿名　円卓の収穫《大波小波》《コラム》　「東京新聞」　昭37.9.22　p8
B0131 匿名　文学老年の回想《大波小波》《コラム》　「東京新聞」　昭37.11.4　p8
B0132 匿名　野口の秋声追跡《大波小波》《コラム》　「東京新聞」　昭38.1.21　p8
B0133 無署名　評論家十返千鶴子の奇妙な愛情《談話》　「週刊サンケイ」　昭38.4.4　p12〜18
B0134 瀬沼茂樹　「風景」・秋声追跡《時評》　「図書新聞」　昭38.6.15　p3
B0135 山本健吉　解説《引用》　徳田秋声著『現代文学体系・徳田秋声集』筑摩書房刊　昭38.6　p493〜503
B0136 無署名　「風景」を編集する品のよいキアラの会《記事》　「産経新聞」・夕　昭38.8.26　p2
B0137 匿名　十返肇の日記(「風景」に書いた)《大波小波》《コラム》　「東京新聞」　昭38.8.30　p8
B0138 匿名　新しい文芸評論家(「風景」に書いた日記)《大波小波》《コラム》　「東京新聞」　昭38.9.6　p8
B0139 無署名　宇野浩二回想《読書》《書評》　「朝日新聞」　昭38.10.14　p8
B0140 無署名　慶應義塾論《言及》　「三田新聞」　昭39.3.20　p3
B0141 平野謙・奥野健男　『徳田秋声傳』《対談》　「週刊読書人」　昭39.12.21　p2
B0142 無署名　『徳田秋声傳』《広告》　「朝日新聞」　昭40.1.22　p1
B0143 篠田一士　『徳田秋声傳』伝記と作家論《書評》　「読売新聞」　昭40.1.24　p18
B0144 吉田精一　『徳田秋声傳』香気ある伝記文学の傑作《書評》　「日本経済新聞」　昭40.2.1　p16
B0145 和座幸子　『徳田秋声傳』《書評》　「北国新聞」　昭40.2.6　p8
B0146 鶴岡冬一　『徳田秋声傳』《書評》　「図書新聞」　昭40.2.6　p3
B0147 百目鬼氏　『徳田秋声傳』〈著者と一時間〉《インタビュー》　「朝日新聞」　昭40.2.10　p8
B0148 浦松佐美太郎　『徳田秋声傳』《書評》　「朝日新聞」　昭40.2.10　p8
B0149 無署名　『徳田秋声傳』〈紙つぶて〉《コラム》　「東京新聞」　昭40.2.13　p9
B0150 野村尚吾　『徳田秋声傳』の著者《インタビュー》　「サンデー毎日」　昭40.2.14　p88〜89
B0151 村松定孝　『徳田秋声傳』《書評》　「北海道新聞」・夕　昭40.2.16　p3
B0152 無署名　『徳田秋声傳』《書評》　「毎日新聞」　昭40.2.18　p4
B0153 赤松大麓　作家の評伝花ざかり〈日曜版ほん〉《記事》　「毎日新聞」　昭40.2.21　p19
B0154 匿名　15年の熱気あふれる『徳田秋声傳』《大波小波》《コラム》　「東京新聞」　昭40.2.27　p8
B0155 川崎長太郎　日記《日記》　「風景」　昭40.3　p21
B0156 無署名　『徳田秋声傳』《広告》　「風景」　昭40.3　p22
B0157 無署名　『徳田秋声傳』《書評》　「新刊展望」　昭40.3.1　p7〜9
B0158 円地文子　『徳田秋声傳』《書評》　「朝日ジャーナル」　昭40.3.10　p79〜80
B0159 瀬戸内晴美　『徳田秋声傳』《書評》　「週刊朝日」　昭40.3.11　p84〜85
B0160 伊藤整　『徳田秋声傳』《書評》　「読書新聞」　昭40.3.15　p4

IV. 参考文献

B0161　瀬沼茂樹　『徳田秋声傳』《書評》　「週刊読書人」　昭40.3.15　p5
B0162　河盛好蔵　伝記について《書評》　「文学界」　昭40.4　p98～104
B0163　吉行淳之介　『徳田秋声傳』出版《紹介》　「風景」　昭40.4　p60
B0164　無署名　秋声伝・出版記念会《記事》　「毎日新聞」・夕　昭40.4.8　p5
B0165　無署名　出版記念会〈裏窓〉《コラム》　「週刊読書人」　昭40.4.12　p8
B0166　無署名　野口さんをたずねて 秋声の周辺《インタビュー》　「北国新聞」　昭40.4.13　p8
B0167　平野謙　『徳田秋声傳』《書評》　「東京新聞」・夕　昭40.4.14　p8
B0168　吉田精一　『徳田秋声傳』を読んで《書評》　「日本近代文学」　昭40.5　p194～198
B0169　藤森成吉　秋田雨雀のこと（下）《紹介》　「アカハタ」　昭40.5.12　p8
B0170　瀬沼茂樹　『流星抄』《時評》　「東京新聞」　昭40.5.24　p8
B0171　山本健吉　『流星抄』《時評》　「読売新聞」・夕　昭40.5.26　p5
B0172　平野謙　『流星抄』《時評》　「毎日新聞」・夕　昭40.5.28　p3
B0173　無署名　懸賞小説募集（第9回）《募集》　「三田新聞」　昭40.7.7　p1
B0174　無署名　共同墓碑は静岡に・野口提案秋声碑は金沢に《記事》　「東京新聞」・夕　昭40.7.8　p8
B0175　無署名　不幸な文豪《記事》　「毎日新聞」・夕　昭40.11.26　p3
B0176　匿名　文学賞本来のたて前・毎日芸術賞うわさ〈大波小波〉《コラム》　「東京新聞」　昭40.12.21　p8
B0177　井上靖・舟橋聖一ほか　野間賞《選評》　「群像」　昭41.1　p202～205
B0178　無署名　毎日芸術賞受賞発表《社告》　「毎日新聞」　昭41.1.1　p3
B0179　平野謙　毎日芸術賞 人と業績《選評》　「毎日新聞」　昭41.1.1　p39
B0180　沢開進　毎日芸術賞受賞〈ときの人〉《インタビュー》　「毎日新聞」　昭41.1.5　p2
B0181　無署名　晴れの毎日芸術賞《談話》　「毎日新聞」　昭41.1.15　p14
B0182　無署名　受賞者同士の奇しき再会《記事》　「毎日新聞」・夕　昭41.1.17　p5
B0183　無署名　『徳田秋声傳』《広告》　「朝日新聞」　昭41.1.17　p1
B0184　無署名　『徳田秋声傳』《広告》　「毎日新聞」　昭41.1.18　p1
B0185　吉行淳之介　毎日芸術賞《紹介》　「風景」　昭41.2　p61
B0186　山本健吉　『徳田秋声傳』〈文壇クローズアップ〉《時評》　「小説新潮」　昭41.3　p276～278
B0187　無署名　40年度の文学賞総まくり《時評》　「毎日新聞」・夕　昭41.4.7　p3
B0188　無署名　同級生交歓《記事》　「文藝春秋」　昭41.6　p68～69
B0189　川端康成　日本の文学・解説《言及》　『徳田秋声集』中央公論社刊　昭41.10　p512～526
B0190　豊田穣　文人海軍の会・十返肇の背広〈馬耳東風〉《ゴシップ》　「東京新聞」　昭42.1.28　p8
B0191　無署名　文人海軍の会《記事》　「産経新聞」　昭42.1.28　p7
B0192　木全円寿　「彼と」引用《引用》　「北斗」　昭42.2　ページ未確認
B0193　無署名　三宅艶子関係《談話》　「週刊女性自身」　昭42.2.13　p37
B0194　無署名　文人海軍の会《記事》　「サンデー毎日」　昭42.2.19　p65
B0195　芹沢光治良　『日本ペンクラブ三十年史』《紹介》　まえがき　昭42.3　頁付けなし
B0196　平野謙　その日私は《時評》　「毎日新聞」　昭42.4.26　p7
B0197　無署名　ペンクラブ30年史完成〈ぷろふぃる〉《コラム》　「東京新聞」・夕　昭42.5.23　p8
B0198　無署名　ペンクラブ30年史〈コア欄〉《紹介》　「毎日新聞」・夕　昭42.5.25　p3

223

IV. 参考文献

B0199　無署名　ペンクラブ30年史〈出版トピックス〉《紹介》「朝日新聞」昭42.5.25　p19
B0200　石田記者　ペンクラブ30年史〈ぷろふぃる〉《インタビュー》「東京新聞」昭42.5.28　p7
B0201　川端康成　徳田秋声集・解説〈日本の文学〉《言及》「中公」昭42.9　p516,519
B0202　無署名　近代文学名作展《紹介》「毎日新聞」・夕　昭42.9.12　p3
B0203　八木義徳　われは蝸牛に似て《教示》「新潮」昭42.10　p170
B0204　古谷糸子　秋声と順子《記事》「れもん」6 10-34　昭42.10　p28～30
B0205　伊藤整・渋川驍対談　〈評価の構造〉《言及》「風景」11月号　昭42.11　p36～43
B0206　無署名　新春文壇山脈《紹介》「読売新聞」昭43.1.3　p27
B0207　篠田一士　ほとりの私《時評》「東京新聞」・夕　昭43.1.27　p8
B0208　平野謙　ほとりの私《時評》「毎日新聞」・夕　昭43.1.31　p5
B0209　無署名　田辺茂一関係《談話》「週刊現代」昭43.3.14　p126
B0210　無署名　講演《紹介》「東京新聞」・夕　昭43.4.13　p8
B0211　平野謙　『暗い夜の私』《時評》「毎日新聞」・夕　昭43.10.1　p5
B0212　無署名　先輩訪問《インタビュー》「文化学院新聞」昭43.10.9　p3
B0213　十返千鶴子　七回忌がくる（十返選集）《言及》「東京新聞」・夕　昭44.1.25　p8
B0214　高野記者　十返肇著作集《インタビュー》「毎日新聞」・夕　昭44.3.11　p3
B0215　無署名　十返選集について《インタビュー》「北海道新聞」昭44.3.17　p6
B0216　伊藤整　刊行に際して《月報》　十返肇著『十返肇著作集』講談社刊　昭44.4　頁付なし
B0217　津田孝　『暗い夜の私』《時評》「赤旗」昭44.6.26　p7
B0218　篠田一士　『暗い夜の私』《時評》「東京新聞」昭44.6.28　p12
B0219　奥野健男　充実した既成作家《時評》「サンケイ新聞」・夕　昭44.6.28　p3
B0220　吉行淳之介　『十返肇著作集』《時評》「北海道新聞」昭44.7.14　p6
B0221　佐伯彰一　浮きつつ遠く《時評》「読売新聞」・夕　昭44.8.25　p7
B0222　中村光夫　浮きつつ遠く《時評》「朝日新聞」・夕　昭44.8.29　p7
B0223　匿名　平野謙との対談　昭和十年代の文学〈大波小波〉《コラム》「東京新聞」昭44.9.10　p10
B0224　平野謙　『暗い夜の私』《批評》　帯　昭44.12
B0225　匿名　秋声の代作者たち〈大波小波〉《コラム》「東京新聞」昭44.12.18　p10
B0226　平野謙・篠田一士ら　「今年の文壇回顧」十返選集の編集《批評》「東京新聞」・夕　昭44.12.20　p8
B0227　和田芳恵　『暗い夜の私』《書評》「読売新聞」・夕　昭45.1.20　p6
B0228　無署名　昭和文壇史・野口氏《インタビュー》「東京タイムス」昭45.1.21　p12
B0229　紅野敏郎　『風の系譜』　掲載紙不明【自筆は「今週の日本」】昭45.1.25
B0230　無署名　『暗い夜の私』〈よみもの〉《紹介》「サンケイ新聞」・夕　昭45.1.26　p3
B0231　原沢記者　「感触的昭和文壇史」を《インタビュー》「信濃毎日新聞」（共同）　昭45.1.26　p11
B0232　無署名　『暗い夜の私』《書評》「週刊朝日」昭45.1.30　p94～95
B0233　渋川驍　『暗い夜の私』《書評》「東京新聞」昭45.2.5　p6
B0234　無署名　『暗い夜の私』《紹介》「日本経済新聞」昭45.2.5　p20
B0235　匿名　社会化された私・『暗い夜の私』〈大波小波〉《コラム》「東京新聞」昭45.2.7　p8
B0236　十返千鶴子　『暗い夜の私』《書評》「週刊言論」昭45.2.11　p88～89
B0237　八木義徳　『暗い夜の私』《書評》「新刊ニュース」昭45.2.15　p31～33

IV. 参考文献

B0238　田久保英夫　『暗い夜の私』《書評》　「週刊読書人」　昭45.2.23　p5
B0239　浅見淵　『暗い夜の私』《書評》　「群像」　昭45.3　p226〜228
B0240　青地晨　『暗い夜の私』《書評》　「婦人公論」　昭45.3　p337〜338
B0241　進藤純孝　野口冨士男氏の意見《インタビュー》　「新刊ニュース」　昭45.3　p22〜25
B0242　鶴岡冬一　『暗い夜の私』《書評》　「図書新聞」　昭45.3.21　p4
B0243　森川達也　『暗い夜の私』《書評》　「今週の日本」　昭45.3.22　p15
B0244　進藤純孝　トンネルを抜ける《言及》　「風景」4月号　昭45.4　p10〜12
B0245　鶴岡冬一　『暗い夜の私』を読む《書評》　「新文明」4月号　昭45.4　p48〜51
B0246　野川友喜　文芸時評とは《時評》　「名古屋タイムズ」　昭45.6.1　p12
B0247　無署名　「風景」十周年講演会《紹介》　「週刊文春」　昭45.6.22　p20
B0248　奥野健男　雲のちぎれ《時評》　「サンケイ新聞」・夕　昭45.6.27　p5
B0249　八木義徳　初年兵編集長《エッセイ》　「東京新聞」・夕　昭45.7.9　p10
B0250　無署名　漱石手紙発見《談話》　「朝日新聞」・夕　昭45.7.31　p5
B0251　匿名　文学界8月号 寄付と文芸家協会〈大波小波〉《コラム》　「東京新聞」　昭45.8.6　p8
B0252　無署名　あふれる文壇の友情 広津・宇野の会《記事》　「毎日新聞」・夕　昭45.9.27　p5
B0253　無署名　ぶんだん閑話 広津・宇野の会《記事》　「サンケイ新聞」・夕　昭45.9.29　p7
B0254　紅野敏郎　言及《言及》　「日本文学」　昭45.11　p12〜20
B0255　吉田精一　解説《解説》　同著『筑摩版・明治文学全集 68 徳田秋声集』筑摩書房刊　昭46.1　p381〜391
B0256　匿名　記録と記憶の差〈大波小波〉《コラム》　「東京新聞」　昭46.7.10　p4
B0257　無署名　浩二忌《記事》　「読売新聞」　昭46.9.26　p17
B0258　石川達三　流れる日々《言及》　「新潮」　昭46.11　p356〜368
B0259　無署名　濹東奇譚覚書《時評》　「図書新聞」　昭46.11　未確認
B0260　丹羽文雄　文芸家協会について《言及》　「文学界」　昭47.1　p10〜11
B0261　無署名　八木夫妻を迎え出版記念パーティ「私の文学」《記事》　「北海道新聞」　昭47.1.13　p15
B0262　八重樫實　八木義徳出版記念会《記事》　「北の話」47号　昭47.2.5　pP41〜42
B0263　紅野敏郎　昭和十年代の文学《評論》　「文学」　昭47.5　p12〜20
B0264　無署名　『徳田秋声ノート』《書評》　「京都新聞」　昭47.8.7　p8
B0265　吉田精一　『徳田秋声ノート』《書評》　「出版ニュース」　昭47.8.中　p14
B0266　無署名　『徳田秋声ノート』《書評》　「サンケイ新聞」　昭47.8.14　p4
B0267　紅野敏郎　『徳田秋声ノート』《書評》　「北海道新聞」　昭47.8.19　p10
B0268　稲垣達郎　『徳田秋声ノート』《書評》　「週刊読書人」　昭47.9.18　p5
B0269　無署名　『徳田秋声ノート』〈20行書評〉《書評》　「今週の日本」　昭47.9.24　p10
B0270　浅川淳　『徳田秋声ノート』《書評》　中央大学「学員時報」　昭47.10.10　p8
B0271　無署名　丹羽文雄問題《談話》　「東京新聞」　昭47.10.11　p10
B0272　無署名　丹羽文雄問題《談話》　「サンケイ新聞」　昭47.10.11　p10
B0273　武蔵野次郎　船が出るとき《時評》　「週刊読書人」　昭47.10.23　p3
B0274　無署名　しょーとショート 野口冨士男《ゴシップ》　「夕刊フジ」　昭48.2.1　p13
B0275　松原新一　徳田秋声論《言及》　「三田文学」　昭48.4　p52〜54
B0276　無署名　文芸家協会問題《記事》　「週刊文春」　昭48.4.30　p20

IV. 参考文献

B0277	槌田満文	近況〈きのうきょう〉《近況》	「東京新聞」	昭48.5.10	p4
B0278	無署名	若者は何してる《談話》	「サンケイ新聞」	昭48.5.30	p3
B0279	紅野敏郎	戦後作家の履歴《履歴》	「解釈と鑑賞増刊」	昭48.6	p237〜238
B0280	無署名	しょーとショート 野口冨士男《ゴシップ》	「夕刊フジ」	昭48.6.20	p13
B0281	無署名	山崎豊子問題《談話》	「朝日新聞」	昭48.10.23	p22
B0282	無署名	山崎豊子問題《談話》	「毎日新聞」	昭48.10.23	p22
B0283	無署名	北原武夫関係《談話》	「週刊文春」	昭48.10.24	p31
B0284	無署名	山崎豊子問題《談話》	「週刊読売」	昭48.11.10	p22
B0285	無署名	山崎豊子問題《談話》	「週刊文春」	昭48.11.12	p45
B0286	無署名	日本近代文学大事典編集すすむ《言及》	「毎日新聞」・夕	昭48.11.13	p5
B0287	無署名	近代文学館展示《引用》	「朝日新聞」	昭49.10.15	p3
B0288	中島健蔵	ペンクラブ30年史関係《紹介》	「心」	昭50.2	p79〜86
B0289	無署名	『わが荷風』擱筆《談話》	「図書新聞」	昭50.3.15	p8
B0290	紅野敏郎	青年芸術派『私たちの作品』《論評》	「国文学」	昭50.5	p178〜179
B0291	無署名	田久保英夫との対談から 四畳半襖の下張り《ゴシップ》	「夕刊フジ」	昭50.5.3	p17
B0292	時事通信	『わが荷風』《インタビュー》	「京都新聞」	昭50.6.3	p13
B0293	(丸谷才一?)	『わが荷風』《書評》	「週刊朝日」	昭50.6.17	p107〜108
B0294	大岡信	『わが荷風』《時評》	「朝日新聞」・夕	昭50.6.24	p3
B0295	武田勝彦	『わが荷風』《書評》	「北海道新聞」	昭50.6.24	p12
B0296	無署名	『わが荷風』《紹介》	「ほるぷ新聞」	昭50.6.25	p2
B0297	八木義徳	『わが荷風』《書評》	「サンケイ新聞」	昭50.6.30	p7
B0298	無署名	『わが荷風』《書評》	「読売新聞」	昭50.6.30	p6
B0299	無署名	『わが荷風』《書評》	「毎日新聞」	昭50.6.30	p6
B0300	無署名	『わが荷風』《書評》	「新潟日報」	昭50.7.21	p6
B0301	無署名	『わが荷風』《書評》	「神奈川新聞」	昭50.7.24	p8
B0302	無署名	決定版秋声『徳田秋声の文学』《インタビュー》	「毎日新聞」・夕	昭50.7.25	p5
B0303	佐伯彰一	『わが荷風』《書評》	「海」8月号	昭50.8	p212〜214
B0304	無署名	『わが荷風』《書評》	「三田文学」8月号	昭50.8	p70
B0305	匿名	『わが荷風』《書評座談会》	「週刊朝日」	昭50.8.29	p226〜232
B0306	田久保英夫・河野多恵子・杉浦明平	『わが荷風』《読書鼎談》	「文藝」9月号	昭50.9	p226〜232
B0307	青地晨	『わが荷風』《書評》	「婦人公論」	昭50.9	p319〜320
B0308	無署名	教科書と著作権《談話》	「東京新聞」	昭50.9.10	p8
B0309	磯田光一	懐古と現在『わが荷風』《書評》	「群像」	昭50.10	p228〜230
B0310	無署名	『徳田秋声の文学』《裏表紙》《消息》	「東京新聞」	昭50.10.28	p6
B0311	江藤淳	75回顧文学・『わが荷風』《ベスト5》	「朝日新聞」・夕	昭50.12.12	p7
B0312	無署名	第27回読売文学賞《社告》	「読売新聞」	昭51.2.2	p1
B0313	中村光夫	『わが荷風』《選評》	「読売新聞」・夕	昭51.2.2	p5
B0314	佐々木氏	受賞者の横顔『わが荷風』の野口さん《インタビュー》	「読売新聞」・夕	昭51.2.5	p5
B0315	無署名	読売文学賞の贈賞式《記事》	「読売新聞」	昭51.2.18	p22
B0316	石川達三	流れる日々《言及》	「新潮」	昭51.3	p221〜234
B0317	種田政明	『わが荷風』《書評》	「荷風研究」64号	昭51.3.15	p2〜3

IV. 参考文献

B0318　無署名　『わが荷風』〈広告〉　「朝日新聞」　昭51.3.12　p2
B0319　無署名　『わが荷風』〈広告〉　「読売新聞」　昭51.3.13　p3
B0320　無署名　『わが荷風』〈広告〉　「毎日新聞」　昭51.3.13　p2
B0321　船山馨　「風景」の退場〈エッセイ〉〈言及〉　「サンケイ新聞」・夕　昭51.3.15　p5
B0322　無署名　このごろ　再び「秋声論」を〈時事〉〈インタビュー〉　「京都新聞」　昭51.3.18　p11
B0323　無署名　『座談会昭和文壇史』〈書評〉　「サンケイ新聞」　昭51.3.29　p7
B0324　無署名　「風景」終刊・『座談会昭和文壇史』〈記事〉　「毎日新聞」　昭51.4.5　p7
B0325　無署名　消えゆく雑誌「風景」終刊〈記事〉　「東京新聞」・夕　昭51.4.6　p20
B0326　匿名　「風景」終刊を惜しむ〈大波小波〉〈コラム〉　「東京新聞」　昭51.4.6　p4
B0327　匿名　幸福な「風景」の死〈大波小波〉〈コラム〉　「東京新聞」　昭51.4.9　p5
B0328　無署名　「風景」・舟橋追悼終刊号〈時評〉　「週刊読書人」　昭51.4.12　p5
B0329　無署名　『座談会昭和文壇史』〈新刊抄〉　「朝日新聞」　昭51.4.19　p11
B0330　無署名　『座談会昭和文壇史』〈書評〉　「ほるぷ図書新聞」　昭51.4.25　p3
B0331　池田健太郎　荷風再読〈言及〉　「新潮」6月号　昭51.6　p216〜217
B0332　読売新聞　『わが荷風』〈書評〉　帯　昭51.8
B0333　毎日新聞　『わが荷風』〈書評〉　帯　昭51.8
B0334　大岡信　『わが荷風』〈書評〉　帯　昭51.8
B0335　無署名　しょーとショート〈コラム〉　「夕刊フジ」　昭51.9.8　p15
B0336　上田三四二　夜の烏〈時評〉　「サンケイ新聞」・夕　昭51.10.26　p5
B0337　田久保英夫　夜の烏〈時評〉　「東京新聞」・夕　昭51.10.29　p3
B0338　無署名　舟橋兄弟問題〈談話〉　「週刊文春」　昭51.12.9　p29
B0339　秋山駿　『私のなかの東京』〈時評〉　「読売新聞」・夕　昭52.1.27　p5
B0340　秋山駿　『私のなかの東京』〈時評〉　「週刊朝日」　昭52.1.28　p112
B0341　無署名　「文芸時代」復刻〈記事〉　「朝日新聞」　昭52.1.31　p11
B0342　内村直也　『私のなかの東京』〈引用〉　「自由新報」　昭52.2.15　p5
B0343　無署名　『私のなかの東京』〈広告〉　「朝日新聞」　昭52.4.7　p2
B0344　後藤明生　『わが荷風』=わたしの荷風散歩〈言及〉　「読売新聞」・夕　昭52.5.13　p7
B0345　無署名　しょーとショート〈ゴシップ〉　「夕刊フジ」　昭52.5.14　p19
B0346　匿名　三人冗語『私のなかの東京』〈時評〉　「すばる」6月号　昭52.6　p293〜294
B0347　桶谷秀昭　『わが荷風』〈言及〉　「天心 鑑三 荷風」　昭52.7　p296
B0348　横井幸雄　文学、その窒息と復活〈論評〉　「作家」8月号　昭52.8　p73〜75
B0349　無署名　雪と潮〈広告〉　「朝日新聞」　昭52.9.7　p2
B0350　無署名　『私のなかの東京』〈書評〉　「教育家庭新聞」　昭52.10.7　p2
B0351　無署名　死というインキで"情痴"を書いた和田芳恵〈談話〉　「週刊新潮」　昭52.10.20　p119
B0352　無署名　秋声の生誕地に碑を〈談話〉　「北国新聞」　昭52.11.6　p8
B0353　無署名　舟橋聖一さんを偲ぶ会〈手帖欄〉〈記事〉　「読売新聞」・夕　昭53.1.14　p9
B0354　無署名　このごろ　初の自伝小説・「かくてありけり」〈時事〉〈インタビュー〉　「京都新聞」ほか　昭53.2.7　p12
B0355　巌谷大四　『わが荷風』〈文学のある風景〉〈文学散歩〉　「サンケイ新聞」　昭53.2.24　p18
B0356　無署名　『かくてありけり』〈広告〉　「朝日新聞」　昭53.2.26　p3
B0357　匿名　秋声山脈〈大波小波〉〈コラム〉　「東京新聞」　昭53.3.6　p3
B0358　（佐伯彰一？）　『かくてありけり』〈書評〉　「読売新聞」　昭53.3.13　p9

227

IV. 参考文献

B0359	島村利正	『かくてありけり』《書評》	「東京新聞」・夕	昭53.3.18 p3
B0360	脇地炯	『かくてありけり』〈わたしの新刊〉《インタビュー》	「毎日新聞」	昭53.3.20 p7
B0361	無署名	和田芳恵文庫開設《記事》	「東京新聞」・夕	昭53.3.24 p9
B0362	巖谷大四	『かくてありけり』《書評》	「山形新聞」	昭53.3.26 p5
B0363	川嶋至	『かくてありけり』《書評》	「北海道新聞」	昭53.4.4 p9
B0364	(丸谷才一?)	『かくてありけり』《書評》	「週刊朝日」	昭53.4.14 p135〜137
B0365	磯田光一	『かくてありけり』《書評》	「週刊読書人」	昭53.4.17 p5
B0366	松本徹	『かくてありけり』《書評》	「サンケイ新聞」	昭53.4.10 p9
B0367	篠田一士	『かくてありけり』《書評》	「朝日新聞」	昭53.4.24 p9
B0368	奥野健男	『かくてありけり』《月評》	「群像」5月号	昭53.5 p364〜366
B0369	佐多稲子	『かくてありけり』〈一頁時評〉《書評》	「文藝」	昭53.6 p23
B0370	中上健次	なぜ秋声か〈随筆〉《言及》	「朝日新聞」・夕	昭53.6.2 p7
B0371	中田浩二	『私のなかの東京』の野口冨士男さん《インタビュー》	「読売新聞」	昭53.7.3 p9
B0372	和田静子	和田芳恵全集編集〈随筆〉《エッセイ》《言及》	「東京新聞」・夕	昭53.7.4 p3
B0373	中上健次と	RUSHメッセージ特急便《対談》	「週刊プレイボーイ」	昭53.7.4 p60〜61
B0374	無署名	『私のなかの東京』《書評》	「サンケイ新聞」	昭53.7.26 p11
B0375	尾崎一雄	〈続あの日この日〉《教示》	「群像」	昭53.8 p349
B0376	小田切進	『私のなかの東京』《書評》	「週刊文春」	昭53.8.3 p135
B0377	大岳喜八	『私のなかの東京』《書評》	「職員文化」	昭53.9 p31
B0378	無署名	500字紹介『私のなかの東京』《書評》	「朝日ジャーナル」	昭53.9.1 p66
B0379	田山一郎	僻眼の風景《書簡》	「教育家庭新聞」	昭53.10.7 p2
B0380	長生志朗	「死んだ川」文学散歩《インタビュー》	「朝日新聞」埼玉県南版	昭53.11.18 p1
B0381	八木義徳	一九七八年の成果《アンケート》	「文藝」	昭53.12 p208
B0382	山本容朗	《コラム》 同著『文壇百話』潮出版刊		昭53.12 p142
B0383	無署名	『私のなかの東京』《書評》	「暮しの手帖」	昭54.1 p183〜184
B0384	桐原良光	徳田秋声総まとめ 卒業のつもりで〈このごろ〉《インタビュー》	「毎日新聞」・夕	昭54.1.12 p5
B0385	無署名	第30回読売文学賞きまる《社告》	「読売新聞」	昭54.2.1 p1
B0386	中村光夫	『かくてありけり』《選評》	「読売新聞」・夕	昭54.2.1 p15
B0387	山本健吉	読売賞の意義	「読売新聞」	昭54.2.1 p14
B0388	無署名	受賞者を訪ねて《インタビュー》	「読売新聞」・夕	昭54.2.1 p9
B0389	森秀男	秋声研究30年の野口氏《インタビュー》	「東京新聞」・夕	昭54.2.5 p3
B0390	無署名	大波小波出版について《談話》	「週刊文春」	昭54.2.22 p20
B0391	八木義徳	都会っ子らしさ 一頁時評《時評》	「文芸」	昭54.3 p27
B0392	奥野健男	『黴』とその周辺《時評》	「サンケイ新聞」・夕	昭54.3.26 p5
B0393	桶谷秀昭	『黴』とその周辺《時評》	「東京新聞」・夕	昭54.3.26 p7
B0394	磯田光一	『かくてありけり』《書評》	「朝日ジャーナル」	昭54.3.30 p73〜74
B0395	篠田一士	『黴』とその周辺・『かくてありけり』《時評》	「毎日新聞」	昭54.3.31 p5
B0396	秋山駿	『黴』とその周辺《時評》	「読売新聞」	昭54.3.27 p9

IV. 参考文献

B0397　渡辺喜恵子　『かくてありけり』を読んで《書評》　「三田評論」　昭54.4　p92～93
B0398　無署名　『黴』とその周辺《時評》　「週刊朝日」　昭54.4.6　p130～131
B0399　篠田浩一郎　『黴』とその周辺《時評》　「週刊読書人」　昭54.4.9　p2
B0400　青地晨　『かくてありけり』《書評》　「婦人公論」5月号　昭54.5　p362～363
B0401　和田芳恵　自伝抄＝七十にしてして、新人　《言及》和田芳恵全集5巻昭54.5　P145
B0402　紅野敏郎　「大正文学研究会」前後《言及》　「国文学研究」　昭54.6　p34～47
B0403　無署名　『仮装人物』の副女主人公〈変化球〉《時評》　「毎日新聞」・夕　昭54.6.30　p7
B0404　川村二郎　女あそび《時評》　「文藝」　昭54.7　p25
B0405　紅野敏郎　『風の系譜』《紹介》　掲載紙不明　昭54.7
B0406　吉行淳之介　『徳田秋声ノート』《推薦文》　帯　昭54.8
B0407　秋山駿　『なぎの葉考』《時評》　「読売新聞」・夕　昭54.8.25　p9
B0408　無署名　裏表紙《コラム》　「東京新聞」・夕　昭54.9.1　p3
B0409　白石省吾記者　評伝あいつぐ《記事》　「読売新聞」　昭54.9.10　p8
B0410　無署名　作家のみなさん・生活に不安があってこそすごみが《談話》　「東京新聞」　昭54.9.15　p9
B0411　（前田愛？）　『徳田秋声の文学』《書評》　「朝日新聞」　昭54.9.16　p11
B0412　巖谷大四　『徳田秋声の文学』〈時事〉《書評》　「静岡新聞」　昭54.9.17　p6
B0413　（丸谷才一？）　秋声論を終えた野口《コラム》　「週刊朝日」　昭54.9.28　p150～151
B0414　篠田一士　『散るを別れと』《時評》　「毎日新聞」　昭54.9.28　p5
B0415　巖谷大四　『なぎの葉考』《書評》　「鹿児島新報」　昭54.9.27　p6
B0416　川村二郎　『なぎの葉考』《時評》　「文藝」　昭54.10　p26～27
B0417　磯田光一　『徳田秋声の文学』《書評》　「読売新聞」　昭54.10.1　p9
B0418　榎本隆司　『徳田秋声の文学』《書評》　「秋田魁」（共同）　昭54.10.3　p10
B0419　紅野敏郎　『徳田秋声の文学』《書評》　「読書新聞」　昭54.10.8　p5
B0420　松本徹　『徳田秋声の文学』《書評》　「サンケイ新聞」　昭54.10.8　p7
B0421　村松定孝　『徳田秋声の文学』《書評》　「週刊読書人」　昭54.10.15　p5
B0422　川村二郎　『散るを別れと』《時評》　「文藝」　昭54.11　p26～27
B0423　無署名　『徳田秋声の文学』《記事》　「山梨日日新聞」　昭54.11.23　p20
B0424　無署名　『流星抄』《書評》　「毎日新聞」　昭54.11.26　p6
B0425　高橋英夫　『徳田秋声の文学』《書評》　「群像」12月号　昭54.12　p516～517
B0426　磯田光一　『徳田秋声の文学』《言及》　「新潮」12月号　昭54.12　p222
B0427　宮内豊　『流星抄』《書評》　「週刊読書人」　昭54.12.3　p4
B0428　藤山一郎　私の履歴書《言及》　「日本経済新聞」　昭54.12.12　p24
B0429　上林暁・磯田光一他　『徳田秋声の文学』《アンケート》　「文藝」　昭55.1　p364～372
B0430　宮内豊　『流星抄』《アンケート》　「文藝」　昭55.1　p367
B0431　佐伯彰一　死んだ川《解説》　「講談社文庫」　昭55.1　p468～469
B0432　紅野敏郎　一九七九年の成果《紹介》　「文藝」　昭55.1　p364～373
B0433　無署名　痩身に義憤いっぱい〈顔〉《コラム》　「読売新聞」・夕　昭55.1.29　p1
B0434　無署名　私小説の底力〈文学の現況〉《談話》　「朝日新聞」・夕　昭55.2.4　p5
B0435　無署名　さまざまな「私」〈文学の現況〉《談話》　「朝日新聞」・夕　昭55.2.5　p5
B0436　八木義徳　『流星抄』《書評》　「週刊ポスト」　昭55.2.22　p86
B0437　秋山駿　新花柳小説への要望《時評》　「読売新聞」・夕　昭55.2.22　p9

IV. 参考文献

B0438 無署名 NY・東京姉妹都市関係『私のなかの東京』〈広告〉《引用》 「読売新聞」・夕 昭55.2.28 p8
B0439 匿名 解説オカユ考〈大波小波〉《コラム》 「東京新聞」・夕 昭55.3.5 p3
B0440 匿名 作家と全集〈大波小波〉《コラム》 「東京新聞」・夕 昭55.3.21 p3
B0441 上田三四二 『散るを別れと』《時評》 帯 昭55.4
B0442 古井由吉 私小説を求めて『徳田秋声の文学』《書評》 「朝日ジャーナル」 昭55.4.4 p61〜63
B0443 景山勲 新たな私小説への試み〈このごろ〉《インタビュー》 「サンケイ新聞」・夕 昭55.4.12 p5
B0444 無署名 『なぎの葉考』川端賞《記事》 「毎日新聞」 昭55.4.16 p18
B0445 無署名 講演会「日本近代文学会春季大会」〈消息〉《記事》 「朝日新聞」・夕 昭55.5.21 p5
B0446 高橋敏夫 秋声的なものの現在《論評》 「早稲田文学」 昭55.6 p30〜31
B0447 （菅野昭正?） 『散るを別れと』《書評》 「毎日新聞」 昭55.6.2 p8
B0448 森川達也 『散るを別れと』《書評》 「サンケイ新聞」 昭55.6.9 p7
B0449 八木義徳 『散るを別れと』《書評》 「北海道新聞」 昭55.6.10 p13
B0450 無署名 『散るを別れと』《書評》 「河北新報」 昭55.6.17 p8
B0451 扇田昭彦 川端賞を受賞した野口さん〈ひと欄〉《インタビュー》 「朝日新聞」 昭55.6.21 p3
B0452 無署名 三大新潮賞川端康成文学賞の贈呈式〈点描〉《コラム》 「朝日新聞」・夕 昭55.6.24 p9
B0453 無署名 川端賞・喜び新たな受賞者たち《記事》 「東京新聞」・夕 昭55.6.25 p9
B0454 高井有一 ささやかな文学散歩《エッセイ》《言及》 「ちくま」 昭55.7.21 p24〜27
B0455 竹盛天雄 『散るを別れと』《書評》 「日本読書新聞」 昭55.7.21 p5
B0456 無署名 『散るを別れと』〈動く主体と変る客体〉《書評》 「文藝」 昭55.8 p180〜183
B0457 磯田光一 『散るを別れと』《書評》 「海迷路の地誌学」 昭55.8 p244〜246
B0458 小川和佑 『なぎの葉考』《書評》 「50冊の本」7・8月合併号 昭55.8 p68〜69
B0459 小笠原賢二 わが半生の詩と真実《インタビュー》 「週刊読書人」 昭55.8.4 p1
B0460 宮内豊 『風のない日々』《時評》 「熊本日日新聞」・夕（共同） 昭55.8.25 p4
B0461 奥野健男 吹き溜り《時評》 「サンケイ新聞」・夕 昭55.8.26 p5
B0462 篠田一士 『風のない日々』《時評》 「毎日新聞」・夕 昭55.8.29 p5
B0463 桶谷秀昭 『風のない日々』《時評》 「東京新聞」・夕 昭55.8.29 p3
B0464 桶谷秀昭 『風のない日々』《時評》 「東京新聞」・夕 昭55.8.30 p3
B0465 中村光夫 『なぎの葉考』《選評》 帯 昭55.9
B0466 川西政明 『なぎの葉考』《書評》 「鹿児島新報」 昭55.9.30 p6
B0467 川村二郎 『風のない日々』《時評》 「文藝」10月号 昭55.10 p19〜21
B0468 高橋英夫 『風のない日々』《時評》 「すばる」10号 昭55.10 p327
B0469 松本徹 『なぎの葉考』《時評》 「サンケイ新聞」 昭55.10.13 p7
B0470 上田三四二 『なぎの葉考』《時評》 「東京新聞」・夕 昭55.10.13 p6
B0471 Nagoya Kazuhiko Nagi-no-ha-ko《書評》 「The Daily Yomiuri」 昭55.11.11 p7
B0472 匿名 〈コントロールタワー〉《時評》 「文学界」 昭55.12 p218〜219
B0473 無署名 隔月に連作と短編《インタビュー》 「信濃毎日新聞」 昭55.12.27 p9
B0474 無署名 困窮文士救済協会《コラム》 「東京新聞」・夕 昭56.1.8 p3

IV. 参考文献

B0475	武蔵野次郎・小川和佑対談　81年文学の行方《時評》　「サンデー毎日」　昭56.1.25　p72	
B0476	谷沢永一　『風のない日々』《書評》　「すばる」　昭56.2　p322〜323	
B0477	武藤義弘　荷風とヒトラー《言及》　「虹」2号　昭56.2　p20〜21	
B0478	秋山駿　熱海糸川柳橋《時評》　「読売新聞」・夕　昭56.2.23　p9	
B0479	山本容朗　秋声年譜・一穂氏《記事》　「読書情報」　昭56.3.20　p2	
B0480	桶谷秀昭　『風のない日々』《時評》　帯　昭56.4	
B0481	無署名　しょーとショート《ゴシップ》　「夕刊フジ」　昭56.4.10　p19	
B0482	奥野健男　手暗がり《書評》　「産経新聞」・夕　昭56.4.25　p6	
B0483	松本徹　『風のない日々』《書評》　「文学界」5月号　昭56.5　p210〜211	
B0484	岡松和夫　『風のない日々』《書評》　「サンケイ新聞」　昭56.5.4　p7	
B0485	巌谷大四　『風のない日々』《書評》　「信濃毎日新聞」　昭56.5.4　p6	
B0486	無署名　『風のない日々』《書評》　「毎日新聞」　昭56.5.11　p8	
B0487	無署名　『風のない日々』《書評》　「熊本日日新聞」　昭56.5.11　p7	
B0488	無署名　『風のない日々』《書評》　「東京タイムズ」　昭56.5.13　p6	
B0489	（山本容朗？）　『風のない日々』《書評》　「夕刊フジ」　昭56.5.14　p9	
B0490	無署名　『風のない日々』《書評》　「朝日新聞」　昭56.5.18　p13	
B0491	無署名　『風のない日々』《書評》　「読売新聞」　昭56.5.18　p9	
B0492	保昌正夫　『風のない日々』《書評》　「東京新聞」・夕　昭56.5.18　p6	
B0493	井上ひさし　『風のない日々』《時評》　「朝日新聞」・夕　昭56.5.27　p5	
B0494	上田三四二　八木・野口は船の底荷《読書鼎談》　「文藝」　昭56.6　p336	
B0495	無署名　『風のない日々』《書評》　「週刊朝日」　昭56.6.5　p132	
B0496	古谷健三　『風のない日々』《書評》　「日本経済新聞」　昭56.6.14　p8	
B0497	無署名　近況〈裏表紙欄〉《記事》　「東京新聞」・夕　昭56.6.22　p4	
B0498	西尾幹二　健筆振るう老作家《時評》　「中国新聞」　昭56.6.30　p11	
B0499	磯田光一　『風のない日々』《書評》　「海」7月号　昭56.7　p312〜313	
B0500	無署名　『作家の椅子』《書評》　「高知新聞」　昭56.7.1　p7	
B0501	中島和夫　『作家の椅子』〈ベッドタウンの文化〉《書評》　「埼玉新聞」　昭56.7.7　p4	
B0502	匿名　二代目の悲劇（徳田一穂氏逝去）〈大波小波〉《コラム》　「東京新聞」・夕　昭56.7.24　p7	
B0503	桶谷秀昭　『いま道のべに』（上）〈生命の樹〉《時評》　「東京新聞」・夕　昭56.7.24　p7	
B0504	桶谷秀昭　『いま道のべに』（下）〈生命の樹〉《時評》　「東京新聞」・夕　昭56.7.25　p3	
B0505	栗坪良樹　野口冨士男氏にきく《インタビュー》　「すばる」　昭56.8　p194〜201	
B0506	無署名　人仕事《コラム》　「日本経済新聞」　昭56.8.4　p27	
B0507	無署名　船山馨逝去・弔問者《記事》　「東京新聞」・夕　昭56.8.5　p7	
B0508	無署名　船山馨逝去《談話》　「東京新聞」　昭56.8.6　p15	
B0509	川本三郎　『風のない日々』《書評》　「小説アクション」　昭56.8.20　p209	
B0510	川村二郎　生命の樹《時評》　「文藝」　昭56.9　p22	
B0511	篠田一士　残りの雪《時評》　「毎日新聞」・夕　昭56.10.27　p4	
B0512	高橋英夫　二つのリアリズム《言及》　「文学界」　昭56.11　p132〜153	
B0513	山本容朗　野口氏の『散るを別れと』《書評》　「報知新聞」　昭56.12.6　ページ未確認	
B0514	井上ひさし　『風のない日々』《ベスト5》　「朝日新聞」・夕　昭56.12.17　p5	

231

IV. 参考文献

B0515　磯田光一・高橋英夫　文壇この一年《対談》　「東京新聞」・夕　昭56.12.22　p3
B0516　菅野昭正　『相生橋煙雨』《時評》　「東京新聞」　昭56.12.26　p3
B0517　川西政明　『いま道のべに』《書評》　「徳島新聞」　昭56.12.20　p9
B0518　無署名　『いま道のべに』《紹介》　「學鐙」　昭57.1　p66
B0519　無署名　『いま道のべに』《書評》　「毎日新聞」　昭57.1.4　p13
B0520　無署名　『いま道のべに』〈新刊から〉《紹介》　「東京新聞」・夕　昭57.1.4　p4
B0521　小林広一　『相生橋煙雨』《時評》　「週刊読書人」　昭57.1.4　p5
B0522　松本徹　『いま道のべに』《書評》　「サンケイ新聞」　昭57.1.4　p11
B0523　無署名　忙中感話　冷静に世を見つめて《インタビュー》　「赤旗」　昭57.1.10　p11
B0524　無署名　「私小説」作家の言葉〈朝の風欄〉《コラム》　「赤旗」　昭57.1.19　p11
B0525　磯田光一　『いま道のべに』《書評》　「海」2月号　昭57.2　p226〜228
B0526　桶谷秀昭　『いま道のべに』《書評》　「文学界」2月号　昭57.2　p184〜185
B0527　利沢行夫　『いま道のべに』《書評》　「群像」2月号　昭57.2　p266〜267
B0528　川村二郎　『相生橋煙雨』《時評》　「文藝」　昭57.2　p20
B0529　無署名　芸術院賞きまる《記事》　「東京新聞」　昭57.3.3　p14
B0530　無署名　芸術院賞《記事》　「朝日新聞」　昭57.3.3　p22
B0531　匿名　野口冨士男クン〈大波小波〉《コラム》　「東京新聞」・夕　昭57.3.26　p3
B0532　河西淳　野口冨士男に贈る〈むろみん文芸〉《書簡》　「室蘭民報」　昭57.3.27　p3
B0533　無署名　『断崖のはての空』《書評》　「赤旗」　昭57.3.29　p8
B0534　無署名　『断崖のはての空』《書評》　「夕刊フジ」　昭57.3.31　p7
B0535　入江孝則　狐―大塚《まえがき》　「文学1982」　昭57.4　p7〜9
B0536　藤田昌司　『相生橋煙雨』の野口氏〈時事〉《インタビュー》　「信濃毎日新聞」・夕　昭57.5.25　p4
B0537　青木実　気性の違い―和田芳恵と野口冨士男《エッセイ》　「作文」121号　昭57　p42〜43
B0538　無署名　文芸家協会副理事長就任〈黒板〉《記事》　「朝日新聞」・夕　昭57.6.8　p5
B0539　無署名　文芸家協会経理委員長選任めぐる《談話》　「東京新聞」・夕　昭57.6.11　p3
B0540　無署名　絶筆?の小品見つかる《記事》　「朝日新聞」群馬　昭57.6.19　p21
B0541　古川恒夫　『相生橋煙雨』〈著者に聞く〉《インタビュー》　「京都新聞」（共同）　昭57.6.20　p8
B0542　右遠俊郎　『相生橋煙雨』《書評》　「赤旗」　昭57.6.28　p9
B0543　高橋昌男　『相生橋煙雨』《書評》　「文学界」7月号　昭57.7　p206〜207
B0544　紅野敏郎　『誄歌』《書評》　「群像」　昭57.7　p280〜281
B0545　松本徹　『相生橋煙雨』《書評》　「サンケイ新聞」　昭57.7.5　p7
B0546　石川七郎　訪問インタビュー《言及》　NHK教育（TV）　昭57.7.15
B0547　無署名　『相生橋煙雨』《書評》　「すばる」　昭57.8　p319
B0548　大橋健三郎　『相生橋煙雨』《書評》　「群像」　昭57.8　p410〜411
B0549　渋川驍　『相生橋煙雨』《書評》　「日本経済新聞」　昭57.8.1　p8
B0550　無署名　『海軍日記』〈朝の風欄〉《コラム》　「赤旗」　昭57.8.17　p8
B0551　匿名　日記としての戦争〈大波小波〉《コラム》　「東京新聞」・夕　昭57.8.18　p7
B0552　月村敏行　作品が「煙雨」と化して《書評》　「朝日ジャーナル」　昭57.8.27　p71〜73
B0553　塩野栄　『文学とその周辺』《インタビュー》　「東京新聞」・夕　昭57.9.4　p3
B0554　（磯田光一?）　『文学とその周辺』《書評》　「読売新聞」　昭57.9.6　p9
B0555　（上野勇?）　『文学とその周辺』《書評》　「赤旗」　昭57.9.6　p8

IV. 参考文献

B0556　小松伸六　『海軍日記』《書評》　「サンケイ新聞」　昭57.9.13　p7
B0557　無署名　『海軍日記』〈新刊の窓〉《書評》　「毎日新聞」　昭57.9.13　p9
B0558　無署名　『海軍日記』《書評》　「サンデー毎日」　昭57.9.19　p100〜101
B0559　上原隆三　『海軍日記』《書評》　「赤旗」　昭57.9.20　p9
B0560　無署名　『海軍日記』《書評》　「夕刊フジ」　昭57.9.21　p15
B0561　足立巻一　『海軍日記』《書評》　「赤旗」　昭57.10.2　p9
B0562　薬師寺章明　『文学とその周辺』《書評》　「世界日報」　昭57.10.4　p9
B0563　無署名　『海軍日記』〈日曜版よみもの〉《紹介》　「朝日新聞」　昭57.10.31　p26
B0564　高橋英夫　『誄歌』《時評》　「読売新聞」・夕　昭57.12.22　p5
B0565　磯田光一・西尾幹二　『相生橋煙雨』〈文壇この一年〉《対談》　「東京新聞」・夕　昭57.12.23　p3
B0566　菅野昭正　『誄歌』《時評》　「東京新聞」・夕　昭57.12.24　p3
B0567　奥野健男　『誄歌』《時評》　「サンケイ新聞」　昭57.12.25　p7
B0568　篠田一士　『誄歌』《時評》　「毎日新聞」・夕　昭57.12.25　p4
B0569　曾根博義　『誄歌』《時評》　「新潟日報・共同通信」　昭57.12.26　p7
B0570　紅野敏郎　野口・椎名・船山ら「新創作」前後《論評》　同著『昭和文学の水脈』講談社刊　昭58.1　p382〜408
B0571　紅野敏郎　あとがき《謝辞》　同著『昭和文学の水脈』講談社刊　昭58.1　p457〜459
B0572　饗庭孝男　『誄歌』《時評》　「文学界」　昭58.2　p258〜259
B0573　川村二郎　『誄歌』《時評》　「文藝」　昭58.2　p23〜24
B0574　無署名　休載理由『感触的昭和文壇史』《紹介》　「文学界」　昭58.3.31　p296
B0575　紅野敏郎　「青年芸術派叢書」の検討《論評》　「文学」4月号　昭58.4　p103〜115
B0576　篠田一士　『誄歌』《時評》　帯　昭58.4
B0577　上原隆三　『誄歌』《書評》　「赤旗」　昭58.5.2　p11
B0578　恩田雅和　『なぎの葉考』《書評》　「ファミリー」18号　昭58.5.15　p4
B0579　(上田三四二?)　『誄歌』《書評》　「読売新聞」　昭58.5.16　p9
B0580　磯田光一　『誄歌』《書評》　「日本読書新聞」　昭58.5.30　p5
B0581　杉森久英　『誄歌』《書評》　「文学界」7月号　昭58.7　p200〜201
B0582　無署名　『誄歌』〈閲覧室〉《紹介》　「すばる」7月号　昭58.7　p351
B0583　紅野敏郎　『誄歌』《書評》　「群像」7月号　昭58.7　p280〜281
B0584　安原顯　作家訪問《インタビュー》　「新刊ニュース」　昭58.7　p18〜21
B0585　松本鶴雄　『誄歌』《書評》　「サンケイ新聞」　昭58.7.11　p7
B0586　岡保生　『誄歌』《書評》　「週刊読書人」　昭58.7.18　p5
B0587　無署名　しょーとショート『誄歌』《ゴシップ》　「夕刊フジ」　昭58.7.26　p13
B0588　松本徹　ぶっちぎり《時評》　「世界日報」　昭58.8.29　p11
B0589　青木実　気性の違い補記《書簡》　「作文」126号　昭58.10　p32
B0590　饗庭孝男　ぶっちぎり《時評》　「文学界」10月号　昭58.10　p173
B0591　川西政明　ぶっちぎり《時評》　「すばる」10月号　昭58.10　p283
B0592　紅野敏郎　「現実・文学」第一次《論評》　「国文学解釈と教材」　昭58.11　p162〜165
B0593　紅野敏郎　「現実・文学」第二次《論評》　「国文学解釈と教材」　昭58.12　p162〜165
B0594　吉田時善　心臓をくらう蟋蟀《引用》　「半世界37」　昭59.1　p79〜82
B0595　寺島珠雄《時評》　「新日本文学」　昭59.2　p86〜88
B0596　磯田光一　文芸雑誌の現状と役割《時評》　「朝日新聞」・夕　昭59.3.14　p5

233

IV. 参考文献

B0597	古川恒夫　「返り花」《時評》　「共同通信」　昭59.4.30　ページ未確認	
B0598	恩田雅和　和歌山ぶっく散歩《言及》　「ファミリー」20号　昭59.5.15　p4	
B0599	川村二郎　返り花《時評》　「文藝」6月号　昭59.6　p25	
B0600	黒井千次・菅野昭正ほか　返り花《合評》　「群像」6月号　昭59.6　p321〜324	
B0601	無署名　手の痛みも忘れて〈あの人この人〉《インタビュー》　「東京新聞」　昭59.6.2　p9	
B0602	無署名　新理事長に野口氏《記事》　「朝日新聞」　昭59.6.6　p22	
B0603	無署名　新理事長に野口氏《記事》　「毎日新聞」　昭59.6.6　p20	
B0604	無署名　文協理事長に野口氏《記事》　「読売新聞」　昭59.6.6　p22	
B0605	矢沢高太郎　文芸家協会理事長になった野口さん〈今日の顔〉《記事》　「読売新聞」　昭59.6.9　p3	
B0606	無署名　新理事長に野口氏《記事》　「サンケイ新聞」　昭59.6.9　p18	
B0607	無署名　文協新理事長に野口氏《記事》　「東京新聞」　昭59.6.6　p14	
B0608	匿名　野口冨士男の時代〈大波小波〉《コラム》　「東京新聞」・夕　昭59.6.15　p3	
B0609	塩野栄　七十代就任は初めて《インタビュー》　「東京新聞」・夕　昭59.6.16　p3	
B0610	四方繁子　文士の生活考えて《インタビュー》　「サンケイ新聞」・夕　昭59.6.16　p5	
B0611	無署名　新理事長になった野口さん《インタビュー》　「世界日報」　昭59.6.23　p8	
B0612	無署名　共同通信　手抜きできない明治の文士《インタビュー》　「信濃毎日新聞」　昭59.6.26　p5	
B0613	牛久保健夫　文芸家協会理事長就任《インタビュー》　「赤旗」　昭59.7.19　p8	
B0614	時事・藤田昌司　文芸家協会理事長就任〈人物交差点〉《記事》　「中央公論」8月号　昭59.8　p190〜191	
B0615	新井素子　日本文芸家協会の会長復活は総理総裁分離《記事》　「噂の真相」　昭59.8　p242	
B0616	辻道男　〈筆洗〉《コラム》　「東京新聞」　昭59.8.3　p1	
B0617	無署名　有吉佐和子逝去《談話》　「東京新聞」・夕　昭59.8.30　p11	
B0618	遠藤祐　志賀直哉研究・解説《解説》　「日本図書センター」　昭59.9　p4〜6	
B0619	無署名　船山馨記念室オープン《記事》　「北海タイムス」　昭59.11.4　p14	
B0620	無署名　船山馨記念室が開設《記事》　「読売新聞」　昭59.11.4　p21	
B0621	無署名　『わが荷風』〈文庫ダイジェスト〉《紹介》　「朝日新聞」　昭59.12.2　p28	
B0622	山縣熙　三田三丁目《時評》　「大阪読売新聞」　昭59.12.26　p5	
B0623	菅野昭正　一年後のいま《時評》　「東京新聞」・夕　昭59.12.26　p7	
B0624	野島秀勝　三田三丁目《時評》　「京都新聞」　昭59.12.28　p12	
B0625	無署名　400号を迎えた文芸家協会ニュース《記事》　「東京新聞」・夕　昭60.1.5　p3	
B0626	無署名　しょーとショート　常と同じ　野口氏《ゴシップ》　「夕刊フジ」　昭60.1.8　p25	
B0627	無署名　石川達三氏逝去《談話》　「東京新聞」・夕　昭60.1.31　p9	
B0628	安田武　『わが荷風』〈紅灯の街へ〉《引用》　「図書」2月号　昭60.2　p57	
B0629	匿名　文壇史の領域〈大波小波〉《コラム》　「東京新聞」・夕　昭60.2.5　p4	
B0630	無署名　ソ連作家同盟との交流を再検討へ《記事》　「東京新聞」　昭60.2.7　p3	
B0631	小川和佑　『なぎの葉考』〈名著22篇〉《紹介》　「生きがいの再発見」　昭60.3　p140〜146	
B0632	無署名　仮名遣いなど協議・文芸家協会《記事》　「東京新聞」・夕　昭60.3.9　p3	
B0633	無署名　野上弥生子逝去《談話》　「東京新聞」・夕　昭60.3.30　p6	
B0634	菅野昭正　返り花《選評》　「文学1985　まえがき」　昭60.4　p2〜3	

IV. 参考文献

B0635　無署名　仮名遣い改正案について文芸家協会が反対《記事》　「朝日新聞」　昭60.4.8 p7
B0636　無署名　ソ連作家歓迎会《挨拶》　「東京新聞」・夕　昭60.4.16　p3
B0637　匿名　「別種のつまらなさ」〈大波小波〉《コラム》　「東京新聞」・夕　昭60.4.18　p3
B0638　匿名　再論「三田文学」復刊〈大波小波〉《コラム》　「東京新聞」・夕　昭60.4.19　p3
B0639　無署名　「三田文学」9年ぶりの復刊〈土曜の手帖〉《スピーチ》　「朝日新聞」・夕　昭60.4.20　p5
B0640　中田浩二　9年ぶりの「三田文学」復刊《時評》　「読売新聞」・夕　昭60.4.23　p9
B0641　無署名　「三田文学」祝賀会 安岡氏が決意表明・「三田文学」〈消息欄〉《スピーチ》　「東京新聞」　昭60.4.23　p3
B0642　大岡昇平　「別種のつまらなさ」〈成城だより〉《言及》　「文学界」6月号　昭60.6　p249
B0643　奥野健男　純文学の新潮流1《評論》　「東京新聞」　昭60.6.12　p7
B0644　中田浩二　いま「純文学」を考える〈文芸'85.6〉《時評》　「読売新聞」・夕　昭60.6.26　p11
B0645　磯田光一　迷路の地誌学『散るを別れと』《書評》　「昭和作家論集成 再録」　昭60.6　p214～216
B0646　磯田光一　宿駅歴譚の転調『いま道のべに』《書評》　「昭和作家論集成 再録」　昭60.6　p217～219
B0647　匿名　野口冨士男の憂い〈大波小波〉《コラム》　「東京新聞」・夕　昭60.7.4　p3
B0648　無署名　和気あいあい文芸家協会理事会《記事》　「東京新聞」・夕　昭60.7.9　p7
B0649　山本健吉　山の音・雪国の二冊《言及》　「ほるぷ」「川端集」解説　昭60.8.10　p536
B0650　匿名　たけくらべ論争〈大波小波〉《コラム》　「東京新聞」・夕　昭60.8.17　p3
B0651　辻道男　「少女」〈筆洗〉《コラム》　「東京新聞」　昭60.8.21　p1
B0652　匿名　オオカミ少年〈大波小波〉《コラム》　「東京新聞」・夕　昭60.8.23　p3
B0653　奥野健男　「少女」「『たけくらべ』論考を読んで」《時評》　「サンケイ新聞」・夕　昭60.8.25　p5
B0654　篠田一士　想像力を駆使した絶品「少女」《時評》　「毎日新聞」・夕　昭60.8.27　p4
B0655　菅野昭正　短編としての巧緻さ示す《時評》　「東京新聞」・夕　昭60.8.31　p3
B0656　匿名　再再説たけくらべ〈大波小波〉《コラム》　「東京新聞」・夕　昭60.9.12　p3
B0657　江藤淳　言及《言及》　「文学界」10月号　昭60.10　p52
B0658　無署名　地元ゆかりの作家展《記事》　「読売新聞」・埼玉県南版　昭60.11.2　p18
B0659　無署名　岡本太郎、藤山一郎、石川七郎と 三田の同級生たち〈新人国記〉《インタビュー》　「朝日新聞」・夕　昭60.11.6　p1
B0660　無署名　川崎長太郎逝去《談話》　「東京新聞」　昭60.11.7　p15
B0661　無署名　越谷ゆかりの作家展《記事》　「埼玉新聞」　昭60.11.8　p10
B0662　巌谷大四　『虚空に舞う花びら』《時事》《書評》　「日刊新愛媛」　昭60.11.19　p16
B0663　松本徹　『虚空に舞う花びら』《書評》　「日本経済新聞」　昭60.12.8　p12
B0664　山形熙　主人公即作者の連想《時評》　掲載誌不明　昭60.12.26　ページ未確認
B0665　無署名　舟橋・残月の間復元《紹介》　「読売新聞」・夕　昭60.12.27　p5
B0666　野田秀勝　三田三丁目《時評》　「北国新聞」　昭60.12.27　p8
B0667　恩田雅和　迷い子のしるべ《時評》　「ニュース和歌山」　昭61.2.1　p7
B0668　無署名　文芸家協会の六十年《コラム》　「東京新聞」・夕　昭61.2.4　p3
B0669　無署名　「昭和文壇史」出版します〈このごろ〉《インタビュー》　「毎日新聞」・夕　昭61.2.10　p4
B0670　無署名　荷風随筆集《書評》　「朝日ジャーナル」　昭61.2.16　p73～74

IV. 参考文献

B0671　荒川洋治　『虚空に舞う花びら』《書評》　「週刊読書人」　昭61.2.24　p5
B0672　無署名　長寿会員は77歳からに《記事》　「東京新聞」・夕　昭61.4.8　p3
B0673　恩田雅和　『虚空に舞う花びら』《書評》　「オール関西」5月号　昭61.5　p80
B0674　無署名　野口理事長を再選《記事》　「文芸家協会ニュース」　昭61.6　p1
B0675　佐藤泰志　もうひとつの朝〈土曜の手帖〉《談話》　「朝日新聞」・夕（「文学界」6月号転載）　昭61.6.7　p5
B0676　匿名　余儀ない荷風〈コントロールタワー〉《言及》　「文学界」7月号　昭61.7　p210
B0677　川村二郎　川崎長太郎氏と氏の文学《時評》　「文藝」　昭61.夏　p349
B0678　川西政明　『感触的昭和文壇史』〈時事〉《書評》　「河北新報」　昭61.7.14　p9
B0679　無署名　『感触的昭和文壇史』《書評》　「京都新聞」　昭61.7.21　p8
B0680　無署名　『感触的昭和文壇史』〈読書欄〉《書評》　「読売新聞」　昭61.7.28　p7
B0681　匿名　文士の面影〈大波小波〉《コラム》　「東京新聞」・夕　昭61.7.30　p7
B0682　川西政明　『感触的昭和文壇史』〈weekly Eye〉《紹介》　「読売新聞」　昭61.8.4　p7
B0683　小田切進　『感触的昭和文壇史』《書評》　「東京新聞」　昭61.8.5　p8
B0684　高橋英夫　『感触的昭和文壇史』《書評》　「日本経済新聞」　昭61.8.10　p12
B0685　無署名　『感触的昭和文壇史』《書評》　「毎日新聞」　昭61.8.11　p8
B0686　紅野敏郎　『感触的昭和文壇史』《書評》　「サンケイ新聞」　昭61.8.11　p7
B0687　無署名　共同通信『感触的昭和文壇史』《書評》　「神戸新聞」　昭61.8.11　p7
B0688　中田浩二　作家の年齢〈文学'86.8〉《時評》　「読売新聞」・夕　昭61.8.27　p71
B0689　匿名　文学全集の内幕〈大波小波〉《コラム》　「東京新聞」・夕　昭61.8.29　p3
B0690　無署名　小学館『昭和文学全集』《インタビュー》　「サンデー毎日」　昭61.8.31　p156～158
B0691　保昌正夫　『感触的昭和文壇史』《書評》　「群像」9月号　昭61.9　p352～353
B0692　川西政明　『感触的昭和文壇史』《書評》　「文学界」9月号　昭61.9　p242～243
B0693　巖谷大四　『感触的昭和文壇史』《書評》　「知識」9月号　昭61.9　p328～331
B0694　持田鋼一郎　『感触的昭和文壇史』《書評》　「Signatur」　昭61.9　p31
B0695　磯田光一　『感触的昭和文壇史』《書評》　「朝日新聞」　昭61.9.1　p10
B0696　高橋昌男　手際のいい裁断への抵抗《書評》　「新潮」10月号　昭61.10　p242
B0697　無署名　『感触的昭和文壇史』《書評》　「すばる」10月号　昭61.10　p264
B0698　無署名　菊地寛賞発表《記事》　「朝日新聞」　昭61.10.24　p22
B0699　無署名　菊地寛賞発表《記事》　「日経新聞」　昭61.10.24　p30
B0700　無署名　菊地寛賞発表《記事》　「サンケイ新聞」　昭61.10.24　p20
B0701　無署名　菊地寛賞野口氏ら四人《記事》　「読売新聞」　昭61.10.24　p22
B0702　無署名　菊地寛賞発表《記事》　「東京新聞」　昭61.10.24　p20
B0703　無署名　菊地寛賞発表《記事》　「毎日新聞」　昭61.10.24　p22
B0704　織田弘　耳のなかの風の声《紹介》　「鈴鹿市教育研修情報」　昭61.11　p32～38
B0705　澤田章子　『感触的昭和文壇史』《書評》　「民主文学」　昭61.12　p108～109
B0706　匿名　江戸ブームの痛撃〈大波小波〉《コラム》　「東京新聞」・夕　昭61.12.4　p3
B0707　牛久保健夫　野口氏文学を語る《インタビュー》　「赤旗」　昭61.12.20　p10
B0708　松山巌　荷風随筆集《書評》　「朝日ジャーナル」　昭61.12.26　p73～74
B0709　安川定男　『感触的昭和文壇史』《書評》　「昭和文学研究」14集　昭62.2　p120～121
B0710　無署名　文協書籍流通問題《記事》　「毎日新聞」・夕　昭62.2.2　p13
B0711　無署名　文協書籍流通問題〈土曜の手帖〉《記事》　「朝日新聞」　昭62.2.14　p5
B0712　無署名　歩いていて死ぬことはない〈ひとひとひと〉《インタビュー》　「毎日新聞」・夕　昭62.3.5　p2

236

Ⅳ. 参考文献

B0713	無署名	荷風随筆集（下）《書評》	「週刊朝日」	昭62.3.6	p117
B0714	無署名	会員減少で会費50%値上げ《記事》	「東京新聞」	昭62.3.12	p8
B0715	高橋英夫	文芸季評（上）《季評》	「読売新聞」・夕	昭62.4.8	p5
B0716	青山光二	私の文学放浪26《言及》	「東京新聞」・夕	昭62.4.9	p3
B0717	青山光二	私の文学放浪27《言及》	「東京新聞」・夕	昭62.4.10	p3
B0718	高橋英夫	文芸季評（下）《季評》	「読売新聞」・夕	昭62.4.10	p5
B0719	青山光二	私の文学放浪28《言及》	「東京新聞」・夕	昭62.4.14	p7
B0720	無署名	写真集 作家の肖像《写真集》	「新刊ニュース編」	昭62.6	p176～177
B0721	小林八重子	残花のなかを《時評》	「民主文学」	昭62.7	p156～157
B0722	奥野健男	妖狐年表《時評》	「サンケイ新聞」・夕	昭62.9.25	p3
B0723	無署名	文芸書専門店《記事》	「朝日新聞」・夕	昭62.10.7	p7
B0724	無署名	川崎長太郎三回忌《記事》	「朝日新聞」・夕	昭62.11.10	p7
B0725	無署名	芸術院会員に六氏《記事》	「朝日新聞」	昭62.11.19	p3
B0726	無署名	芸術院新会員江藤俊哉氏ら6人《記事》	「毎日新聞」	昭62.11.19	p26
B0727	無署名	芸術院新会員《記事》	「読売新聞」	昭62.11.19	p26
B0728	無署名	芸術院会員六氏に《記事》	「日経新聞」	昭62.11.19	p30
B0729	無署名	芸術院新会員6氏決まる《記事》	「東京新聞」	昭62.11.19	p22
B0730	無署名	芸術院の新会員決まる《記事》	「サンケイ新聞」	昭62.11.19	p20
B0731	青山光二	文人海軍の会《エッセイ》	「東京新聞」・夕	昭62.12.2	p3
B0732	奥野健男	他人の春《時評》	「サンケイ新聞」・夕	昭62.12.25	p3
B0733	無署名	日本ペンクラブが50年史《記事》	「読売新聞」・夕	昭63.1.5	p7
B0734	匿名	男の時代〈大波小波〉《コラム》	「東京新聞」・夕	昭63.1.20	p7
B0735	稲垣真美	「ペン50年史」をまとめて《言及》	「東京新聞」・夕	昭63.1.21	p3
B0736	松本健一	坂口安吾と現代文学《引用》	「文学界」	昭63.2	p169
B0737	小中陽太郎	秋声伝ほか《言及》	「思想の科学」	昭63.2	p143～144
B0738	無署名	ひと広場《言及》	「正論」	昭63.2	p26～27
B0739	恩田雅和	『なぎの葉考』について《解説》 野口冨士男著『続田奈部豆本・なぎの葉考』その一 続田奈部豆本版元 昭63.2 p別紙1枚			
B0740	恩田雅和	名作のなかの紀州人―中上健次《解説》 野口冨士男著『続田奈部豆本・なぎの葉考』その二 続田奈部豆本版元 昭63.2 p別紙1枚			
B0741	吉田弥左衛門	『なぎの葉考』《謝辞》	「続田奈部豆本ご案内」	昭63.2	
B0742	川村二郎	野口・八木の存在に《言及》	「三田文学」	昭63.冬	p45～46
B0743	辻道男	飽食の時代「食へない覚悟」〈視点〉《コラム》	「東京新聞」	昭63.4.12	p1
B0744	無署名	田宮虎彦自裁《談話》	「日本経済新聞」・夕	昭63.4.9	p7
B0745	恩田雅和	野口冨士男氏訪問《インタビュー》	「ニュース和歌山」	昭63.4.12	p7
B0746	辻道男	筆洗《コラム》	「東京新聞」	昭63.4.12	p1
B0747	無署名	山本健吉逝去《談話》	「朝日新聞」	昭63.5.7	p31
B0748	無署名	山本健吉逝去《談話》	「毎日新聞」	昭63.5.7	p23
B0749	秦恒平	文芸家協会の読書指導に意義あり《批判》	「中央公論」	昭63.6	p213～219
B0750	無署名	文壇の二等水兵から元帥になった野口《コラム》	「正論」	昭63.6	p26～27
B0751	金丸義昭	野口冨士男さんのこと《祝辞》	「室蘭民報」	昭63.6.4	p5
B0752	無署名	三浦理事長選出《記事》	「朝日新聞」	昭63.6.8	p30

237

IV. 参考文献

- B0753 菊島大　ぺーぱーないふ　野口さん理事長改選で人生の至言〈発言〉《コラム》　「東京新聞」・夕　昭63.6.11　p3
- B0754 匿名　百冊の本〈大波小波〉《コラム》　「東京新聞」・夕　昭63.8.5　p3
- B0755 匿名　文士の老後〈大波小波〉《コラム》　「東京新聞」・夕　昭63.9.17　p4
- B0756 川村湊　どうすればいいのか《時評》　「中国新聞」　昭63.9.28　p9
- B0757 紅野敏郎　青年芸術派『私たちの作品』《論評》　同著『近代日本文学誌』早稲田大学出版部刊　昭63.10　p738～740
- B0758 紅野敏郎　『風の系譜』/『徳田秋声ノート』《論評》　「近代日本文学誌」　昭63.10　p981～982
- B0759 高橋英夫　解説《解説》　井上靖ほか編『昭和文学全集　第14巻—上林暁・和田芳恵・野口富士男・川崎長太郎・八木義德・木山捷平・檀一雄・外村繁』小学館刊　昭63.11　p1041～1045
- B0760 匿名　ちょっといい話〈大波小波〉《コラム》　「東京新聞」・夕　昭63.11.5　p3
- B0761 松本徹　現代に生きる徳田秋声《論評》　「東京新聞」・夕　昭63.11.17　p5
- B0762 秋山駿　坂の履歴《時評》　「毎日新聞」・夕　昭63.12.22　p4
- B0763 奥野健男　坂の遍歴《時評》　「サンケイ新聞」・夕　昭63.12.22　p6
- B0764 川村湊　坂の履歴《時評》　「中国新聞」　昭63.12.28　p9
- B0765 匿名　批評倚評〈コントロールタワー〉《時評》　「文学界」　昭64.1　p238～239
- B0766 赤松俊輔　余白を語る　野口さん《インタビュー》　「朝日新聞」・夕　昭64.1.6　p5
- B0767 恩田雅和　『なぎの葉考』の有馬温泉《エッセイ》　「月刊ウィンド」　平1.3.1　p13
- B0768 川西政明　少女《書評》　「静岡新聞」　平1.6.4　p9
- B0769 無署名　少女《書評》　「毎日新聞」　平1.6.5　p10
- B0770 荒川洋治　少女《書評》　「産経新聞」　平1.6.5　p7
- B0771 鈴木貞美　少女《書評》　「産経新聞」　平1.6.5　p7
- B0772 高橋英夫　少女《書評》　「日本経済新聞」　平1.6.11　p24
- B0773 無署名　少女〈短評〉《書評》　「読売新聞」　平1.6.13　p14
- B0774 秋山駿　少女《書評》　「週刊朝日」　平1.6.30　p121～122
- B0775 高橋昌男　少女《書評》　「群像」　平1.7　p278～279
- B0776 野島秀勝　少女《書評》　「文学界」　平1.7　p310～311
- B0777 無署名　少女《書評》　「福井新聞」　平1.7.3　p8
- B0778 高橋英夫　文芸季評（中）《季評》　「読売新聞」・夕　平1.7.6　p13
- B0779 無署名　少女《書評》　「夕刊フジ」　平1.7.12　p15
- B0780 小笠原賢二　少女《書評》　「東京新聞」　平1.7.16　p8
- B0781 匿名　ひそかな苦渋〈大波小波〉《コラム》　「東京新聞」・夕　平1.7.19　p9
- B0782 秋山駿　芸の深さ示す「横顔」《時評》　「毎日新聞」・夕　平1.7.25　p6
- B0783 川村二郎　死生観のゆるぎなさ《時評》　「朝日新聞」・夕　平1.7.25　p7
- B0784 奥野健男　悲哀ただよう短編「横顔」《時評》　「サンケイ新聞」・夕　平1.7.27　p6
- B0785 富岡幸一郎　文芸時評《時評》　「京都新聞」　平1.7.28　p11
- B0786 青山光二　少女《書評》　「新潮」　平1.8　p278
- B0787 無署名　少女《書評》　「すばる」　平1.8　p316
- B0788 石毛春人　少女《書評》　「新刊ニュース」　平1.8　p52～53
- B0789 中上健次　横顔《時評》　「ダカーポ」187　平1.8.16　p64～65
- B0790 川村二郎　少女《時評》　「文藝」・秋季号　平1.秋　p359
- B0791 辻井喬　辻井喬がよむ「少女」《書評》　「産経新聞」・夕　平1.10.2　p7
- B0792 川本三郎　『私のなかの東京』《解説》　「中公文庫」解説　平1.11　p229～236

IV. 参考文献

B0793　無署名　『私のなかの東京』〈文庫ダイジェスト〉《紹介》　「朝日新聞」　平1.11.26　p15
B0794　川村二郎　横顔〈今年のベスト5〉《時評》　「朝日新聞」・夕　平1.12.5　p7
B0795　川村二郎　今年の小説ベスト3《時評》　「読売新聞」・夕　平1.12.12　p11
B0796　秋山駿　短篇《時評》　「毎日新聞」・夕　平1.12.19　p6
B0797　奥野健男　横顔《年評》　「サンケイ新聞」・夕　平1.12.28　p6
B0798　菅野昭正　横顔〈まえがき〉《選評》　「文学1990」　平2.4　p4
B0799　井口一男　野口・作家案内〈現代作家便欄〉《紹介》　「国文学」　平2.5　p142～143
B0800　匿名　同士愛〈大波小波〉《コラム》　「東京新聞」・夕　平2.5.19　p3
B0801　匿名　〈コントロールタワー〉《コラム》　「文学界」　平2.7　p211
B0802　加藤典洋　『しあわせ』《時評》　「高知新聞」　平2.8.29　p17
B0803　無署名　目下『しあわせ』校正の日々〈人かお仕事〉《インタビュー》　「東京新聞」・夕　平2.9.27　p9
B0804　瀬戸内寂聴　『しあわせ』《書評》　「寂庵だより」　平2.11.1　p8
B0805　川西政明　『しあわせ』《書評》　「中国新聞」　平2.11.25　p12
B0806　無署名　『しあわせ』《書評》　「読売新聞」　平2.12.10　p10
B0807　匿名　夫婦愛〈大波小波〉《コラム》　「東京新聞」・夕　平2.12.11　p9
B0808　無署名　『しあわせ』《書評》　「週刊新潮」　平2.12.13　p11
B0809　小笠原賢二　『しあわせ』《書評》　「サンケイ新聞」　平2.12.17　p7
B0810　増田みず子　『しあわせ』《書評》　「毎日新聞」　平2.12.18　p14
B0811　高橋英夫　私小説の新方向を模索〈文壇この一年〉《時評》　「東京新聞」・夕　平2.12.20　p9
B0812　秋山駿　『しあわせ』《時評》　「毎日新聞」・夕　平2.12.25　p6
B0813　奥野健男　『しあわせ』《年評》　「サンケイ新聞」・夕　平2.12.27　p7
B0814　保昌正夫　かけめぐる『しあわせ』《書評》　「群像」　平3.1　p390～391
B0815　川村湊　『しあわせ』他《時評》　「文学界」　平3.1　p280～283
B0816　藤田昌司　『しあわせ』《書評》　「有鄰」278　平3.1.1　p5
B0817　無署名　『しあわせ』《書評》　「週刊現代」　平3.1.5　p138～139
B0818　無署名　『しあわせ』《書評》　「東奥日報」（共同）　平3.1.12　p13
B0819　桶谷秀昭　『しあわせ』《書評》　「東京新聞」　平3.1.13　p11
B0820　中沢けい　『しあわせ』《書評》　「朝日新聞」　平3.1.20　p16
B0821　川西政明　『しあわせ』《書評》　「静岡新聞」　平3.1.25　p9
B0822　無署名　井上靖逝去《談話》　「東京新聞」　平3.1.30　p22
B0823　田辺聖子　『しあわせ』《書評》　「海」2月号【中央公論文芸特集の誤記】　平3.2　p272～275
B0824　無署名　『しあわせ』《書評》　「すばる」2月号　平3.2　p318
B0825　勝又浩　『しあわせ』《書評》　「現代」　平3.2　p262
B0826　川村湊　『しあわせ』《書評》　「文学界」　平3.3　p280～281
B0827　中田浩二　死と向かい合う生き方〈文芸'91.3〉《時評》　「読売新聞」・夕　平3.3.26　p17
B0828　菅野昭正　『しあわせ』《書評》　「文藝」・春季号　平3　p372～373
B0829　秋山駿　『しあわせ』〈まえがき〉《時評》　「文学」1991　平3.4　p4～5
B0830　菊田均　『しあわせ』《書評》　「早稲田文学」　平3.6　p28～32
B0831　千石英世　『しあわせ』《書評》　「早稲田文学」　平3.6　p33～37
B0832　無署名　文学1991《書評》　「週刊朝日」　平3.6.21　p141～143

IV. 参考文献

B0833　匿名　わが文壇の長老〈大波小波〉《コラム》　「東京新聞」・夕　平3.6.24　p3
B0834　保昌正夫　作家案内《解説》　野口冨士男著『しあわせ/かくてありけり』講談社文芸文庫　平3.7　p280～291
B0835　保昌正夫　著書目録《目録》　野口冨士男著『しあわせ/かくてありけり』講談社文芸文庫　平3.7　p292～293
B0836　保昌正夫　解説《解説》　野口冨士男著『野口冨士男自選小説全集』河出書房新社刊　平3.8　p443～462
B0837　八木義德　土俵ぎわの強さ《付録》　野口冨士男著『野口冨士男自選小説全集』河出書房新社刊　平3.8　p3～5
B0838　水上勉　あの頃《付録》　野口冨士男著『野口冨士男自選小説全集』河出書房新社刊　平3.8　p5～7
B0839　吉行淳之介　思い出すままに《付録》　野口冨士男著『野口冨士男自選小説全集』河出書房新社刊　平3.8　p7～9
B0840　田久保英夫　野口さんの裸眼《付録》　野口冨士男著『野口冨士男自選小説全集』河出書房新社刊　平3.8　p9～11
B0841　江藤淳　野口理事長と私《付録》　野口冨士男著『野口冨士男自選小説全集』河出書房新社刊　平3.8　p12～14
B0842　古井由吉　「親」の世代《付録》　野口冨士男著『野口冨士男自選小説全集』河出書房新社刊　平3.8　p14～16
B0843　無署名　『野口冨士男自選小説全集』《広告》　「朝日新聞」　平3.8.4　p2
B0844　匿名　流転の落書き〈大波小波〉《コラム》　「東京新聞」・夕　平3.8.8　p9
B0845　菊島大　野口冨士男さん《インタビュー》　「東京新聞」・夕　平3.8.17　p3
B0846　鈴木健次　作家の現場　野口氏《インタビュー》　「新刊ニュース」　平3.9　p22～25
B0847　武藤康史　『野口冨士男自選小説全集』《書評》　「東京新聞」　平3.9.1　p3
B0848　小山記者　『野口冨士男自選小説全集』《インタビュー》　「信濃毎日新聞」（共同）　平3.9.1　p12
B0849　無署名　『野口冨士男自選小説全集』《小窓》《書評》　「読売新聞」　平3.9.2　p10
B0850　無署名　取材ファイル欄　野口文学に晩熟型作家の味《コラム》　「朝日新聞」・夕　平3.9.10　p11
B0851　保昌正夫　『野口冨士男自選小説全集』のこと《随筆》　「文藝」・秋季大特集　平3.秋　p248～249
B0852　武藤康史　旅の短編小説ベスト50/なぎの葉考《論評》　同著『短篇小説の快楽』角川文庫　平3.10　p407
B0853　武藤康史　旅の短編小説ベスト50/残花のなかを《論評》　同著『短篇小説の快楽』角川文庫　平3.10　p408～409
B0854　武藤康史　旅の短編小説ベスト50/しあわせ《論評》　同著『短篇小説の快楽』角川文庫　平3.10　p419
B0855　無署名　『野口冨士男自選小説全集』《書評》　「中央公論」　平3.10　p422～423
B0856　匿名　長寿文学〈大波小波〉《コラム》　「東京新聞」・夕　平3.10.12　p3
B0857　秋山駿　『野口冨士男自選小説全集』《書評》　「図書新聞」　平3.10.12　p4
B0858　佐伯一麦　『野口冨士男自選小説全集』《書評》　「新潮」　平3.11　p306～307
B0859　匿名　傘寿二重奏〈大波小波〉《コラム》　「東京新聞」・夕　平3.12.7　p3
B0860　無署名　『時のきれはし』《書評》　「学鐙」　平4.1　p71
B0861　秋山駿　『野口冨士男自選小説全集』《書評》　「レディース&ジェントルメン」　平4.1　p39

IV. 参考文献

B0862	無署名	『時のきれはし』《書評》	「毎日新聞」	平4.1.13	p10
B0863	黒井千次	『時のきれはし』《書評》	「朝日新聞」	平4.1.26	p12
B0864	(小山鉄郎?)	『時のきれはし』《書評》	「信濃毎日新聞」	平4.1.26	p13
B0865	小林信彦	私の読書日記《日記》	「週刊文春」	平4.1.30	p134
B0866	無署名	『時のきれはし』《書評》	「すばる」	平4.2	p296
B0867	荒川洋治	『時のきれはし』《書評》	「東京人」	平4.2	p146〜147
B0868	保昌正夫	野口著作目録《年譜》	「立正大学大学院紀要」8号	平4.2	p33〜57
B0869	無署名	『時のきれはし』《書評》	「東京新聞」	平4.2.2	p10
B0870	無署名	『時のきれはし』《書評》	「週刊新潮」	平4.2.13	p37
B0871	曾根博義	『時のきれはし』《書評》	「新潮」	平4.3	p257
B0872	無署名	『時のきれはし』《書評》	「ザ・ゴールド」	平4.4	p31
B0873	匿名	荷風ブーム〈大波小波〉《コラム》	「東京新聞」・夕	平4.6.4	p9
B0874	川西政明	解説《解説》 野口冨士男著『しあわせ・かくてありけり』講談社文芸文庫		平4.7	p264〜278
B0875	保昌正夫	案内《案内》 野口冨士男著『しあわせ・かくてありけり』講談社文芸文庫		平4.7	p280〜291
B0876	無署名	群像 作家の生活《記事》	「朝日新聞」	平4.8.7	p2
B0877	菅野昭正	作家の生活《時評》	「東京新聞」	平4.8.25	p9
B0878	秋山駿	作家の生活《時評》	「毎日新聞」	平4.8.28	p5
B0879	匿名	髄駅の滴る小説他〈大波小波〉《コラム》	「東京新聞」・夕	平4.9.7	p3
B0880	匿名	見事に死ねるか〈大波小波〉《コラム》	「東京新聞」・夕	平4.10.5	p3
B0881	栗本慎一郎	文化学院《記事》	「週刊朝日」	平5.3.26	p50〜51
B0882	辻道男	直子追悼〈筆洗〉《コラム》	「東京新聞」	平5.4.9	p1
B0883	高井有一	作家のいのち《エッセイ》	「日本経済新聞」・夕	平5.4.11	p32
B0884	匿名	内助の功〈大波小波〉《コラム》	「東京新聞」・夕	平5.4.19	p9
B0885	青山光二	人去りぬ《エッセイ》	「群像」	平5.5	p212〜213
B0886	武藤康史	野口冨士男『風の系譜』《論評》	「本の雑誌」	平5.8	p68〜69
B0887	武藤康史	野口冨士男『黄昏運河』《論評》	「本の雑誌」	平5.9	p68〜69
B0888	武藤康史	野口冨士男『眷族』《論評》	「本の雑誌」	平5.10	p68〜69
B0889	紅野敏郎	野口・重松・並河ら〈解釈と教材〉《論評》	「国文学」	平5.11	p162〜165
B0890	無署名	歿後50年徳田秋声(上)《談話》	「読売新聞」・金沢版	平5.11.18	p29
B0891	紅野敏郎	「国文学」《論評》 第二次『現実・文学』		平5.12	162〜165
B0892	高橋英夫	作家の野口冨士男氏死去《談話》	「朝日新聞」	平5.11.23	p31
B0893	無署名	野口冨士男さん死去《訃報》	「毎日新聞」	平5.11.23	p27
B0894	無署名	野口冨士男氏が死去《訃報》	「東京新聞」	平5.11.23	p23
B0895	無署名	野口冨士男さんが死去《訃報》	「読売新聞」	平5.11.23	p31
B0896	無署名	野口冨士男氏が死去《訃報》	「日経新聞」	平5.11.23	p31
B0897	無署名	私小説の野口氏死去《訃報》	「サンケイ新聞」	平5.11.23	p23
B0898	江藤淳	野口さん、さようなら《追悼文》	「東京新聞」	平5.11.24	p9
B0899	川西政明	野口冨士男氏を悼む「不動の魂」を持った人《追悼文》	「読売新聞」	平5.11.26	p8
B0900	匿名	野口冨士男の生涯〈大波小波〉《コラム》	「東京新聞」・夕	平5.11.27	p5
B0901	辻道男	野口の死を取上げる〈筆洗〉《コラム》	「東京新聞」	平5.11.28	p1

IV. 参考文献

- B0902　水上勉　野口冨士男さんの思い出——歩くだけで反骨《追悼文》　「毎日新聞」　平5.11.29　p7
- B0903　無署名　野口冨士男前理事長逝去《訃報》　「文芸家協会ニュース」　平5.12　p12
- B0904　無署名　野口冨士男葬儀特集《弔辞等》　「文芸家協会ニュース」　平5.12　p1〜4
- B0905　高橋英夫　野口冨士男 文学的反骨の燠火《作家論》　『昭和作家論103』小学館刊　平5.12　p122〜129
- B0906　紅野敏郎　野口・青木・森ら《論評》　「国文学・解釈と教材」　平5.12　p162〜166
- B0907　八木義徳　45年間の熱い友情に別れ《談話》　「朝日新聞」・夕　平5.12.4　p15
- B0908　山口瞳　〈男性自身〉《言及》　「週刊新潮」　平5.12.5　p94〜95
- B0909　武藤康史　追悼・野口冨士男《追悼文》　「週刊文春」　平5.12.16　p164
- B0910　青山光二　たぶん幸福な死〈追悼 野口冨士男〉《追悼文》　「群像」　平6.1　p412〜414
- B0911　水上勉　野口さんの思い出〈追悼 野口冨士男〉《追悼文》　「群像」　平6.1　p414〜416
- B0912　保昌正夫　『しあわせ』まで〈追悼 野口冨士男〉《追悼文》　「群像」　平6.1　p417〜418
- B0913　恩田雅和　かけがいのない作家《追悼文》　「月刊みんよう」　平6.1　p12〜13
- B0914　匿名　野口冨士男讃〈大波小波〉《コラム》　「東京新聞」　平6.1.22　p5
- B0915　八木義徳　落日望景—野口冨士男を悼む〈追悼・野口冨士男〉《追悼文》　「新潮」　平6.2　p226〜229
- B0916　高橋昌男　追跡者の眼—野口さんと秋聲〈追悼・野口冨士男〉《追悼文》　「新潮」　平6.2　p230〜235
- B0917　青山光二　夜風に吹かれて《追悼文》　「文学界」　平6.2　p222〜225
- B0918　田久保英夫　作家の精魂《追悼文》　「文学界」　平6.2　p225〜227
- B0919　川本三郎　底冷えのする暗さ《追悼文》　「文学界」　平6.2　p227〜231
- B0920　古井由吉　四月一日晴れ〈追悼野口冨士男〉《追悼文》　「文藝」・春季号　平6.2　p224〜226
- B0921　保昌正夫　野口冨士男自選小説集から〈追悼野口冨士男〉《追悼文》　「文藝」・春季号　平6.2　p227〜229
- B0922　桂芳久　野口冨士男さんの文学と生き方〈追悼—野口冨士男〉《追悼文》　「三田文学」・冬季号　平6.2　p168〜170
- B0923　坂上弘　野口冨士男さんのこと〈追悼—野口冨士男〉《追悼文》　「三田文学」・冬季号　平6.2　p170〜171
- B0924　平井一麥　父は『しあわせ』《追悼文》　「文藝春秋」　平6.2　p89〜91
- B0925　中田浩二　素顔の作家たち《随想》　「This is 読売」　平6.2　p268〜271
- B0926　福田和也　野口冨士男の感触〈反骨の作家—野口冨士男〉《論評》　「慶應義塾大学・三田メディアセンター」　平6.2.7　p9〜16
- B0927　保昌正夫　野口冨士男常務理事追悼—文学館の野口さん《追悼文》　「日本近代文学館」　平6.3.15　p2
- B0928　鎌田彗・早瀬圭一・永畑道子　ノンフィクション30冊はこれだ『徳田秋声傳』《選出》　「Asahi」　平6　p280
- B0929　川本三郎・奥本大三郎　川本三郎氏と読む『わが荷風』《書評》　「アステイオン」　平6.4　p178〜188
- B0930　石井徹《紹介》　「白梅」鴻巣女子高等学校　平6.5　p39

IV. 参考文献

B0931　紅野敏郎　行動文学―舟橋・野口ほか〈解釈と教材〉《論評》　「国文学」　平6.7　p158〜161
B0932　無署名　聞き書き掲載の本紙来月の業績展で紹介《記事》　「読売新聞」金沢版　平6.9.18　p17
B0933　野口冨士男文庫　『図録・野口冨士男』　越谷市立図書館　平6.10.26
B0934　水上勉　護国寺時代4〈私版・東京図絵〉《言及》　「朝日新聞」　平6.12.11　p29
B0935　水上勉　野口冨士男さんの思い出(毎日新聞)《追悼文》　同著『わが別辞―導かれた日々』朝日新聞社刊　平7.1　p291〜293
B0936　水上勉　野口さんの思い出(群像掲載)《追悼文》　同著『わが別辞―導かれた日々』朝日新聞社　平7.1　p294〜298
B0937　八木義徳　「野口冨士男文庫」のこと《追悼文》　「ノーサイド」　平7.1　p88〜89
B0938　小平協　回帰線―野口冨士男さんのこと《追悼文》　「ゆすりか」　平7　p54〜60
B0939　武藤康史　野口冨士男文庫開設《紹介》　「文学界」　平7.1　p116〜119
B0940　平井一麥　秋の桜《追悼文》　「文学界」　平7.1　p16〜17
B0941　保昌正夫　『しあわせ』まで《追悼文》　同著『七十まで―ときどきの勉強ほか』朝日書林刊　平7.2　p64〜68
B0942　保昌正夫　『野口冨士男自選小説全集』から《随想》　同著『七十まで―ときどきの勉強ほか』朝日書林刊　平7.2　p69〜74
B0943　保昌正夫　文学館の野口さん《追悼文》　同著『七十まで―ときどきの勉強ほか』朝日書林刊　平7.2　p75〜76
B0944　吉田時善《引用》　同著『こおろぎの神話―和田芳恵私抄』新潮社刊　平7.2　p53
B0945　平井一麥　〈墓前祭〉《挨拶》　「文芸家協会ニュース」　平7.6　p1
B0946　豊田三郎　「えんの会」「キアラの会」の写真掲載《写真》　同著『豊田三郎・小説選集』さいたま出版会刊　平7.4　pアルバム
B0947　大村彦次郎　『文壇うたかた物語』筑摩書房刊《言及》　平7.5　p73、88、90
B0948　坪内祐三　「特集・むかし戦争にいった」に野口冨士男の項掲載《言及》　「ノーサイド」　平7.7　p33
B0949　吉行淳之介　野口冨士男氏のこと《エッセイ》　『やややの話』文藝春秋刊　平7.9　p210〜213
B0950　武藤康史　野口冨士男の巻〈書斎・文学鶴亀13〉《論評》　「ノーサイド」　平7.9　p146〜147
B0951　保昌正夫　野口冨士男『海軍日記』ほか《論評》　「日本古書通信」　平7.10　p12〜13
B0952　保昌正夫　「野口冨士男・昭和二十年秋」《講演会》　於越谷市立図書館　平7.10.7
B0953　野口冨士男文庫　特別展示「作家のみた戦争」《展示》　越谷市立図書館　平7.10.7　「野口冨士男文庫資料取扱い要領」「同細則」施行《規則》　野口冨士男文庫　平7.10.7
B0954　新宿歴史博物館　「田辺茂一と新宿文化の担い手たち」展 図録・文芸時代からキアラの会へ《言及》　新宿歴史博物館　平7.10〜12　p76〜77
B0955　新宿歴史博物館　「田辺茂一と新宿文化の担い手たち」展 一編集者の語る「風景」《言及》　新宿歴史博物館　平7.10〜12　p106〜112
B0956　広報こしがや《公報》　「文化都市こしがやの貴重な財産―野口冨士男文庫開設1周年」　平7.10　p4〜5
B0957　武藤康史　三田文学の歴史《解説》　「三田文学」・秋季号　平7.11　p16〜24
B0958　武藤康史　若い彼の心 復刻作品《論評》　「三田文学」・秋季号　平7.11　p51〜52

IV. 参考文献

- B0959　無署名　故野口冨士男氏・独特のぐちが見通した時代《記事》　「朝日新聞」・夕　平7.12.12　p9
- B0960　水上勉　神田鍛冶町護国寺時代《言及》　『私版・東京図絵』朝日新聞社刊　平8.2　p64,91
- B0961　江藤淳　あとがき《言及》　『荷風散策—紅茶のあとさき』新潮社刊　平8.3　p296
- B0962　無署名　『なぎの葉考』などの小説家故野口冨士男さん——死の直前まで秋声語る——東京都近代文学博物館—聞き書き掲載の本紙・来月の業績展で紹介《記事》　「読売新聞」・金沢版　平8.9.18　p17
  東京都近代文学博物館「野口冨士男と昭和の時代」展　開催《展覧会》　東京都近代文学博物館「野口冨士男と昭和の時代」展図録　平8.10〜12　p36
- B0963　松本徹　「徳田秋聲、川端康成と野口冨士男」《講演会》　於東京都近代文学博物館「野口冨士男と昭和の時代」展　平8.11.18
- B0964　野口冨士男文庫　『野口冨士男文庫所蔵資料目録（図書・雑誌）』《蔵書目録》　越谷市立図書館　平9.3　439p
- B0965　水上勉　「作家精神」時代に知り合ってから『感触的昭和文壇史』にいたるまで《言及》　『文壇放浪』毎日新聞社刊　平9.9　p34〜51,118
- B0966　野口冨士男文庫　特別展示「越谷と野口冨士男」《展示》　越谷市立図書館　平9.11
- B0967　野口冨士男文庫　紅野敏郎・保昌正夫・松本徹　「越谷と野口冨士男」《リレートーク》《講演会》　於越谷市立図書館　平9.11.14
- B0968　中村稔　越谷市立図書館　野口冨士男文庫《紀行》　『文学館感傷記』新潮社刊　平9.11　p27〜31
- B0969　埼玉文学館　文学館開設にあたり図録に野口掲載。《言及》　平10
- B0970　埼玉文学館　「死んだ川」のVTRが製作される。《VTR》　平10
- B0971　東京都近代文学博物館　写真掲載（キアラの会および、芝木の毎日芸術賞受賞時）《展覧会》　図録「芝木好子と昭和の時代展」　平10.6〜8　p9,17,26
- B0972　世田谷文学館　「吉行淳之介」展《図録》　平10.10
- B0973　野口冨士男文庫　解説・紅野敏郎　インタビュー・平井一麥　ビデオ放映と解説「野口冨士男を語る—作家八木義徳」《講演会》　越谷市立図書館　平10.11.13
- B0974　野口冨士男文庫　特別展示「野口冨士男と八木義徳」《展示》　越谷市立図書館
- B0975　大村彦次郎《言及》　『文壇栄華物語』筑摩書房刊　平10.12　p29,143,276,328,345
- B0976　野口冨士男文庫　「小冊子・野口冨士男文庫」1《小冊子》　越谷市立図書館　平11.3
  同人雑誌「尖塔」創刊号（紅野敏郎）　p4
  「青年芸術派」の青山光二—野口冨士男文庫から（保昌正夫）　p6
  白鷺の飛ぶ地——枚の色紙をめぐって（松本徹）　p8
  インタヴュー「野口冨士男を語る」（八木義徳）　p10
- B0977　紅野敏郎　野口冨士男と戸川エマ〈「學鐙」を読む(121)〉《論評》　「學鐙」　平11.3　p24〜29
- B0978　辻本雄一　徳田秋聲—野口冨士男—中上健次《追憶》　同著『徳田秋聲全集　第15巻』月報9　八木書店刊　平11.3　p3〜6
- B0979　鎌倉市教育委員会　言及《紹介》　鎌倉文学館編「鎌倉文学散歩IV—長谷・稲村ガ崎」　平11.3　p151,153〜154
- B0980　『川端康成文学賞全作品I』「なぎの葉考」選考経過・選評《再録》　新潮社刊　平11.6　p421〜425
- B0981　『川端康成文学賞全作品II』川端香男里　川端賞第一期を振り返って《回顧》　新潮社刊　平11.6　p423

244

IV. 参考文献

B0982	『川端康成文学賞全作品II』川端香男里　川端賞第一期を振り返って　受賞作一覧《一覧》　新潮社刊　平11.6　p428
B0983	古河文学館《展覧会》　「和田芳恵展―作家・研究者・編集者として」図録　平11.10
B0984	野口冨士男文庫　特別展示「野口冨士男・仕事と交遊～三田文学を中心に」《展示》　越谷市立図書館　平11.10～11
B0985	保昌正夫　和田芳恵と野口冨士男《論評》　「日本古書通信」　平11.11.15　p1
B0986	野口冨士男文庫　坂上弘　「文学と人生の半ば」《講演会》　於文教大学越谷キャンパス　平11.11.27
B0987	紅野敏郎《言及》　『文芸誌譚　その「雑」なる風景1910―1935年』雄松堂出版刊　平12.1　p308,458,485～496,526,549,553～554,671,686
B0988	保昌正夫　言及《言及》　日本近代文学館編『文学者の日記6　宇野浩二(1)日本近代文学館資料叢書第一期』博文館新社刊　平12.1　p285～286
B0989	野口冨士男文庫　「小冊子・野口冨士男文庫」2《小冊子》　越谷市立図書館　平12.3 「青年藝術派」の昂揚(青山光二)　p4 野口冨士男文庫の文庫(保昌正夫)　p6 『野口冨士男自選小説全集』について―越谷のこと、女性人物のこと(江種満子)　p8 文学と人生の半ば―講演会より(坂上弘)　p10
B0990	小林信彦　文士とステーキ《エッセイ》　「週刊文春」　平12.3.2　p70～71
B0991	青山光二《追悼》　同著『砂時計が語る』双葉社刊　平12.4　p315～316
B0992	坪内祐三　古本情熱世界《言及》　「アミューズ」　平12.6.14　p63
B0993	高山鉄男・坂本忠雄・松村友視・武藤康史　特別座談会「三田文学名作選のこと」《言及》　三田文学　平12.8　p85
B0994	無署名　『風の系譜』《書評》　「新刊巡礼」昭和15年9月号復刻　平12.11　p609
B0995	川本三郎　荷風あとさき〈座談の愉しみ〉《対談》　「図書」座談会特集　平12.11　p201～213
B0996	野口冨士男文庫　特別展示「野口冨士男と荷風・東京」《展示》　越谷市立図書館　平12.11
B0997	川本三郎　「野口冨士男と荷風・東京」《講演会》　於越谷市立図書館　平12.11.18
B0998	東京都近代文学博物館　言及《言及》　「舟橋聖一と昭和の時代」図録　平13.1　p18
B0999	野口冨士男文庫　「小冊子・野口冨士男文庫」3《小冊子》　越谷市立図書館　平13.3 野口冨士男と荷風・東京―講演会から(川本三郎)　p4 『相生橋煙雨』の頃(井上進一郎)　p12 隅田川煙雨(松本徹)　p14
B1000	大村彦次郎　言及《言及》　同著『文壇挽歌物語』筑摩書房刊　平13.5　p133,156,429,464～471
B1001	桂芳久　野口冨士男さんの文学と生き方《追悼》　「諷」北冬舎刊　平13.6　p85～88
B1002	小林信彦　文士とステーキ《エッセイ》　同著『出会いがしらのハッピー・デイズ』文藝春秋社刊　平13.6　p41～45
B1003	川西政明《言及》　『昭和文学史(上)』講談社刊　平13.7　p161・198～202,217,416,440
B1004	青山光二《言及》　「純血無頼派の生きた時代―織田作之助・太宰治を中心に」双葉社刊　平13.9　p61～71,105～106
B1005	川西政明《言及》　『昭和文壇史(中)』講談社刊　平13.9　p293・303・647
B1006	埼玉県平和資料館《紹介》　埼玉へ疎開した文化人たち展・図録　平13.10.9　p14～16

IV. 参考文献

B1007 佐伯一麦　暮れに読む『新世帯』《言及》　『徳田秋聲全集』月報25 八木書店刊　平13.11　p6〜8
B1008 川西政明《言及》　『昭和文壇史(下)』講談社刊　平13.11　p344・353〜359
B1009 野口冨士男文庫　特別展示「野口冨士男と徳田秋声『仮装人物』前後」《展示》　越谷市立図書館　平13.11
B1010 野口冨士男文庫 津島佑子・金井景子・江種満子　「女が読む徳田秋声『仮装人物』の新発見」《シンポジウム》　於越谷市立図書館　平13.11.18
B1011 島村利正　書評『かくてありけり』《再録》《書評》　同著『島村利正全集 第4巻』　平13.12　p583〜584
B1012 川本三郎　底冷えのする暗さ—野口冨士男『徳田秋聲伝』『わが荷風』ほか《論評》　同著『小説、時にはほかの本も』晶文社刊　平13.12　p78〜85
B1013 川本三郎　『わが荷風』の一部抄録《引用》　同著『荷風好日』岩波書店刊　平14.2　p56〜58,74〜76
B1014 野口冨士男文庫　「小冊子・野口冨士男文庫」4《小冊子》　越谷市立図書館　平14.3
　　　女が読む徳田秋声—「仮装人物」の新発見—講演会から(津島佑子)　p4
　　　徳田秋声『仮装人物』—語り手の威力(江種満子)　p6
　　　女流作家志望、女流作家、そして贋・女流作家—『仮装人物』における「恐るべき女たち」(金井景子)　p8
　　　野口さんと楢崎さん(大村彦次郎)　p10
　　　二つの袋—「山田順子関係」と「柘植そよノート」(紅野敏郎)　p12
B1015 栗坪良樹　野口冨士男(『なぎの葉考』・あらすじなど)《言及》　栗坪良樹編『現代文学鑑賞辞典』東京堂出版刊　平14.3　p291
B1016 川本三郎　野口冨士男展を見る《言及》　同著『はるかな本、遠い絵』角川書店刊　平14.4　p11〜16,59〜61
B1017 高橋俊夫　言及《再録》　『永井荷風『つゆのあとさき』作品論集』クレス出版刊　平14.6　p359〜360
B1018 坪内祐三《言及》　『後ろ向きで前へ進む』晶文社刊　平14.6　p148〜152
B1019 大村彦次郎《言及》　『ある文藝編集者の一生』筑摩書房刊　平14.9　p128〜131,177〜180,240〜241,247,251,254
B1020 野口冨士男文庫　特別展示「作家・編集者としての野口冨士男—雑誌「風景」の時代」《展示》　越谷市立図書館　平14.11
B1021 野口冨士男文庫　荒川洋治　「野口冨士男と文学」《講演会》　於越谷市立図書館　平14.11.16
B1022 坪内祐三　街を歩くふたり《解説》　野口冨士男著『わが荷風』講談社文芸文庫　平14.12　p293〜307
B1023 坪内祐三　解説《解説》　野口冨士男著『わが荷風』講談社文芸文庫　平14.12　p293〜307
B1024 講談社編集部編　年譜(平成6年10月まで)《年譜》　野口冨士男著『わが荷風』講談社文芸文庫　平14.12　p308〜321
B1025 保昌正夫　著書目録《目録》　野口冨士男著『わが荷風』講談社文芸文庫　平14.12　p322〜324
B1026 保昌正夫　「野口冨士男と昭和の時代展」「文学館の野口さん」《言及》　同著『暮れの本屋めぐり文学館文集』日本近代文学館刊　平15.1　p12〜13,15
B1027 野口冨士男文庫　「小冊子・野口冨士男文庫」5《小冊子》　越谷市立図書館　平15.3
　　　野口冨士男と文学—講演会から(荒川洋治)　p4

IV. 参考文献

　　　　文学史の闇から（藤田三男）　p8
　　　　野口冨士男の批評精神　徳永直との「結び目」について（石原武）　p10
　　　　「風景」連載・「隣の椅子」ノート、草稿、原稿の類（紅野敏郎）　p12
　　　　保昌正夫委員の死を悼む（小野肇）　p14
B1028　坪内祐三　このところ「風景」のバックナンバー拾い読みしてみる〈雑誌系48〉《言及》　「論座」　平15.6　p324〜327
B1029　井上ひさし・小森陽一　言及《言及》　同著『座談会昭和文学史 第3巻』集英社刊　平15.11　p68〜69
B1030　野口冨士男文庫　特別展示「『なぎの葉考』をめぐって」《展示》　越谷市立図書館　平15.11
B1031　野口冨士男文庫　中沢けい　「『なぎの葉考』を読む」《講演会》　於越谷市立図書館　平15.11.22
B1032　野口冨士男文庫　「小冊子・野口冨士男文庫」6《小冊子》　越谷市立図書館　平16.3
　　　　「なぎの葉考」を読む―講演会から（中沢けい）　p4
　　　　『なぎの葉考』雑感（勝又浩）　p12
　　　　『なぎの葉考』の深み（恩田雅和）　p14
　　　　幸運に恵まれた作品（松本徹）　p16
B1033　勝又浩　野口冨士男文庫のこと《エッセイ》　「三田文学」冬季号　平16.3　p165〜167
B1034　宮田毬栄　あとがき《言及》　『追憶の作家たち』文藝春秋社刊　平16.3　p248
B1035　高井有一　「ささやかな文学散歩」〈夢か現か〉《エッセイ》　「ちくま」　平16.7　p24〜27
B1036　江種満子　徳田秋聲『仮装人物』――語り手の威力《評論》　同著『わたしの身体、わたしの言葉』翰林書房刊　平16.10　p354〜358
B1037　保昌正夫　「しあわせ」まで《エッセイ》　『保昌正夫一巻本選集』河出書房新社刊　平16.11　p230〜232
B1038　保昌正夫　文学展示あれこれ《言及》　『保昌正夫一巻本選集』河出書房新社刊　平16.11　p301〜303
B1039　藤田三男　編集ノオト《言及》　保昌正夫著『保昌正夫一巻本選集』河出書房新社刊　平16.11　p335〜336
B1040　野口冨士男文庫　特別展示「『感触的昭和文壇史』の周辺」《展示》　越谷市立図書館　平16.11
B1041　野口冨士男文庫　曾根博義・江種満子・勝又浩・紅野敏郎・坂上弘・松本徹　「『感触的昭和文壇史』を語る〜野口冨士男と同時代の作家たち」《シンポジウム》　於越谷市立図書館　平16.11.20
B1042　野口冨士男文庫　「小冊子・野口冨士男文庫」7《小冊子》　越谷市立図書館　平17.3
　　　　講演『感触的昭和文壇史』を語る―野口冨士男と同時代の作家たち（曾根博義）　p4
　　　　『感触的昭和文壇史』に尾崎翠を加えてみる（江種満子）　p8
　　　　「然らざる流れ」ということ（坂上弘）　p10
　　　　野口さんの「感触」―『感触的昭和文壇史』を読む（勝又浩）　p12
　　　　『感触的昭和文壇史』と「私」（紅野敏郎）　p14
　　　　野口さんの「真骨頂」（松本徹）　p16
B1043　無署名　言及《言及》　徳田秋聲記念館（金沢）開設　展示・図録・著書　平17.4

IV. 参考文献

B1044　鈴木地蔵　野口冨士男の志操―生の証を見きわめる―《論評》　同著『市井作家列伝』右文書院刊　平17.5　p211～222
B1045　中村稔　越谷市立図書館 野口冨士男文庫《紀行》　同著『中村稔著作集5』青土社刊　平17.7　p293～296
B1046　野口冨士男文庫　特別展示「編集人・野口冨士男 ―「風景」をめぐって」《展示》　越谷市立図書館　平17.11
B1047　野口冨士男文庫 坂本忠雄・坂上弘　「編集人・野口冨士男 ―「風景」をめぐって」《対談》　於越谷市立図書館　平17.11
B1048　佐伯一麦・坂本忠雄・坪内祐三　坂本忠雄プレゼンツ「文学の器」第11回 私小説という仕組み―野口冨士男『わが荷風』『かくてありけり』《座談会》　「en―taxi」12号　平17.12　p127～135
B1049　大川渉　言及《言及》　同著『文士風狂録―青山光二が語る昭和の作家たち』筑摩書房刊　平17.12　p21,74～75,104～105,175～177
B1050　無署名　小雑誌「風景」と野口冨士男〈手帳欄〉《記事》　「読売新聞」・夕　平17.12.13　p4
B1051　野口冨士男文庫　「小冊子・野口冨士男文庫」8《小冊子》　越谷市立図書館　平18.3
　　　　講演会「編集人・野口冨士男―『風景』をめぐって」
　　　　　　第一部 リレー講演
　　　　　　　　野口冨士男と「風景」の魅力（坂本忠雄）　p4
　　　　　　　　「風景」時代の野口さんの創作活動（坂上弘）　p8
　　　　　　第二部 朗読 こだま文庫メンバー
　　　　　　　　「野口冨士男日記抄」　p12
　　　　　　第三部 対談
　　　　　　　　坂本忠雄氏VS坂上弘氏　p14
　　　　　　特別寄稿「野口冨士男日記について」（平井一麥）　p16
B1052　浦田憲治　文壇往来・私小説作家の別面に光《記事》　「日本経済新聞」　平18.3.26
B1053　坂崎重盛　神楽坂を上り下った文士たち《エッセイ》　「東京人」　平18.4　p62～65
B1054　無署名　「NHK日曜美術館30年展図録」《談話》　平18.4　p242～245
B1055　町田市民文学館《書簡》　「ことばの森の住人たち―町田ゆかりの文学者」展　平18.10　p40,58
B1056　勝又浩　序文《言及》　監修『文藝雑誌内容細目総覧―戦後リトルマガジン篇』日外アソシエーツ刊　平18.11　p3
B1057　野口冨士男文庫 伊藤桂一　「野口冨士男と私」《講演会》　於越谷市立図書館　平18.11.25
B1058　野口冨士男文庫　「小冊子・野口冨士男文庫」9《小冊子》　越谷市立図書館　平19.3
　　　　講演「野口冨士男と私」（伊藤桂一）　p4
　　　　雑誌「風景」における現代詩（石原武）　p10
　　　　野口冨士男と詩歌（平井一麥）　p12
　　　　野口冨士男と豊田三郎（染谷洌）　p14
　　　　〔原山喜亥寄贈〕早川徳治宛の野口さんの手紙（紅野敏郎）　p18
B1059　川本三郎　『私のなかの東京』岩波現代文庫《解説》　平19.6　p213～220
B1060　坪内祐三　『私のなかの東京』《書評》　同著『文庫本を狙え!』晶文社刊　平19.7.5　p158
B1061　大村彦次郎　言及《言及》　同著『万太郎・松太郎・正太郎―東京生まれの文士たち』筑摩書房刊　平19.7　p329～330

IV. 参考文献

B1062　坪内祐三　『私のなかの東京』〈文庫本を狙え！〉《書評》　「週刊文春」　平19.7.5 p158
B1063　無署名　『私のなかの東京』《書評》　「朝日新聞」　平19.7.22　p16
B1064　山本有光　作家のうしろ姿《言及》　高知新聞社　平19.11　p19〜21,104〜105,209
B1065　野口冨士男文庫 中島国彦　「『わが荷風』の基底」《講演会》　於越谷市立図書館　平19.11.24
B1066　野口冨士男文庫 武藤康史　「『わが荷風』の基底同時代評」《講演会》　於越谷市立図書館　平19.11.24
B1067　伊東貴之　野口冨士男『なぎの葉考』に触れて―中上健次という坩堝《言及》　「国文学」　平19.12　p66〜73
B1068　武藤康史　同著『文学鶴亀』国書刊行会刊　平20.2
　　　はじめに《言及》　p1〜2
　　　手紙を公開する倫理《言及》　p22
　　　追悼・野口冨士男《追悼文》　p61〜63
　　　亀井孝に倣って《言及》　p143
　　　「吉田健一年譜の訂正」《言及》　p156
　　　野口冨士男『風の系譜』《論評》　p228〜230
　　　野口冨士男『黄昏運河』《論評》　p231〜233
　　　野口冨士男『眷族』《論評》　p234〜236
B1069　野口冨士男文庫　「小冊子・野口冨士男文庫」10《小冊子》　越谷市立図書館　平20.3
　　　野口冨士男『わが荷風』の基底―東京という場所への眼（中島国彦）　p4
　　　『わが荷風』の同時代評（武藤康史）　p6
　　　『わが荷風』、伝説の人との距離（勝又浩）　p8
　　　ひとり離れて―徳田一穂さん葬儀の日の野口さん（松本徹）　p10
　　　『わが荷風』成立へ―「ノート」のなかより（紅野敏郎）　p12
B1070　港区教育委員会《引用》　同編『増補 写された港区―4（赤坂地区編）』港区教育委員会刊　平20.3　p164
B1071　（財）金沢文化振興財団・大木志門　徳田秋声初恋の女性「於世野考」《研究》　「研究紀要」5号　平20.3　p11〜25
B1072　保坂雅子　八木義徳宛書簡9通翻刻《書簡》　山梨県立文学館「資料と研究」第13輯　平20.3　p107〜116,311
B1073　無署名　春の個人文庫めぐり―野口冨士男文庫《記事》　「彷書月刊」　平20.5　p13〜15
B1074　平井一麥　六七歳、父と私と《エッセイ》　「季刊文科」　平20.7　p54〜55
B1075　平井一麥　息子の眼から見た野口冨士男《新書》　同著『六十一歳の大学生、父 野口冨士男の遺した日記一万枚に挑む』文春新書　平20.10　p1〜303
B1076　町田市民文学館　八木義徳宛書簡《書簡ほか》　「文学の鬼を志望す―八木義徳展図録」　平20.10　p12
B1077　町田市民文学館　キアラの会と「風景」など《書簡ほか》　「文学の鬼を志望す―八木義徳展図録」　平20.10　p54〜56
B1078　坪内祐三　〈坪内祐三の読書日記〉《記事》　「本の雑誌」　平20.11　p86〜87
B1079　野口冨士男文庫 佐伯一麦　「野口文学から受け継ぐもの」《講演会》　於越谷市立図書館　平20.11.22
B1080　匿名　父子二代〈大波小波〉《コラム》　「東京新聞」　平20.11.22　p7
B1081　無署名　『六十一歳の大学生』《書評》《書評》　「週刊東洋経済」　平20.11.22　p133

IV. 参考文献

B1082	無署名　野口・不遇の15年壮絶日記《記事》　「読売新聞」　平20.11.25　p21	
B1083	無署名　『六十一歳の大学生』《書評》《書評》　「婦人公論」　平20.12.22　p79	
B1084	高井有一　野口冨士男文庫の賑はひ《エッセイ》　「日本近代文学館報」　平21.1.1　p1	
B1085	大村彦次郎　野口冨士男・「岡田嘉子に母性的な魅力を感じた」《紹介》　同著『東京の文人たち』筑摩書房刊　平21.1　p303〜305	
B1086	坪内祐三・佐伯一麦　芥川賞を取らなかった名作たちを巡って《座談会》　「en-taxi」　平21.1　p10〜15	
B1087	平井一麥《エッセイ》　「文学の鬼を志望す—八木義德展」企画展小冊子「ずっと八木さん　カズミちゃん」北海道立文学館　平21.1　p5	
B1088	小林信彦　本音を申せば《エッセイ》　週刊文春　平21.1.22　p60〜61	
B1089	野口冨士男文庫　「小冊子・野口冨士男文庫」11《小冊子》　越谷市立図書館　平21.3 講演　野口文学から受け継ぐもの（佐伯一麦）　p4 「しあわせ」前後（天野敬子）　p10 野口冨士男の歩行小説—『ぶっちぎり』から『横顔』へ（伊藤博）　p12 私小説家の証拠—「耳の中の風の声」を中心に（松本徹）　p14	
B1090	無署名　野口冨士男文庫〈文庫を訪ねて〉《紹介》　「朝日新聞」埼玉版　平21.3.24　p31	
B1091	平井一麥　『なぎの葉考・少女』《紹介》　著者に代わって読者へ　平21.5　p294〜297	
B1092	勝又浩　『なぎの葉考・少女』《解説》　私小説家の救い　平21.5　p298〜311	
B1093	平井一麥　『なぎの葉考・少女』《目録》　著書目録　平21.5　p328〜331	
B1094	坪内祐三　『私のなかの東京』《書評》　同著『文庫本玉手箱』文藝春秋刊　平21.6　p295〜297	
B1095	紅野敏郎　『風の系譜』《紹介》　「週刊読書人」　平21.6.5	
B1096	中野和子　村松定孝宛書簡2通　翻刻《書簡》　「山梨県立文学館報」　平21.6.30　p4〜5	
B1097	川本三郎　悪所もまた東京　野口冨士男『私のなかの東京』《エッセイ》　「なごみ」8月号　平21.8　p60〜67	
B1098	坂本忠雄・佐伯一麦・坪内祐三　野口「『わが荷風』『かくてありけり』」《鼎談》　「文学の器」　平21.8　p243〜260	
B1099	紅野敏郎　野口冨士男・戸川エマ《研究》　同著『「學鐙」を読む・続』雄松堂出版刊　平21.10　p56〜60	
B1100	川本三郎　交友《エッセイ》　同著『きのふの東京けふの東京』平凡社刊　平21.11　p268,270〜272	
B1101	武藤康史　演劇青年・野口冨士男《解説》　同著『野口冨士男随筆集 作家の手』　平21.12　p269〜281	
B1102	坂上弘　山茶花—野口冨士男文庫によせて《エッセイ》　「東京新聞」・夕　平21.12.14　p9	
B1103	坪内祐三　『野口冨士男随筆集 作家の手』〈文庫本を狙え！〉《書評》　「週刊文春」　平22.1.28　p126	
B1104	山田稔　2009年読書アンケート特集『野口冨士男随筆集 作家の手』《書評》　「みすず」1・2月号　平成22.2　p95	
B1105	野口冨士男文庫　「小冊子・野口冨士男文庫」12《小冊子》　越谷市立図書館　平成22.3	

IV. 参考文献

　　　　講演会 野口冨士男 慶應義塾と文化学院
　　　　　　野口冨士男と慶應義塾（坂上弘）　p4
　　　　　　野口冨士男と文化学院（紅野敏郎）　p8
　　　　　　廻覧雑誌時代の野口冨士男（平井一麥）　p12
B1106　松本徹　個人文学館からの報告《言及》　昭和文学研究　平22.3　P89～90
B1107　藤田三男　文学史の闇から《言及》　『榛地和装本・終篇』　平22.3　P32～34
B1108　藤田三男　「東京」の人《言及》　『榛地和装本・終篇』　平22.3　P106
B1109　藤田三男　影の編集者「風景」から《言及》　『榛地和装本・終篇』　平22.3　P162～166
B1110　大木志門　田秋聲『黴』論《引用ほか》　「金沢文化振興財団研究紀要」　平22.3　P17～29

V. 索　引

作品名索引（初出目録）

【あ】

『相生橋煙雨』 …………………… A1356
相生橋煙雨 ……………………… A1329
「相生橋煙雨」新著の顔〔インタビュー〕
　……………………………… A1358
相生橋煙雨の野口氏〔インタビュー〕… A1353
愛があれば ……………………… A1295
愛について ……………………… A0461
愛について―椎名麟三のこと ……… A0866
青い實 …………………………… A0103
赤い詩 …………………………… A0037
赤い灯 …………………………… A0022
赤坂、静岡、神楽坂（かくてありけり
　①） ………………………… A1142
赤坂一ッ木町 …………………… A0013
赤坂附近 ………………………… A0833
阿賀利善三・板倉洋吉・重松宣也・松村
　武士論 ……………………… A0178
阿川弘之『山本五十六』〔書評〕 …… A0704
阿川弘之『暗い波涛』〔書評〕 ……… A1042
秋の桜 …………………………… A1581
秋の詩集　冬の香り ……………… A0095
悪銭 ……………………………… A0229
芥川龍之介の死（感触的昭和文壇史①）
　……………………………… A1366
芥川龍之介の「トロッコ」（小説のはな
　し（14）） ………………… A0963
芥川龍之介の「鼻」（小説のはなし
　（16）） …………………… A0965
芥川龍之介の「蜜柑」（小説のはなし
　（15）） …………………… A0964
芥川龍之介『蜜柑』〔名作プレイバック〕
　……………………………… A1620

あくび …………………………… A0093
浅草 ……………………………… A0009
浅草・吉原・玉の井（私のなかの東京④）
　……………………………… A1156
麻布十番までの道（「わが荷風」⑤）… A0995
明日なきころ―新橋「いま道のべに⑥」
　……………………………… A1310
明日にむける目 ………………… A1146
『葦火野』をめぐって〔鼎談〕（船山馨・
　八木義徳） ………………… A0968
熱海糸川柳橋 …………………… A1296
新しきマリア …………………… A0172
あとがき〔文藝春秋出版局編『作家の対
　話―雑誌「風景」より』〕 …… A0759
あとがき〔野口冨士男編『座談会昭和文
　壇史』〕 …………………… A1118
後で ……………………………… A0042
穴ごもり ………………………… A1181
あなたの好きな監督は？ ………… A1631
あなたの好きな投手は？ ………… A1646
あの人この人〔インタビュー〕 …… A1418
雨宿り―川端康成氏のこと「隣りの椅子
　⑤」 ………………………… A0854
あやめ浴衣 ……………………… A0432
あらくれ会
　　　A0282, A0287, A0289, A0299, A0305
新たな私小説への試み〔インタビュー〕
　……………………………… A1247
有馬頼義・北杜夫対談「病巣をめぐって」
　〔司会〕 …………………… A0569
有馬頼義『原点』〔書評〕 ………… A0822
有吉佐和子逝去 ………………… A1427
歩いて死ぬことはない〔インタビュー〕
　……………………………… A1551
ある区切り ……………………… A1126
歩くことの理由 ………………… A0967
或る景色 ………………………… A0133

ある詩人〔高橋山風〕	A0731
ある師弟〔安部知二著『安部知二全集』〕	A1083
ある出発	A1203
ある代作者の周辺〔高橋山風ほか〕	A0795
或る夜	A0076

【い】

いきほひ	A0422
生きるということ	A0529
生島遼一『日本の小説』	A0761
池ノ端七軒町	A0474
石川啄木	A0577
石川達三逝去	A1450
石川千代松博士	A0279
意識	A0040
意地くらべ	A1376
石蹴り	A0711
石の墓	A0395
衣裳人形	A1529
磯田光一氏追憶	A1554
磯田光一『永井荷風』〔書評〕	A1231
一時期	A0186
一字の違い〔原題「たった一字」〕	A0764
一年後の、いま	A1447
一夜	A0120
いつか見た台東区	A1716
一色次郎『枯葉の光る場所』〔書評〕	A0926
一色次郎の「青幻記」（小説のはなし（17）（18））	A0966, A0971
一色次郎『左手の日記』を読む	A0934
一瞬の花（「しごとの周辺」）	A1480
一寸先は闇	A1076
いつの間にか春	A1402
一般報告	A1460
伊藤左千夫の「野菊の墓」（小説のはなし（7））	A0949
伊藤整『発掘』〔書評〕	A0819
伊藤博文	A0573
田舎の春	A0122
田舎町にて	A0434
稲穂館、麥穂館	A0297
イナンクル	A1617
犬とバカと僕	A0613
井上敬吉さんの話	A0100
井上靖『ある偽作家の生涯』〔名作プレイバック〕	A1609
井上靖『或る偽作家の生涯』	A0552
井上靖逝去	A1687
井上靖・中村光夫対談「旅のみのり」〔司会〕	A0578
井上靖の「ある偽作家の生涯」（小説のはなし（46）（47）（48））	A1028, A1033, A1034
井上靖の「孤猿」（小説のはなし（49））	A1035
井上靖『六人の作家』〔書評〕	A0960
『いのちある日に』	A0531
いのちある日に	A0516
生命の樹	A0863
生命の樹―高田馬場「いま道のべに⑦」完	A1313
生命はしょせん寿命	A1559
井伏鱒二の「鯉」（小説のはなし（11））	A0957
井伏鱒二の「山椒魚」（小説のはなし（12））	A0958
いま、純文学を考える〔対談〕（菅野昭正）	A1471
「いまなぜ秋声か」〔鼎談〕（古井由吉・松本徹）	A1663, A1664, A1665, A1666, A1667
今ならまだ	A0618
居まはり談柄	A0329
「いま道のべに」	A1257, A1265, A1290, A1294, A1300, A1310, A1313
『いま道のべに』	A1324
いもあらひ坂	A0512
妹の都会	A0174
入口さがし	A1686
入口附近	A1159
岩波文庫・私の三冊	A1560
岩の上	A0138
いわゆる「文芸復興期」（感触的昭和文壇史⑥⑦⑧）	A1382, A1385, A1389
印象と計画	A0392

殷賑の薐 …………………………… A0263
雲煙日録 …………………………… A0286

【う】

上田敏『山のあなた』〔名作プレイバック〕 …………………………… A1642
上野とたべもの …………………… A1459
浮河竹 ……………………………… A0324
浮きつつ遠く ……………………… A0787
浮き名損―岡本かの子氏のこと「隣りの椅子②」 …………………… A0849
浮世絵・夏・隅田川〔「朝の美術散歩」NET〕 …………………… A1094
うしなわれたエロティシズム …… A1567
うしろ姿 …………………………… A0429
臼井吉見・北原武夫対談「女性と文学」〔司会〕 …………………… A0592
臼井吉見『田螺のつぶやき』 …… A1116
薄ひざし …………………………… A0430
うちの三代目（カラーグラビア頁キャプション） …………………… A1355
「腕くらべ」覚え書〔永井荷風〕 … A0920
宇野浩二氏を訪ねて（師弟問答・上） … A0527
宇野浩二氏を訪ねて（師弟問答・下） … A0528
『宇野浩二伝』を語る〔対談〕（水上勉） …………………………… A0887
宇野浩二の日記 …………………… A0779
宇野浩二論 ………………………… A0398
宇野さんとその周囲 ……………… A0763
宇野さんの前期作品 ……………… A1476
宇野千代『風の音』〔書評〕 ……… A0800
馬の雑誌―石浜金作氏のこと「隣りの椅子⑭」 …………………… A0893
馬の骨 ……………………………… A0746
生まれたる自然派徳田秋声 ……… A0756
海 …………………………………… A0050
海の踊 ……………………………… A0222
梅〔のち「鶴」〕 …………………… A0205
梅本育子『時雨のあと』〔書評〕 … A0836
浦賀（辻小説） …………………… A0410
裏切られた私の行為 ……………… A0730
「浮気」の効用 …………………… A1419

【え】

映画・短文 ………………………… A0034
映画評 ……………………………… A0031
映画評（2） ……………………… A0035
影響を受けた作家と作品 ………… A0403
エイ子、その他 …………………… A0191
描かれた東京・織田一磨〔「日曜美術館」NHK教育TV〕 …………… A1644
枝折れ―豊田三郎氏のこと「隣りの椅子⑫」 …………………… A0881
『江戸東京学事典』「花柳界」の項を執筆 …………………………… A1575
『江戸東京学事典』「レビュー」の項を執筆 ……………………… A1576
江戸ブームの落し子 ……………… A1145
画にならぬ場所（「わが荷風」⑦） … A1029
煙雨 ………………………………… A0514
円環の作家（北原武夫追悼） …… A1004
遠近秘話 …………………………… A0273
演劇月旦 …………………………… A0202
演劇時評 …………………………… A0193
炎暑裸考 …………………………… A0415
円地文子『小町変相』〔書評〕 …… A0679
円地文子『女人風土記』〔書評〕 … A0899
遠藤周作・大久保房男対談「文芸雑誌とは何か」〔司会〕 ………… A0784
円本からの出立 …………………… A1318

【お】

往復書簡（南川潤）君とは話せぬ … A0391
大岡昇平『愛について』〔書評〕 … A0835
大岡昇平の「俘虜記」（小説のはなし（36）（37）） …………… A1012, A1013
大きな力 小さな力 ……………… A0044
「大波小波」匿名批評にみる昭和文学史・発刊について …………… A1207

おかた　　　　　作品名索引（初出目録）

岡田三郎氏（「師友」2） ………… A1409
岡本太郎と対談 ……………………… A0543
岡本太郎に語る ……………………… A0335
おことわり …………………………… A0069
尾崎一雄『冬眠居閑談』〔書評〕 …… A0803
尾崎一雄の「虫のいろいろ」（小説のはなし（26）） ……………………… A0987
押花 …………………………………… A0507
おセイ ………………………………… A0440
小田嶽夫『桃花扇・朱舜水』〔書評〕… A0871
落穂ひろい …………………………… A1472
おとこ湯 ……………………………… A0509
オートバイが来るまで ……………… A1208
おとむらい …………………………… A0023
お願い ………………………………… A0727
覚書 ……………… A0342, A0344, A0351
「覚え書補遺」 ……………………… A0883
お濠端 ………………………………… A0294
おわかれの言葉（小説のはなし（50）） ……………………………… A1036
おわび ………………………………… A0032
お詫び〔「模型劇場」〕 ……………… A0190
音響と色彩 …………………………… A1435
女あそび ……………………………… A1217
女賊 …………………………………… A0483

【か】

会員証二題 …………………………… A0530
絵画と予備知識 ……………………… A1577
開眼閉眼 ……………………………… A0267
海峡を渡る …………………………… A0153
海軍応召文人会 ……………………… A0583
『海軍日記』 ……………… A0541, A1362
「外国語表記」に対しコメント〔「ニュースセンター9時」NHK〕… A1547
外出ばかりの一ヵ月 ………………… A1467
〔解説〕岩野泡鳴『耽溺』 …………… A0753
解説オカユ考 ………………………… A1239
〔解説〕作家と作品〔『日本文学全集第60集 舟橋聖一集』〕 ………… A0715

解説〔里見弴・久保田万太郎著『日本文学全集 第26巻』〕 ……………… A0783
〔解説〕里見弴『善心悪心』 ……… A0768
〔解説〕昭和10年代の文学 ………… A1429
解説〔高見順著『昭和文学盛衰史』〕… A1565
〔解説〕『たけくらべ』 ……………… A0437
〔解説〕田山花袋『時は過ぎゆく』… A0909
〔解説〕『椿姫』 ……………………… A0441
解説〔十返肇著『十返肇著作集』（上）〕 ………………………………… A0769
解説〔十返肇著『十返肇著作集』（下）〕 ………………………………… A0771
〔解説〕永井荷風『腕くらべ』 …… A1425
解説〔日本近代文学館編『名著初版本復刻珠玉選』〕 ……………………… A1474
解説〔野口冨士男編『荷風随筆集』（上）〕 ………………………………… A1537
解説〔野口冨士男編『荷風随筆集』（下）〕 ………………………………… A1543
解説〔野口冨士男編『荷風随筆集』（下）〕改訂版 ……………………… A1556
〔解説〕『初恋』 ……………………… A0450
解説〔広津和郎著『広津和郎全集』第12巻〕 ……………………………… A1031
解説〔広津和郎著『広津和郎全集』第13巻〕 ……………………………… A1064
解説〔舟橋聖一著『現代日本の文学―舟橋聖一集』〕 …………………… A0810
解説〔舟橋聖一著『昭和国民文学全集20巻』〕 …………………………… A0994
解説〔舟橋聖一著『新潮日本文学29巻―舟橋聖一集』〕 ………………… A0848
解説〔舟橋聖一著『日本文学選集第60巻』〕 ……………………………… A0930
解説〔舟橋聖一著『木石』〕 ……… A0534
解説〔舟橋聖一著『歴史文学全集第7巻 舟橋聖一集』〕 ……………… A0736
〔解説〕舟橋聖一の「夏子もの」 … A1566
〔解説〕舟橋聖一・人と作品〔『昭和文学全集 第12巻』〕 …………… A1570
解説〔船山馨著『北国物語』〕 …… A0900
解説〔船山馨著『船山馨小説全集』〕… A1084
解説〔水上勉著『越後つついし親不知』〕 ………………………………… A1066
解説〔水上勉著『雁の寺』〕 ……… A1059

258

解説〔水上勉著『城・佐渡の埋れ火』〕
　…………………………………… A1105
〔解説〕水上勉と彼の文学〔水上勉著
　『湖の琴』〕 ………………………… A1030
〔解説〕水上勉「人と文学」〔水上勉著
　『現代日本文学大系』〕 …………… A1151
〔解説〕『ロミオとジュリエット』 … A0436
解説〔和田芳恵著『接木の台』〕 …… A1221
開戦と終戦の日 ……………………… A1135
回想の井上靖氏 ……………………… A1690
回想の道南 …………………………… A1047
回想の宮内寒弥 ……………………… A1466
返り花 ………………………………… A1415
「顔役さん」舟橋聖一（匿名） …… A0568
画家と小鳥 …………………………… A0028
学院新聞の出来たころ ……………… A0310
隔月に連作と短篇〔「信濃毎日新聞」〕
　〔インタビュー〕 …………………… A1293
「かくて、水上勉」慕情と風土 …… A1242
『かくてありけり』 ………………… A1179
『かくてありけり』〔インタビュー〕… A1183
かくてありけり ………………………
　　　　　A1142, A1147, A1154, A1160
神楽坂から早稲田まで（私のなかの東京
　⑥・完）……………………………… A1178
神楽坂考 ……………………………… A1037
神楽坂考補遺 ………………………… A1072
神楽坂の興行物 ……………………… A1455
家系 …………………………………… A0378
影法師 ………………………………… A0467
花壷・随筆 …………………………… A0105
過去の思ひ出 ………………………… A0041
葛西善三『哀しき父』 ……………… A0554
葛西善三『子をつれて』 …………… A0553
火災の季節 …………………………… A1176
風花──尾崎士郎氏のこと「隣りの椅
　子③」………………………………… A0851
風間完・野見山暁治対談「さし絵余談」
　〔司会〕 ……………………………… A0984
和郎・浩二・善蔵──「奇蹟」派の作家
　たち〔講演〕 ………………………… A1133
『風の系譜』 ………………………… A0326
風の系譜 ………… A0320, A0322, A0323
風の系譜〔飛びゆく後編、のち「女性翻
　翻」〕 ………………………………… A0275

『風のない日々』 …………………… A1302
風のない日々 ‥ A1232, A1236, A1240, A1245,
　　　　　A1248, A1252, A1256, A1259, A1266
『仮装人物』と『縮図』 …………… A0815
『仮装人物』の副女主人公
　………………………… A1219, A1220, A1222
片意地文学論 ……… A0444, A0446, A0449
花袋・秋声・白鳥〔講演〕 ………… A1224
片隅からの合掌〔越智啓子編『花の雨─
　越智信平追悼録』〕 ………………… A0667
カタパルト付近 ……………………… A1683
カット〔「KAGERO」〕 …………… A0008
家庭で幸せを感じるとき …………… A1473
かどで ………………………………… A0375
カナリヤ──倉橋弥一氏のこと「隣りの椅
　子⑧」………………………………… A0867
かの子女史と太郎君 ………………… A0591
彼女の結論 …………………………… A0169
『黴』と『暗夜行路』 ……………… A0762
『黴』とその周辺 ……………………
　　　　　A1197, A1201, A1204, A1209, A1211
荷風あとさき〔対談〕（川本三郎氏）‥ A1708
荷風生誕百年におもう ……………… A1229
荷風と隅田川　画集東京百景 ……… A1524
荷風の眼と心 ………………………… A1323
荷風メモ ……………………………… A1102
荷風をめぐる女たち ………………… A0559
歌舞伎劇評 …………………………… A0180
鎌倉の夏 ……………………………… A0257
上高地から松本へ …………………… A0047
紙の色──杉山英樹君のこと「隣りの椅子
　⑨」…………………………………… A0873
紙の箱 ………………………………… A1594
亀井勝一郎・山本健吉対談「国語と言語
　表現」〔司会〕 ……………………… A0588
カモンイス『ウズ・ルジアダス』〔名作
　プレイバック〕 ……………………… A1621
カラー写真 …………………………… A1533
仮の住居 ……………………………… A0370
花柳小説とは何か〔対談〕（丸谷才一）
　………………………………………… A1243
枯尾花 ………………………………… A0072
彼と〔十返肇〕 ……………………… A0649
河からの風 …………………………… A0336
川崎さんと私 ………………………… A1244

川崎長太郎氏「弔辞」 A1502
川崎長太郎氏と氏の文学 A1512
川崎長太郎『忍び草』〔書評〕 A0924
川崎長太郎頌 A1703
川崎長太郎逝去 A1501
川崎長太郎の回にゲスト出演〔「人に歴
　史あり」東京12チャンネル〕 A1251
川崎長太郎『鳳仙花』〔名作プレイバッ
　ク〕 A1655
川崎長太郎・八木義徳対談「人生の歳末」
　〔司会〕 A0797
川崎長太郎・吉行淳之介対談「灯火は消
　えても」〔司会〕 A0570
川瀬 A0070
川と濠〔芝木好子〕 A1428
川のある平野 A0496
川端賞を受賞した野口さん〔インタビ
　ュー〕 A1255
川端先生との五十年 A1263
川端康成の「伊豆の踊子」（小説のはな
　し（8）） A0950
川端康成『雪国』〔名作プレイバック〕
　..................................... A1647
河盛好蔵・永井龍男対談「文学賞の周辺」
　〔司会〕 A0616
刊行を慶ぶ〔復刻『林芙美子全集』〕 .. A1149
漢字嗜好 A1441
感情 一束 A0123
感触的昭和文学史〔講演〕 A0743
『感触的昭和文壇史』 A1526
感触的昭和文壇史 A1366, A1371,
　　A1373, A1377, A1380, A1382, A1385,
　　A1389, A1393, A1395, A1398, A1400,
　　A1406, A1442, A1445, A1451, A1454,
　　A1457, A1497, A1504, A1509, A1513
『感触的昭和文壇史』を出した野口さん
　〔インタビュー〕 A0808
かんにんどっせ A0901
観念について語る〔座談会〕（舟橋聖一・
　福田恆存・伊藤整ほか） A0463
上林暁『草餅』〔書評〕 A0777
上林暁・佐多稲子対談「文学者の生活」
　〔司会〕 A0598

【き】

「キアラ」と「風景」〔鼎談〕（八木義
　徳・北條誠） A0709
キアラの会と「風景」〔座談会〕（船山・
　八木義徳・沢野ら） A1122
消えた灯―新宿「いま道のべに③」 ... A1290
記憶に残る言葉 A1637
記憶の出口 A1568
記憶のなかの東京〔インタビュー〕 ... A1688
喜吉の昇天 A0237
菊池寛生誕百年番組にちょっと出演（自
　宅で）〔「ETV8」NHK教育TV〕 .. A1586
菊池寛の「ある敵討の話」（小説のはな
　し（24）） A0983
菊池寛の「入れ札」（小説のはなし
　（23）） A0982
菊の花―徳田秋声先生のこと A0488
聴け聴け雲雀 A0265
記号とパフォマンス A1584
鬼子母神まで A1124
寄宿舎 A0045
「技術だけでも」について（山高芳子）
　..................................... A0396
傷痕 A0491
傷だらけ―井上立士君のこと「隣りの椅
　子⑩」 A0877
煙管の羅宇 A1671
紀田順一郎・長岡光郎対談「出版会への
　展望」〔司会〕 A1024
北との結点 ... A0744, A0745, A0749, A0750
北原武夫関係 A0992
北原武夫『霧雨』〔書評〕 A0856
北杜夫の「岩尾根にて」（小説のはなし
　（45）） A1027
鬼太郎兄へ A0125
喫茶店今昔 A1392
狐―大塚「いま道のべに⑤」 A1300
気笛鳴る A0054
キネマ A0006
記念年にあたって A1510

【き】

きのう今日あした …………… A1718
紀伊国坂附近 ………………… A1113
君との長い…（高見順追悼）… A0684
君の友達は窓の中にゐる北川哲郎追悼
　………………………………… A0155
木村梢著『竹の家の人々』〔書評〕… A1410
木村荘八『東京風俗帖』……… A1095
木山捷平の「耳学問」（小説のはなし
　（42））……………………… A1021
木山捷平・安岡章太郎対談「さまざまな
　る不安」〔司会〕…………… A0566
鏡花研究を読む（文学館活動の原点）… A1449
教科書と著作権 ……………… A1101
狭義の文学はいま …………… A1403
居室と衣服（井上立士追悼）… A0418
清姫の蛇 ……………………… A0270
虚名 …………………………… A0523
きよらかな人『岩上順一追想集』… A0544
近況〔インタビュー〕………… A0948
銀座二十四丁（私のなかの東京②）… A1144
近時小評 ……………… A0092, A0106
金銭と友情 …………………… A0280
近代と現代 …………………… A0462
「近代文学」のころ〔鼎談〕（荒正人・
　杉森久英）………… A1053, A1054
金曜会の「カルメン」を観る … A0240
近隣 …………………………… A0382

【く】

空海 …………………………… A0561
偶然について ………………… A0714
癖の話 ………………………… A0298
九段坂・青春前期（「わが荷風」③）… A0961
九段四丁目 …………………… A0221
口笛 …………………………… A0016
口笛と羊 ……………………… A0053
愚鈍なまでの一途さ— 近松秋江生誕百
　年に憶う …………………… A1125
国木田独歩の「春の鳥」（小説のはなし
　（40））……………………… A1018
国木田独歩の「日の出」（小説のはなし
　（39））……………………… A1017
苦悩の末（太宰治追悼）……… A0464
雲のちぎれ …………………… A0829
『暗い夜の私』………………… A0796
暗い夜の私 …………………… A0755
「暗い夜の私」の時代的背景〔講演〕… A0806
倉敷 …………………………… A0558
黒い雀 ………………………… A0921
黒い富士山〔インタビュー〕… A1608

【け】

経済の面 ……………………… A1065
芸者 …………………………… A0580
芸者の玉代 …………………… A1331
慶祝三十周年〔日本近代文学館〕… A1709
芸術院会員徳田秋声の抵抗 … A0677
芸術をする青年 ……………… A0309
劇団「芸術舞台」（前篇）…… A0224
劇団「芸術舞台」（後篇）…… A0230
劇団「プレイ・ボーイス」へ … A0188
『決定版 風の系譜』…………… A0443
幻影 …………………………… A0277
源氏鶏太・村上元三対談「武士とサラ
　リーマン」〔司会〕………… A0564
「現実・文学」と「年刊文学学院」… A0772
現実密着の深度 ……………… A0809
腱鞘炎（自病伝）……………… A1129
現象の裏側には ……………… A1344
懸絶 …………………………… A0479
源蔵ヶ原のころ〔尾崎士郎著『尾崎士郎
　全集』第7巻〕…………… A0707
『眷属』………………………… A0374
眷属 ………………… A0355, A0361, A0366
嫌速、嫌音 …………………… A1284
「現代文学」と私 推薦文〔『槐・現代
　文学』全10巻〕…………… A1521
「現代文学」のころ …………… A1530

【こ】

ご挨拶（理事長就任にあたって）…… A1417
小石川・本郷・上野（私のなかの東京③）
　……………………………… A1150
「行為」と「要約」と …………… A0560
後記 おわび〔「KOZUE」〕……… A0130
後記のあとに〔竹田三正遺稿集〕…… A0317
交通信号と対談 …………………… A1434
江東歳時記 ………………………… A1498
「行動」のころ─附「あらくれ」…… A1152
幸福は此処にもある ……………… A0085
交友（和田芳恵追悼）……………… A1174
紅葉の大山で文学のひととき（シンポジ
　ウム）………………………… A1619
強羅まで …………………………… A0020
小金井素子さんのこと …………… A0332
『虚空に舞う花びら』………………… A1499
虚空に舞う花びら（新著余瀝）…… A1515
虚空に舞う花びら「風景」の終刊に憶
　う ……………………………… A1121
国語と国文 ………………………… A0056
告白 ………………………………… A0455
此処から生れる …………………… A0264
「心構へ」の鑑 …………………… A0330
心苦しさふたたび ………………… A1561
心の寒暖 …………………………… A0894
越ヶ谷 ……………………………… A0781
小島信夫・浜本武雄対談「小説家と戯曲」
　〔司会〕……………………… A0979
小島政次郎『花ざかりの森』もう一つ
　の ……………………………… A0838
五所平之助・吉村公三郎対談「監督の発
　言」〔司会〕………………… A0708
こぞの雪 …………………………… A0469
今年の劇壇はどうなるか ………… A0206
ことば ……………………………… A0055
ことば「梢」編集部 ……………… A0137
言葉にすがる ……………………… A1717
子供合埋塚 ………………………… A1436
小鳥の死 …………………………… A0001
この頃 ……………………………… A0166
此日頃 ……………………………… A0116
この世のひとり〔川手一郎〕…… A0824
小林美代子『繭となった女』〔書評〕… A0929
コブラ（映画評）………………… A0059
五本の煙管 ………………………… A0104
駒澤にて …… A0115, A0121, A0135, A0139
駒田信二・中田耕治対談「中間小説の現
　状」〔司会〕………………… A1032
五味康祐『喪神』〔名作プレイバック〕
　………………………………… A1632
ごめん ごめん─十返肇君のこと「隣り
　の椅子⑬」…………………… A0889
コラージュ風な回想〔伊藤整著『伊藤整
　全集』〕……………………… A1023
こわいろ〔徳田秋声〕…………… A0669
今年度の優秀作品は?…………… A0394
今日出海・武田泰淳対談「映画を中心に」
　〔司会〕……………………… A0586

【さ】

最近の映画 ………………………… A0005
最近の映画界 ……………………… A0003
最近の文壇を語る〔座談会〕（椎名麟三・
　梅崎春生・八木義德ほか）…… A0471
歳月 ………………………………… A0339
西郷隆盛〔「日本人の歴史」NET〕… A0572
最後に一と言（一頁時評）……… A1354
最後の小説を書いてしまってもはや二
　年 ……………………………… A1714
最古の太郎画 ……………………… A0537
差異と同一〔磯田光一著『磯田光一著作
　集』〕………………………… A1679
冴子の夏 …………………………… A0162
坂上弘『枇杷の季節』〔書評〕…… A1057
坂口安吾と「現代文学」『安吾のいる風
　景』…………………………… A1572
坂口安吾の印象（坂口安吾『堕落論』
　のあと）……………………… A1112
坂口三千代・十返千鶴子・田辺茂一座談
　会「故人のこと」〔司会〕… A1049

作品名索引（初出目録）　　ししゆ

さかぐっつあん ……………… A0906
坂の遍歴 …………………… A1634
作者の意見を書く近代小説（小説のはな
　し（3）） ……………………… A0940
桜田常久宛書簡1通 ………… A1728
桜橋 ………………………… A1433
さぐり合ひ ………………… A0272
些細なこと ………………… A0433
佐多稲子宛書簡6通 ………… A1727
佐多稲子『重き流れに』〔書評〕 … A0823
佐多稲子の「キャラメル工場から」
　（小説のはなし（28）） …… A0989
佐多稲子『水』〔名作プレイバック〕 … A1648
『座談会昭和文壇史』 ……… A1117
作家というもの …………… A1359
作家と作品・舟橋聖一〔対談〕（山本健
　吉司会で巌谷大四） ……… A0717
作家と批評家 ……………… A0438
作家年譜の諸問題 ………… A0859
『作家の椅子』 ……………… A1311
作家のindex ……………… A1701
作家の現場　野口氏〔インタビュー〕 … A1699
作家の生活〔対談〕（松原新一） … A1712
作家の生と死〔対談〕（和田芳恵　司会・
　平岡篤頼） ………………… A1140
作家の手〔里見弴・舟橋聖一〕 … A0741
作家の年齢 ………………… A1532
作家のみなさん・生活に不安があってこ
　そすごみが ……………… A1226
作家訪問（安原顕）〔インタビュー〕 … A1383
作家論覚書 ………………… A0352
雑感 ………………………… A0124
雑誌から〔「梢」〕 …………… A0097
札幌の新しい店、函館の古い店〔座談
　会〕（船山馨・八木義德・原田康子ほ
　か） ………………………… A0904
佐藤善一『宇野浩二』〔書評〕 … A0748
佐藤春夫詩集 ……………… A1490
佐藤春夫氏について　作家論 … A0219
佐藤春夫の「オカアサン」（小説のはな
　し（31）） …………………… A1000
佐藤春夫の「西班牙犬の家」（小説のは
　なし（30）） ………………… A0998
佐藤泰志『もうひとつの朝』 … A1522

里見弴氏とその文学〔鼎談〕（井上靖・
　有馬頼義） ………………… A0739
里見弴の「夜桜」（小説のはなし
　（32）） ……………………… A1002
さまざまな回想── パブロワからパリ
　シニコフまで ……………… A1527
さまざまな「私」 …………… A1238
沢野久雄『酒場の果汁』〔書評〕 … A0712
沢野久雄『失踪』〔書評〕 …… A0811
残花のなかを ……………… A1562
三十人の読者 ……………… A1350
算術と綴り方が苦手 ……… A1328
傘寿の直前 ………………… A1691
傘寿を初の自選全集で飾った野口冨士男
　さん〔インタビュー〕 ……… A1697
三都めぐり ………………… A1309
残日余語 …………………… A1720

【し】

しあわせ …………………… A1680
『しあわせ』 ………………… A1685
『しあわせ』〔新著余瀝〕 …… A1693
『しあわせ／かくてありけり』 … A1711
椎名麟三・小島信夫対談「純文学のゆく
　え」〔司会〕 ………………… A0581
志雄の夕陽 ………………… A1177
自覚について ……………… A0416
しかし ……………………… A0271
しかし宿り木は …………… A1401
『志賀直哉研究』復刻版 …… A1430
志賀直哉の「城の崎にて」（小説のはな
　し（10）） …………………… A0956
私見小島政二郎氏 ………… A0978
自己禁止 …………………… A1019
仕事時間（「しごとの周辺」） … A1483
「しごとの周辺」 ……… A1478, A1479,
　A1480, A1481, A1482, A1483, A1484,
　A1485, A1486, A1487, A1488, A1489
自殺した彼の話 …………… A0143
事実の選択 ………………… A0283
詩集　秋の香 ……………… A0079

263

しすか　　　　　　　　作品名索引（初出目録）

静かなあゆみ ……………………… A0536
下町今昔 …………………………… A1191
下町としての上野 ………………… A1198
下町とその文学〔講演〕 ………… A1193
下谷龍泉寺『たけくらべ』 ……… A0505
七月二十六日 ……………………… A0302
実体喪失 …………………………… A0540
嫉妬心について―「コローとバルビゾン
　の作家たち」展をみて ………… A0914
自伝抄＝秋風三十年 ………………
　　　　A1267, A1268, A1269, A1270, A1271,
　　　　A1272, A1273, A1274, A1276, A1277,
　　　　A1278, A1279, A1280, A1281, A1282,
　　　　A1283, A1285, A1286, A1287, A1288
死というインキで"情痴"を書いた和田
　芳恵 ……………………………… A1164
死ぬまでに一度 …………………… A1542
詩の旅 東海道 …………………… A0101
芝浦・麻布・渋谷（私のなかの東京⑤）
　　　　…………………………… A1167
芝木好子『明日を知らず』〔書評〕 … A0785
芝木好子『散華』〔名作プレイバック〕
　　　　…………………………… A1656
芝木好子『染彩』〔書評〕 ………… A0734
芝木好子『築地川』〔書評〕 ……… A0728
芝木好子〔弔辞〕 ………………… A1698
芝木好子『夜の鶴』〔書評〕 ……… A0658
柴田錬三郎・水上勉対談「いそがしい作
　家」〔司会〕 …………………… A0601
「縛られた女」の著者（＝徳田一穂作家
　論） ……………………………… A0300
自筆年譜 …………………………… A1624
渋川驍『宇野浩二論』〔書評〕 …… A1069
自負と内省 ………………………… A0458
自分のためのノート ……………… A0360
自分のわびしい作品について …… A0110
島木健作の「赤蛙」（小説のはなし
　（25）） ………………………… A0986
島崎藤村の「嵐」（小説のはなし
　（19）） ………………………… A0972
島村利生宛書簡3通 ……………… A1724
島村利正氏逝く …………………… A1335
島村利正氏・弔辞 ………………… A1327
ジャリ仲間 ………………………… A1123
「師友」1 徳田秋声先生 ………… A1404

「師友」2 岡田三郎氏 …………… A1409
「師友」3 十返肇君 ……………… A1412
「師友」4 和田芳恵さん ………… A1413
「師友」5 八木義徳君 …………… A1414
10月同人雑誌評 …………………… A0158
十月・同人雑誌評 ………………… A0198
秋声遺跡保存会の設立まで ……… A0492
秋声遺宅 …………………………… A0506
秋声会 ……………………………… A1645
秋声関係資料の充実（和田芳恵旧蔵資料
　寄贈） …………………………… A1199
秋声研究30年の野口氏〔インタビュー〕
　　　　…………………………… A1206
秋声『縮図』 ……………………… A0713
秋声『縮図』について 近代文学館夏期
　講座 ……………………………… A1045
秋声先生と銀座 …………………… A0681
秋声誕生日のナゾ ………………… A0853
秋声追跡―『仮装人物』の副女主人
　　　　……………… A0656, A0659, A0664,
　　　　A0668, A0673, A0676, A0678, A0680,
　　　　A0682, A0685, A0692, A0696, A0697
秋声追跡―『黴』をめぐって ‥ A0619, A0622,
　　　　A0625, A0628, A0631, A0633, A0635,
　　　　A0638, A0641, A0642, A0643, A0646
秋声追跡―『未解決のまゝ』のお冬 … A0594
「秋声伝」その後〔のち「現実密着の深
　度」と改題〕 …………………… A0809
秋声と占い ………………………… A0825
秋声とおんな ……………………… A0652
修正徳田秋声年譜試案
　　　　……………… A0547, A0549, A0550
秋声と宗教 ………………………… A0845
秋声成東行 ………………………… A1405
秋声について〔座談会〕（吉田精一・平
　野謙・佐伯彰一） ……………… A0687
秋声年譜の修正 …………………… A0525
秋声の周辺〔インタビュー〕 …… A0670
秋声の生誕地に碑を ……………… A1170
秋声没後50年（上） ……………… A1721
秋声ほんの一面 …………………… A1258
秋声を追って〔対談〕（和田芳恵） … A0655
「秋声」を読む〔講演〕 ………… A1250
十二月号同人課題・年末のスケッチ
　〔「梢」〕 ……………………… A0090

264

作品名索引（初出目録）　　　　　　しよし

十二月のこと …………………… A0096	小説の読み方と書き方〔講演〕 …… A0427
終末感と切迫感 ………………… A1574	聖徳太子 …………………………… A0493
「重役の椅子」讃辞 ……………… A0538	賞とわたし ………………………… A1218
習練・途上（2） ………………… A0380	少年小説・ハーモニカを吹けば …… A0030
収録作の選出に当たる〔川端康成著『群像日本の作家13―川端康成』〕 … A1695	庄野誠一『肥った紳士』〔書評〕 …… A0307
『縮図』の銀子の家 …………… A0719	蒸発―再び川端康成氏のこと「隣りの椅子⑱」 ………………………… A0907
『縮図』の背景 ………………… A0716	常備が義務の時代〔「明治期刊行物集成カタログ」〕 …………………… A1596
宿直室 …………………………… A0308	情婦とカクシ子 ………………… A0648
手術のあと ……………………… A0858	昭和三十年代以降（感触的昭和文壇史⑲⑳㉑㉒）‥ A1497, A1504, A1509, A1513
受賞者同士の奇しき再会〔巖本真理〕‥ A0703	昭和三十年代の文学〔鼎談〕（小田切秀雄・磯田光一）‥ A1093, A1099, A1100
受賞者をたずねて〔わが荷風〕〔インタビュー〕 ……………………… A1205	昭和十年代 ……………………… A0735
受賞の辞〔川端康成文学賞〕 …… A1253	昭和十年代の文学〔対談〕（平野謙）‥ A0786
十周年をむかえる「風景」 ……… A0826	昭和十年代の様相（感触的昭和文壇史⑨⑩⑪⑫⑬）
出発点―大崎「いま道のべに①」 … A1257	A1393, A1395, A1398, A1400, A1406
順境のなかの逆境（「わが荷風」②） … A0944	昭和十年代文学の見かた〔対談〕（紅野敏郎） ……………… A0931, A0932
俊太郎と湧吉 …………………… A0129	昭和初期の同人雑誌 …………… A1051
純綿 ……………………………… A0295	昭和――戦争と文学〔対談〕（安岡章太郎） …………………………… A1544
序〔衣斐弘之著『評伝斉藤緑雨』〕 … A1399	昭和二十年代の文学〔鼎談〕（荒正人・小田切進） ……………… A1080, A1082
消音機 …………………………… A0290	昭和二十年代の様相（感触的昭和文壇史⑭⑮⑯⑰⑱）
正月と私 ………………………… A1370	A1442, A1445, A1451, A1454, A1457
『少女』 ………………………… A1657	昭和の文学〔講演〕 ……………… A0770
少女 ……………………………… A1491	昭和は遠く ……………………… A0533
少女の稿 ………………………… A0269	昭和文学史の感触〔講演〕 ……… A1397
小説家の素地 …………………… A1349	『昭和文学全集』〔インタビュー〕 … A1531
小説家を語る …………………… A0274	『昭和文学全集 第14巻』5篇収載 … A1623
小説の在り方〔座談会〕（舟橋聖一・豊田三郎・高橋義孝ほか） …… A0453	昭和文学の系譜〔対談〕（磯田光一）‥ A1535
小説の内面〔座談会〕（八木義徳・梅崎春生・青山光二ほか） ……… A0478	昭和文学の特徴〔講演〕 ………… A1130
小説の中の故郷〔鼎談〕（八木義徳・船山馨） ……………………… A0882	「昭和文壇史」出版します〔インタビュー〕 ……………………… A1514
小説のはなし ……………………	『昭和文壇史』野口冨士男氏 …… A0807
A0938, A0939, A0940, A0941, A0942,	昭和を語る〔対談〕（佐伯彰一） … A1640
A0947, A0949, A0950, A0951, A0956,	植物百態 ………………………… A0281
A0957, A0958, A0959, A0963, A0964,	食用蛙とザリガニ ……………… A1587
A0965, A0966, A0971, A0972, A0974,	序言 野口〔「KAGERO」〕 …… A0004
A0975, A0981, A0982, A0983, A0986,	処女作の思い出〔風の系譜〕 …… A1477
A0987, A0988, A0989, A0993, A0998,	
A1000, A1002, A1003, A1009, A1011,	
A1012, A1013, A1014, A1017, A1018,	
A1020, A1021, A1025, A1026, A1027,	
A1028, A1033, A1034, A1035, A1036	
小説の読み方（小説のはなし（5））‥ A0942	

265

しよし　　　　　　　　　作品名索引（初出目録）

所信はつらぬけ（雑誌編集一年間の体
　　験）……………………………… A0590
女性描写〔永井荷風〕……………… A1022
『女性翻翻』………………………… A0350
女性翻翻……………………………… A0268
暑中多忙（「しごとの周辺」）……… A1489
女中ばなし…………………………… A0513
序文〔岡崎清記著『今昔 東京の坂』〕… A1319
序文〔野川友喜編『徳田秋声文献年表
　　ノート1896～1963』〕…………… A1723
庶民の底辺…………………………… A0276
書物について………………………… A0407
ショーロホフ提言に答える………… A0520
『白鷺』……………………………… A0482
白鷺…………………………………… A0451
資料の保存…………………………… A1602
白い石………………………………… A0088
白い小さな紙片……………………… A0603
新花柳小説への要望………………… A1241
新感覚派から新興芸術派へ（感触的昭和
　　文壇史②③④）… A1371, A1373, A1377
新劇往来
　　　　　A0231, A0234, A0238, A0245, A0249
新劇雑感……………………………… A0203
新劇の現状…………………………… A0248
新劇の表情…………………………… A0192
新劇評判…………………… A0207, A0209,
　　　　　　A0214, A0216, A0226, A0227, A0241
甚五（上）…………………………… A0475
甚五（下）…………………………… A0476
新興芸術派のころ〔鼎談〕（楢崎勤・小
　　田切秀雄〕………………… A1043, A1044
新作の話……………………………… A0073
真夏 舞台 俳優……………………… A0189
新庄嘉章・白井浩司対談「大学の文学部」
　　〔司会〕…………………………… A0996
新人国記「三田の同級生たち」（岡本太
　　郎・藤山一郎・石川七郎）〔インタ
　　ビュー〕…………………………… A1500
新進作家の立場……………………… A0397
人生如何に生くべきか……………… A0452
死んだ川……………………………… A0535
『死んだ川』文学散歩〔インタビュー〕
　　……………………………………… A1196

新入会員のご推薦に関するお願い
　　〔「文芸家協会ニュース」〕……… A1261
新年宴会で…………………………… A1369
新年号 世界のにほひ他10篇〔「梢」〕
　　……………………………………… A0109
人物の心のなかも深く表現できる
　　（小説のはなし（4））………… A0941
「人物もの」の盛行………………… A0710
新・文学人国記―神奈川
　　……………………… A0788, A0789, A0790
新・文学人国記―群馬……………… A0791
新・文学人国記―埼玉・栃木……… A0792
新・文学人国記―千葉・茨城……… A0793
新・文学人国記―東京
　　　　　　　　A0794, A0799, A0802, A0804
身辺の事など………………………… A0148
新芽ひかげ…………………………… A0311

【す】

推薦文「現代文学」と私〔『槐・現代
　　文学』全10巻〕…………………… A1521
推薦文〔紅野敏郎・広津桃子編『定本広
　　津柳浪作品集』〕………………… A1307
推薦文〔永井壯吉著『荷風小説』〕… A1517
推薦文〔復刻版「科学と文学」〕…… A1571
推理小説に関する355人の意見…… A1260
すがた………………………………… A0058
すききらひ…………………………… A0195
好きな小説 嫌ひな小説…………… A0389
好きな土地・場所………… A0384, A0414
すこし離れて〔北原武夫著『北原武夫全
　　集』〕……………………………… A1074
鈴木五郎「勝田新左衛門の日記」
　　作品評……………………………… A0377
鈴木丈也日記『終りに近き日』附記… A0319
鈴木三重吉の「千鳥」（小説のはなし
　　（33））…………………………… A1003
捨てる、残す………………………… A1539
ストロー―外村繁氏のこと「隣りの椅子
　　⑮」………………………………… A0897
SUMIKO（「三重子」改作）……… A0244

隅田川 …………………………… A0220
隅田川絵巻―ある版画家の生と死
　〔藤牧義夫〕 ………………… A1528
隅田川と私 ……………………… A1653
「隅田川と私」隅田川市民サミット … A1626

【せ】

世紀末小感 ……………………… A1629
生死いずれか …………………… A1673
成人文学を読むためには（小説のはなし
　（1）） …………………… A0938
税対策委員会報告 ……………… A0740
税対策委員の一人として ……… A0660
西南戦争・鹿児島 ……………… A0556
姓名のこと ……………………… A0767
征矢 ……………………………… A0126
瀬音 ……………………………… A0402
赤面症―伊藤整氏のこと「隣りの椅子
　①」 …………………………… A0847
瀬戸内晴美『遠い声』〔書評〕 … A0820
瀬戸内晴美『鬼の栖』〔書評〕 … A0729
セパ両リーグ順位予想 セリーグ … A1557
セパ両リーグ順位予想 パリーグ … A1558
一九七〇年の収穫 ……………… A0843
1971年の成果 …………………… A0885
1972年の成果 …………………… A0928
1973年の成果 …………………… A1006
1974年の成果 …………………… A1070
1975年の成果 …………………… A1108
一九四九年の文学〔座談会〕（花田清輝・
　福田恆存・八木義德ほか） …… A0477
戦後 ……………………………… A0376
先号の批評と今号の雑感〔「KOZUE」
　「梢」〕 ………………………… A0074
1000号を迎える新潮〔鼎談〕（河盛好
　蔵・大久保房男） ……………… A1588
戦後十年間の文学動向いまあざやかに
　…………………………………… A1511
千社札―鈴木清次郎氏のこと「隣りの椅
　子⑦」 ………………………… A0864
先生 ……………………………… A0817

先生のおみやげ〔徳田秋声〕 … A0688
善蔵・和郎・浩二・名著復刻全集 … A0775
戦争と作家気質 ………………… A0839
先輩訪問〔インタビュー〕 …… A0757

【そ】

創刊号のころ …………………… A0737
創作・いえ ……………………… A0127
創作・午后の野原で …………… A0142
創作座を見る …………………… A0223
創作すること …………………… A0134
創作・病院へゆく恋人 ………… A0140
痩身に義憤いっぱい …………… A1235
漱石手紙発見 …………………… A0831
『増補改訂 新潮日本文学辞典』数項目
　を執筆 ………………………… A1580
創立六十周年をむかえた日本文芸家協
　会 ……………………………… A1516
『続田奈部豆本・なぎの葉考』その1 … A1582
『続田奈部豆本・なぎの葉考』その2 … A1583
卒業のつもりで〔徳田秋声の文学〕
　〔インタビュー〕 ……………… A1202
外濠線にそって（私のなかの東京①） … A1134
外濠の散歩 ……………………… A1090
曽野綾子『無名碑』〔書評〕 …… A0798
その橋の上まで―― 千住の散歩 … A1107
そのひとつの道 ………………… A1158
その日私は ……………………… A0722
それが終るとき（「わが荷風」⑧） … A1040
ソ連作家歓迎会〔挨拶〕 ……… A1462

【た】

対極の友〔八木義德〕 ………… A1541
大根 ……………………………… A0210
大正期の文学〔対談〕（紅野敏郎） … A1185
大正時代 ………………………… A1416
大正時代のこと ………………… A0878
大正文学研究会のころ ………… A1148

大地上に生けるもの …………… A0082
高木卓『歌と門の盾』〔書評〕 …… A0338
高木卓『北方の星座』〔書評〕 …… A0371
高橋義孝・十返肇対談「三つの現代文学」
　〔司会〕 ……………………… A0575
高浜虚子の「斑鳩物語」（小説のはなし
　（29）） ……………………… A0993
高見順『文士というサムライ』〔名作プ
　レイバック〕 ………………… A1660
タクシー運転手 ………………… A1553
田久保英夫『髪の環』〔名作プレイバッ
　ク〕 …………………………… A1659
田久保英夫・後藤明生対談「ソビエトを
　旅して」〔司会〕 …………… A1041
『たけくらべ』〔解説〕 ………… A0437
『たけくらべ』論考を読んで〔前田愛〕
　………………………………… A1492
竹田三正句集 …………………… A1495
武田麟太郎『大凶の籤』〔名作プレイ
　バック〕 ……………………… A1633
太宰治の「走れメロス」（小説のはなし
　（13）） ……………………… A0959
『黄昏運河』 ……………………… A0406
黄昏運河〔原題「東京慕情」〕 … A0314,
　　A0318, A0321, A0327, A0331, A0340
只今文芸復興中 ………………… A0218
『ただよい』 ……………………… A0539
たった一字 ……………………… A0764
田中千禾夫「橘体操女塾裏」 …… A0232
田中英光『オリンポスの果実』〔名作プ
　レイバック〕 ………………… A1612
田辺茂一関係 …………………… A0738
田辺茂一・矢代静一対談「東京の隅っこ」
　〔司会〕 ……………………… A1039
谷川徹三『志賀直哉の作品』〔書評〕… A0401
谷崎潤一郎・円地文子対談「伊豆山閑話」
　を舟橋聖一と司会 …………… A0595
他人の春 ………………………… A1579
楽しい時 ………………………… A0086
楽しむということ ……………… A1063
旅 ………………………………… A0131
旅の道 …………………………… A0426
田宮虎彦自裁 …………………… A1589
田宮虎彦〔追悼〕 ……………… A1591

田宮虎彦の「絵本」（小説のはなし
　（44）） ……………………… A1026
田宮虎彦のこと ………………… A1200
田山花袋『時は過ぎゆく』 …… A0909
『断崖のはての空』 ……………… A1338
断崖のはての空 ………………… A1306
断想 ……………………………… A0181
単なる個人のつぶやきに ……… A0694
断念の代償 ……………………… A1548
耽美と闘魂の人（舟橋聖一追悼）… A1114
短文集 煙る夕べの海上 ……… A0075
短文・花を愛する心 …………… A0057
短文・夜道 ……………………… A0029
短篇小説のすすめ ……………… A1465

【ち】

近頃の広告術 …………………… A0060
違った角度から〔小島信夫〕 …… A1469
蓄音機 …………………………… A0291
竹林 ……………………………… A0431
地図しらべ ……………………… A1519
父からの手紙 …………………… A1550
地底よりの聲 …………………… A0081
千葉先生を憶ふ ………………… A0259
巷に学ぶ ………………………… A0333
中学時代から心を惹かれて（わが荷風）
　………………………………… A1092
中期の作品 ……………………… A0421
注文の「型」 …………………… A0480
弔辞（芝木好子のため） ……… A1698
弔辞（山本健吉） ……………… A1601
長寿会員あいさつ〔「文芸家協会ニュー
　ス」〕 ………………………… A1301
蝶結び …………………………… A1658
直前の光景 ……………………… A1675
著作家の手紙 …………………… A0634
著作権委員会報告 ……………… A1213
著作権法の改正 ………………… A0742
「著者と一時間」〔インタビュー〕… A0661
チョジュツ業 …………………… A0481
著書を語る・暗い夜の私 ……… A0805

ちょっと待てよ ………… A1339
地理感覚 ………… A0943
『散るを別れと』 ………… A1246
散るを別れと ………… A1227
チロルハット（石川七郎追悼）…… A1662

【つ】

追憶宮内寒弥 ………… A1378
追悼・田宮虎彦 ………… A1591
追悼・舟橋聖一〔鼎談〕（円地文子・吉
　行淳之介）………… A1115
「津軽じょんがら節」前後 ………… A1005
築地座と小劇場 ………… A0201
築地のハムレット ………… A0197
月のない夜 ………… A0043
月見草 ………… A0062
槌田満文『東京文学地図』〔書評〕… A0840
『椿姫』〔解説〕 ………… A0441
壺井栄・芝木好子対談「文学する女性」
　〔司会〕………… A0614
坪内逍遙哀悼 ………… A0242
蕾の季節──「現代文学」のこと …… A0910
露きえず ………… A0442
つゆぞら ………… A0445
つゆぞら 2 ………… A0448
梅雨のころ ………… A1153
鶴 ………… A0205
鶴〔「梅」の改作〕 ………… A0368
ツンドク礼賛 ………… A0484

【て】

提言二つ三つ ………… A0832
抵抗と混迷〔座談会〕（中島健蔵・渋川
　驍・巌谷大四）………… A0874
堤上からの眺望（「わが荷風」⑥）… A1015
定説への懐疑〔徳田秋声〕………… A1545
手入れ怠る勿れ ………… A0423
手暗がり ………… A1304

手抜きできない明治の文士〔インタビ
　ュー〕………… A1423
出もどり編集長 ………… A0952
寺崎浩宛書簡 ………… A0773
テレビ週評
　　A0623, A0626, A0632, A0636, A0640
伝記と小説のあいだ ………… A1234
伝記文学の方法〔講演〕………… A1214
伝記文学の方法（上）………… A0705
伝記文学の方法（下）………… A0706
転業か、非ず ………… A0495
電車を待つ間 ………… A0033
転生 ………… A0372
伝説 ………… A0466
伝統の尊重 ………… A0341
伝統の理念発揚 ………… A0419
電話と書簡 ………… A0654
電話の人 ………… A0379

【と】

「問はずがたり」覚え書 ………… A1097
童顔 ………… A0473
童顔の毒舌家（十返肇追悼）………… A0651
東京いまむかし〔対談〕（小林信彦）… A1494
東京生まれの詩人（一頁時評）…… A1345
東京遠景近景 ………… A1651
東京気まぐれ散歩〔対談〕（加藤郁乎）
　　………… A1336
東京新想 ………… A0064
東京新聞創刊百年記念「時代をえぐる鋭
　い目」〔鼎談〕（巌谷大四・平井隆
　太郎）………… A1432
東京地図（「しごとの周辺」）…… A1479
東京という範囲 ………… A1689
東京と植物 ………… A1060
東京のお正月今昔 ………… A1071
東京繁華街考 ………… A1540
東京人の文学〔対談〕（磯田光一）… A1212
東京・深川六間堀・五間堀（一枚の地図）
　　………… A1155

とうき　　　　　　　　　　作品名索引（初出目録）

東京慕情 …………………… A0314,
　　A0318, A0321, A0327, A0331, A0340
『東京モダン：1930～1940 師岡宏次写
　真集』〔書評〕 ………………… A1303
『東京余情』 …………………… A1341
東京を見る角度 ………………… A1696
東西モダン談義〔対談〕（石浜恒夫）‥ A1573
当時 ……………………………… A0546
湯治行 …………………………… A0325
同時代人として（庄司総一追悼）…… A0600
どうしたわけか〔『奥野信太郎回想
　集』〕 …………………………… A0860
投書〔日本近代文学館報〕 ……… A1351
同人課題・火鉢 ………………… A0078
同人課題・シグナル …………… A0080
どうすればいいのか …………… A1615
童貞 ……………………………… A0526
道南四日 ………………………… A0908
同年者の立場から（八木義徳関係）‥ A1677
同年同期 ………………………… A0597
動物園行 ………………………… A0393
道路というもの ………………… A0937
通り雨 …………………………… A0334
都会心情 ………………………… A0252
都会の夜 ………………………… A1507
都会挽歌 ………………………… A0184
都会文学について ……………… A0337
十返選集について〔インタビュー〕
　……………………… A0765, A0766
十返肇君（「師友」3）………… A1412
十返肇『実感的文学論』 ……… A0650
十返一を語る …………………… A0388
十返肇を偲ぶ〔対談〕（十返千鶴子）‥ A0776
『時のきれはし』 ……………… A1704
時のきれはし …………………… A1669
時の人〔徳田秋声伝〕〔インタビュー〕
　………………………………… A0699
特異な名編集長（和木清三郎追悼）‥ A0830
特集・ちょっといい話 ………… A1190
読書新凉 ………………………… A0312
読書と涙―「土」を観て　新劇評… A0284
徳田一穂『北の旅』〔書評〕 …… A0373
徳田一穂『受難の芸術』〔書評〕… A0367
徳田秋声『あらくれ』 ………… A0551
徳田秋声・岩野泡鳴・近松秋江 … A1085

徳田秋声『縮図』（名作文庫）…… A0758
徳田秋声『新世帯』 …………… A0916
徳田秋声先生（「師友」1）…… A1404
徳田秋声先生と私 ……………… A0675
『徳田秋声伝』 ………………… A0752
『徳田秋声傳』〔インタビュー〕… A0662
『徳田秋聲傳』 ………………… A0657
徳田秋声伝（後年の単行本とは別のも
　の）……………………………
　　A0620, A0621, A0624, A0627, A0630
『徳田秋声傳』その後 ………… A0700
『徳田秋声傳』の背後 ………… A0671
『徳田秋声傳』の文献資料 …… A0663
徳田秋声と川端康成〔講演〕 … A1165
徳田秋声とその周囲〔講演〕 … A1388
徳田秋声とわたし ……………… A0903
徳田秋声の近親者 ………………
　　　　　　A0683, A0693, A0695, A0698
『徳田秋聲ノート―現実密着の深度』‥ A0911
『徳田秋聲の文学』 …………… A1223
徳田秋声の文学〔講演〕 ……… A0841
独断的同族意識 ………………… A1408
禿髪記 …………………………… A0288
特別附録　本年度上半期に於ける帝都封
　切映画名、今秋封切映画名 …… A0065
都市における時間 ……………… A1360
土砂降り―梅崎春生君のこと「隣りの椅
　子⑰」 ………………………… A0905
途上 ………………… A0399, A0405, A0408
都内あるき ……………………… A0936
「隣りの椅子」 …… A0847, A0849, A0851,
　　A0852, A0854, A0861, A0864, A0867,
　　A0873, A0877, A0880, A0881, A0889,
　　A0893, A0897, A0902, A0905, A0907
飛びゆく〔のち「女性飜翻」〕…… A0268
飛びゆく後編〔のち「女性飜翻」〕‥ A0275
扉 ………………………………… A0052
飛ぶ歌 …………………………… A0504
富田常雄・井上友一郎対談「新聞小説の
　特質」〔司会〕 ……………… A0584
友の糸（田宮虎彦追悼）………… A1622
友より ………………………… A0061
豊田三郎『好きな絵』〔書評〕… A0644
豊田さん二つ三つ ……………… A1337
『トリマルキオーの饗宴』〔書評〕‥ A0357

【な】

ナイター（「しごとの周辺」） …… A1485
ないふりて（かくてありけり②） …… A1147
永井荷風 …………………………… A1086
永井荷風—娼婦小説の軌跡（講座・大正期の文学）〔講演〕 …… A1171
永井荷風「腕くらべ」 …………… A0500
永井荷風雑感〔講演〕 …………… A1518
永井荷風の花柳小説 ……………… A1291
永井荷風の花柳小説〔講演〕 …… A1289
永井荷風の『狐』（小説のはなし(6)） …………… A0947
永井荷風の小説〔講演〕 ………… A1088
永井荷風の娼婦小説〔講演〕 …… A1079
永井荷風の女性描写 ……………… A1058
永井荷風の文学〔講演〕 ………… A1106
永井荷風『葡萄棚』〔名作プレイバック〕 …………………… A1649
永井荷風訳著『珊瑚集』 ………… A1325
永井龍男の「黒い御殿」（小説のはなし(38)） …………… A1014
長い長い夏 ………………………… A1505
中上健次と〔週刊プレイボーイ〕〔対談〕 ………………… A1188
中勘助『銀の匙』〔名作プレイバック〕 ………………………… A1627
中里恒子『此の世』〔書評〕 …… A0917
中島河太郎・武蔵野次郎対談「推理小説あれこれ」〔司会〕 … A1016
中島健蔵・頼尊清隆対談「文筆家の死」〔司会〕 ……………… A1007
長沼弘毅『鬼人宇野浩二』〔書評〕 … A0846
中村真一郎・篠田一士対談「作家の不満 批評家の不満」〔司会〕 … A0607
中村光夫『虚実』〔書評〕 ……… A0827
永山則夫問題アンケート ………… A1684
流れる肉的幻想 …………………… A0502
渚 …………………………………… A0574
渚の宿 ……………………………… A0424
亡き天皇の思い出（佐伯彰一） … A1641

『なぎの葉考』 …………………… A1275
『なぎの葉考・少女』 …………… A1731
なぎの葉考 ………………………… A1225
投げ込み寺 ………………………… A1056
"投げ込み寺"再興縁起 …………… A1089
ナザレの岸辺 ……………………… A1312
なぜ秋声か ………………………… A1182
夏と不良少年 ……………………… A0217
夏の毛布 …………………………… A1308
夏日 ………………………………… A0177
七十代就任は初めて〔インタビュー〕 … A1421
七という数字 ……………………… A1210
なまぐさい仙人—室生犀星 ……… A0977
ナマ原稿の焼失 …………………… A0532
涙 …………………………………… A0048
悩んでいる階級 …………………… A0157
楢崎勤『作家の舞台裏』〔書評〕 … A0842
習志野 ……………………………… A0919

【に】

新盆 ………………………………… A0724
にほひ咲き ………………………… A0225
肉づきの歌〔佐藤春夫詩集ほか〕 … A1298
「二十四五」と「中年増」〔徳田秋声〕 …………………… A0672
二十年の空白（戦後と私） ……… A1475
二十六番 …………………………… A0508
二十歳前後 ………………………… A0855
二反長半『青桐の床屋と燕』〔書評〕 … A0857
日常事 ……………………………… A0363
日記 ………………………………… A0927
日記抄 ……………………………… A0112
二七会と三銀会 …………………… A0701
二五〇号に寄せて ………………… A1189
日本映画の次代 …………………… A1348
日本近代文学史の転轍手（山本健吉追悼） ………………… A1599
『日本近代文学大事典』25項目を執筆 … A1169
日本近代文学の礎石〔紅野敏郎・広津桃子編『定本広津柳浪作品集』〕 … A1326

にほん　　　　　　作品名索引（初出目録）

『日本現代文学大事典』「渋川驍」の項を執筆 …………… A0689
『日本現代文学大事典』「大正文学研究会」の項を執筆 …………… A0690
『日本現代文学大事典』「徳田秋声」の項を執筆 …………… A0691
日本新劇祭第一回新劇評 ………… A0204
日本文芸家協会の責務 …………… A1468
『日本ペンクラブ三十年史』 ……… A0721
『日本ペンクラブ三十年史』〔インタビュー〕 …………………… A0723
入試問題と教科書 ………………… A1098
ニュースでQuiz・文学 …………… A1707
二葉の写真から—「あらくれ会」の思い出 ……………………… A0629
丹羽文夫問題 ………… A0922, A0923
丹羽文雄は何を考へてゐるか …… A0383
人形家族 …………………………… A0347
人間のにほひ プレイ・ボーイス・模型劇場合同公演リーフレット ……… A0200

【ね】

姉さん ……………………………… A0118
年表を読む楽しさ ………………… A1143
年譜の問題 ………………………… A1458
年末におもう ……………………… A1508

【の】

野上弥生子逝去 …………………… A1456
野口さん理事改選で人生の至言 菊島大氏 …………………………… A1604
野口氏文学を語る〔インタビュー〕 … A1546
『野口冨士男エッセイ集 作家の手』 … A1733
野口冨士男さん〔インタビュー〕 … A1702
『野口冨士男自選小説全集』（上下） … A1694
『野口冨士男自選小説全集』〔インタビュー〕 …………………… A1700
野口冨士男氏にきく〔インタビュー〕 … A1314

野口冨士男氏の意見〔インタビュー〕 … A0818
野口冨士男氏訪問〔インタビュー〕 … A1592
残りの雪 …………………………… A1184
のこる秋草 ………………………… A1320
野田宇太郎・大竹新助対談「文学散歩の旅」〔司会〕 ……………… A0954
野田宗太郎・小田切进対談「近代文学の礎」〔司会〕 ……………… A0686
野村尚吾「伝記・谷崎潤一郎」〔書評〕 ……………………………… A0915
暖簾 ………………………………… A0278
ノンプロ筆者の作家回想〔書評〕 … A0821

【は】

敗戦直後のメモ …………………… A1381
ハガキ回答 ………………………… A0470
儚い夢 ……………………………… A0083
白日抄（かくてありけり③） …… A1154
白痴の青年 ………………………… A0194
はしがき〔「東京慕情」第1篇、のち「黄昏運河」〕 ………………… A0314
橋袂 ………………………………… A0428
橋の雨 ……………………………… A0489
馬車でゆく村 ……………………… A0154
八月十五日（「しごとの周辺」） … A1487
'84印象に残った本 ………………… A1448
'88印象に残った本 ………………… A1635
パック旅行（「しごとの周辺」） … A1481
『初恋』〔解説〕 …………………… A0450
発行の意〔「FUTSUKA」「不束」〕 … A0036
初の自伝小説『かくてありけり』〔インタビュー〕 …………………… A1180
花いばら …………………………… A0472
花かげ ……………………………… A0215
華やかなりしSKD（わが1930年代） … A1372
ハマナスと軽石（八木義德受賞随行記） ……………………………… A1610
ハムレット上演 …………………… A0199
はや秋に・尾瀬行 ………………… A0150
林芙美子の「風琴と魚の町」（小説のはなし(27)) ………………… A0988

272

林芙美子『晩菊』〔書評〕 ………… A0485
葉山嘉樹の「セメント樽の中の手紙」
　（小説のはなし（41）） ………… A1020
原宿 ………………………………… A1431
原民樹『夏の花』〔名作プレイバック〕
　……………………………………… A1611
原民喜の「夏の花」（小説のはなし
　（34）（35）） ………… A1009, A1011
張り紙いつまで …………………… A1676
春一日を描く ……………………… A0152
春のトピック ……………………… A0168
春を待ちつつ ……………………… A0021
バレエタップ ……………………… A1523
晴れぬ日々 ………………………… A0460
晴れの毎日芸術賞 ………………… A0702
繁華殊に著しく（「わが荷風」⑨） … A1050
犯禁 ………………………………… A0834
犯罪のことなど …………………… A0435
晩秋 ………………………………… A0077
晩年の秋声作品 …………………… A0567
晩年の三つの作品〔徳田秋声著『秋声全
　集』第七巻〕 …………………… A0617

【ひ】

控室にて …………………………… A0413
光の上を歩め ……………………… A0099
樋口一葉の「大つごもり」（小説のはな
　し（9）） ………………………… A0951
美術史の断面（上） ……………… A0364
美術史の断面（下） ……………… A0365
美女寸観 …………………………… A1391
ひそかに …………………………… A0066
必要経費（「しごとの周辺」） …… A1482
人差指—木々高太郎氏のこと「隣りの椅
　子⑯」 …………………………… A0902
ひとつの「12月8日」 ……………… A1010
一つの笑顔〔十返肇〕 …………… A0653
ひとつの覚書 ……………………… A0359
一つの角度から …………………… A0417
一つの現象から（山高芳子） …… A0404
一つの提案 ………………………… A0499

一粒の泪 …………………………… A0094
人の命のあるかぎり（「わが荷風」⑩）
　……………………………………… A1055
人の子懺悔 ………………………… A0293
一人 ………………………………… A0071
火の煙 ……………………………… A0412
批評のまはり ……………………… A0304
秘本一巻〔永井荷風〕 …………… A0637
閑 …………………………………… A0869
秘密 ………………………………… A0128
秘密のいのり ……………………… A0027
微妙 ………………………………… A1364
百号を願みて（有馬頼義・吉行淳之介・
　船山馨ら）〔「風景」〕〔座談会〕
　……………………………………… A0760
病気 ………………………………… A0025
病気に気づいたとき ……………… A0872
表紙・口絵〔「KOZUE」「梢」〕… A0068
表紙・口絵〔「梢」〕 …… A0084, A0098
表紙・挿画〔THE KODZUE〕 …… A0145
病床十日 …………………………… A0816
評論家十返千鶴子の奇妙な愛情 … A0639
評論の世代—昭和文学史一面 …… A0913
平野謙氏の思い出 ………………… A1215
平野謙『昭和文学覚書』〔書評〕 … A0828
平野謙・中島和夫対談「文芸雑誌今昔」
　……………………………………… A0969
広津和郎・宇野浩二・葛西善蔵〔講演〕
　……………………………………… A1264
広津和郎・高見順対談「新春文藝夜話」
　〔司会〕 ………………………… A0604
広津桃子『春の音』〔書評〕 …… A0896
貧乏文士 …………………………… A0497

【ふ】

風格と体臭 ………………………… A0420
「風景」終刊へ …………………… A1110
風景と私 …………………………… A0837
「風景」の21ヶ月 ………………… A0610
風葉と秋声 ………………………… A0751
"風流抄"の作家舟橋聖一 ………… A0518

笛と踊 …………………… A0254	船山馨『ペテルブルグ夜話』〔書評〕… A0812
深い海の底で ………………… A0774	船が出るとき ………………… A0925
深川と深川の間（「わが荷風」④）… A0976	冬支度 ………………………… A0844
吹き溜り―神田「いま道のべに②」… A1265	冬の海 ………………………… A0091
武芸者―小林秀雄氏のこと「隣りの椅子⑥」……………………… A0861	冬の逃げ水―鶯谷「いま道のべに④」… A1294
	冬の夜 ………………………… A0026
不幸な気持 …………………… A0161	ふるい東京 …………………… A1104
藤井君の死 …………………… A0182	古山高麗雄『点鬼簿』〔書評〕…… A1216
不思議なご縁 ………………… A1706	プロレタリア文学とその周辺（感触的昭和文壇史⑤）………………… A1380
富士見坂ふたつ（私の原風景）… A1157	
伏字だらけの西鶴 …………… A0862	文化学院系の諸誌 …………… A0486
舞台に観たもの ……………… A0185	文学教室の夏 ………………… A1131
舞台の茶筒 …………………… A0385	文学者たちの山田順子観 …… A0609
再び「秋声論」を〔インタビュー〕… A1120	文学者の宿命―豊田三郎さんの死 … A0548
二つの姿勢―水上勉氏のこと … A0891	文学者は浮動している ……… A1692
『二つの虹』…………………… A0542	文学賞の意味〔川端康成文学賞〕… A1254
二人の幼な友達 ……………… A0519	文学・政治・思想〔鼎談〕（佐多稲子・舟橋聖一）…………………… A0865
ぶっちぎり …………………… A1390	
舟橋兄弟問題 ………………… A1141	文学精神について …………… A0345
舟橋聖一『川音』〔名作プレイバック〕………………………… A1614	『文学とその周辺』……… A1361, A1363
	文学のひろば〔のち「類縁性ということ」に改題〕……………… A1379
舟橋聖一『紅毛医人風聞』〔書評〕… A1046	
舟橋聖一氏に ………………… A0262	文学碑 ………………………… A0814
舟橋聖一『真贋の記』〔書評〕… A0720	文学瞥視 ………………… A0171, A0175
舟橋聖一点描 ………………… A0747	「文学への招待・永井荷風」（竹盛天雄）〔「文学への招待・永井荷風」〕……………………… A1317
舟橋聖一『寝顔』〔書評〕 …… A0666	
舟橋聖一の文学（文化功労者記念）… A1103	
舟橋聖一『花の素顔』………… A0555	文化面は私のパラボラアンテナ … A1654
舟橋聖一『花実の絵』〔書評〕… A0875	文芸家協会経理委員長選任めぐり … A1357
舟橋聖一『文芸的グリンプスⅡ』〔書評〕………………………… A0935	文芸家協会理事長就任〔インタビュー〕……………………… A1424
	文芸家協会理事長になった〔インタビュー〕………………………… A1420
舟橋聖一『蜜蜂』……………… A0782	
舟橋聖一・もう一つの「花の生涯」… A1128	「文芸時代」のころ〔鼎談〕（青山光二・船山馨）……………… A1062, A1068
舟橋聖一『妖魚の果て』〔書評〕… A0918	
舟橋美学・華麗な生涯（追悼）… A1109	文芸時評 ……………………… A0196
船山馨 ………………………… A0498	文芸諸道 雑筆 ……………… A0113
船山馨『石狩平野』〔書評〕… A0726	文芸書はなぜ売れないか―出版の流通を考える ………………… A1552
船山馨『北国物語』…………… A0973	
船山馨記念室オープン ……… A1439	「文芸年鑑」の整備 …………… A0522
船山馨記念室が開設 ………… A1440	文芸復興期の周辺〔鼎談〕（福田清人・平野謙）…………………… A0868
船山馨『見知らぬ橋』〔書評〕… A0879	
船山馨逝去 …………………… A1315	文士気質について〔インタビュー〕… A1119
船山馨追憶 …………………… A1321	文士の生活考えて〔インタビュー〕… A1422
船山馨とのこと（北との結点①）… A0744	文士の税対策20年 …………… A0801
船山馨文庫のこと …………… A1444	

作品名索引（初出目録）　　またみ

文壇史と文学史〔座談会〕（吉田凞生・
　曽根博義・鈴木貞美）………… A1564
文壇戦前戦後 ……………………… A0813
文壇に出るまで〔原題「田宮虎彦のこ
　と」〕………………………………… A1200
文壇の底辺はこうだ ……………… A0606
文壇を見、歩んで六十年〔新船海三郎〕
　〔インタビュー〕………………… A1713

【へ】

平野〔のち「川のある平野」と改題〕‥ A0496
別冊解説 …………………………… A1052
別種のつまらなさ ………………… A1461
ベルの音 …………………………… A0524
ベレーザ（「しごとの周辺」）…… A1488
編集後記〔「あらくれ」〕
　　　　　A0233, A0239, A0243, A0246, A0251
編集後記〔「現実・文学」〕…… A0163,
　　　　　A0165, A0167, A0170, A0173, A0176
編集後記〔「現代文学」〕……… A0348,
　　　　　A0353, A0354, A0356, A0358, A0362
編集後記〔「KOZUE」〕………… A0067
編集後記〔「KOZUYE」〕……… A0141
編集後記〔「梢」〕………………… A0117, A0136
編集後記〔THE KODZUE〕‥ A0144, A0151
編集後記〔「尖塔」〕……………… A0159
編集後記〔第二次「現実・文学」〕
　　　　　………………………… A0213, A0253
編集後記〔「風景」〕……… A0571, A0576,
　　　　　A0579, A0582, A0585, A0587, A0589,
　　　　　A0593, A0596, A0599, A0602, A0605,
　　　　　A0608, A0612, A0615, A0946, A0955,
　　　　　A0970, A0980, A0985, A0997, A1008
編集後記〔「文学青年」〕………… A0187
編集室〔「KAGERO」〕………… A0007
編集の後で皆様に〔「KAGERO」〕‥ A0018
編集の前に〔「KAGERO」〕…… A0014
編集部より〔「梢」〕……………… A0089
返信 ………………………………… A0266

【ほ】

放浪の唄 …………………………… A0146
『濹東綺譚』覚え書 ……………… A0876
僕とハイキング …………………… A0247
ボクの秋声の決定版を出します〔インタ
　ビュー〕…………………………… A1096
僕の場合〔愛読した明治大正の作家と作
　品〕………………………………… A0390
「僕の吉原ノート」
　　　　　A0313, A0315, A0328, A0343
北陸の風土と水上勉『はなれ瞽女おり
　ん』………………………………… A1048
歩行道徳（「しごとの周辺」）…… A1486
星影 ………………………………… A0012
北海道と私 ……………… A1127, A1652
北海道の四日間 …………………… A1386
北海道文学者とのこと（北との結点④）
　　　　　…………………………… A0750
ほとりの私 ………………………… A0732
堀辰雄『風立ちぬ』〔名作プレイバック〕
　　　　　…………………………… A1605
ほろびる町（「僕の吉原ノート」3）‥ A0328
本質と宿命 ………………………… A0369
本邦電信電話年表 ………………… A0494

【ま】

麻雀屋の師走 ……………………… A0510
迷い子のしるべ …………………… A1346
まえがき〔蛭田昭著『蛭田昭遺稿集』〕
　　　　　…………………………… A0501
前書〔「KAGERO」〕……………… A0011
曲り角 ……………………………… A0235
牧屋善三氏への手紙（往復書簡）…… A0411
マジックカッターばんざい（往復はがき）
　　　　　…………………………… A1536
また一つ …………………………… A1661
また見る真間の桜（「わが荷風」⑪）‥ A1067

275

まちあ　　　　　　作品名索引（初出目録）

街あるき（「しごとの周辺」）…… A1478
街と建物〔対談〕（前田愛）……… A1506
街にて ………………………………… A0211
街には風が吹いてゐる ……………… A0306
街のいろ ……………………………… A1330
真暗な朝 ……………………………… A0778
まづしい点景 ………………………… A0156
松尾英三郎追悼 ……………………… A0212
真っ二つ ……………………………… A1334
松本清張『ある『小倉日記』伝』〔名作
　プレイバック〕…………………… A1643
祭の日まで …………………………… A0447
窓枠の恋愛 …………………………… A0160
瞼の裏の祇園 ………………………… A1192
まぼろしの町（「僕の吉原ノート」2）
　………………………………………… A0315
迷いに迷って〔私の好きな短篇〕… A1595
丸岡明『ひともと公孫樹』〔書評〕… A0725
丸谷才一・山口瞳対談「日本語・国語」
　〔司会〕……………………………… A0962

【み】

三浦三崎の火葬場（「風景論」12）… A0870
三重子 ………………………………… A0164
三吉と海 ……………………………… A0149
三島霜川私見 ………………………… A1233
三島由紀夫『橋づくし』〔名作プレイ
　バック〕……………………………… A1613
三島由紀夫・福田恆存対談「文学と演劇
　についてのまじめな放談」〔司会〕
　………………………………………… A0563
水の恐れ ……………………………… A0015
糞 ……………………………………… A0087
三田三丁目 …………………………… A1446
三田文学9年ぶりの復刊〔スピーチ〕… A1463
三田文学祝賀会〔スピーチ〕 ……… A1464
「三田文学」のひと区切り〔座談会〕
　（遠藤周作・平岡篤頼・白井浩司）… A1139
道を行く ……………………………… A0132
緑の微風 ……………………………… A0490

水上勉『宇野浩二伝』〔書評〕
　……………………… A0886, A0888, A0890
水上勉の在所 ………………………… A1138
水上勉の文学と演劇 ………………… A1365
港を歌ふ ……………………………… A0108
南川君の三つの望み（南川潤追悼）… A0521
耳のなかの風の声 …………………… A0515
「耳のなかの風の声」の一節所収 … A1230
三宅艶子関係 ………………………… A0718

【む】

昔遊んだ場所〔インタビュー〕 …… A1470
「無」から「有」へ ………………… A0258
結び目―徳永直氏のこと「隣りの椅子
　⑪」…………………………………… A0880
無題 …………………………………… A0010
無題 書簡 …………………………… A0208
無題詩 ………………………………… A0024
無題録 ………………………………… A0038
「胸痛む」（中上健次追悼）………… A1715
胸そそる日（「僕の吉原ノート」4）… A0343
無名時代みたび ……………………… A1682
村松定孝宛書簡2通 翻刻 中野和子… A1732
村山猛男医師と出演〔「お達者くらぶ」
　NHK〕……………………………… A1585

【め】

明治四十二年十二月（「わが荷風」①）
　………………………………………… A0933
名優のおもかげ〔対談〕（藤間藤子）… A1636
めがね養子〔のち「人形家族」〕 …… A0347
めぐりあい―徳田秋声先生 ………… A1316
メニュウ外 …………………………… A1038

276

【も】

喪岩山のキツネ …………………… A1452
毛髪顛末記 ………………………… A0409
黙禱（稲垣達郎追悼）……………… A1534
模型劇場を観る …………………… A0255
Motorboarting 手帖 ……………… A0256
目下『しあわせ』校正の日々〔インタ
　ビュー〕………………………… A1681
求めし寂しさ ……………………… A0107
物語から発展した小説（小説のはなし
　（2））…………………………… A0939
モボ・モガと金融恐慌 …………… A1668
桃の花の記憶 ……………………… A0346
「燃ゆる意志」について …………… A0260
森鷗外『高瀬舟』〔名作プレイバック〕
　………………………………… A1628
森鷗外の「山椒大夫」（小説のはなし
　（20）（21））………… A0974, A0975
森鷗外の「高瀬舟」（小説のはなし
　（22））………………………… A0981

【や】

野球におもう ……………………… A0562
野球放送（「しごとの周辺」）…… A1484
八木義徳宛書簡9通 翻刻 保坂雅子 … A1730
八木義徳『風祭』〔名作プレイバック〕
　………………………………… A1650
八木義徳君（「師友」5）………… A1414
八木義徳出版記念会 ……………… A0895
八木義徳とのこと（北との結点②）… A0745
八木義徳の出版記念会 …………… A0898
薬物の夜 ………………… A1538, A1603
安住孝史氏讃 安住孝個展案内状 …… A1525
山崎豊子問題 ‥ A0990, A0991, A0999, A1001
山と谷の境ひに立ちて …………… A0063
山に対して ………………………… A0114
山の歌 ……………………………… A0051

山彦の霊 …………………………… A0002
山本健吉〔弔辞〕………………… A1601
山本健吉氏のことども …………… A1606
山本健吉逝去 …………… A1597, A1598
山本健吉の文学 …………………… A1384
山本太郎・谷川俊太郎対談「詩を考えて
　みる」〔司会〕………………… A0733
闇夜 ………………………………… A0147
弥生美術館 ………………………… A1437

【ゆ】

夕べ ………………………………… A0049
ゆがんだ青春 ……………………… A0454
雪 …………………………………… A0228
『雪国』の存在 …………………… A1710
ゆきずりの人 ……………………… A0457
雪と潮（かくてありけり④・完）… A1160
柚子湯 ……………………………… A0111
夢のかよひぢ（「僕の吉原ノート」1）
　………………………………… A0313

【よ】

妖狐年表 …………………………… A1569
用紙と作家（山高芳子）………… A0400
葉門の句（連載1）……………… A1493
夜鏡 ………………………………… A0301
余儀ない荷風 ……………………… A1520
翌朝 ……………………… A0285, A0487
横顔 ………………………………… A1670
横目で見る正月 …………………… A1332
芳恵と秋声 ………………………… A1194
吉行淳之介の「子供の領分」（小説のは
　なし（43））…………………… A1025
世捨人と俗人（舟橋聖一との往復書簡）
　………………………………… A0465
四人の妻〔徳田秋声〕…………… A1061
余白を語る（談話筆記・赤松俊輔）〔イ
　ンタビュー〕…………………… A1639

頼尊清隆・笹原金次郎対談「新聞の文学・
　雑誌の文学」〔司会〕 ………… A0611
夜 ……………………… A0292
夜になってからの雪 ……………… A0557
夜の歌 ……………………… A0236
夜の鏡 ……………………… A0517
夜の鳥 ……………………… A1136
夜の散歩 ……………………… A0039
ヨーロッパ旅行余滴 ……………… A1496
四代の文学　江戸ブームから100年を見
　返す ……………………… A1549
四〇〇号に寄せて〔「文芸家協会ニュー
　ス」〕 ……………………… A1443

【ら】

来号には〔「KAGERO」〕 ………… A0017
落差 ……………………… A0459
ラジオ ……………………… A0019

【り】

理解について ……………………… A0425
リーグ戦酣 ……………………… A0250
陸の船酔 ……………………… A0545
理事諸氏にも ……………………… A0565
理事長辞任のあとさき …………… A1616
理事長「辞任のご挨拶」 ………… A1607
『流星抄』 ……………………… A1228
流星抄 ……………………… A0674
龍之介の書簡 ……………………… A0386
両国の第九　はがき ……………… A1453
涼宵 ……………………… A0303
リョクイン随筆 ……………………… A0503
緑雨のために ……………………… A1678
隣家のラジオ ……………………… A0387
臨終記 ……………………… A1719

【る】

類縁性ということ ………………… A1379
『誄歌』 ……………………… A1375
誄歌 ……………………… A1367
涙腺ふたたび ……………………… A1503
留守を訪ふ ……………………… A0183

【れ】

冷静に世を見つめて〔インタビュー〕‥ A1333
レスト・ハウス―菊岡久利氏のこと
　「隣りの椅子④」 ……………… A0852
レビューくさぐさ ………………… A1387
レモン ……………………… A0119
連作小説の問題 …………………… A0468

【ろ】

老妓供養 ……………………… A0296
老妓に寄せて〔「老妓供養」の改作〕‥ A0349
老境　青年芸術派短篇集『私たちの作品』
　……………………………………… A0381
路地 ……………………… A1563
路地への視点〔対談〕（佐多稲子）‥ A1347
六角形の破裂 ……………………… A0102
ロートレック『靴下を脱ぐ女』〔好きな
　作品〕 ……………………… A0912
『ロミオとジュリエット』〔解説〕 ‥ A0436
論の立て方〔菊田均関係〕 ……… A1305

【わ】

若い彼の心 ……………………… A0261
わが一年 ……………………… A0179

若い日の私 ……………………… A1638	『私のなかの東京』の野口冨士男さん
「わが荷風」 …………… A0933, A0944,	〔インタビュー〕 ……………… A1187
A0961, A0976, A0995, A1015, A1029,	私の「二・二六」 ……………… A0892
A1040, A1050, A1055, A1067, A1073	私の人形趣味 …………………… A1630
「わが荷風」〔インタビュー〕 …… A1087	私の8月15日 …………………… A1426
『わが荷風』 ……… A1081, A1438, A1725	わたしのベスト3 '91 文学の収穫 … A1705
『わが荷風』（上下） …………… A1726	私のみずうみ …………………… A0511
『わが荷風』擱筆 ……………… A1077	私の見た欧州映画とその評 ……… A0046
『わが荷風』の野口さん ………… A1075	私の略歴 ………………………… A1394
『わが荷風』の野口さん〔インタビュー〕	私も署名します ………………… A1352
……………………………… A1111	和田芳恵『色合わせ』〔書評〕 …… A0754
わが青春 ………………………… A0456	和田芳恵・尾崎秀樹対談「大衆文学の動
わが一九三〇年代 ……………… A1368	向」〔司会〕 ………………… A0945
わがために …………………… A0439	和田芳恵さん（「師友」4） …… A1413
わが著書を語る（『徳田秋声傳』） … A0665	和田芳恵さんと彼の文学 ……… A1172
わが著書を語る（わが荷風）〔インタ	和田芳恵さんと私 ……………… A1175
ビュー〕 ……………………… A1091	和田芳恵さんの文学 …………… A0780
わが抵抗の気脈〔インタビュー〕 … A1590	和田芳恵さんを悼む ……… A1161, A1162
わが半生の詩と真実〔インタビュー〕 … A1262	和田芳恵氏を憶う ……………… A1168
わが町—— 西早稲田 …………… A1249	和田芳恵 弔辞 ………………… A1163
若者は何してる ………………… A0953	和田芳恵とのこと（北との結点③）… A0749
わずか二度 ……………………… A1322	和田芳恵の文学 ………………… A1173
私小説の活路 …………………… A1299	和田芳恵人と作品 ……………… A1625
私小説の底力 …………………… A1237	笑い ……………………………… A0884
和田氏逝去 ……………………… A1166	われは生れて町に住む（「わが荷風」
私の金沢 ………………………… A1578	⑫・完） …………………… A1073
私の近況 ………………………… A1340	われらが荷風を語る〔対談〕（田久保英
私のしゃしん帖 ………………… A1292	夫） ………………………… A1078
私の小説作法〔講演〕 …… A1593, A1600	「われら還暦」〔鼎談〕（八木義徳・田
私の昭和十年代 ………………… A1132	村泰次郎） ………………… A0850
わたしの好きな川端作品 ……… A1555	
わたしの好きな作品 …………… A1618	
私の好きな昭和文学五選「昭和の文学	
展」図録 …………………… A1674	
私の好きな食べもの …………… A0645	
私の好きなテレビ番組 ………… A1411	
私の卒業証書 …………………… A1396	
私のなかの宇野浩二氏 ………… A0647	
『私のなかの東京』	
……… A1186, A1672, A1722, A1729	
私のなかの東京 ………………… A1134,	
A1144, A1150, A1156, A1167, A1178	
『私のなかの東京』（新著余瀝） …… A1195	
『私のなかの東京』の一節抄録 ……	
A1297, A1342, A1343, A1374, A1407	

人名索引（年譜）

【あ】

青地 晨 ……………… 昭7, 昭8/3/4,
昭11/6/7, 昭11/9/23, 昭11/9/30, 昭12/3/7,
昭13/12/22, 昭21/10/10, 昭21/10/14, 昭
21/10/21, 昭28/3/8, 昭32/11/8, 昭33/3/19,
昭41/4/18, 昭42/10/22, 昭42/10/31, 昭
54/5/21, 昭55/10/3, 昭59, 昭59/9/16
青野 季吉 ………………………… 昭
26/7/1, 昭33/4/5, 昭36/6/25, 昭41/9/19
青柳 瑞穂 ………………… 昭25/7/5
青柳 優 ………………… 昭15, 昭19
青山 光二 ……………… 大2, 昭10, 昭
15/晩秋, 昭20/3, 昭21/5/20, 昭21/6/10,
昭21/8/15, 昭21/9/16, 昭21/9/17, 昭
22/10/13, 昭22/10/18, 昭23, 昭23/4/17,
昭23/10/29, 昭24/5/25, 昭24/6/7,
昭24/6/13, 昭24/6/14, 昭24/9/8, 昭
24/11/22, 昭24/12/26, 昭25, 昭25/5/17,
昭25/8/12, 昭25/8/14, 昭26/1/12, 昭
26/1/30, 昭26/2/12, 昭26/5/4, 昭26/7/1,
昭26/10/16, 昭27/3/20, 昭28/1/16,
昭28/2/18, 昭28/3/8, 昭28/9/17,
昭29/2/20, 昭29/2/22, 昭31/7/5,
昭32/1/25, 昭32/7/8, 昭32/12/14,
昭33/2/5, 昭33/5/24, 昭33/6/23,
昭33/6/28, 昭33/7/5, 昭34/4/17, 昭
34/11/19, 昭35/1/28, 昭35/1/30, 昭36,
36/1/4, 昭36/1/5, 昭36/4/10, 昭36/5/27,
昭37/3/18, 昭37/9/30, 昭38/1/13, 昭
38/4/5, 昭38/6/17, 昭38/7/5, 昭38/8/30,
昭38/9/3, 昭38/10/1, 昭38/10/20,
昭40/1/14, 昭40/5/27, 昭41, 昭41/2/25,
昭41/5/27, 昭41/8/28, 昭41/10/18,
昭41/12/3, 昭41/12/5, 昭42/1/24,
昭42/4/30, 昭42/5/22, 昭42/5/27,
昭42/8/28, 昭42/9/14, 昭42/11/4,
昭42/11/15, 昭43/3/25, 昭43/4/5,
昭43/6/13, 昭43/8/24, 昭43/12/11,
昭44/1/31, 昭44/8/28, 昭45/3/25,
昭45/5/27, 昭46/3/25, 昭46/5/27,
昭46/12/14, 昭47/3/25, 昭47/4/18,
昭49/1/6, 昭49/4/23, 昭49/5/27, 昭
49/7/2, 昭49/8/28, 昭49/9/2, 昭49/9/15,
昭49/11/5, 昭50/3/25, 昭50/4/10,
昭50/6/10, 昭50/8/28, 昭51/2/17, 昭
51/3/31, 昭51/4/5, 昭51/5/27, 昭51/6/2,
昭51/11/5, 昭51/12/17, 昭52/2/14, 昭
52/4/5, 昭52/6/2, 昭52/6/23, 昭53/1/12,
昭53/4/4, 昭53/4/5, 昭53/4/12, 昭
53/6/2, 昭53/6/8, 昭53/11/6, 昭54/1/23,
昭54/4/5, 昭54/5/31, 昭54/6/14,
昭54/8/28, 昭54/11/5, 昭55/2/25, 昭
55/5/9, 昭55/6/4, 昭55/6/7, 昭55/11/5,
昭56/3/25, 昭56/4/6, 昭56/12/13, 昭
57/2/15, 昭57/4/5, 昭57/7/5, 昭57/9/30,
昭57/11/5, 昭57/12/6, 昭58/1/28,
昭58/3/6, 昭58/4/5, 昭58/4/6, 昭58/7/5,
昭58/7/31, 昭58/8/5, 昭58/11/7, 昭
58/12/5, 昭59/1/30, 昭59/3/5, 昭59/4/5,
昭59/6/29, 昭59/7/5, 昭59/8/28, 昭
60/4/5, 昭60/5/9, 昭60/7/5, 昭60/9/30,
昭60/11/1, 昭60/11/5, 昭60/11/6,
昭60/11/11, 昭61/1/30, 昭61/3/5,
昭61/4/4, 昭61/6/5, 昭61/6/20, 昭
61/7/4, 昭61/9/30, 昭62/3/5, 昭62/6/5,
昭63/1/12, 昭63/1/29, 昭63/3/7,
昭63/10/25, 昭63/11/1, 平5/11/27,
平5/12/25, 平6/10/26, 平7/11/22
赤城 泰舒 ………………… 昭5, 昭15/7/10

阿川 弘之 昭36,
　　昭36/1/3, 昭36/1/5, 昭38/8/30,
　　昭39/5/27, 昭41/11/16, 昭42/1/13,
　　昭42/1/24, 昭44/1/31, 昭45/5/27,
　　昭46/5/27, 昭46/9/21, 昭48/9/21, 昭
　　51/5/27, 昭52/5/6, 昭58/3/6, 昭59/8/13
秋山 駿 .... 昭
　　52/2/7, 昭58/10/13, 昭59/2/17, 昭62/2/8
芥川 比呂志 昭27/2/23, 昭45/6/15
浅原 六朗 昭44/9/30
朝吹 登美子 昭59/7/20
浅見 淵 ‥ 昭41/7/15, 昭42/9/21, 昭43/6/18
芦原 英了 ‥ 昭15/1/7, 昭41/3/3, 昭41/3/15
麻生 種衛 昭11
阿部 昭 .... 平元
阿部 知二 昭5, 昭6,
　　昭8/9, 昭9/5/12, 昭10, 昭11/5/22,
　　昭12/5/20, 昭14/3/19, 昭14/4/9,
　　昭14/6/29, 昭15/3/3, 昭23, 昭28/5/10,
　　昭32/1/25, 昭35/2/1, 昭37/11/17,
　　昭42/1/13, 昭42/10/22, 昭48, 昭48/4/30
荒 正人 昭15, 昭42/11/17,
　　昭43/6/23, 昭44/7/30, 昭44/11/26,
　　昭49/7/9, 昭49/12/20, 昭50/1/16,
　　昭50/3/7, 昭51/1, 昭51/12/5, 昭53/1/30,
　　昭53/11/6, 昭54, 昭54/1/20, 昭54/6/11
荒川 洋治 ....
　　　昭48/6/14, 昭60/4/17, 昭61/1/12
荒木 巍 ‥ 昭15, 昭21/7/15, 昭21/7/25, 昭
　　21/9/9, 昭21/9/12, 昭21/10/10, 昭43/6/4
有島 生馬 昭5, 昭41/5/10
有馬 頼義 昭24/8/3, 昭27/2/23,
　　昭32/6/13, 昭32/9/19, 昭32/10/30,
　　昭33/1/19, 昭33/5/21, 昭33/6/28,
　　昭33/10/13, 昭35/1/1, 昭35/1/30,
　　昭35/2/22, 昭35/2/25, 昭35/6/21,
　　昭35/10, 昭35/12/1, 昭35/12/11, 昭
　　36/1/5, 昭36/4/28, 昭36/5/2, 昭36/6/3,
　　昭36/8/8, 昭36/11/2, 昭36/12/1,
　　昭37/2/5, 昭37/3/3, 昭37/4/12,
　　昭38/9/3, 昭38/10/5, 昭39/1/14,
　　昭39/5/7, 昭39/7/15, 昭39/8/17,
　　昭39/9/16, 昭39/10/9, 昭39/12/9,
　　昭40/1/26, 昭40/6/29, 昭41/4/13,
　　昭41/7/11, 昭41/10/22, 昭41/11/16,

　　昭41/12/13, 昭41/12/24, 昭42/2/14,
　　昭42/3/14, 昭42/4/14, 昭42/7/8,
　　昭42/9/16, 昭42/10/16, 昭42/11/15,
　　昭43/1/13, 昭43/2/17, 昭43/4/13,
　　昭43/5/13, 昭43/6/15, 昭43/9/16,
　　昭43/10/26, 昭43/10/28, 昭44/12/16,
　　昭45/3/5, 昭45/3/13, 昭45/4/6,
　　昭45/4/11, 昭45/4/13, 昭45/4/21,
　　昭45/6/15, 昭45/9/12, 昭45/10/12,
　　昭46/3/11, 昭46/11/13, 昭47/5/14,
　　昭47/8/11, 昭49/12/4, 昭55, 昭55/4/17
有吉 佐和子 .... 昭24/8/3, 昭
　　34/6/1, 昭35/12/1, 昭36/1/3, 昭37/6/7,
　　昭37/11/17, 昭39/12/9, 昭40/1/15,
　　昭40/6/29, 昭41/4/13, 昭42/10/16,
　　昭43/2/1, 昭43/9/16, 昭44/12/16,
　　昭45/3/11, 昭48/10/25, 昭51/5/24,
　　昭54/1/20, 昭59, 昭59/8/30, 昭59/9/3
安藤 鶴夫 昭39/1/22

【い】

飯沢 匡 .... 昭5/5/末（?）, 昭24/7/27,
　　昭41/4/4, 昭54/1/20, 昭58/11/22
伊喜見 孝吉 昭9/夏,
　　　昭11/9/20, 昭14/5/9, 昭19/3
生田 花江 昭14/2/18
池島 信平 昭36,
　　昭38/6/17, 昭38/8/28, 昭38/10/1,
　　昭39/5/27, 昭42/1/24, 昭42/1/25,
　　昭42/5/27, 昭44/1/31, 昭44/8/28, 昭
　　45/5/27, 昭46/5/27, 昭46/6/1, 昭48/2/17
池田 みち子 昭32/1/25,
　　昭37/9/30, 昭38/10/20, 昭40/1/15,
　　昭43/6/15, 昭43/7/15, 昭44/8/23, 昭
　　56/5/18, 昭56/6/8, 昭59/6/29, 昭61/6/20
池田 弥三郎 ....
　　　昭41/3/3, 昭41/3/15, 昭42/11/6
池波 正太郎 ....
　　　昭36, 昭51/5/27, 昭52/5/6, 平2
石井 幸之助 昭42/4/5, 昭63/1/18
石井 柏亭 昭5, 昭34/1/8

281

石川 七郎 ･････････････････････････ 昭3/4, 昭38/6/17, 昭45/12/15, 昭46/1/29, 昭46/2/12, 昭46/2/14, 昭54/9/10, 昭60/5/28, 昭61, 昭61/6/29, 昭61/6/30

石川 淳 ･････ 昭16, 昭25/10/8, 昭25/11/1, 昭41/7/15, 昭43/6/23, 昭44/1/21, 昭44/11/5, 昭47/9/29, 昭54/2/8, 昭62

石川 達三 ･･･････････････････････ 昭25/11/2, 昭26/2/5, 昭27/2/2, 昭27/12/9, 昭27/12/22, 昭37/7/9, 昭41/9/22, 昭42/6/21, 昭42/11/30, 昭43/2/6, 昭43/3/1, 昭43/4/19, 昭44/3/7, 昭44/4/8, 昭44/11/26, 昭44/12/17, 昭45/6/23, 昭46/8/6, 昭46/9/28, 昭47/1/26, 昭47/10/21, 昭47/10/31, 昭48/3/5, 昭53/1/12, 昭60, 昭60/1/31, 昭60/2/13

石川 利光 ･･･････････ 昭41/7/15, 昭59/5/23

石川 錬次 ････････････････････ 昭14/6/28

石河 大直 ･････ 昭11, 昭14/7/8, 昭15/7/10, 昭16/晩秋, 昭21/10/14, 昭25/8/13, 昭26/7/14, 昭30/3/16, 昭31/11/26

石坂 洋次郎 ･････････････････ 昭41/3/3, 昭41/3/15, 昭41/11/8, 昭41/12/12, 昭42/10/17, 昭42/12/4, 昭42/12/4, 昭42/12/12, 昭43/3/11, 昭43/6/13, 昭43/7/15, 昭43/9/16, 昭44/6/16, 昭44/8/23, 昭45/6/15, 昭45/10/19, 昭47/12/8, 昭50/2/13, 昭51/2/19, 昭51/7/9, 昭53/6/29, 昭61

石塚 友二 ･･･････････ 昭43/9/21, 昭61

石田 アヤ ･････････････････････ 昭63

石浜 金作 ････････････････ 昭5, 昭43

石浜 恒夫 ････････････････ 昭62/9/4

石原 慎太郎 ･･････････････････ 昭42/6/5

石原 八束 ････････････････ 昭56/2/17

石光 葆 ････････････････････ 昭15, 昭16, 昭33/1/8, 昭40/6/25, 昭48/9/21

泉 鏡花 ･････････････････ 昭8, 昭57/3/2

泉 毅一 ･････････････････ 昭6/10, 昭32/12/17, 昭33/11/26, 昭34/10/6, 昭41/10/31, 昭41/11/1, 平2/4/7

磯田 光一 ･･････････････････････ 昭50/5/16, 昭53/4/4, 昭54/2/7, 昭58/1/28, 昭58/2/7, 昭58/12/5, 昭59/2/17, 昭59/4/5, 昭59/5/10, 昭59/7/5, 昭61/1/30,

昭61/2/21, 昭61/6/23, 昭61/9/30, 昭62, 昭62/2/8, 昭63/7/9, 平元/2/5

板垣 鷹穂 ･･････････ 昭12/1/30, 昭41/7/8

板垣 直子 ･････････････････････････ 昭14/2/8, 昭14/2/18, 昭14/3/29, 昭44/9/30

一色 次郎 ････････････ 昭48/11/2, 昭63

井出 孫六 ･････････････････････ 昭42/4/17

伊藤 桂一 ･･････････････････････ 昭42/10/6, 昭43/2/6, 昭44/10/16, 昭49/11/29, 昭50/11/18, 昭51/11/24, 昭52/1/18, 昭53/1/30, 昭53/5/29, 昭53/7, 昭53/9/29, 昭53/11/6, 昭54/3/5, 昭54/12/5, 昭54/12/10, 昭55/1/29, 昭55/6/9, 昭55/12/8, 昭56/1/30, 昭56/3/5, 昭56/4/6, 昭56/5/13, 昭56/7/6, 昭57/3/5, 昭57/12/6, 昭58/1/20, 昭58/3/7, 昭58/4/5, 昭58/4/6, 昭58/6/6, 昭58/8/6, 昭58/9/30, 昭59/1/30, 昭59/2/26, 昭59/3/5, 昭59/5/23, 昭59/7/5, 昭60/12/5, 昭61/4/4, 昭63/5/12

伊藤 寿一 ･････････････････････････ 昭7

伊藤 信吉 ･････････････････････ 昭38/9/3

伊藤 整 ･･･････････････････････ 昭9/夏, 昭12/7/16, 昭13/12/30, 昭14/3/29, 昭21/7/15, 昭23, 昭24/5/28, 昭29/11/4, 昭30/2/15, 昭33/4/5, 昭36/9/13, 昭38/9/3, 昭40/2/18, 昭41/3/8, 昭41/5/10, 昭42/1/13, 昭42/4/11, 昭42/7/14, 昭43/3/25, 昭43/5/6, 昭43/6/4, 昭43/6/13, 昭44, 昭44/10/29, 昭44/11/15, 昭44/11/18, 昭44/12/13, 昭46/11/15

稲垣 達郎 ･･････････････････････ 昭15, 昭43/6/22, 昭47/11/11, 昭52/8/17, 昭53/4/14, 昭55/3/8, 昭60/7/5, 昭61

井上 弘介 ･･････････････････････ 昭11, 昭12/2/2, 昭12/7/16, 昭13/12/26, 昭14/7/8, 昭21/3/31, 昭23, 昭53

井上 立士 ･････ 大2, 昭9/夏, 昭14/5/17, 昭15/1/7, 昭15/晩秋, 昭18, 昭21/9/17

井上 友一郎 ･････････････････ 昭9/夏, 昭15, 昭15/1/11, 昭21/5/20, 昭21/9/17, 昭27/2/23, 昭29/6/19, 昭30/1/19, 昭32/3/17, 昭33/6/23, 昭36/4/6, 昭43/6/4, 昭43/6/13, 昭51/12/5

井上 ひさし ･･･････ 昭49/1/14, 昭54/3/5

井上 光晴 ……………… 昭51/12/5
井上 靖 ……… 昭24/8/3、昭25/12/17、
昭26/7/21、昭27/1/2、昭27/5/12、
昭27/5/26、昭27/8/18、昭27/9/18、
昭27/12/25、昭28/3/7、昭28/3/12、
昭28/4/14、昭28/9/12、昭28/12/11、
昭29/2/20、昭29/3/19、昭29/4/10、
昭29/4/19、昭29/5/27、昭29/6/19、
昭29/10/20、昭29/11/19、昭30/1/19、
昭30/2/19、昭30/4/19、昭30/4/20、
昭31/9/17、昭31/12/13、昭32/3/17、
昭32/4/11、昭32/6/12、昭32/6/13、昭
32/7/6、昭32/7/10、昭32/8/21、昭32/9/5、
昭32/9/19、昭32/10/30、昭33/1/19、
昭33/2/19、昭33/3/17、昭33/5/4、
昭33/6/13、昭33/6/23、昭33/6/28、
昭33/10/13、昭34/1/19、昭34/2/26、昭
34/6/3、昭35/1/1、昭35/1/9、昭35/1/16、
昭35/2/22、昭35/6/21、昭35/12/1、昭
36/1/3、昭36/2/1、昭36/8/20、昭36/8/29、
昭36/9/1、昭36/11/2、昭37/1/9、昭37/3/3、
昭37/3/27、昭37/12/8、昭38/1/25、
昭38/12/18、昭39/12/9、昭40/1/23、
昭40/1/26、昭40/6/29、昭40/11/21、
昭40/12/3、昭41/2/11、昭41/4/13、
昭41/7/11、昭41/7/15、昭42/1/19、
昭42/10/16、昭42/11/17、昭43/1/23、
昭43/2/17、昭43/4/19、昭43/9/16、
昭44/3/20、昭44/4/5、昭44/11/5、
昭44/11/6、昭44/12/12、昭44/12/16、
昭45/5/19、昭45/6/15、昭45/6/23、
昭45/6/27、昭45/10/22、昭46/8/6、
昭46/10/22、昭46/12/21、昭47/10/21、
昭47/10/31、昭47/11/11、昭47/11/13、
昭47/12/25、昭48/1/17、昭48/11/2、
昭48/11/8、昭48/11/16、昭49/12/4、
昭50/12/2、昭51/1/27、昭51/2/17、
昭51/5/24、昭51/7/16、昭51/9/13、
昭51/10/26、昭51/11/24、昭52/5/6、
昭53/1/12、昭53/1/30、昭53/10/5、
昭54/1/20、昭55/4/15、昭57/2/15、
昭57/3/7、昭58/1/20、昭58/7/18、
昭59/8/13、昭59/9/3、昭60/11/6、
昭61/5/28、平3、平3/1/29、平3/2/1

井伏 鱒二 ……………………… 昭10、
昭41/7/15、昭41/12/7、昭41/12/17、
昭43/6/18、昭44/9/21、昭47/12/8、平5
伊馬 春部 ……………… 昭43/6/18、
昭46/8/6、昭47/6/20、昭59
今井 達夫 ……………………… 昭4/4
今村 瓏 ………………… 昭15/7/10、
昭19/7/25、昭26/7/1、昭41/9/24、
昭41/10/20、昭42/1/20、昭51/2/25
色川 武大 ………… 昭54/8/28、昭55/4/17
岩上 順一 … 大7/4、昭15、昭20/12/30、昭33
巌谷 大四 ……………………… 昭
32/1/31、昭36/1/4、昭41/8/28、昭42/2/9、
昭43/3/11、昭43/3/25、昭43/5/6、昭
46/3/25、昭46/6/1、昭46/8/6、昭47/1/26、
昭47/1/28、昭47/3/25、昭47/6/20、
昭47/9/29、昭47/10/31、昭48/3/28、
昭48/11/5、昭48/11/12、昭49/10/23、
昭51/2/19、昭52/1/18、昭52/8/17、
昭53/1/30、昭55/6/9、昭56/1/30、
昭59/5/23、昭59/8/28、昭59/8/29、
昭59/9/16、昭60/7/19、昭60/9/12、昭
61/7/9、昭62/2/8、昭62/2/24、昭62/3/5

【う】

宇井 無愁 ……………… 昭33/12/16、
昭38/1/25、昭38/12/18、昭39/12/9、
昭41/2/11、昭42/1/19、昭42/11/17、
昭43/1/23、昭43/5/6、昭44/12/12、
昭45/10/22、昭46/10/22、昭47/11/13、
昭48/11/2、昭48/11/16、平4
上田 三四二 …………… 昭50/12/9、
昭55/12/19、昭59/2/17、平元
臼井 吉見 ……… 昭33/4/5、昭36/7/7、
昭41/7/15、昭42/1/19、昭47/10/21
内村 直也 … 大7/4、昭25/11/1、昭26/1/10、
昭43/7/15、昭43/9/16、昭49/5/12、
昭51/5/18、昭51/7/9、昭56/7/25、平元
宇野 浩二 ………… 昭8、昭16、昭16/3/29、
昭16/初冬、昭25/8/25、昭29/9/20、
昭31/4/19、昭31/12/28、昭32/4/11、

昭33/1/8, 昭35/5/24, 昭36, 昭36/9/22, 昭37/9/20, 昭40/9/21, 昭43/9/21, 昭46/11/2, 昭51/7/16, 昭52/9/21, 昭55/8/8
宇野 千代 ……………… 昭4/4, 昭28/5/10, 昭29/9/20, 昭42, 昭47/4/12, 昭60/10/15
梅崎 春生 ……………… 昭23, 昭24/5/31, 昭24/6/13, 昭24/9/8, 昭27/2/23, 昭28/2/18, 昭30/2/15, 昭32/12/17, 昭36, 昭40, 昭40/7/21, 昭51/5/27
梅本 育子 ………… 昭45/10/30, 昭59/9/18

【え】

江川 卓 ……………………… 昭60/4/11
江口 渙 ……………… 昭16, 昭41/9/19
江口 榛一 ……… 昭23, 昭24/6/7, 昭54
江藤 淳 ……………………… 昭44/6/16, 昭44/9/12, 昭47/10/21, 昭47/10/31, 昭48/3/5, 昭51/6/1, 昭51/6/23, 昭51/7/9, 昭58/10/19, 昭59/3/17, 昭59/5/23, 昭59/7/20, 昭60/5/9, 昭62/2/24, 昭62/3/5, 平7/11/22
榎本 隆司 ………… 昭41/9/17, 昭43/4/末
江森 国友 ………… 昭58/10/19, 昭59/3/17
円地 文子 …………… 昭36/7/3, 昭40/1/15, 昭42/1/13, 昭42/8/8, 昭43/6/4, 昭49/4/18, 昭51/1/15, 昭61, 昭61/11/15
遠藤 周作 ……………………… 昭24/8/3, 昭40/7/21, 昭41/10/18, 昭42/6/5, 昭42/10/17, 昭42/11/6, 昭42/12/4, 昭43/6/15, 昭43/9/16, 昭44/6/16, 昭44/9/12, 昭44/12/16, 昭45/6/15, 昭45/10/19, 昭45/10/22, 昭46/10/22, 昭47/12/8, 昭47/12/25, 昭51/5/24, 昭51/7/9, 昭51/9/27, 昭53/6/29, 昭60/4/13, 昭60/6/6, 昭62/2/8, 平8/1/29

【お】

大井 広介 ……………………… 昭15, 昭15/冬, 昭16/7, 昭16/秋, 昭26, 昭51/12/5
大江 健三郎 ……………………… 昭48/3/30, 昭53/4/4, 昭62/2/8
大岡 昇平 …… 昭41/9/17, 昭51/9/13, 昭63
大岡 信 ……………………… 昭51/11/24, 昭54/12/10, 昭55/12/8, 昭57/3/5, 昭57/11/5, 昭58/4/5, 昭58/4/6, 昭58/12/9
大木 惇夫 ……………………… 昭44/9/30
大久保 乙彦 ……………………… 平元
大久保 典夫 ……… 昭58/12/10, 昭59/4/3
大久保 房男 ……………… 昭32/10/8, 昭33/6/28, 昭36, 昭41/1/14, 昭42/10/17, 昭42/11/6, 昭42/12/4, 昭43/2/10, 昭43/7/15, 昭43/9/16, 昭44/1/31, 昭44/6/16, 昭44/8/23, 昭45/5/27, 昭45/6/9, 昭45/6/15, 昭46/5/27, 昭48/9/21, 昭50/6/2, 昭51/5/27, 昭51/7/9, 昭52/5/9, 昭53/10/9, 昭63/3/2
大河内 昭爾 ……… 昭59/4/28, 昭60/6/14
大島 清 ……………… 昭29/12/11, 昭31/7/6, 昭32/4/20, 昭32/7/8, 昭33/6/23
大島 敬司 ……………………… 昭5/5/末（?）
太田 治子 ……………………… 昭54/3/27
大塚 宣也 … 大7/4, 大13, 昭4/4, 昭5/2, 昭6, 昭6/10, 昭11/6/7, 昭11/9/20, 昭11/9/30, 昭12/3/7, 昭13/12/22, 昭14/7/7, 昭15/7/10, 昭19/3, 昭21/10/14, 昭28/3/8, 昭30/6/10, 昭33/5/16, 昭40, 昭40/7/16, 昭40/7/19, 昭40/10/4, 昭41/10/4
大林 清 ……………………… 昭41/12/12, 昭47/10/21, 昭51/11/27
大原 富枝 ……… 昭26/7/18, 昭38/10/20, 昭40/1/15, 昭40/4/5, 昭48/6/21
大村 彦次郎 ……………………… 昭40/7/26, 昭58/3/6, 昭58/10/10
大森 義太郎 …………… 昭12/7, 昭12/8/6
岡 保生 ……………………… 昭42/10/6, 昭43/4/末, 昭45/10/30, 昭58/12/10

小笠原 克 ……… 昭40/10/25, 昭41/11/15
岡田 三郎 …………………………… 昭9,
  昭9/5/12, 昭10, 昭10/10, 昭11/9/10,
  昭12/1/2, 昭12/1/30, 昭12/3/19, 昭12/5,
  昭12/5/20, 昭12/6/7, 昭12/7/15,
  昭12/7/26, 昭12/8/20, 昭13/10/19,
  昭13/12/13, 昭13/12/30, 昭14/1/2, 昭
  14/1/6, 昭14/2/8, 昭14/2/18, 昭14/2/24,
  昭14/2/28, 昭14/3/19, 昭14/3/29,
  昭14/4/17, 昭14/5/22, 昭14/5/25, 昭
  14/6/11, 昭15/1/2, 昭15/1/7, 昭15/3/3,
  昭15/7/10, 昭19/6/16, 昭19/7/31,
  昭21/11/18, 昭24/11/18, 昭25/1/15,
  昭26/4/3, 昭26/4/12, 昭26/4/20,
  昭29, 昭32/5/20, 昭32/7/5, 昭37/4/30
岡田 隆彦 ……………………… 昭61/4/12
岡田 睦 ………………………… 昭41/7/8
岡野 他家夫 ………………… 昭45/10/30
岡部 千葉男 …………………………… 昭
  14/1/6, 昭21/8/15, 昭26/1/30, 昭29/5/29
岡本 一平 …………………… 昭14/6/17,
  昭29/10/22, 昭54/2/8, 昭58/3/27
岡本 かの子 …… 昭14, 昭14/6/17, 昭54/2/8
岡本 謙次郎 …………………………… 昭11
岡本 星尾 …………………………… 昭5/2
岡本 太郎 …………………………… 大
  7/4, 大13, 大14, 昭14/3/31, 昭30/2/15,
  昭33/2/5, 昭33/5/16, 昭34/3/13, 昭
  40/7/16, 昭40/7/19, 昭40/9/9, 昭40/秋,
  昭42/9/21, 昭42/10/6, 昭43/6/18,
  昭44/4/17, 昭45/2/19, 平7/1/17
小川 和佑 ………………… 昭58/12/10
奥野 信太郎 …………………………… 昭
  5, 昭14/7/6, 昭14/7/7, 昭43, 昭43/1/19
奥野 健男 …………………… 昭26/1/10,
  昭27/2/23, 昭42/6/5, 昭42/7/10,
  昭43/6/18, 昭46/9/28, 昭49/10/23,
  昭52/1/18, 昭53/4/4, 昭53/4/12, 昭
  53/4/14, 昭56/1/30, 昭59/2/17, 昭62/2/8
奥村 泰宏 … 昭45/2/3, 昭45/4/2, 昭55/10/3
桶谷 秀昭 …………… 昭59/2/26, 昭62/2/8
尾崎 一雄 …………………… 昭44/9/21,
  昭46/6/1, 昭46/6/16, 昭48/9/21,
  昭51/2/19, 昭52/9/21, 昭54/3/27,
  昭58, 昭58/7/8, 昭63/4/10

尾崎 紅葉 …………………… 昭45/1/20
尾崎 士郎 …………………… 昭8, 昭9/5/12,
  昭10, 昭12/5/20, 昭12/6/7, 昭12/7/15,
  昭39/2/21, 昭45/2/19, 昭51/2/19
尾崎 秀樹 ………… 昭42/6/5, 昭42/7/10,
  昭43/6/18, 昭47/10/21, 昭48/3/13,
  昭48/4/5, 昭49/10/23, 昭52/1/18,
  昭53/1/30, 昭55/1/25, 昭56/1/30, 昭
  57/2/15, 昭59/5/23, 昭61/4/4, 昭63/5/12
尾崎 宏次 …………………… 昭43/6/23
大佛 次郎 …………… 昭12/8/6, 昭36/2/9
織田 作之助 ………………… 昭10, 昭44/1/16
小田 嶽夫 …………… 昭16, 昭24/5/28,
  昭24/9/4, 昭24/9/13, 昭24/9/18, 昭
  26/10/31, 昭31/12/28, 昭50/4/30, 昭54
小田切 進 ………………… 昭40/8/27,
  昭40/10/7, 昭41/7/15, 昭43/6/18,
  昭43/11/5, 昭44/10/16, 昭46/2/14,
  昭46/4/10, 昭47/5/6, 昭47/11/11,
  昭50/3/7, 昭53/4/14, 昭53/7, 昭53/9/29,
  昭53/11/6, 昭53/11/19, 昭54/3/5,
  昭54/11/5, 昭54/12/5, 昭55/6/9,
  昭56/7/6, 昭57/3/5, 昭57/3/22, 昭
  57/12/6, 昭58/3/7, 昭58/4/5, 昭58/4/6,
  昭59/1/30, 昭59/3/5, 昭60/2/13, 平4
小田切 秀雄 …………………… 昭15,
  昭30/2/15, 昭46/6/16, 昭49/4/15,
  昭49/10/23, 昭50/5/16, 昭56/3/5
越智 信平 ………………… 昭25/5/15, 昭
  25/5/23, 昭39/2/13, 昭39/4/9, 昭39/4/11
小沼 丹 ……………………… 昭43/6/18
小野 佐世男 ………………… 昭14/5/17
小野 美知子 …………… 昭9/5/12, 昭10,
  昭11/9/27, 昭14, 昭10/2/8, 昭14/2/18
小野田 勇 ………………… 昭58/10/19

【か】

何 初彦 …………… 昭42/10/22, 昭51/3/27
開高 健 ……… 昭41/7/15, 昭54/6/14, 平元
加賀 乙彦 ………… 昭54/6/14, 昭59/7/20

かきや　　　　　　　　　人名索引（年譜）

鍵谷 幸信 ……………………………
　　　昭43/6/15, 昭43/7/15, 昭43/9/16,
　　　昭56/7/25, 昭58/10/19, 昭59/3/17
葛西 善蔵 ……………………… 昭55/8/8
風間 完 ………………………… 昭35/7/13,
　　　昭35/7/15, 昭37/6/7, 昭46/12/21,
　　　昭48/8/20, 昭51/3/1, 昭51/5/24, 昭
　　　52/5/6, 昭52/7/21, 昭52/8/5, 昭60/5/31
鹿島 孝二 ……………………… 昭33/2/19,
　　　昭35/4/11, 昭38/12/18, 昭40/1/26,
　　　昭41/2/11, 昭42/1/19, 昭46/9/28,
　　　　昭47/2/25, 昭47/6, 昭47/7/5,
　　　昭47/9/18, 昭47/9/29, 昭47/10/21,
　　　昭47/11/13, 昭48/11/2, 昭49/11/29,
　　　昭50/11/18, 昭51/11/24, 昭51/11/29,
　　　昭55/9/18, 昭58/1/20, 昭58/12/9, 昭61
梶山 季之 ……………… 昭45/3/25, 昭47/3/25
勝本 清一郎 …………………………… 昭
　　　11/9/19, 昭24/8/3, 昭25/2/8, 昭41/1/21
桂 芳久 …… 昭41/3/3, 昭41/3/15, 昭41/9/21,
　　　昭42/10/17, 昭58/10/19, 昭59/3/17
加藤 裕正 ……………… 昭15/7/10, 昭21/10/21
加藤 宗哉 ……………………… 昭47/4/13,
　　　昭48/3/13, 昭49/4/21, 昭50/4/14,
　　　昭51/2/13, 昭51/5/24, 昭59/3/17
金子 きみ ……………… 昭31/4/24, 昭40/11/1
金行 勲 ……………………………… 昭4/4
上 笙一郎 ……………………… 昭43/10/22,
　　　昭44/3/15, 昭46/5/28, 昭62/9/5
上泉 秀信 ……………… 昭10, 昭12/5/20
上司 小剣 …… 昭10, 昭12/5/20, 昭14/3/19
加宮 貴一 ……………… 昭24/12/2, 昭25/1/17
亀井 勝一郎 ………… 昭25/8/1, 昭25/11/2,
　　　昭27/2/23, 昭36/5/26, 昭41/11/15
河上 徹太郎 ……………………………
　　　昭41/7/15, 昭46/3/4, 昭53/6/29
川口 松太郎 ………… 昭54/2/8, 昭60/6/11
川崎 長太郎 …………………… 昭9/5/12, 昭
　　16, 昭21/11/18, 昭24/11/18, 昭25/1/15,
　　昭25/3/31, 昭28/10/18, 昭31/12/28, 昭
　　33/1/8, 昭35/11, 昭41/1/29, 昭41/9/19,
　　昭42/9/21, 昭44/9/21, 昭44/10/23,
　　昭48/9/21, 昭52/11/9, 昭55/4/30,
　　昭56/2/28, 昭56/4/6, 昭56/7/3, 昭60
　　/11/6, 昭60/11/11, 昭62/11/5

川副 国基 ……………… 昭15, 昭43/4/末
川手 一郎 ……………… 大7/4, 大13,
　　昭5/5/末（?）, 昭13/12/30, 昭15/7/10,
　　昭28/3/8, 昭28/12/12, 昭30/6/10,
　　昭33/5/16, 昭33/12/3, 昭38/4/19,
　　昭40/7/16, 昭40/9/22, 昭40/10/4,
　　昭40/10/5, 昭41/10/4, 昭42/4/21,
　　昭42/5/9, 昭42/9/21, 昭42/10/6,
　　昭42/10/20, 昭42/10/24, 昭43/4/11,
　　昭45/2/19, 昭45/12/8, 昭46/6/9, 昭
　　47/5/4, 昭49/5/12, 昭52/1/6, 昭55/3/5,
　　昭58/11/3, 昭61/1/27, 平元, 平元/11/26
川西 政明 ………………………………
　　　昭56/5/7, 昭59/2/17, 昭59/11/2
川端 康成 ……………………… 昭5, 昭8,
　　昭11/9/19, 昭21/5/20, 昭21/7/13,
　　昭21/8/28, 昭25/1/15, 昭26/7/1,
　　昭29/10/22, 昭32/3/17, 昭36/2/9,
　　昭40/1/16, 昭40/2/18, 昭40/8/18,
　　昭40/10/11, 昭41/5/10, 昭41/8/24,
　　昭41/11/15, 昭42/1/13, 昭42/4/28,
　　昭43, 昭43/11/29, 昭43/12/18,
　　昭44/12/13, 昭45/1/20, 昭45/2/7,
　　昭45/7/11, 昭46/12/21, 昭47, 昭47/4/16,
　　昭47/5/6, 昭47/5/27, 昭47/11/11, 昭
　　52/10/21, 昭58/4/14, 平3/3/15, 平4/5/14
川村 二郎 ………………………………
　　　昭50/12/9, 昭59/2/17, 昭62/2/8
川本 三郎 ……………… 平3/1/10, 平4/3/5
河盛 好蔵 …… 昭14/6/29, 昭36/1/5, 昭
　　37/3/2, 昭60/11/6, 昭63/3/2, 昭63/3/16
菅野 昭正 ………………………………
　　　昭60/5/13, 昭61/2/21, 昭62/2/8
上林 暁 ………………… 昭16, 昭31/11/8,
　　昭33/1/8, 昭36/9/初旬, 昭55, 昭55/9/1

【き】

木々 高太郎 ………… 昭12/8/6, 昭27/2/23
桔梗 利一 ……………………… 昭43/9/21
菊岡 久利 …… 昭15, 昭31/4/26, 昭40/8/18
菊池 寛 ………………………… 昭5, 昭63/1/22

貴司 山治 …………………… 昭44/9/30
紀田 順一郎 ……… 昭48/12/19, 昭55/1/25
北 杜夫 ………………………………… 昭
 24/8/3, 昭35/10, 昭37/11/17, 昭37/12/8,
 昭39/1/14, 昭40/6/29, 昭41/4/13,
 昭41/7/11, 昭41/10/13, 昭41/10/22,
 昭41/11/16, 昭41/12/13, 昭42/2/14,
 昭42/3/14, 昭42/4/14, 昭42/6/5,
 昭42/7/8, 昭42/9/16, 昭42/10/16,
 昭42/11/15, 昭43/1/13, 昭43/2/1
北川 桃雄 ……………………………
 昭24/11/25, 昭24/12/2, 昭25/1/15,
 昭25/1/17, 昭25/2/20, 昭25/5/23,
 昭25/5/30, 昭28/10/18, 昭29/11/18
北沢 彪 ………… 昭5/5/末(?), 昭41/4/4
北原 武夫 ……………… 昭10, 昭14/2/8,
 昭14/4/14, 昭14/5/17, 昭15, 昭26/7/19,
 昭27/2/23, 昭29/9/20, 昭29/9/27,
 昭33/6/23, 昭36/7/7, 昭37/12/8,
 昭41/4/13, 昭41/11/8, 昭42/10/17,
 昭43/8/23, 昭48, 昭48/10/3, 昭49/7/12
北村 小松 ………………………… 昭29/10/22
木野 工 ……………………………… 昭
 40/7/5, 昭41/11/15, 昭53/7/13, 昭56/8/6
木俣 修 ………………………… 昭43/4/末,
 昭43/6/18, 昭46/5/8, 昭53/4/14, 昭58
木山 捷平 ……………… 昭16, 昭33/1/8,
 昭35/9/24, 昭41/7/15, 昭43, 昭43/8/26
清岡 卓行 ……………………… 昭46/6/16

【く】

草野 心平 ……………… 昭58/10/21, 昭63
草野 天平 …………………………… 昭14/2/24
邦枝 完二 ………… 昭49/8/28, 昭49/8/29
窪川 鶴次郎 …… 昭12/5/20, 昭14/1/2, 昭
 14/3/29, 昭14/4/8, 昭14/4/9, 昭21/5/16
久保田 正文 …… 昭41/7/15, 昭44/7/30, 昭
 45/9/10, 昭53/7, 昭53/9/29, 昭53/11/6,
 昭54/3/5, 昭54/12/5, 昭55/1/29, 昭
 55/6/9, 昭56/3/5, 昭56/4/6, 昭56/7/6, 昭
 57/3/5, 昭57/12/6, 昭58/1/28, 昭58/3/7,
 昭58/6/6, 昭58/8/6, 昭59/1/30, 昭59/3/5
久保田 万太郎 ……………… 昭16/3/29,
 昭21/10/10, 昭28/5/10, 昭32/3/17
熊王 徳平 ……………………… 昭46/9/21
久米 正雄 ……………………… 昭24/11/23
倉島 竹二郎 ………… 昭4/4, 昭27/2/23,
 昭41/9/19, 昭43/9/21, 昭45/4/30, 昭61
倉橋 弥一 ……………………… 昭14/5/17,
 昭15, 昭15/12/28, 昭16, 昭16/初冬,
 昭20, 昭21/11/18, 昭29/5/29
黒井 千次 ………… 昭57/3/5, 昭58/3/7,
 昭58/6/6, 昭58/8/6, 昭58/9/30, 昭59/3/5
畔柳 二美 ………… 昭38/10/20, 昭40/1/15

【け】

慶光院 芙佐子 …………… 昭58/5/11, 昭59
源氏 鶏太 ……………… 昭24/8/3, 昭
 29/6/19, 昭29/7, 昭29/9/20, 昭29/10/20,
 昭29/11/19, 昭30/1/19, 昭30/2/19,
 昭30/4/19, 昭30/4/20, 昭30/10/19,
 昭31/9/17, 昭31/11/29, 昭31/12/13,
 昭31/12/17, 昭32/1/25, 昭32/3/17,
 昭32/6/12, 昭32/7/10, 昭32/9/19,
 昭32/10/30, 昭32/12/17, 昭33/1/14,
 昭33/1/19, 昭33/2/5, 昭33/2/19,
 昭33/3/17, 昭33/3/28, 昭33/5/15,
 昭33/6/28, 昭33/11/26, 昭33/12/16,
 昭33/12/26, 昭34/1/16, 昭34/1/19,
 昭34/1/20, 昭34/1/26, 昭35/1/1,
 昭35/7/16, 昭35/8/22, 昭36, 昭36/1/3, 昭
 36/5/27, 昭36/8/29, 昭36/9/1, 昭37/3/3,
 昭37/11/17, 昭38/1/25, 昭38/12/18,
 昭39/1/14, 昭39/5/27, 昭39/12/9,
 昭40/1/26, 昭40/3/25, 昭40/6/29,
 昭40/12/17, 昭41/2/11, 昭41/4/13,
 昭41/7/11, 昭41/10/22, 昭42/1/19,
 昭42/1/24, 昭42/1/25, 昭42/5/27,
 昭42/10/16, 昭43/3/25, 昭44/1/31,
 昭44/12/12, 昭44/12/16, 昭45/5/27,
 昭45/6/15, 昭45/6/23, 昭45/10/22, 昭
 46/3/4, 昭46/4/2, 昭46/5/27, 昭46/9/28,

昭46/10/22, 昭46/12/14, 昭47/2/25, 昭47/4/19, 昭47/11/13, 昭47/12/25, 昭49/11/29, 昭49/12/4, 昭50/11/18, 昭50/12/2, 昭51/5/18, 昭51/5/24, 昭51/5/27, 昭51/11/29, 昭51/12/7, 昭56/1/30, 昭58/11/3, 昭60, 昭60/9/12

【こ】

小泉 八雲 ………………… 昭52/7/10
幸田 文 ………………… 昭42/8/8
河野 多恵子 ………… 昭53/7, 昭53/9/29, 昭53/11/6, 昭54/3/5, 昭54/3/27, 昭55/1/29, 昭56/3/5, 昭56/4/6, 昭57/3/5, 昭57/12/6, 昭58/3/7, 昭58/4/5, 昭58/4/6, 昭58/7/8, 昭58/9/30, 昭62/2/8
紅野 敏郎 ……………… 昭41/9/17, 昭42/7/27, 昭42/9/20, 昭43/4/末, 昭43/4/12, 昭43/6/22, 昭44/1/9, 昭44/2/6, 昭45/1/23, 昭45/4/30, 昭46/2/25, 昭47/7/29, 昭47/10/14, 昭47/11/29, 昭48/8/3, 昭50/12/23, 昭52/9/21, 昭53/4/6, 昭53/4/14, 昭53/8/5, 昭53/8/31, 昭54/3/27, 昭55/3/8, 昭55/9/21, 昭56/7/11, 昭57/10/19, 昭59/4/3, 平2/3/23, 平2/9/4, 平5/11/22, 平5/12/25, 平6/10/26
小金井 素子 ……………… 昭10, 昭12/5/20, 昭14/2/8, 昭14/3/19, 昭15
古木 鉄太郎 ……………… 昭16
木暮 亮 ……………… 昭11, 昭11/5, 昭11/9/19, 昭11/9/23, 昭11/9/27, 昭11/9/29, 昭11/9/30, 昭12/2/2, 昭12/6/7, 昭12/7/16, 昭13/12/26, 昭14/1/30, 昭14/2/28, 昭14/4/10, 昭14/7/8, 昭21/3/31, 昭23, 昭56, 昭56/3/30
小島 信夫 ………………
　　　昭36/3/1, 昭47/6/15, 昭48/7/10
小島 政二郎 ……………… 昭14/4/14, 昭25/11/2, 昭34/1/15, 昭36/8/9
五所 平之助 ……… 昭41/2/3, 昭46/9/21
小谷 剛 ……… 昭24/6/27, 昭24/7/3, 平3

小寺 菊子 ………………… 昭9/5/12, 昭10, 昭12/5/20, 昭12/6/7, 昭14/2/8, 昭14/2/18, 昭14/3/19, 昭31, 昭31/11/30
後藤 明生 ……………… 昭43/12/5, 昭44/12/26, 昭49/3/18, 昭62/2/8
後藤 亮 ……………… 昭40/11/5, 昭41/9/17, 昭42/1/24, 昭43/4/末
小林 信彦 ……………… 昭60/7/17
小牧 近江 ……………… 昭6/10
駒田 信二 ……………… 昭49/1/25
小松 清 ……… 昭9/夏, 昭11/6
小松 伸六 ……………… 昭45/6/27
今 官一 ……… 昭16, 昭31/12/28, 昭33/1/8, 昭36, 昭38/6/17, 昭41/9/19, 昭58
今 東光 ……………… 昭43/11/29
今 日出海 ……………… 昭35/8/2, 昭36/5/4, 昭37/11/17, 昭42/1/13, 昭43/9/16, 昭53/1/12, 昭59/7/30
近藤 啓太郎 ……… 昭43/5/6, 昭47/7/27
近藤 富枝 ……… 昭48/7/13, 昭49/10/25, 昭50/4/30, 昭50/11/19, 昭58/10/10

【さ】

西条 八十 ……… 昭32/3/17, 昭37/1/15
斎藤 茂吉 ……………… 昭45/1/20
斎藤 緑雨 ……………… 昭54/3/9
佐伯 彰一 ……………… 昭36, 昭40/10/27, 昭41/7/15, 昭42/7/14, 昭45/5/27, 昭46/9/20, 昭49/5/27, 昭49/6/6, 昭50/12/9, 昭51/6/2, 昭55/2/1, 昭56/12/17, 昭62/10/26, 昭63/3/7
坂上 弘 ……………… 昭45/5/1, 昭46/12/24, 昭48/10/3, 昭49/7/12, 昭51/7/9, 昭58/10/19, 昭60/11/11
榊山 潤 ……………… 昭10, 昭12/6/7, 昭14/2/28, 昭14/3/10, 昭14/3/29, 昭37/12/25, 昭42/10/6, 昭46/4/5, 昭55
坂口 安吾 ……… 昭15, 昭23, 昭25/5/15, 昭30, 昭30/2/17, 昭44/1/16, 昭51/2/9
坂崎 担 ……………… 昭14/7/5
桜井 作次郎 ……………… 昭53/1/22

桜田 常久 ……………………… 昭11,
　昭21/3/31, 昭23, 昭24/6/7, 昭55
佐古 純一郎 …………………… 昭48/3/30
佐々木 基一 …………………… 昭15,
　昭40/1/15, 昭51/12/5, 昭53/6/29, 平5
佐佐木 茂索 ……… 昭14/4/14, 昭41/12/3
佐多 稲子 ……………………………… 昭
　14/4/9, 昭31/7/6, 昭35/1/28, 昭36/4/3,
　昭36/8/9, 昭36/9/初旬, 昭37/9/30,
　昭38/4/5, 昭38/10/20, 昭40/1/15,
　昭41/1/14, 昭41/9/24, 昭44/9/21,
　昭44/11/6, 昭45/5/2, 昭45/10/6, 昭
　46/4/17, 昭46/6/1, 昭46/9/20, 昭47/5/6,
　昭47/10/21, 昭48/10/19, 昭48/11/2, 昭
　50/7/7, 昭51/3/5, 昭51/9/13, 昭53/1/12,
　昭53/4/12, 昭56/12/17, 昭57/2/4,
　昭58/1/4, 昭58/4/14, 昭58/7/8,
　昭59/1/19, 昭59/6/29, 昭60/8/17,
　昭61/2/21, 昭63/1/12, 平3/3/27, 平10
佐藤 晃一 ……………………… 昭11,
　昭13/12/26, 昭14/1/30, 昭14/2/28,
　昭14/4/10, 昭14/7/8, 昭15/7/10, 昭19/3,
　昭21/3/31, 昭21/8/28, 昭21/10/14, 昭
　23, 昭24/5/26, 昭24/6/24, 昭25/5/6, 昭
　26/5/19, 昭33/11/14, 昭36, 昭41/12/26,
　昭42, 昭42/7/10, 昭42/7/11, 昭43/7/15,
　昭43/9/16, 昭43/11/29, 昭44/8/23
佐藤 朔 ………… 昭41/9/21, 昭41/11/8,
　昭41/12/12, 昭42/10/17, 昭43/2/10,
　昭43/6/15, 昭44/6/16, 昭58/10/19,
　昭59/3/17, 昭60/4/13, 平3/3/27
佐藤 春夫 ……………………… 昭27/2/23
里見 弴 ……………………… 昭8, 昭
　12/8/6, 昭14/6/14, 昭14/6/20, 昭14/7/1,
　昭43/1/18, 昭43/2/17, 昭43/2/26
更科 源蔵 ……………………… 昭41/11/15
沢野 久雄 ‥昭11, 昭24/8/3, 昭31/9/17, 昭
　35/10, 昭36/4/3, 昭38/9/23, 昭39/12/9,
　昭41/4/13, 昭41/4/16, 昭41/7/1,
　昭41/12/13, 昭41/12/24, 昭42/2/14,
　昭42/3/14, 昭42/4/14, 昭42/6/21,
　昭42/7/8, 昭42/9/16, 昭42/10/16,
　昭42/11/15, 昭42/11/30, 昭43/1/13, 昭
　43/2/6, 昭43/2/13, 昭43/3/1, 昭43/3/15,
　昭43/4/13, 昭43/5/13, 昭43/6/15,

　昭43/6/23, 昭43/8/26, 昭43/9/13,
　昭43/10/26, 昭43/10/28, 昭43/11/29,
　昭44/1/13, 昭44/2/18, 昭44/3/15,
　昭44/5/15, 昭44/6/5, 昭44/6/18,
　昭44/7/19, 昭44/9/22, 昭44/10/21,
　昭44/12/12, 昭44/12/16, 昭45/6/15,
　昭45/6/23, 昭45/7/13, 昭46/4/13,
　昭46/9/20, 昭46/9/28, 昭46/12/21,
　昭47/1/26, 昭47/1/28, 昭47/6/20,
　昭47/9/29, 昭47/10/21, 昭47/10/31,
　昭47/11/24, 昭47/12/25, 昭48/10/22,
　昭48/11/3, 昭48/11/5, 昭48/11/12,
　昭51/2/25, 昭51/5/24, 昭51/9/30,
　昭52/1/18, 昭52/4/5, 昭53/1/30, 平4

【し】

椎名 麟三 ………… 明44, 昭23, 昭24/6/7,
　昭24/6/13, 昭25, 昭28/1/16, 昭28/1/22,
　昭36/3/1, 昭40/7/21, 昭41/7/15,
　昭42/1/19, 昭42/2/20, 昭42/11/17,
　昭43/6/13, 昭44/12/12, 昭48, 昭48/3/30
塩田 良平 ………………………………
　昭46/4/10, 昭46/12/5, 昭46/12/11
志賀 直哉 ……………………… 昭44/1/21
重光 誠一 ……………………… 昭25/4/25
篠田 一士 ……………… 昭36/11/29,
　昭41/7/15, 昭45/1/16, 昭50/1/16,
　昭54/1/20, 昭57/6/17, 昭59/2/17, 平元
芝木 好子 ……………………………… 大
　3, 昭23, 昭24/6/7, 昭24/6/13, 昭24/8/3,
　昭24/9/8, 昭25, 昭26/1/12, 昭26/2/27,
　昭27/9/18, 昭27/10/31, 昭28/3/8,
　昭28/5/15, 昭28/10/8, 昭28/12/12, 昭
　29/5/7, 昭29/5/19, 昭29/6/3, 昭29/9/20,
　昭29/10/20, 昭29/11/9, 昭29/11/19,
　昭29/12/11, 昭30/1/1, 昭30/1/19,
　昭30/2/19, 昭31/1/6, 昭31/5/23,
　昭31/7/6, 昭31/11/8, 昭31/12/13,
　昭32/1/25, 昭32/4/20, 昭32/6/12,
　昭32/6/13, 昭32/7/8, 昭32/7/10,
　昭32/9/19, 昭32/10/30, 昭32/12/14,

しはた

昭32/12/17, 昭33/1/19, 昭33/2/5, 昭33/3/28, 昭33/3/29, 昭33/4/9, 昭33/5/15, 昭33/6/23, 昭33/6/28, 昭33/11/13, 昭33/12/9, 昭33/12/26, 昭35/1/1, 昭35/1/28, 昭35/1/30, 昭35/5/3, 昭36/1/3, 昭36/2/3, 昭36/2/11, 昭36/10/22, 昭37/2/初旬, 昭37/3/18, 昭37/9/30, 昭37/11/17, 昭37/12/8, 昭38/4/5, 昭38/9/23, 昭38/10/1, 昭38/10/20, 昭39/5/7, 昭40/1/15, 昭40/4/5, 昭40/6/29, 昭41/1/14, 昭41/4/5, 昭41/4/13, 昭41/7/11, 昭41/10/13, 昭41/11/16, 昭41/12/3, 昭41/12/13, 昭42/1/13, 昭42/2/14, 昭42/3/14, 昭42/4/14, 昭42/6/5, 昭42/7/8, 昭42/9/16, 昭42/10/16, 昭42/11/15, 昭42/12/5, 昭43/1/13, 昭43/2/1, 昭43/2/13, 昭43/4/13, 昭43/6/5, 昭43/6/13, 昭43/7/16, 昭43/10/26, 昭43/11/29, 昭44/1/13, 昭44/10/21, 昭44/12/16, 昭45/4/13, 昭45/6/15, 昭45/9/12, 昭45/9/29, 昭45/10/12, 昭45/11/13, 昭46/2/12, 昭46/3/11, 昭46/6/15, 昭46/9/14, 昭46/9/20, 昭46/10/20, 昭47/2/15, 昭47/4/13, 昭47/5/6, 昭47/11/13, 昭48/3/30, 昭48/11/2, 昭48/11/16, 昭49/4/23, 昭49/11/29, 昭50/6/5, 昭50/6/10, 昭50/7/7, 昭50/12/2, 昭51/2/17, 昭51/3/1, 昭51/3/5, 昭51/4/5, 昭51/5/24, 昭51/6/7, 昭51/6/27, 昭51/7/5, 昭51/9/13, 昭51/9/30, 昭51/10/19, 昭51/11/24, 昭51/11/29, 昭52/5/6, 昭53/1/12, 昭53/4/5, 昭53/5/29, 昭53/11/6, 昭54/2/19, 昭54/3/27, 昭54/11/5, 昭54/12/10, 昭55/2/25, 昭55/11/5, 昭55/12/8, 昭56/1/30, 昭56/4/6, 昭56/6/8, 昭57/1/13, 昭57/3/2, 昭57/3/5, 昭57/3/7, 昭57/8/1, 昭57/9/30, 昭58/1/20, 昭58/1/28, 昭58/4/14, 昭58/7/8, 昭58/9/30, 昭58/11/7, 昭58/11/22, 昭58/12, 昭58/12/9, 昭59/1/30, 昭59/4/5, 昭59/5/10, 昭59/6/2, 昭59/6/29, 昭59/7/3, 昭59/7/5, 昭60/4/5, 昭60/5/9, 昭60/7/5, 昭60/9/30,

昭60/11/5, 昭61/4/4, 昭61/5/28, 昭61/6/20, 昭61/7/4, 昭61/9/30, 昭62/3/5, 昭62/6/5, 昭62/6/13, 昭63/1/12, 昭63/1/29, 昭63/3/7, 昭63/3/16, 昭63/11/1, 平3, 平3/8/26, 平4/8/26

柴田 勝春 ……………… 大13, 大14, 昭元
柴田 錬三郎 ……………… 昭24/10/22, 昭25/2/8, 昭25/4/15, 昭25/7/5, 昭25/7/25, 昭25/11/1, 昭26/2/10, 昭26/2/12, 昭26/6/30, 昭27/2/23, 昭27/5/7, 昭29/8/12, 昭30/2/15, 昭36/10/4, 昭36/11/2, 昭38/12/18, 昭53, 昭53/6/29, 昭54/6/29

渋川 驍 ……………………………… 昭15, 昭15/12/28, 昭16, 昭19/7/3, 昭21/5/20, 昭21/7/13, 昭21/7/15, 昭25/1/15, 昭28/10/18, 昭31/11/8, 昭31/12/28, 昭32/3/17, 昭33/1/8, 昭39/7/19, 昭41/9/19, 昭41/9/24, 昭41/12/5, 昭42/4/5, 昭42/9/21, 昭43/4/5, 昭44/4/5, 昭44/9/21, 昭44/11/5, 昭46/6/12, 昭47/5/15, 昭47/6/10, 昭48/4/5, 昭48/6/2, 昭48/6/30, 昭48/11/2, 昭48/11/24, 昭49/6/28, 昭50/7/2, 昭51/2/10, 昭51/4/5, 昭52/8/17, 昭52/9/21, 昭54/11/5, 昭56/7/3, 昭57/10/19, 昭58/6/3, 昭59/6/23, 昭60/6/6, 昭60/11/11, 平5

島木 健作 ……… 昭12/6/27, 昭12/7, 昭20
島崎 藤村 …………………… 昭8, 昭42/1/23
島村 利正 ……………………………… 明45, 昭20/12/30, 昭51/5/16, 昭51/6/2, 昭53/6/29, 昭55/2/1, 昭56, 昭56/12/1
清水 幾太郎 ……………………… 昭14/7/5
庄司 薫 …………………………… 昭59/8/13
庄司 総一 ‥ 昭25/2/8, 昭25/7/5, 昭26/2/10, 昭26/2/12, 昭28/9/10, 昭36, 昭36/12/1
庄野 潤三 ………………………………
昭36/1/5, 昭41/1/27, 昭41/9/17, 昭45/3/11, 昭47/10/21, 昭63/3/16
庄野 誠一 ……………………………… 昭4/4, 昭14/4/14, 昭19/7/11, 昭25/3/29, 昭27/7/2, 昭28/6/26, 昭28/9/10, 昭28/9/20, 昭28/10/16, 昭28/10/20, 昭28/11/8, 昭28/12/29, 昭29/2/3, 昭29/2/21, 昭29/2/22, 昭29/5/27,

昭29/6/4, 昭29/6/18, 昭29/7/23, 昭29/11/20, 昭29/12/18, 昭30/4/25, 昭31/4/21, 昭31/5/6, 昭31/12/24, 昭32/1/25, 昭32/2/7, 昭32/2/8, 昭32/7/6, 昭32/10/24, 昭33/3/24, 昭33/4/3, 昭33/4/21, 昭33/5/16, 昭33/5/18, 昭33/5/24, 昭33/6/28, 昭33/11/19, 昭34/1/20, 昭34/6/24, 昭34/10/21, 昭35/7/14, 昭41/3/15, 昭41/4/28, 昭41/11/20, 昭43/8/23, 昭52/5/9, 昭53/6/29, 昭53/7/27, 昭58/3/27, 平4

白井 浩司 ……………………………… 昭25/2/8, 昭25/9/5, 昭41/3/3, 昭41/3/15, 昭41/7/15, 昭41/9/21, 昭41/11/8, 昭41/12/12, 昭42/10/17, 昭43/9/16, 昭44/6/16, 昭44/8/23, 昭44/9/12, 昭45/6/15, 昭45/10/19, 昭48/9/18, 昭51/7/9, 昭51/9/27, 昭56/7/25, 昭59/3/17

白崎 礼三 ……………………………… 昭10

城山 三郎 ……………………………… 昭38/11/14, 昭39/12/9, 昭40/1/26, 昭42/1/19, 昭42/1/24, 昭42/1/25, 昭42/11/17, 昭44/1/31, 昭46/5/27, 昭51/5/27, 昭55/12/8, 昭58/1/20, 昭58/7/18, 昭58/12/9, 昭59/7/20, 昭60/4/11

新庄 嘉章 ……………………………… 昭28/2/18, 昭48/9/18, 昭55/4/17

進藤 純孝 ………… 昭37/4/7, 昭42/10/6, 昭45/1/19, 昭45/1/24, 昭45/6/27, 昭45/10/6, 昭46/9/20, 昭50/3/11, 昭50/4/7, 昭50/4/10, 昭52/4/2, 昭52/11/3, 昭53/3/28, 昭58/4/14, 昭63/1/10

新藤 凉子 ……………………………… 昭44/8/28, 昭46/3/25, 昭46/8/23, 昭47/3/25, 昭47/8/28, 昭48/3/28, 昭49/8/28, 昭50/3/25, 昭50/8/28, 昭52/8/17

榛葉 英治 ……………………………… 昭25/1/30, 昭50/3/11, 昭50/4/7, 昭52/4/2

神保 光太郎 …………………………… 昭40/12/4

新保 千代子 ………… 昭52/9/24, 昭58/8/22

【す】

菅原 卓 …………………… 昭41/9/22, 昭42/6/21, 昭42/11/30, 昭43/6/23, 昭44/7/30, 昭44/11/26, 昭45/5/8

杉浦 幸雄 …………………… 昭29/10/22, 昭36, 昭38/6/17, 昭44/11/18, 昭46/5/27

杉本 苑子 …………………………… 昭45/6/27

杉森 久英 …………………… 明45, 昭25/2/3, 昭30/2/17, 昭32/1/25, 昭33/4/5, 昭45/6/27, 昭47/10/31, 昭47/11/24, 昭48/11/5, 昭48/11/12, 昭49/7/9, 昭50/3/11, 昭50/4/7, 昭51/5/18, 昭51/11/5, 昭52/3/7, 昭52/4/2, 昭52/4/5, 昭52/11/3, 昭53/1/30, 昭53/3/28, 昭53/6/2, 昭53/7, 昭53/9/29, 昭53/11/6, 昭54/3/5, 昭54/11/5, 昭55/1/29, 昭55/6/9, 昭55/9/18, 昭55/11/5, 昭56/3/5, 昭56/4/6, 昭56/5/13, 昭56/7/6, 昭57/3/5, 昭57/12/6, 昭58/1/28, 昭58/3/7, 昭58/4/5, 昭58/4/6, 昭58/6/6, 昭58/8/6, 昭58/9/30, 昭59/9/16, 昭61/4/4, 昭63/1/12

杉山 英樹 …………………… 昭5/5/末（？），昭21

杉山 平一 …………………………… 昭10

鈴木 重雄 …………………… 昭14/2/28, 昭25/7/5, 昭25/7/25, 昭25/9/5, 昭25/11/1, 昭26/2/10, 昭26/6/30, 昭36/12/1, 昭56

鈴木 清次郎 ………… 昭21/11/18, 昭35

鈴木 幸夫 ………… 昭30/2/15, 昭53/1/17

薄田 研二 …………………………… 昭7

【せ】

瀬戸内 晴美 …………………… 昭38/4/5, 昭49/1/28, 昭54/2/8

瀬沼 茂樹 …………………… 昭25/7/25, 昭25/7/29, 昭36/9/13, 昭37/4/7, 昭40/12/4, 昭42/1/23, 昭42/4/11, 昭42/4/28, 昭43/9/21, 昭44/4/5,

昭44/10/16，昭45/2/9，昭45/9/25，
昭46/9/20，昭46/9/28，昭47/7/8，
昭47/10/14，昭47/10/21，昭48/1/17，
昭50/1/16，昭51/2/25，昭51/3/5，
昭53/4/14，昭53/10/9，昭54/2/8，
昭55/12/12，昭63，昭63/8/16
芹沢 光治良 ……………… 昭11/9/19，
昭32/9/19，昭41/1/21，昭41/3/8，
昭42/1/13，昭42/1/23，昭42/4/28，
昭43/9/16，昭43/11/29，昭44/4/26，
昭44/5/26，昭45/12/1，昭47/5/6，
昭47/10/21，昭51/10/26，平5

【そ】

曽根 博義 ………… 昭59/2/17，昭62/2/8
曽野 綾子 ……………………… 昭40/7/21

【た】

田岡 典夫 ……………… 昭38/11/14，
昭44/8/23，昭46/9/28，昭57
高井 有一 ………………………… 昭53/4/4
高岩 肇 ………………………… 昭4/4，
昭25/11/1，昭46/12/14，昭53/6/29
高木 卓 ………… 昭9/夏，昭11，昭11/5，
昭12/7/16，昭13/12/26，昭15，昭21/3/31，
昭23，昭24/6/14，昭24/9/8，昭25，昭
26/1/12，昭26/2/7，昭29/9/27，昭35/2/1，
昭41/9/17，昭47/11/27，昭49，昭50/1/11
高田 保 …… 昭4/4，昭12/5/20，昭14/3/29
高鳥 正 ………………………… 昭16，昭
33/1/8，昭40/11/1，昭42/9/21，昭52/5/9
高橋 健二 ……………… 昭44/5/26，
昭45/11/5，昭51/11/27，昭63/3/16
高橋 英夫 ………………………
昭59/2/17，昭60/4/29，昭62/2/8
高橋 昌男 ……………… 昭63/2/10
高橋 三千綱 ……………… 昭54/2/9
高橋 山風 ……………… 昭54/2/9

高橋 義孝 ……………… 昭11，昭11/9/23，
昭14/6/28，昭22/10/18，昭23，昭35/12
高見 順 …… 昭5/2，昭12/6/19，昭14/3/29，
昭14/5/17，昭15，昭15/1/2，昭15/12/28，
昭16，昭21/5/20，昭21/7/13，昭21/9/17，
昭21/9/18，昭21/10/28，昭29/11/27，
昭32/1/25，昭33/1/8，昭35/1/3，
昭35/8/2，昭35/9/12，昭36/10/30，
昭38/11/20，昭40，昭40/8/19，昭
41/9/21，昭46/8/23，昭52/8/17，昭62/2/8
高山 毅 … 昭24/9/8，昭25/1/2，昭32/1/25
高山 鉄男 ………………………
昭51/7/9，昭56/7/25，昭59/3/17
田久保 英夫 ……………… 昭37/6/29，昭
41/7/5，昭41/9/4，昭42/4/8，昭42/4/15，
昭43/2/11，昭43/3/2，昭43/8/24，
昭44/8/8，昭44/9/12，昭44/12/26，
昭45/11/5，昭46/5/28，昭46/12/24，
昭49/3/18，昭50/3/3，昭50/3/7，
昭54/4/14，昭59/3/17，昭61/2/21，
昭61/4/12，昭61/7/9，平3/10/18，
平5/11/27，平5/12/25，平7/11/22
竹越 和夫 …… 昭23，昭23/10/29，昭24/6/7，
昭24/9/8，昭29/8/18，昭57，昭57/10/11
竹田 三正 ……………… 昭5/5/末（?），
昭6，昭6/10，昭8/3/4，昭14，昭14/1/10
武田 泰淳 ……………… 昭23，昭36/5/4
武田 麟太郎 …… 昭8，昭21，昭21/3/31，
昭21/5/20，昭21/7/13，昭51/3/31
武智 鉄二 ……………………… 昭36/1/5
武林 無想庵 ……………… 昭10，昭37/3/27
太宰 治 ……………… 昭23，昭43/6/18
田島 重堯 ……………… 昭5/5/末（?）
多田 裕計 …… 昭9/10，昭23，昭24/9/17，
昭25/8/12，昭30/2/15，昭53/1/17，昭55
立原 正秋 ……………… 昭44/9/12
立野 信之 ……………… 昭25/11/2，
昭40/10/4，昭40/10/11，昭41/1/21，
昭41/3/8，昭41/5/10，昭41/9/19，
昭42/1/23，昭42/4/28，昭43/6/4
田中 西二郎 …… 昭43/11/5，昭44/10/16
田中 孝雄 ……………………… 昭4/4，
昭5/3，昭11/6/7，昭11/9/20，
昭11/9/23，昭11/9/30，昭12/3/7，
昭12/6/19，昭21/10/14，昭43/6/15

田中 千禾夫 ……… 昭42/10/17, 昭44/8/23,
　　昭51/2/17, 昭51/7/9, 昭58/10/19
田中 英光 ………………………… 昭44/1/16
田中 美代子 ……………………… 昭54/5/10
田辺 茂一 ……………… 昭8/9, 昭9/5/12,
　　昭10, 昭10/9, 昭12/5/20, 昭12/6/7,
　　昭13/12/30, 昭14/2/8, 昭14/2/18,
　　昭14/2/28, 昭14/3/19, 昭14/3/29,
　　昭14/4/8, 昭16, 昭22/10/18, 昭23, 昭
　　24/9/8, 昭25/1/3, 昭25/2/4, 昭25/2/26,
　　昭25/4/10, 昭25/4/25, 昭25/5/23,
　　昭25/7/25, 昭25/8/1, 昭25/10/8,
　　昭25/11/1, 昭26/1/30, 昭26/2/10,
　　昭26/2/12, 昭26/6/30, 昭26/7/21,
　　昭26/8/6, 昭26/10/16, 昭27/2/23,
　　昭27/4/18, 昭27/5/7, 昭28/5/10,
　　昭28/5/15, 昭28/7/14, 昭28/7/24,
　　昭28/7/30, 昭28/8/1, 昭29/5/29,
　　昭29/6/5, 昭30/2/15, 昭31/12/28,
　　昭32/1/23, 昭33/1/8, 昭33/5/24, 昭
　　34/12/18, 昭35/1/1, 昭35/1/5, 昭35/1/9,
　　昭35/1/30, 昭35/2/1, 昭35/2/2, 昭
　　35/2/6, 昭35/2/25, 昭35/4/11, 昭35/5/3,
　　昭35/5/18, 昭35/7/13, 昭35/7/14, 昭
　　35/12/11, 昭36/1/7, 昭36/2/3, 昭36/3/4,
　　昭36/5/2, 昭36/6/3, 昭37/1/9, 昭37/3/3,
　　昭37/3/18, 昭38/8/29, 昭38/10/5, 昭
　　39/5/7, 昭39/12/9, 昭40/1/23, 昭40/3/7,
　　昭40/8/18, 昭41/1/21, 昭41/3/15,
　　昭41/4/16, 昭41/7/15, 昭41/9/19,
　　昭41/10/13, 昭41/11/8, 昭41/11/16,
　　昭41/12/12, 昭41/12/13, 昭42/1/13,
　　昭42/2/14, 昭42/3/14, 昭42/4/14,
　　昭42/5/22, 昭42/7/8, 昭42/9/14,
　　昭42/9/16, 昭42/10/16, 昭42/11/6,
　　昭42/11/15, 昭43/1/13, 昭43/2/1,
　　昭43/2/13, 昭43/3/15, 昭43/3/25,
　　昭43/5/13, 昭43/6/15, 昭43/9/13,
　　昭43/9/16, 昭44/1/13, 昭44/2/11,
　　昭44/5/15, 昭44/6/16, 昭44/6/18,
　　昭44/8/23, 昭44/8/28, 昭44/10/21,
　　昭45/3/13, 昭45/3/25, 昭45/6/15,
　　昭45/7/13, 昭45/10/12, 昭45/10/19,
　　昭45/11/13, 昭46/3/11, 昭46/3/25,
　　昭46/4/23, 昭46/6/15, 昭46/9/14,
　　昭46/11/13, 昭47/3/25, 昭47/10/21,
　　昭47/12/25, 昭48/5/14, 昭48/9/21,
　　昭48/10/3, 昭48/11/13, 昭49/2/14,
　　昭49/2/25, 昭49/4/13, 昭49/6/中旬,
　　昭49/7/13, 昭49/12/4, 昭50/3/13,
　　昭50/3/25, 昭50/7/13, 昭50/10/1,
　　昭51/5/24, 昭52/5/6, 昭52/8/17,
　　昭53/1/12, 昭54/8/28, 昭55/2/6, 昭56,
　　昭56/7/3, 昭56/7/25, 昭56/12/13
谷 洌子 ………………… 昭6/10, 昭8/2/21
谷川 俊太郎 …………………… 昭42/12/6
谷口 吉郎 ………………………………
　　昭24/11/18, 昭25/1/15, 昭37/3/29,
　　昭44/1/21, 昭47/7/27, 昭51/3/27
谷崎 潤一郎 …………………………… 昭
　　36/7/3, 昭40/8/3, 昭40/12/3, 昭52/5/9
谷崎 精二 ……… 昭16, 昭41/9/19, 昭42/9/21
種田 政明 ……………………… 昭50/5/7
田畑 修一郎 …………………… 昭16, 昭18
田宮 虎彦 …………………………… 明
　　44, 昭11, 昭12/6/19, 昭15/晩秋, 昭17/2,
　　昭21/5/20, 昭21/7/13, 昭21/8/26,
　　昭21/9/17, 昭21/10/14, 昭22/10/21,
　　昭26/11/20, 昭31/11/7, 昭31/11/8,
　　昭42/10/24, 昭42/11/15, 昭43/6/4,
　　昭46/7/3, 昭56/7/3, 昭63, 昭63/4/10
田村 泰次郎 …… 明44, 昭9/夏, 昭14/3/29,
　　昭15/1/11, 昭21/5/20, 昭21/8/15,
　　昭28/2/18, 昭38/9/3, 昭38/10/1,
　　昭41/7/15, 昭42/3/25, 昭42/4/28,
　　昭43/3/25, 昭45/11/10, 昭58, 昭60/11/1
田村 俊子 … 昭10, 昭21/9/17, 昭21/10/21
檀 一雄 ……………………………… 昭15,
　　昭36/2/3, 昭38/9/3, 昭41/7/15

【ち】

近松 秋江 ……………………… 昭8, 昭10
中條 百合子 …………………… 昭12/5/20

【つ】

辻 邦生 ……………………… 昭62/2/8
辻 亮一 ……………… 昭9/10, 昭53/1/17
津田 信 …………………… 昭33/11/8,
　　　昭40/1/30, 昭40/11/1, 昭58
槌田 満文 ……… 昭47/5/14, 昭53/8/5, 昭
　　53/9/2, 昭55/1/25, 昭56/5/30, 昭62/9/5
綱淵 謙錠 …………… 昭51/2/19, 昭54/8/28
壺井 栄 ‥ 昭26/7/1, 昭32/12/17, 昭35/1/28,
　　昭36/4/3, 昭37/2/初旬, 昭37/9/30,
　　昭38/10/20, 昭40/1/15, 昭42/6/25
壺井 繁治 …………… 昭42/1/19, 昭42/4/11
坪田 譲治 ……………… 昭11, 昭23, 昭57
妻木 新平 ……………………… 昭32/3/17
津村 節子 …………………… 昭41/7/15,
　　昭42/4/30, 昭45/6/27, 昭48/6/21, 昭
　　56/6/8, 昭58/5/11, 昭58/8/5, 昭58/9/20,
　　　昭59/4/28, 昭59/6/29, 昭63/1/12
鶴岡 冬一 ……………………………
　　　昭23/4/17, 昭24/6/7, 昭24/10/15

【て】

寺崎 浩 ‥ 昭12/1/2, 昭12/5/20, 昭14/1/2,
　　昭21/3/28, 昭21/11/18, 昭27/2/23,
　　昭37/1/15, 昭38/4/27, 昭40/6/25,
　　昭41/11/15, 昭43/4/23, 昭45/1/19,
　　昭45/6/27, 昭51/2/19, 昭55, 昭55/12/12
寺田 寅彦 ……………… 昭7, 昭8/2/21
寺田 雪子 ……………………………… 昭7
暉峻 康隆 ………………………… 昭60/2/13

【と】

土井 虎賀寿 ………………………… 昭23

戸板 康二 …… 昭43/3/25, 昭47/12/8, 平5
十返 千鶴子 ………………… 昭21/12/5,
　　昭31/10/6, 昭32/7/7, 昭42/5/27,
　　昭43/4/19, 昭43/5/22, 昭43/9/14,
　　昭44/5/7, 昭44/5/26, 昭44/5/29, 昭
　　44/6/6, 昭45/6/27, 昭45/8/28, 昭46/3/1,
　　昭46/3/25, 昭46/12/14, 昭47/3/25,
　　昭47/4/7, 昭48/3/28, 昭48/8/28,
　　昭49/5/27, 昭49/6/中旬, 昭50/3/25,
　　昭50/8/28, 昭51/3/5, 昭51/5/27,
　　昭53/4/12, 昭54/6/29, 昭57/8/1,
　　昭58/8/5, 昭60/11/1, 平5/12/25
十返 肇 …… 大3, 昭9/夏, 昭12/6/19, 昭
　　15/晩秋, 昭19/3, 昭21/7/25, 昭21/8/15,
　　昭21/9/9, 昭21/9/17, 昭21/10/28,
　　昭21/11/4, 昭21/12/5, 昭21/12/24,
　　昭22/10/14, 昭22/11/9, 昭24/6/26,
　　昭25/1/5, 昭25/3/21, 昭25/9/19,
　　昭27/2/23, 昭29/3/25, 昭29/10/13,
　　昭29/11/4, 昭29/12/2, 昭29/12/23, 昭
　　30/1/6, 昭30/2/8, 昭30/2/23, 昭30/4/25,
　　昭30/6/2, 昭30/夏, 昭31/5/6, 昭31/10/6,
　　昭31/10/24, 昭31/11/8, 昭31/11/10,
　　昭31/12/13, 昭31/12/17, 昭32/1/9,
　　昭32/1/19, 昭32/1/23, 昭32/1/24, 昭
　　32/1/31, 昭32/7/7, 昭32/12/8, 昭33/2/5,
　　昭33/5/24, 昭33/6/28, 昭33/11/1,
　　昭33/12/9, 昭34/11/19, 昭35/6/27,
　　昭35/12, 昭36, 昭36/1/3, 昭36/1/3,
　　昭36/1/4, 昭36/5/17, 昭36/5/27,
　　昭36/9/13, 昭36/9/17, 昭37/9/11,
　　昭37/11/17, 昭38, 昭38/1/13, 昭38/4/19,
　　昭38/5/10, 昭38/5/26, 昭38/6/13,
　　昭38/6/17, 昭38/6/20, 昭38/7/5,
　　昭38/8/25, 昭38/8/28, 昭38/8/30,
　　昭38/9/3, 昭38/10/1, 昭38/10/15,
　　昭38/10/16, 昭38/12/5, 昭38/12/7,
　　昭39/2/22, 昭39/4/11, 昭39/8/28,
　　昭40/8/28, 昭41/8/28, 昭42/8/28, 昭
　　43/2/6, 昭43/4/19, 昭43/5/2, 昭43/5/6,
　　昭43/8/24, 昭43/9/14, 昭43/11/22,
　　昭44, 昭44/4/7, 昭44/5/7, 昭44/6/6,
　　昭44/8/28, 昭46/8/23, 昭47/3/25,
　　昭47/8/28, 昭48/8/28, 昭49/8/28,
　　昭49/8/28, 昭50/8/28, 昭54/8/28

戸川 エマ ……………… 昭26/6/27,
　昭41/9/22, 昭42/10/22, 昭43/3/1, 昭
　44/4/25, 昭45/5/8, 昭50/6/9, 昭53/1/22,
　昭53/4/12, 昭54/5/21, 昭55/10/3,
　昭60/6/14, 昭61, 昭61/6/30, 昭61/7/9
戸川 貞雄 ……………… 昭44/9/30
戸川 秋骨 ……………… 昭5
戸川 幸夫 ……………… 昭
　30/2/19, 昭33/6/23, 昭36/1/5, 昭42/6/21
徳田 一穂 ……………… 昭9,
　昭9/5/12, 昭10, 昭11/9/10, 昭11/9/27,
　昭12/1/2, 昭12/5/20, 昭14/1/2, 昭
　14/1/6, 昭14/1/13, 昭14/2/8, 昭14/2/18,
　昭14/3/10, 昭14/3/19, 昭14/3/29, 昭
　14/5/1, 昭14/5/8, 昭14/5/14, 昭14/5/22,
　昭14/6/11, 昭14/7/8, 昭15/1/2, 昭
　15/1/7, 昭15/1/13, 昭15/3/3, 昭15/7/10,
　昭19/6/16, 昭19/7/25, 昭20/9/6,
　昭21/1/21, 昭21/5/16, 昭21/5/20,
　昭21/6/5, 昭21/7/13, 昭21/7/15,
　昭21/8/28, 昭21/10/25, 昭21/10/28,
　昭21/11/1, 昭21/11/18, 昭22/10/22, 昭
　23, 昭24/5/24, 昭24/5/25, 昭24/6/7, 昭
　24/7/3, 昭24/7/5, 昭24/9/8, 昭24/11/8,
　昭24/11/18, 昭24/11/21, 昭24/11/25,
　昭24/12/2, 昭25/1/5, 昭25/1/15, 昭
　25/1/17, 昭25/1/19, 昭25/2/2, 昭25/2/3,
　昭25/2/20, 昭25/3/17, 昭25/3/30,
　昭25/5/6, 昭25/5/12, 昭25/5/15,
　昭25/5/23, 昭25/5/25, 昭25/5/30,
　昭25/6/7, 昭25/6/19, 昭25/6/23,
　昭25/7/14, 昭25/9/5, 昭25/11/20,
　昭26/1/6, 昭26/2/27, 昭26/3/30,
　昭26/5/25, 昭26/8/13, 昭26/11/18,
　昭27/4/3, 昭27/6/2, 昭27/8/19,
　昭28/3/18, 昭28/5/24, 昭28/12/4,
　昭29/3/25, 昭29/11/18, 昭31/3/6,
　昭31/4/19, 昭31/11/30, 昭33/11/18,
　昭33/12/27, 昭34/11/18, 昭35/5/24,
　昭35/6/20, 昭37/3/18, 昭37/3/22,
　昭37/3/29, 昭40/3/7, 昭42/5/12,
　昭42/9/20, 昭44/9/21, 昭44/9/30,
　昭45/7/11, 昭45/10/6, 昭56, 昭56/7/3
徳田 秋声 ……………… 昭7/7, 昭
　9, 昭9/5/12, 昭10, 昭11/9/27, 昭12/1/2,
　昭12/5/20, 昭14/1/2, 昭14/3/10, 昭
　14/3/19, 昭14/5/8, 昭14/5/14, 昭15/1/2,
　昭15/3/3, 昭17/2, 昭18, 昭21/1/21,
　昭24/11/25, 昭25, 昭25/1/15, 昭25/1/17,
　昭25/2/20, 昭25/3/31, 昭25/5/12,
　昭25/5/30, 昭26/11/18, 昭27/4/3,
　昭27/5/19, 昭34/4/3, 昭34/6/17,
　昭34/8/15, 昭35/11/18, 昭36/10,
　昭37/1/15, 昭37/3/27, 昭37/3/29,
　昭37/4/13, 昭37/7/17, 昭38/1/14,
　昭38/4/5, 昭38/8/25, 昭38/10/10,
　昭38/11/8, 昭38/11/11, 昭39/3/9,
　昭39/5/15, 昭39/12/15, 昭40/1/20, 昭
　40/3/5, 昭40/3/15, 昭40/4, 昭40/4/2, 昭
　40/5/5, 昭40/6/3, 昭40/7/5, 昭40/10/7,
　昭40/10/22, 昭40/10/27, 昭40/11/25,
　昭40/12/3, 昭40/12/9, 昭40/12/31, 昭
　41/1/1, 昭45/1/20, 昭45/1/20, 昭45/2/7,
　昭45/4/6, 昭45/7/11, 昭45/10/30,
　昭45/10/30, 昭46/6/17, 昭46/7/3, 昭
　47/7/26, 昭49/6/13, 昭50/1/23, 昭51,
　51/9, 昭52/10/21, 昭52/10/29, 昭53/1/5,
　昭53/2, 昭53/2/24, 昭53/7/27, 昭53/8/31,
　昭53/11/19, 昭54/8/7, 昭56/3/24, 昭
　58/8/26, 平元/1/14, 平元/4/1, 平5/11/16
徳永 直 …… 昭16, 昭20/12/30, 昭31/12/28
外村 繁 ……………… 昭
　25/11/2, 昭26/2/5, 昭27/2/2, 昭27/12/9,
　昭27/12/22, 昭28/8/19, 昭29/10/13,
　昭29/11/4, 昭29/12/2, 昭30/2/23,
　昭31/9/17, 昭31/11/29, 昭32/1/14,
　昭33/1/14, 昭33/2/19, 昭33/12/16
戸部 新十郎 ……………… 昭50/2/15,
　昭50/3/11, 昭52/4/2, 昭52/11/3,
　昭53/3/28, 昭58/10/10, 昭59/3/2
富島 健夫 ……… 昭32/12/8, 昭59/8/28
富田 常雄 ……… 昭36/4/6, 昭42/10/20
富本 一枝 …… 昭7, 昭21/9/16, 昭41/9/24
富本 憲吉 ……………… 昭7,
　昭14/7/4, 昭18, 昭21/9/12, 昭21/9/16,
　昭21/10/10, 昭21/10/14, 昭36/2/9
富本 陽子 …… 昭7, 昭21/9/16, 昭21/10/14,
　昭29/11/1, 昭30/4/4, 昭31/4/24,
　昭33/12/30, 昭36/2/9, 昭36/5/2,
　昭36/5/3, 昭41/4/18, 昭57, 昭57/4/19

土門 拳 ················ 昭40/3/15
豊島 与志雄 ··················
　　　昭21/7/13, 昭26/7/1, 昭33/5/24
豊田 三郎 ········ 昭8/9, 昭9/5/12, 昭10,
　　　昭11, 昭11/5, 昭11/6, 昭11/9/19,
　　　昭11/9/30, 昭12/2/2, 昭12/5/20,
　　　昭12/7/16, 昭14/2/18, 昭14/3/29,
　　　昭14/5/7, 昭15, 昭15/3/3, 昭20/10/3,
　　　昭21/3/31, 昭21/6/29, 昭21/10/18, 昭
　　　22/10/18, 昭23, 昭24/5/31, 昭24/6/7, 昭
　　　24/7/3, 昭24/7/5, 昭24/7/19, 昭24/8/3,
　　　昭24/8/9, 昭24/8/15, 昭24/9/6, 昭24/9/8,
　　　昭24/9/18, 昭24/10/12, 昭24/11/18, 昭
　　　24/11/25, 昭24/12/2, 昭24/12/12, 昭25,
　　　昭25/1/2, 昭25/1/13, 昭25/1/15, 昭
　　　25/1/17, 昭25/1/24, 昭25/2/2, 昭25/2/9,
　　　昭25/2/20, 昭25/2/26, 昭25/3/17,
　　　昭25/3/31, 昭25/4/25, 昭25/5/12,
　　　昭25/5/25, 昭25/5/30, 昭25/6/7,
　　　昭25/6/19, 昭25/6/23, 昭25/8/13,
　　　昭25/11/20, 昭25/12/17, 昭26/1/22, 昭
　　　26/2/5, 昭26/2/27, 昭26/3/16, 昭26/4/3,
　　　昭26/5/25, 昭26/6/28, 昭26/6/30,
　　　昭26/7/1, 昭26/7/21, 昭26/11/28, 昭
　　　27/1/2, 昭27/1/23, 昭27/1/25, 昭27/2/2,
　　　昭27/5/12, 昭27/5/19, 昭27/5/26,
　　　昭27/6/30, 昭27/8/18, 昭27/9/18,
　　　昭27/12/9, 昭27/12/25, 昭28/1/1,
　　　昭28/1/20, 昭28/2/12, 昭28/2/18,
　　　昭28/2/23, 昭28/3/8, 昭28/3/12,
　　　昭28/4/14, 昭28/5/9, 昭28/5/10,
　　　昭28/5/15, 昭28/5/24, 昭28/5/25,
　　　昭28/6/22, 昭28/7/6, 昭28/9/12,
　　　昭28/9/17, 昭28/10/5, 昭28/10/19,
　　　昭28/12/11, 昭29/3/4, 昭29/3/19,
　　　昭29/3/25, 昭29/3/29, 昭29/4/19,
　　　昭29/5/7, 昭29/5/19, 昭29/6/11,
　　　昭29/6/19, 昭29/9/20, 昭29/9/27,
　　　昭29/10/15, 昭29/10/20, 昭29/11/9,
　　　昭29/11/18, 昭29/11/19, 昭29/11/27,
　　　昭30/1/1, 昭30/1/19, 昭30/2/19,
　　　昭30/2/24, 昭30/4/19, 昭30/4/20, 昭
　　　31/1/6, 昭31/4/26, 昭31/5/23, 昭31/7/6,
　　　昭31/10/6, 昭31/11/7, 昭31/11/8,
　　　昭31/12/13, 昭31/12/17, 昭32/1/1,
　　　昭32/1/25, 昭32/3/17, 昭32/4/12,
　　　昭32/5/20, 昭32/5/21, 昭32/5/23,
　　　昭32/6/12, 昭32/7/8, 昭32/7/10,
　　　昭32/9/19, 昭32/10/1, 昭32/10/30,
　　　昭32/11/12, 昭32/12/14, 昭33/1/19,
　　　昭33/2/5, 昭33/3/28, 昭33/5/15,
　　　昭33/6/13, 昭33/6/23, 昭33/6/28,
　　　昭33/11/13, 昭34, 昭34/1/24, 昭34/4/17,
　　　昭34/9/16, 昭34/10/22, 昭34/11/18,
　　　昭34/11/19, 昭34/11/20, 昭35/1/30, 昭
　　　35/2/1, 昭35/2/2, 昭35/2/6, 昭35/2/25,
　　　昭35/11/18, 昭37/11/17, 昭38/2/7, 昭
　　　38/6/12, 昭38/11/17, 昭46/11/18, 昭51
豊田 穣 ············ 昭36, 昭38/6/17,
　　　昭42/1/24, 昭42/5/27, 昭45/6/27,
　　　昭46/3/25, 昭46/5/27, 昭47/3/25,
　　　昭48/3/28, 昭50/3/25, 昭51/2/19

【な】

永井 荷風 ·· 昭21/9/18, 昭26, 昭34/5/26, 昭
　　　34/6/1, 昭34/6/6, 昭34/6/24, 昭48/1/22,
　　　昭48/2/28, 昭48/3/24, 昭48/6/14,
　　　昭48/8/5, 昭48/10/17, 昭48/10/18,
　　　昭48/12/17, 昭49/2/10, 昭49/2/15,
　　　昭49/6/13, 昭49/6/23, 昭49/9/27,
　　　昭49/11/12, 昭50/1/23, 昭50/4/30,
　　　昭50/5/7, 昭50/6/5, 昭50/6/9, 昭
　　　50/6/10, 昭51/2, 昭55/10/28, 昭56/1/23,
　　　昭56/8/5, 昭61/4/30, 昭63/3/24, 平4/3/5
永井 龍男 ············ 昭14/4/14, 昭36/8/9,
　　　昭37/3/2, 昭41/4/7, 昭47/12/8, 平2
長岡 輝子 ············ 昭45/5/8, 昭45/6/16
中上 健次 ········ 昭53/5/26, 昭53/11/28,
　　　昭53/11/30, 昭54/1/26, 昭57/2/21,
　　　昭60/8/27, 昭62/11/18, 平4, 平4/8/22
中川 紀元 ································ 昭5
中川 忠彦 ············ 昭14/5/31, 昭41/4/4
中河 与一 ················ 昭5, 昭14/3/29
中久保 信成 ··························
　　　昭8/2/21, 昭14/2/28, 昭15/7/10
中里 恒子 ················ 昭35/1/3, 昭62

中島 河太郎 ・・・・・・・・・・・・・・・・・・ 昭48/11/12
中島 健蔵 ・・・・・・・・・・・・・・・・・・・・ 昭21/7/13,
　昭25/1/15, 昭25/5/12, 昭31/9/17,
　昭31/11/29, 昭33/4/5, 昭41/1/21, 昭
　41/3/8, 昭41/9/22, 昭42/3/22, 昭43/2/6,
　昭43/11/5, 昭44/9/21, 昭44/10/16,
　昭44/11/26, 昭45/1/16, 昭46/8/6,
　昭47/1/26, 昭48/10/27, 昭49/1/28,
　昭53/1/26, 昭53/4/14, 昭54, 昭54/7/3
永瀬 義郎 ・・・・・・・・・・・・・・・・・・・・ 昭42/9/21
中薗 英助 ・・・・・・・・・・・・・ 昭53/4/4, 昭58/3/6
永田 逸郎 ・・・・・・・・・・・・ 昭11/9/19, 昭15/7/10
中谷 孝雄 ・・・・・・・・・・・・ 昭42/10/6, 昭50/6/2
中野 孝次 ・・・・・・・・・・・・・・・・・・・・・ 昭62/2/8
中野 重治 ・・・・・・・・・・・・・・・・・・・・・・・ 昭16,
　昭40/1/25, 昭40/5/2, 昭41/9/24,
　昭43/9/21, 昭44/9/21, 昭53/4/4, 昭54
中野 好夫 ・・・・・・・・・・・・・・・・・・・・ 昭25/10/8
中平 まみ ・・・・・・・・・・・・・・・・・・・・
　昭58/5/11, 昭58/9/20, 昭59/4/28
中村 真一郎 ・・・・・・・ 昭36/11/29, 昭41/7/15
中村 武志 ・・・・・・・・・・・・・・・・・・・ 昭44/12/12,
　昭45/3/25, 昭45/6/23, 昭47/10/21,
　昭48/3/28, 昭50/3/25, 昭54/8/28
中村 地平 ・・・・・・・・・・・・・・・・・・・・・・・・ 昭10
中村 汀女 ・・・・・・・・・・・ 昭41/9/24, 昭56/4/6
中村 八朗 ・・・・・・・・・・・ 昭41/7/15, 昭45/6/9
中村 光夫 ・・・・・・・・・・・・・・・・・・・・・・ 明44,
　昭36/2/1, 昭41/7/15, 昭42/11/24,
　昭45/6/27, 昭46/2/17, 昭49/10/2,
　昭50/6/10, 昭52/9/21, 昭53/4/14,
　昭55/2/6, 昭56/1/30, 昭63, 昭63/7/20
中村 稔 ・・・・・・・・・・・・・・・・・・ 昭49/10/2, 昭
　52/4/5, 昭53/1/30, 昭60/7/19, 昭62/2/24
中村 武羅夫 ・・・・・・・・・・・・・・・・・ 昭9/5/12,
　昭10, 昭12/1/30, 昭12/5/20,
　昭12/6/7, 昭14/2/18, 昭14/3/29,
　昭24/5/24, 昭37/4/30, 昭44/9/30
中山 義秀 ・・・・・・・・・・・・・・・・・・・・・・・ 昭8,
　昭14/4/14, 昭16, 昭21/5/20,
　昭41/4/7, 昭41/11/31, 昭43/9/21
夏掘 正元 ・・・・・・・・・・・・・・・・・・・・・ 昭38/9/3
名取 洋之助 ・・・・・・・・・・・・・・・・・・・・ 大7/4
楢崎 勤 ・・・・・・・ 昭9/5/12, 昭10, 昭12/1/2,
　昭12/1/30, 昭12/5/20, 昭12/7/16,

　昭14/1/2, 昭14/2/18, 昭14/3/19,
　昭14/3/29, 昭15/1/2, 昭23, 昭24/11/18,
　昭41/9/19, 昭44/9/30, 昭49/4/15, 昭53
成田 穣 ・・・・・・ 昭7, 昭8/3/4, 昭11/5/22, 昭
　11/6/7, 昭12/3/7, 昭13/12/22, 昭14/7/4,
　昭15/7/10, 昭21/9/16, 昭21/9/17,
　昭21/10/10, 昭21/10/14, 昭21/11/1,
　昭21/12/5, 昭25/6/19, 昭25/10/7
成瀬 正勝 ・・・・・・・・・・・・・・・・・・・・・ 昭8/9,
　昭47/12/20, 昭48/10/17, 昭48/11/24

【に】

新島 昇 ・・・・・・・・・・・ 昭5/5/末（？）, 昭6/10,
　昭8/2/21, 昭8/3/4, 昭11/6/7, 昭12/3/7,
　昭13/12/22, 昭13/12/26, 昭14/1/30,
　昭14/2/28, 昭14/5/9, 昭14/5/17,
　昭14/5/23, 昭14/7/8, 昭15/7/10, 昭19/3
西村 伊作 ・・・・・・・・・・・・・・・・・・・・・・・・・ 昭5
西村 孝次 ・・・・・・・・・・・ 昭14/7/4, 昭15/1/12
西村 孝三 ・・・・・・・・・・・・・・・・・・・・ 昭27/2/23
新田 潤 ・・・・・・・・・・・・・・・・・・・・・・ 昭12/6/19,
　昭15/1/11, 昭16, 昭21/5/20, 昭21/7/13,
　昭21/9/17, 昭21/10/21, 昭28/2/18,
　昭31/12/28, 昭46/9/21, 昭48/9/21
新田 次郎 ・・・・・・・・・・・・・・・・・・・・・・・・・
　昭42/11/17, 昭43/5/6, 昭44/12/12,
　昭45/6/23, 昭45/10/22, 昭46/5/6,
　昭46/8/6, 昭46/9/20, 昭46/10/22,
　昭47/10/21, 昭47/11/13, 昭48/11/2,
　昭48/11/8, 昭48/11/16, 昭49/4/18,
　昭49/11/29, 昭50/11/18, 昭50/12/2,
　昭51/11/24, 昭51/11/29, 昭52/1/31,
　昭53/1/30, 昭53/5/29, 昭53/11/6,
　昭54/12/10, 昭55/2/25, 昭57/2/15
二宮 孝顕 ・・・・・・・・・・・・・ 昭4/4, 昭14/4/14,
　昭25/7/5, 昭28/9/10, 昭33/11/26, 昭
　41/3/3, 昭41/4/28, 昭48/10/3, 昭53/6/29
丹羽 文雄 ・・・・・・・・・・・・・・・・・・・・・ 昭14/3/29,
　昭14/5/15, 昭28/5/10, 昭32/1/14,
　昭33/2/19, 昭33/4/5, 昭38/7/5, 昭38/8/29,
　昭38/10/1, 昭40/3/7, 昭40/12/3, 昭

41/1/2, 昭41/9/22, 昭42/1/24, 昭43/2/6,
昭43/3/25, 昭43/3/28, 昭43/4/19,
昭43/5/6, 昭43/11/29, 昭44, 昭44/3/3,
昭44/4/5, 昭44/11/5, 昭44/11/6,
昭44/11/10, 昭44/11/29, 昭45/3/25,
昭45/4/21, 昭45/6/23, 昭45/10/22,
昭46/9/20, 昭46/9/21, 昭46/9/28,
昭46/10/22, 昭47/2/25, 昭47/5/6,
昭47/7/5, 昭47/9/29, 昭47/10, 昭
49/6/3, 昭51/2/19, 昭51/6/2, 昭51/9/13,
昭52/1/18, 昭53/1/17, 昭53/10/5,
昭56/12/17, 昭57/3/2, 昭57/3/4

【の】

野一色 幹夫 ……………… 昭35/1/3, 平元
野上 弥生子 ………………… 昭59/5/10
野川 友喜 ………… 昭45/8/7, 昭50/12/25
野田 宇太郎 ………………………
昭21/11/18, 昭24/11/18, 昭24/11/25,
昭24/12/2, 昭25/1/17, 昭25/2/20,
昭25/3/31, 昭25/5/12, 昭25/5/15,
昭25/5/23, 昭25/5/30, 昭25/6/7,
昭25/6/19, 昭25/8/25, 昭26/5/25,
昭26/11/18, 昭28/10/18, 昭29/11/18,
昭37/3/29, 昭40/8/27, 昭41/9/19,
昭47/9/21, 昭48/4/16, 昭50/3/11,
昭51/3/27, 昭55/9/1, 昭56/7/3, 昭59
野村 尚吾 ……………………… 昭30/2/15,
昭33/2/19, 昭34/1/19, 昭40/1/25,
昭41/1/14, 昭42/11/30, 昭43/2/6,
昭43/3/1, 昭44/11/5, 昭46/8/6,
昭46/9/20, 昭47/6/20, 昭47/9/21,
昭47/11/24, 昭48/3/28, 昭48/6/18,
昭48/11/5, 昭48/11/12, 昭49/11/5,
昭50/2/15, 昭50/4/7, 昭50/5/16

【は】

橋本 久雄 ………………… 昭6, 昭13

橋本 迪夫 ………………… 昭48/8/3
花田 清輝 ………………… 昭23
埴谷 雄高 …………………
昭48/3/30, 昭51/12/5, 昭53/4/4
浜本 武雄 ………………… 昭48/7/10
浜本 浩 ………………… 昭32/3/17
林 健太郎 ………… 昭36, 昭39/5/27,
昭42/5/27, 昭46/5/27, 昭51/5/27
林 俊一郎 ………………… 昭49/5/12
林 忠彦 ………… 昭41/4/4, 昭47/3/25
林 房雄 …………………
昭11/5/22, 昭14/3/29, 昭24/11/23
林 芙美子 ………………… 昭14/3/29,
昭21/7/13, 昭23, 昭23/10/29, 昭23/11/8,
昭24/5/26, 昭24/8/3, 昭26, 昭26/1/18,
昭26/1/22, 昭26/3/16, 昭26/6/28,
昭26/6/30, 昭26/7/1, 昭26/7/18
原 奎一郎 ……… 昭21/3/28, 昭26/2/5, 昭58
原 卓也 ‥ 昭43/6/23, 昭59/7/20, 昭60/4/11
原 民喜 ………………… 昭26/3/16
原田 康子 ………… 昭47/1, 昭47/1/26
春山 行夫 ………………… 昭9/夏

【ひ】

土方 定一 ………… 昭45/11/5, 昭52/8/17
平岩 弓枝 ………… 昭52/1/31, 昭53/1/30
平岡 篤頼 ………… 昭51/9/27, 昭51/10/4
平塚 らいてう ………………… 昭41/9/24
平野 謙 ……… 昭15, 昭15/冬, 昭15/12/28,
昭16/秋, 昭20/12/30, 昭30/2/15, 昭
34/4/6, 昭40/2/18, 昭40/3/8, 昭40/5/2,
昭40/10/27, 昭41/7/15, 昭43/9/21, 昭
44/7/19, 昭44/7/30, 昭45/1, 昭45/1/16,
昭45/4/21, 昭45/6/27, 昭46/5/15,
昭46/6/1, 昭46/9/21, 昭48/6/12,
昭48/9/21, 昭49/6/6, 昭49/10/2, 昭
49/12/20, 昭51/6/27, 昭51/12/5, 昭53,
昭53/4/3, 昭53/4/4, 昭53/4/12, 昭54/5/31
平林 たい子 ………………… 昭
26/7/1, 昭36/1/5, 昭40/1/15, 昭47/4/12
平松 幹夫 ………… 昭4/4, 昭48/10/3

広池 秋子 ………… 昭40/1/15, 昭42/4/30
広津 和郎 ………… 昭25/6/23, 昭26/7/1,
　　昭28/3/18, 昭28/10/18, 昭29/11/18,
　　昭30/4/19, 昭36/10/30, 昭37/1/10,
　　昭38/11/14, 昭38/12/17, 昭40/2/18, 昭
　　41/9/19, 昭42/9/21, 昭43, 昭43/9/24, 昭
　　44/10/4, 昭51/7/16, 昭55/8/8, 昭55/9/21
広津 桃子 …………………… 昭46/9/21,
　　昭47/2/21, 昭47/3/11, 昭60/11/11, 昭63

【ふ】

深田 久弥 ………… 昭8, 昭12/8/6, 昭
　　14/6/14, 昭14/6/26, 昭14/7/1, 昭14/7/7
福田 清人 ………… 昭9/夏, 昭13/12/30,
　　昭23, 昭24/5/25, 昭24/9/8, 昭26/6/30,
　　昭28/2/18, 昭36/9/13, 昭41/9/22,
　　昭41/10/25, 昭46/5/15, 昭49/10/23,
　　　　昭53/4/14, 昭53/8/5, 昭56/2/17
福田 恆存 …………………………… 昭11,
　　昭21/3/31, 昭21/12/5, 昭23, 昭29/9/27,
　　　昭35/7/8, 昭36/1/5, 昭46/3/4, 昭
　　46/5/8, 昭46/9/28, 昭51/2/25, 昭53/9/2
福田 陸太郎 ……………………… 昭46/9/20
福永 武彦 ………………………… 昭36/1/5
藤井 田鶴子 ……………………… 昭7,
　　昭41/9/24, 昭41/10/31, 昭53/1/22
藤枝 静男 ………… 昭50/12/9, 昭53/4/4
藤牧 義夫 ………………… 昭56/6/7, 昭
　　56/7/10, 昭56/8/1, 昭56/9/12, 昭61/7/27
藤森 成吉 ………………………… 昭11/9/19
藤山 一郎 ………………… 大7/4, 昭44/4/17
藤原 審爾 ………………………… 昭36/1/3,
　　昭38/8/30, 昭43/3/25, 昭44/8/28,
　　昭45/3/25, 昭54/8/28, 昭59, 昭59/8/28
舟木 重信 ………… 昭41/4/7, 昭44/9/21
舟橋 聖一 …… 昭8/9, 昭9/5/12, 昭10, 昭
　　11/6, 昭12/5/20, 昭14/6/14, 昭14/6/24,
　　昭14/6/30, 昭14/7/1, 昭22/10/18, 昭23,
　　昭23/4/14, 昭23/8/29, 昭24/5/26,
　　昭24/6/7, 昭24/7/19, 昭24/7/27,
　　昭24/8/3, 昭24/8/9, 昭24/9/6, 昭24/9/7,

昭24/10/12, 昭24/11/23, 昭24/12/12, 昭
25/1/2, 昭25/1/13, 昭25/2/2, 昭25/2/9,
　　昭25/3/17, 昭25/5/25, 昭25/12/17,
　　昭26/1/1, 昭26/1/22, 昭26/3/15,
　　昭26/4/9, 昭26/7/19, 昭26/12/3, 昭
27/1/2, 昭27/2/2, 昭27/5/12, 昭27/6/30,
　　昭27/8/18, 昭27/9/18, 昭27/9/30,
　　昭27/12/22, 昭27/12/25, 昭28/1/1, 昭
28/1/20, 昭28/2/12, 昭28/3/7, 昭28/4/2,
　　昭28/4/14, 昭28/5/10, 昭28/6/22,
　　昭28/9/28, 昭28/12/11, 昭29/2/20,
　　昭29/3/4, 昭29/3/19, 昭29/3/22,
　　昭29/4/19, 昭29/6/11, 昭29/6/19,
　　昭29/7/23, 昭29/8/18, 昭29/9/20,
　　昭29/10/13, 昭29/11/19, 昭30/1/1,
　　昭30/1/19, 昭30/2/19, 昭30/4/19,
　　昭30/4/20, 昭30/6/20, 昭30/10/19,
　　昭31/1/6, 昭31/5/23, 昭31/11/29, 昭
32/1/1, 昭32/1/25, 昭32/1/26, 昭32/2/1,
　　昭32/5/23, 昭32/6/12, 昭32/7/10,
　　昭32/9/19, 昭32/10/30, 昭33/1/19,
　　昭33/2/5, 昭33/2/19, 昭33/3/28,
　　昭33/5/15, 昭33/6/23, 昭33/6/28,
　　昭34/1/15, 昭34/12/11, 昭35/1/1, 昭
35/1/9, 昭35/1/31, 昭35/2/1, 昭35/2/22,
　　昭35/2/25, 昭35/4/11, 昭35/5/3,
　　昭35/6/11, 昭35/7/14, 昭35/7/15,
　　昭35/12/1, 昭35/12/11, 昭36/1/3,
　　昭36/2/3, 昭36/3/4, 昭36/4/3, 昭
36/6/3, 昭36/6/18, 昭36/6/18, 昭36/7/3,
　　昭36/8/29, 昭36/9/13, 昭36/9/17,
　　昭36/9/18, 昭37/1/9, 昭37/1/22, 昭
37/2/5, 昭37/3/3, 昭37/6/7, 昭37/12/8,
　　昭38/1/25, 昭38/5/12, 昭38/9/3,
　　昭38/9/23, 昭39/1/14, 昭39/2/11,
　　昭39/5/7, 昭39/7/15, 昭39/12/9,
　　昭40/1/16, 昭40/1/20, 昭40/1/21,
　　昭40/3/2, 昭40/3/7, 昭40/6/29,
　　昭40/12/3, 昭40/12/14, 昭40/12/17,
　　昭41/4/16, 昭41/7/11, 昭41/10/13,
　　昭41/10/22, 昭41/11/16, 昭41/11/31,
　　昭41/12/7, 昭41/12/13, 昭41/12/24,
　　昭42/1/13, 昭42/2/9, 昭42/2/14,
　　昭42/3/14, 昭42/4/14, 昭42/7/8,
　　昭42/7/14, 昭42/9/16, 昭42/10/16,

昭42/11/15, 昭42/11/24, 昭43/1/13, 昭43/2/1, 昭43/2/13, 昭43/2/17, 昭43/3/15, 昭43/5/14, 昭43/7/5, 昭43/9/13, 昭43/9/16, 昭43/11/29, 昭44/2/11, 昭44/9/22, 昭44/10/21, 昭44/12/16, 昭45/2/13, 昭45/6/15, 昭45/6/23, 昭45/7/1, 昭45/7/13, 昭45/10/9, 昭45/10/15, 昭45/10/16, 昭46/2/12, 昭46/2/14, 昭46/2/25, 昭46/3/1, 昭46/3/11, 昭46/4/10, 昭46/4/13, 昭46/4/17, 昭46/5/13, 昭46/6/1, 昭46/6/10, 昭46/6/12, 昭46/6/15, 昭46/7/16, 昭46/9/14, 昭46/10/20, 昭46/11/13, 昭46/12/17, 昭46/12/21, 昭47/2/7, 昭47/2/15, 昭47/3/16, 昭47/4/13, 昭47/7/6, 昭47/8/11, 昭47/9/29, 昭47/10/21, 昭47/11/13, 昭47/12/25, 昭48/1/13, 昭48/2/13, 昭48/3/5, 昭48/3/13, 昭48/4/13, 昭48/5/14, 昭48/6/13, 昭48/7/13, 昭48/9/14, 昭48/10/13, 昭48/11/13, 昭49/1/12, 昭49/2/14, 昭49/3/13, 昭49/4/13, 昭49/4/21, 昭49/4/23, 昭49/5/13, 昭49/6/13, 昭49/7/13, 昭49/9/13, 昭49/10/2, 昭49/10/12, 昭49/11/12, 昭49/12/4, 昭49/12/13, 昭50/1/13, 昭50/2/13, 昭50/3/13, 昭50/6/13, 昭50/7/13, 昭50/9/16, 昭50/10/1, 昭50/10/13, 昭50/10/20, 昭50/11/13, 昭50/12/11, 昭51, 昭51/1/13, 昭51/1/15, 昭51/1/16, 昭51/3/1, 昭51/7/16, 昭52/1/13, 昭53/1/12, 昭57/1/13, 昭57/3/7, 昭60/11/6, 昭61/5/28, 昭63/1/12
船山 馨‥ 大3, 昭14, 昭15/晩秋, 昭21/9/17, 昭23, 昭23/4/13, 昭23/10/29, 昭24/5/24, 昭24/5/26, 昭24/6/13, 昭24/6/24, 昭24/7/19, 昭24/8/3, 昭24/8/9, 昭24/9/6, 昭24/9/7, 昭24/9/17, 昭24/10/12, 昭25, 昭25/1/13, 昭25/1/18, 昭25/1/24, 昭25/2/2, 昭25/8/13, 昭26/1/18, 昭26/1/22, 昭26/3/15, 昭26/3/16, 昭26/4/9, 昭26/4/12, 昭26/7/14, 昭26/7/18, 昭26/8/6, 昭26/8/13, 昭26/8/22, 昭26/8/23, 昭26/9/8,

昭26/11/20, 昭26/12/20, 昭27/1/2, 昭27/1/10, 昭27/1/21, 昭27/1/25, 昭27/1/30, 昭27/2/23, 昭27/4/7, 昭27/5/12, 昭27/6/30, 昭27/7/2, 昭28/1/20, 昭28/3/8, 昭28/3/12, 昭28/5/9, 昭28/5/10, 昭28/9/12, 昭28/9/17, 昭28/9/28, 昭28/10/8, 昭28/10/9, 昭28/11/23, 昭29/3/19, 昭29/4/10, 昭29/4/19, 昭29/5/7, 昭29/5/19, 昭29/6/3, 昭29/6/11, 昭29/6/19, 昭29/8/12, 昭29/9/20, 昭29/10/20, 昭29/11/25, 昭30/1/1, 昭30/1/19, 昭30/2/15, 昭30/2/19, 昭30/4/19, 昭30/4/20, 昭30/6/2, 昭31/4/26, 昭31/7/6, 昭31/8/17, 昭31/9/4, 昭31/10/6, 昭31/10/24, 昭31/11/8, 昭31/11/26, 昭31/12/13, 昭31/12/17, 昭32/1/9, 昭32/1/21, 昭32/1/25, 昭32/1/26, 昭32/1/31, 昭32/2/1, 昭32/3/17, 昭32/6/12, 昭32/6/13, 昭32/7/10, 昭32/9/19, 昭32/10/30, 昭32/12/8, 昭32/12/14, 昭33/1/11, 昭33/1/19, 昭33/2/5, 昭33/2/6, 昭33/3/17, 昭33/3/28, 昭33/5/24, 昭33/6/23, 昭33/6/28, 昭33/11/4, 昭33/11/13, 昭33/11/14, 昭33/12/9, 昭33/12/19, 昭33/12/24, 昭33/12/26, 昭34/1/24, 昭34/10/22, 昭34/11/18, 昭34/11/19, 昭35/1/1, 昭35/2/1, 昭35/2/22, 昭35/2/25, 昭35/4/16, 昭35/5/3, 昭35/6/21, 昭35/10, 昭35/12/1, 昭35/12/11, 昭35/12/29, 昭36/1/3, 昭36/1/4, 昭36/2/9, 昭36/4/3, 昭36/5/3, 昭36/8/25, 昭36/9/1, 昭36/9/13, 昭37/1/25, 昭37/3/4, 昭37/3/18, 昭37/9/30, 昭37/11/17, 昭37/12/26, 昭38/1/13, 昭38/4/5, 昭38/5/12, 昭38/5/26, 昭38/6/20, 昭38/7/4, 昭38/7/5, 昭38/8/25, 昭38/8/28, 昭38/8/29, 昭38/8/30, 昭38/9/3, 昭38/9/23, 昭38/10/1, 昭38/10/20, 昭38/11/20, 昭38/11/26, 昭38/12/7, 昭39/2/21, 昭39/4/11, 昭39/5/7, 昭39/7/15, 昭39/11/5, 昭39/12/9, 昭40/1/14, 昭40/1/15, 昭40/1/16, 昭40/3/2, 昭40/3/8, 昭40/4/5, 昭40/4/14,

昭40/5/8, 昭40/6/29, 昭40/7/21, 昭40/8/18, 昭40/8/19, 昭40/10/7, 昭40/10/25, 昭40/12/9, 昭41/1/14, 昭41/4/5, 昭41/4/13, 昭41/4/16, 昭41/5/18, 昭41/6/3, 昭41/7/11, 昭41/8/28, 昭41/9/21, 昭41/10/12, 昭41/10/13, 昭41/10/22, 昭41/11/10, 昭41/11/15, 昭41/11/16, 昭41/12/3, 昭41/12/13, 昭42, 昭42/1/13, 昭42/2/14, 昭42/2/20, 昭42/3/14, 昭42/4/14, 昭42/4/30, 昭42/6/5, 昭42/6/25, 昭42/7/8, 昭42/8/8, 昭42/9/9, 昭42/9/16, 昭42/10/16, 昭42/10/20, 昭42/11/15, 昭42/12/1, 昭42/12/5, 昭43/1/13, 昭43/2/1, 昭43/2/3, 昭43/2/26, 昭43/3/15, 昭43/3/25, 昭43/4/13, 昭43/4/19, 昭43/5/13, 昭43/5/21, 昭43/6/4, 昭43/6/5, 昭43/6/6, 昭43/6/12, 昭43/6/13, 昭43/6/15, 昭43/6/17, 昭43/7/16, 昭43/9/13, 昭43/9/16, 昭43/10/26, 昭43/10/28, 昭43/11/29, 昭43/12/11, 昭44/1/13, 昭44/5/15, 昭44/6/18, 昭44/8/28, 昭44/10/21, 昭44/12/16, 昭45/3/13, 昭45/3/25, 昭45/6/15, 昭45/8/28, 昭45/10/15, 昭45/10/16, 昭46/2/12, 昭46/2/24, 昭46/3/11, 昭46/5/13, 昭46/10/14, 昭46/12/21, 昭46/12/27, 昭47/1, 昭47/1/3, 昭47/1/26, 昭47/3/8, 昭47/3/16, 昭47/3/25, 昭47/12/25, 昭48/3/2, 昭48/3/30, 昭48/6/13, 昭48/6/19, 昭48/10/13, 昭49/1/12, 昭49/3/13, 昭49/4/13, 昭49/9/13, 昭49/9/15, 昭49/10/12, 昭49/12/4, 昭50/2/13, 昭51/2/13, 昭51/5/24, 昭51/11/19, 昭52/1/13, 昭53/11/23, 昭54/1/12, 昭55/6/7, 昭55/12/27, 昭56, 昭56/3/16, 昭56/3/25, 昭56/4, 昭56/5/7, 昭56/8/5, 昭56/8/6, 昭56/9/2, 昭57/3/7, 昭57/8/1, 昭58/7/19, 昭59/11/2, 昭62/8/2, 平5/6/27

古井 由吉 ……………… 平元/4/1
古屋 綱武 ……………… 昭33/4/5
古屋 照子 ……………… 昭42/10/6
古山 高麗雄 …………… 昭45/10/6, 昭49/10/2, 昭49/10/2, 昭51/2/25,

昭52/5/6, 昭56/1/30, 昭60/7/5

【ほ】

北條 誠 … 昭21/10/21, 昭23, 昭24/6/13, 昭24/7/19, 昭24/8/3, 昭24/8/9, 昭24/9/6, 昭24/10/12, 昭25, 昭25/1/13, 昭25/1/24, 昭25/2/2, 昭25/3/17, 昭25/5/25, 昭25/12/17, 昭26/1/22, 昭26/4/9, 昭26/4/12, 昭26/7/19, 昭26/8/22, 昭26/8/23, 昭27/1/2, 昭27/1/23, 昭27/1/25, 昭27/5/12, 昭27/5/26, 昭27/6/30, 昭27/8/18, 昭27/11/16, 昭28/1/1, 昭28/1/20, 昭28/2/12, 昭28/3/8, 昭28/3/12, 昭28/4/14, 昭28/5/10, 昭28/6/22, 昭28/7/6, 昭28/9/12, 昭28/9/28, 昭28/12/4, 昭28/12/11, 昭29/3/4, 昭29/4/10, 昭29/4/19, 昭29/4/23, 昭29/5/19, 昭29/6/3, 昭29/6/19, 昭29/9/20, 昭29/11/19, 昭30/1/1, 昭30/1/19, 昭30/2/19, 昭30/4/19, 昭30/4/20, 昭30/10/19, 昭31/1/6, 昭31/5/23, 昭31/12/13, 昭32/2/28, 昭32/3/17, 昭32/6/12, 昭32/9/19, 昭32/10/30, 昭33/1/19, 昭33/3/17, 昭33/5/15, 昭33/5/21, 昭33/6/23, 昭33/6/28, 昭33/12/26, 昭34/12/18, 昭35/2/1, 昭35/6/11, 昭35/7/14, 昭35/7/16, 昭35/10, 昭36/1/3, 昭36/2/3, 昭36/3/4, 昭36/3/20, 昭36/4/3, 昭36/6/18, 昭36/8/2, 昭36/9/1, 昭36/10/2, 昭38/9/23, 昭38/10/20, 昭40/1/16, 昭40/6/29, 昭41/3/24, 昭42/10/16, 昭43/6/6, 昭44/5/21, 昭44/12/16, 昭45/2/13, 昭45/7/1, 昭45/10/16, 昭46/2/14, 昭46/3/11, 昭46/4/17, 昭46/5/13, 昭46/6/10, 昭46/9/14, 昭46/10/16, 昭46/10/20, 昭46/11/13, 昭46/12/21, 昭47/2/15, 昭47/4/13, 昭47/5/6, 昭47/7/6, 昭47/10/21, 昭47/11/11, 昭47/11/13, 昭47/12/25, 昭48/1/13, 昭48/2/13,

昭48/3/13、昭48/5/14、昭51、昭51/5/24、昭51/11/6、昭51/11/19、昭51/11/27
保昌 正夫 .... 昭42/4/21、昭43/6/18、昭45/1/19、昭45/1/23、昭46/4/10、昭47/10/14、昭47/11/11、昭52/3/12、昭52/5/9、昭52/8/17、昭53/4/14、昭53/8/5、昭53/8/31、昭60/11/11、昭62/2/8、昭62/9/5、平3/7/4、平4/5/14、平5/11/22、平5/12/25
細田 民樹 昭43/9/21
堀田 善衛 .... 昭25/4/25、昭27/2/23、昭43/2/6、昭43/3/25、昭48/3/30
堀 辰雄 .... 昭14/2/8、昭14/7/1
堀木 克三 .... 昭21/11/18、昭22、昭24/11/18、昭25/1/15
本多 秋五 .... 昭15、昭27/2/23、昭48/3/30、昭48/9/21

【ま】

前川 堅市 .... 昭5、昭15/7/10
前田 愛 .... 昭58/8/26、昭62
牧屋 善三 .... 昭13/10/19、昭14/5/17、昭15/7/10、昭15/晩秋、昭17/2、昭21/3/28、昭21/5/20、昭21/6/5、昭21/7/13、昭21/9/17、昭24/11/8、昭33/5/24、昭37/12/26、昭38/1/13、昭40/1/28、昭42/11/15、昭51/7/16、昭52
正宗 白鳥 ...... 昭10、昭41/9/17、昭54/8/7
真下 五一 .... 昭11、昭30/3/16、昭50/6/19、昭54
真杉 静枝 .... 昭25/1/15、昭25/5/12、昭26/7/1、昭29/10/13、昭29/11/4
松尾 英三郎 .... 昭5/2、昭6/10
松岡 照夫 .... 昭11、昭11/9/23、昭11/9/30、昭12/2/2、昭12/6/19、昭13/12/26、昭14/4/10、昭21/3/31、昭21/10/10、昭23、昭24/9/8、昭25/1/13、昭30/1/1、昭55
松原 新一 平4/7/9
松村 益二 昭59
松本 清張 .... 昭39/5/7、昭42/4/11、昭42/6/5、昭55/4/17、昭60/2/13

松本 徹 .... 昭47/10/21、昭51/2/9、昭52/2/7、昭56/7/3、昭57/3/4、昭58/12/10、昭59/2/17、昭62/2/8、平元/1/14、平元/4/1、平5/12/25
間宮 茂輔 .... 昭14/4/14、昭16、昭31/12/28、昭33/1/8、昭44/9/21
丸岡 明 ... 昭4、昭14/4/14、昭21/11/4、昭25/2/8、昭25/7/25、昭26/1/10、昭31/5/6、昭31/11/29、昭32/1/14、昭32/1/25、昭33/1/14、昭33/2/19、昭33/4/5、昭36/1/5、昭38/12/18、昭39/12/9、昭40/1/26、昭41/3/15、昭41/3/22、昭41/4/28、昭41/7/15、昭41/9/21、昭41/10/25、昭41/11/8、昭41/11/30、昭42/6/29、昭42/9/21、昭42/10/17、昭42/11/17、昭43、昭43/8/24、昭44/8/23、昭53/6/29
丸谷 才一 .... 昭46/12/21、昭47/12/25、昭48/5/7、昭54/7/30、昭54/12/21、昭56/12/17、昭58/10/10、昭60/2/20、昭62/2/8

【み】

三浦 朱門 ‥ 昭24/8/3、昭42/6/5、昭44/5/15、昭44/6/18、昭44/12/16、昭45/6/15、昭45/10/12、昭46/10/20、昭51/5/24、昭51/11/29、昭54/12/10、昭55/12/8、昭56/1/30、昭60/2/12、昭60/2/23、昭62/4/21、昭63/3/16、昭63/6/7、平5/11/27
三上 秀吉 .... 昭10、昭12/5/20、昭14/1/2、昭45、昭45/10/6
三木 清 昭14/7/5
三雲 祥之助 .... 昭15、昭29/5/29、昭57
三島 霜川 昭39/10/9
三島 由紀夫 .... 昭24/7/19、昭24/8/3、昭24/8/9、昭24/9/6、昭24/10/12、昭25/1/13、昭25/1/24、昭25/2/2、昭25/5/25、昭25/12/17、昭27/1/2、昭27/6/30、昭27/8/18、昭28/1/20、昭28/3/7、昭28/4/2、昭28/5/9、昭28/7/6、昭28/12/11、昭29/3/22、昭29/6、昭29/6/3、昭29/6/19、昭35/7/8、

人名索引（年譜）　　　もり

昭40/12/3, 昭41/1/2, 昭42/6/5, 昭45
水上 勉 ……………………… 昭16,
　昭17/2, 昭21/5/20, 昭21/6/5, 昭21/7/13,
　昭21/7/25, 昭21/10/28, 昭21/11/18,
　昭24/8/3, 昭25/1/25, 昭25/8/8,
　昭36/10/4, 昭37/11/17, 昭38/9/3,
　昭38/9/23, 昭38/10/17, 昭39/2/21,
　昭40/6/29, 昭41/4/13, 昭42/9/21,
　昭42/10/16, 昭43/5/6, 昭43/9/21,
　昭44/9/21, 昭44/12/16, 昭45/6/15,
　昭46/9/21, 昭46/11/2, 昭47/12/25,
　昭48/3/28, 昭48/9/21, 昭50/3/25, 昭
　50/6, 昭50/6/19, 昭50/9/18, 昭51/5/24,
　昭52/4/5, 昭52/6, 昭52/6/23, 昭52/9/21,
　昭53/10/5, 昭54/2/9, 昭55/2/15,
　昭55/5/9, 昭55/6/9, 昭55/8/20,
　昭56/5/13, 昭57/1/29, 昭58/5/11,
　昭59/5/23, 昭59/8/28, 昭60/2/13,
　昭60/5/9, 昭60/11/11, 昭61/2/25,
　昭63/5/12, 平5/11/22, 平5/11/27
水木 京太 ………………………… 昭4/4
水木 洋子 ………………………… 昭7
三角 寛 ……………………… 昭29/10/22
水上 瀧太郎 ……………………… 昭4/4
南川 潤 …………………… 大2, 昭12/6/19,
　昭14/4/14, 昭15, 昭15/晩秋, 昭19/7/25,
　昭21/9/17, 昭30, 昭52/9, 昭52/9/23
峯 雪栄 ………… 昭25/2/8, 昭27/5/7
宮内 寒弥 … 明45, 昭14/4/14, 昭15, 昭19/3,
　昭36, 昭36/4/10, 昭36/5/11, 昭36/5/27,
　昭38/6/17, 昭40/5/27, 昭41/5/27,
　昭42/1/24, 昭42/5/27, 昭43/6/6,
　昭44/1/31, 昭44/8/8, 昭44/11/10,
　昭45/5/27, 昭45/6/9, 昭45/9/27,
　昭46/5/27, 昭46/12/14, 昭49/5/27,
　昭53/5/13, 昭53/6/8, 昭58, 昭58/3/6
三宅 幾三郎 ………………… 昭15/7/10
三宅 周太郎 ………………… 昭5, 昭8/2/21
三宅 艶子 ……………………… 昭
　33/4/5, 昭40/1/15, 昭53/4/12, 昭54/7/3
三好 徹 …………………… 昭49/10/2,
　昭53/7, 昭53/9/29, 昭53/11/6, 昭54/3/5

【む】

武蔵野 次郎 ……… 昭48/11/12, 昭51/7/3
武者小路 実篤 ………………… 昭16/4/21
村上 元三 …………………… 昭29/10/13,
　昭29/12/2, 昭35/8/22, 昭43/5/6, 昭
　46/9/28, 昭46/12/21, 昭47/6, 昭47/7/5,
　昭47/9/29, 昭47/10/21, 昭47/10/31,
　昭47/12/25, 昭48/3/5, 昭56/1/30
村上 兵衛 ……………………… 昭59/9/16
村雨 退二郎 …………… 昭25/11/2, 昭27/12/9
村野 四郎 …………… 昭31/9/17, 昭33/1/14,
　昭33/2/19, 昭33/12/16, 昭38/1/25,
　昭38/12/18, 昭41/3/3, 昭41/3/15,
　昭41/9/21, 昭43/3/28, 昭43/7/15,
　昭44/9/12, 昭44/12/12, 昭45/10/22,
　昭46/10/22, 昭47/10/21, 昭47/11/13,
　昭48/3/5, 昭48/11/16, 昭50/3/7
村松 定孝 ……………………… 昭41/9/17,
　昭42/4/11, 昭43/4/末, 昭45/1/23, 昭
　52/6/9, 昭57/3/2, 昭58/1/18, 昭60/1/8
村松 喬 …………… 昭47/6/20, 昭48/3/28,
　昭48/11/5, 昭48/11/12, 昭52/1/18
村松 剛 ……………………… 昭47/10/31,
　48/11/5, 昭51/5/16, 昭51/6/2, 昭53/4/5,
　昭54/11/5, 昭56/1/30, 昭56/2/17
室生 犀星 …… 昭10, 昭12/5/20, 昭12/6/7,
　昭25/2/20, 昭28/10/18, 昭34/10/21,
　昭34/12/17, 昭37/3/27, 昭37/3/29

【も】

森 武之助 ……… 昭4/4, 昭5/2, 昭6/10,
　昭11/6/7, 昭11/9/20, 昭12/2/20, 昭
　12/3/7, 昭12/7, 昭13/12/22, 昭15/7/10,
　昭20/4/26, 昭21/9/17, 昭21/10/14,
　昭21/11/1, 昭21/12/5, 昭22/10/14,
　昭29/9/6, 昭31/5/27, 昭32/7/8, 昭
　34/1/15, 昭35/1/3, 昭35/2/22, 昭35/8/2,

303

昭36/8/9, 昭41/4/18, 昭51/4/10, 昭51/5/29, 昭55/10/3, 平2, 平2/2/3
森 万紀子 ……………………… 昭48/8/8
森田 たま ……………… 昭26/7/1, 昭45/11/5
森田 素夫 ……………………… 昭24/7/5
森田 雄蔵 ………………… 昭47/9/21, 平2
森村 浅香 ………………… 昭34/11/20, 昭35/1/30, 昭35/2/6, 昭37/3/18, 昭38/2/7, 昭38/6/12, 昭39/6/8, 昭39/7/19, 昭43/4/26, 昭45/3/3, 昭46/11/18, 昭56/7/3
森村 桂 …………… 昭41/4/30, 昭43/4/26

【や】

八木 義徳 ………… 明44, 昭9/10, 昭19/3, 昭23, 昭23/4/16, 昭23/8/24, 昭23/11/6, 昭23/11/27, 昭23/12/9, 昭24/5/25, 昭24/7/13, 昭24/7/19, 昭24/7/27, 昭24/8/3, 昭24/8/9, 昭24/8/24, 昭24/9/4, 昭24/9/6, 昭24/9/8, 昭24/9/14, 昭24/9/17, 昭24/10/3, 昭24/10/12, 昭24/10/14, 昭24/11/7, 昭24/12/13, 昭24/12/26, 昭25, 昭25/1/24, 昭25/1/30, 昭25/2/2, 昭25/2/9, 昭25/2/22, 昭25/2/26, 昭25/3/17, 昭25/3/21, 昭25/3/31, 昭25/4/10, 昭25/4/25, 昭25/5/6, 昭25/5/17, 昭25/5/25, 昭25/5/26, 昭25/6/12, 昭25/7/7, 昭25/7/15, 昭25/8/12, 昭25/9/2, 昭25/9/5, 昭25/9/19, 昭25/10/8, 昭25/10/10, 昭25/11/20, 昭25/12/17, 昭25/12/18, 昭26/1/1, 昭26/1/12, 昭26/1/30, 昭26/2/12, 昭26/3/15, 昭26/4/3, 昭26/4/9, 昭26/5/19, 昭26/6/30, 昭26/7/1, 昭26/8/6, 昭26/9/8, 昭26/11/18, 昭26/11/20, 昭26/12/3, 昭27/1/2, 昭27/1/16, 昭27/1/23, 昭27/1/25, 昭27/4/17, 昭27/5/12, 昭27/5/26, 昭27/6/2, 昭27/6/30, 昭27/8/18, 昭27/9/14, 昭27/9/18, 昭27/12/25, 昭28/1/16, 昭28/1/20, 昭28/2/12, 昭28/2/23, 昭28/3/8, 昭28/3/12,
昭28/4/14, 昭28/5/9, 昭28/5/10, 昭28/5/25, 昭28/6/22, 昭28/7/6, 昭28/9/12, 昭28/9/17, 昭28/12/11, 昭29/3/19, 昭29/4/10, 昭29/4/19, 昭29/5/19, 昭29/6/11, 昭29/6/19, 昭29/8/17, 昭29/9/20, 昭29/10/15, 昭29/10/20, 昭29/11/19, 昭30/1/1, 昭30/1/19, 昭30/2/15, 昭30/2/19, 昭30/4/19, 昭30/4/20, 昭31/3/18, 昭31/4/3, 昭31/4/26, 昭31/5/23, 昭31/7/6, 昭31/12/15, 昭31/12/17, 昭32/1/25, 昭32/4/11, 昭32/5/21, 昭32/6/12, 昭32/7/10, 昭32/9/19, 昭32/10/30, 昭32/11/12, 昭32/12/14, 昭33/1/19, 昭33/2/5, 昭33/3/28, 昭33/4/5, 昭33/5/15, 昭33/6/28, 昭33/7/5, 昭33/11/4, 昭33/11/13, 昭33/12/9, 昭34/1/24, 昭34/3/26, 昭34/5/26, 昭34/10/12, 昭34/10/22, 昭34/11/5, 昭34/11/19, 昭34/11/29, 昭35/1/1, 昭35/2/22, 昭35/2/25, 昭35/6/20, 昭35/10, 昭35/12/1, 昭35/12/11, 昭36/1/3, 昭36/4/3, 昭36/4/5, 昭36/6/25, 昭36/9/1, 昭37/1/9, 昭37/3/3, 昭37/3/18, 昭37/4/5, 昭37/4/24, 昭37/9/30, 昭37/11/17, 昭37/12/8, 昭38/4/5, 昭38/4/19, 昭38/4/27, 昭38/5/12, 昭38/9/23, 昭38/10/10, 昭38/10/20, 昭39/4/9, 昭39/5/7, 昭39/6/5, 昭39/7/15, 昭39/11/5, 昭39/12/9, 昭40/1/14, 昭40/3/16, 昭40/4/5, 昭40/4/20, 昭40/6/29, 昭40/7/5, 昭40/8/19, 昭40/9/9, 昭40/11/21, 昭41/1/14, 昭41/3/24, 昭41/4/5, 昭41/4/13, 昭41/7/11, 昭41/7/15, 昭41/10/18, 昭41/10/22, 昭41/10/25, 昭41/11/15, 昭41/12/3, 昭42, 昭42/5/22, 昭42/10/16, 昭42/11/4, 昭43/2/1, 昭43/2/13, 昭43/3/15, 昭43/4/5, 昭43/4/13, 昭43/4/19, 昭43/5/6, 昭43/5/13, 昭43/6/5, 昭43/6/13, 昭43/6/15, 昭43/7/5, 昭43/8/24, 昭43/9/13, 昭43/11/29, 昭43/12/11, 昭44/2/18, 昭44/3/5, 昭44/3/15, 昭44/5/21, 昭44/6/18, 昭44/7/5, 昭44/8/8, 昭44/9/22, 昭44/10/21, 昭44/10/23,

昭44/11/5, 昭44/11/10, 昭44/12/16, 昭44/12/17, 昭45/1/20, 昭45/1/26, 昭45/2/13, 昭45/3/13, 昭45/4/13, 昭45/6/9, 昭45/6/15, 昭45/6/27, 昭45/7/1, 昭45/7/6, 昭45/7/13, 昭45/9/10, 昭45/9/12, 昭45/9/29, 昭45/10/12, 昭45/10/15, 昭45/11/5, 昭45/11/10, 昭45/11/13, 昭46/2/12, 昭46/3/11, 昭46/3/21, 昭46/4/13, 昭46/5/6, 昭46/6/15, 昭46/7/5, 昭46/9/14, 昭46/9/28, 昭46/10/14, 昭46/10/20, 昭46/10/21, 昭46/11/5, 昭46/11/13, 昭46/11/15, 昭46/11/18, 昭46/12/21, 昭46/12/27, 昭47/1, 昭47/1/26, 昭47/1/28, 昭47/2/15, 昭47/2/25, 昭47/4/13, 昭47/4/18, 昭47/5/27, 昭47/7/6, 昭47/10/1, 昭47/12/8, 昭47/12/16, 昭47/12/25, 昭48/1/13, 昭48/2/13, 昭48/2/28, 昭48/3/13, 昭48/4/13, 昭48/4/20, 昭48/4/30, 昭48/5/14, 昭48/6/13, 昭48/6/18, 昭48/6/19, 昭48/6/21, 昭48/7/13, 昭48/9/14, 昭48/10/3, 昭48/10/12, 昭48/11/13, 昭49/1/12, 昭49/3/13, 昭49/4/13, 昭49/4/18, 昭49/4/23, 昭49/6/13, 昭49/6/20, 昭49/7/5, 昭49/7/13, 昭49/9/13, 昭49/10/12, 昭49/11/5, 昭49/11/12, 昭49/11/18, 昭49/12/4, 昭49/12/13, 昭50/1/13, 昭50/1/21, 昭50/2/13, 昭50/3/7, 昭50/3/11, 昭50/3/13, 昭50/4/7, 昭50/4/14, 昭50/4/18, 昭50/6/13, 昭50/7/13, 昭50/7/26, 昭50/9/16, 昭50/10/15, 昭50/11/13, 昭50/12/11, 昭51/2/13, 昭51/2/17, 昭51/3/1, 昭51/5/24, 昭51/6/17, 昭51/9/9, 昭51/9/13, 昭51/11/5, 昭51/12/17, 昭52/1/13, 昭52/1/21, 昭52/1/22, 昭52/2, 昭52/2/14, 昭52/2/19, 昭52/4/2, 昭52/5/6, 昭52/7/21, 昭52/8/27, 昭52/11/3, 昭53/1/12, 昭53/1/17, 昭53/3/26, 昭53/3/28, 昭53/4/5, 昭53/5/8, 昭53/5/9, 昭53/6/2, 昭53/6/8, 昭53/6/28, 昭53/7/20, 昭53/10/5, 昭53/11/6, 昭53/11/23, 昭54/1/12, 昭54/1/23, 昭54/2/19, 昭54/3/27, 昭54/4/5, 昭54/5/10, 昭54/5/31, 昭54/6/14, 昭54/10/13, 昭54/11/5, 昭55/2/6, 昭55/2/13, 昭55/2/25, 昭55/6/7, 昭55/12/27, 昭56/3/25, 昭56/4/6, 昭56/5/7, 昭56/5/13, 昭56/6/18, 昭56/8/5, 昭56/8/6, 昭57/1/13, 昭57/2/18, 昭57/4/5, 昭57/8/1, 昭57/11/5, 昭58/1/18, 昭58/4/6, 昭58/4/14, 昭58/5/11, 昭58/7/31, 昭58/10/10, 昭59/2/2, 昭59/3/2, 昭59/4/27, 昭59/5/23, 昭59/6/29, 昭59/9/21, 昭60/1/8, 昭60/2/20, 昭60/3/15, 昭60/6/21, 昭60/11/5, 昭60/11/11, 昭61/1/26, 昭61/2/21, 昭61/4/4, 昭61/4/17, 昭61/5/28, 昭61/6/5, 昭61/6/20, 昭61/7/4, 昭61/9/30, 昭62/3/5, 昭62/6/5, 昭62/10/31, 昭63, 昭63/1/10, 昭63/1/12, 昭63/1/29, 昭63/3/7, 昭63/3/28, 昭63/6/9, 平元/12, 平2/4/7, 平2/10/17, 平4/10/19, 平5/11/22, 平5/11/27, 平5/12/25, 平6/10/26, 平7/11/22, 平11

矢古島 一郎 …… 昭15/7/10, 昭21/11/18, 昭28/3/8, 昭28/10/8, 昭30/6/10, 昭39/8/10
矢崎 弾 ……………………………………… 昭12/6/19, 昭14/4/14, 昭15, 昭16, 昭21
矢代 静一 ……………………………… 昭49/2/25
安岡 章太郎 …………………… 昭28/9/10, 昭35/9/24, 昭36/12/1, 昭42/10/17, 昭47/7/27, 昭48/10/3, 昭52/5/6, 昭56/12/17, 昭58/10/19, 昭59/3/17, 昭59/8/13, 昭60/4/13, 昭61/7/9, 昭61/9/20
保田 与重郎 ……… 昭45/2/19, 昭51/2/19
保高 徳蔵 ………… 昭14/3/29, 昭14/4/14, 昭16, 昭25/4/10, 昭27/1/16, 昭27/2/23, 昭31/12/28, 昭32/3/17, 昭33/1/8
安成 二郎 ……………………… 昭24/11/18
柳場 博二 ………………………………… 大13, 大14, 昭元, 昭5/2, 昭6/10, 昭8/1/5, 昭41/4/18, 昭51/8/2, 昭52/1/6, 昭55/10/3
山川 朱実 ……………… 昭9/5/12, 昭10, 昭11/9/27, 昭12/5/20, 昭12/6/7, 昭14/2/8, 昭14/2/18, 昭14/3/19, 昭25/1/15
山川 方夫 ……………………………… 昭40/2/22

山口 年臣 ………………… 昭7,
　昭8/1/5, 昭8/2/21, 昭8/3/4, 昭11/6/7,
　昭13/12/22, 昭14/2/28, 昭14/5/26,
　昭14/6/14, 昭14/6/17, 昭14/6/27,
　昭14/6/29, 昭14/6/30, 昭14/7/4,
　昭14/7/14, 昭15/1/11, 昭15/7/10,
　昭19/7/25, 昭21/9/17, 昭21/10/10,
　昭21/10/14, 昭21/12/5, 昭25/5/26,
　昭27/3/20, 昭31/3/6, 昭40/7/16,
　昭41/4/18, 昭41/10/20, 昭42/7/11,
　昭44/6/11, 昭55/10/3, 昭61, 昭61/6/30
山口 瞳 ……………… 昭48/5/7, 昭54/2/9
山崎 豊子 ………………… 昭43/3/5,
　昭43/3/28, 昭44/11/5, 昭48/10/25,
　昭48/11/2, 昭48/11/5, 昭49/4/30
山下 三郎 …… 昭4/4, 昭53/6/29, 昭61/7/9
山田 智彦 ………………………… 昭51/2/19
山室 静 …………………………… 昭15,
　昭41/11/16, 昭44/7/30, 昭46/9/20
山本 健吉 ………………… 昭25/7/25,
　昭34/1/19, 昭36/5/26, 昭41/1/2,
　昭41/4/7, 昭41/6/15, 昭41/7/15,
　昭42/1/19, 昭42/2/9, 昭42/10/17,
　昭42/12/4, 昭43/2/6, 昭43/3/28,
　昭43/9/16, 昭43/9/21, 昭44/9/12,
　昭44/12/12, 昭44/12/25, 昭45/6/23,
　昭46/9/28, 昭47/6, 昭47/7/5, 昭47/9/18,
　昭47/9/29, 昭47/10/21, 昭47/10/31,
　昭47/11/11, 昭47/11/13, 昭47/12/8,
　昭48/1/17, 昭48/3/5, 昭48/3/28,
　昭48/9/21, 昭48/10/3, 昭48/10/22,
　昭48/11/2, 昭48/11/5, 昭48/11/8,
　昭49/4/18, 昭49/6/6, 昭49/10/2,
　昭49/11/29, 昭50/11/18, 昭50/12/2,
　昭50/12/9, 昭51/1/23, 昭51/2/17,
　昭51/2/25, 昭51/5/18, 昭51/11/24,
　昭51/11/27, 昭51/11/29, 昭52/1/18,
　昭52/4/5, 昭52/9/21, 昭53/1/12,
　昭53/1/30, 昭53/4/14, 昭53/5/29,
　昭53/6/29, 昭53/10/5, 昭53/11/6,
　昭54/6/14, 昭54/12/10, 昭55/5/9,
　昭55/12/8, 昭56/1/30, 昭56/5/13,
　昭56/12/17, 昭57/1/8, 昭57/3/4, 昭
　57/3/15, 昭58/1/20, 昭58/7/5, 昭58/7/18,
　昭58/9/30, 昭58/10/21, 昭58/12/9,

　昭59/3/17, 昭59/4/27, 昭59/5/23,
　昭59/6/10, 昭59/7/5, 昭59/8/13,
　昭59/9/3, 昭60/2/13, 昭60/4/11,
　昭60/4/12, 昭60/5/9, 昭60/6/14,
　昭60/7/5, 昭60/9/30, 昭60/11/5, 昭
　61/3/5, 昭61/4/4, 昭61/6/29, 昭62/2/24,
　昭62/3/5, 昭63, 昭63/3/16, 昭63/5/7
山本 実彦 ………………… 昭14/4/14
山本 太郎 ………… 昭42/12/6, 昭52/8/17
山本 容朗 ……………… 昭32/1/21,
　昭32/2/23, 昭35/1/3, 昭39/2/22,
　昭40/2/18, 昭41/8/28, 昭42/8/28,
　昭43/3/25, 昭43/5/2, 昭43/9/14,
　昭44/8/28, 昭45/8/28, 昭46/3/25,
　昭46/8/23, 昭47/3/25, 昭47/8/28,
　昭48/3/28, 昭48/8/28, 昭49/8/28,
　昭49/8/29, 昭50/3/25, 昭50/8/28,
　昭54/8/28, 昭56/5/7, 昭60/11/6

【ゆ】

結城 信一 …………………………… 昭59
由起 しげ子 ……… 昭24/6/27, 昭29/10/22

【よ】

横光 利一 ………… 昭45/1/20, 昭52/5/9
与謝野 晶子 ……………… 昭5, 昭32/7/5
吉川 英治 ………… 昭30/2/15, 昭40/12/3
吉田 健一 ………………………… 昭41/7/15
吉田 精一 …… 昭15, 昭19/7/3, 昭29/5/29,
　昭34/2/26, 昭40/1/30, 昭40/2/18,
　昭40/10/27, 昭43/4/末, 昭53/4/14,
　昭59, 昭59/1/31, 昭59/6/23, 昭60/6/6
吉田 時善 ………………………… 昭60/10/9
吉村 昭 ……………… 昭41/7/15, 昭43/5/6,
　昭44/1/31, 昭45/6/27, 昭45/9/10,
　昭45/10/22, 昭46/9/20, 昭46/10/22,
　昭47/1/26, 昭47/6/20, 昭47/10/31,
　昭47/11/13, 昭47/11/24, 昭48/11/2,

人名索引（年譜）　　　　　　　　　　わた

昭48/11/5、昭49/11/29、昭50/11/18、
昭51/11/24、昭51/11/29、昭54/12/10、
昭55/12/8、昭56/1/30、昭58/1/20、
昭58/7/18、昭58/9/20、昭58/12/9、
昭59/4/12、昭59/4/28、昭60/4/26、
昭60/7/5、昭60/7/19、昭62/2/24、
昭62/3/31、昭62/10/31、昭63/5/12
吉村 公三郎 ……… 昭31/9/17、昭41/2/3
吉屋 信子 ‥ 昭14/2/8、昭17/2、昭24/11/23、
昭28/5/10、昭42/1/13、昭48/7/13
吉行 エイスケ ……………… 昭9/夏
吉行 淳之介 … 昭24/8/3、昭26、昭26/7/21、
昭29/11/27、昭32/1/25、昭32/6/13、
昭32/9/19、昭32/10/30、昭33/1/19、
昭33/6/23、昭33/6/28、昭35/1/1、
昭35/2/22、昭35/6/11、昭35/7/14、昭
35/10、昭35/11、昭35/12/1、昭35/12/11、
昭36/2/3、昭36/3/4、昭36/4/3、昭36/6/3、
昭36/9/1、昭37/1/9、昭37/1/25、昭
37/3/3、昭37/12/8、昭38/8/30、昭38/9/3、
昭38/9/23、昭38/10/1、昭38/10/5、
昭39/1/14、昭39/7/15、昭39/12/9、
昭40/1/16、昭40/6/29、昭41/4/13、
昭41/4/16、昭41/7/11、昭41/10/13、
昭41/10/22、昭42/10/16、昭43/2/1、
昭43/3/25、昭43/9/16、昭43/10/28、
昭43/11/29、昭44/1/13、昭44/3/15、
昭44/5/15、昭44/8/28、昭44/9/22、
昭44/12/16、昭45/2/13、昭45/3/13、
昭45/3/25、昭45/7/13、昭45/9/12、
昭45/10/12、昭45/10/16、昭45/11/13、
昭46/3/11、昭46/3/25、昭46/5/13、
昭46/6/15、昭46/9/14、昭46/11/13、
昭46/12/21、昭47/2/15、昭47/8/11、
昭47/12/25、昭48/1/13、昭48/2/13、
昭48/3/10、昭48/3/28、昭48/4/13、
昭48/5/14、昭48/6/13、昭48/7/13、
昭48/9/14、昭48/11/13、昭49/1/12、
昭49/2/14、昭49/2/23、昭49/3/13、
昭49/3/18、昭49/5/13、昭49/7/13、
昭49/10/12、昭49/12/4、昭50/1/13、
昭50/7/13、昭50/9/4、昭50/9/16、
昭50/11/13、昭50/12/11、昭51/1/15、
昭51/5/24、昭51/12/5、昭52/5/6、昭
54/2/19、昭54/8/28、昭59/8/28、昭62/2/8

米山 彊 ……………………… 昭7、
昭15/7/10、昭40/3/5、昭40/7/16、
昭41/10/20、昭41/10/31、昭43/1/19

【り】

李 香蘭 …………………… 昭14/11/15

【わ】

若山 牧水 ………………… 昭14/6/28
和木 清三郎 ……………… 昭4/4、
昭14/4/14、昭28/6/26、昭45、昭45/4/30
鷲尾 洋三 ………………… 昭41/3/15、
昭43/7/15、昭44/6/3、昭45/5/19、
昭47/12/8、昭51/1/20、昭52/5/9
和田 謹吾 …………………
昭39/12/15、昭40/10/22、昭40/10/25
和田 俊三 ………… 昭11/9/23、昭12/6/19
和田 芳恵 …… 昭16、昭17/秋、昭21/7/13、
昭21/10/28、昭21/11/18、昭24/11/21、
昭25/6/12、昭25/12/18、昭28/9/6、
昭31、昭31/8/2、昭32/1/25、昭32/4/11、
昭33/5/24、昭34/1/26、昭34/2/16、昭
34/4/3、昭34/6/3、昭34/6/17、昭34/8/15、
昭35/4/20、昭36/3/2、昭36/6/25、
昭36/9/22、昭37/1/15、昭37/3/25、昭
37/4/5、昭37/4/7、昭37/7/4、昭37/7/17、
昭37/9/20、昭38/1/14、昭38/1/25、
昭38/4/19、昭38/10/29、昭38/11/5、
昭38/12/5、昭38/12/17、昭39/1/22、
昭39/3/9、昭39/4/7、昭39/6/5、昭39/7/8、
昭39/11/5、昭39/12/17、昭40/1/20、
昭40/1/22、昭40/1/28、昭40/2/7、昭
40/2/27、昭40/3/2、昭40/3/7、昭40/3/8、
昭40/3/11、昭40/3/30、昭40/4/4、昭
40/4/5、昭40/4/20、昭40/5/5、昭40/7/5、
昭40/7/26、昭40/8/18、昭40/9/21、
昭40/11/19、昭40/12/4、昭40/12/9、
昭40/12/18、昭41/1/14、昭41/3/29、

わた

昭41/4/5, 昭41/7/15, 昭41/9/22, 昭41/12/5, 昭41/12/17, 昭42/4/5, 昭42/5, 昭42/6/5, 昭42/6/21, 昭42/6/29, 昭42/7/1, 昭42/7/10, 昭42/7/27, 昭42/9/13, 昭42/9/20, 昭42/9/21, 昭42/9/29, 昭42/11/4, 昭42/11/30, 昭43/1/25, 昭43/2/6, 昭43/3/1, 昭43/3/5, 昭43/4/5, 昭43/4/19, 昭43/5/6, 昭43/6/18, 昭43/7/5, 昭43/7/16, 昭43/9/21, 昭43/9/24, 昭43/11/5, 昭43/12/5, 昭44/1/21, 昭44/3/3, 昭44/3/5, 昭44/3/7, 昭44/4/5, 昭44/4/8, 昭44/5/26, 昭44/6/5, 昭44/7/5, 昭44/7/30, 昭44/9/21, 昭44/10/16, 昭44/11/6, 昭44/11/8, 昭44/11/10, 昭44/11/18, 昭44/12/13, 昭45/1/26, 昭45/2/7, 昭45/2/19, 昭45/4/6, 昭45/4/13, 昭45/5/9, 昭45/6/5, 昭45/6/9, 昭45/7/6, 昭45/7/11, 昭45/9/25, 昭46/2/12, 昭46/4/5, 昭46/4/8, 昭46/6/1, 昭46/6/12, 昭46/6/17, 昭46/7/5, 昭46/9/11, 昭46/9/21, 昭46/9/28, 昭46/10/15, 昭46/11/13, 昭46/12/5, 昭46/12/6, 昭46/12/11, 昭46/12/17, 昭47/1/28, 昭47/2/7, 昭47/2/25, 昭47/3/22, 昭47/4/18, 昭47/5/6, 昭47/5/27, 昭47/6/10, 昭47/7/8, 昭47/7/26, 昭47/8/11, 昭47/9/29, 昭47/10/21, 昭47/11/11, 昭47/12/5, 昭47/12/16, 昭47/12/20, 昭48/2/10, 昭48/2/19, 昭48/3/13, 昭48/4/3, 昭48/4/5, 昭48/4/20, 昭48/5/12, 昭48/6/5, 昭48/6/21, 昭48/6/30, 昭48/9/28, 昭48/11/24, 昭48/12/5, 昭49/3/6, 昭49/4/18, 昭49/5/7, 昭49/5/11, 昭49/6/5, 昭49/6/6, 昭49/7/5, 昭49/8/7, 昭49/9/28, 昭49/10/23, 昭50/1/16, 昭50/1/23, 昭50/2, 昭50/2/15, 昭50/3/11, 昭50/7/7, 昭50/9/29, 昭51/1/23, 昭51/3/31, 昭51/5/18, 昭51/6/2, 昭51/6/17, 昭51/6/23, 昭51/7/5, 昭51/9/13, 昭51/10/4, 昭51/10/19, 昭51/12/17, 昭52, 昭52/2/19, 昭52/4/2, 昭52/5/6, 昭52/5/9, 昭52/5/26, 昭52/6, 昭52/6/23, 昭52/9/13, 昭52/10/4, 昭52/10/5, 昭52/11/3, 昭53/3/28, 昭53/10, 昭53/10/5, 昭53/11/19, 昭54/10/5, 昭58/10/10, 昭60/10/9

渡辺 一夫 ……………… 昭14/6/27

渡辺 喜恵子 ………………
昭25/2/8, 昭25/11/1, 昭59/3/17

渡辺 源次 ……… 昭5/5/末（?）, 昭6/10, 昭8/1/5, 昭8/2/21, 昭8/3/4, 昭14/5/26

渡辺 淳一 ……………… 昭49/11/29, 昭50/12/2, 昭51/11/29, 昭56/5/7

渡辺 勉 ……………………… 昭9/夏, 昭21/10/14, 昭21/10/21, 昭21/11/4, 昭27/8/19, 昭27/10/31, 昭28/3/8, 昭28/7/24, 昭29/3/22, 昭31/3/18, 昭32/1/24, 昭38/9/23, 昭38/12/11

付録：各種会合，文学賞など（年譜）

【あ】

芥川賞・直木賞 …………… 昭12/1/18, 昭19/3, 昭24/6/27, 昭27/2/23, 昭27/2/23, 昭28/9/10, 昭29/7/21, 昭30/2/15, 昭30/2/19, 昭33/12/26, 昭34/1/26, 昭39/1/22, 昭44/8/8, 昭44/9/12, 昭45/2/9, 昭45/8/7, 昭47/2/7, 昭47/8/11, 昭48/8/8, 昭49/8/7, 昭50/1/21, 昭51/2/9, 昭52/2/7, 昭55/2/6
朝日賞 ………………………… 昭59/1/19
あらくれ会 ………………… 昭7/7, 昭9, 昭9/5/12, 昭10, 昭10/9, 昭12/5/20, 昭12/6/7, 昭12/7/16, 昭12/8/20, 昭14/3/19
宇野浩二・広津和郎を偲ぶ会（含む「日曜会」）
 ………………………… 昭16, 昭16/初冬, 昭31/12/28, 昭33/1/8, 昭41/9/19, 昭44/9/21, 昭46/9/21, 昭47/9/21, 昭48/9/21, 昭49/9/21, 昭50/7/2, 昭50/7/2, 昭51/2/10, 昭51/2/10
えんの会 …………… 昭25, 昭26/1/12, 昭28/9/17, 昭44/10/21, 昭57/9/30

【か】

川端康成文学賞 ……………………
   昭51/6/17, 昭52/6, 昭52/6/23, 昭53/6/8, 昭54/6/14, 昭55/4/15, 昭55/6/19, 昭55/10/3, 昭61/6/20
キアラの会 ……… 昭24/7/27, 昭24/8/3, 昭24/10/12, 昭25/1/13, 昭25/1/18, 昭25/1/24, 昭25/1/30, 昭25/2/2, 昭25/2/9, 昭25/2/26, 昭25/3/17, 昭25/12/17, 昭26/1/22, 昭26/4/9, 昭26/7/19, 昭27/1/2, 昭27/1/23, 昭27/6/30, 昭27/9/18, 昭28/1/1, 昭28/2/12, 昭28/3/12, 昭28/5/25, 昭28/6/22, 昭28/9/12, 昭29/2/20, 昭29/3/22, 昭29/4/10, 昭29/5/19, 昭29/6, 昭29/6/3, 昭29/6/19, 昭29/7, 昭29/7/19, 昭29/10/20, 昭29/11/19, 昭30/1/19, 昭30/2/19, 昭30/4/19, 昭30/5/19, 昭30/6/20, 昭30/10/19, 昭31/5/23, 昭31/12/13, 昭32/6/12, 昭32/7/10, 昭32/9/19, 昭33/1/19, 昭33/5/15, 昭33/6/13, 昭33/6/28, 昭33/10/13, 昭33/12/26, 昭34/6/1, 昭34/10/22, 昭34/12/11, 昭34/12/18, 昭35/1/1, 昭35/1/5, 昭35/1/16, 昭35/1/30, 昭35/2/1, 昭35/2/1, 昭35/2/22, 昭35/4/11, 昭35/5/3, 昭35/5/3, 昭35/6/21, 昭35/9/3, 昭35/12/1, 昭35/12/11, 昭36/1/3, 昭36/4/3, 昭37/6/7, 昭37/11/17, 昭37/12/8, 昭38/9/23, 昭39/1/14, 昭39/2/11, 昭39/2/11, 昭40/6/29, 昭41/3/24, 昭41/4/13, 昭41/7/11, 昭41/10/22, 昭41/12/24, 昭42/1/13, 昭42/10/16, 昭43/2/1, 昭44/12/16, 昭45/6/15, 昭46/11/13, 昭46/12/21, 昭47/12/25, 昭49/12/4, 昭51/1, 昭51/2/13, 昭51/5/24, 昭51/5/24, 昭57/3/7, 昭61/5/28
菊池寛賞 ………………… 昭14/3/10, 昭14/3/19, 昭52/11/9, 昭60/11/6, 昭61/10/1, 昭61/12/2, 平2/10/17

【さ】

女流文学者賞 ……………………
　　昭36/2/11，昭38/4/5，昭57/10/19
新潮三大文学大賞 …………………… 昭40/1/21，昭41，昭41/11/16，昭41/12/3，昭42，昭42/11/15，昭42/12/1，昭43/2/1，昭48/6/21，昭49/6/20，昭51/6/17，昭59/6/29，昭61/6/20
水曜会 ……　昭4/4，昭25/2/8，昭25/7/5，昭25/11/1，昭26/1/10，昭26/6/27，昭27/5/7

【た】

大正文学研究会 …………………… 昭15，昭15/12/28，昭16/3/29，昭16/4/21
太宰治賞 ……………………
　　昭41/7/15，昭43/7/16，昭46/6/17，昭48/6/21，昭49/6/28，昭50/6/10
谷崎潤一郎賞 ……………… 昭41/10/18，昭50/9/18，昭57/10/19，昭58/10/13
田村俊子賞 ………………………… 昭47/3/11
十返会 ………………………… 昭39/3/25，昭40/3/25，昭42/3/25，昭42/8/28，昭43/3/25，昭43/3/25，昭43/5/22，昭44/3/3，昭44/4/7，昭44/5/29，昭45/3/25，昭45/8/28，昭46/3/1，昭46/3/25，昭48/3/28，昭50/3/25，昭51/3/5，昭59/8/28

【な】

日本藝術院賞 …………………… 昭31，昭34/2/26，昭41/4/7，昭41/6/15，昭44/4/26，昭44/5/26，昭47/4/12，昭47/4/12，昭51/6/1，昭51/6/23，昭57/3/2，昭57/6/7，昭61/2/25，昭62/3/31，昭63，昭63/3/28，昭63/6/6，昭63/6/9，平3/3/25

野間文芸賞（「野間賞」含む） ……
　　昭31/12/17，昭32/12/17，昭34/12/17，昭35/1/1，昭38/12/17，昭39/12/17，昭40/12/17，昭41/12/17，昭42/11/15，昭42/11/24，昭43/2/1，昭43/9/16，昭43/12/11，昭44/12/17，昭46/12/17，昭47/12/16，昭51/12/17，昭56/12/17

【は】

平林たい子文学賞 ………… 昭49/6/6，昭50/6/2，昭51/5/16，昭51/6/2，昭52/6/2，昭53/5/13，昭53/6/2，昭55/6/4，昭56/5/18，昭56/6/8，昭58/6/3，昭60/4/29
文化学院 ……　昭5，昭5/5/末，昭6，昭6/10，昭7，昭8/3，昭8/4，昭11/9/20，昭14/7/6，昭15/1/12，昭21/7/13，昭25/1/18，昭40/3/5，昭42/10/22，昭43/9/21，昭43/10/22，昭44/3/15，昭44/4/25，昭46/5/28，昭50/6/9，昭54/5/21，昭63/4/25
文化勲章 ………………………… 昭51/10/26，昭53/1/17，昭58/10/21，昭59/4/27
文化功労者 ………………………… 昭50/10/20
文藝新人賞 ………………………… 昭49/11/18
文人海軍の会 …………… 昭36，昭36/5/17，昭36/5/27，昭38/6/17，昭39/5/27，昭41/5/27，昭42/1/24，昭42/5/27，昭45/5/27，昭49/5/27，昭51/5/27

【ま】

毎日芸術賞 ……………………… 昭39/1/14，昭39/2/11，昭40/12/3，昭40/12/9，昭40/12/14，昭41/1/1，昭41/1/14，昭41/1/29，昭41/4/18，昭45/1，昭45/1/16，昭48/1/17，昭49/12/20，昭50/1/16，昭51/1，昭54/1/20，昭58/1/4，昭63/1/12
文部大臣賞（含む「文部大臣選奨」）
　　………………… 昭41/3/22，昭59/2/26

【や】

吉川英治賞 …………………… 昭42/4/11,
　　昭46/3/4, 昭46/4/8, 昭56/3/16, 昭56/4
読売文学賞 …………………… 昭41/1/27,
　　昭42/1/24, 昭44/3/3, 昭50/1/23, 昭
　　50/2, 昭50/2/15, 昭51/1/23, 昭51/2, 昭
　　52/1/21, 昭52/2, 昭52/2/14, 昭54/1/23,
　　昭54/2, 昭54/2/19, 昭55/2/1, 昭55/2/13,
　　昭59/2/17, 昭60/2/20, 昭61/2/21

執筆者索引（参考文献）

【あ】

饗庭 孝男 B0572, B0590
青木 実 B0537, B0589
青地 晨 B0240, B0307, B0400
青山 光二 ....
　　　 B0716, B0717, B0719, B0731, B0786,
　　　 B0885, B0910, B0917, B0991, B1004
赤松 俊輔 B0766
赤松 大麓 B0153
秋山 駿 ....
　　　 B0339, B0340, B0396, B0407, B0437,
　　　 B0478, B0762, B0774, B0782, B0796,
　　　 B0812, B0829, B0857, B0861, B0878
浅川 淳 B0270
浅見 淵 B0043, B0054, B0095, B0239
足立 巻一 B0561
阿部 知二 B0082
新井 素子 B0615
荒川 洋治 B0671, B0770, B0867, B1021
有馬 頼義 B0129

【い】

井口 一男 B0799
池田 健太郎 B0331
石井 徹 B0930
石川 七郎 B0546
石川 俊平 B0003
石川 達三 B0001, B0258, B0316
石川 利光 B0062

石毛 春人 B0788
磯田 光一 B0309, B0365,
　　　 B0394, B0417, B0426, B0429, B0457,
　　　 B0499, B0515, B0525, B0554, B0565,
　　　 B0580, B0596, B0645, B0646, B0695
市川 為雄 B0055
伊藤 桂一 B1057
伊藤 整 ....
　　　 B0012, B0083, B0160, B0205, B0216
伊東 貴之 B1067
稲垣 達郎 B0040, B0268
稲垣 真美 B0735
井上 ひさし B0493, B0514, B1029
井上 靖 B0097, B0100, B0177
入江 孝則 B0535
岩上 順一 B0039
巌谷 大四 B0355, B0362,
　　　 B0412, B0415, B0485, B0662, B0693

【う】

上田 三四二 ....
　　　 B0336, B0441, B0470, B0494, B0579
上野 勇 B0555
上原 隆三 B0559, B0577
牛久保 健夫 B0613, B0707
内村 直也 B0342
右遠 俊郎 B0542
宇野 浩二 B0085
梅崎 春生 B0093
浦田 憲治 B1052
浦松 佐美太郎 B0148

【え】

江種 満子 B1010, B1036, B1041
江藤 淳 ....
　　　　B0311, B0657, B0841, B0898, B0961
榎本 隆司 B0418
円地 文子 B0158
遠藤 周作 B0092
遠藤 祐 B0618

【お】

大岡 昇平 B0642
大岡 信 B0294, B0334
大川 渉 B1049
大木 志門 B1071, B1110
大熊 信行 B0041
太田 咲太郎 B0013
大岳 喜八 B0377
大波小波 B0023,
　　B0035, B0130, B0131, B0132, B0137,
　　B0138, B0154, B0176, B0223, B0225,
　　B0235, B0251, B0256, B0326, B0327,
　　B0357, B0439, B0440, B0502, B0531,
　　B0551, B0608, B0629, B0637, B0638,
　　B0647, B0650, B0652, B0656, B0681,
　　B0689, B0706, B0734, B0754, B0755,
　　B0760, B0781, B0800, B0807, B0833,
　　B0844, B0856, B0859, B0873, B0879,
　　B0880, B0884, B0900, B0914, B1080
大橋 健三郎 B0548
大村 彦次郎 B0947,
　　B0975, B1000, B1019, B1061, B1085
岡 保生 B0586
小笠原 賢二 B0459, B0780, B0809
岡田 三郎 B0015, B0025,
　　B0027, B0030, B0033, B0037, B0044
岡松 和夫 B0484
小川 和佑 B0458, B0475, B0631

奥野 健男 B0072, B0141,
　　B0219, B0248, B0368, B0392, B0461,
　　B0482, B0567, B0643, B0653, B0722,
　　B0732, B0763, B0784, B0797, B0813
奥本 大三郎 B0929
桶谷 秀昭 B0347, B0393, B0463, B0464,
　　B0480, B0503, B0504, B0526, B0819
尾崎 一雄 B0375
尾崎 士郎 B0009
大佛 次郎 B0113
織田 弘 B0704
小田切 進 B0376, B0683
鬼生田 貞雄 B0053
恩田 雅和 B0578, B0598, B0667, B0673,
　　B0739, B0740, B0745, B0767, B0913

【か】

景山 勲 B0443
河西 淳 B0532
勝又 浩 ....
　　B0825, B1033, B1041, B1056, B1092
桂 芳久 B0922, B1001
加藤 典洋 B0802
金井 景子 B1010
金丸 義昭 B0751
金谷 完治 B0028
鎌田 彗 B0928
上司 小剣 B0026
川崎 長太郎 B0155
川嶋 至 B0363
川西 政明 B0466, B0517, B0591, B0678,
　　B0682, B0692, B0768, B0805, B0821,
　　B0874, B0899, B1003, B1005, B1008
川端 香男里 B0981, B0982
川端 康成 B0189, B0201
川村 二郎 B0404, B0416, B0422, B0467,
　　B0510, B0528, B0573, B0599, B0677,
　　B0742, B0783, B0790, B0794, B0795
川村 湊 B0756, B0764, B0815, B0826
川本 三郎 B0509, B0792,
　　B0919, B0929, B0995, B0997, B1012,

　　　　　　B1013, B1016, B1059, B1097, B1100
河盛 好蔵 ……………………………… B0162
菅野 昭正 ………………………………
　　　　　　B0447, B0516, B0566, B0600, B0623,
　　　　　　B0634, B0655, B0798, B0828, B0877
上林 暁 ………………………………… B0429

【き】

菊島 大 ………………………… B0753, B0845
菊田 均 ………………………………… B0830
木全 円寿 ……………………………… B0192
桐原 良光 ……………………………… B0384

【く】

栗坪 良樹 ……………………… B0505, B1015
栗本 慎一郎 …………………………… B0881
黒井 千次 ……………………… B0600, B0863

【け】

源氏 鶏太 ……………………………… B0113

【こ】

河野 多恵子 …………………………… B0306
紅野 敏郎 …………………………… B0229,
　　　　　　B0254, B0263, B0267, B0279, B0290,
　　　　　　B0402, B0405, B0419, B0432, B0544,
　　　　　　B0570, B0571, B0575, B0583, B0592,
　　　　　　B0593, B0686, B0757, B0758, B0889,
　　　　　　B0891, B0906, B0931, B0967, B0973,
　　　　　　B0977, B0987, B1041, B1095, B1099
小平 協 ………………………………… B0938

後藤 明生 ……………………………… B0344
小中 陽太郎 …………………………… B0737
小林 広一 ……………………………… B0521
小林 信彦 …… B0865, B0990, B1002, B1088
小林 八重子 …………………………… B0721
駒井 伸二郎 …………………………… B0007
小松 伸六 ……………………………… B0556
小森 陽一 ……………………………… B1029
小山 鉄郎 ……………………………… B0864
今 官一 ………………………………… B0106

【さ】

佐伯 一麦 …………………………… B0858,
　　　　　　B1007, B1048, B1079, B1086, B1098
佐伯 彰一 …… B0221, B0303, B0358, B0431
嵯峨 傳 ………… B0031, B0038, B0045
坂上 弘 …………………………………
　　　　　　B0923, B0986, B1041, B1047, B1102
坂崎 重盛 ……………………………… B1053
坂本 忠雄 …… B0993, B1047, B1048, B1098
佐多 稲子 ……………………………… B0369
佐藤 泰志 ……………………………… B0675
澤田 章子 ……………………………… B0705
沢開 進 ………………………………… B0180

【し】

塩野 栄 ………………………… B0553, B0609
四方 繁乙 ……………………………… B0610
篠田 浩一郎 …………………………… B0399
篠田 一士 …………………………… B0143,
　　　　　　B0207, B0218, B0226, B0367, B0395, B0414,
　　　　　　B0462, B0511, B0568, B0576, B0654
芝木 好子 ……………………………… B0127
渋川 驍 ………… B0059, B0205, B0233, B0549
島村 利正 ……………………… B0359, B1011
清水 幾太郎 …………………………… B0052
庄野 潤三 ……………………………… B0088

白井 常夫 …………………………… B0051
進藤 純孝 ………………… B0241, B0244

【す】

杉浦 明平 …………………………… B0306
杉森 久英 …………………………… B0581
鈴木 健次 …………………………… B0846
鈴木 貞美 …………………………… B0771
鈴木 地蔵 …………………………… B1044

【せ】

瀬戸内 晴美 ……………… B0159, B0804
瀬沼 茂樹 …… B0081, B0134, B0161, B0170
芹沢 光治良 ………………………… B0195
千石 英世 …………………………… B0831
扇田 昭彦 …………………………… B0451

【そ】

曾根 博義 ………… B0569, B0871, B1041

【た】

高井 有一 …… B0454, B0883, B1035, B1084
高木 卓 ……………………………… B0060
高橋 俊夫 …………………………… B1017
高橋 敏夫 …………………………… B0446
高橋 英夫 …… B0425, B0468, B0512, B0515,
　　　　　　　B0564, B0684, B0715, B0718, B0759,
　　　　　　　B0772, B0778, B0811, B0892, B0905
高橋 昌男 …… B0543, B0696, B0775, B0916
高見 順 …………………… B0020, B0022
高山 毅 …………………… B0063, B0067

高山 鉄男 …………………………… B0993
瀧井 孝作 …………………………… B0085
田久保 英夫 …………………………
　　　　　　B0238, B0306, B0337, B0840, B0918
武田 勝彦 …………………………… B0295
武田 麟太郎 ……………… B0010, B0029
竹盛 天雄 …………………………… B0455
田辺 耕一郎 ………………………… B0006
田辺 聖子 …………………………… B0823
田辺 茂一 ………………… B0065, B0066
谷沢 永一 …………………………… B0476
種田 政明 …………………………… B0317
田山 一郎 …………………………… B0379

【つ】

月村 敏行 …………………………… B0552
辻 道男 ………………………… B0616,
　　　　　　B0651, B0743, B0746, B0882, B0901
辻井 喬 ……………………………… B0791
対馬 鉄三 …………………………… B0004
津島 佑子 …………………………… B1010
辻本 雄一 …………………………… B0978
津田 孝 ……………………………… B0217
槌田 満文 …………………………… B0277
坪内 祐三 …… B0948, B0992, B1018, B1022,
　　　　　　B1023, B1028, B1048, B1060, B1062,
　　　　　　B1078, B1086, B1094, B1098, B1103
鶴岡 冬一 ………… B0146, B0242, B0245

【て】

寺島 珠雄 …………………………… B0595

【と】

十返 千鶴子 ……………… B0213, B0236

十返 肇 …… B0005, B0064, B0078, B0084,
　　　　　B0089, B0102, B0104, B0117, B0123
徳永 直 ……………………………… B0042
富岡 幸一郎 ……………………… B0785
豊田 三郎 ………………………… B0946
豊田 穣 …………………………… B0190
十和田 操 ………………………… B0099

【な】

長生 志朗 ………………………… B0380
中上 健次 ………… B0370, B0373, B0789
中河 与一 ………………………… B0008
長崎 謙二郎 ……………………… B0002
中沢 けい ………………… B0820, B1031
中島 和夫 ………………………… B0501
中島 国彦 ………………………… B1065
中島 健蔵 ………………………… B0288
中田 浩二 ………………………… B0371,
　　　　　B0640, B0644, B0688, B0827, B0925
中野 和子 ………………………… B1096
永畑 道子 ………………………… B0928
中村 地平 ………………………… B0017
中村 光夫 …… B0222, B0313, B0386, B0465
中村 稔 ………………… B0968, B1045
Nagoya Kazuhiko ………………… B0471
名取 勘助 ………………………… B0016

【に】

西尾 幹二 ………………… B0498, B0565
丹羽 文雄 ………………… B0014, B0260

【の】

野川 友喜 ………………………… B0246
野口冨士男文庫 ……………………
　　　　　B0933, B0953, B0964, B0966, B0967,
　　　　　B0973, B0974, B0976, B0984, B0986,
　　　　　B0989, B0996, B0999, B1009, B1010,
　　　　　B1014, B1020, B1021, B1027, B1030,
　　　　　B1031, B1032, B1040, B1041, B1042,
　　　　　B1046, B1047, B1051, B1057, B1058,
　　　　　B1065, B1066, B1079, B1089, B1105
野島 秀勝 ………………… B0624, B0776
野田 秀勝 ………………………… B0666
野村 尚吾 ………………………… B0150

【は】

秦 恒平 …………………………… B0749
花田 清輝 ………………………… B0086
花森 安治 ………………… B0073, B0096
浜野 健三郎 ……………………… B0108
早瀬 圭一 ………………………… B0928

【ひ】

日沼 倫太郎 ……………………… B0074
平井 一麥 …… B0924, B0940, B0945, B0973,
　　　　　B1074, B1075, B1087, B1091, B1093
平田 次三郎 ……………………… B0068
平野 謙 …………………… B0075, B0077,
　　　　　B0091, B0141, B0167, B0172, B0179,
　　　　　B0196, B0208, B0211, B0224, B0226

【ふ】

福田 和也 ………………………… B0926
福田 恆存 ………………………… B0057
藤田 昌司 ………… B0536, B0614, B0816
藤田 三男 …… B1039, B1107, B1108, B1109
藤森 成吉 ………………………… B0169
藤山 一郎 ………………………… B0428
舟橋 聖一 …… B0034, B0085, B0101, B0177

船山 馨 B0076,
　　　B0087, B0089, B0098, B0124, B0321
古井 由吉 B0442, B0842, B0920
古川 恒夫 B0541, B0597
古谷 糸子 B0204
古谷 健三 B0496

【ほ】

北條 誠 B0125
保坂 雅子 B1072
保昌 正夫 B0492, B0691, B0814, B0834,
　　　B0835, B0836, B0851, B0868, B0875,
　　　B0912, B0921, B0927, B0941, B0942,
　　　B0943, B0951, B0952, B0967, B0985,
　　　B0988, B1025, B1026, B1037, B1038

【ま】

前田 愛 B0411
牧屋 善三 B0061
増田 みず子 B0810
松原 新一 B0275
松村 友視 B0993
松本 健一 B0736
松本 鶴雄 B0585
松本 徹 B0366, B0420, B0469,
　　　B0483, B0522, B0545, B0588, B0663,
　　　B0761, B0963, B0967, B1041, B1106
松山 巌 B0708
丸谷 才一 B0293, B0364, B0413

【み】

水上 勉 B0838, B0902, B0911,
　　　B0934, B0935, B0936, B0960, B0965
南 弥太郎 B0056
宮内 寒弥 B0119, B0120

宮内 豊 B0427, B0430, B0460
宮田 毬栄 B1034

【む】

武蔵野 次郎 B0273, B0475
武藤 康史 B0847,
　　　B0852, B0853, B0854, B0886, B0887,
　　　B0888, B0909, B0939, B0950, B0957,
　　　B0958, B0993, B1066, B1068, B1101
武藤 義弘 B0477
村松 定孝 B0151, B0421

【も】

持田 鋼一郎 B0694
森 秀男 B0389
森川 達也 B0243, B0448
森山 啓 B0018

【や】

八重樫 實 B0262
八木 義徳 B0112, B0203, B0237,
　　　B0249, B0297, B0381, B0391, B0436,
　　　B0449, B0837, B0907, B0915, B0937
薬師寺 章明 B0562
矢崎 彈 B0032, B0047
矢沢 高太郎 B0605
安川 定男 B0709
安田 武 B0628
安原 顯 B0584
山縣 熙 B0622, B0664
山口 瞳 B0908
山下 肇 B0094
山田 稔 B1104
山室 静 B0058

山本 健吉 ……………………
　　　B0135, B0171, B0186, B0387, B0649
山本 容朗 …… B0382, B0479, B0489, B0513

【よ】

横井 幸雄 …………………… B0348
吉田 精一 …… B0144, B0168, B0255, B0265
吉田 時善 …………………… B0594, B0944
吉田 弥左衛門 ………………………… B0741
吉行 淳之介 ………… B0090, B0126, B0163,
　　　B0185, B0220, B0406, B0839, B0949

【り】

利沢 行夫 …………………………… B0527

【わ】

和木 清三郎 ………………………… B0118
脇地 炯 ……………………………… B0360
和座 幸子 …………………………… B0145
和田 静子 …………………………… B0372
和田 芳恵 ………………… B0227, B0401
渡辺 喜恵子 ………………………… B0397

平井　一麥（ひらい・かずみ）
野口冨士男（本名・平井冨士男）の長男。昭和15年、東京生まれ。慶應義塾大学法学部卒業、会社退職後、61歳で同大文学部に学士入学。著書に『六十一歳の大学生、父野口冨士男の遺した一万枚の日記に挑む』文春新書。

人物書誌大系42
野口冨士男

2010年5月25日　第1刷発行

編　者／平井一麥
発行者／大高利夫
発行所／日外アソシエーツ株式会社
　　　　〒143-8550 東京都大田区大森北1-23-8 第3下川ビル
　　　　電話(03)3763-5241(代表)　FAX(03)3764-0845
　　　　URL http://www.nichigai.co.jp/

発売元／株式会社紀伊國屋書店
　　　　〒163-8636 東京都新宿区新宿3-17-7
　　　　電話(03)3354-0131(代表)
　　　　ホールセール部(営業) 電話(03)6910-0519

© Kazumi HIRAI 2010
電算漢字処理／日外アソシエーツ株式会社
印刷・製本／株式会社平河工業社

不許複製・禁無断転載　　　〈中性紙三菱クリームエレガ使用〉
〈落丁・乱丁本はお取り替えいたします〉
ISBN978-4-8169-2253-4　　　Printed in Japan, 2010

『人物書誌大系』

刊行のことば

　歴史を動かし変革する原動力としての人間、その個々の問題を抜きにしては、真の歴史はあり得ない。そこに、伝記・評伝という人物研究の方法が一つの分野をなし、多くの人々の関心をよぶ所以がある。

　われわれが、特定の人物についての研究に着手しようとする際の手がかりは、対象人物の詳細な年譜・著作目録であり、次に参考文献であろう。この基礎資料によって、その生涯をたどることにより、はじめてその人物の輪郭を把握することが可能になる。

　しかし、これら個人書誌といわれる資料は、研究者の地道な努力・調査によりまとめられてはいるものの、単行書として刊行されているものはごく一部である。多くは図書の巻末、雑誌・紀要の中、あるいは私家版などさまざまな形で発表されており、それらを包括的に把え探索することが困難な状況にある。

　本シリーズ刊行の目的は、人文科学・社会科学・自然科学のあらゆる分野における個人書誌編纂の成果を公にすることであり、それをつうじ、より多様な人物研究の発展をうながすことにある。この計画の遂行は長期間にわたるであろうが、個人単位にまとめ逐次発行し集大成することにより、多くの人々にとって、有用なツールとして利用されることを念願する次第である。

1981年4月

日外アソシエーツ